aufbau taschenbuch

AUFBAU VERLAGSGRUPPE

Helene Luise Köppel, 1948 geboren, lebt in Schweinfurt. Ihre Romane *Die Ketzerin vom Montségur* (2002), *Die Erbin des Grals* (2003) und *Das Gold von Carcassonne* (2005) handeln vom dramatischen Schicksal der Katharer und den Mythen um den Heiligen Gral.

Südfrankreich im Jahr 1299.

Ein rostrotes Glühen liegt über Carcassonne, als die blutjunge Rixende die festungsgleiche Stadt zum erstenmal erblickt. Es könnte ein schlechtes Vorzeichen sein, denn dort soll sie einen ihr völlig fremden Kaufmann heiraten. Außerdem hat sie vor kurzem erfahren, daß ihr Bruder Katharer ist, also ein Ketzer. Die Inquisition ist ihm bereits auf der Spur.

Doch all das ist nur der Auftakt gefährlicher Entwicklungen. Mit Billigung des Papstes kerkert die Inquisition einflußreiche Bürger willkürlich ein, foltert und beraubt sie. Weil Rixendes Ehemann als Konsul vermittelt, gerät er selbst in Gefahr. Für Rixende werden all diese Ereignisse um so verwirrender, als eine merkwürdige Prophezeiung auf ihr lastet und eine große Verpflichtung: Sie soll die heiligen »Geheimen Worte« der Katharer in Sicherheit bringen. Überdies muß sie mit ihren Gefühlen ins reine kommen, denn ausgerechnet ein Inquisitor zieht sie magisch an.

Helene Luise Köppel

Das Gold von Carcassonne

Roman

Aufbau Taschenbuch Verlag

Der Roman erschien zuerst unter dem Titel
Die Geheimen Worte.

Mit zwei Karten

ISBN 978-3-7466-2329-0

Aufbau Taschenbuch ist eine Marke der Aufbau Verlagsgruppe GmbH

1. Auflage 2007

Originalcover Wolfram Söll
Grafische Adaption Dagmar & Torsten Lemme, Berlin
unter Verwendung des Gemäldes »Sacra Familia Canigiani« von Raffael
Druck und Binden C. H. Beck, Nördlingen
Printed in Germany

www.aufbau-taschenbuch.de

Dies sind die geheimen Worte, die Jesus der Lebendige sprach
und die Didymos Thomas aufgeschrieben hat.
Und Jesus sprach:
Wer die Deutung dieser Worte findet, wird den Tod nicht schmecken.

Jesus sprach zu seinen Jüngern: Vergleicht mich, sagt mir, wem ich gleiche.
Simon Petrus sprach zu ihm: Du gleichst einem Engel.
Matthäus sprach zu ihm: Du gleichst einem weisen Philosophen.
Thomas sprach zu ihm: Meister, mein Mund wird es nicht zulassen,
daß ich sage, wem du gleichst.
Jesus sprach: Ich bin nicht dein Meister, denn du hast dich berauscht
an der sprudelnden Quelle, die ich hervorströmen ließ.
Und er nahm ihn und zog sich zurück und sagte ihm drei Worte.
Als Thomas aber zu seinen Gefährten zurückgekehrt war, fragten sie ihn:
Was hat dir Jesus gesagt?
Thomas sprach zu ihnen:
Wenn ich euch eines der Worte sage, die er mir gesagt hat,
werdet ihr Steine nehmen und sie gegen mich werfen,
und ein Feuer wird aus den Steinen hervorkommen
und euch verbrennen.

I

> Mittwegs auf unsres Lebens Reise fand
> in finstren Waldes Nacht ich mich verschlagen ...
> *Dante,* Die Göttliche Komödie

Als Rixende aus der Ferne die imposante Silhouette von Carcassonne im Sonnenlicht aufglühen sah, klopfte ihr Herz. Nicht der festungsgleichen Stadt wegen, die bald ihr Zuhause werden sollte, nicht der zinnenbewehrten oder schiefergedeckten Türme wegen, die die Cité bewachten, sondern einzig und allein wegen ihres zukünftigen Ehemanns, Aimeric Fabri.

Rixende zügelte ihren Rappen. Der Staub, den er aufgewirbelt hatte, senkte sich. Ihr Begleiter, der scharf hinter ihr geritten war, lenkte sein Pferd an ihre Seite und sah neugierig zu ihr hinüber.

»Weshalb haltet Ihr plötzlich inne, Rixende?«

»Ich weiß nicht, Aton. Ein seltsamer Schauer überfiel mich beim Anblick dieser Stadt. Habt Ihr nicht auch das rostige Glühen bemerkt, mit dem die Sonnenstrahlen die Mauern überzogen? Meint Ihr, das ist ein schlechtes Vorzeichen?«

»Aber nein.« Aton schüttelte den Kopf. »Ihr werdet sehen, alles wird gut. Es ist ganz normal, daß eine junge Braut beunruhigt ist, wenn sie ihren Bräutigam noch nie gesehen hat. Doch Euer Bruder hat gewiß den Richtigen für Euch ausgesucht.«

Der langjährige Gefährte von Rixendes Bruder Simon stieg vom Pferd. Er bemerkte, wie die junge Frau mühsam zu lächeln versuchte. Kleine Schweißperlen standen auf ihrer hohen Stirn, zu forsch war sie durch das Kiefernwäldchen und die ausgedehnten Weinfelder geritten, zu heiß war noch immer der Spätsommer des Jahres 1299.

Mit einem Seufzer ließ sich auch Rixende vom Pferd gleiten.

In der vergangenen Nacht hatte sie kaum ein Auge zugetan. Sie trocknete sich mit einem leinenen Tuch die Stirn, rieb auch den schweißbedeckten Leib ihres Rosses ab und band es an einen Feldstein. Vom Ochsenwagen, der Rixendes Habe mit sich führte und die Muhme Mengarde, war weit und breit nichts zu sehen. Während Aton auf einen kleinen, mit Wacholder und wilden Ölbäumen bewachsenen Hügel stieg, um nach dem Karren Ausschau zu halten, setzte sich Rixende in den Schatten einer Feldulme. Zu ihren Füßen wucherte Clematis. Sie rupfte eine der weißen Blüten ab, um daran zu riechen. Die beiden Pferde grasten zufrieden, Kopf an Kopf, am Wegesrand. Aton durchbrach die Stille mit einem Ruf. Da flog aus einer Ackerfurche plötzlich ein großer Vogel auf. Rixende erschrak, und die Pferde wieherten ärgerlich. Geräuschvoll flatterte er über das Geäst des ausladenden Baumes. Rixende beobachtete seinen Flug, bis er in die sonnige Einsamkeit eines weit entfernten Berges eintauchte.

Sie lehnte sich an den Stamm der Ulme und schloß für eine Weile die Augen. Wieder und wieder mußte sie an Simons letzten Besuch in Gavarnie denken, als der Bruder ihr nahelegte, zu heiraten. Sie hatte sich darüber so aufgeregt, daß sie mit ihm in einen heftigen Streit geriet. Rigoros hatte sie es abgelehnt, einen Mann zu heiraten, den sie nicht kannte. Simon war ganz dicht an sie herangetreten und hatte mit erregter Stimme gesagt, daß er sich nicht länger um sie kümmern könne.

»Und noch etwas«, hatte er hervorgestoßen, »ich bin Katharer wie zuvor schon unsere Eltern. Es ist an der Zeit, daß du es erfährst. Und das ist ein weiterer Grund, dich endlich unter die Haube zu bringen. Heirate!«

Rixende war zu Tode erschrocken gewesen, allerdings weniger über seinen barschen Tonfall als über sein Geständnis, ein Ketzer zu sein.

»Du gehörst zu ihnen?« hatte sie ihn mit weit aufgerissenen Augen gefragt.

Simon nickte. Er war von hochgewachsener, schlanker Gestalt und hatte wie seine Schwester ein schmales, ernstes Gesicht und grüngolden blitzende Augen. Gekleidet war er nicht wie ein Katharer, denn er trug ein gutgeschnittenes rostfarbenes Wams zu dunklen Beinkleidern statt eines schwarzen Kapuzenmantels.

»Schon als die Eltern noch lebten und ich Bernard hieß, war ich in ihren Glauben eingeführt«, sagte er nach einiger Zeit. »Atons Vater hat mich damals in Sicherheit gebracht, so wie dich die Muhme Mengarde, und wie du trage ich seit Jahren einen anderen Namen. Aber nun muß ich mich wegen einer ganz bestimmten Angelegenheit besonders vorsichtig verhalten. Die Zeiten sind nicht besser geworden.«

»Mein Gott, Simon«, hatte Rixende hervorgestoßen, »zuerst die Eltern ... und jetzt du? Du bist mein nächster Verwandter und bringst uns in solche Gefahr? Was ist es nur, das euch zu den Ketzern zieht?«

Simon preßte die Lippen aufeinander. Erneut zögerte er zu antworten. Er trat ans Fenster und sah hinaus auf den Hof, wo die Enkel des Bürgermeisters mit einem der Hunde herumtobten.

»Die Inquisition hat mich bislang in Ruhe gelassen«, sagte er nach einer Weile und strich sich die dunklen Haare aus der Stirn. »Doch nun scheinen die Spürhunde der Dominikaner dahintergekommen zu sein, daß es einen Überlebenden aus der Burg von Montaillou gibt. Wenn mir auch mein falscher Name eine gewisse Sicherheit bietet, so darf ich dennoch nicht leichtsinnig sein. Von dir wissen sie nichts, Rixende, du brauchst dich also nicht zu ängstigen. Aber meine Besuche könnten auch dich irgendwann in Gefahr bringen.«

»Weshalb sollte ich mich vor der Inquisition fürchten? Ich habe nichts mit euch zu tun. Ich bin eine gute Katholikin. Seit zehn Jahren lebe ich hier in Gavarnie, und der Bayle, der Bürgermeister, gilt als mein leiblicher Vater«, entgegnete ihm Rixende trotzig.

»Ich weiß, ich weiß«, antworte Simon ungeduldig. »Aber

verstehst du denn nicht, Schwester, sie sind nicht nur hinter mir her, sondern vor allem hinter unserem Vermögen, von dem allerdings niemand ahnt, daß es sich bei Mutters Großonkel Fabri in Carcassonne befindet. Und dort wärst auch du gut aufgehoben, wenn du es mir nur glauben wolltest, Rixende! Castel Fabri ist ein angesehener Mann, ein Konsul. Ihn und seinen Sohn Aimeric würde man als letzte der Häresie verdächtigen. Sei vernünftig, Kind! Bleibst du hier, bringst du am Ende noch den Bayle und seine Familie in Gefahr.«

Schweren Herzens hatte Rixende nachgegeben und noch am gleichen Tag angefangen, ihre Habe zu packen und endgültig Abschied zu nehmen von ihrer Kindheit.

Aton kam pfeifend zurückgeschlendert, mit der guten Nachricht, daß sich der Ochsenkarren endlich aus dem kleinen Wäldchen herausmühte. Erleichtert sprang Rixende auf, pflückte sich noch ein Sträußchen Clematis, um es an ihrem Gewand zu befestigen. Dann bestieg sie wieder ihr Pferd, das schon ungeduldig mit den Hufen scharrte.

Ganz langsam ritten die beiden weiter, um den Karren aufschließen zu lassen.

Die Burg von Montaillou. Lange hatte Rixende nicht mehr an ihr wahres Zuhause gedacht, an die Zeit, in der sie noch Ava hieß, und an die Nacht, als sie, fünfjährig, jäh aus dem Schlaf gerissen wurde. Doch die Erinnerung an jene Schicksalsstunde war so klar wie die Umrisse der fremden Stadt, die vor ihr lag. Jedes Wort, das geflüstert wurde, die hastigen Verrichtungen der Mutter, ihre gehetzten Blicke, die Seufzer – alles hatte sich für immer in ihre kindliche Seele eingebrannt.

Unruhig hatte sie sich in jener Nacht auf ihrem Lager hin und her gewälzt – diese schier unerträgliche Hitze, die schon Monate anhielt und noch immer kein Ende nehmen wollte –, als plötzlich jemand an ihrem Arm rüttelte.

»Komm, Ava, mein gutes Mädchen, steh auf«, hatte ihr die

Mutter ins Ohr geflüstert, und noch heute glaubte Rixende das weiche dunkle Lockenhaar zu spüren, wie es auf ihre Wange gefallen war, als Mutter sie liebkoste.

»Weshalb denn? Ich bin noch so müde«, hatte sie gemurmelt, schlaftrunken und verwirrt von seltsamen Träumen.

»Ich weiß. Dennoch, du mußt aufstehen, sofort. Eine liebe Frau ist gekommen, Mengarde, sie wird dich mitnehmen, mein Kind.«

Da war sie hellwach geworden.

»Mitnehmen? Aber wohin?«

»Du darfst eine weite Reise mit mir machen, mein Täubchen«, hatte eine fremde Stimme neben ihr gesagt, »und bald in einer braven Familie leben unter anderen Kindern!«

Ein Fackelschein sprang auf, wobei das Licht auf ein rundes, Ava völlig unbekanntes Gesicht fiel.

»Ich will aber nicht in einer anderen Familie leben. Wo ist Bernard?« schrie Ava, doch die Mutter hielt ihr rasch den Mund zu.

»Still, still! Dein Bruder ist bereits in Sicherheit, und damit dir nichts Böses geschieht, mußt du uns jetzt gehorchen. Steh also auf und zieh dich an. Und sei ganz leise. Es darf uns niemand hören! Die Muhme Mengarde hat all deine Sachen gepackt. Du gehst mit ihr und bist sehr brav in der Fremde. Hast du mich verstanden? Versprichst du es mir?«

»Aber warum ... Ich will nicht ...« Ava schluchzte leise und warf der Mutter einen flehenden Blick zu.

»Dein Vater und ich ... wir müssen in zwei Tagen zum Verhör. Das ist etwas, was du heute noch nicht verstehst. Wenn die böse Zeit vorüber ist, kommt Vater zu dir geritten, um dich wieder nach Hause zu holen.«

Ava nickte. »Gut, ich will tapfer sein!« sagte sie und schluckte die erneut aufsteigenden Tränen hinunter.

»Täubchen«, sagte die fremde Frau namens Mengarde wieder, als sie mithalf, das Kind anzukleiden, »wenn dich unterwegs jemand fragt, so sagst du, du hießest Rixende. Nichts weiter. Hast du verstanden? Wiederhole es!«

Ava tat, wie ihr geheißen.

»Gut, du bist also für eine Weile nicht mehr Ava, sondern Rixende Ripoll aus Gavarnie, meine Enkelin, und hier – auf der Burg derer zu Montaillou – nur zu Besuch. Wiederhole auch diese Worte!«

Ava gehorchte erneut, doch plötzlich hielt sie mitten im Satz inne. Das Herz ward ihr schwer, als sie ihren Vater in der Tür stehen sah. Philippe von Planissoles sagte kein einziges Wort, aber die Tränen liefen ihm über das Gesicht. Sie stürzte in seine Arme, der Graf drückte seine Tochter ein letztes Mal an sich, und sie sog ganz tief seinen männlichen Geruch ein, um ihn für immer in Erinnerung zu behalten, denn im Grunde ihres Herzens wußte sie trotz ihres kindlichen Alters, daß sie ihren »starken Ritter«, wie sie ihn heimlich nannte, nie mehr wiedersehen würde.

Die Mutter war tapferer gewesen. Sie hatte keine Träne vergossen, solange sich Ava noch in der Burg befand.

Viele Meilen hatten sie heute schon zurückgelegt. Die stolzen grauen Mauern wuchsen höher und höher vor ihnen auf, je näher sie herankamen. Carcassonne. Ihr neues Zuhause.

Schon wieder ein neues Heim, dachte Rixende bitter. Sie fühlte sich plötzlich so hilflos und einsam wie damals, als sie nach Gavarnie gekommen war.

Hatte Gott seine Hand im Spiel, oder bestimmte der Zufall die Richtung des Lebens?

»Nun, habt Ihr Euch wieder ein wenig beruhigt?« fragte Aton aufmerksam, nachdem sie eine Zeitlang schweigend nebeneinanderher geritten waren.

Die junge Frau nickte. Sie wollte nicht klagen. Schließlich hatte sie in Aton einen tüchtigen Begleiter und Beschützer an ihrer Seite, dem sie zu großem Dank verpflichtet war. Und trug nicht jedermann einen heimlichen Groll im Herzen?

Während sie sich noch mit ihren traurigen Gedanken herumschlug, nahm ihr ein plötzlicher Windstoß fast den Atem. Schlug das Wetter um? Der Rappe wieherte ärgerlich und begann zu tänzeln, so daß ihm Rixende beruhigend die Flanke klopfte.

»Wißt Ihr, wo ich meinen Bruder finden kann, wenn ich ihn sprechen muß? Er wollte mir seinen Aufenthaltsort um nichts auf der Welt verraten!«

»Seid ihm nicht gram, Rixende«, meinte Aton. »Simon hat sicher gute Gründe dafür. Schickt meiner Frau ein paar unverfängliche Zeilen, wenn Ihr Hilfe braucht!«

»Aber ich kenne Eure Frau doch gar nicht«, warf Rixende ein und verzog unwillig das Gesicht. Katharer hin und Katharer her, langsam kam ihr die Geheimnistuerei lächerlich vor.

»Das ist auch nicht nötig. Fragt Rosalie einfach, woher sie ihre Nähnadeln bezieht, dann weiß ich Bescheid und kann alles in die Wege leiten. Ihr könnt jederzeit auf meine Hilfe zählen.«

Rixende sah sich zum Ochsenkarren um, der heftig hin und her schaukelnd näher und näher kam. Sie hörte noch das Peitschenknallen des Fuhrmanns, als sie schon ihrem Pferd die Sporen gab.

»Nun auf«, sagte sie eher trotzig zu sich selbst als zu dem Rappen und schob entschlossen die trüben Gedanken beiseite. »Was angefangen wurde, muß auch zu Ende gebracht werden!«

Und sie brachte ihr Pferd sogleich in raschesten Trab.

Kaum hatten sie die nur schwach befestigte Bastide, die Vorstadt, hinter sich gelassen, die – wenig einladend – allerlei gemeines Volk zu beherbergen schien, als schon die imposante Holzbrücke vor ihnen lag, die auf zwölf Pfeilern die Aude sowie die breite Anschwemmung ihres Uferbereichs überspannte. Vor dem dicken grauen Ungetüm des äußeren Walles der Cité hielt Rixende erneut inne. Rechts vor der Barbakane, die in die Stadt hineinführte, stand eine ungewöhnlich große steinerne Frauenbüste mit breitem, aber nicht unfreundlichem Gesicht.

Aton lachte, als er die junge Frau eingeholt hatte. »Ihr befindet Euch Aug in Aug mit der edlen Dame Carcas«, sagte er zu Rixende und wies auf das steinerne Gesicht mit dem Gebende.

»Die Dame Carcas? »

»Ja, es gibt über sie eine Geschichte, die Ihr unbedingt kennen müßt, wenn Carcassonne Eure neue Heimat werden soll. Aber vielleicht wollt Ihr lieber rasch weiterreiten?«

»Nein«, wehrte Rixende ab, nicht unfroh über einen kleinen Aufschub, »erzählt sie mir, Aton!«

»Nun, vor langer Zeit stand Karl der Große vor den Toren dieser mächtigen Stadt, die damals die Sarazenen besetzt hielten. Sein Plan war es, die unliebsamen Besatzer auszuhungern. Nach fünf Monaten Belagerung war es ihm aber noch nicht gelungen, auch nur einen Fuß in die Stadt zu setzen. Als die Vorräte der Eingeschlossenen zur Neige gingen, hatte die Frau des Sarazenenkönigs Balaack einen schlauen Gedanken. Sie ließ das einzige noch verbliebene Schwein mit Korn mästen und es von einem der Türme herabwerfen. Als das Schwein platzte, rieselten die Körner nur so aus ihm heraus. Karl der Große war zutiefst verwundert ob der offensichtlich unerschöpflichen Vorräte Carcassonnes und hob enttäuscht die Belagerung auf, worauf die Dame Carcas die Glocken läuten ließ! Carcas sonne!«

Rixende lachte hellauf. »Nein, nein, die Geschichte kann so nicht stimmen, Aton!«

»Wieso nicht?«

»Nun, zum einen gab es zu dieser Zeit noch keine Glocken, und zum anderen: Die Sarazenen essen bekanntlich kein Schweinefleisch, wißt Ihr das nicht? Ihr Glaube verbietet es ihnen. Sie halten es für unrein.«

Aton staunte. »Möglicherweise war Karl der Große nicht so klug, wie Ihr es seid, Rixende. Wer hat Euch solche Dinge gelehrt?«

»Bruder Paule, ein überaus belesener Mönch. Ich habe alles

gelernt, was der Franziskaner den Kindern des Bürgermeisters beibrachte, denn ich gehörte zu ihnen.«

Ein heftiger Windstoß blies Rixende fast vom Pferd, als sie mit ihrer Begleitung die Porte Narbonnaise mit den beiden Fallgattern und dem Pecherker erreicht hatte. Die Fahne des Königs von Frankreich knatterte laut. Zwei Wachleute in schwarz-gelbem Wams hielten sie auf.

»Was ist Euer Begehr?« fragten sie mit beinahe unbewegten Gesichtern, obwohl der Wind auch an ihnen und ihren überkreuzten Lanzen zerrte.

»Man erwartet die junge Dame und ihr Gefolge im Hause des ehrenwerten Castel Fabri«, sagte Aton forschen Tones und wies auf den nachfolgenden Ochsenkarren.

Die Nennung des Namens zeigte Wirkung. Sofort traten die Soldaten zur Seite.

»Reitet hinauf, geradewegs bis zum Château chomtal, dem ehemaligen Schloß der Trencavel, dann wendet Euch nach links. Dort, in der Nähe des Turms der Justiz, steht ein großes rotes Bürgerhaus, die Domus Fabri. Ihr erkennt es an dem markanten Pferdekopf, der es ziert.«

2

O Phantasei! Benimmst so oft die Sicht
der äußern Dinge, daß man nichts verspüret.
Dante, Die Göttliche Komödie

Das Rote Haus der Fabris war beeindruckend. Die Fassade des Erdgeschosses bestand aus Sandstein. Zwischen den vier Fenstern befand sich ein dunkles Tor, bewacht von jenem steinernen Pferdekopf. Über einer Galerie wundersam geschnitzter Sparren – Rixende erkannte Fabeltiere und lustige Köpfe – erhob sich über zwei Stockwerke ein ungewöhnlich kunstvolles Fachwerk. Die Bauleute hatten dabei die schmalen roten Ziegelstreifen, Fischgräten gleich, abwechselnd gegenläufig angebracht, so daß sich die unterschiedlichsten Muster ergaben.

»Ihr seid also die Tochter meiner Großnichte Alexandrine«, sagte Fabri mit einem nicht unzufriedenen Lächeln, als er das hübsche Mädchen näher betrachtete, das große Mühe hatte, seine Röcke zu bändigen, in denen sich der tolldreiste warme Wind ständig verfing.

»Kommt herein, kommt herein! Seid willkommen in meinem Haus! Und laßt Euch einmal ansehen. Ihr seht weniger Eurer Mutter ähnlich als der schönen Schwester Eures Vaters, Béatrice.«

An die lebenslustige Béatrice konnte sich Rixende noch gut erinnern. Im Sommer vor ihrer Flucht aus Montaillou hatte man ihre Hochzeit mit Bérenger de Roquefort, einem Verwalter des Grafen von Foix, gefeiert, und Rixende hatte an diesem Tag ihre noch blutjunge Tante über alle Maßen bewundert. Sie wußte nicht, was aus ihr geworden war.

Castel Fabri geleitete wegen seines hohen Alters das Mädchen nicht ohne Mühe die fünf Stufen zum Haus hinauf, während Aton und Mengarde das Ausladen des Ochsenkarrens überwachten, das Fabris beflissene Diener besorgten.

»Der Wind ist charakteristisch für unsere Gegend, meine Liebe«, erklärte der alte Mann Rixende, als sie oben angelangt waren. »An ihn müßt Ihr Euch gewöhnen. Vom Mittelmeer her bläst der Südostwind, Marin genannt. Es gibt den Marin gras, feucht und klebrig, den Marin gris, der mildes, trübes und bedrückendes Wetter bringt, oder gar den Marin noir, mit schwarzen Wolken und starkem Regen, mitunter sogar Wolkenbrüchen. Ja, ja – die sind gar nicht so selten hier bei uns! Der Nordwind Cers ist frisch, manchmal sogar schneidend. Und dann gibt es natürlich wie heute die warmen Böen aus dem Westen, Fouis genannt, die meist feinen Dauerregen mit sich führen. Wartet es nur ab, junge Frau«, meinte er mit skeptischem Blick auf seine Knie, »spätestens morgen wird das Wetter umschlagen, ich fühle es überdeutlich. Aber, was rede ich da, das alles mag Euch gar nicht interessieren. Verzeiht, ich bin eben ein schwatzhafter alter Mann. Ich hätte Euch lieber sagen sollen, wie sehr ich mich freue, daß die Verbindung, die Euer Vater und ich vor langer Zeit ins Auge gefaßt haben, nun – dank Eurem Bruder – endlich zustande kommt, und wie sehr ich bedaure, daß Eure Eltern nicht mehr unter uns weilen.«

Rixende neigte höflich den Kopf.

In der weitläufigen Eingangshalle des Hauses war es angenehm kühl. Dunkle Balken trugen die Decke. Weder hier noch in der angrenzenden Wohnstube, in die Fabri sie nun führte, lag ein Strohhälmchen herum, wie Rixende zu ihrem Erstaunen bemerkte – im Hause des Bayle wurde täglich frisches Stroh aufgeschüttet –, statt dessen bedeckten bunte Steinfliesen den Boden. Vier hohe, offenstehende, aber an eisernen Haken festgebundene Lanzettfenster erlaubten einen freien Blick auf die Stadt und ihre Türme.

In der Mitte des Raumes stand ein großer Tisch, um den sich eine dreiteilige dunkle Bank mit geschnitzter Lehne zog. Dicke Polster, mit bestem Tuch bezogen, luden zum

Verweilen ein. Mächtige, jedoch mit feinen Einlegearbeiten verzierte dunkle Kästen bargen wohl die Besitztümer des Hausherrn. Die weißgekalkten Wände bedeckten edle Teppiche, kleinere Truhen in den Fensternischen waren mit goldenen Beschlägen versehen.

Ein städtisches Haus, ein vornehmes Heim, dachte Rixende beeindruckt, alles war ganz anders, als sie es gewohnt war.

»Ich freue mich auch, hier zu sein«, stieß sie endlich hervor und lächelte den alten Mann an. Noch immer klopfte ihr Herz, ja sie meinte gar, daß es bald zerspringen müßte, denn jeden Augenblick konnte doch ihr Bräutigam vor ihr stehen. Weshalb hatte er sie nicht sofort begrüßt? Begutachtete er sie erst einmal aus dem verborgenen heraus?

Castel Fabri, dessen Bart ebenso mit Silberfäden durchzogen war wie sein schulterlanges Haar, beobachtete jede Regung der jungen Frau. Er erklärte voller Eifer:

»Seht, meine Liebe, der große Kamin dort in der Ecke kann von zwei Seiten benutzt werden, einmal von hier aus, wo sich die Familie zum Mahl trifft, und dann von der Küche. Die warme Luft zieht durch senkrechte Schächte überdies in das obere Stockwerk, so daß im Winter das ganze Haus gut geheizt ist. Im Sommer wird natürlich nur der küchenseitige Kamin geschürt, während diese Seite kalt bleibt.«

»Wie zweckmäßig«, meinte Rixende, aber sie fragte sich insgeheim, weshalb Castel Fabri redete und redete und nicht daran dachte, ihr seinen Sohn vorzustellen.

Doch der Tuchhändler ließ sich von ihren fragenden Augen nicht aufhalten. Zielstrebig führte er seine zukünftige Schwiegertochter in die weiträumige Küche.

Dort roch es nach Gebratenem. Eine junge Magd stand vor dem gemauerten Herd, auf dessen weit heruntergezogenem Kamindach an hölzernen Zapfen eiserne Töpfe, Kupfer- und Messingtiegel hingen. Sie bestrich gerade eine Gans mit Fett, damit sie schön knusprig wurde. Rechts und links des Herdes standen große Kessel, Krüge, Bottiche und Kannen. An Borden hingen Roste und Bratspieße, Pfannen, Schieber und Kellen. Rixende blickte bewundernd auf die feinen Siebe, die sie im Gebirge nicht gehabt hatten. Hier würde es gutes Brot geben, dachte sie bei sich.

Die Dienstboten, drei an der Zahl, ließen, als sie Fabri mit Rixende hereinkommen sahen, alles liegen und stehen und verbeugten sich. Castel Fabri nannte ihre Namen und ihre Stellung im Haus. Der dicken Köchin, die gerade dabeigewesen war, Hirse einzuweichen, klopfte der Alte kräftig auf die Schulter. »Ja, unsere Benete ist der gute Geist des Hauses«, sagte er. »Alles geht nach ihrem Kopf. Doch nun wird sie sich unterordnen müssen. Sieh nur, meine Beste, vor dir steht deine zukünftige Herrin! Deine guten Tage hier werden bald vorüber sein!«

Rixende wurde verlegen und hob abwehrend ihre Hände. Doch Fabri zwinkerte ihr übermütig zu und fuhr fort, die Köchin zu necken: »Hier weht nun bald ein anderer Wind, Benete, lange genug hast du uns alle tyrannisiert!«

Die junge Magd Josette hatte offenbar große Mühe, das Lachen zu unterdrücken, denn sie hielt sich glucksend ein Küchentuch vor den Mund.

Benetes Hals hatte sich tiefrot verfärbt. »Tyrannisiert?« sagte sie, legte den hölzernen Löffel beiseite, wischte sich entschlossen die Hände an der Schürze ab, schob sich die Haube aus der Stirn – und blies zu Rixendes Überraschung ihre dicken Backen auf, die denen der Dame Carcas in nichts nachstanden. Derart baute sie sich nun, die Hände in die breiten Hüften gestemmt, vor dem alten Fabri auf, wobei ihre Augen weit hervortraten. Dann stieß sie die Luft mit einem Mal geräuschvoll wieder aus und rief fröhlich:

»Mit dem Wind, den man selber macht, Herr Fabri, ist das Schiff nicht zu segeln!«

Alle lachten hellauf, auch Benete selbst, deren Leib dabei bedrohlich wackelte, und Castel Fabri klopfte sich gar vor Vergnügen auf die Schenkel. Rixende konnte sich nicht genug über den leutseligen Ton wundern, der offenbar in diesem

Hause herrschte. Der Bayle war ein strenger Mann gewesen, der nicht selten den Stock benutzte, und die Dienstboten hatten vor ihm Angst gehabt. Nur Benetes Sohn Aucassinne, der für Pferde und Wagen sowie für alles Grobe zuständig war, wie Fabri erklärte – man sah es an seinen schwieligen Händen –, hatte sich offenbar beim Wetzen der Schlachtermesser von dem Gelächter gestört gefühlt, denn er sah ein wenig finster drein, als Rixende und Castel Fabri die Küche wieder verließen.

»Und nun habe ich eine große Überraschung für Euch, meine Liebe«, sagte der Alte endlich und zog Rixende – die augenblicklich feuchte Hände bekam – mit sich.

Würde sie jetzt Aimeric kennenlernen?

Nein, der alte Mann stieß eine schmale Tür auf und meinte stolz: »Seht! Der Lieblingsplatz meiner verstorbenen Frau, der Herr sei mit ihr. Es wäre ihr gewiß eine Freude gewesen, wenn er auch Euch gefiele.«

Rixende hielt den Atem an, als sie ins Freie trat. Gerade fielen die allerletzten Sonnenstrahlen des Tages in einen kleinen Innenhof, in dessen Mitte ein steinerner Brunnen lustig plätscherte. Der gesamte Hof wurde durch ein Geflecht von Weinranken beschattet, an dem schon fast reife Trauben hingen. Es war wahrhaftig ein herrlicher, völlig windgeschützter Ort, wo eine geschnitzte Bank, ein Tisch und zwei Stühle zum Verweilen einluden.

Rixende drehte sich um und schenkte dem Alten ihr schönstes Lächeln.

»Eure Überraschung ist gelungen, Herr Fabri, dieser Hof bietet sich geradezu an, um stundenlang zu träumen oder ein wenig zu lesen. Habt Dank für Eure Großzügigkeit. Nicht jede Frau findet solch herzliche Aufnahme in einem fremden Haus, wenn es ans Heiraten geht. Doch wo ist Euer …«

Rixende konnte ihre Neugierde nicht mehr bezwingen und hatte nach Aimeric fragen wollen, da unterbrach sie der Alte schon wieder.

»Ihr lest gerne, Rixende?«

Rixende nickte. »Ja, ich muß gestehen, das ist meine geheime Leidenschaft. Aber ich weiß natürlich, daß mir meine Aufgaben als zukünftige Herrin dieses Hauses dafür nicht viel Zeit lassen werden.«

Fabri schmunzelte. »Nun, Ihr müßt Euch gewiß nicht überarbeiten hier, Ihr habt ja gerade unsere tüchtige Benete kennengelernt. Wenn Euch Aimeric nicht allzusehr beansprucht – er ist ja viel auf Reisen –, so werdet Ihr genügend Zeit finden, Eurer Leidenschaft zu frönen. Kommt mit mir, ich will Euch noch etwas zeigen!«

Fabri ließ die Tür zum Innenhof offenstehen, um die kühle Abendluft ins Haus zu lassen, und zog sich ächzend und stöhnend – er schien tatsächlich böse Schmerzen in den Knien zu haben – vor Rixende eine Treppe hoch, die zu einer kunstvoll geschnitzten Galerie führte. Im *solier*, dem Obergeschoß, angelangt, stieß er eine weitere Tür auf und trat in einen abgedunkelten Raum.

»Wartet einen Augenblick«, sagte er. Er tastete sich in das Zimmer hinein, zündete ein wenig umständlich eine Öllampe an, stieß dann mit Schwung die Fenster mit Scheiben aus poliertem Horn auf und die vorgelegten hölzernen Läden. Dann drehte er sich zu Rixende um.

»Hier sind *meine* geheimen Schätze und Leidenschaften, junge Frau!« sagte er zufrieden, während er eine Truhe öffnete, in der sich eine große Anzahl Bücher und Folianten befand.

»Leider kann ich nicht mehr viel damit anfangen«, klagte Castel Fabri. »Mein Augenlicht …«

Rixende hielt den Atem an. »O welch eine Pracht«, rief sie ein wenig heiser und nahm einen Band um den anderen in Augenschein, »welch einen Schatz beherbergt Ihr in Eurem Haus, Herr Fabri! Platon, Vergils ›Aeneis‹, die Dichtungen des Francesco Petrarca, die ›Metamorphosen‹ des Publius Ovidius Naso … Und hier: sogar Senecas Briefe!«

»Alles, was das Herz begehrt, nicht wahr?« Fabri freute sich wie ein kleines Kind.

Für kurze Zeit war jeder Gedanke an ihren unsichtbaren Bräutigam zurückgestellt. Sie betrachtete einen Band nach dem anderen, Bücher, Pergamente und Schriftrollen, die Bruder Paule zwar gekannt, aber nie selbst in Händen gehabt hatte.

»Wie ich sehe, habt Ihr auch Schriften der Muselmanen in Eurem Besitz. Sprecht Ihr am Ende deren Sprache?«

Fabri nickte stolz. »Als Tuchhändler bin ich weit gereist und zähle nicht wenige Muselmanen zu meinen Freunden. Ihr werdet bald meinen Freund aus Damaskus, Ibrahim Ben Suleyman, kennenlernen. Er kommt meist einmal im Jahr nach Carcassonne.«

Rixende bewunderte gerade ein besonders wertvolles Traktat, das in zwei dunkle Holzdeckel eingebunden war. Zarte, geschwungene, mit zahlreichen Fabelwesen versehene Blattranken schmückten die Seiten. Was sie jedoch auf der letzten Seite entdeckte, ließ sie hell auflachen. Sie las laut vor:

»Hie hat das puch ein end.
Gott uns sein Gnad send,
darzu Ochsen und Rinder,
und ein schön Fraue on Kinder!«

Fabri lachte ebenfalls. »Ein Stoßseufzer offenbar. *Scribere qui nescit* heißt es in einer alten Schrift aus dem 8. Jahrhundert, *nullum putat esse laborem* – wer nicht schreiben kann, denkt, das sei keine Arbeit. Aber Spaß beiseite«, fuhr der Alte fort, »es freut mich über alle Maßen, eine kluge Schwiegertochter zu bekommen, eine, die an Büchern Gefallen zeigt und nicht den ganzen Tag der Wäsche hinterherrennt. Das ist bedeutend mehr, als ich erwartet habe. Auch Aimeric wird zufrieden sein, wenn er es erfährt. Im Vertrauen: Er hat ein wenig Angst vor Euch, Rixende!«

»Die habe ich auch vor ihm. Doch wo steckt er, mein zukünftiger Gatte?« fragte die junge Frau jetzt offen.

»In unaufschiebbaren Geschäften unterwegs, leider«,

seufzte Fabri, und er schien sehr verlegen. »Da Aimeric mein einziger Sohn und Teilhaber ist, mußte er vor zwei Wochen nach Marseille reiten, um eine Ladung Seide aus Quanzhou – aus China – zu löschen. Er wird jedoch in Kürze wieder hier sein und Euch dann um so mehr von Herzen willkommen heißen. In der Zwischenzeit könnt Ihr Euch hier eingewöhnen. Ach, übrigens, er hat mir einen Brief für Euch dagelassen, Rixende!«

Fabri nestelte an seinem dunkelblauen Gewand und zog aus einer Innentasche ein gesiegeltes Pergament hervor, das er Rixende übergab.

Vor den Toren Carcassonnes wäre Rixende noch jeglicher Aufschub recht gewesen, doch dann hatte sie der ersten Begegnung mit ihrem Bräutigam geradezu entgegengefiebert.

»Ich ... ich möchte seine Zeilen gerne vor dem Zubettgehen lesen, wenn Ihr erlaubt, Herr«, sagte sie leise. Tränen standen in ihren Augen. Castel Fabri nahm sie in den Arm und entschuldigte Aimerics Abwesenheit ein weiteres Mal mit vielen Worten. Dann zeigte er ihr – auch um sie abzulenken – ihre persönlichen Gemächer, die nur ein paar Türen weiter im ersten Stock des Hauses lagen und ebenfalls mit wertvollen Truhen und edlen Wandbehängen ausgestattet waren. Rixende stellte ihm bei dieser Gelegenheit die Muhme Mengarde vor, die bis zur Hochzeit in Carcassonne bleiben würde und bereits dabei war, die Kleider und persönlichen Gegenstände ihres Schützlings auszupacken. Rixendes Puppe – das zarte Gesichtchen aus Karneol geschnitzt – lag schon auf ihrem Bett. Es war das einzige Andenken, das sie an Montaillou hatte.

Als sie am späten Abend im Kerzenlicht das Siegel des Pergamentes erbrach, fiel ihr ein schmaler goldener Ring mit einem wunderschön geschliffenen glutroten Rubin entgegen.

»Liebe Rixende! Es tut mir aufrichtig leid, Euch nicht selbst in unserem Hause begrüßen zu können. Doch meine Reise nach Marseille war unaufschiebbar. Sicherlich hat mein Vater sein

Bestes getan, damit Ihr Euch wohl fühlt am ersten Tag in der Fremde. Ich hoffe von ganzem Herzen, daß es für uns beide recht bald so kommen wird, wie ich kürzlich einen Troubadour habe singen hören:

Die Liebe, dacht ich, sei ein holder Scherz,
da sie zu lernen ich zuerst begann.
Nun wogt wie eine Feuersbrunst mein Herz,
die alle Flut des Meers nicht löschen kann.

Für immer der Eure
Aimeric Fabri«

3

> Vor solchem Feind nur muß die Seele zagen,
> der ihr zu schaden Waffen hat und Macht …
>
> *Dante,* Die Göttliche Komödie

Zur gleichen Zeit, im runden Turm der Justiz, in dessen Gewölbe sich – an paarweise angebrachten Haken – die Säcke aus Tierhäuten befanden, in denen die Prozeßunterlagen gegen die Häretiker aufbewahrt wurden:

Der Inquisitor von Carcassonne und Albi, Nikolaus von Abbéville, ein großer, stämmiger Mann mittleren Alters, stürmte mit dem ersten Sonnenstrahl in die Zelle seines Schreibers. Nachdem er dort einige Zeit unruhig auf und ab geschritten war, faßte er einen – wie es sich bald herausstellen sollte – folgenschweren Entschluß.

»Fébus, setzt einen Brief auf an den Prior unseres Klosters zu Albi, Fulco von Saint-Georges:

Lieber Bruder im Herrn«, diktierte er, und in seiner Stimme lag Entschlossenheit. »*Wie ich von Bischof Bernhard höre, nimmt die hartnäckige Missionstätigkeit der Katharer in Albi erneut geradezu beängstigende Ausmaße an. Neben einfachem Volk sollen inzwischen auch zahlreiche Konsuln und Händler infiziert sein. Der Erzketzer Authié ist noch immer nicht gefaßt. Ich sende Euch aber in der Anlage eine Aufstellung derjenigen Männer namhaften Geschlechts oder Standes, deren Missetat als ›peccatum criminale‹ zu bezeichnen ist, die also offenbar mit ihm oder anderen Ketzern in Kontakt stehen, selbst heimlich häretisiert sind oder die Teuflischen, aus welchen Gründen auch immer, decken. Meine Gewährsmänner bürgen für die Richtigkeit der Anschuldigungen.*

Die Beschuldigten sollen auf der Stelle allesamt verhaftet und ohne Verzug in den Kerker von Carcassonne verbracht werden.

Ihr, Fulco von Saint-Georges, seid mir für die Durchführung dieses Exempels verantwortlich. Damit die Jurisdiktion gewahrt bleibt, hat der Provinzial unseres Ordens Euch mit dem heutigen Tag zu meinem Verweser ernannt. Euer Amtssitz ist zukünftig in Carcassonne. Die Bischöfe von Toulouse, Albi und Carcassonne sind bereits über diese Ernennung informiert.«

Zufrieden nickte Nikolaus von Abbéville seinem Schreiber zu. »Und sorgt dafür, Fébus, daß die Nachricht noch heute nach Albi gelangt. Bereitet auch den Kerkermeister darauf vor, daß in Kürze fünfundzwanzig Männer hier eingeliefert werden. Keine Privilegien – sagt ihm das –, auch wenn es sich um hochgestellte Persönlichkeiten handelt.«

Fébus nickte und machte sich daran, das Aufgesetzte ins reine zu schreiben. Als Dominikaner wußte er, daß nach katholischem Recht jeder Getaufte, der ein Dogma leugnete oder bezweifelte, ein Ketzer war. Und behauptete Nikolaus von Abbéville denn nicht immer, daß bereits Gott Inquisitor war, als er Adam und Eva züchtigte?

Fulco von Saint-Georges rieb sich die Hände, als er nach der Vesper das Pergament des Inquisitors gelesen hatte. Seine Zufriedenheit hatte weniger mit seiner Ernennung zum stellvertretenden Inquisitor zu tun – damit hatte er seit längerem gerechnet – als vielleicht mit der endlich angeordneten Verhaftung bestimmter Männer. Bischof Bernhard von Castaignet hatte ihm erst wenige Tage zuvor versichert, daß die Genannten allesamt der Ketzerei überführt wären. Es gäbe ausreichende Beweise.

Der Prior stand auf, lief um den Tisch herum und trat ans Fenster. Ein Name auf der Liste machte ihm allerdings beträchtliches Kopfzerbrechen: Guilheme Calveries. Er kannte den alten Mühlenbesitzer persönlich, ihn, seine Frau und seine beiden bereits erwachsenen Söhne und ihre Familien. Untadelige Leute allesamt, eng mit dem Kloster verbunden. Mehrmals im Jahr brachten die Calveries Säcke voller Korn für die Armen, und sie spendeten auch reichlich Geld. Und nun stand sein Name auf der Liste der Ketzer. Wie hatte es geschehen können, daß Calveries den Häretikern verfiel? Und was konnte er, Saint-Georges tun, um ihn wieder auf den rechten Weg zu bringen? Dominikus von Caleruega kam ihm in den Sinn, der Ordensgründer, der auf eine andere Weise die Katharer hatte bekehren wollen, die so sehr die Ordnung der Heiligen Römischen Kirche störten: mit ruhigem, friedlichem Gespräch von Mann zu Mann; Überzeugung, keinesfalls Gewalt, mit vorbildlichem, asketischem Leben, gleich den katharischen *parfaits*. Nun ja, dachte Saint-Georges, und er verzog ein wenig spöttisch den Mund, Dominikus in allen Ehren, er hatte es gut gemeint, doch den Menschen das Evangelium predigen in härenen Kutten und Sandalen, wie lächerlich! Die Zeiten waren andere geworden, dem Herrn sei Dank. Zwar erzählte man sich noch immer, daß Dominikus' Mutter, bevor sie ihn empfing, geträumt hatte, sie trüge ein Hündlein in ihrem Schoß, das eine brennende Fackel in seinem Munde hielt, welche – sobald es ihren Leib verließ – die ganze Erde zu entzünden schien. Doch der freundliche, brave Mann war sein Leben lang ein zahnloser Hund geblieben und hatte nur wenige Ketzer mit seinen Reden überzeugt, obwohl er selbst bei glühender Hitze bergauf und bergab auf holprigen Straßen gezogen war, um auf den Marktplätzen das »Predigtwerk Christi« zu verkünden. Statt eine »göttliche Offenbarung« zu erfahren, hatten die Menschen die Bettelmönche verjagt oder bestenfalls verspottet. »Ihr habt Euch wohl vom Saulus in den Paulus verwandelt? Das apostolische Mäntelchen, das Ihr Euch übergezogen habt, kann uns nicht täuschen«, hieß es allenthalben.

Mit welcher Hartnäckigkeit hielt sich nur diese Häresie, und mit welcher Begeisterung wurde sie noch immer vom Volk aufgenommen, so daß sogar der brave Calveries ihr zum Opfer gefallen war? Nach der Euphorie, mit der Eroberung des Montségur und der Verbrennung der dort verschanzten katharischen Elite endlich dem »Drachen« den Kopf abgeschlagen zu haben, war das Entsetzen unter dem Klerus und der Inquisition groß, als man erkannte, daß dem Drachen hydragleich und rasend schnell zahlreiche andere Köpfe nachgewachsen waren.

Der frischgebackene Inquisitor Fulco von Saint-Georges sah vom Fenster aus, wie unten im Hof eiligen Schrittes Bruder Henricus, der Cellerar, zur Klosterpforte lief. Rasch trat er ein Stück zurück und beobachtete dann, wie der hagere Mönch mit dem bleichen Gesicht und den unheimlichen Augen bei der Pforte innehielt, Bruder Leonardus zu sich heraus winkte und leise auf ihn einredete. Was heckten die beiden schon wieder aus? Übers Jahr hatte es ihretwegen unter den Mönchen öfter heftigen Streit gegeben. Es war meist um Kleinigkeiten gegangen, einmal hatten die beiden allen Ernstes die These aufgestellt, daß eine Maus, die heimlich vom Taufwasser gesoffen hätte, für getauft zu halten wäre. Dann aber hatte es hitzige Meinungsverschiedenheiten gegeben, die Bischof Castaignet betrafen, dem sie Maßlosigkeit vorhielten, und Fulco von Saint-Georges hatte mit eisernem Besen kehren müssen, um die Ehre des Bischofs und die Ruhe im Kloster wiederherzustellen. Seit kurzem nun sagte man dem Cellerar nach, daß er dem Averroismus nahestände und heimlich die verbotenen Schriften dieses Siger von Brabant läse, die von der einen, allen gemeinsamen Vernunft handelten. Saint-Georges hatte keine Zweifel an dieser unglaublichen Anschuldigung gehabt – er kannte seinen Cellerar – und hatte deshalb zweimal in Henricus' Abwesenheit sein Pult durchsuchen lassen, jedoch nichts entdeckt, das für eine Anklage wegen Häresie ausgereicht hätte. Der Mann war durchtrieben.

Statt seiner war nun der Müller Calveries angeklagt, etwas, was dem Prior einfach nicht aus dem Kopf gehen wollte.

Saint-Georges trat wieder näher ans Fenster und spähte hinab. Konnte es sein, daß sich die Nachricht von der bevorstehenden Verhaftung der Albigenser bereits herumgesprochen hatte? Nachdem der Cellerar schließlich zum Küchentrakt zurückgekehrt war, atmete der Prior mehrere Male tief und befreit die kalte Abendluft ein. Dann setzte er in die Tat um, was zuvor in seinem Kopf Gestalt angenommen hatte. Er nahm sich noch einmal die Liste der Verdächtigen vor und ergänzte sie nach kurzem Zögern um den Namen des Cellerars. Schließlich konnte seinem Nachfolger, Prior Conrad, der ständige Ärger mit Bruder Henricus nicht zugemutet werden, dachte Saint-Georges und fühlte seinen Entschluß allein aus diesem Grund gerechtfertigt. Einen Häretiker im Kloster zu haben war nicht nur nicht tragbar, es war höchst gefährlich. Aber da war noch der seltsame Todesfall von Bruder Berthold vor einem Jahr. Schon damals hatte es Gerüchte gegeben, daß Henricus nachgeholfen hätte, weil Berthold ihn nicht mehr hatte decken wollen. Wer weiß, vielleicht würde er jetzt – als Inquisitor – die Wahrheit erfahren.

Zufrieden blies Saint-Georges die Asche vom Dokument und rollte es zusammen.

Ab heute gehörte er also zu den *domini canes.* Auf dieses Schimpfwort, das den Inquisitoren galt, war er nicht sehr stolz. Trotzdem gefiel es ihm, daß die »Hunde des Herrn« lieber handelten, statt endlos zu debattieren oder mit feurigen Worten Botschaften zu verkünden, die die Menschen gar nicht hören wollten.

Weisungsgemäß ließ er am nächsten Morgen die Männer von Albi und obendrein den Cellerar verhaften und nach Carcassonne verbringen. Um Calveries würde er sich persönlich kümmern. Der Müller zumindest hatte eine Chance verdient. Wenn er mit ihm redete, würde er sicherlich abschwören.

Mit der Verhaftung ihrer besten Männer brach die Finsternis über Albi herein, die schöne alte Stadt am Tarn, die schon Römer, Westgoten und Sarazenen in ihren Mauern gesehen hatte, die man aber seit den Tagen des heiligen Bernhard als hochgradig ketzerisch verseucht ansah. Die rote, wehrhafte Kathedrale war nicht zuletzt als katholisches Bollwerk gebaut worden, um die Ketzer einzuschüchtern. Ihre monumentale Größe, ihr martialischer Anblick allein schien auf den ersten

Blick jeden Unglauben zu erschüttern. Doch auch sie hatte es nicht vermocht, den römisch-katholischen Glauben fortan rein zu halten.

»Weshalb ausgerechnet meinen Mann?« hatte die Frau des Guilheme Calveries Saint-Georges angeschrien und sich voller Verzweiflung an die Brust geschlagen, als man ihn abführte. »Welche Beweise liegen Euch vor, ehrenwerter Prior? Mein Mann lügt und trinkt, ißt sogar täglich Fleisch – wie kann er da Katharer sein? Außerdem wohnt er regelmäßig der Messe bei und erfüllt alle seine religiösen Pflichten! Wenn Ihr selbst es vergessen habt, was ich mir nicht vorstellen kann, so fragt unseren guten Bischof Bernhard!«

Fulco von Saint-Georges hatte geschwiegen, wenngleich ihn die Vorwürfe der Frau nicht unberührt gelassen hatten. Doch sie konnte nicht wissen, daß Bischof Bernhard von Castaignet, Herr über ausgedehnte ländliche Liegenschaften und Vizeverwalter der Inquisition, mit einigen der Delinquenten heftig im Zwist lag. Nicht wenige der soeben verhafteten Männer hatten sich nämlich geweigert, ihm mehr als den obligatorischen Zehnten zu zahlen, Gelder, die dringend für den festungsartigen Ausbau seines Palastes und die Erweiterung der Kathedrale Sainte-Cécile benötigt wurden. Calveries befand sich unter ihnen. Das hatte Saint-Georges noch in der Nacht herausbekommen.

»Ein Sturm der Empörung wird über unser Land fegen!« hatte auch Castel Fabri ausgerufen, als er sich nach Bekanntwerden dieses Vorfalls mit seinem alten Freund, dem Konsul Elias Patrice, zur Beratung in seine Schreibstube zurückgezogen hatte.

»Sogar Garric hat es erwischt. Und ich kann nichts dagegen tun. Weshalb hat man *ihn* verhaftet, wenn man eigentlich seinen Bruder meint, der selbstredend ein unverbesserlicher Ketzer ist, ein *parfait* sogar, wie man hört.«

»Man bekommt ihn eben nicht zu fassen, diesen Vollkommenen! Er ist fast ebenso berühmt oder berüchtigt – wie immer man es sehen mag – wie der Erzketzer Authié, und das Volk hält ihn versteckt. Nein, ich vermute, es war Garrics Wohlstand, der Nikolaus von Abbévilles Begierde geweckt hat oder die des Bischofs von Albi«, hatte Patrice gemeint. »Aber gerade das macht mir Sorgen. Denn muß man nicht befürchten, daß es uns in Carcassonne bald ähnlich ergehen könnte? Abbéville erzählt schon überall herum, daß unsere Stadt ein hoffnungsloses Nest von Ketzern sei, welches strengste Züchtigung verdiene. Auch wenn wir allesamt gute Katholiken sind, mein lieber Fabri, so sind wir, wie die meisten Verhafteten aus Albi, nicht gerade unvermögend. Ich denke, in dieser Situation kann uns nur noch die Krone helfen! Wir sollten sofort handeln und den Seneschall des Königs, Gui Capriere, einschalten.«

»Gut«, sagte Castel Fabri eisig. »Ich sehe nicht ganz so schwarz wie du, doch soll der Senat ruhig eine Appellation aufsetzen. Bleibt jedoch erneut des Königs Hilfe aus, so braucht sich Philipp der Schöne nicht zu wundern, wenn sich sein Volk irgendwann nach einem anderen Herrscher umsieht!«

Patrice nickte zustimmend. Er kannte die Geschichte, auf die sein Freund gerade angespielt hatte. Obwohl man vor Jahren Nikolaus von Abbéville einer offensichtlichen Fälschung überführt hatte, war der König in Fontainebleau untätig geblieben. Seit dieser Zeit war das Verhältnis des Senats von Carcassonne zur Krone, von der Inquisition nicht zu reden, nachhaltig gestört.

»Was ist das nur für eine Zeit, mein Täubchen!« klagte auch Mengarde und ließ sich seufzend auf Rixendes Bett fallen. »Da hat dich dein Bruder geradezu gedrängt, hierherzufahren, weil du hier sicherer wärst als in Gavarnie, und nun dies! Das Gesinde sagt, daß die Verhafteten gute Katholiken seien – und dennoch stecken sie im Loch. Über Nacht erklärt man bestens beleumundete Bürger zu Ketzern! So einfach ist das heutzutage.«

»Sprich doch nicht immer so laut, Mengarde!« ermahnte sie Rixende, während sie begann, sich für den Kirchgang zurechtzumachen. »Noch sind wir hier Gäste. Denn wenn mein Zukünftiger mich nicht mag, so mußt du mich wieder mit nach Hause nehmen, Muhme!«

»Das wäre nicht so schlimm«, Mengarde gluckste leise in sich hinein, »nein, nein. Mein Enkel Christian hat doch längst ein Auge auf dich geworfen, meine Kleine!«

»Still – alle Welt denkt doch, er ist mein Bruder, Mengarde«, sagte Rixende vorwurfsvoll. »Er ist ein lieber Kerl, aber, ehrlich gesagt, innige Gefühle habe ich nie für ihn empfunden.«

Christian Ripoll, des Bayles jüngster Sohn, war sieben Jahre älter als Rixende. Dennoch hatte eine gewisse Vertrautheit unter ihnen geherrscht, und er hatte sie früher häufig auf seine Unternehmungen mitgenommen. Er war mit ihr durch dunkle, wilde Tannenwälder hinauf zum großen Wasserfall von Gavarnie geklettert, der in mächtigen Kaskaden den Fels hinabtoste, und hatte ihr die *isards* gezeigt, wie die Bauern die kleinen grauen Gemsen nannten, die hurtig von Fels zu Fels sprangen. Oftmals hatten sie auch zusammen Forellen geangelt, von denen es nur so wimmelte in den reißenden Gebirgsbächen, oder das Lammen der Schafe beobachtet. Er machte sie auf den stolzen Königsadler aufmerksam, der hoch oben einsam seine Runde zog, pflückte ihr gelbe Bärenöhrlein und steckte ihr duftendes Geißblatt ins Haar. Eines Tages hatte er sie sogar auf ein Nest fahlroter Geier aufmerksam gemacht, die gerade Junge hatten. Rixende liebte Tiere und wußte gut mit ihnen umzugehen. Als einzige im Haus des Bayle hatte sie nämlich das Kunststück fertiggebracht, die stolze Ginsterkatze mit dem langen Schwanz, die das Korn in der Tenne vor Mäusen schützte, zu streicheln, was Rixende mit Stolz erfüllte und die jüngeren Kinder aus der Nachbarschaft ihr heftig neideten.

»Ich weiß, daß du in Christian nur den Bruder siehst, obwohl er mit dir gar nicht verwandt ist«, lenkte Mengarde ein und erhob sich ächzend. Am liebsten wäre sie schon wieder nach Hause gefahren, wo viel Arbeit auf sie wartete, doch das Versprechen, das sie Rixendes Vater gegeben hatte, sich bis zur Hochzeit um sein Töchterlein zu kümmern, mußte gehalten werden. Längst ging es nicht mehr um die große Summe Geldes, die sie und ihr Sohn, der Bayle, für die Aufnahme an Kindes Statt bekommen hatten, die Muhme hatte Rixende tief in ihr Herz geschlossen.

»Manchmal habe ich jedoch den Eindruck, du verbirgst deine wahren Gefühle vor jedermann«, meinte sie. »Vielleicht liegt es daran, daß man dich so früh von deiner Mutter getrennt hat. Aber laß uns jetzt zur Messe gehen und den lieben Gott bitten, daß er Feuer und Schwefel auf diejenigen herabfahren läßt, die noch immer Unschuldige verhaften und unter dem Schafspelz ihre Wolfsnase verbergen.«

Zwei Wochen nach ihrer Ankunft in Carcassonne – die Aufregung über die inhaftierten Bürger Albis hatte sich gerade etwas gelegt – wachte Rixende mitten in der Nacht auf. Ein Poltern und Lärmen drang zu ihren Gemächern herauf, verhaltene Stimmen und Lachen. Sollte Aimeric zurückgekommen sein? Rixendes Herz fing zu klopfen an. Erwartete man von ihr, daß sie um diese Zeit aufstünde, ihn zu begrüßen? War dies schicklich?

Da pochte es schon an ihre Tür.

»Er ist wieder da, der junge Herr«, flüsterte ihr Mengarde zu, die Nachthaube verwegen in den Nacken geschoben, »und ich kann dich beruhigen, mein Täubchen, er ist keineswegs ein häßlicher Vogel. Auch scheint er von freundlichem Wesen zu sein. Ich bin ihm nämlich geradewegs in die Arme gelaufen, als ich mir aus der Küche einen Krug mit frischem Wasser holen wollte.«

Rixende lächelte über Mengardes Neugierde und beschloß nach kurzem Zögern, sich wieder zu Bett zu begeben. Närrinnen gab es schon genug in diesem Hause.

Als sie sich am nächsten Morgen anschickte, die Messe zu besuchen, stand er plötzlich vor ihr. In grünes Tuch gekleidet, eine dunkle, pelzverbrämte Samtkappe auf mittelbraunen schulterlangen Haaren, war er nur wenig größer als Rixende und neigte wie sein Vater etwas zur Rundlichkeit. Doch als er seiner Braut entgegenging, um sie zu begrüßen, leuchteten seine Augen auf. Eine solch schöne Frau hatte er selten zuvor gesehen – und er war wirklich weit gereist.

Welch ein Anblick, dachte er, welch ein Glück!

Rixende, die vor Aufregung schon im Morgengrauen aufgestanden war, hatte sich von Mengarde das lange dunkle Haar geradezu kunstvoll flechten lassen. Über einem schwarzen Unterkleid trug sie ein ärmelloses, seitlich geschnürtes senffarbenes Überkleid, dessen Saum ein schwarzes Mäandermuster schmückte. Die Muhme, aufgeregter als Rixende selbst, stand schon bereit, ihr den für den Kirchgang passenden Mantel umzuhängen. Den erhebenden Augenblick des ersten Zusammentreffens der beiden hatte sie sich um nichts auf der Welt entgehen lassen wollen.

Galant verbeugte sich Aimeric vor Rixende.

»Ich freue mich über alle Maßen, Euch endlich kennenzulernen, und ich muß sagen, daß ich von Eurer Schönheit und Eurem Liebreiz mehr als angetan bin, Rixende Ripoll«, sagte er ein wenig hölzern. »Ihr habt Euch hoffentlich gut eingelebt hier im Haus?«

»Danke, Euer Vater ist sehr freundlich zu mir, und die Dienstboten lesen mir jeden Wunsch von den Augen ab, was mir manchmal peinlich ist, weil ich es nicht gewohnt bin.«

Aimeric lachte. »Nun, unsere Benete hat allerdings ihren eigenen Kopf. Mit ihr werdet Ihr es nicht leicht haben, Rixende. Das muß ich Euch ganz offen sagen. Nach dem Tod meiner Mutter hat sie die Zügel in die Hand genommen, und die gedenkt sie sich noch lange nicht abnehmen zu lassen. Sagt es nur, wenn sie Euch gar zu barsch behandelt. Ich bin der einzige hier im Haus, auf den sie hört.«

»Mit Eurer Benete wird es keine Probleme geben, da könnt Ihr beruhigt sein«, sagte Rixende. »Ich habe mit ihr ein Abkommen getroffen: Sie bleibt weiterhin für alle häuslichen

Angelegenheiten zuständig, wird mir aber nach unserer Hochzeit die Abrechnungen vorlegen.«

»Das ist sehr vernünftig, Rixende Ripoll. Ich danke Euch für Eure Weitsicht und für Euren Großmut. Nun aber laßt uns rasch zur Kirche laufen, die Glocken läuten schon. Vater ist bereits vorausgegangen, er ist nicht mehr der Schnellste.«

Rixende nickte und bedankte sich für den Rubin, den sie an ihrem linken Zeigefinger trug.

Auf dem Weg zur Kathedrale warf sie immer wieder einen verstohlenen Blick auf ihren zukünftigen Gatten. Er schien ein wenig kurzatmig zu sein, was aber damit zusammenhängen konnte, daß er beim Laufen unablässig redete und gestikulierte – auch dies offenbar ein Erbteil seines Vaters. Obwohl er überaus freundlich und aufmerksam ihr gegenüber war, kam er ihr sehr fremd vor. Würde sie diesen Mann tatsächlich eines Tages lieben können?

Es ist noch zu früh, schalt sie sich. Was hatte sie nur erwartet? Man muß sich Zeit lassen zum Kennen- und Liebenlernen, auch Rom ist schließlich nicht an einem Tag erbaut worden.

Die Kathedrale Saint-Nazaire war erst vor knapp fünfzig Jahren vollendet worden. Als der alte Fabri Rixende zum ersten Mal durch das mächtige Langhaus geleitet und ihr dabei die schreckliche Geschichte jenes Nazaire erzählte hatte, die in der *Historia Lombardina* nachzulesen sei, hatte die junge Frau erstaunte Augen gemacht. Vor allem hatten es ihr die sieben hohen, lichtdurchfluteten Fenster des Chores angetan. Doch heute, als das Morgenlicht durch die große blaue Rosette des nördlichen Querschiffs fiel, die das Haus Fabri gestiftet hatte, und kleine Stäubchen auf vorwitzigen Sonnenstrahlen auf und ab tanzten, war Rixende, trotz der unsicheren Gefühle, die sie für ihren Bräutigam empfand, geradezu stolz darauf, bald richtig zu dieser angesehenen Familie zu gehören.

Sie hatten auf der eigenen Bank der Fabris Platz genommen, ganz vorne auf der linken Seite – der alte Mann saß zwischen den Brautleuten –, und Rixende begann sich zunehmend wohl zu fühlen, wenngleich es sich um hartes, hochlehniges Gestühl handelte. Wie jeden Morgen musterte sie zunächst die seltsamen Gestalten, die sich auf den Kapitellen vor dem Altar befanden. Da waren Engel mit Weihrauchfässern, dann welche mit Bändern, Männer mit gekrümmten und verzerrten Körpern und solche mit Tierköpfen, ein musizierender Hirte, Vögel, Schlangen, Affen und eine Bache, die gerade ihre Jungen nährte.

Rechts und links des Altars befanden sich – eingehüllt in Weihrauchschwaden – die Stehbänke für Carcassonnes Mönche. Während des sonntäglichen Hochamtes waren sie meist anwesend, auf der rechten Seite die Dominikaner und links vom Altar die Franziskaner. Wochentags feierten sie Messe und Andachten in ihren Ordenskapellen in der Bastide. »*Media vita in morte sumus* – mitten im Leben sind wir vom Tod umgeben«, sagte soeben der bereits ziemlich gebrechliche Bischof von Carcassonne, Jean de Chevry, nach Art der Kardinäle gekleidet – in seine Schärpe waren die »rocs d'échiquier« eingestickt –, als Rixende den überraschten Blick eines großgewachsenen Dominikaners wahrnahm, der entgegen der Regel seinen Kopf nicht in Kontemplation gesenkt hielt. Der Mönch hatte sogar seine Kapuze heruntergestreift, die Arme vor der Brust verschränkt und musterte ungeniert die junge Frau, die sich über eine solche Frechheit nicht genug wundern konnte.

Nach der Messe fragte sie Fabri nach ihm.

»Oh, Ihr meint sicher Fulco von Saint-Georges, den Zweiten Inquisitor von Carcassonne.«

Rixende erschrak. »Inquisitor?«

»Noch vor kurzem war er Prior in Albi. Ein Ehrgeizling. Er war es, der die Gefangenen hierhergebracht hat.«

»Ich habe seine dreisten Blicke auch beobachtet«, sagte Aimeric. »Doch macht Euch seinetwegen keine Sorgen, Rixende, seht einfach durch ihn hindurch, dann wird er rasch sein Interesse an Euch verlieren.«

»Wartet nur erst ab, meine Liebe«, meinte Castel Fabri, »bis Ihr den Ersten Inquisitor, Nikolaus von Abbéville, kennengelernt habt! Er ist ein Ausbund an Arroganz, und seinen düster funkelnden Augen entgeht so schnell nichts. Allerdings befürchte ich, mit Saint-Georges an seiner Seite wird es noch schlimmer werden. Doch wohnen zum Glück auch die Franziskaner der Messe bei. Habt Ihr den braven Mönch gesehen, der ganz vorne in ihrer ersten Reihe stand? Den mit dem roten Haarkranz und den freundlichen Augen?«

Rixende nickte.

»Das war Bernhard Délicieux, ihr hiesiger Lektor, ein überaus gelehrter Mann von hoher Toleranz, der übrigens auch den Tieren eine Seele zugesteht. Er beherrscht die Kunst, in Worte zu fassen, was andere nur im Herzen fühlen, und die Dominikaner hassen ihn ob seiner Beliebtheit beim Volk. Wahrhaftig, es gibt in unserer Stadt keinen Klügeren«, sagte Fabri leise, als sie sich auf den Heimweg machten. »Doch jetzt genug von Carcassonnes Mönchen, laßt uns Benete befragen, was sie Gutes gekocht hat!«

4

Mich hat der Herr in Gnaden so bedacht,
daß euer Elend nimmer mich berühret ...
Dante, Die Göttliche Komödie

Aimeric Fabri nahm sich die Zeit, des Abends mit seiner Braut bei Kerzenschein im Innenhof zu sitzen, damit sie sich langsam kennenlernten. Sie erzählten einander von ihrer Vergangenheit, redeten über die Ereignisse in Stadt und Land, und Aimeric erklärte Rixende ausführlich die Gepflogenheiten des Tuchhandels. Oft konnte man sie noch spät in der Nacht lachen hören, weil sich Aimeric, der für seine Späße in ganz Carcassonne bekannt war, wieder einmal als Komödiant gebärdete. Dennoch, obwohl sie täglich vertrauter miteinander wurden und der junge Mann seiner Zukünftigen bald schmachtende Blicke zuwarf, blieb Rixende seltsam kühl. Vergeblich wartete sie auf das Erwachen ihrer Liebe zu Aimeric. Ihm irgendwelche Gefühle vorzugaukeln, ließ ihr Stolz nicht zu.

Fabri, der die beiden heimlich beobachtete, war beunruhigt, und auch Mengarde schüttelte den Kopf, weil Rixende Aimeric wie einen ihrer Stiefbrüder behandelte und nicht wie ihren Bräutigam. Bei der heiligen Sophie, dachte die Muhme, da mußte es doch einen Unterschied geben, und gab es ihn nicht, war sicherlich etwas nicht in Ordnung.

»Habt Ihr eine Weile Zeit für einen alten Mann, Rixende, oder seid Ihr zu sehr mit Euren Hochzeitsvorbereitungen beschäftigt?«

Rixende war nicht wenig verwundert, was Fabri so früh am Tag von ihr wollte. Kaum hatte er die Tür seiner Schreibstube hinter ihr geschlossen, kam er zur Sache.

»Nun, meine Liebe, ich denke, es ist an der Zeit, daß ich

mit Euch ein offenes Wort rede. Laßt mich dazu ein wenig ausholen. Euer Vater hat mich seinerzeit, als er sich von der Inquisition bedroht fühlte, gebeten, sein Vermögen zu verwalten. Es handelte sich«, Fabri räusperte sich, »um eine beträchtliche Summe Goldes, größtenteils die Mitgift Eurer Mutter. Die Barschaft hat gute Früchte getragen, wie ich meine, denn sie hat sich bis zum heutigen Tag nahezu verdreifacht. Euer Bruder und Ihr selbst könnt also zufrieden sein.«

Rixende war überrascht. Sie hatte nicht gewußt, daß der Vater so begütert gewesen war, sie hatte sich um Geld überhaupt niemals Gedanken gemacht, denn sie war im Hause des Bayle mit allem ausgestattet gewesen, was für ihr Wohlergehen notwendig war.

»Wir selbst, das Haus Fabri meine ich natürlich«, fuhr er ungewohnt ernst fort, »möchten bei Euch keinesfalls den Eindruck erwecken, daß wir mit der geplanten Eheschließung ein Auge auf Euren Anteil geworfen hätten.«

»Das hatte ich auch niemals angenommen«, antwortete Rixende verwundert und fragte sich, worauf dieses Gespräch hinauslief.

Fabri räusperte sich und setzte sich dann kerzengerade auf. Rixende bemerkte, daß er rot unterlaufene Augen hatte. Hatte er schlecht geschlafen in der Nacht?

»Rixende Ripoll«, fuhr er fort, »Ihr seid eine kluge Frau. Ihr werdet mir also eine ehrliche Antwort auf eine etwas unangenehme Frage geben, nicht wahr!«

Jetzt war Rixende erst recht beunruhigt. Sie zog die Brauen hoch und sah Fabri offen ins Gesicht.

»Ehe bedeutet nicht gleich Liebe, dennoch gilt das Prinzip des gegenseitigen Einverständnisses«, sagte der alte Mann. »Mein Sohn hat mir gestern gestanden, daß er Euch aufrichtig liebt und begehrt. Doch wir machen uns Sorgen um Euch. Wie sieht es in Eurem Herzen aus? Ihr … nun, Ihr scheint Aimeric abzulehnen. Ist er Euch in irgendeiner Hinsicht zuwider? So etwas soll nicht selten vorkommen …«

Rixende errötete bis unter die Haarspitzen. »Nein, nein …«, entgegnete sie, und das Herz schlug ihr bis zum Hals. »Das ist es sicher nicht, Euer Sohn ist mir keineswegs zuwider, im Gegenteil, wenngleich … wenngleich ich noch nicht sagen kann, wie tief die Zuneigung sein wird, die mich nach der Hochzeit mit ihm verbindet. Und wenn erst Kinder …«

Rixende stockte. Sie dachte an Simon, der sie ein verwöhntes Ding gescholten hatte. Heute würde er ihr, wohl zu Recht, Undankbarkeit vorwerfen. Denn Aimeric war ein guter Mann, und alle hier im Haus waren freundlich zu ihr. Was war nur mit ihr los? Sie spürte, wie ihr heiße Tränen in die Augen schossen, senkte rasch den Blick auf ihre Hände und schwieg.

»Hm, ich verstehe.« Castel Fabri strich sich über seine Stirn und sah Rixende eine Weile nachdenklich an. Dann meinte er in väterlichem Ton: »Verzeiht einem alten Mann, Rixende. Aber nachdem meine Frau tot ist, sah ich es als meine Pflicht an, Euch nach Euren Zweifeln zu fragen. Sollen wir die Hochzeit auf das nächste Frühjahr verschieben?«

Da schüttelte sie entschieden den Kopf, wischte sich die Augen und sagte: »Nein, sie soll stattfinden, wie von Euch geplant, in zwei Wochen. Ich bin dazu fest entschlossen. Es tut mir leid, Herr Fabri, wenn ich Euch und Euren Sohn durch mein Verhalten beunruhigt habe. Doch gehöre ich wohl tatsächlich zu den Frauen, die ein wenig länger brauchen, solcherlei Gefühle, wie sie mir Euer Sohn entgegenbringt, zu erwidern.«

»So sei es denn …«, sagte der alte Mann stirnrunzelnd und erhob sich ziemlich schwerfällig von seinem Stuhl.

»Ich muß Euch noch etwas sagen, Rixende«, meinte er, als sie schon gehen wollte, »behaltet bitte in allen Testimonien den Namen Ripoll bei, damit man keine Rückschlüsse auf Eure wahre Herkunft zieht. Eure Eltern … Ihr wißt, was ich meine … Die Inquisition …«

Rixende nickte.

»Im übrigen, meine Liebe«, nun schmunzelte Fabri wieder, »würde Euch dunkelroter Samt gefallen für Euer Hochzeitskleid?«

»Ja, sehr«, erwiderte Rixende, überrascht von der plötzlichen Wendung des Gesprächs.

»Dann kommt mit mir in unser Lager, daß ich ihn Euch zeige.«

Als Rixende an der Seite Castel Fabris das Haus verließ – das Lager befand sich auf der anderen Seite der Gasse –, kamen ihnen drei Gesellen entgegen, die gar wundersam gekleidet waren. Allesamt trugen sie seltsame gelbe Kugelhüte, auf denen schwarze Würfel mit weißen Augen aufgenäht waren. Die Männer grölten am hellichten Tage und foppten einen jungen Hund, der sie umkreiste und dabei aufgeregt bellte.

Castel Fabri schüttelte empört den Kopf.

»Die drei haben gegen das Würfelverbot verstoßen, das wir Senatoren vor einem Jahr ausgesprochen haben«, erklärte er Rixende. »Wir mußten ein Exempel statuieren, weil die Spielerei in den Trinkstuben unserer Stadt derart überhandgenommen hat, daß etliche dadurch ins Verderben gestoßen wurden.«

Seufzend sperrte er das blaue Tor zum Lager auf. Rixende sah den dreien hinterher und wunderte sich einmal mehr über diese Städter.

Das Lager war größer, als es von außen den Anschein hatte. Verborgen vor neugierigen Blicken, lagen hier Fabris wahre Schätze, die aus unzähligen Ballen Tuch aus aller Herren Länder bestanden. Rixende wußte gar nicht, wohin sie zuerst ihren Blick lenken sollte: auf die hohen Regale mit den bunten Woll- und Leinenstoffen unterschiedlichster Güte, auf Samt und schimmernde Damaste, roten und grünblauen Scharlach, auf orientalische Stoffe mit fremdartigen eingewebten Mustern.

Als sie ihre Aufmerksamkeit besonderen Tuchen in leuchtendem Schwefelgelb schenkte, flüsterte Fabri ein wenig verschämt: »Die Farbe des Höllenfürsten! Sie wird von den Hübschlerinnen aus den Frauenhäusern bevorzugt, um damit die Freier anzulocken.«

Rixende lachte und dachte an die schwarze Anaïs aus Gavarnie, die auch der Bayle ab und an aufzusuchen pflegte, was Mengarde gar nicht gerne sah. »Auf zehn Ammen rechnet man elf Huren, denn eine darunter gilt für zwei«, hatte sie immer mißbilligend gebrummt, wenn ihr Sohn sich des Abends besonders herausputzte.

Nachdem Rixende mit ihren Fingern über die geheimnisvoll knisternde Seide aus China gestrichen hatte, die Aimeric aus Marseille mitgebracht hatte, legte sie voller Begeisterung einen golddurchwirkten Schleier über ihre Schultern und lief mit ihm hinüber zu den kostbaren Pelzen, die zum Abfüttern der Winterkleidung an der Wand hingen. Daneben befanden sich, fein säuberlich aufgereiht, Perlenketten und Schmuckärmel. Neugierig inspizierte Rixende auch all die großen und kleinen Holzkisten, die vielfarbige, goldene und silberne Knöpfe, Schellen, Gewandschließen, Stickgarne, Gürtel und Fibeln bargen. Auf einem runden Tisch in der Mitte des Raumes türmten sich Beutel, Hörnerhauben, hohe Mützen aus Burgund, Sendelbinden, Gugeln, Schapel aus gestreiftem Leinen, auffällige Schnabelschuhe und zierliche Tüchlein zum Anstecken.

Mehr und mehr geriet Rixende ins Schwärmen, und sie vergaß darüber das unangenehme Gespräch, das sie zuvor mit ihrem künftigen Schwiegervater geführt hatte.

»Euer Lagerhaus ist ja das reinste Paradies!« rief sie aus, als sie immer neue Kostbarkeiten entdeckte.

Castel Fabri war stolz. Er schenkte ihr den goldenen Schleier und erklärte ihr dann – so weitschweifig, wie es seine Art war – die verschiedenen Gütezeichen und Bleiplomben, die die Beschaumeister den Stoffballen anhefteten.

»Seht nur her, meine schöne Tochter«, sagte er voller Eifer, »die erste Güte wird mit einem Stern ausgezeichnet, die nächstbeste mit dem Löwen und die drittbeste mit einem

Ochsen, dann mit der Traube und so weiter. Alle Stoffe werden so vor dem Erwerb begutachtet, verplombt und anschließend auch noch gestempelt. Wer gegen diese Bestimmungen verstößt, dem wird die Ausübung des Handels untersagt! So streng sind hier die Bräuche.«

Endlich hielt Fabri inne in seinem Sermon und zog einen Ballen dunkelroten Samtes aus einem der unteren Regale hervor, um ihn vor Rixende aufzuschlagen.

»Man ordnet mit dem Gewand jeden Menschen nach seinem Stand!« sagte er zufrieden, und seine Augen glänzten erwartungsvoll. Rixende befühlte den Stoff. Sie schien unschlüssig.

»Ihr müßt Euch verzierte Schmuckärmel vorstellen, meine Liebe, und einen langen gezaddelten, das heißt girlandenförmig ausgeschnittenen Schweif – das Leibchen vielleicht mit Perlenketten geschnürt?«

»Ist nicht Blau die Farbe des Hauses Fabri?« fragte Rixende schließlich.

»Ja, allerdings ...«

»Nun, dann steht es der zukünftigen Frau des Aimeric Fabri gut zu Gesicht, an ihrem Hochzeitstag jenes Blau zu tragen. Bitte zeigt es mir!«

Verwundert blickte Castel Fabri auf seine zukünftige Schwiegertochter und zog nach kurzem Suchen einen Ballen saphirblauen Samtes hervor.

»Ja«, sagte Rixende, »der gefällt mir. Aus diesem Stoff soll mein Gewand gefertigt werden.«

»Der geistliche Prozeß kennt folgende Verfahren: *accusatio, denunciatio* und *inquisitio.*«

Nikolaus von Abbéville schüttelte unzufrieden den Kopf. »Bruder Fulco, Ihr habt ganz sicher ein gewisses Talent zum Inquisitor, doch fehlt es Euch noch an Erfahrung. Auch habe ich den Eindruck, Ihr wißt nicht, auf wen Ihr Euch wirklich einlaßt. Ich will Euch vorlesen, was Konrad von Marburg über die Ketzer sagt.«

Saint-Georges seufzte unmerklich. Er kannte die Stelle, hatte sie während seines Studiums sogar auswendig gelernt. Nur aus Höflichkeit fragte er daher:

»Der große Prediger und Inquisitor aus deutschen Landen?«

»Ja. Gregor IX. nannte ihn einmal den ›Brautführer der Kirche‹, was ich allerdings für übertrieben halte.«

Abbéville kramte in der Truhe. Endlich hatte er die Stelle gefunden.

»Nun merkt auf, Bruder:

›Wer Eintritt in die Ketzersekte begehrt, der küßt zuerst die Altäre aller Heiligen dreimal mit den Arschbacken und widersagt dabei den kirchlichen Sakramenten. Hat er dann das Haus des Ketzermeisters betreten, wird ihm befohlen zu küssen, was immer ihm als erstes über den Weg läuft, wenn er das Haus verläßt. Und sogleich begegnet ihm ein schrecklich großer schwarzer Mann mit fahlem Antlitz; den küßt er und geht weiter. Dann begegnet ihm eine riesige Kröte, fett wie ein Suppentopf, mit weit aufgerissenem Maul; die küßt er ebenso. Auf diese Weise Sektenmitglied geworden, kehrt er in das Haus seines Meisters zurück. Wollen sie nun den Sektenritus ausüben, begeben sie sich heimlich hinab in ihre Höhle oder in ihr Kellerloch. Dort entblößt ihr Bischof oder Meister als erster von allen seine Arschbacken und klemmt einen silbernen Löffel dazwischen. Hat er dann sein Geschäft darauf verrichtet, küssen ihm alle das Hinterteil und erweisen ihm Verehrung. Hernach stehen oder sitzen sie rund um eine Säule. Plötzlich kommt ein riesiger Kater und erklimmt die Säule bis zu der Leuchte, die da befestigt ist. Dort hängt er eine Weile und krümmt dann seinen Schwanz bis zum Rücken. Und alle treten heran und küssen ihm das Hinterteil. Ist das geschehen, so löscht der Kater das Licht, und sogleich treiben sie Unzucht miteinander, Mann und Frau und Frau mit Frau. Auf diese Weise vollzieht sich das Mysterium des Bösen.‹«

Abbévilles Augen glänzten, und er leckte sich die Lippen, als er Fulco die Stelle zur Einsichtnahme reichte.

»In summa: Die Ketzer sind Teufelsdiener. Das sagen sie selbst: ›Wer ist der Grund der Welt? Kannst du die Frage lösen? Die Geister sind von Gott, die Körper sind vom Bösen.‹

Das dürft Ihr nie vergessen, Bruder Fulco, wenn einer von ihnen vor Euch steht und zum Steinerweichen jammert, um Euer Herz zu rühren! Teufelsdiener!«

»Es ist also nach Eurer Meinung tatsächlich nicht möglich, daß sich unter den Katharern auch solche befinden, die nur verblendet sind?« wagte Fulco vorsichtig einzuwerfen. »Deren Seelen noch gerettet werden könnten?«

»Gut, gut, möglich ist vieles. Der Kranke wird gesund, der Gesunde krank. Doch wer Satan dient, wer sich Luzibel mit Haut und Haaren verschrieben hat – und hierunter fallen ganz sicher die *parfaits* –, dem ist mit Argumenten nicht beizukommen. Wer als *reus maiestatis Dei* verurteilt ist, muß wie Unkraut verbrannt werden. Und es liegt an uns, die Teufelsdiener ausfindig zu machen. Dazu gibt es mannigfaltige Kunstgriffe. Eure Methode war es bislang, den Widerstand mit physischen Schmerzen zu brechen, mit der Folter, oder mit dem *murus strictissimus*, dem Vorzimmer des Todes, wie die Leute unseren Kerker nennen. Das alles jedoch schreckt einen echten Katharer nicht ab. Ihr seid noch nicht lange in diesem Amt. Was Ihr noch vervollkommnen müßt, Bruder Fulco, das ist die psychische Methode, ein Geständnis aus einem verstockten Ketzer herauszuholen. Bringt ihn beispielsweise für kurze Zeit in ein besseres Quartier, gebt ihm all das zu essen und zu trinken, auf das er im Loch verzichten mußte, und setzt ihn dann unter Druck. Oder schnappt Euch seine Frau, seine kleinen Kinder und schüchtert sie ein, damit sie ihn anflehen, er möge endlich geständig sein, um wenigstens ihr Leben zu retten. Es gibt viele Möglichkeiten, mein Freund, ich sagte es schon – und Zeit spielt keine Rolle …«

»Ich weiß, worauf Ihr hinauswollt, Bruder Nikolaus«, entgegnete Fulco von Saint-Georges ernst, »es ist der Wechsel zwischen Hoffnung und Verzweiflung, der den Erfolg verspricht, das Spiel mit dem menschlichen Herzen. Das leuchtet mir ein. Doch nach den letzten Verhören, die ich durchgeführt habe, sind mir etliche Zweifel gekommen, ob sich nicht doch Unschuldige unter den Verhafteten befinden.«

»Ach«, sagte Abbéville abfällig, »haben sie Euch schon eingelullt, die heulenden Söhne Belials? Euch ist doch nicht etwa dieser Authié über den Weg gelaufen? Wißt Ihr nicht, daß es heißt, ein Ketzer ist, wer nicht studiert hat und dennoch gelehrt redet? Doch will ich Euch entschuldigen. Ihr seid eben in den Künsten der Katharer nicht gut genug bewandert, weil Ihr noch nicht so lange im Amt seid wie ich. Gebt acht, ich will ein Exempel statuieren und Euch dabei einen der Wege zeigen, wie man schneller als tausend Fiedler zum Ziel gelangt.«

»Kerkermeister«, rief Nikolaus von Abbéville zur Tür hinaus, und seine Stimme hallte wider, denn das Kellergewölbe des Runden Turmes der Inquisition war direkt aus dem Fels geschlagen. Zum Loch, einem großen fensterlosen Verlies, führte eine eiserne Falltür, die stets von drei schwerbewaffneten Soldaten bewacht wurde.

»Holt mir den Salavert zum Verhör, den jungen meine ich, nicht den alten!«

Es dauerte nicht lange, bis der dicke Polignac, der Kerkermeister des Seneschalls, einen Mann in Ketten mehr hinter sich herzog, als er ihn führte, und ihn in den Verhörraum stieß. Der linke Arm des Delinquenten hing verdreht im Gelenk, seine Augen waren blutunterlaufen, und er atmete schwer. Die Streckfolter und den Bock hatte er offensichtlich überlebt, ganz wie es das Dekret des Papstes über die übliche Form der kanonischen Reinigung für das Verhör aller verdächtigen Ketzer vorschrieb. Doch Nikolaus von Abbéville gab sich selten zufrieden mit dem Erreichten.

»Man sagt dir nach, Salavert, daß bei Nacht und Nebel drei Ketzer in dein Haus geschlichen seien, die deinen Vater häretisiert hätten.«

Abbéville hatte bei seinen Worten angestrengt in den vor ihm liegenden Akten geblättert. Jetzt erst sah er dem Häftling ins Gesicht, um sogleich seine Vorwürfe zu konkretisieren: »Nun ist die Sachlage folgende: Ist jemand freiwillig – wie du zum Beispiel – bei einer solchen Geistweihe zugegen, so ist er ebenfalls zu den Teuflischen zu zählen«, sagte er in völlig ruhigem, fast freundlichem Ton zu dem Mann, um dann wieder die Akten zu studieren.

»Wer erzählt, daß Ketzer über meine Schwelle gekommen wären, lügt«, sagte der junge Mann.

Der Inquisitor schaute überrascht hoch.

»Du bezichtigst mich der Lüge?«

»Nun, wenn Ihr nicht lügt, so wollt Ihr mich ins Bockshorn jagen, Herr Inquisitor.«

»Wenn du das glauben willst, so halte ich dir vor, was wir in deiner Kommode gefunden haben, nämlich den Knochen eines erst kürzlich verbrannten Ketzers, den du dort heimlich aufbewahrt hast. Führe dir in diesem Zusammenhang einmal das wütende Feuer vor Augen, welches schon viele deiner Glaubensfreunde verzehrt hat und auch dich bald verbrennen wird. Dein Name – der, nach deiner Verurteilung, niemals im Buch des Lebens stehen wird – wird unter Fanfarenstößen in der Stadt verkündet werden, und alles Volk wird zusammenströmen, um deinen Leib brennen zu sehen.«

Abbéville sah, wie der Gefangene zusammenzuckte. Dann legte er eine kunstvolle Pause ein. Schließlich fuhr er fort:

»Schließe deine Augen, Salavert.«

Der Gefangene gehorchte.

»Du befindest dich *ante porta inferi* – vor der Pforte der Hölle! Dort, wo die Verdammten nackt mit ihren Zungen an den Feuerbäumen hängen. Kannst du dir die Flammen vorstellen, wie sie um deine Zehen züngeln?«

Der junge Mann erschrak, riß die Augen wieder auf und starrte auf seine Füße.

»Wenige werden gerettet und viele verdammt ...«, murmelte er.

Der Inquisitor ging nicht auf seine Worte ein. Vielmehr sagte er:

»Du wirst vor Angst zittern, und ganz sicher wirst du beten: Herr, erhör mein Flehen ...

Und tatsächlich! Das Feuer hört auf zu knistern. Für einen kurzen Augenblick bildest du dir ein, daß der Herr dein Gebet erhört hat. Dann jedoch beginnt es zu prasseln, wird stärker und stärker, du stöhnst, schreist ...«

Der Atem des Gefangenen flog. Doch Abbéville war noch nicht am Ende.

»Du hörst auch die gellenden Schreie derer, die neben dir brennen ... und es bricht aus dir heraus: *De profundis clamavi ad te Domine* – aus der Tiefe rufe ich zu dir, o Herr ...«

Salaverts Augen traten heraus und sein Mund stand jetzt weit offen. Er konnte nicht glauben, was ihm da zu Ohren kam. Aber Abbéville setzte seine Quälerei ungerührt fort.

»Der Rauch zieht durch die ganze Stadt, während deine Haut aufplatzt ...«

»Bei Gott, dem Herrn, ist Erbarmen und Heil bei Ihm in Fülle«, stieß Salavert hervor und hustete.

»Ja«, sagte Abbéville und seufzte theatralisch, *»wenn* der Herr es gut mit dir meint, *wenn* er sich deiner erbarmt, dann wirst du an dieser Stelle ohnmächtig werden, wenn nicht ..., nun, dann siehst du die rotgelbe Farbe der Flammen umschlagen in grelles Weiß, bevor sie deinen Körper schwarz brennen. Dann ist es vielleicht an der Zeit zu einem letzten *Pater noster qui es in caelis ...* Doch sorge dich nicht allzusehr, Gott wird dein Flehen schon erhören ... Irgendwann wird er der Qual deines Körpers, die dir unendlich vorkommen wird, ganz sicher ein Ende bereiten ... Deine Seele aber wird für immer im Fegfeuer braten ... ja, in der Hölle!«

Nikolaus von Abbéville hatte bei seinen letzten Worten angefangen, ruhig im Raum auf und ab zu gehen. Jetzt trat er ans Fenster und blickte hinunter in die Stadt. Der junge Salavert war schier entsetzt und schaute hilfesuchend zu Saint-Georges. Doch der verzog keine Miene, sondern beobachtete den Mann nur mit ruhigem Blick.

Der Schweiß rann Salavert in kleinen Bächen die Schläfen hinunter.

»Die Katharer ... die Katharer«, begann er zu stottern.

»Ja, was ist mit ihnen?« sagte Abbéville, der leise hinter ihn getreten war. Salavert erschrak.

»Nun, sie verehren keine Reliquien. Im Gegenteil, sie verabscheuen sie. Daher kann ich gewiß kein Ketzer sein, wenn Ihr einen solchen Knochen bei mir gefunden haben wollt.«

Da trat Nikolaus von Abbéville mit einer abrupten Bewegung vor ihn hin und brüllte ihn an:

»Salavert! Du bist überführt! Wenn einer so genau über die Gebräuche der Ketzer Bescheid weiß, so muß er selbst einer sein. Ganz sicher gehörst du zu jenen, die heimlich die Messe aufsuchen, um dort leise Peire Cardenals ›cobla‹ zu flüstern: *Quand lo petz del cul venta. Dont Midonz caga e vis. Vejare m'es qu'en senta. Una pudor de pis.«*

Salavert war bei den häßlichen Schmähworten, die der bekannte Troubadour über die Heilige Jungfrau in Umlauf gebracht hatte, über und über rot geworden.

»Du wirst mir jetzt in ein oder zwei Worten deine Schuld eingestehen, und beachte – du hast dein Schicksal selbst in der Hand. Entweder wirst du auf der Stelle wieder einer der Unseren sein, oder du brennst in Kürze. Entscheide dich sofort!«

Der junge Salavert war so eingeschüchtert, daß er zugab, ein einziges Mal wären Ketzer in seinem Haus gewesen, die sich jedoch nur in der Küche aufgewärmt und mit dem Gesinde gesprochen hätten. Er selbst jedoch ... und schon gar nicht der Vater ... Nein, niemals!

»Schuldig.«

Nikolaus von Abbéville sah triumphierend zu Saint-Georges. »Fortdauer des *murus strictus,* Einzug des gesamten Familienvermögens. Führt ihn ab, Kerkermeister, bringt ihn zurück zu den anderen, und holt mir den Vater herauf. Fébus, Ihr schreibt das Protokoll sofort ins reine, ich brauche es gleich. Und nun zu Euch, Bruder Fulco. Ihr habt an meinem

Vorgehen hoffentlich gemerkt, daß das, was der Inquisitor im Raum stehenläßt, oftmals wichtiger ist, als was er äußert. Denkt also stets an meinen Rat: Spart Ihr mit Worten, so zeigt Ihr damit Eure Überlegenheit!«

Fulco von Saint-Georges, der eigentlich nicht erkennen konnte, wo Abbéville bei diesem Verhör mit Worten gespart hatte, nickte zustimmend.

Der Vater des Salavert war noch nicht der Folter unterzogen worden, aber er war auch so hinfällig genug. Mehr tot als lebendig, schlurfte er an der Seite des Kerkermeisters herein, das schlohweiße Haar hing ihm in Strähnen ins Gesicht. Hatte sein Sohn schwer geatmet, so keuchte der alte Mann zum Gotterbarmen.

Nikolaus von Abbéville ließ ihn so lange schmoren, bis Fébus das Protokoll fertiggeschrieben hatte. Dann las er es ihm langsam vor.

»Hast du gehört, Guillaume Salavert, was dein Sohn soeben ausgesagt hat?«

Salavert nickte.

»Es waren also Häretiker in deinem Haus. Gestehst du, daß du von jenen *parfaits* häretisiert worden bist?«

»Nein, wie könnte ich. Ich war und ich bin noch immer ein treuer Katholik, Euer Hochwürden!« antwortete zwar leise, aber unbeirrt der Delinquent. »Und ich will niemals etwas anderes sein. Dafür lege ich meine Hand ins Feuer und selbstredend auch für meinen Sohn und seine Familie. Ihr habt ihm das Geständnis herausgepreßt.«

»Was bist du verstockt, Salavert! Weißt du nicht, daß ich mehr Macht habe, dir zu schaden, als Gott, dir zu helfen? Mit deinem Verhalten tust du deinem Sohn keinen Gefallen. Man muß doch nur einen einzigen Blick auf dich werfen, um zu erkennen, daß du dich im Zustand der *endura* befindest, jenem freiwilligen Hungertod, den alte Menschen, die dem Tod nahe sind, auf sich nehmen, nachdem sie der Ketzerei verfallen und häretisiert worden sind.«

»Ich soll mich in der *endura* befinden, ha, daß ich nicht lache! Da könnte man mich auch gleich bezichtigen, die Haare im Schwanz des Beelzebubs gezählt zu haben«, krähte der Alte. »Mein Tod wird niemals freiwillig sein! Ihr seid es doch, der mich langsam verhungern läßt, Herr Inquisitor, nicht etwa die Katharer!«

»Werd nicht frech, Ketzerlein, ich warne dich!« schnaubte der Inquisitor.

Saint-Georges bemerkte – nicht ohne Genugtuung –, daß Abbéville ärgerlich wurde. Hatte der Alte geglaubt, den Greis mit wenigen listigen Worten überfahren zu können? Die alten Ketzer – wenn Salavert denn einer war – waren die Schlimmsten, nie gaben sie etwas zu, das wußte schließlich jeder Inquisitor. Doch rasch wischte Bruder Fulco den unseligen Zweifel an Abbéville – der ihn im übrigen nicht zum ersten Mal befallen hatte – beiseite. Nikolaus hatte ihm ein hohes Amt angetragen, und zumindest das verdiente Treue.

»Was habe ich schon zu verlieren, Herr?« Salavert krümmte sich wegen eines elenden Hustenanfalls vornüber. Als er sich wieder beruhigt hatte, sagte er: »Ich bin doch so oder so dem Tode geweiht. Wäre ich tatsächlich Katharer oder Waldenser, so würde ich es Euch offen sagen. Aber ich bin ebensowenig ein Ketzer wie mein Sohn und der Rest meiner Familie. Niemals ist ein *parfait* über meine Schwelle getreten. Ich kann mir jedoch gut vorstellen, was Ihr mit meinem Jungen angestellt habt, um ihn zu dieser Aussage zu veranlassen. Welches Marterwerkzeug habt Ihr Herren Inquisitoren und Euer weltlicher Arm, dieser Schwanzlutscher des Seneschalls« – er warf einen wütenden Blick auf Polignac –, »dieses Mal eingesetzt?«

»Schweig, Salavert«, brüllte Abbéville und befahl Polignac auf seinen Platz zurück, der sich wütend auf Salavert stürzen wollte.

»Dein Sohn hat völlig freiwillig geredet«, sagte er zu dem Gefangenen, als wieder Ruhe eingekehrt war, »und es ist mithin gerade dein verstocktes und unverschämtes Verhalten, das uns sicher sein läßt, daß du häretisiert worden bist. Du gibst die Sache nur deshalb nicht zu, weil du glaubst, damit dein schönes Haus in Albi und dein Vermögen für deine Kinder und Kindeskinder retten zu können. Doch dies ist ein Trugschluß. Der Verdacht der Ketzerei genügt, dich und deinen Sohn für Jahrzehnte im Loch zu belassen!«

»Also, wenn Ihr es so oder so auf mein Vermögen abgesehen habt, Herr, was nützt es mir dann, zu gestehen?«

»Euch wird es nichts frommen, da habt Ihr recht – doch vielleicht Eurer Seele«, sagte Abbéville kalt.

»Ha, meiner Seele!« Salavert spuckte vor dem Inquisitor aus. Dann sagte er: »Gott allein weiß um Gut und Böse, und die Menschen lassen sich nicht bis ans Ende aller Zeiten von Euch verlogenen Kuttenträgern betrügen. Mach dir also lieber Sorgen um dein eigenes Seelenheil, Nikolaus von Abbéville!«

»Stinkiger Bock! Haben wir vielleicht zusammen Schweine gehütet, weil du mich plötzlich duzt?« schrie der Inquisitor laut.

»Den Adel gibt allein die Tugend«, entgegnete der Alte ungerührt und beschloß, kein einziges Wort mehr zu sagen, komme, was da wolle.

5

Wenn uns zur Rast ans Ufer voller Gram,
an Acherons Gestad, der Fuß getragen.
Dante, Die Göttliche Komödie

An einem schönen Morgen kurz vor der Hochzeit – der Herbst spann längst Altweiberfäden – gedachte Rixende, sich mit Mengarde auf den Weg zum Wochenmarkt zu machen, um sich nach besonderen Dingen für die Hochzeitstafel umzusehen. Da sie keinen eigenen Korb besaß, wollte sie sich einen aus der Küche holen. Bereits vor der Küchentür wunderte sie sich über die ungewohnte Stille, die dort herrschte.

Seltsam, kein Gelächter, kein Geschimpfe? Wo waren nur alle?

Als Rixende eintrat, sah sie in die entsetzten Gesichter ihrer Bediensteten. Die Köchin, ihr Sohn Aucassinne und die junge Josette saßen um den blankgeschrubbten Gesindetisch, unter ihnen ein Fremder in dunklem Kittel, der ein schwarzes Buch in Händen hielt und ebenfalls erschrocken aufsah.

Ihrer Fülle ungeachtet sprang Benete auf und stellte sich sogleich vor Rixende, um ihr mit ihrem üppigen Altweiberbusen die Sicht auf den Fremden zu nehmen.

»Herrin, Ihr hier, um diese Stunde?« fragte sie kurzatmig und mit hochrotem Gesicht. Rixende konnte sich des Eindrucks nicht erwehren, daß die Köchin sie aus der Küche hinauszudrängen versuchte.

»Ich wollte mir nur einen Korb holen, Benete, um damit auf den Markt zu gehen, doch ich sehe, daß ich hier offenbar unerwünscht bin«, meinte sie konsterniert.

Benete schüttelte heftig den Kopf.

»Nein, nein«, wiegelte sie ab, »Ihr seid die Herrin hier im Haus, und Ihr habt zu jeder Zeit das Recht, meine Küche zu inspizieren. Jener Mann dort«, sagte sie abfällig, wenn auch sehr leise, und sie deutete auf ihn, »ist nur ein alter Hausierer, der mit Nähnadeln, Kämmen, Salz, Eichhörnchenfellen und anderen Dingen handelt. Er kommt sehr selten nach Carcassonne ... und ... und er ist sehr scheu Fremden gegenüber. Doch wartet, ich will Euch gleich den Korb bringen!« Mit diesen Worten stürzte sie zum Verschlag in der Küchenecke.

Rixende warf einen weiteren neugierigen Blick auf den Fremden, der noch immer stumm am Tisch saß und die Augen gesenkt hielt, und dachte bei sich, daß dies wohl der erste Hausierer wäre, dem es am Mundwerk fehlte. In Gavarnie hatte es einmal einen gegeben, der mit Federn des Erzengels Gabriel unterwegs war, die jener angeblich verloren hatte, als er im Zimmer der Heiligen Jungfrau die frohe Botschaft verkündete. Rixende nahm sich vor, am Abend mit Aimeric über die sonderbare Angelegenheit zu reden, denn sie hatte Angst, daß solche Leute das Gesinde übers Ohr hauen könnten.

Doch über dem, was ihr kurze Zeit darauf auf dem Wochenmarkt zustieß, vergaß sie die ganze Geschichte.

Welch ein Lärm herrscht doch in dieser Stadt, dachte Rixende, als von der Schmiede unweit des Roten Hauses der Schall der Ambosse wie hundert Glocken an ihr Ohr drang. Die junge Frau beobachtete im Vorübergehen die beiden halbnackten Gesellen mit ihren Lederschürzen, die schweißüberströmt wie wild Hufeisen bearbeiteten, und wäre dabei um ein Haar mit einer alten Frau zusammengestoßen, die auf Bauernart den Wasserkrug auf dem Kopf trug. Das Wasser schwappte heraus und ergoß sich auf den Umhang der Frau. Mengarde lachte lauthals über das Ungeschick, doch die Alte begann auf unflätige Weise zu zetern, so daß sie alle drei beinahe in Streit geraten wären.

Vor dem Château chomtal wurden riesige Buckelquader von einer Fuhre geladen. Bei Rixendes Anblick vergaßen die Bauleute ihre Arbeit und starrten ihr hinterher. Nun wurde

Mengarde fast böse. Sie konnte sich an das Aufsehen, das Rixende in dieser Stadt erregte, obwohl sie nicht unziemlich gekleidet war, nicht gewöhnen.

»Wer so glotzt, dem fallen gleich die Augen raus!« zischte sie.

Die Maurer grölten noch einige Zeit hinter den beiden her, so daß einige Zimmerleute, die auf den Zinnen der inneren Mauer mit dem Bau hölzerner Hurden beschäftigt waren, auf die beiden Frauen aufmerksam wurden. Sichtlich froh über die Ablenkung, hielten sie in ihrer Arbeit inne und spähten neugierig auf die Gasse hinab. Wagemutig tanzten und kletterten die Männer vor Rixendes und Mengardes Augen auf dem hohen Gemäuer herum, sie schrien und johlten dermaßen, daß Rixende es mit der Angst bekam und Mengarde schnell mit sich zog.

Durch die Porte Narbonnaise und die anderen Stadttore rumpelten und ratterten schwer mit Körben beladene Karren auf den großen Platz vor dem Schloß der Grafen Trencavel, an dem seit dem Morgengrauen die rote Fahne hing, die auf den Markttag aufmerksam machen sollte. Bald standen die unterschiedlichsten Stände rings um den Platz aufgereiht.

Kaum daß sie das winklige Gäßchen, das zur Porte d'Aude führte, hinter sich gelassen hatten, trat Rixende eine Bettlerin in den Weg.

»Mach, daß du dich davonscherst«, rief Mengarde der Frau in einem zerlumpten Rock und einem vielfach geflicktem Umhang zu, doch Rixende fielen die ungewöhnlich klaren irisblauen Augen der noch jungen Frau auf, die sie geradezu in ihren Bann zogen.

»Nein, wartet«, sagte sie freundlich und kramte in ihrem Beutel nach ein paar Münzen.

Die Frau verbeugte sich geziert und meinte mit rauher Stimme: »Einzig aus Not nehme ich Euer Geld an. Ich ... könnte Euch aber, wenn Ihr es möchtet, als Gegenleistung die Zukunft voraussagen.«

»Die Zukunft weiß allein der Herr, und der läßt sich von niemandem ins Handwerk pfuschen«, warf Mengarde empört ein und faßte Rixende am Ellbogen, um sie mit sich fortzuziehen.

Rixende blieb jedoch stehen.

»Nimm den Korb und sieh dich um, ob jemand schöne süße Mandeln anbietet, Muhme«, sagte sie. »Mir geschieht schon nichts. Ich komme gleich nach.«

Mengarde verzog unwillig das Gesicht, ging dann aber voraus, nicht ohne sich mehrmals nach Rixende umzudrehen.

»Nun, du glaubst, mir die Zukunft voraussagen zu können, Bettlerin?«

Die Frau nickte. »Gewiß.«

Sie zog Rixende zur Seite, unter ein altes Tor, das ihnen Schutz vor neugierigen Blicken bot.

»Und nun gebt mir Eure Hand«, sagte sie leise.

Rixende tat, wie ihr geheißen. Die Bettlerin senkte den Kopf mit der Kapuze. Rotes strähniges Haar fiel ihr ins Gesicht, während sie Rixendes Rechte begutachtete. Als sie wieder aufsah, waren ihre seltsamen Augen zusammengekniffen und die beiden Falten, die sich um ihre Mundwinkel zogen, tiefer eingekerbt.

Rixende erschrak über ihren Anblick. »Hast du mir am Ende Unangenehmes zu sagen?«

Die Frau warf unschlüssig den Kopf hin und her, um nach kurzem Zögern mit beschwörender Stimme zu raunen: »Es ist wohl so. Nicht wenige Schatten verdichten sich über Eurem Haupt, Herrin. Dunkle Mächte stecken dahinter, hütet Euch also vor der Dunkelheit.«

»Kannst du mir Einzelheiten nennen, Frau? Es soll dein Schaden nicht sein«, forderte Rixende sie mutig auf.

Die Wahrsagerin betrachtete erneut die feinen Linien der Handfläche und meinte nach einigem Nachdenken, daß ein Horn bald Rixendes Leben verändern würde. Sie solle achtgeben auf ein weißes Horn.

»Ein Horn?« Rixende lachte auf. »Bei allen Heiligen, wie

sollte ein Horn Einfluß auf mein Leben haben? Du hattest wohl eine Sinnestäuschung – wie ist übrigens dein Name?«

»Lusitana«, sagte die Bettlerin und verneigte sich auf ihre seltsame Art vor Rixende. »Ich bin Lusitana von Pont-de-Larn, einem kleinen Weiler in den Montagne Noire, den Schwarzen Bergen, und ich hatte ganz gewiß kein Trugbild, Herrin! Da ist noch mehr, was ich Euch sagen könnte ...«

»Laß es gut sein, Frau«, sagte Rixende entschlossen und begann wieder in ihrem Beutel zu kramen.

Lusitanas blaue Augen blitzten empört auf.

»Ihr glaubt mir noch immer nicht? Bei uns können viele in die Zukunft sehen, meine Mutter hatte diese Gabe und meine Großmutter ebenfalls. Ihr werdet schon bald feststellen, daß ich recht habe, Herrin. Schon bald ...«

»Gut, warten wir es ab, Lusitana«, sagte Rixende nicht allzu freundlich, entlohnte sie und verabschiedete sich. Beim Weiterlaufen schüttelte sie über sich selbst den Kopf und fragte sich, was sie allen Ernstes bewogen hatte, sich auf dieses abgerissene, schmutzige Weib einzulassen.

Mengarde, die vor dem Grand Puits, dem großen Brunnen der Stadt, bereits ungeduldig auf ihren Schützling gewartet hatte, lachte Tränen, als Rixende ihr von dem weißen Horn erzählte.

»Nichts als Lug und Trug! Ich habe es dir doch gleich gesagt, mein Täubchen. Diese Wahrsagerinnen machen sich nur wichtig. Verlaß dich auf dich selbst und auf den lieben Gott, das ist noch immer das beste. Und darüber hinaus bin ich auch noch für dich da, meine Liebe.«

Entschlossen packte sie die junge Frau nun am Arm und zog sie durch die lärmerfüllten Budengassen, mit ihren vieltausendfachen Schätzen und Gerüchen, so daß Rixende auch diesen Vorfall rasch vergaß.

Fulco von Saint-Georges war freudig erregt. Tatsächlich! Da war sie wieder, diese schöne Frau, die ihm bereits in der Kathedrale eine Art heiligen Schrecken versetzt hatte und die in

Kürze – das hatte er inzwischen in Erfahrung gebracht – den Tuchhändler Aimeric Fabri ehelichen würde. Er stellte sich auf die Fußspitzen, um sie im Markttreiben besser beobachten zu können, und sah, wie sie lachend von einem Stand zum anderen schlenderte, hier einen Beutel in die Hand nahm, dort mit einem Händler sprach, ein Stück weiter an einem offenbar duftenden Tüchlein roch und gleich darauf frische Feigen begutachtete. Die Frau an ihrer Seite schien sie bei all ihren Unternehmungen nicht aus den Augen zu lassen. Nun, dachte Saint-Georges, die Alte war gut beraten, auf ihren Schützling achtzugeben, denn nicht wenige Männer, an denen sie vorübergingen, blieben mit offenem Mund stehen, um die junge Frau anzustarren. Groß, schlank, mit feinen Gesichtszügen und einer Fülle maronenfarbenen Haares, die das goldene Netz kaum bändigte, das sie trug, gehörte Rixende Ripoll zu den Frauen, die dem Inquisitor – obwohl er Mönch war – gefährlich werden konnten. Er hatte schließlich seine Erfahrungen.

Was Saint-Georges sich in Carcassonne vor allem erhoffte, war, daß sein neues Amt ihm gewisse Freiheiten verschaffen würde, die ihm als einfacher Mönch wie auch als Vorsteher eines Klosters verschlossen gewesen waren. Als Prior von Albi hatte er sich im grauen Dämmerlicht heimlich zu den Dirnen schleichen müssen – denn der Zutritt in den Frauenhäusern war Geistlichen, Verheirateten und Juden strengstens untersagt.

Nikolaus von Abbéville dagegen nahm sich ständig derartige Privilegien heraus. Es war ein offenes Geheimnis auch in Albi, daß er seit Jahren eine Verbindung mit einer verheirateten Frau aus besten Tolosaner Kreisen hatte, deren Gatte stets auf Reisen ging, wenn Nikolaus sich ansagte.

Fulco von Saint-Georges lächelte in sich hinein. Er gedachte nicht, sich Abbéville zum Vorbild zu nehmen, doch würde jener gewiß der letzte sein, der ihm eine kleine Liebelei vorhielte, so sie denn ans Tageslicht käme. Und dennoch – eines der üblichen Liebesabenteuer würde dies nicht werden, wenn überhaupt, mit jener schönen Fremden, die gerade mit dem feisten Gewürzhändler disputierte, da war er sich sicher. Ein einziges Mal nur hatte diese Frau während der Messe seinem Blick standgehalten, und er hatte in große fragende Augen geschaut. Doch als Saint-Georges, fast gebannt von ihrer Anmut, zu lächeln begonnen hatte, hatte sie sich augenblicklich abgewandt und fortan die goldene Taube betrachtet, die während der Wandlung als Symbol des Heiligen Geistes über dem Altar hing. Aber gerade das machte die Sache interessant.

Der Jäger war in Saint-Georges erwacht.

Er setzte sich an den Großen Brunnen, in der Hoffnung, daß die beiden Frauen auf dem Heimweg dort vorübergehen würden, und lauschte dem Gesang einer Drossel. Und tatsächlich, es dauerte nicht lange, da kamen sie, miteinander schwatzend und lachend und vollbepackt mit allerlei Waren.

Als sie gerade in die Canissou-Gasse abbiegen wollten, die auf kürzestem Weg zum Roten Haus führte, stand der Inquisitor rasch auf, trat zwei Schritte auf die Frauen zu und verbeugte sich. Rixende hielt mitten in der Unterhaltung inne. Der Mönch aus der Kathedrale! fuhr es ihr durch den Sinn. Doch sie faßte sich schnell, nickte kurz und lief weiter, ohne sich noch einmal nach ihm umzudrehen. Mengarde hätte dem Vorfall keine Bedeutung zugemessen, wäre Rixende nicht plötzlich verstummt.

»Was hast du, Kleines«, fragte sie nach einigen Augenblicken und sah zu ihr hinüber.

»Nichts«, antwortete Rixende. »Nur … dieser Mönch, der mich gerade gegrüßt hat, er …«

»Ja, was ist mit ihm?«

»Er ist seltsam, Muhme.«

»Seltsam? Was soll das bedeuten? Kennst du ihn denn?«

»Castel Fabri hat mir erzählt, daß er der Stellvertretende Inquisitor von Carcassonne ist.«

»Der waaas …?« Mengarde blieb stehen und sah Rixende entsetzt an.

»Du hast richtig gehört. Dieser Mönch hat mich schon in

der Kathedrale nicht aus den Augen gelassen. Ich weiß nicht, was er von mir will.«

»Heilige Sophie!« stieß die Muhme hervor und stellte den Korb ab. Sie drehte sich um, doch Saint-Georges war bereits verschwunden. »Ich sollte dich wieder mitnehmen nach Gavarnie. Jawohl, das wäre das beste! Diese Brut, diese elende Bande …«, murmelte sie in sich hinein, als sie weiterliefen, so daß Rixende alle Mühe hatte, sie wieder zu beruhigen.

Der große Klostergarten am Rande der Vorstadt war vom Herbstnebel eingesponnen. Obwohl es regnete, steckte Fulco von Saint-Georges den Kopf mit dem dunklen, vollen Haarkranz zum Fenster seiner Zelle hinaus. Bruder Martin, der Gärtner, dessen Leidenschaft nicht die Frauen, sondern die Rosen waren, zog die Kapuze über das Haupt und warf einen kurzen Blick zu ihm hinauf.

»Rosen füllen zwar nicht den Bauch, aber es gibt Zeiten, in denen eine Rose wichtiger ist als ein Stück Brot«, pflegte er zu sagen und dabei geheimnisvoll zu lächeln. Gerade schnitt er die verblühten Blumen ab, damit sich die alten Stöcke im nächsten Jahr, aufgebunden am Spalier, um so prachtvoller wieder entfalten konnten.

Saint-Georges, der sich in den langen Jahren seiner Ordenszugehörigkeit einige geheime Wünsche bewahrt hatte, mochte besonders die weiße Sorte, die schon in der Antike als Sinnbild der Verschwiegenheit und der Liebe galt. Vor einer Woche erst hatte er sich heimlich eine Knospe im Klostergarten abgebrochen, sie unter der Kukulle versteckt und mit in seine Zelle genommen. Dann, in der Einsamkeit der Nacht, hatte er dem zarten, betörenden Duft nachgespürt und sich mit ihm hinübergeträumt zur heimlich Geliebten. Denn Sibylle, die Schwägerin, hatte solche Rosen im Haar gehabt, als sie an einem sommerlich verträumten Tag kurz vor ihrer Hochzeit mit ihrem Gefolge wie ein Wirbelwind durch die Gänge der elterlichen Burg von Castillou gefegt war, um ihren Bräutigam zu suchen, der sich im Scherz vor ihr versteckt hatte. Lachend war sie Fulco um den Hals gefallen, als dieser unverhofft aus seiner Kammer getreten war, um der ausgelassenen Scharade in der sonst so stillen Burg zuzusehen. Sie hatte innegehalten, ihren zukünftigen jungen Schwager lange zärtlich auf die Lippen geküßt und ihm dann mit einem tiefen Blick in seine schönen Augen das Herz gebrochen. Doch ihr war es nicht peinlich gewesen, im Gegenteil. Hellauf lachend über sein verdutztes Gesicht, war sie weitergerannt.

Beim Hochzeitsmahl, das unter den uralten Kastanien im Burghof stattfand, während Silberwolken am Himmel vorübersegelten, hatte sie dann mehr als einmal Fulcos Blick gesucht, denn sie hatte rasch gemerkt, daß er kaum die Augen von ihr lassen konnte, ja sie schier unentwegt anstarrte. Jedesmal hatte sie dabei spöttisch gelächelt. Das ging so lange, bis Fulcos Bruder Eugène auf die beiden aufmerksam wurde und dem Treiben ein Ende setzte.

Als man Fulco kurze Zeit darauf zwang, die Kutte der Dominikaner zu nehmen, hatte er zuerst erbitterten Widerstand geleistet.

»Ich lasse mich nicht einsperren, Vater, niemals«, hatte er geschrien und war voller Wut auf seinen Bruder losgegangen, der grinsend in der Tür gestanden hatte. Doch der Vater hatte sich auch von den Tränen seiner Gattin nicht erweichen lassen, und Fulco, der gerade erst seine Ausbildung als Knappe beendet hatte, war zu jung und zu feige gewesen, um seine eigenen Wege zu gehen.

Am Tag der Abreise, als er mit versteinerter Miene sein Pferd bestieg, sah er ein letztes Mal zur Kemenate hinauf. Er beobachtete, wie sich das Leintuch, das in Sibylles Fenster hing, fast unmerklich bewegte. Aber seine schöne Schwägerin hatte nicht zu ihm heruntergeschaut und ihm auch sonst keinen Abschiedsgruß mit auf den Weg gegeben. Nun, als Knappe, hatte er einmal jemanden sagen hören, daß die Frau, die einem Mann gefällt, der Rose ähnele, die zwar hübsch anzusehen sei, unter der sich jedoch ein scharfer Dorn verberge.

Im Kloster Saint-Hilaire wurde der »Alumnus mit den feurigen Augen und der samtweichen Haut« von einer Schar intriganter, verdorbener Mönche freudig in Empfang genommen. Bald hatte Fulco von Saint-Georges am eigenen Leib feststellen müssen, wie sehr und auf welche Weise die Männer ihre Macht über die Novizen nutzten, und die Wände der Zellen waren plötzlich nicht mehr dick genug gewesen, um jene eigentümlichen Geräusche und Töne nicht unterscheiden zu können, die in schwülen Nächten dort zu hören waren.

Ein ganzes Jahr lang zwangen sie ihn auch, tagein, tagaus am *pulpitum* zu stehen und die monastischen Regeln sowie Gebete und Psalmen auf Wachstafeln zu schreiben. »*Laudare, benedicare, praedicare* – Loben, Segnen, Predigen ist unsere Devise«, hatte der Novizenmeister ihm bedeutet, als sich der tatendurstige junge Mann einmal bitter beklagte. »Das Abschreiben frommer Texte gehört dazu. Es ist dem Mönch Dienst an Gott. Jedes Wort, das du schreibst, Novize, bedeutet zugleich einen Schlag gegen den Teufel. Der Müßiggang ist der Feind der Seele.«

In Saint-Georges' Vorstellung nahm augenblicklich sein Bruder Eugène die Gestalt des Oberteufels an. Ihm hatte er schließlich dieses irrsinnige Inferno zu verdanken, dem der Prior vorsaß! Geradezu verbissen führte er fortan die Feder, um den Bösen zu bekämpfen, so daß die Mönche sich bald über den ungewöhnlichen Fleiß des jungen Mannes wunderten. Niemand ahnte, daß er sich auf der Flucht vor sich selbst befand, weil ihm die Flucht aus dem Kloster so feige erschien wie seinerzeit die Flucht aus dem Elternhaus.

Als es dann an der Zeit war, sich langausgestreckt dem Prior zu Füßen zu werfen, um dem Ordo Praedicatorum völlige Hingabebereitschaft zu demonstrieren, legte Fulco von Saint-Georges zwar die vorgeschriebenen Gelübde über Gehorsam, Armut und Keuschheit ab, dachte dabei aber, daß er dennoch für alle Zeiten Herr über seine Gedanken und Gefühle bleiben könnte, wenn er es nur endlich fertigbrächte, sich den Quälereien seiner Ordensbrüder zu widersetzen. Und er verschaffte sich tatsächlich Respekt. Man ließ ihn fortan in Ruhe, ja der Prior schickte ihn, den ständig Unzufriedenen, sogar zum Studium der Theologie, denn er war der Meinung, daß von dem mehr verlangt werden kann, dem mehr anvertraut ist. Dort schulte man ihn obendrein in Grammatik, Rhetorik, Scholastik und Dialektik. Er lernte die Macht der Worte kennen und die Gesetze der Beweisführung.

Und nun, nach einigen Jahren als Prior in Albi unter halbwegs vernünftigen und gebildeten Brüdern – sah man von Bruder Henricus ab –, war er zum Verweser des Inquisitors von Carcassonne und Albi aufgestiegen, um zukünftig nicht mit der Feder, sondern mit Hilfe der Folterinstrumente dem Teufel auf den Leib zu rücken. Jetzt hat sich das Blatt gewendet, dachte Fulco von Saint-Georges, keineswegs mehr unzufrieden, nun habe ich Macht über andere. Er lächelte in sich hinein, als er die Läden wieder schloß, weil es inzwischen stark regnete. Auch der Gärtner war längst verschwunden.

Ja, Saint-Georges war an diesem Morgen ein klein wenig stolz darauf dazuzugehören. Das Leben war nicht so schlecht, wie er gedacht hatte – ein neues Amt und diese schöne Frau, die der Schwägerin so verblüffend ähnlich sah.

6

Daß solcher Trotz hier nicht gedeihen kann,
wo, Kreis um Kreise, Liebe nur darf schalten.
Dante, Die Göttliche Komödie

Mit Flötentönen, Zimbeln und alles durchdringenden Schalmeienklängen zog die Hochzeitsgesellschaft zum Senatshaus, wo man zu feiern gedachte.

Rixende, das saphirblaue Überkleid mit Silberplättchen bestickt, hatte Tränen in den Augen.

»Was ist dir, Liebste?« fragte Aimeric besorgt und beugte sich zu ihr hinüber.

»Ach, ich bin traurig, weil Simon nicht hier sein kann«, erklärte sie ihm leise und tupfte sich mit einem Spitzentuch die Augen. »Aton hat mir geschrieben, daß mein Bruder nicht zuletzt wegen meiner Sicherheit Carcassonne meiden müsse.«

»Wegen deiner Sicherheit?« fragte Aimeric erstaunt, der mit gleichfalls saphirblauen Beinkleidern und einem silberfarbenen Wams unter dem Nuschenmantel stolz neben seiner schönen Braut einherschritt.

Rixende nickte. »Auch dein Vater ist der Meinung, daß bestimmte Leute keinerlei Verdacht über meine Herkunft schöpfen dürften.«

»Ich pflichte ihm bei. Aber mit der Vorsicht kann man es auch übertreiben. Wenn ich an die Wochen denke, nachdem man uns die wertvollen Ärmel geraubt hat, ha! Da ist der Vater jede Nacht zweimal aufgestanden und zum Lager hinübergelaufen, um nachzusehen, ob das Tor auch wirklich abgeschlossen ist. Du brauchst dich gewiß nicht zu ängstigen, Rixende. Schließlich trägst du nicht deinen Vaternamen. Daß du traurig bist, weil dein Bruder nicht mit uns feiern kann, verstehe ich jedoch. Ach, wenn du nur mich zu deinem Vertrauten machtest, liebste Frau, wäre das mehr, als ein junger Ehemann erwarten darf ...«

Aimeric – im Grunde seines Herzens eine Frohnatur – sorgte sich aus anderen Gründen um Rixende. Diese eigenartige Tugendhaftigkeit, mit der sie sich schmückte! Noch immer wußte er nicht, wie er sich ihr nähern sollte, ohne sie zu verschrecken. Wie merkwürdig war doch ihrer beider Verhalten, dachte er und warf einen weiteren Blick auf seine scheue Braut. Nein, von glücklichen Liebesleuten konnte bei ihnen nicht die Rede sein! Dabei war sich Aimeric seiner Sache längst sicher. Oft schon war er nachts aus feuchtwarmen Träumen erwacht, die manches versprochen hatten, auf das er in ihrer Nähe nur zaghaft zu hoffen wagte.

Wie würde es in dieser Nacht weitergehen?

Als er gestern ans Fenster des Lagerraumes getreten war – der Abendvogel hatte schon gerufen, und vor den Zinnen der inneren Stadtmauer waren die Soldaten des Seneschalls auf und ab gelaufen –, hatte er sich müde die Augen gerieben. Wo war nur die Zeit geblieben? Zuviel war in den letzten beiden Wochen auf ihn eingestürmt: Die Arbeit im Lager hatte kein Ende nehmen wollen, man hatte ihn zum Konsul gewählt und ihm obendrein das ehrenvolle Amt des Sprechers des Senats angetragen. Elias Patrice hatte sich mächtig für ihn ins Zeug gelegt.

»Schon Cicero, der große römische Philosoph und Staatsmann, hat gesagt, daß der wahre Politiker sich ausschließlich am Nutzen seiner Mitbürger orientieren solle und nicht an seinem eigenen Vorteil. Wie ein Vormund solle er seine Tätigkeit ausüben, den Staat nicht als seinen Besitz und seine Beute, sondern als Aufgabe betrachten und Gerechtigkeit sowie Sittlichkeit zur Richtschnur seines Handels machen. Nun, Senatoren, nachdem der ehrenwerte Castel Fabri aus gesundheitlichen Gründen um seinen Rücktritt nachgesucht hat, wer, wenn nicht sein Sohn, unser tüchtiger Aimeric Fabri, wäre als sein Nachfolger besser geeignet, frage ich Euch?«

Aimeric war überrascht und zugleich stolz gewesen, daß sich kein Konsul gegen ihn ausgesprochen hatte. Dennoch mußte es sich einer bei der geheimen Wahl, als die Stimmtäfelchen in die Urne geworfen wurden, anders überlegt haben.

Und Aimeric hatte die halbe Nacht darüber nachgegrübelt, wer ihm unter den Senatoren feindlich gesonnen war. Es würde keine leichte Aufgabe werden, alle Meinungen und Wünsche der Konsuln unter einen Hut zu bringen und zugleich das Wohl der Stadt im Auge zu behalten, dachte er, als sie endlich am Festsaal angelangt waren. Überdies mußte er die Inquisition und den Seneschall beobachten, den Tuchhandel führen, daß der Vater nichts daran auszusetzen hatte, und – die schwierigste Aufgabe überhaupt – endlich Rixendes Herz erobern.

Das große Festbankett wird Castel Fabri ein Vermögen kosten, sagten die Leute. Und sie hatten recht. Die halbe Stadt war auf den Beinen, um den Hochzeitszug zu begleiten, und die andere Hälfte – so schätzte man – war zum Mahl geladen. Unter den Gästen befanden sich der Vertreter des Seneschalls und die Konsuln – allen voran natürlich Fabris bester Freund Elias Patrice, der der Gilde der Gold- und Silberschmiede vorsaß, und seine Gattin Raymonde, Mondine gerufen, dann Jean Poux, der Sprecher der Weinhändler, Petrus von Vaisette, der mit Getreide handelte, der fast taube Bischof von Carcassonne, Jean de Chevry, der Lektor der Franziskaner, Bernhard Délicieux, sowie alle angesehenen Händler und Handwerker aus der Stadt und von außerhalb, Verwandte, Freunde, Nachbarn.

Als die vornehme Gesellschaft in den Festsaal einzog, wurde das Brautpaar bereits erwartet. Der Größe nach aufgereiht, standen sechs von Fabri ausgesuchte Diener Spalier, die die Speisen auftragen sollten. Ihr Wams war zweigeteilt, die linke Seite aus hellblauem Tuch, die rechte aus schwarzem, und bei den Beinlingen war es genau umgekehrt. Obendrein trugen sie die wohl längsten Schnabelschuhe der Welt, worüber sich die weiblichen Gäste beim Vorbeidefilieren nicht genug amüsieren konnten. Damit sie beim Auftragen der Gerichte nicht stolperten, hatten sie die Spitzen der *poulaines* vorsichtshalber mit silbernen Kettchen um ihre Knie gebunden. Hinter ihnen standen die für diesen Tag gemieteten Helfer in Gestalt des Kellermeisters, des Ersten und des Zweiten Kochs, der Soßenköche, Garnierer, Pasteten- und Waffelbäcker.

Das Brautpaar, Castel Fabri und die Ehrengäste nahmen auf der *büne* Platz, einem erhöhten Podest. Dort war ein silbernes Schiff aufgebaut – ein herrlicher Tafelaufsatz, den ein Tuchhändler aus Toulouse dem jungen Paar gesandt hatte. Es enthielt so wertvolle Dinge für den persönlichen Gebrauch wie zwei Löffel und zwei verzierte Trinkbecher aus Silber, eine bestickte Almosentasche und ein Fäßchen Salz. Neugierig öffnete Rixende die zierlichen Schubfächer, die in das Schiff eingebaut waren, und fand dort zu ihrer Überraschung schwarzen Pfeffer, Galgant, Zimt und Safran vor, aber auch das überaus teure, weil noch seltenere Paradieskorn. All das wurde jedoch in den Schatten gestellt durch eine absolute Kostbarkeit, die sich an Deck des Schiffes befand und die man, wie Aimeric beeindruckt anmerkte, höchstens noch beim König von Frankreich finden könnte: nämlich zwei silberne zweizackige Gabeln, über die sich der Bischof auf der Stelle empörte.

»Teufelsforke«, raunte Jean de Chevry seinem Tischnachbarn Patrice zu, »Gabeln sind eine Verhöhnung und Verärgerung Gottes!«

Elias Patrice jedoch grinste vergnügt in sich hinein und zuckte gleichgültig mit den Schultern. Er war kein übermäßig frommer Mann. Jean de Chevry dagegen war sehr daran gelegen, fromm zu erscheinen, hatte man doch einem seiner Vorgänger, Walter von Montbrun, nachgesagt, er habe Ketzer verehrt.

Nun ging ein Raunen durch den Saal. Hintereinander schritten die Diener herein, um die Speisen aufzutragen. Es gab nicht weniger als zwanzig Schüsseln für das mittägliche Menü, das aus Kapaun mit Blanc-manger bestand, garniert mit Granatapfel und rotem Zuckerwerk. Danach folgten verschiedene Braten mit dreierlei Saucen, einer aus Orangen, einer Sauce cameline, die aus Ingwer, Zimt, Nelkenpfeffer und in Essig geweichtem Brot hergestellt wurde, wie der Erste Koch Rixende bei der Vorbesprechung erklärt hatte, und einer weiteren Sauce aus Sauerkirschwein. Als Zwischengericht gab es gekochte Äpfel, eingelegte Weintrauben, Pastetchen, Waffeln und Honigfeigen, und im Anschluß daran reichte man noch Krebse, Steinbeißer, Kaninchen und Schweinefleisch in Gallert.

Als einige Gäste lachend und stöhnend darum baten, man möge doch eine längere Ruhezeit einlegen, damit sich das gute Essen auch verdauen ließe, und der Bischof sich obendrein bemüßigt fühlte, eine Andeutung bezüglich der *gula* zu machen, der Sünde der Völlerei, hob Castel Fabri die Tafel auf. Vor dem Abtragen jedoch hielt er seine Rede.

»Liebes Brautpaar«, meinte er gerührt, und ein weicher Zug lag auf seinem Gesicht, »hochverehrte Gäste des Hauses Fabri, bevor wir gemeinsam mit einem Becher Hypocras anstoßen, um dann wieder die Spielleute zu rufen, will ich ein paar Worte sagen. Mein Herz läuft mir über am heutigen Tag, denn ich bin stolz darauf, daß mein einziger Sohn Aimeric zum Konsul und darüber hinaus auch noch zum Sprecher des Senats gewählt worden ist. Vor allem aber bin ich stolz, daß er eine solch prachtvolle Frau heimgeführt hat.«

Fabri drehte sich um und wies mit der Rechten auf Rixende.

»Sie ist nicht nur schön und voller Liebreiz, Ihr alle habt sie heute schon aus der Nähe bewundern können, nein, sie hat auch Verstand. Eine Schwiegertochter wie sie zu bekommen ist für mich eine doppelte Freude, denn sie erinnert mich in vielem an meine verstorbene Frau – kurz, seit Rixende in unserem Hause lebt, bin ich wieder jung geworden.«

»Ein Hoch auf die schöne Braut! Und den ewig jungen Fabri!« tönte es aus der letzten Reihe.

Der ganze Saal lachte, und Castel Fabri stimmte schmunzelnd ein. Aimeric nahm all seinen Mut zusammen und schloß seine Frau liebevoll in die Arme, und sie ließ es tatsächlich zu, daß er sie vor aller Augen zärtlich und lange küßte.

Mengarde, die in der ersten Reihe vor der *büne* saß, atmete erleichtert auf. Noch vor zwei Tagen hatte sie ein ernstes Gespräch mit ihrem Schützling geführt.

»Rixende«, hatte sie gesagt, »ich mache mir Sorgen. Wenn dir dein Bräutigam so zuwider ist, dann wäre es ehrlicher, es ihm offen zu sagen und nach Hause zurückzukehren.«

»Wie kommst du darauf, daß mir Aimeric zuwider ist?« hatte Rixende verwundert getan und ihre Handarbeit neben sich gelegt.

»Nun, Mann und Weib sind ein Leib. Ihr beiden seid zwar noch nicht verbunden, doch bist du derart abweisend ihm gegenüber, daß man den Schluß ziehen könnte, daß du ihn nicht magst. Dabei ist er doch keineswegs ein Trunkenbold oder ein Stachelbart! Auch prügelt er seine Gesellen nicht. Und dich behandelt er mit großem Respekt. Aber du? Wenn ich dich nicht besser kennen würde, mein Täubchen, wenn ich nichts von deiner ungestümen Zärtlichkeit wüßte, die du in diesem Hause so gut verbirgst, so …«

»Du irrst dich, Mengarde«, hatte Rixende schnell geantwortet und ihren Stickrahmen wieder aufgenommen, um der Muhme nicht in die Augen sehen zu müssen, »du irrst dich gewaltig. Es ist alles in Ordnung mit mir … und Aimeric.«

»Hoffentlich«, hatte Mengarde gemurmelt und leise das Gemach verlassen.

Die Lüge war Rixende so glatt über die Lippen gegangen, daß sie sich, als sie wieder allein war, in Grund und Boden schämte. Weitaus beschämender aber wäre es für sie gewesen, die Fabris zu enttäuschen, die ihr alle Freundlichkeit dieser Welt zuteil werden ließen.

Das Schlimmste aber war, daß sie sich gerade selbst belogen hatte. Man konnte vor vielem davonlaufen, doch offenbar nicht vor seinen Gefühlen. Das hatte ihr Bruder Paule verschwiegen. Doch was, wenn sie sich nun diesen Gefühlen stellte? Wenn sie die Abneigung offen zugäbe, die sie für Aimeric empfand? Zurück nach Gavarnie? Die hämischen Blicke der Dörfler aushalten? Christian, der sie seit einiger Zeit immer so seltsam ansah, so daß es ihr vor ihm noch mehr schauderte als vor Aimeric?

Trotzig hatte Rixende den Kopf geschüttelt. Nein, nein, besser so, hatte sie halblaut vor sich hingemurmelt. Was angefangen wurde, muß auch zu Ende gebracht werden!

Nachdem die Diener die Schüsseln abgeräumt und man mit dem gewürzten Wein angestoßen hatte, betraten erneut die Spielleute den Saal. Vorneweg schritt der berühmte Troubadour Guiraut Riquier, der Fabri ebenfalls etliches gekostet haben mußte, weil er sich fast das ganze Jahr über am Hofe des kastilischen Königs Alfonso des Weisen aufhielt. Gekleidet in weinroten Samt, auf dem Haupt eine malerische schwarze Kappe mit auf die Schulter herabhängender Sendelbinde, verstand er meisterlich die Laute zu spielen und dazu seine kräftige Stimme ertönen zu lassen.

»Weiß jemand unter den Anwesenden, was die Minne ist?« fragte Riquier zu Beginn seines Vortrags die Gäste. Und ohne eine Antwort abzuwarten, erklärte er sogleich, daß sie der Urquell aller edlen Eigenschaften wäre, ohne die kein Herz richtig froh würde. »Sie ist die Freude zweier Herzen. Ich möchte Euch nun, Ihr liebwerten Brautleute aus dem Hause Castel Fabri, ein Lied des berühmten Troubadours Marcabru darbieten – der Herr sei seiner Seele gnädig –, dessen Notenblätter mir ein bekannter Fürst aus dem Hochadel zu treuen Händen übergeben hat. Hört nur, hört!«

Und nun sang er mit einfühlsamen Gesten von *fin amors*,

der höfischen Liebe; von *valor*, der Schönheit der Damen; von *joi*, der höchsten Stufe des Glücks; von *pretz*, jener Eigenschaft, die nur durch die Liebe ihre Erfüllung findet; am Ende aber auch von *sofrir*, dem Gegenteil von *joi* – der Trauer über den Weggang der Geliebten.

Nicht wenige Gäste wischten sich am Schluß des Liedes verstohlen ihre Tränen weg, als er sang:

Ja, fin amors, du Born der Güte,
in dir erstrahlt des Lichtes Glanz.
Ich fleh dich an nun: Ach, behüte
uns vor des Feuers Höllentanz.

Auch Rixende war gerührt, und Aimeric nahm sie erneut in seinen Arm.

Plötzlich ging ein Raunen durch den Saal. Im Nu waren alle Augen auf eine hochgewachsene, schwarzgekleidete Person gerichtet, die sich offenbar bereits während des Liedes unauffällig unter das Portal des Saales gestellt hatte. Es war, als hätte der Troubadour das Stichwort gegeben: Als er *»Ach, behüte uns vor des Feuers Höllentanz«* gesungen hatte, war kein Geringerer als der Stellvertretende Inquisitor Fulco von Saint-Georges erschienen.

Daß die Dominikaner aufgrund des alten Zwistes mit dem Senat nicht zur Hochzeit geladen worden waren, hatte in Carcassonne niemanden verwundert. Daß nun dennoch Saint-Georges erschien, betrachteten viele als einen Affront gegenüber Castel Fabri und dem Senat. Ohne viele Worte war man sich einig: Dies konnte nichts Gutes bedeuten.

Auch Rixende erbleichte, als sie den Mann erkannte. Verstohlen griff sie nach Aimerics Hand, um bei ihm Halt zu finden. Doch der Bräutigam blieb die Ruhe selbst. Er ließ ihre Hand los, nickte ihr beruhigend zu und stand ganz gelassen auf, um den Inquisitor hereinzubitten, wie es die Höflichkeit erforderte.

Der Mönch trat hocherhobenen Hauptes näher. Eisiges Schweigen umfing ihn. Einige Leute begannen verlegen zu hüsteln, andere sahen betreten zu Boden, und wieder andere – das konnte man fast spüren – hätten sich am liebsten in den Erdboden verkrochen, um ja nicht von Saint-Georges auf Fabris Hochzeit gesehen zu werden, weil sie insgeheim der Häresie anhingen.

Der Troubadour, der nichts von der ablehnenden Haltung der Stadt Carcassonne gegenüber den Dominikanern wußte, blickte verunsichert von Rixende zu Fabri. Letzterer sah ziemlich wütend aus. Ununterbrochen mahlte sein Kiefer, so als ob er noch mit den Resten der Mahlzeit beschäftigt wäre.

Das alles jedoch schien den Inquisitor nicht zu kümmern. Er trat vor die *büne*, verneigte sich vor Rixende und sagte:

»Ich wünsche Euch und Eurem Gatten, auch im Namen von Nikolaus von Abbéville, Gottes gütigen Segen.«

Rixende nickte. Sie zitterte ein wenig, als Aimeric ihm höflich dankte, aber sie konnte, trotz des Erschreckens über sein Erscheinen, nicht umhin, festzustellen, daß dieser Mann aus der Nähe noch faszinierender aussah, noch geheimnisvoller, als sie ihn in Erinnerung hatte.

Die schwarze Kukulle, die er über der weißen, gegürteten Kutte trug, stand ihm ausgezeichnet zu seinen schwarzen Haaren und der olivfarbenen Haut. Da sie aus bestem Tuch war, fiel sie in vollendeten Falten von seinen breiten Schultern.

»Hütet Euch vor der Dunkelheit«, fuhr es Rixende durch den Sinn. Guter Gott, hatte Lusitana ihn gemeint?

Dennoch fiel es der jungen Braut schwer, sich von den feurigen dunklen Augen dieses Mannes zu lösen, die sie unentwegt ansahen.

Endlich wandte sich der Inquisitor Castel Fabri zu. Man konnte allerdings die Geste nur überheblich nennen, mit der er ihn grüßte. Fabri hieß ihn im Gegenzug mit höflichen Worten, aber zugleich eisiger Miene willkommen und bat ihn, Platz zu nehmen.

»Ich danke für Eure großherzige Einladung, ehrenwerter Castel Fabri, aber ich kann mich nicht aufhalten lassen …«, antwortete der Mönch spöttisch, um dann aus seinem Umhang eine Rolle hervorzuziehen, die er Rixende überreichte.

»Aber ich habe mir gedacht, daß diese kleine Gabe der schönsten Braut, die Carcassonne jemals in ihren Mauern gesehen hat, gefallen könnte«, sagte er leise. Rixende errötete.

Ein kurzer, einvernehmlicher Blickwechsel mit ihrem Bräutigam erlaubte es ihr, das unverhoffte Geschenk zu entrollen. Doch was war das? Sie traute ihren Augen kaum, als sie einen meisterlich geknüpften grünen Wandteppich in den Händen hielt, auf dem, von unzähligen kleinen bunten Blüten umgeben, ein schneeweißes Einhorn prangte. Das Horn! Rixendes Mund wurde ganz trocken. Der Teppich glitt ihr aus der Hand. Aimeric, der sich über ihre Blässe wunderte, hob das Geschenk rasch auf, um es den Gästen zu zeigen, die es überschwenglich, wenn auch nicht unbedingt ehrlichen Herzens, lobten.

»Das Einhorn ist ein Symbol für die Jungfräulichkeit«, sagte der Mönch derweilen leise zu Rixende, »und nur eine schöne und kluge Frau, wie Ihr es seid, wird sich ewige Reinheit im Herzen bewahren, selbst wenn sie in den Ehestand tritt.«

Er verbeugte sich und verließ ohne ein weiteres Wort das Fest.

Ein Murmeln ging durch die Reihen. Die Leute warfen sich bedeutungsvolle Blicke zu. Der alte Fabri kochte innerlich und dachte: Das hast du nicht umsonst getan, du Bastard!

Rixende jedoch rang noch immer verzweifelt um Fassung. Das weiße Horn. Die Prophezeiung! Durch die Spielleute hindurch, die mit ihren Sackpfeifen und Schalmeien die Stille, die sich nach dem Abgang des Inquisitors aufgetan hatte, beinahe schmerzhaft ablösten, sah Rixende in Mengardes Gesicht, das ebenfalls ganz weiß war vor Schreck. Ihnen beiden war das Lachen vergangen. Wie konnte die Bettlerin das gewußt haben?

Fabri saß wie festgenagelt auf der Bank und starrte auf die Diener hinab, die nun endlich begannen, die Tischplatten und

Schragen abzuräumen, damit der Raum zum Tanz genutzt werden konnte. Das Brautpaar eröffnete die Farandole, und nach und nach schien die Spannung, die sich über den Saal gelegt hatte, nachzulassen, und die Leute begannen wieder zu lachen, miteinander zu scherzen, zu tanzen und fröhlich zu sein.

Elias Patrice trat an Fabri heran und zog ihn in eine der Fensternischen. Und bald konnte jedermann ihren Mienen ansehen, daß sie Wichtigeres miteinander zu besprechen hatten als das, was sie üblicherweise nicht müde wurden zu besprechen, nämlich einen Weg zu finden, um die Seifensieder, Gerber und Färber vor die Tore der Stadt zu verbannen, die Carcassonnes Luft verpesteten, weil sie zum Beizen Alaun, Kupfervitriol und Kuhmist verwendeten.

Das Fest dauerte bis in die Morgenstunden. Als der Mond schon hoch am Himmel stand, trugen die Diener im Schein der Fackeln ein weiteres Mal die Platten herein, die sich fast bogen unter all den Köstlichkeiten. Es gab kleine gebratene Küken und Gänse, Pastete aus Kaninchen, dazu halbe goldbraun gebratene Zickleinköpfe. Zum Abschluß wurden gedünstete Birnen und Käse gereicht.

Rixende kostete nur von wenigem und trank den Wein mit Wasser verdünnt. Sie vergrub die unselige Prophezeiung und den Auftritt des Inquisitors in der Tiefe ihres Herzens und nahm sich vor, von Stund an nichts anderes mehr zu ersehnen, als Aimeric mit Herz und Körper lieben zu können, wenn er sich zu ihr legte, wie es sich für eine brave Frau geziemte. Sie wünschte es sich aufrichtig.

Als es dann soweit war und die beiden im Brautgemach angekommen waren, entfernte sie, um noch ein wenig Zeit zu gewinnen, gewissenhaft all die Kräutersträußlein aus dem Himmelbett, die nach der Einsegnung, der Flöhe wegen, dort hineingelegt worden waren.

Aimeric, der sie dabei beobachtete, trat hinter sie:

»Meine Liebste«, sagte er leise und legte die Arme um sie,

»schon lange habe ich mich nach diesem Augenblick gesehnt. Doch ich will dich nicht drängen.«

Rixende nickte stumm. Als sie sich zu ihm umdrehte, um ihre Bereitwilligkeit zu zeigen, waren ihre Augen weit aufgerissen und ihr Körper angespannt. Mit zitternden Händen begann sie, ihr Kleid aufzubinden, Aimeric half ihr dabei. Als sie im Hemd vor ihm stand, sah er ihr lange in die Augen, löste ihr herrliches Haar und küßte sie. Dann entkleidete er sich selbst und bewies, daß er nicht nur Mut und Besonnenheit besaß, wie er es heute im Angesicht der Inquisition gezeigt hatte, sondern auch Einfühlsamkeit und Geduld.

Von Stund an jedoch begann Rixende sich dafür zu hassen, daß sie in der ersten Nacht, die sie mit ihrem Mann verbrachte, an diesen furchtbaren Inquisitor gedacht hatte, selbst wenn es nur ganz kurz gewesen war.

7

Mit manchem Wort, davon zu schweigen gut,
wie dazumal das Reden mochte frommen …
Dante, Die Göttliche Komödie

Der Abschied von Mengarde war tränenreich. Schluchzend hängte sich Rixende an ihren Hals, und die Muhme mußte sich mehrmals die Augen wischen, bevor sie einen der Karren der Fabris bestieg, um unter Aucassinnes Schutz nach Hause zu fahren.

Die beherzte Frau aus Gavarnie, die Rixende zehn Jahre lang die Mutter ersetzt hatte, mußte nun ihr Mündel in einer Stadt zurücklassen, in der es vor Gefahren nur so wimmelte. Einerseits – so beruhigte sie sich – würde die Familie Fabri Rixende jeglichen Schutz gewähren, der in diesen unruhigen Zeiten möglich war, andererseits war da dieser Vorfall mit dem Einhorn: die Prophezeiung und das sonderbare Verhalten des Inquisitors.

Irgend etwas war im Gange. Doch was?

Mengarde war sich zwar sicher, daß Rixende diesen eitlen Dominikaner keinesfalls ermutigen würde, schon um ihrer neuen Familie nicht zu schaden. Aber forderte sie mit einem solchen Verhalten den Mann nicht erst heraus? Ja, sie ängstigte sich beträchtlich um Rixende. Aus diesem Grunde hatte sie vor der Abfahrt Rixende noch einmal zur Seite genommen, sie in die Besenkammer gezogen, wo sie niemand hören konnte.

»Achte genau auf meine Worte, mein Kind«, sagte sie, und Rixende war über den Ernst, den die Muhme an den Tag legte, erschrocken gewesen.

»Ich laß dich hier nicht zurück, ohne dir ein Versprechen abgerungen zu haben. Es geht um diesen Inquisitor. Die schönen Augen, die dir dieser Mann macht, sind nichts als blanke Hoffart. Er trägt Wasser in der einen und Feuer in der anderen Hand, will heißen, daß er für deinen Mann, deinen Bruder und vor allem für dich nur Unglück bedeuten kann. Ich weiß, daß er dir gefällt, und ich war auch einmal jung. Er ist ein Mann von großer Anziehungskraft, dennoch flehe ich dich an, versage dir ab sofort jeden Gedanken an ihn.«

Rixende hatte die Augen aufgerissen vor Überraschung.

»Aber Muhme, wie kannst du so etwas vermuten. Ich bin eine verheiratete Frau.«

Rixendes Empörung über den absurden Verdacht, den Mengarde hegte, war nicht gespielt. Das, was sie selbst nicht wahrhaben wollte, was sie in der hintersten Ecke ihres Herzens verbarg, weil es sogar verboten war, daran zu denken, durfte auch kein anderer aussprechen.

»Ach, Täubchen«, flüsterte Mengarde und nahm Rixende in den Arm. »Für jede Dummheit findet sich einer, der sie begeht. Ich habe Augen im Kopf, und die sehen noch immer gut, auch in einer dunklen Kirche. Leugne also nicht. Ich will dir einen Rat geben. Du mußt dir nur immer wieder einreden, daß die Blicke dieses Mannes so falsch wie die einer Schlange sind und seine Liebenswürdigkeit nur gespielt. Er muß so handeln, um an Informationen über die Leute zu kommen. Ganz bewußt setzt er sein gutes Aussehen, seine besondere Ausstrahlung ein, um die Leute … ja vor allem, um die Frauen für sich einzunehmen. Denk an deine Eltern! Noch nie hat einer der unseligen Schwarzröcke Gutes über jemanden wie uns gebracht, mochte er zuvor noch so freundlich gewesen sein. Geh diesem Mönch also zukünftig aus dem Weg, würdige ihn in der Kathedrale keines einzigen Blickes mehr. Versprich es mir, Täubchen!«

»Ja, gut, ich verspreche es.« Rixende hatte den Satz mehr geflüstert als gesprochen.

»In die Hand!«

Die junge Frau hatte zögernd ihre Hand ausgestreckt, und die Muhme hatte sie lange festgehalten.

»Gut, ich denke, du hast verstanden«, hatte sie nach einiger

Zeit gemeint und die Tür wieder freigegeben. »Jetzt kann ich beruhigt nach Hause fahren.«

Zwei Tage darauf stand beim ersten Hahnenschrei die Köchin Benete vor Rixendes Gemach und bat schwer atmend um Einlaß. Weil sie viel zu dick war, machte ihr das Treppensteigen Mühe. Rixende kämmte sich gerade das Haar.

»Tritt ein, Benete, geht es um das Wirtschaftsgeld für die kommende Woche?«

»Nein, Herrin ...« Benete keuchte noch immer und hielt sich die Hand aufs Herz. »Es geht um ... um ... also ...«

»Nun sprich frei heraus!«

Rixende hatte sich zu ihr herumgedreht und sah sie aufmerksam an.

»Es geht um ein Gerücht, das in Carcassonne die Runde macht, Herrin!«

»Ein Gerücht?«

»Ja – es tut mir leid, aber Ihr seid der Gegenstand dieses Gerüchtes.«

»Wie? Ich? ... Jetzt rede nicht um den heißen Brei herum! Was sagen die Leute über mich?« Rixende war sich nicht bewußt, irgendwann oder irgendwo eine Taktlosigkeit begangen zu haben, aber bei den Städtern konnte man nie wissen.

Auf Benetes Stirn erschienen plötzlich Schweißperlen, obwohl es recht kühl war an diesem Morgen.

»Man sagt, daß Ihr eine von ... denen seid, weil Ihr bei Eurer Hochzeit kein Fleisch gegessen hättet«, platzte es nun aus ihr heraus.

Jetzt legte Rixende den langzinkigen Kamm zur Seite und sprang auf.

»Eine von denen? Du meinst die Katharer, Benete?«

Die dicke Frau nickte. Auf ihren Backen erschienen kreisrunde rote Flecken.

Wäre Rixende des ernsten Gespräches mit Mengarde und auch ihres Bruders wegen nicht so beunruhigt gewesen, hätte sie über diesen Verdacht nur lauthals gelacht. So sagte sie:

»Diese Neunmalgescheiten! Daß ich selten Fleisch esse, liegt an meinem schwachen Magen, der mich, vor allem wenn ich aufgeregt bin, heftig schmerzt. Und darf eine Braut an ihrem Hochzeitstag nicht aufgeregt sein? Sag selbst, Köchin?«

»Natürlich. Jeder Frau geht es so.«

»Na siehst du! Weshalb hast du mich dann nicht in Schutz genommen vor den Leuten, die solches behaupten? Du hast mich doch schon Fleisch essen sehen, hier im Hause, oder etwa nicht? Du kochst, trägst auf, beobachtest und hörst alles. Ich verstehe dein Verhalten nicht.«

Die Köchin, die für ihr flinkes Mundwerk bekannt war, sah beschämt zu Boden.

»Es tut mir leid«, sagte sie leise und starrte auf Rixendes Füße. »Ich ... ich hatte gedacht ... ich hatte eigentlich anderes von Euch hören wollen, Herrin.«

»Anderes? Du sprichst heute wahrlich in Rätseln. Sieh mich an!« Langsam wurde Rixende ärgerlich.

»Ach«, klagte Benete und hob die Hände in die Höhe. »Es lastet eine große Sorge auf meiner Seele, Herrin, weil ich Euch so lange im ungewissen über mich und meine Leute gelassen habe. Kurzum: Ich selbst gehöre den Katharern an – und obendrein das ganze Gesinde. Und ich ... ich dachte, Ihr gehört auch zu uns, weil Ihr ... nun, damals in der Küche, der alte Hausierer ... man hätte den Eindruck gewinnen können, als wüßtet Ihr Bescheid.«

Jetzt plötzlich sah Rixende die Szene wieder vor sich.

»Der Mann war ein *parfait*? Du und das Gesinde, ihr alle seid Katharer?« Rixende war entsetzt.

Benete nickte.

»Aber du besuchst doch die Heilige Messe – wie willst du da eine Ketzerin sein?«

»Der Herr Fabri hat uns strengste Auflagen gemacht, was unser Verhalten in der Öffentlichkeit angeht. ›Unser Haus darf zu keiner Zeit in Verdacht geraten‹, sagt er uns immer wieder, und ›Wer sich nicht an meine Vorschriften zu halten gedenkt, hat hier nichts mehr zu suchen.‹ Wir schlachten also die Hühner, wir gehen zur Messe, und wir halten unseren Mund.«

»Da tut ihr recht. Die Inquisition hat ihre Augen und Ohren überall. Aber an dem Gerücht, das du über mich gehört hast, ist kein wahres Wort, und ich bitte dich, mich in Zukunft vor den anderen zu verteidigen.«

Benete wirkte betreten. »Es tut mir leid. Ich habe mich getäuscht ...«

»Schon gut. Es war richtig, daß du ein offenes Gespräch mit mir gesucht hast. So kann ich meine Überraschung im Zaum halten, wenn ich euch wieder einmal bei einer heimlichen Zusammenkunft mit eurem *parfait* antreffen sollte.«

Benete wandte sich zum Gehen. An der Tür jedoch drehte sie sich noch einmal um.

»Sagt Eurem Gatten, Herrin, daß dieses Gerücht von den Dienern des Konsuls Martell ausgestreut wird. Mein kleiner Aimeric muß davon wissen ...«

Rixende dachte einige Zeit über einen möglichen Verrat aus den Reihen des Senats nach, bevor sie fortfuhr, sich die Haare zu kämmen, sie zu flechten und so aufzustecken, daß die Haube, die sie seit ihrer Hochzeit zu tragen pflegte, einen ordentlichen Stand hatte. Aimeric hatte ihr beiläufig erzählt, daß einer ihn nicht gewählt hatte.

Ob es dieser Martell war? Doch weshalb war er den Fabris feindlich gesinnt? Und warum streuten er oder seine Bediensteten falsche Gerüchte über sie aus?

Bei der Hochzeit war ihr dieser Konsul vorgestellt worden. Olivier Martell, ein kleiner drahtiger Mann mit schulterlangem Haar und übertrieben eleganter Kleidung, hatte sie freundlich begrüßt und beglückwünscht. Der Blick jedoch, mit dem er sie beim Abschied gestreift hatte – er hatte das Fest kurz nach dem Vorfall mit dem Inquisitor verlassen –, war seltsam gewesen. Unwillkürlich hatte sie ihre Augen gesenkt.

Rixende versuchte, sich den Mann und sein Verhalten noch

einmal ins Gedächtnis zu rufen. Erstaunen hatte in seinen Augen gestanden. Doch worüber? Er hatte sie vorher nie gesehen. Ob sie sich in Gefahr befand? Die Inquisition, der seltsame Mönch, das Einhorn! Hütet Euch vor der Dunkelheit ... Und jetzt diese Gerüchte ...?

Rixende war beunruhigt.

Und was würde geschehen, überlegte sie rasch weiter, während sie sich ankleidete, wenn trotz aller Vorsicht die Inquisititoren von den »Schneidern« und »Hausierern« erführen, die ab und an in der Küche des angesehensten Carcassonner Kaufmanns und Konsuls herumsaßen?

Rixende hatte sich bis zu diesem Zeitpunkt weder ihren Vater noch ihre Mutter als verstockte Ketzer im Sinne der Inquisition vorstellen können. Sie waren ja keine herumreisenden *parfaits* gewesen. Es war das Bild der *boni christiani* – so nannten sich die Katharer selbst –, derjenigen, die überzeugt von ihrem Glauben mutig und zu allem entschlossen die Scheiterhaufen bestiegen, mit dem Rixende ihre Eltern bislang verklärt hatte. Sich selbst jedoch Simon und seinen Glaubensgenossen anzuschließen, das hatte sie vehement abgelehnt, und dabei war es ihr gleich, ob sie nun tatsächlich römisch-katholisch war oder nicht.

»Weißt du eigentlich, ob ich irgendwann getauft wurde?« hatte sie ihren Bruder einmal gefragt. Der jedoch hatte den Kopf geschüttelt.

»Nein. Wir haben zwar regelmäßig die Messe in Notre-Dame-de-Carnesses besucht, um jeden Argwohn zu zerstreuen, aber von einer Taufe weiß ich nichts. Der Priester von Montaillou gehörte der Clergues-Sippe an, in der viele häretisiert sind. Er kannte Vaters Meinung, daß die Wassertaufe gar nichts bewirke. Und es ist so. Der Glaube allein rettet die Seele, sagen wir Katharer.«

Endlich war Rixende fertig angezogen. Sie eilte die Treppe hinab, denn Castel Fabri hatte an diesem Morgen die frischgebackenen Eheleute in seine Schreibstube gebeten. Rixende erschrak nicht schlecht, als sie Aimeric völlig aufgebracht sagen hörte: »Ich kann mir schon denken, was Ihr von uns wollt, Vater, und, gelinde gesagt, ich bin nicht wenig verärgert, weil Ihr bereits vor der Hochzeit Patrice über gewisse Pläne informiert, mich dagegen im ungewissen gelassen habt.«

Rixende zögerte einzutreten.

»Komm nur herein, Rixende«, sagte Aimeric. »Unser Streit hat nämlich ausschließlich mit dir zu tun, nicht wahr, Vater?«

Fabri nickte und erklärte ihr, daß er, um seinen Sohn zu entlasten, daran gedacht habe, ihr die Führung der Geschäftsbücher anzuvertrauen. »Elias Patrice ist ein Plappermaul. Ich habe ihn nur um seinen Rat gebeten«, entschuldigte er sich. »Und da hat er sofort ...«

»Wirklich, Rixende, ich könnte jegliche Hilfe brauchen«, unterbrach ihn Aimeric ungeduldig. »Es handelt sich um eine doppelte Buchführung, die je eine Spalte für Soll und für Haben vorsieht, so daß unser Kontostand jederzeit überprüft werden kann. Und daß du gut mit Zahlen umgehen kannst, habe ich bereits gemerkt.«

»Außerdem könntet Ihr dann Eurem Gatten auf die Finger klopfen, wenn er Euer Vermögen und das Eures Bruders schlecht verwaltet«, meinte der Alte mit einem spöttischen Blick auf seinen Sohn.

»Ich will diese Arbeit gerne machen«, sagte Rixende eifrig zu Castel Fabri. »Aber auch wenn der Ehevertrag mich gut absichert, ist der größte Teil meines Vermögens mit der Einheirat in das Haus Fabri zu dem Euren geworden. Wenn die Geschäfte eines Tages schlecht gehen, kann mein Gatte darauf zurückgreifen. Simons Anteil bitte ich allerdings unangetastet zu lassen.«

»Das ist auch uns ein Anliegen, Rixende«, erwiderte Fabri ernst. »Doch ich muß Euch in diesem Zusammenhang etwas ans Herz legen. Geht keinerlei Wagnis ein, um Euren Bruder zu treffen. Dieser dreiste Saint-Georges! Entweder hat er auf Euch ein Auge geworfen, oder er will über Euch zu Eurem

Bruder gelangen! Ich beobachte seine Blicke in der Kathedrale schon eine ganze Weile. Ein unverschämter Kerl!«

»Ja, der Mann macht mir angst, seit ich hier angekommen bin. Ich weiß nicht ... Hab ich vielleicht etwas falsch gemacht?«

Rixendes Stimme zitterte, und Aimeric nahm seine Frau in den Arm, um sie zu beruhigen.

»Nein, nein, meine Liebe. Es liegt nicht an dir. Saint-Georges hat nun einmal diese Art, Frauen anzusehen. Du bist nicht die einzige, die er mit seinen Blicken verschlingt.«

»Es ist der Bruder!« warf der alte Fabri ein. »Hinter ihm sind sie her, denk an meine Worte, Sohn!«

»Aber wie vermag die Inquisition eine Verbindung zu Simon herzustellen«, warf Rixende ein, »wenn niemand weiß, wer er ist und wer ich in Wirklichkeit bin? Könnte es nicht sein, daß dieser Konsul Martell hinter der ganzen Sache steckt? Habt Ihr ihm etwas über meine Herkunft erzählt?«

Aimeric und Fabri sahen sich verdutzt an, worauf ihnen Rixende von dem Gerücht berichtete. Aimeric war so empört, daß er diesmal lautstark begann, auf den ruchlosen Olivier Martell zu schimpfen. Weil er gar nicht mehr aufhörte, ihn mit den fürchterlichsten Schimpfwörtern zu belegen, schlug der alte Fabri schließlich mit der Faust auf den Tisch.

»Halt inne, Aimeric. Du mußt dich irren. Martell ist vielleicht nicht immer ehrlich, aber gewiß gehört er nicht zu den *familiares.*«

»Was sind die *familiares?*« fragte Rixende, die das Wort zuvor noch nie gehört hatte.

»Nun, ich spreche von den Boten, den Zuträgern der Inquisition, von manchen Leuten auch *bravi* genannt. Doch Martell gehört nicht zu ihnen. Er ist kein Verräter! Niemals!«

»Ach nein?« zischte Aimeric ärgerlich. »Gab es nicht schon einmal Schwierigkeiten mit dem Flatterpelz, wie ihn alle nennen?«

»Diese Angelegenheit liegt schon Jahre zurück. Ihr müßt wissen, Rixende, damals fielen mir als Sprecher des Senats gewisse Unregelmäßigkeiten in den Abrechnungen der Goldgrübler auf. Das sind die Männer, die regelmäßig die Kloaken der Stadt reinigen. Langer Rede kurzer Sinn: Es war Martell, der in seine eigene Tasche gewirtschaftet hatte. Nachdem er das Geld zurückgezahlt hatte, versprach ich ihm, mit niemandem darüber zu reden. Nun«, der Alte warf einen kurzen Blick auf seinen Sohn, der noch immer mit wütendem Gesicht neben seiner Frau stand, »vielleicht war meine Gutmütigkeit ein Fehler. Ich werde mir Martell persönlich vornehmen.«

8

Seufzer nur, die leise
die ewige Luft durchzittern,
wehn im Wind …

Dante, Die Göttliche Komödie

Seitdem Fulco von Saint-Georges das Hochzeitsbankett verlassen hatte, ließ ihn das Gefühl nicht mehr los, einen Fehler begangen zu haben. Natürlich war er in erster Linie Rixendes wegen dorthin gegangen, um die Frau aus der Nähe zu betrachten, die Sibylle so ähnlich sah, einmal ihre Stimme zu hören, in ihre seltsamen Augen zu blicken, den feinen Duft des Rosenwassers einzuatmen, mit dem sie sich ganz gewiß parfümierte. Er konnte als Priester weder Zuneigung noch Abneigung gegenüber einer Frau gestehen, doch er begehrte sie, ohne Zweifel.

Und Rixende? Sie schien verlegen gewesen zu sein – verlegen und beunruhigt. Letzteres konnte natürlich mit seinem Amt als Inquisitor zusammenhängen – und das war ja in der Tat der andere Grund gewesen, dort zu erscheinen. Abbévilles Augen hatten geleuchtet, als er ihn in seinen Plan eingeweiht hatte, Castel Fabri zu ärgern.

Herrlich, wie alle erschrocken waren bei seinem Anblick! Saint-Georges lachte auf.

Dennoch … Wie sollte es weitergehen?

Aimeric Fabri war ihm gleichgültig. Das Mannesglück war unbeständig; mit einem Sämann auf fremden Äckern mußte jeder Ehemann rechnen, selbst ein junger. Der Inquisitor schmunzelte ein wenig, während er daran dachte, daß es ihm noch lange nicht so ergehen würde wie dem Prior von Saint-Vincent, der, als er im Bade von zwei nackten Mädchen nicht mehr erregt werden konnte, ausrief: *»Recesserunt temptationes, convertemus ad dominum* – Die Versuchungen sind vergangen, jetzt kann ich zum Herrn zurückkehren!«

Über den alten Lüstling hatte sich der ganze Orden lustig gemacht.

Grinsend steckte Saint-Georges das Pergament, das er beschrieben hatte, ohne im geringsten bei der Sache gewesen zu sein, in den Brustbeutel seiner Kutte.

Dann stand er auf und trat ans Fenster des Justizturmes, von dem aus er weit hinaussehen konnte auf die Weinfelder der Aude-Ebene bis hin zu den Corbières und den dahinter im fahlen Dunst der Ferne liegenden Pyrenäen.

War es wirklich richtig gewesen, diese schöne Frau an ihrem Hochzeitstag so durcheinanderzubringen? Mußte nicht vielmehr die Dame des Herzens vor aller Unbill geschützt werden? Als Knappe hatte er gelernt, daß die Liebe den Ritter mutiger und tapferer macht. Doch er war kein Ritter geworden, und es war auch nicht Liebe, Mut oder Tapferkeit gewesen, die ihn dorthin geführt hatten, sondern Arroganz und Übermut und Geilheit. Warum aber ließ ihm dann die Angelegenheit keine Ruhe? Und seit wann dachte er mit dem Herzen statt mit dem Kopf und machte sich Sorgen um das Seelenheil einer schönen Frau? Wurde nicht alles, was in der Liebe möglich war, zu allen Zeiten getan?

In der Liebe?

Wie seltsam war doch manchmal die menschliche Natur. Kopfschüttelnd und ziemlich ärgerlich über sich selbst zog er die Läden zu und verließ das Arbeitszimmer. Auf der Wendeltreppe rief er nach dem Protokollanten, um, von jenem gefolgt, über den schmalen Wehrgang zum Turm der Inquisition zu eilen, den sie schließlich durch die geheime Tür betraten. Dort wartete der verstockte Ketzer Calveries auf sein Verhör.

Und der Inquisitor wußte, daß er zumindest in seinem Fall bald eine Entscheidung fällen mußte.

Calveries war nur noch ein Schatten seiner selbst.

»Wißt Ihr, warum Ihr hier seid?« fragte der Inquisitor barschen Tones und ohne jegliches Anzeichen, daß er den Inhaftierten persönlich kannte. Das eine hatte schließlich mit dem anderen nichts zu tun.

»Es würde mich freuen, von Euch den Grund zu erfahren, Herr«, antwortete leise und höflich der Mühlenbesitzer von Albi, dessen Wortwahl seine Bildung verriet.

»Ihr werdet beschuldigt, ein Ketzer zu sein, anderes zu glauben und zu lehren als die Heilige Kirche. Nun, verhält es sich so?«

»Der Herr ist mein Zeuge, daß ich niemals einen anderen Glauben bekannt habe als den des wahren Christentums. Ich glaube alles, was ein Christ glauben muß. Lieber sollen mich die Flammen verzehren, als daß ich gestehe, ein Ketzer zu sein!«

»Die Flammen«, höhnte jetzt der Inquisitor, »die Flammen des Scheiterhaufens sind nicht das Schlimmste, das Euch bevorsteht, Calveries. Der Höllenschlund ist es, das ewige Feuer für alle, die sich gegen die Heilige Römische Kirche entscheiden, wenn Ihr Euch weigert, abzuschwören.«

Auf Calveries' Gesicht zeichneten sich rote Flecken ab. Seine Kiefer mahlten. Die Hoffnung, daß Saint-Georges ihm jetzt die Freundlichkeiten vergalt, die er über Jahre dem Kloster erwiesen hatte, war beträchtlich gesunken. Wie konnte er sich nur so getäuscht haben! Da brach es aus ihm heraus:

»Ihr Pfaffen seid es doch, die über Honig und Galle befinden!«

»Ja, und wir irren selten, mein Freund«, erwiderte Saint-Georges ungerührt – und zum Kerkermeister gewandt: »Auf die Streckbank mit ihm!«

Der Kerkermeister schritt auf den Angeklagten zu und packte ihn am Arm.

»Nein«, keuchte Calveries angsterfüllt und schüttelte den Folterknecht ab. »Nein, Herr! Nicht die Folter, nicht die Streckbank! Habt doch Erbarmen!«

»Habt Ihr endlich den Mut zu gestehen! Seid Ihr ein Ketzer? Wer sind Eure Komplizen? Habt Ihr Kenntnis über den

Notar Pierre Authié, über Amiel de Perles, andere Ketzer oder der Ketzerei Verdächtige in Eurer Stadt? Antwortet endlich.«

Schlag auf Schlag waren die Fragen gekommen.

Doch Calveries schüttelte voller Verzweiflung den Kopf.

»Ich bin kein Ketzer, Herr Inquisitor, ich habe keine Komplizen, und ich kenne auch diejenigen nicht, die Ihr Authié und Perles nennt. Daher kann ich der Häresie auch nicht abschwören.«

»Du willst also nicht gestehen und nicht abschwören, du willst von nichts wissen, niemanden kennen«, sagte der Inquisitor gefährlich leise, »und du willst auch nicht auf die Streckbank – willst du wenigstens hören, was mir deine Frau erzählt hat?«

»Ihr habt meine Frau verhört, Herr?« Calveries hob überrascht den Kopf.

»Ja, deine Frau, die schwer erkrankt ist und sich große Sorgen um dich macht. Sie sagt ... nun, wo hab ich nur das Blatt ... Ach, hier ist es!« Saint-Georges zog das Pergament heraus, mit dem Text, den er soeben im Justizturm entworfen hatte.

»›Mein Mann Guilheme hatte nur eine einzige Begegnung mit Katharern, das war, als er vor unserem Haus einen *parfait* grüßte, doch er wußte nicht, daß es ein *parfait* war.‹

Nun, was habt Ihr dazu zu sagen?«

Calveries sah den Inquisitor erstaunt an. Er ahnte, daß dies niemals die Worte seiner Frau waren. Wollte ihm Saint-Georges damit eine Brücke bauen? Sollte er auf sein Spiel eingehen? Aber welche Antwort erhoffte sich der Inquisitor? Er warf einen kurzen fragenden Blick auf den Protokollanten und einen weiteren auf den Büttel, dann blickte er dem Inquisitor direkt in die Augen.

»Das ist gut möglich, Herr«, sagte er zögerlich, wobei seine Oberlippe auffällig zuckte. »Aber macht man mir hier zum Vorwurf, daß ich höflich war?«

Saint-Georges schüttelte den Kopf. »Nicht Eure Höflichkeit ist hier angeklagt. Daß Ihr jenen *parfait* nicht gekannt haben wollt, das nehme ich Euch nicht ab. Ihr wart demzufolge ein Ketzer, und Ihr seid noch immer einer, gerade weil Ihr so verstockt seid und leugnet.«

»Ich leugne ja gar nicht, diesen *parfait* möglicherweise gegrüßt zu haben, nur kannte ich ihn wahrhaftig nicht! Ich kann mich noch nicht einmal an den Vorfall erinnern. Ich bin gewiß kein Ketzer, Herr!« Calveries begann zu schwitzen. Hatte er die falschen Worte gewählt?

Saint-Georges, der nicht vergessen konnte, daß der Müller unschuldig und nur aus einem einzigen Grund in die Mühlen der Inquisition geraten war, weil er sich geweigert hatte, Bischof Castaignet über das Maß hinaus die Füße zu küssen, hielt einen Augenblick inne. Dann sagte er leise und scharf:

»Ketzer ist nicht unbedingt derjenige, der sich gegen die Glaubenslehre vergeht, sondern der, der stur an seiner Untat festhält. *Pertinacia* heißt dieses Verbrechen, Verstocktheit.«

Er kniff die Augen zusammen und sah nun seinerseits dem Mann direkt ins Gesicht. Calveries hob stolz den Kopf und hielt seinem Blick stand. Sie musterten sich wortlos, über den Tisch hinweg. Schließlich stand der Inquisitor abrupt auf und begann mit verschränkten Armen in der Folterkammer umherzulaufen. Der Protokollant spielte an der Feder herum und wartete ebenso ungeduldig wie der Kerkermeister darauf, daß das Verhör weiterging.

Doch als Saint-Georges endlich stehenblieb, befahl er Polignac lediglich, den Gefangenen abzuführen.

»Was, Ihr habt diesen *casus* nicht gelöst und Calveries einfach wieder ins Loch gesteckt? Ohne Folter, ohne Geständnis?«

Nikolaus von Abbéville hatte kurz aufgeblickt und dabei unwillig die Brauen hochgezogen, als Fulco von Saint-Georges einige Zeit später unverrichteter Dinge in den Justizturm zurückkehrte.

»Bruder Nikolaus«, setzte Saint-Georges vorsichtig zu einer Erklärung an, »ich habe den Eindruck, der Mann sagt die Wahrheit. Die Anklage steht in seinem Fall ganz sicher auf tönernen Füßen. Obendrein kenne ich ihn gut. Er ist ein unbescholtener Geschäftsmann, fleißig, freigiebig gegenüber dem Kloster zu Albi sowie ein guter Vater und treuer Kirchgänger. Seine Familie – alles ordentliche und fromme Leute!«

Während er angespannt auf eine Reaktion wartete, studierte Abbéville weiter unentwegt eines der zahlreichen gebundenen Bücher mit Urteilen, die im Turm der Justiz verwahrt wurden, als hätte er nichts gehört. Er blätterte vor und dann wieder zurück, zog die Stirn in Falten, stöhnte leise und erweckte ganz den Anschein, als müsse er unbedingt einen wichtigen Absatz finden, ohne den auf der Stelle die Welt unterginge. Rings um das Buch lagen weitere Pergamente verstreut, Blätter mit irgendwelchen Notizen, zwei dünne Schriftrollen sowie der Ledersack, in dem sich wohl alles befunden hatte.

Saint-Georges war sich sicher, daß der Fall Calveries nicht so rasch abgeschlossen werden konnte wie andere. Das Wichtigste jedoch war, sich nicht anmerken zu lassen, daß man den wahren Grund der Verhaftung des Müllers kannte. Denn hätte er den Bischof von Albi beschuldigt, wäre er die längste Zeit Inquisitor gewesen. Überdies nutzte Calveries das gar nichts. Den Mühlenbesitzer jedoch kaltblütig über die Klinge springen zu lassen, nur weil es Abbéville verlangte, brachte Saint-Georges ebenfalls nicht übers Herz. Er hatte unter Eid seine Treue gelobt, aber zugleich erkannt, daß es zukünftig seines ganzen Einfallsreichtums bedurfte, die Wahrheit Christi zu wahren, der Kirche keinen Schaden zuzufügen und das eigene Fortkommen nicht zu gefährden. Fulco von Saint-George, der sich klug wie eine Schlange dünkte, faßte den Entschluß, zu einer kleinen List zu greifen.

»Ich verstehe wirklich nicht«, fuhr er leise fort und gab sich dabei den Anschein der Treuherzigkeit, »wie es in Calveries' Fall überhaupt zu einer Anzeige wegen Ketzerei hat kommen können. Der Mann ist unschuldig, Bruder Nikolaus. Doch bevor wir ihn freilassen, schlage ich vor, daß wir uns denjenigen einmal vorknöpfen, der ihn denunziert hat. Ich will mich gleich morgen darum kümmern. Möglicherweise steckt ein Racheakt dahinter. Ihr wißt wie ich, daß Müllersleute seit jeher bei den Bauern unbeliebt sind. Der Mahlzwang, Bruder! Der Mahlzwang bringt das Volk in Wut, und da ...«

»Schwätzer«, unterbrach ihn Abbéville aufgebracht, klappte das Buch zu und begann im Zimmer auf und ab zu laufen.

»Unschuldig! Mahlzwang! Erzählt mir doch nicht Äsopens Fabelmärlein! Wenn Calveries nein sagt, so meint er ja. Er ist so schuldig wie das andere Volk auch. Sie scheißen alle durch das gleiche Loch! Mahlzwang. Ha, daß ich nicht lache! Schaut endlich zu, daß Ihr zu einem Geständnis kommt. Die Kerle müssen brennen. Wer weiß, was der Senat von Carcassonne ausheckt. Olivier Martell hat angedeutet, daß man sich an den König wenden will. Und da kommt Ihr mir mit Euren Unschuldslämmern!«

»Aber vielleicht ist Calveries tatsächlich ein weißes Lamm unter all den schwarzen.«

Abbéville sah ihn böse an. Saint-George geriet ins Schwitzen, doch er wollte es wenigstens noch ein einziges Mal versuchen.

»Verzeiht, Bruder Nikolaus, es hat nichts mit meiner Wertschätzung Euch gegenüber zu tun, wenn ich Euch in diesem einen Fall so nachdrücklich widerspreche. Ich wäre jedoch ein schlechter Inquisitor, redete ich Euch nur ständig nach dem Mund. Steht nicht schon im römischen Recht geschrieben: *Nemo praesumitur malus nisi probetur* – Niemand wird als Übeltäter vermutet, es sei denn, es wird bewiesen? Wir können doch nicht aus Angst davor, daß der Senat sich an den König wendet, das Recht beugen! Außerdem hat Calveries zwei Söhne, die über jeden Zweifel erhaben sind. Ich kenne sie gut.«

»Und ich entgegne Euch: *Qui suo iure utitur, nemini facit iniuriam* – Wer sein Recht anwendet, tut niemand Unrecht! Bruder Fulco, Ihr seid mir ein wahrer Trutzhahn heute! Habt Ihr einen Narren an dem Mehlwurm gefressen? Wenn es

Euch so schwerfällt, den Alten zu überführen, so zeichnet eben einen Sündenbaum, wie ich es Euch gezeigt habe. Ein faules Zweiglein, eine winzige Unterart der Sünde wird sich sicher entdecken lassen bei Calveries, keiner ist ohne Fehl. Was die Söhne angeht, so könnt Ihr beruhigt sein.«

Abbéville war endlich stehengeblieben und schlug jetzt seinerseits einen gönnerhaften Ton an.

»Sie erhalten selbstverständlich die Absolution, wenn sie von sich aus gestehen, daß ihr Vater ein übler Ketzer war. Für *sponte comparentes* haben wir ein Herz. Das Vermögen allerdings fällt an die Kirche. Punktum.«

Nun rauschte er hinaus und ließ seinen Verweser in beträchtlicher Unruhe zurück.

Vierzehn Angeklagte hatte Saint-Georges inzwischen verhört, und vierzehnmal hatte er die Männer schuldig gesprochen, obwohl er bei einigen ebenfalls in leichtem Zweifel gewesen war. An die Schuld des Cellerars hatte er allerdings die ganze Zeit über geglaubt, obwohl der Mönch zu Anfang geleugnet und es sogar einmal gewagt hatte, auf ihn loszugehen und ihn einen elenden Verräter zu schelten. Polignac hatte seine liebe Not gehabt mit dem Mann und ihn schließlich in Eisen gelegt. Nach dem fünften Verhör und einigen kleineren Torturen hatte Bruder Henricus klein beigegeben. Eine jämmerliche Gestalt war aus ihm geworden. Wie weggefegt waren plötzlich Aufsässigkeit und Arroganz. Ja, er war zum Schluß sogar vor Saint-Georges auf die Knie gesunken und hatte um Gnade gewinselt. Nicht nur hatte er gestanden, ein Anhänger der Averroisten zu sein und in der Tat die Schriften des Siger von Brabant gelesen zu haben, sondern er hatte auch den feigen Mord an Bruder Berthold zugegeben. Ein Pilzgericht hätte er ihm verabreicht, aus Wut über seine ewigen Sticheleien, giftige rote Schleierlinge. Es war also absolut richtig und wohl Gottes Wille und nicht Eigenmächtigkeit gewesen, den Cellerar auf die Liste der Verdächtigen zu setzen.

Bei Calveries jedoch lag die Sache anders.

Weshalb nur war in diesem Fall Bruder Nikolaus so halsstarrig? Er selbst war doch bereits mehrere Male mit dem Bischof im Streit gelegen. Mit solchem Verhalten erwies er der Kirche einen schlechten Dienst. Die Inquisition, von der das Volk sagte, sie beherrschte aufs feinste die »Kunst des Lügens«, wäre um Längen überzeugender, dachte der Inquisitor ärgerlich, wenn sie – selbstredend nur bei wirklich berechtigtem Zweifel – ab und an jemanden als freien Mann nach Hause schicken würde. Abbéville behauptete zwar ständig, daß niemand ohne ordentliches Verfahren oder klare Beweise verurteilt würde, aber viele Beweise bestanden aus Geständnissen, die durch strenge Folter erwirkt wurden. Die Leute kamen auf die Streckbank, man ließ sie mit Gewichten behängen, bis ihre Gelenke auskugelten, Zähne oder Fingernägel wurden ihnen herausgerissen, und zwischen all diesen Prozeduren verhörte man sie immer wieder. Erneut kam ihm Bruder Henricus in den Sinn, dessen Qualen allerdings durchaus auszuhalten gewesen wären, denn er hatte ihm gnädigerweise einzig die Daumenschrauben ansetzen lassen. Schließlich hatte es sich um einen Ordensbruder gehandelt, mochte er auch falschen Lehren gefolgt sein. Für ihn hatte es keinen Grund gegeben, Taten zu gestehen, die er nicht begangen hatte.

Wieder sah er Calveries' Augen vor sich. Dieser offene, wissende Blick. Nein, nein. Saint-Georges preßte die Lippen aufeinander. Calveries saß aufgrund einer falschen Anschuldigung im Kerker. Abbéville mußte ein Einsehen haben, und das würde er auch, wenn er ihm die Unschuld des Mannes nur endlich klarmachen könnte. Wütend über sich, weil seine Überzeugungskunst nicht ausgereicht und er obendrein auch noch begonnen hatte, selbst an Calveries zu zweifeln, bückte sich Saint-Georges, öffnete die Schublade seines Pultes und zog mit Bedacht ein Blatt heraus, um einen Sündenbaum für Calveries zu konstruieren.

Lange saß er über seinem Werk.

Am Ende saßen auf den Ästen und Zweigen lauter kleine Teufelchen, und der Inquisitor zerriß das Pergament in tausend Fetzen.

Mit unzähligen schwarzen Wolken war seit Tagen der Marin noir Gast in Carcassonne, und Rixende fröstelte. Sie saß in Aimerics Schreibstube, die sich im oberen Stockwerk des Lagers befand, einen Pelz um die Schultern, weil es durch alle Fensterritzen zog. Ein weiteres Mal addierte die junge Frau die Salden, doch das Ergebnis blieb das gleiche. Die Außenstände waren entschieden zu hoch. Ich muß mit Castel Fabri darüber reden, beschloß sie, sperrte die Unterlagen in die Truhe und machte sich mit der Auflistung auf den Weg ins Rote Haus.

Fabri saß zusammengesunken im Lehnstuhl vor dem Kaminfeuer und döste vor sich hin. Rixende erschrak bei seinem Anblick, denn er sah blaß und verhärmt aus, und auf seiner Stirn standen kleine Schweißperlen.

»Geht es Euch nicht gut, Vater?« fragt sie besorgt, als sie ihm die Auflistung vorlegte, in der sie die Zahlen extra groß geschrieben hatte, damit er sie prüfen konnte.

Da klopfte es plötzlich heftig an die Tür.

Elias Patrice stürmte herein und ließ sich mit hochrotem Kopf und schnellem Atem auf die Kaminbank fallen.

»Wo ist dein Sohn?« fragte Patrice den alten Fabri, ohne ihn zuvor begrüßt zu haben.

»Aimeric befindet sich noch drüben im Lager! Was ist mit dir, lieber Freund?«

»Bitte schick augenblicklich nach deinem Sohn, Fabri. Wenn er hier ist, wirst du erfahren, was geschehen ist.«

Weil Rixende es mit der Angst zu tun bekam, eilte sie selbst, um ihren Gatten zu holen.

»Was ist geschehen?« rief Aimeric noch an der Tür.

»Abbéville und Saint-Georges haben begonnen, Carcassonne zu säubern! Erst haben sie zwei Ketzer aus dem Haus der Belots geholt, weiß der Teufel, woher sie die Information hatten – und vor zwei Stunden haben sie den alten Vidame verhaften lassen.«

»Was sagst du da?« schrie Castel Fabri auf. »Den alten Vidame? Weswegen denn? Was hat er sich zuschulden kommen lassen?«

»Nichts, gar nichts, Fabri. Er ist wie die beiden anderen der Ketzerei angeklagt und steckt bereits im Loch. Wer weiß, wer von uns der nächste sein wird. Wir müssen etwas unternehmen, zumal der König noch immer nichts von sich hören läßt!«

Aimeric nickte. Auf seiner Stirn standen nun ebenfalls Schweißperlen. »Ihr habt recht, Herr Elias. Noch heute abend berufe ich den Senat ein. Vidame ist ein guter Katholik. Wenn die Inquisition das Gegenteil behauptet, so lügt sie sich in den eigenen Hals in ihrer Gier!«

»Geht es um das Vermögen der Leute?« fragte Rixende leise.

Patrice lachte sarkastisch auf. »Natürlich, Frau Fabri. Um was denn sonst«, sagte er und machte eine eindeutige Handbewegung.

»Vidame ist ein ehemaliger Konsul und hochgeachteter Steinmetzmeister«, erklärte Fabri Rixende, und man merkte seiner zittrigen Stimme an, wie sehr ihm diese Angelegenheit ans Herz ging. »Er ist gebrechlich, hat die Gicht und seit Jahren ständig Schmerzen. Das Loch wird sein Ende bedeuten!«

Die Ratsversammlung war nur spärlich besucht. Der Schrekken, den die Inquisition nun auch in Carcassonne verbreitete, hatte zwei Konsuln auf der Stelle krank werden lassen, und ein weiterer hatte sich mit einer fadenscheinigen Entschuldigung gedrückt. Die Mutigen jedoch, die gekommen waren, wußten: Nach Albi sollten offenbar auch hier die Köpfe rollen.

»Was heißt hier ›Köpfe rollen‹, die Scheiterhaufen werden lodern«, hatte Eleazar Bernard ins Plenum gerufen, »Gott steh uns bei, Abbéville plant ein Feuer vor der Kathedrale!«

»Ja, das habe ich auch gehört!« Petrus von Vaisette raufte sich die grauen Haare, so aufgeregt war er. »Garric soll brennen, der junge, meine ich, der alte ist ja bereits im Loch gestorben, obendrein Calveries, Faucon, Isambert, Salavert und noch zehn andere aus Albi! Der Kerkermeister ist mein Schwager, er hat es meiner Frau im Vertrauen erzählt!«

»Guter Gott! Wir müssen diesem Treiben Einhalt gebieten! Doch wie? Seit Saint-Georges in der Stadt ist, der vorgibt, christlicher als Christus selbst sein zu wollen und zugleich unseren Weibern schöne Augen macht, geht hier alles drunter und drüber.«

Da meldete sich Jean Poux zu Wort, einer der jüngeren Konsuln und Sprecher der Weinhändler. Leider fing er immer zu stottern an, wenn er sich über etwas empörte, und so konnte jedermann feststellen, daß er an diesem Tag ziemlich aufgeregt war.

»Wa... was ist mit seiner Hei... Heiligkeit Jean de Chevry? Kh... kh... kann unser Bi... Bi... Bischof denn nichts tun, o... o... oder der Bi... Bischof von A... Albi?«

»Pah, Chevry ist fast taub, der legt sich nicht mit der Inquisition an. Und Castaignet? Mein lieber Freund Poux, ich will nicht deutlicher werden, aber wir wissen doch alle, wer hinter der Verhaftung der Männer aus Albi steckt. Allenfalls könnte ich mir vorstellen, daß Bernhard Délicieux uns helfen könnte, mit seinen Franziskanern ...«, antwortete ihm Patrice.

»Ihr schlagt allen Ernstes Bernhard Délicieux als Mittler vor, Patrice? Niemals! Das Gegenteil wird eintreten. Wenn Abbéville den Franziskaner nur von weitem sieht, kennt seine Wut keine Grenzen!« Eleazar hatte so laut geschrien, daß Aimeric ihn zur Ordnung rufen mußte.

Da machte Elias Patrice einen – wie es sich herausstellen sollte – folgenschweren Vorschlag:

»Nun gut, vielleicht hast du recht. Es gibt noch eine andere Möglichkeit. Bonifatius hat ein Jubeljahr ausgerufen. Zu Beginn des neuen Jahrhunderts wird in Rom ein besonderer

Ablaß erteilt. Wir sollten umgehend eine offizielle Abordnung nach Rom schicken – und Aimeric Fabri muß sie führen!«

Als Rixende davon erfuhr, erschrak sie aus mehr als einem Grund. Zwar wußte sie, daß jede große Reise unter dem Stern des Ungewissen stand, doch mußte die Abordnung ausgerechnet zu einer Jahreszeit fahren, in der Winterstürme zu befürchten waren? Da war es geradezu nebensächlich, daß sie gerade anfing, sich an ihren Mann zu gewöhnen. Zu lieben ... nein, Liebe war es wohl noch immer nicht, was sie mit Aimeric verband. Eher ein enges Zusammengehörigkeitsgefühl, ein tiefes Vertrauen in seine Verläßlichkeit, ein Sichwohlfühlen in seiner Nähe. Die Angst, zu niemandem zu gehören und letztlich völlig allein auf der Welt zu stehen, trug Rixende seit der bitteren Erfahrung in ihrer Kindheit noch immer mit sich herum.

Jeglichen Gedanken an den »anderen«, wie sie ihn insgeheim nannte, an Fulco von Saint-Georges, hatte sie daher seit Mengardes Warnung aus ihrem Kopf zu verbannen gesucht. Und sie wußte jetzt, daß dieser Mann der Feind schlechthin war, schließlich gehörte er der gleichen Macht an, die ihre Eltern auf dem Gewissen hatte. Nun bedrohte sie die Stadt Carcassonne und somit auch das Haus Fabri. Ihr Haus, ihre neue Heimat! Wie hatte sie es in ihrer Hochzeitsnacht überhaupt zulassen können, daß dieser Mann sich auch noch heimlich in ihr Brautgemach schlich, wo er zuvor schon frech im Festsaal aufgetaucht war?

Allen guten Vorsätzen zum Trotz konnte Rixende es dennoch nicht verhindern, daß sie Sonntag für Sonntag mit klopfendem Herzen und feuchten Händen zur Messe ging. Die Ungewißheit, ob er erscheinen würde oder nicht, beunruhigte die junge Frau ebenso stark, wie es sie erleichterte, wenn er sich nicht unter den Mönchen befand. Einmal hatte Aimeric nach dem Wandbehang mit dem Einhorn gefragt. Doch Rixende hatte gemeint: »Er gefällt mir nicht. Deswegen habe ich ihn gar nicht erst aufhängen lassen. Der Teppich sagt mir nicht zu und dieser dunkle Mönch erst recht nicht.«

Aimeric hatte sie in den Arm genommen, sie zärtlich angesehen und etwas mysteriös gesagt: »Welch ein Glück ich hatte, eine solche Frau zu bekommen!«

Da war Rixende die Röte ins Gesicht geschossen.

Und nun diese Reise. Sie nahm sich vor, tapfer zu sein. Sie konnte und durfte ihren Mann nicht aufhalten, allzu wichtig war der Auftrag, den er für die Stadt Carcassonne zu erfüllen hatte.

9

> Wie man's des riesigen Pilgerheeres wegen
> im Jubeljahr, daß jeder Durchlaß fand,
> zu Rom am Brucken hielt mit Weg und Stegen …
>
> *Dante,* Die Göttliche Komödie

Roma aeterna. Schon vom sich nähernden Segler aus hatte die ehrwürdige Stadt ein prächtiges Bild geboten: gekrönt von unzähligen Türmen und schimmernden Kuppeldächern und durchzogen vom bräunlich-trüben Band des Tibers, über den sich zahlreiche Brücken spannten. Der Andrang der Pilger, die in die Lateranbasilika strömten, um den besonderen Ablaß zu erlangen, der zum Jubeljahr versprochen worden war, war so groß, daß er behördlicherseits geregelt werden mußte. Das Tor durch die Leonische Mauer bei der Engelsburg war erweitert worden, der Menschenstrom über die Tiberbrücke mußte in zwei Spuren geleitet werden, eine zur konstantinischen Basilika, die andere in Richtung Monte Giordano, und obendrein hatte man einen besonderen Laubengang zum Petersplatz hin errichtet. Seit man Jerusalem verloren hatte, im Jahr 1244, war es mühselig oder gar unmöglich geworden, ins Heilige Land zu pilgern, um einen Ablaß zu erlangen, so daß sich jetzt alle Hoffnung auf Rom – auf Bonifatius VIII. – richtete, den geistigen Mittelpunkt des Abendlandes.

Aimeric und sein Gefolge – es befanden sich vier Franziskanermönche darunter – sahen mit Erstaunen auf die herrlich geschmückte Basilika, die die gewaltige Menschenschar gar nicht fassen konnte. Selbst Bonifatius sei ob der riesigen Pilgerströme ratlos gewesen, so erzählten sich die Leute. Doch mit den Menschen floß zugleich Geld nach Rom, viel Geld. Rasch sprachen sich seine Bedingungen für die Erlangung des vollkommenen Ablasses herum. Außer Beichte und Kommunion war der Besuch der beiden Apostelgräber oberste Pflicht, wobei Römer sie dreißigmal an dreißig verschiedenen

Tagen besuchen mußten und Fremde fünfzehnmal an fünfzehn verschiedenen Tagen.

Die Privataudienz, um die Aimeric Fabri und seine Leute nachgesucht hatten, war ihnen erst nach der Jahrhundertwende offeriert worden. Als sie an einem naßkalten Sonntag zum fünfzehnten Mal vor dem Petrusgrabmal standen, dessen gewundene Marmorsäulen von hohen Schranken umgeben waren, zog einer der ihn begleitenden Franziskanermönche Aimeric hinter eine Säule.

»Ich muß mit Euch reden, Herr Fabri. Unter vier Augen.«

»Hier? Um was geht es, Bruder Balbino?«

Balbino war ein schmaler, blasser Mann mit jovialen Zügen. Jetzt warf er einen vorsichtigen Blick auf das Gedränge ringsum, stellte sich dann so dicht an Aimerics linke Seite, daß er ihn fast berührte, senkte den Kopf mit der Kapuze, damit niemand seine Mundbewegung sehen konnte, und murmelte: »Einen besseren Ort, um miteinander zu reden, wird es in Rom für uns nicht geben. Die Herberge hat große Ohren. Das, was Euch beim Bibelstechen in der Silvesternacht offenbart wurde, weiß inzwischen die halbe Stadt.«

Während ringsumher das neue Jahr mit Glocken, Pauken und Trompeten empfangen wurde, hatte Aimeric im Kreise aller Herbergsbewohner am traditionellen Silvester-Bibelstechen teilgenommen. Als er mit geschlossenen Augen die Heilige Schrift seitlich mit dem Daumen aufgeschlagen und blind auf eine Textstelle gezeigt hatte, war ein Aufraunen durch die Anwesenden gegangen. *»Aber ich muß sagen: Wie bin ich so elend! Wie bin ich so elend! Weh mir! Denn es rauben die Räuber, ja, immerfort rauben die Räuber«*, war bei Jesaja 24 zu lesen gewesen.

Die Mönche hatten beunruhigt die Stirn gerunzelt, doch Aimeric hatte nur darüber gelacht.

»Ich verstehe«, sagte der junge Fabri jetzt leise. »Sprecht!«

»Es geht um Bonifatius. Es ist an der Zeit, daß Ihr erfahrt, daß wir Franziskaner dem Heiligen Vater nicht wohlwollend gegenüberstehen. Das hat verschiedene Gründe, die ich im Augenblick nicht alle darlegen kann. Nun habe ich aber gestern abend von einem meiner römischen Brüder seltsame Dinge über Bonifatius gehört, die vor allem für unsere Audienz von eminenter Bedeutung sein könnten.«

»Seltsame Dinge? Was meint Ihr damit?« fragte Aimeric beunruhigt, wobei er es vermied, den Franziskaner anzusehen.

Balbino zögerte. Erneut schaute er sich unauffällig nach allen Seiten um. Doch niemand scherte sich um die beiden hinter der Säule.

»Ihr seid kein Mann der Kirche«, fuhr der Franziskaner fort und drehte dabei die Gebetsschnur in Händen. »Daher fällt es mir schwer, Schlechtes über den Heiligen Vater zu reden, aber in Anbetracht unserer schwierigen Mission … also, *in abstracto* – ich denke, wir müssen zusammenhalten, wir von Carcassonne, meint Ihr nicht auch?«

Aimeric nickte fast unmerklich. »Natürlich.«

»Gut. Zuerst eine Warnung: Wenn Ihr dem Heiligen Vater gegenübersteht, laßt Euch nicht provozieren. Er hat so eine Art an sich …«

Bruder Balbino hustete. Ein Büßer war auf Knien zu ihm herangerutscht. »Poverello!« rief der Mann mit verzücktem Gesicht und hob einen Zipfel der groben härenen Kutte des Franziskaners, um ihm die bloßen Füße zu küssen. Dann sah er erwartungsvoll in Balbinos Gesicht. »Gelobt sei Jesus Christus!« stieß er hervor.

»In Ewigkeit Amen«, antwortete ihm freundlich der Mönch, bückte sich und und segnete ihn. Der Büßer verdrehte verzückt die Augen, bedachte Balbino ein weiteres Mal mit dem Kosewort des Franz von Assisi und rutschte davon.

»Bonifatius ist streitbar, unheimlich streitbar«, fuhr der Franziskaner fort. »Also bleibt ganz ruhig, Herr Fabri, laßt Euch nicht herausfordern. Dann ein zweites: Seine Hochwohlgeboren schätzt den Prunk, er braucht Geld, *in corpore:* viele Livres Tournois, allein um seine prächtigen Bauten bezahlen zu können. Selbst wenn ein Fuder Wein tausend Livres kostete, würde sein Kelch nie leer sein. Überlegt also sorgfältig, Herr, inwieweit sich zur Erlangung unserer Ziele seine Gier befriedigen läßt.«

»Hm, daß es darauf hinausläuft, habe ich mir längst gedacht. Nur, Carcassonne ist nicht Paris. Wir haben keine unbegrenzten Mittel. Warten wir es also ab. Im übrigen habe auch ich gewisse Gerüchte gehört ...«

Der Franziskaner lachte verhalten.

»Wenn Ihr auf seine zahlreichen Verwandten anspielt, die er mit geistlichen Ämtern und kirchlichen Ländereien versieht, so habt Ihr sicher nichts Falsches vernommen. Der Heilige Vater fühlt sich unter Berufung auf den *Dictatus Papae* Gregors VII. ermächtigt, sich *Ego Caesar, ego Imperator* zu nennen!«

»Man erzählt sich, daß er seine Gegner rücksichtslos exkommunizieren und sie aus der Stadt treiben soll.«

»Es ist eine Schande, jawohl, eine Schande«, platzte es nun aus Balbino heraus, wohl lauter als beabsichtigt. »Klug sollte er sein, integer, und Güte sollte er haben, ein Vorbild für uns alle sein. Doch sein Ansehen welkt wie der Klee. In Rom fließen alle Sünden und Laster zusammen, um von ihm auch noch verherrlicht zu werden. Kein Wunder, daß wir der Ketzerei nicht Herr werden.«

»Nun, so beruhigt Euch wieder, Bruder Balbino«, sagte Aimeric gelassen. »Noch ist nicht aller Tage Abend. Unser Vorteil ist, daß wir Bonifatius kennen, doch er weiß nichts von uns.«

»Wenn das nur kein Trugschluß ist, Herr Fabri«, meinte der Mönch nachdenklich. »Als Benedetto Gaetani – so nannte er sich früher – seinen Vorgänger, den angeblich ungebildeten Eremiten Coelestin, zum Abdanken zwang, dachte jedermann, ihn gut zu kennen. Man schätzte ihn über alle Maßen, denn Bonifatius stammte aus einer wohlhabenden, einflußreichen Familie, war Jurist und galt als großer Kenner der römischen Kurie, vor allem in französischen Angelegenheiten. Nach seiner Wahl jedoch kamen die pikanten Einzelheiten ans Tageslicht, wie er sich ins hohe Amt geschlichen hatte.«

»Wie? Ging es am Ende nicht mit rechten Dingen zu?«

»*In facto*«, sagte der Franziskaner, und Aimeric bemerkte bei einem kurzen Seitenblick, wie der Mönch ärgerlich das Gesicht verzog. »Sowohl unser Orden als auch etliche Kardinäle erkannten die Amtsniederlegung Coelestins nicht an und somit auch nicht die Legitimität der Wahl von Bonifatius. Und er … Was glaubt Ihr, Herr Fabri, was jener daraufhin getan hat?«

»Nun?«

»Eingesperrt hat er Coelestin, in den Kerker der Bergfeste Fumone hat er ihn geworfen, unseren ›Engelspapst‹, den armen Mann, bis zu seinem Tod – einzig, um seine Ausrufung zum Gegenpapst zu verhindern.«

Nachdenklich umrundeten Balbino und Aimeric Fabri ein letztes Mal das Grab Petri, der ein einfacher Fischer gewesen war.

Rixende fiel an diesem Morgen auf, daß sich Benete ungewöhnlich oft und lange in ihrer Nähe zu schaffen machte und ihr obendrein forschende Blicke zuwarf.

»Hast du etwas auf dem Herzen?« fragte sie die Köchin, als diese in für sie ungewohnter Gründlichkeit bereits zum zweiten Mal den Boden vor dem großen Kasten wischte, obwohl das Josettes Aufgabe gewesen wäre.

»Ja, Herrin, ich muß Euch etwas erzählen«, platzte es aus Benete heraus. Erleichtert warf sie das feuchte Tuch in den Eimer und trocknete sich die Hände an ihrem Gewand. »Der Herr Fabri würde mich nur auslachen, aber Euch wage ich das Geheimnis anzuvertrauen.«

»Ein Geheimnis diesmal, kein Gerücht?« Rixende schmunzelte. »Was ist los?«

»Vielleicht ist das Geheimnis ja tatsächlich nur ein Gerücht«, erwiderte Benete. Sie schien unsicher und zuckte mit den Schultern, »doch ich denke, Ihr solltet dennoch davon erfahren.«

»Genug der schönen Worte, um was handelt es sich?«

»Also, Aucassinne, mein Sohn … er hat erfahren, daß es in Carcassonne unterirdische Gänge geben soll. Es heißt sogar, sie sind irgendwie mit dem Loch, dem Inquisitionsgefängnis, verbunden. Unerschrockene Männer könnten doch …«

»Gänge? Ein unterirdisches Labyrinth?«

Rixende dachte nach.

»Wer hat dir davon erzählt? Stecken wieder die Diener dieses Martell dahinter?«

Castel Fabri hatte sich inzwischen den »Flatterpelz«, wie der Mann seiner Unstetigkeit wegen in der Stadt genannt wurde, vorgenommen. Doch Olivier Martell hatte hoch und heilig versichert, daß nicht *er* das Gerede über Rixende in die Welt gesetzt hätte. Er wisse ja überhaupt nichts über die junge Frau Fabri, habe sie nur ein einziges Mal gesehen, und er wies obendrein jegliche Verbindung zu den Dominikanern weit von sich. Dummes Dienstbotengewäsch, hatte er abschließend gemeint, und Fabri hatte ihm geglaubt und sich bei ihm entschuldigt.

»Nein, nein.« Benete wehrte ab. »Ein *parfait*, ein katharischer Vollkommener hat es Aucassinne verraten.«

»Ein *parfait*? War der Mann am Ende hier im Haus?« fragte Rixende streng, denn sie wußte, daß Fabri nach der Verhaftung Vidames alle Besuche von gewissen Schneidern oder Hausierern untersagt hatte.

Benete schüttelte entrüstet den Kopf.

»Aber nein, Herrin. Aucassinne hat den Perfekten … nun, er hat ihn außerhalb Carcassonnes getroffen, und zwar in …«

»Ich will es gar nicht wissen, Benete«, unterbrach sie Rixende. »Erzähl weiter. Was genau hat dieser Mann gesagt?«

»Nun, zu der Zeit, als die Grafen noch unter uns weilten, war Carcassonne der Katharer wegen überfallen worden, damals sollen einige unserer Leute über unterirdische Gänge geflohen sein.«

»Wußte er, wo sich diese Gänge befinden, besaß er irgendeinen Plan?«

Benete schüttelte den Kopf. »Nein, Herrin, er selbst hatte es auch nur vom Hörensagen.«

»Gut«, sagte Rixende. »Vom Hörensagen also. Das ist nicht allzuviel. Laß mich jetzt allein. Ich muß nachdenken.«

Mit bloßem Nachdenken gab sich Rixende allerdings nicht zufrieden. Am nächsten Markttag machte sie sich auf den Weg, um Maronen zu kaufen, weil Fabri sie gerne aß. In Wirklichkeit aber hielt sie Ausschau nach Lusitana, der Wahrsagerin. Wer, wenn nicht sie, sollte über ein derartiges Geheimnis Bescheid wissen? Wenn es gelänge, mit ihrer Hilfe tatsächlich diesen Gang zu finden, würde Aimeric ganz bestimmt stolz auf sie sein. Und hatte nicht Lusitana mit ihrer Warnung vor dem weißen Horn bewiesen, daß sie keine Betrügerin war?

Das strahlend helle Sonnenlicht, das Rixende fast blendete, als sie an der Seite ihres jüngsten Gesellen Felix aus dem Roten Haus trat, täuschte. Rauhreif lag auf den Ästen der Bäume, und die kalte Winterluft brannte auf ihren Wangen. Sie zog ihren Pelz enger um den Hals und setzte die Kapuze aufs Haupt. Trotz der Kälte drängten sich auf dem Platz vor dem Château chomtal dicht an dicht die Buden und Marktstände. Der Lärm, mit dem die Händler ihre Waren anpriesen, übertönte fast das Hämmern der Böttcher und das Schaben und Knirschen der Drechsler, die neben einer offenen Feuerstelle aus dem Holz des Buchsbaums Büchsen und Becher herstellten. Aber auch das Gegackere des Federviehs und das Blöken der Schafe erschien Rixende heute lauter als je zuvor. Sie schlenderte zu den Pasteten- und Waffelbäckern hinüber, deren kleine »Wallfahrtsöfchen« auf einer Art Schubkarren befestigt waren. Trauben von Leuten standen bei ihnen an, und ein betörender Geruch nach Fisch, aber auch nach gerösteten Nüssen und Zimt zog in Rixendes Nase. Als sie beobachtete, daß Felix wie ein kleines Kind schnupperte und sich sehnsüchtig die Lippen leckte – obwohl ihm schon erster Flaum im Gesicht wuchs –, lachte sie, öffnete ihren Beutel und drückte ihm einige *toulzas* in die Hand. Sie wies ihn an, nach dem Verzehr der Leckerei wieder ins Lager zurückzukehren. Sie habe etwas zu erledigen, man solle sich nicht um sie sorgen, auch wenn es später würde.

Aufmerksam durchstreifte Rixende den Markt, doch von Lusitana war weit und breit keine Spur. Ob sie wieder nach Hause gezogen war, in ihren geheimnisvollen Ort in den Schwarzen Bergen, wo die Frauen das Zweite Gesicht besaßen? Rixende erstand die Maronen und etliches mehr, ließ alles auf das Kerbholz der Firma Fabri ritzen und ins Rote Haus bringen, dann suchte sie weiter. Der Honigverkäufer schrie sich beinahe die Seele aus dem Leib, und ein Däubler pries jedem Vorübergehenden seine besonders zarten Täubchen an, jeweils sechs an der Zahl, an den Füßen zusammengebunden, damit sie ihm nicht wegflogen. Die seltsame, alles durchdringende Drosselpfeife des Vogeljägers, die Rixende verabscheute, sollte auf leckere »Spießvögel« aufmerksam machen: gemästete Fettammern, knusprige Lerchen, Stieglitze und Finken. Doch schon in Gavarnie als Kind hatte sie es abgelehnt, Singvögel zu essen, was der Bayle nie hatte verstehen können. Mehr als einmal hatte sie geschrien, wenn er mit den auf Wacholderstecken aufgespießten toten Vögeln nach Hause kam, man solle sie wieder lebendig machen, und sich, als sie am Abend gebraten auf den Tisch kamen, heulend und mit hungrigem Magen auf ihren Strohsack geworfen.

Jetzt stellte sie sich unter die Regentraufe eines säulengestützten Bürgerhauses und beobachtete aufmerksam das bunte Treiben. Zweimal glaubte sie, die Wahrsagerin im Gewühl erspäht zu haben, doch jedesmal sah sie sich getäuscht. Nach einiger Zeit gab sie ihren Standort auf. Sie begann in den umliegenden Gassen und Winkeln nach ihr zu fragen, beim Beutler, beim Fleischer und beim Saucenkoch. Jedermann kannte die Frau, doch gesehen hatte sie heute keiner. Gerade als sich Rixende voller Enttäuschung auf den Heimweg machen wollte, zupfte ein kleiner Junge an ihrem Pelz.

»Herrin«, sagte er, und seine ungewöhnlich blauen Augen,

die Rixende irgendwie vertraut vorkamen, strahlten. »Du suchst die Wahrsagerin?«

Rixende nickte.

»Du findest sie in der Schenke ›Zum Dreifuß‹, in der übernächsten Gasse, gleich neben der Schmiede.« Der Junge hielt seine kleine schmutzige Hand auf und sah Rixende erwartungsvoll an. Sie legte ihm eine Münze hinein und strich ihm über den lockigen Kopf. Ausgelassen hüpfte der Knabe davon.

Ob sie irgendwann auch einen so netten Jungen haben würde? Aimeric würde sich freuen, und der alte Fabri würde überstolz sein.

Fürs erste schob sie diesen schönen Gedanken beiseite und betrat bald darauf das windschiefe Haus, in dem sich die Schenke befand. Süßlicher Gestank und lautes Lachen schlugen ihr entgegen. In einer Ecke waren drei emsige Zimmermannsgesellen mit der Herstellung von Eichennägeln und Weberschiffchen beschäftigt. Den großen Tisch in der Mitte jedoch belagerten acht oder neun Kerle, fast alle voll wohl des billigsten Weines – und mitten unter ihnen saß Lusitana.

10

Fluch dir, du alte Wölfin, deren Zähnen
mehr als den andren all zum Opfer fällt …
Dante, Die Göttliche Komödie

»Lusitana, mein Schätzchen«, rief einer der Fuhrleute, denn um solche handelte es sich ihrer Kleidung nach, »wirf noch einmal die Knöchelchen für mich, du meines Herzens Schöne!«

Die anderen wieherten vor Lachen und schlugen sich auf die Schenkel. Zwei rissen sich gegenseitig den Krug aus den Händen, so daß der Wein auf den Tisch schwappte. Ein dritter jedoch sprang behende auf, packte die völlig überraschte Rixende am Arm und zog sie zu sich heran.

»Halt ein! Was willst du von mir«, fauchte Rixende den Mann mit dem fettigen schwarzen Haar an, der jedoch gar nicht daran dachte, sie loszulassen, sondern nur unverschämt grinste. »Elender Trunkenbold, gib mich augenblicklich frei!« begann sie laut zu schreien, während sie auf ihn einschlug.

Doch der Fuhrmann duckte sich geschickt und hielt weiter ihren linken Arm mit eiserner Faust fest. »Ach, mein schönes Liebchen!« stieß er ein ums andere Mal hervor und leckte sich die wulstigen Lippen.

Rixende bekam es mit der Angst zu tun. Weshalb kam ihr weder Lusitana noch einer der anderen Anwesenden zu Hilfe?

»Will mir denn niemand helfen!?« schrie sie fast atemlos und prügelte wild entschlossen mit ihrer freien Hand weiter auf den Mann ein, indes der Kerl sie ständig lachend hin und her schubste.

Die Männer hatten auf ihren Hilferuf hin nur gelacht und keinen Finger gerührt, um der Sache ein Ende zu machen. Auch Lusitana war nur in albernes Gekichere ausgebrochen.

Doch dann schien es ihr wohl an der Zeit, einzugreifen. Sie erhob sich und fuhr den Fuhrmann mit barscher Stimme an, daß er die Dame gefälligst in Ruhe lassen solle. Der Widerling scherte sich allerdings einen Dreck um ihre Aufforderung. Als er auch noch Anstalten machte, Rixende zu küssen, von ihr daraufhin so fest gegen das Schienbein getreten wurde, daß er vor Schmerz aufjaulte, sie aber trotzdem nicht freigab, rief Lusitana nach dem Wirt. Murrend über eine solche Zumutung bequemte er sich aus seinem Verschlag heraus. Er war ein grobschlächtiger Mann mit dickem Bauch, offenbar ein alter Rabauke. Über alle Maßen verwundert, musterte er nun die elegante Erscheinung. Endlich brüllte er den Betrunkenen an:

»Du Narr! Laß augenblicklich diese Frau los, sonst bist du das letzte Mal hier Gast gewesen. Sieh sie doch nur an, die ist was Besseres gewöhnt als einen stinkenden Pferdeknecht!«

Der Fuhrmann hielt verblüfft inne. Er blickte vom Wirt zu Rixende und wieder zurück. Dann schob er das Kinn vor.

»Scheiße«, sagte er überdeutlich, wo er zuvor eher Unverständliches gelallt hatte, aber er schubste endlich Rixende von sich weg. Unsanft, aber erleichtert, fiel sie zwischen zwei Bänke, wobei sie sich den rechten Ellbogen aufschrammte.

In seiner Enttäuschung stürzte sich der Fuhrmann nun mit einem infernalischen Brüllen auf den Schenkenbesitzer. Der Dicke jedoch war bedeutend nüchterner und wohl auch stärker, denn er schaffte es in kürzester Zeit – lautstark angefeuert von Lusitana –, den Fuhrmann zur Tür hinaus zu prügeln.

Als der Wirt wieder hereinkam, rieb er sich zufrieden die Hände. Dann wechselte er ein paar Worte mit den Zimmermannsgesellen, die zwar kopfschüttelnd, aber völlig unbeteiligt die Szene beobachtet hatten. Endlich wandte er sich an Lusitana, die die noch immer zitternde Rixende im Arm hielt.

»Was will sie hier, die schöne Frau«, sagte er mit einem Kopfnicken zu ihr hin. »Hat sie sich verlaufen? Sucht sie vielleicht die Badestube, oder sollen es ein Krug Wein und zwei schöne Karbonaden sein? Hier braucht Ihr Euer Essen nicht mitzubringen!«

»Nein, nein«, antwortete Rixende statt ihrer rasch und trocknete sich die letzten Tränen. »Weder die Badestube noch Wein oder Fleisch, doch habt vielen Dank für Euren Beistand, mein Herr. Ich möchte nur einen Augenblick mit Lusitana sprechen, wenn das möglich ist.«

»Natürlich, natürlich, warum sollte es nicht möglich sein«, brummte der Mann und schlurfte wieder zu seinem Verschlag zurück.

Lusitanas Augen blitzten. Ihr Mund war spöttisch verzogen. Sie trug einen rotbraunen weiten Rock, ein Mieder, das einmal weiß gewesen sein mochte und ihre Brüste kaum bedeckte, und es war nicht zu übersehen, daß sie guter Hoffnung war. Kein Wunder, daß sie nicht eingegriffen hatte, dachte Rixende bei sich.

»Ihr wolltet tatsächlich von Anfang an mit mir sprechen, Herrin?« fragte die Wahrsagerin erstaunt, und zu den Fuhrleuten gewandt, die bereits wieder nach ihr riefen: »Macht alleine weiter, ich habe zu tun.«

»Ja, bitte«, sagte Rixende, der der Schreck noch immer in den Gliedern steckte. »Ich brauche dringend deine Hilfe. Es soll dein Schaden nicht …«

»Pst! Kein Wort hier weiter.« Lusitana blickte Rixende bedeutungsvoll an. »Kommt mit in die Ecke. Handelt es sich … um das weiße Horn?«

»Ja und nein«, sagte Rixende leise. »Deine Prophezeiung ist bereits eingetroffen. Aber darum geht es mir heute nicht.«

Lusitana nickte. »Wartet.« Sie flüsterte kurz mit dem Wirt und führte dann Rixende in einen kleinen Nebenraum. Nachdem sie die Tür hinter sich zugezogen hatte, meinte sie: »Hier kann ich Euch aber nicht die Hand lesen, schöne Frau. Es ist viel zu dunkel.«

»Das brauchst du auch nicht. Ich bitte dich lediglich um eine Auskunft oder eine Nachforschung. Du kennst gewiß viele Leute hier in der Stadt und kannst besser als ich etwas in

Erfahrung bringen, ohne daß es auffällt. Gelingt es dir, Lusitana, so will ich dich gut entlohnen. Aber selbst wenn deine Erkundigungen nicht von Erfolg gekrönt sein sollten, so brauchst du dir um das Wohlergehen deines Kindes, das du bald erwartest, keine Sorgen zu machen.«

In die finstere Abstellkammer fiel nur wenig Licht durch eine kleine, offenstehende Luke, aber Rixende konnte sehen, wie die blauen Augen der Frau erneut zu leuchten begannen.

»Es ist nicht mein erstes Kind, Herrin. Ich habe einige hungrige Mäuler zu füttern.«

»Einverstanden.« Rixende nickte. »Was ich in Erfahrung bringen will, ist folgendes ...«

Vier Tage später führte Felix einen kleinen Jungen zu Rixende. Überrascht sah sie von den Büchern hoch und erkannte den hübschen Bengel mit dem Lockenschopf wieder, der ihr den Hinweis auf die Schenke gegeben hatte. Er hatte die gleichen irisblauen Augen wie ...

Rixende schickte den Gesellen hinaus. Als sie mit dem Kind allein war, fragte sie nach seinem Begehr.

»Meine Mutter schickt mich zu dir, Herrin. Sie ist diejenige, die du Lusitana nennst. Ich heiße Paco, und ich soll dir das hier geben.« Mit diesen Worten zog er ein fleckiges Pergament aus seinem viel zu engen Hemd und reichte es Rixende, die es sogleich entrollte: Es handelte sich um einen Grundriß.

Die unterirdischen Gänge waren offenbar kein Gerücht gewesen!

Rixende schickte den Knaben vor das Tor des Lagerhauses und hieß ihn, dort zu warten. Dann schloß sie ihre Geldtruhe auf, entnahm ihr eine mehr als angemessene Summe, lief hinunter ins Lager und suchte aus den Resten etliche Ellen hervor, um sie Lusitana zu schenken: Der Kleine hatte vor Kälte richtig gezittert, als er vor ihr gestanden hatte. Das alles packte sie in einen Sack, verschnürte ihn sorgfältig und gab ihn dem Jungen mit dem Auftrag, ihn sogleich seiner Mutter zu bringen. Der Knabe lachte fröhlich auf und machte sich voller Vorfreude auf den Heimweg.

Eine Ecke weiter riß ihn ein Mann aus seinen Träumen.

»Halt, Knabe. Wo kommst du her?«

Der Mann, der breitbeinig vor ihm stand, so daß ein Entkommen unmöglich war, war gut gekleidet. Seine Mutter hatte Paco stets angehalten, höflich zu sein zu Leuten, die sommers wie winters Pelz trugen. Daher erzählte er treuherzig dem Fremden, daß er geradewegs aus dem Lagerhaus der Fabris komme.

»Und was hast du da?«

Der Mann riß dem Jungen den Jutesack aus der Hand, öffnete ihn und warf einen Blick hinein. Paco rutschte das Herz in die Hose. Er hoffte inständig, daß er das Geld nicht finden würde. Rixende hatte versichert, daß es, in ein Stück Tuch gewickelt, zuunterst im Sack lag. Die Mutter würde ihm die Schuld geben, wenn es weg war. Warum hatte er es nicht um den Bauch gebunden, wie er es sonst machte, wenn er etwas vor den Jungen aus seinem Viertel zu verbergen hatte.

»Du hast die Stoffreste dort gestohlen, gib es zu!«

Drohend hatte der Mann den Finger erhoben.

»Nein, nein«, versicherte Paco dem Fremden und hob in einer wahren Unschuldsgeste die Hände zum Himmel. Was wollte dieser Mann von ihm?

Mißtrauisch geworden, beschloß der Junge, nicht zu viel zu verraten.

»Ich habe der Herrin aus dem Hause Fabri einen Brief gebracht und dies hier als Lohn ...«

»Als Lohn für was?« Messerscharf kamen die Worte aus dem Mund des Fremden geschossen.

Paco erschrak. Doch dann zuckte er mit den Schultern.

»Na für diesen Brief, ich sagte es schon ...«

»Was stand auf dem Brief?« Der Fremde wollte einfach keine Ruhe geben.

»Aber das weiß ich doch nicht, Herr!« sagte Paco jetzt fast verzweifelt. Dann begann er zögerlich an dem Sack zu zerren.

Da einige Passanten aufmerksam geworden waren, gab der Mann nach. Paco lief erleichtert los, ohne sich noch einmal umzudrehen.

Rixende brauchte lange, um sich in dem Gewirr von Linien, Pfeilen, Gebäuden, Brunnen und sonstigen Zeichen zurechtzufinden. Der ominöse Gang nahm offenbar in der Nähe des Fallgatterraums der Porte Narbonnaise, in einem kleinen Turm namens Bérard, seinen Anfang, schräg hinter dem Trésauturm, dem Turm des Schatzes, gelegen. Dann führte er auf etlichen Umwegen zum Château chomtal, machte dort einen scharfen Bogen nach links und endete tatsächlich direkt neben dem *murus strictissimus*, dem Loch.

Sie hielt die Luft an vor Überraschung.

Guter Gott! Was war jetzt zu tun? Allein konnte sie ein solches Unterfangen wie die Befreiung der Gefangenen nicht in die Wege leiten! Und Aimeric war in Rom.

Sie überlegte lange, welche Möglichkeiten es gab.

Als es dunkel zu werden begann, rief sie Benete zu sich und zeigte ihr den Plan.

»Es gibt ihn tatsächlich!« rief die Köchin freudig aus, und ihre Wangen fingen vor Aufregung zu glühen an. »Jetzt können wir endlich etwas unternehmen! Darf ich ihn Aucassinne zeigen?«

»Langsam.« Rixende schüttelte unwillig den Kopf. »Zuerst müssen wir prüfen, ob wir überhaupt ungesehen in den Bérardturm gelangen können. Weißt du Näheres über diesen Turm, Benete? Wem gehört er?«

Benete zuckte mit den Schultern. »Ich habe keine Ahnung. Aber der Herr Fabri müßte es wissen, fragt ihn ganz unauffällig danach, Herrin!«

Nach wochenlangem Warten beorderte Bonifatius endlich Aimeric und die Abordnung nach Anagni, einer kleinen Stadt südlich von Rom, seiner Heimatstadt.

Dort zeigte es sich, daß Bruder Balbino nicht übertrieben

hatte: Der herrliche, weißschimmernde Marmorpalast des Papstes strotzte geradezu vor Gemälden, Tapisserien, Truhen, Leuchtern und anderen Schätzen, der Heilige Vater rieb sich während der Audienz unablässig seine goldberingten Finger.

Entgegen Aimerics Vermutung war er bestens informiert über das Geschehen in Albi und Carcassonne. Ja, selbst Castel Fabri schien ihm kein Unbekannter zu sein, denn er wartete mit derart präzisen Kenntnissen über die vielfältigen Handelsbeziehungen des Hauses Fabri auf, daß Aimeric vor Überraschung der Mund offen stehen blieb.

An der Art und Weise, wie Nikolaus von Abbéville und Fulco von Saint-Georges ihr Amt ausübten, konnte Bonifatius nichts Verwerfliches finden. Im Gegenteil, er nahm die beiden Inquisitoren gegenüber allen Vorwürfen in Schutz.

Während des gesamten Gespräches stand, als sein persönlicher Referendarius, Pietro Caetani hinter ihm, sein Neffe, der sich als zweiter Wortführer präsentierte. Kaltschnäuzig fuhr er Aimeric an, nachdem dieser zum zweiten Mal die gefährliche Lage in Carcassonne und das brutale Vorgehen der Inquisition geschildert hatte:

»Laßt es mich auf den Punkt bringen, Fabri. Es ist erwiesen, daß die Leute aus Albi, diesem Sündenpfuhl, Ketzer sind, Glieder des Antichrists, Erstgeborene des Satans, schlechte Saat, Verbrecher und heuchlerische Lügner. Sie haben keine Gnade zu erwarten. Sie sind rechtskräftig verurteilt und müssen brennen, bevor sie mit dem Gift ihrer Perfidie weitere Gläubige infizieren.« Der Referendarius legte eine kunstvolle Pause ein, und Aimeric konnte sich des Eindrucks nicht erwehren, als betrachtete er diese Audienz als ein großartiges Schauspiel und sich selbst als Hauptdarsteller.

Caetani trat einen Schritt nach vorn, deutete mit dem Mittelfinger seiner rechten Hand, den ebenfalls ein protziger Ring schmückte, auf Aimeric und sagte:

»Was die Stadt Carcassonne anbelangt, so fordern wir für ihre Sicherheit zehntausend Gulden.«

Aimeric erbleichte.

»Zehntausend Gulden? Heiliger Vater«, wandte er sich entsetzt an Bonifatius, »was Euer Neffe fordert, das ist eine solch immense Summe, wie sie die ganze Stadt Carcassonne niemals aufbringen könnte! Wir müssen bereits an den König hohe Abgaben entrichten!«

Caetani höhnte: *»Manus manum lavat* – Eine Hand wäscht die andere, junger Mann! Euer Vater wird das Geld schon herausrücken – und wenn nicht ...«, er zögerte, warf einen beifallheischenden Blick auf seinen Onkel, der ungerührt einen seiner Rubine polierte, »wenn nicht, nun, dann droht der Stadt Carcassonne die Exkommunikation. Schließlich beherbergt sie seit Jahrzehnten Ketzer und hindert die Inquisition mit allen Mitteln daran, ihre Pflicht zu tun.«

»In brevi ...«, warf Bruder Balbino mutig ein, »niemand hindert in Carcassonne die Inquisition an der Erfüllung ihrer Pflichten. Wir wünschten nur, daß die Dominikaner es tatsächlich bei ihren Pflichten beließen.«

Die anderen Franziskaner nickten zustimmend.

Aimeric jedoch war bei Caetanis Drohung rot angelaufen. »Sollte tatsächlich die Verhaftung Unschuldiger zur Pflicht eines Nikolaus von Abbéville und seines Knechtes gehören, so hindert der Senat von Carcassonne die beiden mit Recht!« rief er aufgebracht aus, obwohl er sich vorgenommen hatte, Balbinos Rat zu befolgen und sich nicht herausfordern zu lassen.

Bonifatius warf ihm einen unwilligen Blick zu. Da bückte sich sein Neffe zu ihm hinab und flüsterte ihm etwas ins Ohr. Der Heilige Vater blickte ihn an und lächelte süffisant und huldvoll in einem, wie dies offenbar nur einem Stellvertreter Gottes auf Erden in die Wiege gelegt war. Bevor Caetani jedoch weitere Bosheiten vorbringen konnte, setzte Aimeric alles auf eine Karte. Mit glühenden Worten und wahrhaft erzwungener Ruhe appellierte er an Bonifatius' Herz und erinnerte ihn freundlich an das, was er zum Jubeljahr versprochen hatte. Carcassonne wäre durchaus bereit, die stattliche

Summe von zweitausend Gulden zu zahlen, wenn der Heilige Vater im Gegenzug der Inquisition straffere Zügel anlegen würde.

»Auch diese Summe wird uns ruinieren, Ehrwürdiger Vater, ganz gewiß, doch ist unsere Sicherheit uns diesen Preis wert.«

»Wie? Was? Höre ich recht? Ihr gedenkt mit Uns zu schachern?« Bonifatius erhob sich umständlich aus seinem Sessel. Das Lächeln war verschwunden. »Ihr spielt hier den Lehrmeister und bietet Uns lumpige zweitausend? Ist das Euer letztes Wort?«

Aimeric nickte. »Das ist die Summe, die unsere gute Stadt Carcassonne im äußersten Falle aufbringen kann, ohne sich bis in alle Ewigkeit zu ruinieren, Heiliger Vater.«

»Ruinieren? Wir reden doch nicht vom Stadtsäckel, Bursche!« donnerte Bonifatius, und Caetani grinste höhnisch. »Wir reden von Eurem eigenen Gold, von Castel Fabris Vermögen.«

Aimeric verharrte einen Moment lang schweigend. Dann richtete er sich stolz vor dem Papst auf und sagte eisig:

»Ich bin nicht vor Euch getreten als der Sohn Castel Fabris, sondern als der Sprecher des Senats von Carcassonne. Das Vermögen meines Vaters steht hier nicht zur Debatte.«

Bonifatius bebte vor Wut.

»Ist das wirklich Euer letztes Wort, Aimeric Fabri? Ihr verweigert die Zahlung der zehntausend?«

Aimeric brach der Schweiß aus. Er wurde abwechselnd rot und bleich und sandte mehrere kurze unruhige Blick zu Balbino, der aber selbst völlig ratlos schien. Welche Richtung hatte diese elende Audienz nur eingeschlagen? Kein einziges Argument, das sie vorgebracht hatten, war es Bonifatius wert gewesen, darauf einzugehen.

»Jawohl«, stieß er zwischen zusammengepreßten Zähnen hervor, »ich verweigere die Zahlung der zehntausend aus dem Vermögen meines Vaters und biete Euch im Gegenzug und in aller Güte ein weiteres Mal zweitausend Goldgulden an, und zwar aus der Kasse der Stadt Carcassonne.«

Das bedeutete das Ende der Audienz.

»Wir wissen, auf wen sich die Leute verlassen«, schrie Bonifatius der Abordnung hinterher, »aber bei Gott: alle Könige der Christenheit werden das Volk von Carcassonne nicht vor der Verbrennung retten, und besonders Euren Vater nicht! *Roma locuta, causa finita!*«

Vidame konnte nicht mehr geholfen werden. Am Tag nach Neujahr war der ehemalige Senator der Stadt Carcassonne im Kerkerloch gestorben. Die anderen saßen noch immer dort, auch der Müller Calveries, von dessen Unschuld zumindest Saint-Georges überzeugt war.

Kurz vor dem Weihnachtsfest hatten der alte Fabri und Elias Patrice durch zähes Verhandeln mit dem Seneschall erreicht, daß das »Schöne Feuer« wenigstens aufgeschoben wurde. Auf eine Freilassung der Kranken und Alten, einen Gnadenakt also, hatte sich Abbéville nicht eingelassen. Seitdem sah Castel Fabri bläßlich und unwohl aus, ja seine Haut schien Tag für Tag welker zu werden und seine Augen trüber. Um ihn nicht weiter zu beunruhigen, brachte Rixende das Gespräch zuerst einmal auf den auffälligsten aller Türme Carcassonnes, den Schatzturm.

»Oh, im Trésauturm befand sich früher der Schatz des Raymond Roger Trencavel«, antwortete ihr der Schwiegervater. »Stellt Euch nur vor, seine Mauern sind beinahe dreizehn Fuß stark! Kennt Ihr das Schicksal der Trencavels?«

»Nein.« Rixende schwante nichts Gutes. Ganz bestimmt würde Fabri ihr wieder eine Geschichte erzählen. Und so war es. Der Alte schob entschlossen den Hirsebrei zur Seite, den ihm Benete vorgesetzt hatte, und strahlte plötzlich über das ganze Gesicht. Die Aussicht, in angenehmer Gesellschaft ein Schwätzchen zu halten, machte ihn sofort um Jahre jünger.

»Nun, meine Liebe, die Grafen Trencavel spielten vor zweihundert Jahren eine bedeutende Rolle. Es war die Zeit der Rivalität zwischen den Häusern Toulouse und Barcelona, und der Einflußbereich unserer Trencavels erstreckte sich von

Carcassonne bis nach Nîmes. Im Schicksalsjahr 1209 jedoch war es mit der Macht des braven Grafengeschlechts zu Ende. Roger Trencavel, unser guter Graf – so wird er hierzulande noch immer bezeichnet –, hatte, als das Kreuzzugsheer des Innozenz seine schöne Stadt Béziers zerstört hatte, ein Versprechen gegeben. Er wolle allen Vogelfreien, die bald ohne Stadt, ohne Dach, ohne Asyl und Brot durch das Land ziehen würden, eine wahrlich wehrhafte Stadt, ein schützendes Dach, Brot und sein Schwert gewähren: Carcassonne.

Dieser hochherzige Schwur jedoch und seine Weigerung, die Katharer aus Carcassonne zu vertreiben, wurden ihm zum Verhängnis. Bald lag das Kreuzfahrerheer auch vor unseren starken Mauern. Aber die Stadt beherbergte – Trencavels Versprechen wegen – nicht nur viele Flüchtlinge, sondern auch eine Garnison erfahrener Soldaten zu ihrer Verteidigung. Meine Großmutter hat mir erzählt, wie tapfer diese Männer zum Angriff auf das Kreuzfahrerheer übergingen und wie sie alles daransetzten, mit Feuerpfeilen die hohen Belagerungstürme, die der Feind aufgebaut hatte, in Brand zu setzen. Mit riesigen Katapulten bombardierten die Unsrigen unermüdlich die Belagerer. In einer Nacht, so erzählt man sich, sollen Soldaten durch unterirdische Gänge in das Lager der Kreuzritter geschlichen sein, wo nur noch vereinzelte Lagerfeuer brannten. Sie überwältigten viele und zündeten die Zelte der Feinde an.«

»Gibt es diese Gänge noch?« fragte Rixende wie beiläufig.

»Nein, nein, meine Liebe«, der alte Mann schüttelte das Haupt, »wenn es sie überhaupt je gab und alles nicht nur eine Legende ist, so sind sie längst zugeschüttet. Doch zurück zu meiner Geschichte. Den Feind focht der nächtliche Überfall nicht an. Die Belagerung wurde fortgesetzt. Der Erntemonat war heiß in jenem Jahr, sehr heiß. Die Sonne brannte derart unerbittlich vom Himmel, daß von den Wällen aus gesehen die Farben der umliegenden Ortschaften ineinanderzufließen schienen, und die Zikaden sangen Tag und Nacht, so daß die Nerven der Eingeschlossenen zum Zerreißen gespannt waren. Durch die Einnahme von Saint-Michel und Saint-Vincent vor der Stadt hatte man uns wichtige Zugänge zum Wasser abgeschnitten. Eine Seuche brach aus. Die Menschen starben wie die Fliegen.«

»Das muß ja schrecklich gewesen sein!« stieß Rixende hervor, zunehmend gebannt von Fabris Schilderung.

Der Alte nickte. »Arnaud Amaury, der Führer des Kreuzzuges, bot Verhandlungen an und verbürgte sich für die Sicherheit unseres jungen Grafen. Weil er die Verantwortung für das Schicksal so vieler tausend Menschen trug, wagte sich Trencavel tatsächlich in das Lager des Feindes! Ach, hätte er es nur nicht getan!«

»Warum? Sein Vorgehen erscheint mir vernünftig.«

»Nur auf den ersten Blick, meine Liebe, nur auf den ersten Blick. Arnaud Amaury, dieser grausame Abt, mißachtete nicht nur die Regeln des Rittertums, sondern auch sein hochheiliges Versprechen. Nachdem er unseren Grafen auf der Stelle gefangengenommen hatte, war die Stadt führerlos. In der Hoffnung, den Trencavel damit freizubekommen, kapitulierte Carcassonne. Die Einwohner und Flüchtlinge kamen zwar mit dem Leben davon, mußten aber ihre Häuser nur mit dem Hemd auf dem Leib verlassen. Katharer und Katholiken. Arnaud Amaury ließ die Stadt plündern und nahm dabei natürlich auch Trencavels Schätze mit, die sich im Trésauturm befanden.«

Fabri legte den hölzernen Löffel beiseite, mit dem er zur Untermalung seiner Erzählung in der Luft herumgefuchtelt hatte. »Ja, dieser furchtbare Amaury«, sagte er nachdenklich. »Tötet sie alle, Gott wird die Seinen schon erkennen! Das war sein Leitspruch vor Béziers gewesen, und damit begann ein jahrzehntelanges Morden. Und noch immer ist es nicht zu Ende ...

Nein, der Kampf dauert fort ... Erinnert mich daran, Rixende, daß ich Euch am Sonntag in der Kathedrale einen Sarkophag zeige, auf dem die Belagerung Carcassonnes eingemeißelt ist.«

»Das alles habe ich nicht gewußt«, meinte Rixende nachdenklich. »Eine wahrhaft böse Geschichte um Eure schöne Stadt, Herr Fabri. Kein Wunder, daß noch immer darüber geredet wird. Doch was befindet sich heute im Schatzturm? Gehört er wie das Château chomtal nun dem Seneschall des Königs?«

Fabri nickte. »Ja, das königliche Schatzamt hat jetzt dort seine Schreibstuben.«

»Und die anderen Türme ringsumher? In wessen Hand befinden sie sich?«

»Nun, die Verhältnisse sind eindeutig – im Grunde gehört alles dem König, denn er muß die Stadt im Falle eines Angriffs verteidigen. Die Nutzung in Friedenszeiten – wie heutzutage – ist jedoch unterschiedlich. Über den viereckigen Turm des Bischofs gebietet die Kirche. Das riesige Katapult, das auf seiner oberen Plattform steht, ist übrigens so gebaut, daß der Turm damit nach außen und nach innen verteidigt werden kann. Bezeichnend, würde jetzt mein Freund Patrice sagen, nicht wahr?« Fabri grinste. »Nun, weiter: Der hohe Pinto, der in zehn Stockwerke unterteilt ist, die mit Leitern verbunden sind, dient der Übermittlung von Signalen. Daß er sein Dach verloren haben soll, als er sich dereinst vor Karl dem Großen verneigte, ist natürlich nur ein Märchen! Der gleichfalls viereckige Spähturm Saint-Nazaire ist der Wächter des Südtores. Er besitzt einen eigenen Brunnen, eine Mühle und einen Backofen und ist selbstverständlich in Soldatenhand wie auch der Mühlturm und – nicht zu vergessen – die Porte Narbonnaise mit ihren beiden mächtigen Schnabeltürmen. Dort, im zweiten Stockwerk, befindet sich, beide Türme miteinander verbindend, noch immer der Palas, der große Rittersaal der Trencavel, der heute den Wachsoldaten als Unterkunft dient. Im Nordturm der Porte ist übrigens die größte Zisterne der Stadt, und im Südturm werden die Vorräte der Garnison verwahrt. Tja, was die anderen Türme angeht ... die meisten der nördlichen sind sehr alt, viele stammen aus der Zeit der Römer wie auch das Mühltor und das

Rote Tor und die kleineren Türme um das Château chomtal. Sie alle werden noch immer auf Anordnung König Philipps des Schönen ausgebaut, untermauert und befestigt, wie übrigens zur Zeit auch sämtliche Mauern der Stadt mit schweren Buckelquadern verstärkt werden. Das werdet Ihr schon gesehen haben. Der König will Carcassonne zu einem wahren Bollwerk machen. Nun ja ... was gibt es noch über unsere Türme zu sagen?«

Fabri überlegte kurz und schlug sich dann die Stirn. »Jetzt hätte ich beinahe die wichtigsten vergessen! Den Turm der Justiz und den Inquisitionsturm mit dem Loch! Beide haben sich die Dominikaner ausbedungen; was sie dort anstellen, ist uns allen ja bekannt.« Der alte Mann lachte boshaft auf.

»Die Franziskaner durften natürlich auch nicht zu kurz kommen, sie benutzen, wenn mich nicht alles täuscht, den Balthasar- und den kleinen Bérardturm. Ach, meine Liebe, Ihr müßt im Lenzing unbedingt den Turm le Vade besteigen, Ihr wißt schon, den mächtigen Donjon der äußeren östlichen Mauer, dort habt Ihr einen herrlichen Blick auf die ganze Cité und das Land ringsumher. Erinnert mich daran! Ich kann das für Euch in die Wege leiten!«

»Interessant, wirklich interessant.« Rixende frohlockte innerlich. Den Franziskanern also gehörte der Bérardturm.

Gleich morgen wollte sie Bernhard Délicieux aufsuchen und mit ihm über ihren Plan reden.

Aimeric und seine Gefährten hatten inzwischen beträchtliche Mühe, ein Schiff für die Heimreise aufzutreiben. Zu viele Pilger hatten den gleichen Plan gefaßt, und es war nur mit einer saftigen Bestechung möglich gewesen, Platz auf einem Handelsschiff zu ergattern, das nach Marseille auslief. Dort gedachte Aimeric seine Lagerhäuser aufzusuchen, um nach dem Rechten zu sehen, die Pferde auszulösen und dann endlich nach Hause zu reiten.

Zuviel Zeit hatte man in Rom und Anagni vergeudet.

Am zweiten Tag auf See, als er neben Bruder Balbino an

Deck stand, dick in seinen Pelz eingewickelt, denn es war kalt und windig, versuchte ihn der Mönch, von dem ebenfalls nur die Nasenspitze aus der Kapuze ragte, zu trösten.

»Schaut doch nicht so unglücklich, Herr Fabri! Unser Versuch ist zwar fehlgeschlagen, aber man wird es Euch gewiß nicht nachtragen, daß Ihr Euch nicht habt erpressen lassen. Macht Euch also keine unnützen Gedanken. Sorge macht alt vor der Zeit, sagt Sirach, der Ecclesiasticus!«

»Nicht um mich mache ich mir Sorgen, sondern um die Leute von Albi ...«

»Wenn sie noch am Leben sind«, warf der Mönch nachdenklich ein. »Vielleicht war es ein Fehler, uns Franziskaner nach Rom mitzunehmen, da Bonifatius *in genere* den Begriff der Armut anders interpretiert als wir. Völlig anders, wie wir ja mit eigenen Augen sehen konnten. Dieser Prunk allüberall! Es war unerträglich. Und Eurem Vater derart perfide zu drohen! Dafür sollte er ... nun, ich will mich nicht versündigen.«

»*Denn es rauben die Räuber* ... Erinnert Ihr Euch noch, Bruder Balbino? Das Bibelstechen! Bonifatius war damit gemeint, er und kein anderer. Sein Versuch, meinen Vater auszurauben, war eines Papstes nicht würdig, da sind wir uns einig, doch es war ganz im Sinne Abbévilles«, entgegnete Aimeric zornig. »Die Dominikaner haben offenbar ebenfalls eine andere Auffassung von christlicher Armut! Im Gegensatz zu Euch«, Aimeric deutete auf des Mönches nackte, blaugefrorene Füße, die aus den Strohsandalen lugten, »fehlt es ihnen an nichts. Das hat zur Folge, daß sie immer eingebildeter werden. Kein vernünftiger Mensch kommt mehr mit ihnen aus. Sie gebärden sich wie dreckige Hurensöhne!«

Daß und weshalb Aimeric bei seinen Worten nicht nur an Abbéville, sondern vor allem an Fulco von Saint-Georges dachte, konnte Balbino nicht ahnen. Er hob daher beschwörend die Hände.

»Versündigt Euch nicht, Herr. Es mag aus mancherlei Gründen Dominikaner oder auch andere Ordensmänner geben, die sich derart verhalten – ich nehme dabei auch uns

Franziskaner nicht aus –, doch sind die meisten Mönche, gleich welchem Orden sie angehören, sicherlich fromme und redliche Männer. Daß es sich bei der Inquisition anders verhält, liegt daran, daß sie über jedweder Gerichtsbarkeit steht. Das macht es Abbéville und Saint-Georges leicht.«

»Ach, viel zu lange haben wir alle diesem elenden Treiben zugesehen, ihr Franziskaner mit euren hehren Zielen, wir Konsuln mit unserer Unentschlossenheit und der Seneschall mit seiner Zwiespältigkeit. Wenn wir wieder zu Hause sind, werde ich sofort eine außerordentliche Sitzung einberufen. Der Senat, der Bischof, sämtliche Vertreter der Stände müssen kommen, ja der Seneschall selbst – es reicht nicht mehr, einen Vertreter zu schicken. Dann natürlich euer Lektor, Bernhard Délicieux – und selbstredend auch Ihr, Bruder Balbino, denn ich brauche Euch als Zeugen. Der erlauchten Versammlung werde ich vorschlagen, ein Bündnis zu bilden und eine gemeinsame Resolution an Philipp den Schönen zu richten.«

Aimeric preßte die Lippen aufeinander und sah auf Balbino, der nachdenklich nickte. Dann jedoch grinste er vielsagend.

»Einer fehlt noch in unserem Bund, gewiß. Ich glaube jedoch nicht, daß gerade Ihr als Gottesmann mir einen Rat geben könnt, wie man ihn sich dienstbar macht?«

Der Mönch stutzte.

»Wen meint Ihr, Herr Fabri?«

»Ich rede vom Teufel.«

Balbino bekreuzigte sich rasch. Dann aber sagte er schmunzelnd:

»Vielleicht habt Ihr recht. *Quod omnes tangit, ab omnibus tractari et approbari debet!* Was alle angeht, soll auch von allen behandelt und bewilligt werden«, sagte der Mönch, »den Teufel eingeschlossen.«

II

> Heißt das Gewalt, wenn, der sie hat zu leiden,
> dem, der Gewalt tut, keinen Finger reicht?
>
> *Dante*, Die Göttliche Komödie

Das Kloster der Franziskaner in Carcassonne entpuppte sich als ein schlichtes Gebäude an der äußeren östlichen Mauer der Vorstadt. Vor der Pforte ein alter Maulbeerbaum, von dem der Wind im Vorüberstreichen letzte gelbe Blätter pflückte, im Inneren ein düsterer Besucherraum, der aber einen herrlichen Blick auf den Kreuzgang bot, wo die Wintersonne die silbriggrauen Zwillingssäulen der Arkaden in ein unwirkliches Licht tauchte. Karg das Interieur, eiskalt die Wand, an der Rixende lehnte, während sie darauf wartete, zu Bernhard Délicieux vorgelassen zu werden. Außer dem Mönch an der Pforte, der sie seltsam angesehen hatte, war keine Menschenseele zu sehen gewesen. Die eigentliche Wirkungsstätte der Brüder des heiligen Franz war draußen auf den Straßen und Gassen der Stadt, bei den Armen.

Rixende, die in der Nacht kein Auge zugetan hatte, weil ihr die Gefangenenbefreiung nicht aus dem Sinn hatte gehen wollen, sah sich neugierig um. Zwei Körbe standen herum. Ein großer mit dicken Pinienzapfen und daneben ein kleinerer mit Eichengalläpfeln, aus denen die Mönche Tinte bereiteten. Aus der Ferne hörte sie Pferde wiehern.

Délicieux war überrascht, die Schwiegertochter des Castel Fabri zu sehen. Selten verirrte sich eine Dame in das Kloster, und wenn, dann war es eine Frau, die in Not geraten war. Seine erste Frage galt daher der Gesundheit des alten Fabri.

»Nein, er ist nicht krank, Pater Bernhard, aber auch nicht mehr der Kräftigste. Der Grund für meinen Besuch ist ein anderer.« Vorsichtig sah sich Rixende nach allen Seiten um.

Doch es war niemand in der Nähe, der sie hätte belauschen können.

»Es geht um einen Plan, möglicherweise ist er unbesonnen oder unausführbar, aber ich habe niemanden sonst, mit dem ich mich beraten könnte. Und ich muß Euch ersuchen, meine Worte unter allen Umständen für Euch zu behalten. Vielleicht könnt Ihr mir auch gar nicht helfen.«

Erstaunt blickte Délicieux in das Gesicht der jungen Frau.

»Natürlich, über alles, was Ihr mir anvertrauen werdet, gelobe ich Stillschweigen zu bewahren. Hat Euer Plan etwas mit der Reise Eures Gatten zu tun?«

»Im weitesten Sinne schon, Pater. Kurz, ich sehe eine Möglichkeit ...« Sie hatte zu flüstern begonnen, doch sie war so aufgeregt, daß es geradezu aus ihr herausplatzte: »Ich sehe eine Möglichkeit, die Gefangenen zu befreien, ohne daß der Kerkermeister oder die Inquisition davon erfahren – oder ihnen wenigstens regelmäßig Brot und Wein zukommen zu lassen.«

Délicieux stutzte. Er wägte ihre Worte genau ab, wie es seine Art war. Dann lachte er leise, und seine grauen Augen blitzten.

»Kommt mit mir, Frau.« Er führte sie in einen kleinen, völlig leeren Raum, in dem einzig ein Kruzifix an der Wand neben dem Fenster hing.

»Wie wollt Ihr das anstellen?« sagte er und strich sich mit der Hand über die Schläfe, weil ihn der Kopf schmerzte.

»Nun, Euch gehört doch der Bérardturm, nicht wahr?«

Der Mönch nickte. »Gehören ist nicht das richtige Wort. Wir dürfen ihn nutzen.«

Rixende zog Lusitanas Pergament hervor und reichte es Délicieux.

Der Lektor runzelte die Brauen und trat mit dem Plan ans Fenster. Nach einer Weile hörte Rixende, wie er scharf die Luft einzog.

»Woher, um alles in der Welt, habt Ihr diese Zeichnung?«

»Das tut nichts zur Sache, Pater Bernhard. Sagt mir einzig,

ob Ihr mir helfen könnt oder nicht. Herrn Fabri wollen wir vorerst heraushalten, sein Herz könnte solche Aufregungen übelnehmen.«

»Das ist vernünftig, Frau Rixende. Ob es aber vernünftig ist, diesen alten Gang tatsächlich zu benutzen – immer vorausgesetzt, er existiert –, bezweifle ich. Ich kann mir auch gar nicht vorstellen, wo genau sich der Eingang befinden sollte, allerdings war ich bislang auch nur ein einziges Mal im Bérardturm.«

»Könnten wir nicht wenigstens einmal nachforschen?«

»Gut, ich kann das tun – Ihr allerdings? Wie wolltet Ihr das erklären?«

»Auch dafür habe ich mir schon etwas ausgedacht. Das Haus Fabri könnte beabsichtigen, für Lagerzwecke gegen gutes Entgelt den Turm von Euch anzumieten. Ihr unterrichtet Eure Mönche über unser Ansinnen, ich weihe Castel Fabri ein, damit alles seine Richtigkeit hat, und wir besichtigen ganz offen gleich heute nachmittag gemeinsam den Bérardturm, um herauszufinden, ob er für unsere Zwecke geeignet ist.«

Délicieux lächelte über ihren Eifer. »Habt Ihr denn solch weitreichende Befugnisse?«

»Ja«, sagte Rixende stolz, »seit mein Mann nach Rom gereist ist, obliegen mir viele Angelegenheiten.«

Das war reichlich übertrieben. Doch Rixende erwartete täglich Aimeric zurück, der für ihre Eigenmächtigkeit sicher Verständnis haben würde. Denn las er ihr nicht jeden Wunsch von den Augen ab?

Es war kühl, und ein böiger Wind wehte Rixende fast die Haube vom Kopf, als sie am Bérardturm eintraf. Halbrund ragte der Turm mit seinen Schlitzfenstern und dem weit herabgezogenem Dach über die äußere Mauer hinaus, die dadurch widerstandsfähiger gegenüber Mauerbrechern aller Art wurde.

Délicieux wartete bereits. Er warf einen kurzen Blick in alle Richtungen, ehe er mit einem großen Holzschlüssel aufsperrte. Die alte Tür quietschte erbärmlich, und die beiden erschraken nicht schlecht, als über ihre Köpfe hinweg ein gutes Dutzend Fledermäuse herausflatterten, die sie in ihrer Ruhe gestört hatten. Stechende, stickige Luft schlug ihnen entgegen, so daß Rixende einen Zipfel ihres Umhangs vor Nase und Mund hielt. Durch die Schießscharten fiel ein wenig Licht in den Raum. Der Boden des Turms war bedeckt mit einer dicken Schicht Tauben- und Fledermausmist, und überall lagen oder flogen kleine Federn herum. An den Wänden lehnten etliche Lanzen und Hellebarden sowie alte ineinandergestapelte Körbe. Auch die Leiter, die zum oberen Turmzimmer und zum Wehrgang führte, war völlig verschmutzt.

»Wir sollten einmal den alten Brunnen näher betrachten«, brummte Délicieux, nachdem er mit einer der Lanzen in allen Winkeln herumgestochert, aber nichts entdeckt hatte, was auch nur annähernd einem Eingang zu einem unterirdischen Labyrinth nahekam. Auf dem gemauerten, halb zerfallenen Ziehbrunnen lag eine dicke Eichenbohle, die ebenfalls mit Kot und Federn bedeckt und obendrein mit einem großen Schleifstein beschwert war. Mit Rixendes Hilfe gelang es Délicieux, den Stein herunterzurollen. Der Lektor schob mit der Lanze den gröbsten Mist beiseite, dann entfernten sie das Brett. Ein dunkles, gähnendes Loch tat sich vor ihren Augen auf. Délicieux hatte jedoch vorgesorgt. Mit einer Fackel leuchtete er in die Tiefe, dann warf er einen Stein hinab. Es schepperte beträchtlich.

»Hm, Wasser ist dort unten keines mehr. Gut möglich, daß es sich tatsächlich um den Aus- oder Eingang dieses ominösen Gangs handelt«, meinte er. »Um sicherzugehen, müßte man hinuntersteigen. Am besten wäre dazu jemand geeignet, der nicht zu schwer ist. Ein Kind könnten wir anseilen und hinablassen.«

Rixende nickte. »Ja, ich kenne da jemanden. Treffen wir uns morgen wieder zur gleichen Zeit?«

Obwohl es schon bald dämmern mußte und ihr der Zusammenstoß mit dem betrunkenen Fuhrmann noch in den Knochen steckte, lief Rixende zum »Dreifuß«. Zwar war Lusitana nicht da, doch der Wirt beschrieb ihr eine kleine Hütte in der Vorstadt. Noch immer pfiff der Wind, was das Zeug hielt, und Rixende hüllte sich eng in den braunen alten Umhang, den sie für den Besuch des Bérardturms ausgewählt hatte. Nichts Böses ahnend, überquerte sie die Brücke hinter dem Audetor und lief geradewegs Olivier Martell in die Arme. Der Senator zügelte sein Pferd, stieg ab und verbeugte sich tief vor ihr.

»Gott zum Gruße, schöne Frau«, sagte er, baß erstaunt über sein Gegenüber. Er trug ein elegantes, pelzbesetztes Wams in der Farbe seiner rehbraunen Augen und Haare, eine grüne Samtkappe und farblich dazu passende Beinlinge sowie weiche hellbraune lederne Stiefel. »Ich traute meinen Augen kaum, als ich Euch auf mich zu kommen sah. Es wird bald dunkel, und Ihr seid völlig ohne Schutz unterwegs! Ist das nicht zu gefährlich für eine solch prächtige Frau, wie Ihr es seid? Es treibt sich allerlei Gesindel in der Vorstadt herum. Was würde Euer Gatte dazu sagen, wenn er Euch hier sähe?«

»Nichts, denn meine Wege sind ehrlicher Art«, erwiderte Rixende kurz angebunden. Nach wie vor hatte sie ihn im Verdacht, die Lügen über sie verbreitet zu haben. Außerdem gefiel ihr der lüstern-freche Ausdruck seiner Augen nicht.

»Mag ja sein«, erwiderte Martell. Er lächelte süffisant und verbeugte sich erneut auf übertriebene Art vor Rixende. »Das stelle ich gar nicht in Abrede. Ehrlich, aber gefährlich! Das erstere schließt das letztere nicht aus. Darf ich Euch wenigstens meine Begleitung anbieten? Ich könnte es mir nicht verzeihen, geschähen Euch Unbilden! Und Euer Gatte würde mir es mir ebenfalls übelnehmen, wenn ich Euch in dieser Gegend Eurem Schicksal überließe.«

Dieses Angebot konnte Rixende schlecht ablehnen. Martell durfte aber auf keinen Fall Zeuge sein, daß sie Lusitana traf, ja er durfte nicht einmal mißtrauisch werden, weil er sie hier allein angetroffen hatte.

Vom Fluß her war Nebel aufgezogen, und aus den umliegenden Sümpfen roch es dumpf und brackig. Ein großer Vogelschwarm flog geräuschvoll über ihre Köpfe hinweg.

Martell sah den Vögeln nach und Rixende an ihm vorbei in eine der Gassen der Vorstadt. Da kam ihr die rettende Idee. Sie gab sich einen Ruck und sagte entschlossen:

»Ich weiß Euer Angebot durchaus zu schätzen, Herr Senator. Habt herzlichen Dank dafür. Doch bin ich keineswegs ohne Schutz. Mein Pferd hat gescheut. Es muß etwas Falsches gefressen haben. Mein Diener hat es ein wenig abseits geführt, damit es sich beruhigt. Seht, Herr Konsul, dort hinten wartet er, ich will mich sputen und sehen, ob alles wieder in Ordnung ist mit dem Tier.«

Mit diesen Worten ließ sie Martell stehen und eilte in die Richtung eines fremden Mannes, der ein Pferd am Zügel hielt.

Elend und Dreck und beißender Rauch, der aus unzähligen kleinen Hütten aus Rutengeflecht und Kleiberlehm zog, beherrschten die Gegend, in der Lusitana wohnte, und nur der einfache braune Umhang schützte Rixende weitgehend vor den herumlungernden, auf Allotria oder Schlimmeres sinnenden Männern. Mehrere Male bedauerte sie es, Martells Angebot ausgeschlagen zu haben. Das Stroh in den winkligen Gassen war vollgesogen mit Kot und Urin. Ein scheckiger Köter sprang kläffend auf Rixende zu, so daß sie erschrocken stehenblieb. Doch er beschnupperte sie nur ein wenig und zog dann verwirrt von dannen. Dieser Geruch paßte nicht hierher.

Endlich hatte Rixende im Wirrwarr der engen Gassen und dunklen Häuser, die Hütte gefunden, die ihr der Wirt beschrieben hatte. Sie klopfte. Lange rührte sich nichts, dann jedoch wurde die Tür einen Spaltbreit geöffnet. Ein hagerer Greis steckte das kahle Haupt heraus und fragte barsch nach ihrem Begehr.

»Ich suche Lusitana, die Wahrsagerin«, sagte Rixende freundlich, wenngleich ihr nicht wenig bange war. Warum nur hatte sie nicht wenigstens Aucassinne in ihr Vorhaben eingeweiht oder den jungen Felix mitgenommen?

»Sie ist nicht hier, Frau«, sagte der zahnlose Alte mit finsterer Miene und wollte die Tür schon wieder zuschlagen.

»Wartet«, rief Rixende. »Ist vielleicht ihr Söhnchen da, Paco, ein Junge im Alter von etwa sechs Jahren?«

»Was wollt Ihr von Paco?« fragte der Mann verwundert.

»Er kennt mich. Führt mich bitte zu ihm.« Rixende drückte dem Alten ein paar Münzen in die Hand.

Der Greis schloß die Tür hinter sich, und Rixende mußte eine halbe Ewigkeit warten, bis endlich Paco erschien. Der Junge stutzte, als er sie sah, schaute dann kurz die Gasse hoch, und als niemand weiter zu sehen war, zog er Rixende in die Hütte hinein.

Drinnen war es düster und roch scharf nach Kohl. In einem Steinkreis in der Mitte des Raumes brannte ein kleines Feuer, und der Rauch zog mehr schlecht als recht durch ein geschütztes Loch im Hüttendach nach draußen. Als sich Rixendes Augen an die Dunkelheit gewöhnt hatten, sah sie, daß der Mann an einem wackligen Tisch gerade Kaldaunen in winzige Stücke schnitt. Er warf sie in den Schwenktopf, der über der Feuerstelle hing, um sie zusammen mit dem Kohl zu kochen.

Rixende nahm Paco zur Seite.

»Wo ist deine Mutter, Junge? Ich muß sie etwas fragen.«

Paco zuckte mit den Schultern. »Sie ist krank. Mehr darf ich nicht sagen, Herrin.«

»Krank? Wo ist sie?«

Da schob Paco eine Kiste mit zwei gackernden Hühnern beiseite und öffnete einen Verschlag. Dort, auf einem armseligen Strohsack, lag die Schwangere. Als sie Rixende erblickte, fing sie an zu stöhnen.

»Ich wußte, daß Ihr kommen würdet …«

»Was ist mit dir, Lusitana?« Rixende beugte sich zu ihr hinunter.

»Seit … seit gestern schon habe ich höllische Schmerzen im Leib.«

»Hast du einen Arzt geholt oder die Hebamme?«

»Der Arzt hat Euer schönes Geld eingesteckt, Herrin, und dann den Kopf geschüttelt.«

»Er hat dir nicht helfen können?« Rixende war entsetzt. Sie berührte Lusitanas Stirn, die glühend heiß war.

»Nein«, stöhnte Lusitana. »Ich muß sterben ...«

Paco schrie auf.

»Ich werde auf der Stelle einen anderen Arzt rufen, Lusitana«, rief Rixende. »Halte aus und bete. Dein Sohn soll sich gleich auf den Weg machen.«

Rasch erklärte sie dem Jungen, wo Fabris Arzt zu finden sei. Er solle sich eilen. Pacos Augen waren noch immer angstvoll aufgerissen. Doch er nickte und rannte davon.

Rixende tränkte einen Lappen im Zuber und versuchte, damit Lusitanas Stirn zu kühlen.

»Ich weiß, es ist jetzt nicht der rechte Augenblick für meine Frage«, sagte sie nach einer Weile, »aber ich brauche deinen Jungen, Lusitana. Er soll mir bei einer schwierigen – ich will ehrlich sein –, einer nicht ganz ungefährlichen Arbeit behilflich sein. Würdest du ihn mir anvertrauen?«

»Nehmt ihn mit Euch, Herrin, wenn ich tot bin.« Lusitana stöhnte wieder und hielt sich den Leib. »Es ist höchste Zeit, daß er etwas Anständiges lernt. Ihr seid ein guter Mensch, bei Euch wird er nicht darben müssen.«

»Du wirst nicht sterben, Lusitana«, beschwichtigte sie Rixende. »Bald wird der Arzt hier sein!«

»Habt Ihr vergessen, Herrin, daß ich das Zweite Gesicht habe? Ich werde sterben ... Ganz sicher.«

Die Tränen rannen ihr die Wangen hinab. Plötzlich richtete sie sich auf.

»Doch zuvor gebt mir nochmals Eure Hand. Es ist etwas um Euch, das mich nicht zur Ruhe kommen läßt.«

Rixende versuchte, sie abzuwehren, doch Lusitana zog sie an ihrem Umhang ganz nahe zu sich heran.

»Hol mir die Talglampe«, bat sie den alten Mann, der neugierig vor dem Verschlag stand. Als endlich genügend Licht um sie war, vertiefte sie sich trotz ihrer Schmerzen ein weiteres Mal in Rixendes Rechte. Der Schweiß stand ihr auf der Stirn, und sie atmete schnell.

Plötzlich stöhnte sie laut auf und ließ Rixendes Hand schroff fallen, als wenn sie sich soeben daran verbrannt hätte.

»Was ist? Was hast du, Lusitana?«

»Die Geheimen Worte! Ich habe mich also nicht getäuscht«, stieß sie hervor, und ihr Atem flog. Dann ergriff sie erneut Rixendes Hand und küßte sie dankbar, wobei ein flüchtiges Lächeln ihr schmerzverzerrtes Gesicht erhellte.

»Hütet die Geheimen Worte, wenn Ihr sie findet, dort im Steinernen Walde«, flüsterte sie geheimnisvoll und sah Rixende eindringlich in die Augen. Dann wiederholte sie ihre Worte.

Sprach Lusitana schon im Fieberwahn?

Da bäumte sich die Schwangere in einem weiteren Schmerzanfall auf, schrie laut: »Heilige Magdalena, steh mir bei«, und sank röchelnd in Rixendes Arme, wobei Blut aus ihrem Mund sickerte.

Als Paco endlich mit dem Arzt die Hütte betrat, hielt Rixende eine Tote in den Armen. Paco warf sich laut schluchzend über seine Mutter, und Rixende konnte ihn nicht trösten. Der Greis, offenbar Lusitanas Vater, jammerte unaufhörlich, wobei ihm das Wasser aus Augen und Nase rann.

»Seht, Herrin, Lusitana hat auch noch ein kleines Mädchen, das ebenfalls krank ist. Was soll nur mit den Kindern geschehen? Ich bin zu alt, um für sie zu sorgen. Ich hätte sterben sollen und nicht sie! Warum hat der Kerl nicht mich zusammengeschlagen?«

Rixende stutzte. Auch der Arzt hatte sich umgewandt.

»Zusammengeschlagen? Wer hat sie ... Wie meinst du das, alter Mann?«

»Gestern abend hat es an die Tür geklopft. Ein Herr stand draußen. Die Tochter hat öfters Besuch gehabt von feinen Herren. Wir – die Kinder und ich – gehen dann immer vor die Tür. Und da haben wir den Streit gehört. Es ging um einen

Brief. Doch Lusitana hat schon immer ihren eigenen Kopf gehabt. Dein Dickschädel bringt dich noch eines Tages ins Grab, hab ich ihr oft gesagt. Und ich hab recht behalten!« Wieder begann der Mann zu weinen.

»Was ist dann geschehen?«

»Wir haben sie laut aufschreien gehört, und kurz darauf ist der Mann aus der Tür gestürzt und in der Dunkelheit verschwunden.«

»Und Lusitana?«

»Sie lag vornübergekrümmt am Boden. Der Mann hat sie ... er hat sie in den Bauch getreten.«

»Herrin«, warf Paco ein, während er sich die Nase mit einem Zipfel seines schmutzigen Hemdes putzte, »es war der gleiche Mann, der mich in Eurer Gasse verdächtigt hat, die Stoffe bei Euch gestohlen zu haben. Ich habe ihn wiedererkannt!« Und er erzählte Rixende erregt von dem Vorfall mit dem Herrn, der einen merkwürdigen Bart gehabt hatte.

Rixende überlief es kalt. Beobachtete man sie? Hatte jemand von dem Plan erfahren können? War Lusitana unvorsichtig gewesen, als sie sich nach den Gängen erkundigt hatte?

Sie mußte mit Délicieux darüber reden.

»Ich werde mich um alles kümmern, alter Mann«, sagte sie entschlossen zu dem Greis. »Ihr braucht nicht zu hungern. Den Jungen nehme ich in meine Dienste, das habe ich mit Eurer Tochter so besprochen, und das Mädchen ...«

Der Arzt, der gerade das Kind untersuchte, schüttelte bedenklich den Kopf. Es hatte hohes Fieber, der Atem war flach, und es wimmerte leise vor sich hin. Sein feiner blonder Lockenkopf war ganz feucht.

»Ich will das kranke Kind mitnehmen und in meinem Haus gesund pflegen«, sagte der Arzt. »Vielleicht gefällt es meiner Frau!« Ein leises Lächeln huschte über sein Gesicht. »Sie hat schon immer ein Mädchen haben wollen.«

Als Rixende mit Paco an der Hand aus der Hütte trat, erschrak sie, denn es war bereits stockfinstere Nacht. Der Wind heulte jetzt nur so und peitschte die Wolken vor sich her, so daß sie in beträchtlicher Eile vor der halben Sichel des Mondes vorbeifegten.

Sicherlich würde man sich im Roten Haus schon um sie sorgen!

Als der Arzt sie mit seinem Maultierkarren zu Hause absetzte, herrschte dort tatsächlich helle Aufregung. Bereits kurz nach Einbruch der Dunkelheit hatte Castel Fabri Aucassinne ausgeschickt, um nach ihr zu suchen. Unendlich erleichtert, die Schwiegertochter gesund vor sich zu sehen, wischte sich Aimerics Vater eine Träne aus den Augenwinkeln. Die Geschichte, die sie ihm anschließend erzählte, entsprach nicht der Wahrheit, aber sie kam ihr ziemlich nahe. Wer durch die Welt will, hatte ihr die Muhme Mengarde mehr als einmal bedeutet, muß sich mitunter krümmen.

»Erlaubt Ihr, lieber Vater, daß der Junge mir künftig in der Schreibstube behilflich ist?« fragte sie am Ende ihrer Schilderung. »Er scheint mir ein kluges Kerlchen zu sein. Seine Schwester hat übrigens Euer Arzt zu sich genommen. Morgen muß obendrein für die Beerdigung und den Großvater gesorgt werden. Ich hab es der Frau auf dem Totenbett versprochen.«

Castel Fabri war sprachlos. Er sah von Rixende zu Paco und von Paco zu Rixende. In diesem Hause konnte schließlich nur einer die Zügel in Händen halten. Und Rixende hatte für eine Frau, die ein derart schmutziges Kind besaß, sogar nach seinem Arzt geschickt! Doch der Liebreiz seiner Schwiegertochter hatte ihn längst eingenommen, ihre fürsorgliche Art und ihr entschiedenes Eintreten für die Schwachen waren obendrein Eigenschaften, die auch seine Frau besessen hatte. Und so nickte er gottergeben.

12

Von solchem Glanz bezwungen, wich mein Mut,
und, schier entrückt, mein Auge schlug ich nieder.
Dante, Die Göttliche Komödie

Fulco von Saint-Georges verstand Nikolaus von Abbéville immer weniger, der auf ein baldiges Autodafé drängte und Bonifatius' schriftliches Urteil nicht abwarten wollte.

»Wenn wir die Leute von Albi allesamt auf den Scheiterhaufen schicken«, sagte er ernst, »so bestätigen wir damit nur das Vorurteil der Katharer, daß diese Welt die Hölle sei und wir – die römische Kirche – die Synagoge Satans! Wir spielen ihnen geradezu in die Hände und erschaffen uns ständig unsere Ketzer selbst!«

»Schwätzerei! Bonifatius steht im Wort. Unser Delegierter hat ihm schließlich nicht nur unsere Sicht der Dinge überbracht, sondern zugleich gutes Geld«, antwortete ihm Abbéville mit wütend funkelnden Augen, und er untermalte seine zynischen Worte mit einer eindeutigen Handbewegung. »Ich habe mich überreden lassen, das ›Schöne Feuer‹ nicht vor dem Christfest anzuzünden, doch jetzt sind alle Feierlichkeiten vorüber. Weshalb also noch warten? Nach meiner Rückkehr von Toulouse müssen die Ketzer brennen. Glaubt Ihr wirklich, Bruder Fulco, daß sich der Papst auf die Seite Aimeric Fabris gestellt haben könnte, eines Laien? Da kann ich nur lachen!«

Nach einem erneuten Einwurf Saint-Georges', daß es dennoch sicherer sei, das schriftliche Urteil in Händen zu haben, bevor man zur Tat schreite, und daß man sich zumindest den Fall Calveries nochmals genauer ansehen müsse, wurde Abbévilles Stimme ziemlich schrill.

»Ihr mit Eurem Calveries! Jetzt reicht es mir langsam, Bruder! Früher war man nicht so zimperlich, da hat man einen, der von sich behauptete, er sei der Heilige Geist, einfach in einen mit Werg ausgestopften Weidenkorb gesteckt und noch in der gleichen Stunde auf dem Marktplatz angezündet. Nun kann der Verrückte ja nichts für seinen wirren Kopf, der Ketzer aber hat sein Schicksal selbst in der Hand. Wie steht bei Johannes geschrieben: *Wer nicht in mir bleibt, der wird weggeworfen wie eine Rebe und verdorrt, und man sammelt sie und wirft sie in das Feuer, und sie müssen brennen.* Ist nicht das Feuer eine besondere Freude Gottes und das geeignete Mittel, den Weizen von der Spreu zu reinigen?«

Da faßte sich Fulco von Saint-Georges ein Herz. Er stand auf, sah Abbéville fest ins Gesicht und sagte:

»Wir behaupten zwar, es sei Gottes Wille, all diese Leute auf den Scheiterhaufen zu schicken. Es stehe so geschrieben, sagen wir Kirchenleute im Brustton der Überzeugung. Doch ist es wirklich Sein Wille, auch Unschuldige zu verbrennen? Bruder Nikolaus, wir dienen längst nicht mehr Gott. Und ich wage das, was ich insgeheim befürchte, kaum auszusprechen: Mißbrauchen wir vielleicht Seinen Namen, um unsere Interessen durchzusetzen?«

Saint-Georges war zu weit gegangen. Er wußte es im gleichen Augenblick, als er in Abbévilles Augen sah. Abbéville fixierte seinen Verweser lange und sagte dann leise und scharf:

»Euer Handwerk ist die Inquisition, Bruder Fulco, doch Euer Kopf scheint vollgestopft mit philosophischen Sentenzen, und Ihr tragt zudem äußerst gefährliche Gedanken mit Euch herum. Ihr beschmutzt mit durch nichts zu beweisenden Vorwürfen Euer eigenes Nest. Eure Stellung gebietet Euch aber, mit allen Mitteln – ich betone, mit allen Mitteln – die Reinheit des Glaubens aufrechtzuerhalten! Nichts weiter. Auch die Hoffart ist dem Herrn ein Greuel. Sollte tatsächlich der eine oder der andere unserer Inhaftierten nicht der Ketzerei schuldig sein, so ist ihm dennoch der Vorwurf zu machen, daß er seine Pflicht vernachlässigt hat. Kein Band der Verwandtschaft, keine persönliche Freundschaft dient als

Entschuldigung für die Verheimlichung der Ketzerei. Hört also endlich mit Euren Jeremiaden auf. Habt Ihr mich verstanden?«

Es hatte keinen Sinn, Abbéville verstand ihn nicht, wollte ihn nicht verstehen. Saint-Georges beschloß, vorerst nicht weiter auf seinen Bedenken zu beharren, und steckte demonstrativ den Kopf in die Akten.

Warum überließ er den Müller nicht einfach seinem Schicksal? Was war es nur, das ihn ständig widersprechen hieß? War er schon jetzt, nach so kurzer Zeit als Inquisitor, an einem Scheideweg angekommen? Er hatte doch sein Fortkommen unter keinen Umständen aufs Spiel setzen wollen. Aber ... war nicht ihrer aller Leben eingesponnen in dieses dichte Netz aus Gelöbnissen, und waren sie nicht allesamt »Soldaten Christi«, Predigermönche, die sich nicht wie die anderen – die Bettelmönche – einem beschaulichen Leben widmeten, sondern, geschult in Theologie und Rhetorik, alles wagten und erduldeten für ihre Kirche?

Nun, gerade eben *hatte* er viel gewagt. Für Calveries ... Nein, er schüttelte kaum merkbar den Kopf. Nicht nur für ihn.

Fulco von Saint-Georges blätterte angestrengt in den Urteilen, die vor ihm auf dem Richtertisch lagen, obwohl Fébus' Schrift ständig vor seinen Augen verschwamm. Nicht für den Müller war er das Wagnis eingegangen. Er hatte es auch für den guten Ruf seines Ordens getan. Dafür, daß endlich das elende Gerücht aus der Welt geschafft würde, daß sich die Dominikaner heimlich rühmten, einen Papst und einen Kardinal totgebetet zu haben. Man müsse sich vor den »Litaneien der *domini canes*« hüten, denn diese bewirkten Wunder, hieß es seitdem im Volk. Es handelte sich um eine gar sonderbare Geschichte, die sich im Jahr 1254, nach der Veröffentlichung der Bulle *Etsi animarum,* ereignet hatte. Innozenz IV. hatte ein Predigtverbot für Dominikaner verfügt. Sie sollten nicht zur gleichen Zeit die Kanzel besteigen wie die Bischöfe, weil sie mit ihrer Predigtkunst das Volk abwerben würden. Die

Dominikaner waren darüber mehr als empört gewesen und hatten sich nicht nur an die bedeutendsten und klügsten Leute ihres Ordens gewandt, sondern natürlich auch den Himmel um Hilfe angefleht. Daraufhin hatte den Papst der Schlagfluß getroffen, und im selben Augenblick war der Kardinal von Albano, der den Dominikanern besonders feindselig gegenüberstand, in seinem eigenen Hause elendiglich gestürzt und hatte sich das Genick gebrochen.

Doch heute, fast fünfzig Jahre danach? Trugen die »Hunde des Herrn« ihren häßlichen Namen nicht tatsächlich zu Recht, wenn sie offensichtlich Unschuldige ins Feuer schickten? Hütet Euch vor den Litaneien der Dominikaner, ging es ihm ein weiteres Mal durch den Sinn, als es plötzlich laut an der Tür klopfte.

Abbéville war gerade im Begriff gewesen, den Justizturm zu verlassen, um den neuen Bischof von Carcassonne, Pierre de Rochefort, zu begrüßen, der nach dem Tod Chevrys ernannt worden war.

Er riß mit voller Absicht derart heftig die Tür auf, daß der Wartende eigentlich nur erschrecken konnte. Doch Polignac war längst daran gewöhnt. Obwohl er dem Seneschall unterstand, war er Abbéville auf gewisse Weise hörig, ja er bewunderte ihn und sah ihm jede Unverschämtheit nach.

»Was willst du, Polignac?« herrschte der Inquisitor den Kerkermeister an.

»Euch melden, Herr«, Polignac keuchte, »daß … daß der Gefangene Calveries soeben verstorben ist.«

»Ach, ist er das?« sagte Abbéville ungerührt und wischte sich pikiert ein Staubkörnchen von der Kutte. »Tja, wenn sie im Loch verrecken, sparen wir uns das Holz …

Endura!« sagte er zu Saint-Georges gewandt. »Euer Liebling, der Mehlwurm, hat das Essen verweigert. Sie praktizieren allesamt Endura, verweigern die Nahrung, diese Ketzer. Schuldig! Macht einen entsprechenden Vermerk in den Akten, und zieht morgen das Vermögen ein!«

Um sich nicht auf Abbéville zu stürzen und seine Fäuste in

sein häßliches Gesicht zu schlagen, klammerte Saint-Georges die Hände an die Kante des Tisches, bis die Knöchel ganz weiß wurden. In seinem Kopf formulierte er immerfort nur den einen Satz: Hebe dich hinweg, Satan!

Abbéville schwieg, aber es war ein gefährliches Schweigen, wie Saint-Georges deutlich spürte.

Endlich drehte sich der Inquisitor mit einem kurzen Schnauben um und entließ Polignac, um dann selbst den Raum zu verlassen.

Als Saint-Georges Stunden später das schwarze Buch zuband, in dem er den Tod Calveries' vermerkt hatte, war er ein wenig ruhiger geworden. Man würde sehen, was zu retten war, drüben in Albi, wenn er der Witwe und den Söhnen die Nachricht überbrachte und Einblick in die Vermögensverhältnisse nahm.

Während Abbéville noch laut befahl, konnte er schon leise handeln.

Im letzten Dämmerlicht der hereinbrechenden Nacht verließ er den Turm der Justiz, um ins Ordenshaus zurückzukehren. Doch er schlug rasch noch einen Umweg ein, wie er es schon öfter getan hatte, in die Gasse, in der sich das Lagerhaus der Fabris befand. Von Olivier Martell, dem einzigen Senator der Stadt, der der Inquisition gewogen war, wußte er, daß die junge Frau dort oft bis in die Nachtstunden über den Geschäftsbüchern saß.

Kein Lichtschein fiel aus der Schreibstube. Enttäuscht wandte er sich wieder um. Wie gerne hätte er gerade heute einen Blick auf Rixende Fabri geworfen. Abbéville hatte ihm und den anderen Mönchen geraten, bis zur endgültigen Bestätigung aus Rom der sonntäglichen Messe in Saint-Nazaire fernzubleiben, um dann in einem triumphalen Einzug die anderen – damit waren nicht nur die Konsuln gemeint, sondern vor allem die Franziskaner – zu erniedrigen.

Es war eine sternenklare helle Nacht, der Wind der letzten Tage hatte sich endlich gelegt, und Saint-Georges beschloß, seinen trüben Gedanken bei einem Rundgang nachzuhängen, er würde ohnehin nicht schlafen können. So trat er den Heimweg durch die um diese Zeit menschenleeren Lices an. Er plauderte kurz mit den beiden Wachsoldaten an der Porte Narbonnaise und schlenderte dann weiter in Richtung Trésauturm. Ein Hund bellte in kurzen Abständen.

Plötzlich quietschte eine Tür. Das Licht einer Laterne flackerte auf. Stimmen?! Schritte?!

Saint-Georges blieb stehen und lauschte. Ja, da war es wieder. Ein Mann und eine Frau. Sie redeten leise miteinander. Ein Diebespärchen? Sollte er umdrehen und die Wachsoldaten rufen?

Doch vielleicht handelte es sich um Katharer? Ein *servitium* möglicherweise, fuhr es ihm durch den Kopf, ein ketzerischer Gottesdienst in einem heimlichen Verlies! Jedermann wußte, daß sich die Häretiker im verborgenen trafen. Nun, einen *parfait,* vielleicht sogar Authié selbst auf frischer Tat zu ertappen würde Abbéville beweisen, daß er, Fulco, sein Amt ernst nähme, daß es ihm tatsächlich nur um diejenigen ging, die offenkundig unschuldig im Loch saßen.

Jemand lachte verhalten, dann ... Eine Kinderstimme?

»Kaiser, König, Edelmann, Bürger, Bauer, Bettelmann ...«

Ein Abzählreim?

Rasch verbarg sich der Inquisitor hinter dem Mauervorsprung des Trésauturmes, wobei er um ein Haar in einen Haufen Unrat getreten wäre, denn darüber befand sich ausgerechnet die Latrinenöffnung des Turms. Es stank erbärmlich.

Einmal in der Nacht, als er als Kind im Schafstall beim alten Anatole hatte schlafen dürfen, hatte er ein ähnliches Erlebnis gehabt. Stimmen, Schritte, ein Poltern, ein leiser Aufschrei. Als er aufwachte, war Anatole nicht mehr an seiner Seite gewesen. Das kalte Mondlicht, das in den Schafstall leuchtete, die Angst, plötzlich mutterseelenallein zu sein, hatten Fulco für eine Weile gelähmt. Dann, als er merkte, daß auch die Schafe seltsam unruhig waren, hatte er sich ein Herz gefaßt und ein paarmal halblaut nach dem Hirten gerufen. Doch es blökten nur die Lämmer. Da schlich er sich hinaus, um seinen besten Freund zu suchen. Gerade als er um die Stallecke bog, sah er, wie ein großer dunkler Schatten vor ihm davonlief. »Anatole«, hatte er geschrien und war ihm hinterhergelaufen. Doch die Nebelgestalt war schneller gewesen und bald vom Wald verschluckt worden. Fulco war noch eine Weile umhergeirrt und dabei unsanft im Entendreck gelandet, bevor er laut heulend zum Donjon lief, um seinen Vater zu wecken. Gemeinsam mit den Knechten und Eugène hatte man den Hirten gesucht und ihn im Morgengrauen auch gefunden – dort, wo keiner ihn vermutet hatte: Er baumelte – einen dicken Strick um den Hals – am Firstbalken des niedrigen Stalls, direkt über seinen Schafen, die ihre Köpfe liebevoll an seinen Füßen rieben. Der Vater hatte drei Kreuze geschlagen und Fulco rasch die Augen zugehalten. Den dunklen Schatten, der vor ihm davongelaufen war, hatten sie seiner Angst zugeschrieben. Aber Saint-Georges war noch heute überzeugt, daß er den Mörder seines Freundes Anatole gesehen hatte. Noch lange danach war er fast jede Nacht in kalten Schweiß gebadet aus dem Schlaf geschreckt.

Mit zugehaltener Nase spähte der Inquisitor um die Ecke. Was hatte er heute nur für wunderliche Gedanken? Und wer nur machte sich dort drüben am Bérardturm zu schaffen? Das war doch … Nein, nicht möglich! Ein Mönch vom Orden des heiligen Franziskus? Kein Zweifel, die auffällige Tonsur des Fraters leuchtete im Mondschein. Saint-Georges beobachtete gespannt, wie der Mann umständlich die Tür des Turmes zuschloß. Die Frau im dunklen Umhang neben ihm zog gerade ein Kind zu sich heran, das offenbar im Schatten des Turmes gestanden hatte. Ein kurzer Gruß, ein Auflachen – und der Franziskaner verschwand in dem kleinen Ausfalltor, etwa zwanzig Fuß von ihm entfernt.

Die Frau faßte das Kind an der Hand, nahm dann die Laterne auf und – lief geradewegs auf den Mauervorsprung zu, hinter dem Saint-Georges stand.

Da trat er hervor.

»Wer da?« rief er mit donnernder Stimme und triumphierte leise, als er merkte, daß die *parfaite,* das Ketzerweib, denn um kein anderes konnte es sich bei dieser nächtlichen Konspiration handeln, aufs heftigste erschrak.

Er riß den Arm der Frau herum und blickte – in die weit aufgerissenen Augen Rixende Fabris.

»Ihr hier?« rief er bestürzt, und in seinem Herzen verspürte er die Anspannung, dieses seltsame Ziehen, das der Anblick der jungen Frau bislang jedesmal bei ihm hervorgerufen hatte.

»Was habt Ihr zu dieser Stunde mit einem Frater der Franziskaner zu schaffen, Frau Fabri?«

Rixende war beim Anblick des Inquisitors und mehr noch bei seinen donnernden Worten auf den Tod erschrocken. Er war der letzte, den sie in diesem Augenblick treffen wollte. Hütet Euch vor der Dunkelheit, hatte ihr die arme Lusitana geraten. Der elende Kerl, der die Wahrsagerin auf dem Gewissen hatte, mußte die Inquisition verständigt haben. Doch vom Bérardturm und seinem Geheimnis hatten einzig Délicieux, Benete und sie selbst gewußt. Paco war erst am Brunnen eingeweiht worden.

Rixende wußte, daß sie jetzt kein falsches Wort sagen durfte. Zuviel stand auf dem Spiel, nicht nur für sie selbst. Eine flammende Röte überzog ihr Gesicht, dennoch fröstelte sie.

»Ihr habt mir vielleicht einen Schrecken eingejagt, Herr Inquisitor!« Sie setzte ihr ehrerbietigstes Lächeln auf, seufzte einmal tief und fast verzweifelt und stellte dann die Laterne neben sich auf den Weg. So war wenigstens ihr Gesicht nicht mehr beleuchtet. Um Zeit zu gewinnen und sich zu beruhigen, nestelte sie umständlich an der Kapuze ihres Umhanges. Der Junge an ihrer Seite beobachtete mit neugierigen Augen die Szene, und die junge Frau hoffte inständig, daß er sich still verhalten möge. Sie strich ihm über den Kopf.

»Es tut mir leid, daß ich Euch so erschreckt habe«, sagte Saint-Georges irgendwie betreten. Er wich einen Schritt zurück. »Ich konnte ja nicht wissen ... ich dachte ... ich meinte ... also ...« Nun spürte der Inquisitor, wie ihm eine merkwürdige Hitze zu Kopfe stieg. Was war nur mit ihm los? Was fiel ihm ein, vor dieser Frau derart herumzustottern?

»Ich hatte angenommen, hier wäre eine katharische Verschwörung zugange«, stieß er dann in einem Atemzug hervor, froh, seine Fassung und die nötige Geistesklarheit wiedergewonnen zu haben.

Rixende brachte es fertig, ein wenig spöttisch zu lachen. »Aber, aber, Herr Inquisitor, eine katharische Verschwörung mit einem Franziskaner? Ihr habt den lieben langen Tag mit Ketzern zu schaffen, so daß Ihr Euch wohl schon von ihnen umstellt wähnt, nicht wahr?«

»Das ist meine Aufgabe, Rixende Fabri«, sagte der Inquisitor jetzt wieder förmlich. »Ihr habt keine Vorstellung von dem, was in unserem Lande abläuft. Selbst Mönche, vor allem Franziskaner, sind nicht vor dem katharischen Gift gefeit. Die Ketzer stecken überall.«

Saint-Georges sah der Frau ernst ins Gesicht.

»Jetzt sagt mir endlich, was hattet Ihr mit diesem Mönch zu schaffen?«

»Also das ist schnell erklärt«, erwiderte Rixende, ziemlich erschrocken über den scharfen Ton, den der Inquisitor erneut anschlug, und ihre Augen musterten ihn ängstlich.

»Das Haus Fabri hat den Bérardturm vom Orden der Franziskaner für Lagerzwecke angemietet, und unser neues Bürschlein hier hat am späten Nachmittag begonnen, den Turm zu säubern. Ich habe ihn begleitet, weil er noch sehr jung ist und ich ihn anweisen mußte.«

Paco warf ihr einen verdutzten Blick zu, und Rixende strich ihm noch einmal wohlwollend über seine Locken. Dann beantwortete sie vorauseilend eine Frage, die Saint-Georges gar nicht gestellt hatte.

»Daß der Franziskaner den Schlüssel noch einmal mitgenommen hat, liegt daran, daß er morgen früh einen seiner Novizen vorbeischicken will, um den groben Schmutz und die alten Körbe auf einem Karren wegzuschaffen. Wie Ihr seht, Herr Inquisitor«, ergänzte Rixende, »es handelt sich um keine Verschwörung oder dergleichen!«

Sie hoffte inständig, daß der Mann ihr nun Glauben schenkte, und schenkte ihm ihrerseits vorsorglich ein Lächeln.

Saint-Georges jedoch ließ sich seine Erleichterung über ihre Erklärung nicht anmerken. Er konnte einfach nicht aufhören, sie anzusehen. Aus dem Dunkel schimmerte das Gesicht eines Engels. Sie sah so bezaubernd, so jung und frisch aus, wenngleich ihr Umhang ziemlich verschmutzt war und voller kleiner Federn hing. Hatte sie am Ende selbst mit angepackt im alten Turm? Was sollte er nur mit ihr reden, damit sie noch ein wenig länger bei ihm stehenblieb?

Auch Rixende fragte sich, was sie zurückhielt, die Laterne aufzunehmen und mit Paco nach Hause zu eilen. Der Inquisitor war ihr Feind, daran gab es nichts zu rütteln, doch schließlich konnte er sie nicht festhalten, sie hatte sich ja nichts zuschulden kommen lassen. Außerdem schadete es nichts, wenn sie ihn weiter von seinem Verdacht ablenkte.

Ein Käuzchen schrie durch die Dunkelheit. Paco ahmte es nach. Die beiden lächelten über den Jungen, wobei sich ihre Blicke trafen.

»Ach«, meinte da Rixende, »ich hatte noch gar keine Gelegenheit gefunden, Euch für das schöne Geschenk zu meinem Hochzeitstag zu danken, Herr Inquisitor!« Ihre Stimme klang belegt.

Saint-Georges verbeugte sich galant. »Ich dachte mir, daß es Euch gefallen könnte …«, sagte er, weil ihm nichts Besseres einfiel, so sehr brachte ihn die Frau aus der Fassung.

»Das tut es, das tut es …«, meinte Rixende nun ihrerseits verwirrt. »Also … es ist schon spät. Sehr spät. Ich muß jetzt gehen, wenn Ihr keine weiteren Fragen mehr an mich habt, Herr Inquisitor. Der Vater meines Gatten ängstigt sich leicht, wenn ich mich verspäte.«

»Natürlich, geht nur«, sagte Fulco von Saint-Georges versonnen. »Ich folge Euch im Abstand von zehn Schritten, damit Euch nichts geschieht. Schließlich weiß man nie, welcher Schatten einem in der Dunkelheit begegnet.«

Im Roten Haus dachte Rixende lange über die seltsame Begegnung mit dem Inquisitor nach. Sie wußte den Mann nicht einzuschätzen. Sein Verhalten irritierte sie. War er raffiniert und machte ihr nur schöne Augen, um sie auszuspionieren? Steckte Saint-Georges mit dem Unbekannten unter einer Decke, der Paco ausgefragt und Lusitana mißhandelt hatte, so war dies gewiß kein zufälliges Zusammentreffen gewesen. Sie mußte wohl oder übel dem Mann alle Schandtaten zutrauen, die von Leuten seines Schlages begangen wurden. Er war Inquisitor. Mengarde hatte Recht. Doch was würde geschehen, wenn er noch immer mißtrauisch war und sie vielleicht morgen nachmittag beobachtete?

Vorsichtshalber schrieb sie eine Warnung an Délicieux, um Aucassinne gleich am Morgen damit auf den Weg schicken zu können.

Rixende war müde und ihr Kopf schwer vom Grübeln, doch vor dem Einschlafen zwang sie sich, an Aimeric zu denken, der längst sehnsüchtig erwartet wurde. Nachdem sie für seine gesunde Rückkehr gebetet hatte – wobei sie sich wunderte, daß ihr nicht mehr recht einfallen wollte, wie sein Antlitz aussah –, schlief sie ein. Sie träumte aber weder von ihrem Gatten noch von Saint-Georges, sondern von Paco, der sich als ein wirklich tapferes Kerlchen erwiesen hatte.

Nachdem der Junge abgeseilt war, hatte er nicht lange suchen müssen, um den Gang zu finden. Es hatte jedoch Stunden gedauert, bis er unzählige Steine zur Seite geräumt hatte, die den Gang unbegehbar machten. Endlich wurde Pacos helle Stimme vielfach von den Wänden des Schachtes zurückgeworfen: »Der Weg ist frei! Juhu!«

Nach der Complet, beim Singen des *Salve Regina,* faßte Fulco von Saint-Georges seinerseits den Entschluß, Abbéville das nächtliche Zusammentreffen von Rixende Fabri und dem

Franziskaner zu verschweigen, obwohl ihn gerade dieser Vorfall brennend interessiert hätte, da er sich ständig bei Martell nach den Fabris erkundigte. Ob Abbéville den Alten verhaften wollte? Die Inhaftierung des Vidame, in dessen Haus die *parfaits* ein und aus gegangen waren, wie Zeugen glaubhaft versichert hatten, war nach Aussage von Bruder Nikolaus nur eine Prüfung gewesen. Man hatte ausloten wollen, wie Seneschall, Bischof und Senat darauf reagierten. Davon hatte Abbéville ihn wenigstens unterrichtet. Aber nun plante er offensichtlich etwas hinter seinem Rücken. Mehr durch Zufall hatte Fulco von Saint-Georges vor drei Tagen erfahren, daß außer Martell ein weiterer geheimer Aushorcher auf die Familie Fabri angesetzt war. Und niemand außer dem Ersten Inquisitor kannte ihn, obwohl er für die Inquisition seit langem im Untergrund arbeitete. Dieses abgrundtiefe Mißtrauen, das Abbéville gegen jedermann hegte, selbst gegen seinen Stellvertreter, war krankhaft. Und es hing nicht nur damit zusammen, daß er es gewagt hatte, Kritik an ihm zu üben, sondern, daß sich Bruder Nikolaus als neuen »Hammer der Christenheit« sah. Abbéville – ein einsamer und stolzer Streiter Gottes, der sich von seinem eingeschlagenen Weg durch nichts und niemanden abbringen ließ? Lächerlich, dachte sein Verweser, den man im *studium generale* gelehrt hatte, daß der Glaube erst dann ein echter Gehorsam ist, wenn er das Gegenteil allen Stolzes wird.

Wenn er ehrlich war, mußte Saint-Georges zugeben, daß er ebenfalls nicht frei von Stolz war. Dafür jedoch glaubte er gute Gründe zu haben.

Lange dachte er über Abbéville und über sich nach und konnte nur schwer einschlafen in dieser Nacht, aber als er am nächsten Morgen dennoch frisch erwachte und sich seines schönen Traums entsann, in dem Sibylle und Rixende Fabri, zu einer einzigen Person vereint, ihm auf besondere Weise nahe waren, sprang er, noch bevor die Glocke zur *Vigilie* rief, recht fröhlich von seinem Lager auf. Zur *hora prima* gar bedachte er seine Brüder mit einem freundlichen Blick aus seinen dunklen Augen, daß diese sich wunderten, denn noch am gestrigen Abend war er ihnen eher mürrisch erschienen. Später, im Kapitelsaal, vermuteten einige nicht zu Unrecht, daß seine Verwandlung mit der bevorstehenden Abreise Abbévilles zusammenhing, der sich mit dem »Bischof von Toulouse« ein unaufschiebbares Stelldichein gab und die nächsten zwei Wochen nicht in Carcassonne sein würde. Einer der Brüder wollte allerdings gehört haben, daß Seine Heiligkeit, Reginald de Montbason, gar nicht in Toulouse weilte.

Saint-Georges trat aus der Klosterpforte. Die Spatzen schimpften miteinander um die Wette, und die Luft erschien ihm lau und weich wie nie zuvor. Es wird Frühling, dachte er beschwingt. Frühling! Viel zu lange hatte er seine Gefühle hintangestellt. Dennoch war er noch immer nüchtern genug zu ahnen, daß es sich im Fall Rixende Fabris nur um einen törichten Versuch handeln könnte, für einige wenige kostbare Augenblicke der Wirklichkeit zu entfliehen.

Im Turm der Inquisition wurde er jedenfalls unsanft in die rauhe Wirklichkeit zurückgeholt. Ein weiterer Inhaftierter war in der Nacht gestorben. Bevor er mit einem Adjutanten nach Albi ritt, befahl Saint-Georges, sofort das Stroh auszuwechseln und für drei Tage die Brotrationen zu verdoppeln. Der Kerkermeister sah ihn an, als ob er einen Narren vor sich hätte, beeilte sich dann jedoch, der Anweisung Folge zu leisten.

Fulco von Saint-Georges hatte gewiß nicht vor, sich mit dieser Eigenmächtigkeit endgültig Abbévilles Zorn zuzuziehen, aber er wollte verhindern, daß während dessen Abwesenheit weitere Männer an »der Endura« starben.

Außerdem – durfte er nicht zur Abwechslung einmal selbst die Welt auf seinem Daumen tanzen lassen?

13

> Die Seinen, deren Fuß gradaus doch schritt
> in seiner Spur, sind rückwärts nun gekehret …
>
> *Dante,* Die Göttliche Komödie

Prall hatten sich im steten Wind die weißen Segel gebläht, der Kapitän hatte günstige Strömungen zu nutzen gewußt und das Handelsschiff gute Fahrt gemacht. Als im Morgendunst die gewaltigen Hafenbefestigungen Marseilles auftauchten, beschlossen Aimeric und die Seinen, so rasch wie möglich die Geschäfte dort zu erledigen und nach Carcassonne zurückzureiten. Drei Tage später war es soweit.

Bruder Balbino hatte in Marseille einen Reiseweg vorgeschlagen, der mindestens zwei Tagesritte kürzer sein sollte, und den anderen war es recht gewesen.

Die Luft war zwar noch kalt, sie roch aber bereits frisch und sauber, und erstes junges Grün spitzte aus den Ackerkrumen. Aimeric freute sich unsäglich auf Rixende, wenngleich ihm noch immer das Herz schwer war ob der schlechten Nachricht, die er der Stadt überbringen mußte.

Sie überquerten sanft geschwungene Hügel, kamen durch Weiler mit zerfallenen Hütten und schliefen in einsamen Klöstern. Am vierten Tag war das friedliche Gemurmel eines kleinen Bächleins ihr Begleiter, dann jedoch erreichten sie eine eher rauhe Gegend, wo es nach Balbinos Kenntnis kein Kloster gab, in dem sie für die Nacht Unterschlupf hätten finden können. Sie mußten sich also eine Herberge suchen. So ritten sie bei Einbruch der Dunkelheit auf das erstbeste Licht zu und kehrten in einer düsteren rauchgeschwärzten Schenke ein. Der scharfe Nordwind, der ihnen schon einige Stunden lang um die Ohren geweht hatte, heulte und pfiff um das allein stehende Haus und riß die klapprige Tür beinahe aus den Angeln, als sie eintraten.

Drinnen brannte ein gemütliches Feuer. Der Wirt allerdings gefiel Aimeric ganz und gar nicht. Er schien ebenso schmierig zu sein wie die beiden Tische, die in der Schenke standen. Auch Bruder Balbino hatte beim Hereinkommen kurz gezögert und Aimeric einen zweifelnden Blick zugeworfen. Doch die anderen Gefährten waren müde und froh, überhaupt einen Unterschlupf gefunden zu haben. Sie hatten schon begonnen, die Pferde abzureiben und mit Heu zu versorgen, so daß Aimeric und der Franziskaner kurz entschlossen die Bündel hereinschleppten und sich erschöpft auf einer wackligen Bank niederließen. Der Hirsebrei, den ihnen der Alte vorsetzte, war sauer, und aus dem Schinken krochen bereits Würmer. Auch der Wein war nahezu ungenießbar. Aimeric schimpfte laut und verlangte für alle Brot und frisches Brunnenwasser, das ihnen der Wirt nach kurzer Zeit unwillig brachte.

Schon bald zogen sich die Gefährten in die Kammer zurück, wenn man den schäbigen Verschlag im Dachstuhl des Hauses, in dem es durch alle Ritzen zog, überhaupt so bezeichnen konnte. Es roch nach Mäusedreck und Schlimmerem, doch glücklicherweise waren die Männer hundemüde, so daß sie sogleich einschliefen.

Mitten in der Nacht jedoch schreckte Aimeric jäh aus dem Schlaf. Was war das? Hatte er tatsächlich Stimmen gehört? Vorsichtig stand er auf, um die anderen nicht zu wecken, und trat ans Fenster. Dort schob er langsam den Laden zurück, um auf den Hof hinaussehen zu können. Er erschrak nicht schlecht, als er im Mondlicht eine schemenhafte Gestalt im Ordenskleid bemerkte, die offensichtlich genau jenes Fenster beobachtete, aus dem er gerade lugte. Rasch trat er zurück und rüttelte Bruder Balbino wach.

»Wacht auf, irgend etwas ist hier im Gange! Ein Dominikaner steht unten im Hof!«

»Wie … was …«, sagte der Franziskaner schlaftrunken, und auch die anderen hoben unwillig die Köpfe.

Da wurde auch schon die Tür zur Kammer aufgerissen.

Vier oder fünf vermummte Gestalten stürmten herein. Aimeric stieß einen Schrei aus, der einem das Blut in den Adern hätte gefrieren lassen können, und machte zugleich einen Satz zur Seite, um an sein Schwert zu kommen. Aber noch bevor er sich wehren konnte, umfaßten ihn zwei starke Arme, und er spürte ein scharfes Messer an seiner Kehle. Bruder Balbino brachte das Kunststück fertig, sich den schon zupackenden Händen eines weiteren Räubers zu entziehen und sich zur Seite zu wälzen. Blitzschnell und ohne Rücksicht kroch der Mönch über seine Brüder und das stinkende Stroh hinweg in die hinterste Ecke des Verschlages, wo die Bündel mit dem Hab und Gut der Reisenden lagen. Aimerics Diener hatte inzwischen sein Schwert blank gezogen und fuchtelte brüllend damit herum, und die anderen wehrten sich ebenfalls heftig. Doch es war zu dunkel und zu eng im Raum, um Freund und Feind unterscheiden zu können.

Als Aimeric spürte, wie das Messer seine Kehle aufschnitt, trat er demjenigen, der ihn noch immer eisern umklammert hielt, mit äußerster Kraftanstrengung gegen das Schienbein. Der Mann jaulte auf. Doch es war zu spät, der Tod hatte bereits seine Sichel gewetzt. Die böse Prophezeiung, die ihm das Bibelstechen am Silvestertag bescherte, ist erfüllt, konnte Aimeric noch denken. Ein höllisches Brennen nahm ihm den Atem, und warmes Blut floß seinen Hals hinab. Bevor ihn unendliche Dunkelheit umfing, hörte er noch, wie Balbino jämmerlich um Gnade rief, und das höhnische Lachen der Räuber.

Es war ein seltsamer Zug, der um die mittägliche Stunde zum Bérardturm wanderte. Rixende in Begleitung eines aufgeregt hüpfenden Paco, Aucassinne, der stolz das Pferd führte, das einen Karren mit einem schweren Transportkorb zog, auf den man obendrein alte Stoffballen und einen Stuhl gebunden hatte. Allen voran – hocherhobenen Hauptes, eine blaue Samtkappe auf dem Silberhaar und einen Knotenstock in der

Rechten – Castel Fabri, dem Rixende endlich alles gebeichtet hatte.

Am späten Morgen hatte ihr Délicieux die Antwort auf ihre Warnung zukommen lassen.

»Geehrte Frau«, hatte er geschrieben. »Der vereinbarte Zeitpunkt ist dennoch günstig, denn der eine ist noch in der Nacht nach T. und der andere soeben nach A. geritten.«

Die beiden eingeweihten Novizen waren bereits am Werk. Sie hatten lange Leitern mitgebracht, so daß ein leichterer Ab- und Aufstieg möglich war, dazu genügend Fackeln und aufgerollte Seile, die sie sich und Paco um den Leib schlangen, um sich dort unten nicht zu verirren. Die Mönche führten außer schwerem Werkzeug zum Aufbrechen der Kerkerwand auch eine Wachstafel mit sich, um den tatsächlichen Verlauf des Ganges akribisch aufzuzeichnen.

Délicieux war überrascht, Castel Fabri zu sehen.

»Wäre ich zwanzig Jahre jünger«, sagte der Alte, »hätte mich niemand davon abgehalten, dort selbst hinunterzusteigen!«

»Das will ich gerne glauben!« Der Franziskaner lachte. »Nun also frisch an die Arbeit. Der Herr segne unser Werk!«

Während Aucassinne mit dem Karren und der Aufforderung, die Augen offenzuhalten, wieder nach Hause geschickt wurde, kletterten die Novizen und Paco in den Brunnen hinunter. Délicieux ließ Fackeln sowie mehrere Säcke mit Lebensmitteln hinab.

Bald war von den dreien nichts mehr zu hören. Das Warten begann. Rixende bewachte den Brunnen, während Fabri, in eine Decke gehüllt, mit verschränkten Armen auf dem mitgebrachten Stuhl saß und sich leise mit Délicieux über das rätselhafte Ausbleiben Aimerics und der Franziskaner unterhielt. Als sie die tiefe Besorgnis aus Fabris Stimme heraushörte, fühlte Rixende erneut, wie sich das seit ihrer Kindheit bekannte unsichere Gefühl in ihr ausbreitete, die Angst vor plötzlichen Veränderungen. Sie hörte, wie Délicieux etwas über das Verhalten des Bischofs von Albi sagte, wobei ihr ein

Gespräch einfiel, das sie ein paar Wochen vor ihrer Abreise nach Carcassonne in Gavarnie belauscht hatte. Der Franziskanermönch Paule, ihr Lehrer, hatte der jungen Magd Brunisende heftig ins Gewissen geredet.

»Brunisende, du tust unrecht!«

»Nicht mehr als der Herr Bischof«, hatte sie ihm trotzig entgegengehalten.

»Schweig und benutz deinen Verstand«, hatte Paule ihr zugeraunt. Rixende, die sich gerade im *sotulum* befand, dem kleinen halbversenkten Kellerraum, um dort für den Bayle das Weinmaß zu suchen, hatte dennoch jedes Wort verstanden.

»Wenn der Bayle erfährt, daß durch dich die Häresie sein Haus erfaßt hat, wird es dir schlecht ergehen! Du schuldest ihm Gehorsam bis Johannis. Dieses Haus ist bisher von jeder Verunreinigung durch Ketzerei verschont geblieben. Doch einmal in Verdacht geraten, werden wir alle nicht mehr unseres Lebens froh sein können. Und es bedarf nur der losen Zunge einer neugierigen Frau, die durch einen Türspalt beobachtet, wie du dich zu dieser Gaillarde schleichst!«

»Ich gehöre zu den *boni christiani*«, hatte Brunisende stolz erwidert, »und niemand kann mich daran hindern, es laut zu sagen. Sie sind die einzigen, die auf den Pfaden der Gerechtigkeit und der Wahrheit wandeln, auf denen die Apostel gingen. Sie lügen nicht. Sie nehmen nicht, was anderen gehört. Selbst wenn sie Gold und Silber auf der Straße liegen sähen, würden sie's doch nicht mitnehmen, wenn es ihnen nicht jemand ausdrücklich schenkte. Gaillarde sagt ...«

»Du dummes, eitles Ding«, hatte sie Paule angefahren, »jedermann weiß, daß Gaillarde Pons der Häresie anhängt. Ihr wird nichts geschehen, denn ihr Bruder, der Priester, schützt sie. Sein Einfluß reicht weit. Aber wenn *du* offen zugibst, zu ihnen zu gehören, sind deine Tage gezählt! Dann wirst nicht nur du dein Leben verlieren, sondern auch deine ganze unschuldige Familie. Und das Haus des Bürgermeisters gilt fortan als infiziert. Weck also den schlafenden Hasen nicht, ich rate es dir, er wird dir nur mit den Füßen die Hände zerkratzen. Anständige Leute reden sowenig wie möglich.«

Rixende hatte bei diesen Worten augenblicklich Simon vor Augen gehabt, der auch als schweigsam galt.

Heute konnte sie sich gut vorstellen, auf welche Art einige Leute von Albi in Verdacht geraten waren – und sie kam nicht umhin festzustellen, daß im Grunde auch das ehrenwerte Rote Haus infiziert war, wenngleich …

Da hämmerte es plötzlich an der Tür des Bérardturmes.

Die drei sahen sich erschrocken an.

»Schnell!« flüsterte Rixende. »Wir müssen den Schacht abdecken!«

Hastig schoben sie das Brett über das Loch, und Rixende warf die alten Stoffballen darauf. Dann öffnete Délicieux die Tür einen Spaltbreit, und fuhr überrascht zurück.

»Ihr hier, Herr Senator?« fragte der Lektor erstaunt.

Olivier Martell war ebenfalls verblüfft, den Lektor der Franziskaner vor sich zu sehen. Er strich sich die Locken aus dem Gesicht und entschuldigte sich.

»Ach, Pater Bernhard«, sagte er. »Ich bin überrascht, denn ich dachte, ich hätte meinen Freund, den Senator Castel Fabri, diesen Turm betreten sehen. Ich muß mich wohl getäuscht haben. Nichts für … nun, nichts für ungut«, meinte er zögerlich und wandte sich zum Gehen.

»Nein, Ihr habt Euch nicht getäuscht, Senator Martell«, sagte da der alte Fabri freundlich, der hinter Délicieux getreten war. »Ich bin tatsächlich hier.«

Er erzählte dem Mann die gleiche Geschichte, die Rixende in der Nacht zuvor Saint-Georges aufgetischt hatte. Dennoch versuchte Martell mehrmals, an Délicieux und Fabri vorbei einen neugierigen Blick in den Turm zu werfen. Endlich verabschiedete er sich wieder.

»Ich denke, sein Besuch war ganz harmlos«, meinte Castel Fabri leichthin, nachdem er wieder Platz genommen hatte. Der Blick jedoch, den Délicieux mit Rixende austauschte, drückte tiefe Besorgnis aus.

Als es wenig später erneut klopfte, war es Paco, der lachend Einlaß begehrte.

»Wo kommst du her? Wie bist du aus dem Labyrinth herausgekommen?« Die Fragen prasselten nur so auf das Bürschlein herab, das mit stolzgeschwellter Brust auf Rixende zu lief, und sagte:

»Die beiden Mönche sind noch immer unten, aber sie werden bald zurück sein.«

Délicieux schob das Brett zur Seite und spähte in die Tiefe.

»Und wie bist du herausgekommen, Junge?« fragte Rixende.

»Da gab es einen schmalen Seitengang, den ich erkunden sollte. Die anderen haben mich angeseilt, und ich bin dort hineingekrochen. Und nun ratet, Herrin, wohin dieser Gang führte!«

Rixende schüttelte ihn. »Sag es uns, mach rasch!«

»Nun, rasch ging es nicht, aber er endet schließlich im Lagerhaus des ehrwürdigen Herrn Fabri!« Paco deutete auf den alten Mann.

»Wie?« Fabri erhob sich keuchend von dem Stuhl. »Das kann nicht sein, du mußt dich getäuscht haben, Bürschlein! Ich kenne meine Häuser in- und auswendig!«

»Ich lüge nicht, Herr! Am Ende des Ganges befand sich ein kleiner hölzerner Verschlag. Ich rüttelte ein wenig daran, da löste sich eine Latte. Plötzlich sah ich dunkle Stoffballen vor mir, vier an der Zahl, genau solche, wie Ihr sie in Eurem Lager aufbewahrt. Ich wunderte mich sehr, Herr, seid Ihr doch der einzige Stoffhändler in der Stadt. Ich mußte also in Eurem Lager angekommen sein, wo denn sonst!«

»Weiter, Junge!« Fabri drängte.

»Ich schob die Ballen zur Seite, löste das Seil, kroch hinüber, und als ich mich umdrehte, sah ich, daß ich tatsächlich aus einem Eurer großen Warengestelle herausgekrochen war. Rasch schob ich die vier Stoffballen wieder zurecht. Um mir die Stelle zu merken, habe ich eine Rolle mit güldenem Draht davorgestellt. Dann habe ich mich in den Hof geschlichen, wo Euer Geselle Felix arbeitete, und bin, ohne daß er es gemerkt hat, an ihm vorbei auf die Gasse hinausgelaufen.«

In diesem Moment rumorte es im Schacht. Hustend kletterten die Novizen die Leiter empor. Sie waren über alle Maßen erstaunt, Paco vorzufinden, auf den sie lange gewartet hatten.

Man hatte tatsächlich den Kerker ausfindig gemacht. Dennoch war eine Befreiung unmöglich gewesen, weil das Stemmeisen abgebrochen war.

Morgen wollte man mit einem stärkeren Eisen das Glück erneut versuchen.

14

Träg kam der Mond zur mitternächtigen Stunde,
wie eine Schale anzusehn, die brennt …

Dante, Die Göttliche Komödie

Jede Reise birgt die Gefahr eines Abschieds für immer. Dennoch hielten Fabri und Rixende seit Wochen unermüdlich Ausschau nach Aimeric und seiner Begleitung. Auch Benete lief jeden Nachmittag zur Porte d'Aude hinaus, hinunter zum Fluß, um die Schiffsleute zu befragen, und schlich mit traurigem Gesicht zurück. Mit jedem Tag, der verstrich, ohne daß man Nachricht von Aimeric hatte, wurde Rixende das Herz schwerer, wuchs ihre Angst. Sie arbeitete fast ohne Unterbrechung und ließ sich bis tief in die Nacht von Fabri in alle Geschäfte des Hauses einweisen, nicht zuletzt um sich und ihn abzulenken, aber auch um gewappnet zu sein, falls Aimeric tatsächlich etwas zugestoßen war.

Als weitere zwei Wochen ohne Hinweis vergingen, bat Fabri Délicieux zu sich.

»Wie kann es sein, daß fünf Leute spurlos verschwinden?« fragte er, und seine Stimme klang verzweifelt. »Einer mag überfallen werden, vielleicht noch zwei, aber fünf? Mein Sohn und sein Begleiter trugen Waffen bei sich!«

»Auch ich mache mir inzwischen große Sorgen, Herr Fabri«, sagte der Lektor. »Von einem Schiffsunglück hätte man gehört, und daß Franziskaner auf einer Romreise überfallen werden, ist schwer vorstellbar. Ich will noch heute bei Abbéville vorsprechen und ihn nach Bruder Albert befragen, der zur gleichen Zeit in seinem Auftrag in Rom war. Vielleicht hat er etwas gehört. Wenn nicht, dann müssen wir Leute losschicken, die nach ihnen suchen.«

Doch Abbéville verweigerte Délicieux die Befragung seines Gesandten. Er schickte ihm lediglich einen Novizen ins Kloster, der ihm folgende Nachricht übermittelte:

»Die Reise Eurer Mönche stand von Anfang an unter ungünstigen Auspizien. Denn wer es vorzieht, sich mit Aimeric Fabri zu verbünden, der es sich zum Ziel gesetzt hat, die Inquisition zu diskriminieren und beim Heiligen Vater in ein schlechtes Licht zu setzen, über dessen Tun kann kein Segen liegen. Sagt dem Vater dieses unseligen Mannes, wenn er erfahren möchte, was Bonifatius seinem Sohn mit auf den Weg gegeben hat, so solle er am Sonntag Quasimodogeniti die Messe besuchen.«

Fabri war aufgebracht. »So ein Himmelhund!« entfuhr es ihm, gleich darauf preßte er seine Rechte auf sein Herz, und der Schweiß rann ihm die Stirn hinab.

»Vater, Ihr dürft Euch nicht so aufregen, ich bitte Euch sehr!« sagte Rixende. »Ich will morgen selbst bei Abbéville vorsprechen.«

»Gut, wir wollen nicht säumen«, meinte Fabri. »Zu langes Aufschieben schadet sowohl der Saat als auch der Ernte. Versucht also Euer Glück, Rixende. Und Ihr, Pater Bernhard, stellt augenblicklich Leute zusammen, um die Vermißten zu suchen. Wir warten nicht länger.« Castel Fabri öffnete eine Truhe und entnahm ihr mehrere Beutel mit Geld.

»Hier, Pater, das wird genügen! Elias Patrice hat mir übrigens seine Unterstützung zugesagt.«

»So soll es geschehen. *Pax vobiscum*«, sagte Délicieux und machte sich auf den Weg.

Am nächsten Tag zog Rixende ihr bestes Gewand an, um den Turm der Justiz aufzusuchen. Sie hatte nicht vor, den schrecklichen Abbéville um ein Gespräch zu bitten, nein, sie bat den Soldaten, der das schmale, eisenbeschlagene Tor bewachte und sie durch ein winziges vergittertes Fenster neugierig musterte, um eine Unterredung mit seinem Stellvertreter. Der Wachhabende schickte sie weiter zum

Inquisitionsturm, wo Saint-Georges sofort aufsprang, als man ihm die ungewöhnliche Bitte überbrachte. Er spürte, wie sein Hals eng wurde.

»Die ehrenwerte Frau Rixende Fabri?«

Der Soldat nickte, und seine Neugierde wuchs ins unendliche, als er bemerkte, wie sehr der Inquisitor um Fassung rang. »Soll ich sie wieder wegschicken oder in den Befragungsraum bringen?«

»Ja ... Nein, warte. Führ die Dame lieber nicht dort hinein, Bursche. Die Folterwerkzeuge! Das ist nichts für weibliche Augen. Geleite sie in die kleine Schreibstube neben der Wendeltreppe.«

Der Wachhabende stieg wieder hinab, die Dame zu holen, während der Inquisitor rasch sein Skapulier über die weiße Kutte zog und sich ein ums andere Mal fragte, was Rixende von ihm wollte. Natürlich drängte es ihn, mit dieser Frau zu sprechen. Dennoch beschloß er, sie ein wenig warten zu lassen, damit sie sähe, wie beschäftigt er wäre, wie ernst er seine Arbeit nähme.

Auch Rixende war innerlich aufgewühlt. Da war die schreckliche Angst um Aimeric, die Ungewißheit und Spannung, unter der sie und Fabri seit einiger Zeit standen, und da war dieser ungewöhnliche Mann – ihr Feind –, der ihr trotz aller Sorgen und Mengardes Ermahnung öfter in den Sinn kam, als ihr lieb war. Gar oft schalt sie sich eine Närrin, wenn sie wieder einmal den Teppich mit dem Einhorn aus der Truhe gezerrt hatte, um ihn zu betrachten.

Rixende atmete schwer. Sie setzte sich auf die schmale steinerne Bank, die sich in der Fensternische der Schreibstube befand, und wartete. Beim Umschauen dachte sie bei sich, daß sie wohl zu den wenigen Frauen zählte, die jemals den Turm der Inquisition betreten hatten, ohne ins Loch zu wandern. Voller Respekt hatte sie bereits beim Hereinkommen den riesigen Kamin betrachtet, in dem sicherlich die Marterwerkzeuge erhitzt wurden – und eine eingeritzte Zeichnung in der Mauer vor der Wendeltreppe: Eine nackte Frau mit rücklings gefesselten Händen, die vor einem Pfahl stand – vor ihr ein Mann mit erhobenem Stock, um sie zu schlagen. Wie schrecklich!

Es dauerte einige Zeit, bis die Tür aufging. Saint-Georges schritt auf Rixende zu und verbeugte sich.

»Ich freue mich, Euch zu sehen, Frau Fabri! Was führt Euch hierher?«

Rixendes Herz raste, und sie wußte nicht, wie sie beginnen sollte. Da half ihr der Inquisitor weiter.

»Wir haben gehört, Ihr vermißt Euren Gatten? Ist das der Grund Eures Hierseins?«

Rixende nickte und bat ihn sodann, jenen Dominikaner über seine Reise nach Rom befragen zu dürfen.

»Ich verstehe durchaus Eure Ängste«, meinte Fulco äußerlich ruhig, während seine Augen Rixende verschlangen, »und sie sind nach dieser langen Zeit gewiß nicht unbegründet. Doch daß Ihr selbst Bruder Albert befragt, ist nicht möglich. Aber ich werde es tun. Kommt übermorgen zur gleichen Stunde zum Turm der Justiz, dort könnt Ihr hören, was ich in Erfahrung gebracht habe.«

Rixende bedankte sich erleichtert und wollte sich schon verabschieden, als Fulco zögerlich meinte: »Wir ... wir haben hier sehr selten angenehmen Besuch. Möchtet Ihr nicht einen Becher Wein mit mir trinken, bevor Ihr uns wieder verlaßt? Zur Stärkung?«

Rixende wollte nicht den Anschein erwecken, unhöflich zu sein, schließlich war sie auf das Wohlwollen des Inquisitors angewiesen.

Der Wein war von erlesener Güte, doch Rixende nippte nur davon. Sie erzählte Saint-Georges von ihren Bemühungen, sich mit Fabris Geschäften vertraut zu machen. Der Inquisitor hörte ihr zwar interessiert zu, behielt jedoch kein Wort davon. Er sah sie nur immerzu an, beobachtete ihr Mienenspiel, wie ihre feinen Brauen sich zusammenzogen, wenn sie von den Schwierigkeiten des Tuchhandels sprach – und er bemerkte nicht ohne Genugtuung, daß ihre Oberlippe beim Erzählen zitterte. Hatte sie Angst?

»Rixende Fabri, woher kommt Ihr? Wo habt Ihr vor Eurer Ehe gelebt?« fragte Saint-Georges, um ihr die Befangenheit zu nehmen.

Die junge Frau erschrak. Jetzt hieß es vorsichtig sein, obwohl sie nicht den Eindruck hatte, als ob der Inquisitor ihr übelwollte. Dennoch ... Sie erzählte ihm also vom Bayle Ripoll und seiner Familie, von ihrer Kindheit in Gavarnie, in den Bergen. Kleine, lustige, überaus harmlose Erlebnisse. Als sie ihn am Ende, mutig geworden, nach *seiner* Herkunft befragte, sah Saint-Georges an ihr vorbei zum Fenster hinaus und sagte dann leise, ja fast geheimnisvoll einen Satz, der Rixende vollends verwirrte: »Mönch oder Soldat wird man aus Verzweiflung.«

Dann geleitete er sie hinaus.

Zwei Tage später wurde sie unwirsch an der Pforte des Justizturmes abgewiesen. Der Wachhabende übergab ihr lediglich eine kleine versiegelte Pergamentrolle, auf der – ohne Anrede und Unterschrift – zu lesen war: »Es tut mir leid, Euch sagen zu müssen, daß ich nichts herausgefunden habe.«

Verdutzt besah sich Rixende das Blatt. Was hatte das zu bedeuten? Beim ersten Besuch Wein und ein persönliches Gespräch und jetzt eine nichtssagende Zeile?

Zutiefst enttäuscht von Saint-Georges' seltsamer Wandlung, lief sie gedankenversunken auf die Gasse und um ein Haar in einen schwarzen Karren hinein, dessen Rappen ohne jegliche Rücksicht auf die Fußgänger heranpreschten. Sie hatte zwar gerade noch ausweichen können, doch ein Sturz war nicht mehr zu verhindern gewesen. Wütend über sich selbst, saß sie nun in ihrem besten Gewand im Dreck und rieb sich den schmerzenden Knöchel. Ein Bursche rollte ein Faß an ihr vorbei, ohne sich um sie zu kümmern, doch eine junge Wäscherin beugte sich zu ihr hinab, um ihr aufzuhelfen. Gemeinsam schimpften sie auf den rücksichtslosen Pferdeknecht.

Der Karren hatte vor dem Turm der Inquisition angehalten, und die beiden Frauen beobachteten, wie eine schwarzgekleidete Gestalt ausstieg, ohne jemanden eines Blickes zu würdigen.

»Der Inquisitor«, flüsterte die Wäscherin hinter vorgehaltener Hand. Rixende nickte. Sie bedankte sich und humpelte nachdenklich nach Hause.

War Abbévilles Erscheinen der Grund gewesen für das sonderbare Verhalten seines Stellvertreters?

Délicieux hatte inzwischen den Suchtrupp zusammengestellt: vier Franziskaner, zwei Beauftragte des Senats sowie zwei weitere zuverlässige Leute, die Fabri unterstanden.

In Marseille trennte man sich. Die einen fragten in Klöstern, bei Schenken und Händlern, die anderen Eigner, Ruderer und Schiffsköche – nichts. Niemand konnte sich an Aimeric und die Franziskaner erinnern. Zu viele Pilger waren seinerzeit aus Rom zurückgekommen. Das verfluchte Jubeljahr …

Johan Silvius, Fabris Gewährsmann, wohnte in einem schönen dreistöckigen Gebäude am Rande der Stadt, inmitten eines heckenumfriedeten Hofes. Er war sehr aufgeregt, als er befragt wurde, denn mit Besuch aus Carcassonne hatte er um diese Jahreszeit nicht gerechnet.

»Der junge Herr war hier!« bestätigte er, während ihm der Schweiß auf der Stirn stand.

»Schien er verändert? Fiel irgendein Hinweis auf seinen weiteren Reiseweg?«

Silvius stutzte. Seine Augen verengten sich. »Ja … jetzt, wo Ihr es sagt … Dieser Mönch, der ihn begleitete, Balbino hieß er wohl, ein äußerst vernünftiger Mann, wie mir schien … nun, wir waren gerade in der Schönfärberei, als jener dem jungen Herrn Fabri einen Vorschlag für die Heimreise machte. Er zeichnete mit schnellen Strichen auf einem Faß mit Färberbaryt einen Weg auf, der wesentlich kürzer sein sollte als der übliche. Wenn mich nicht alles täuscht, dann müßte das Faß noch immer dort im Lager stehen, denn der junge Herr hat sich nur ein Säcklein abfüllen lassen.«

Sie liefen durch mehrere Gassen, bis sie an ein großes scheunenartiges Tor kamen, das Silvius aufschloß. Fünf Arbeiter, Wolle hechelnd und kämmend, sahen erschrocken hoch. Doch Silvius stürmte an ihnen vorbei und an den Walkern, den Leuten mit den blauen Fingernägeln, die im Wasser mit hölzernen Knütteln auf Gewebe einschlugen, überquerte eilig einen Innenhof mit unzähligen Kesseln und Kübeln voller dampfender und übelriechender Farblösungen und betrat dann ein Gebäude, wo in einer Ecke Schwarz- und Schönfärber fröhlich schwatzend beisammen hockten. Als sie Silvius erblickten, fuhren sie ebenfalls auf und eilten auf den Hof zurück.

Silvius schritt zielstrebig auf ein großes Faß zu, auf dem etliche kleine Säcke und ein Kübel mit Beize standen. Er schob den Kübel und die Säcklein beiseite und deutete dann triumphierend auf den Faßdeckel, wo noch deutlich der eingeritzte Reiseplan sichtbar war.

Da in Marseille nichts weiter in Erfahrung zu bringen war, folgten die Männer der Skizze auf dem Faß. Sie übernachteten in den aufgeführten Klöstern, wo man sich tatsächlich an Aimeric und die Franziskaner erinnerte. In strömendem Regen ritten sie entlang des kleinen Bächleins und kamen bald durch unwegsames Gelände. Als es dämmerte, hielten sie Ausschau nach einer geeigneten Unterkunft. In einem Weiler machten sie halt. Nichts als schiefe, stroh- oder schilfgedeckte Hütten ringsum, die Ritzen der Wände mit Moos zugestopft, in den winzigen Fenstern Schweinsblasen statt geschliffenen Horns. Ein beschädigter Pflug stand achtlos herum sowie mehrere zerbrochene Flachsstengel. Hunde bellten. Sie klopften an die Tür der größten Hütte, die nicht, wie in Carcassonne, Albi oder Marseille längst üblich, in Angeln hing, sondern wie von alters her noch an Lederriemen befestigt war.

»Gott zum Gruße«, meinte das Bäuerlein, das ihnen öffnete und musterte die Reiter nicht unfreundlich. Es trug einen verschlissenen, aus grobem Zeug gefertigten Kittel, und seine Haare waren über den Ohren abgeschnitten. Obwohl von niederem Stand, schien es ziemlich redegewandt.

»Ihr werdet in dieser Gegend weit und breit keine Herberge finden, Ihr edlen Herren! Ich selbst habe acht hungrige Mäuler zu versorgen und nichts als Saubohnen und Kohl im Topf, und schon gar keinen Platz, was mir überaus leid tut. Den anderen geht es nicht besser. Man fordert täglich Frondienste von uns, obendrein ist das kleine Stückchen Land, das wir bebauen dürfen, karg, so daß die Ernten miserabel ausfallen. Ganze drei Obstbäume gesteht man uns zu, und selbst die sind um diese Zeit noch nicht einmal gepelzt – oder gepfropft, wie ihr Stadtleute dazu sagt –, weil die Burg des Grafen fertiggebaut werden muß. Aber was kann schon der Rauch dem Eisen anhaben?«

Übertrieben die Finger spreizend, hob der Mann die Hände zum Himmel.

Der Mönch Justine bat ihn, noch einmal gründlich nachzudenken, ob sich im Umkreis nicht doch eine Schenke befände.

»Ja, wenn Ihr an die verrufene Spelunke des Schurken Lasalle denkt, die ist geschlossen«, sagte das Bäuerlein und bekreuzigte sich rasch. »Zuerst haben ihm die Hunde des Herrn die Hand geleckt«, fügte er hinzu und zog bedeutungsvoll die Brauen in die Höhe.

»Die Hunde des Herrn? Meinst du die Dominikaner?« Ungläubig sahen ihn die Mönche an.

»Verzeiht«, sagte der Mann verschmitzt, »aber so werden sie eben im Volk genannt. Euch Kapuzinern bringt man mehr Ehrerbietung entgegen.« Er verbeugte sich übertrieben.

»Ja, gut. Weiter!«

»Weiter gibt es nichts zu erzählen. Der Bösewicht ist seit Wochen verschwunden!«

»Du weißt doch sicher näheres über diesen Mann?« fragte Bruder Justine freundlich.

»Nun, man hört so manches ... Ach ja, sechs Kinder, und

es geht viel Mehl in den Kasten ...« Der Bauer grinste vielsagend, wobei unzählige Lachfältchen um seine Augen erschienen. Die Handbewegung, die er machte, indem er seinen Daumen an seinem Zeigefinger rieb, sprach Bände.

Einer von Fabris Leuten zückte den Beutel und gab dem Bauern einige Münzen. Da fingen seine listigen Äuglein geradewegs zu glänzen an, und sein Mund gab schnell alles preis, was er wußte.

Nach kurzer Suche fanden sie die Schenke, über deren Eingang ein zerfledderter, ausgestopfter Rabe hing. Sie banden die Pferde an einen Baum, rissen die Tür aus der Halterung und drangen ins Haus. Der Schein der Fackeln flackerte über die dunklen Wände.

Es stank ekelhaft. Bedrückt stiegen die Männer die ausgetretenen Stufen zum Dachstuhl hinauf. Zwei alte Türen. Hinter der einen verbarg sich Gerümpel. Hinter der anderen wartete das Grauen.

Als sich die Männer wieder gefaßt hatten – einige hatten sich beim Anblick der bereits verwesenden Leichen übergeben müssen, andere waren in Tränen ausgebrochen –, beschlossen sie, mit des Bauern Hilfe dem nächsten Bayle Meldung zu machen. Dann hoben sie fünf Gräber aus.

Als alles vorüber war, schlichen sich Fabris Männer mit noch immer erstarrten Gesichtern ein weiteres Mal hinauf, um nachzusehen, ob sich in den durchwühlten Taschen und Beuteln der Reisenden nicht etwas fände, das man Fabri mitbringen könnte. Und tatsächlich: Sie entdeckten ein blaues Seidenband, das Rixende Aimeric mit auf den Weg gegeben hatte, und – in der hintersten Ecke des Verschlags, versteckt unter dem Stroh – die Aufzeichnungen des Bruders Balbino.

Alles, was in Rom geschehen war, hatte er fein säuberlich in seiner winzig kleinen Schrift auf der Überfahrt niedergeschrieben.

15

Und eh das Amen einer noch gesprochen,
ging er in Flammen auf und brannte licht …

Dante, Die Göttliche Komödie

Nachdem die beiden Novizen nach tagelangem Bemühen endlich einen größeren Stein aus dem Mauerwerk des Kerkers geschlagen hatten, mußten sie zu ihrem Entsetzen feststellen, daß die Leute aus Albi allesamt so geschwächt waren, daß an eine Flucht gar nicht zu denken war. So schoben sie wenigstens Brot und Käse zu den ausgemergelten, stöhnenden oder dumpf dahindösenden Gefangenen hinüber und versprachen ihnen hoch und heilig, jeden zweiten Tag wiederzukommen, dann setzten die Mönche den Stein wieder in die Mauer.

Derweilen war Abbéville fester denn je entschlossen, an den Gefangenen ein Exempel zu statuieren. Sie sollten brennen. Am ersten Sonntag nach Ostern, Quasimodogeniti, stieg er, wie angekündigt, auf die Kanzel der Kathedrale Saint-Nazaire, um den Bürgern von Carcassonne seinen Haß auf die Abtrünnigen und diejenigen, die sie unterstützten, entgegenzuschleudern.

Natürlich war auch der alte Fabri zur Messe erschienen, um mit eigenen Ohren zu hören, was Abbéville ihm zu sagen gedachte. Sein Gesundheitszustand hatte sich in den letzten Tagen rapide verschlechtert. Auf Rixende gestützt, war er dennoch hocherhobenen Hauptes in das Gotteshaus geschritten, denn niemand sollte sehen, wie sehr er darunter litt, daß sein einziger Sohn als vermißt galt. Rixende hatte einen kurzen Blick nach vorne geworfen. Fulco von Saint-Georges stand mit gesenktem Haupt neben den anderen Dominikanern.

Bereits zu Beginn seiner Predigt, als Abbéville von der *vita apostolica* sprach, dem Leben in der Nachfolge Christi in demütiger Armut, an das sich nach des Inquisitors Meinung viele Städter nurmehr mit schlechtem Gewissen oder gar nicht erinnerten, war Unruhe unter den Gläubigen aufgekommen. War er denn nicht selbst das beste Beispiel eines schlechten Christen? Als er dann auch noch in anmaßender Art und Weise darauf hinwies, daß zukünftig einzig die *sancta ecclesia*, die Heilige Kirche, die weltliche Ordnung regeln würde, stürmten zwei Konsuln aus der Wein- und Gewürzhändlerzunft aufgebracht aus dem Gotteshaus. Das jedoch focht Abbéville nicht an. Ungerührt fuhr er fort:

»Ich entbiete allen Gläubigen in Christo die Belohnung und die Krone des Ewigen Lebens. Umgürtet Euch, Söhne Gottes, erhebt Euch mit mir, Streiter Christi, gegen die Feinde seines Kreuzes, jene Verderber der Wahrheit und Reinheit des katholischen Glaubens, gegen den ›Herrn der Häretiker‹ Authié, den Erzketzer, und seine Anhänger Pierre Sanche und Sanche Mercadier. Sie, die sich versteckt halten und in der Dunkelheit umhergehen, befehle ich im Namen Gottes zu verfolgen und zu ergreifen, wo immer man sie findet, und verspreche die ewige Belohnung des Herrn und einen reichen zeitlichen Lohn denjenigen, welche die Genannten ergreifen und vorführen.«

Abbéville predigte und predigte. Begierig lauschte Fabri auf jedes Wort, doch die Erklärung, auf die er wartete, kam nicht.

»Wachet daher, Ihr Hirten«, schrie der Inquisitor von der Kanzel herab, »damit die Wölfe Eure Schafe nicht fressen! Handelt mannhaft, Ihr treuen Eiferer Gottes, damit die Gegner des Glaubens nicht fliehen und …«

Da unterbrach ihn ein hochgewachsener Mann mitten im Satz und schleuderte ihm entgegen: »Habt Ihr jemals ein Schaf einen Wolf so beißen sehen?«

Alle Leute rissen die Köpfe herum. Der Mann stand auf, zog die Kapuze vom Kopf und zugleich ein schwarzes Tuch vom Gesicht. Ein Aufstöhnen ging durch die Reihen, als die Leute sahen, daß er weder Nase noch Lippen besaß. Man hatte sie ihm abgeschnitten.

Doch Nikolaus ließ sich von einem ehemaligen Ketzer keineswegs aus der Ruhe bringen.

»So wird es allen ergehen«, warnte er vielmehr und deutete mit dem Zeigefinger auf den Mann, »allen, die sich erdreisten, uns Widerstand zu leisten!«

Fabris Gesicht war wie versteinert. Er dachte unentwegt an seinen Sohn, wollte endlich Bonifatius' Urteil hören, vielleicht lag ja hierin die Ursache für Aimerics Verschwinden.

Nun kam der Dominikaner auf die Leute von Albi zu sprechen.

»Die Anklageartikel sind geprüft, die Beweisaufnahme abgeschlossen«, donnerte er. »Die Angeklagten sind allesamt der Ketzerei überführt und schuldig. Ihr Vermögen wird eingezogen, und sie werden morgen zur Dämmerstunde dem Feuer übergeben!«

Da schrie ein Mann völlig außer sich: »Sobald Gesetz ersonnen, ist Betrug begonnen! Laßt uns gehen! Die Römische Kirche gleicht einer Räuberhöhle und jener berüchtigten Hure, von welcher in der Offenbarung die Rede ist!«

Ein anderer hob die Faust in Richtung Abbéville und rief: »Tod dem Verräter!«

Und eine Frauenstimme kreischte: »Er ist so falsch wie ein Galgenholz! Steigt ihm aufs Dach – oder besser noch, jagt ihn von der Kanzel!«

Im Nu war ein derartiger Aufruhr entstanden, daß sogar die Hunde, die sonst gelangweilt in der Kirche herumschnüffelten oder auf dem Boden neben ihrem Herrn schliefen, wie verrückt zu bellen anfingen.

»Jawohl, jagen wir ihn von der Kanzel. Er ist nicht würdig, dort zu predigen!« schrien viele durcheinander.

Vielleicht fünf oder sechs jüngere Männer stürzten herbei, um der Aufforderung nachzukommen, worauf Saint-Georges und seine Mönche aufsprangen und sich schützend vor die Kanzel stellten. Die Franziskaner versuchten indes beschwichtigend auf die Leute einzuwirken. Doch der einzige, dem dies hätte gelingen können, Bernhard Délicieux, befand sich seit Ostern in Castres.

Ungerührt stieg Abbéville von der Kanzel. Die Dominikaner bildeten einen engen Ring um ihn und schoben ihn im Gedränge der aufgebrachten Menschen zur Kathedrale hinaus.

Draußen jedoch wurde er bereits erwartet. Einige Männer hatten sich Steine gesucht.

Leichenblaß zwar, aber mit arroganter Miene schritt der Inquisitor voraus und überließ es seinen Mönchen, den Steinhagel abzufangen, der auf sie niederging.

»Coac, Coac, die Raben auf der Flucht«, riefen die Leute haßerfüllt hinter den Dominikanern her, als diese endlich die Beine in die Hand nahmen, und sie zielten gut. Einer schrie auf und barg dann sein Gesicht in den Händen.

Blut floß unter der frühlingswarmen Sonne Carcassonnes.

Nachdem die Mönche in die Rue Dame Carcas gebogen waren – der Pöbel johlend hinterdrein –, hatte sich Rixende bedrückten Herzens in die Kathedrale zurückgeschlichen. Völlig aufgewühlt, saß sie nun wieder neben Castel Fabri und drückte seine Hand. Der Alte zitterte.

»Das ist das Ende«, wiederholte er ein ums andere Mal. Dabei standen ihm Tränen in den Augen. Rixende warf ihm einen fast verlorenen Blick zu. Hassen müßte sie diesen Saint-Georges mit seinen zwei Gesichtern, abgrundtief hassen wie Abbéville, doch statt dessen sah sie vor sich, wie Saint-Georges sich soeben vor Schmerz gekrümmt hatte. Ach, wäre ich doch nur nie nach Carcassonne gekommen, dachte sie, bevor sie auf die Knie fiel, um für Aimerics gesunde Rückkehr zu beten.

Am nächsten Morgen beobachteten die Bürger von Carcassonne mit Schrecken, wie die Soldaten des Königs auf dem Place Saint-Nazaire den angekündigten Scheiterhaufen errichteten. Die Durchführung eines »Schönen Feuers« oblag der weltlichen Gewalt, also dem Seneschall, denn das kanonische Recht schrieb zwingend vor: *Ecclesia non sitit sanguinem* – oder wie der Volksmund zynisch zu sagen pflegte: Das geistliche Schwert macht sich nicht schmutzig – es vergießt kein Blut.

Nach dem sonntäglichen Aufruhr hatten sich die Konsuln den ganzen Nachmittag und die halbe Nacht besprochen. Am frühen Morgen war dann eine Abordnung bei Abbéville erschienen, um sich in aller Form für den gestrigen Zwischenfall zu entschuldigen. Die Senatoren waren nicht gerade vor dem Inquisitor zu Kreuze gekrochen, hatten ihn aber dennoch im Anschluß an ihre wohlgewählten Worte inständig gebeten, Gnade vor Recht ergehen und die Männer von Albi am Leben zu lassen. Doch Abbéville war unerbittlich geblieben.

»Ihr dürft es mir glauben, meine Herren Senatoren«, hatte er im Beisein Fulcos von Saint-Georges gesagt, der seinen linken Arm schonte, wo ihn ein Stein getroffen hatte, »die Kirche dürstet nicht nach Blut. Es wäre ihr aber als Schwäche auszulegen, würde sie die Häresie mit dem Mantel der christlichen Liebe bedecken. Gott ist Recht. Und das Feuer hat eine reinigende Kraft, es sorgt dafür, daß die Ketzerei vom Erdboden getilgt wird.«

»Gott ist gerecht, und Wahrheit ist Recht, Herr Inquisitor, doch wo Gewalt herrscht, schweigen die Rechte«, wagte Elias Patrice mutig einzuwenden, während die anderen Konsuln betreten zu Boden sahen.

»Ach«, hatte da Abbéville gehöhnt. »Gerade Ihr solltet fein stille sein, Herr Patrice, der Ihr dem reichen Castel Fabri die Stange haltet. Es war schon weise, was Bonifatius seinem Sohn mit auf den Weg gegeben hat.«

Patrice merkte auf.

»Wie meint Ihr das, Herr Inquisitor?« fragte er, die Stirn gerunzelt.

»Nun, Ihr könnt es ja nicht wissen, da jener Unselige – wie ich hörte – verschollen ist. Vielleicht versteckt er sich aus Angst, seinem Vater unter die Augen zu treten!«

»Aus Angst? Redet bitte nicht in Andeutungen!«

»Nun, Bonifatius hat Euren Busenfreund verflucht, und auch Ihr, werter Herr Patrice« – Abbéville sah sein Gegenüber mit gleichmütiger Miene an –, »auch Ihr riecht schon nach dem Scheiterhaufen.«

Patrice war bei Abbévilles Worten zurückgefahren. Bleichen Antlitzes, die Lippen zitternd, stieß er hervor:

»Im Namen des Senats von Carcassonne bitte ich um den genauen Wortlaut dessen, was der Heilige Vater Aimeric Fabri mitgeteilt hat.«

Abbéville schnaubte.

»Geht. Ihr werdet es noch bald genug erfahren, und zwar schriftlich.«

»Das bedeutet Krieg.« Martin Picardé hatte ausgesprochen, was alle befürchteten.

Dann faßte man einen Entschluß.

In Windeseile trommelten die Senatoren alle verfügbaren jungen Männer zusammen, um sie zu bewaffnen. Als dann am späten Nachmittag die Gefangenen auf Karren zum Scheiterhaufen gebracht wurden – sie waren tatsächlich größtenteils so schwach, daß sie nicht mehr selbst laufen konnten, und mußten sich obendrein die Augen zuhalten, weil die Sonne sie blendete –, hatte sich bereits ein enger Menschenkreis um den großen Holzstoß gebildet. Viele trugen Lanzen, Stecken und Mistgabeln mit sich. Die Soldaten prügelten auf die Leute ein, sie drohten mit Haft und Schlimmerem, um sich einen Weg zu bahnen, doch sie hatten nur wenig Erfolg, denn es gesellten sich immer mehr hinzu, die bald in mehreren Reihen den Scheiterhaufen umstellten.

Als das Oval der Sonne nach einem letzten gleißenden Aufstrahlen zu einer glutroten Masse zerfloß, waren wohl gut vierhundert Menschen um die Richtstätte versammelt.

»Feuer!« schrie einer aus der Menge, als es dunkel wurde, andere fielen ein. Und schon flammte das erste Reisig auf. Bald loderte der Scheiterhaufen wie das Höllenfeuer selbst.

Da schleppte Petrus von Vaisette mit Jean Poux' Hilfe eine Vogelscheuche herbei, gekleidet wie ein Dominikaner. Unter dem Jubel vieler schob man den Balg über die Köpfe der Leute hinweg, um ihn auf den Holzstoß zu werfen. Die Menschen johlten, als er hell auflodernd brannte.

Dann sangen sie gemeinsam das *Te Deum*.

»Wir haben dafür Sorge getragen, daß heute kein ›Katzenschinden‹ stattfindet«, schrie eine Frau, nachdem die Puppe völlig verbrannt war. Sie spielte dabei auf einen üblen Fastnachtsscherz an, dem vor Jahren Délicieux ein Ende bereitet hatte, weil dabei lebendige Katzen ins Feuer geworfen wurden.

Noch immer versuchten Soldaten, die Leute auseinanderzutreiben, um den Weg für die Verurteilten freizumachen, doch es strömten mehr und mehr Menschen herbei, unter ihnen schwer bewaffnete, die in ihrem Zorn offenbar zu allem entschlossen waren. Das Feuer knisterte und knackte.

Stunde um Stunde – zum Schluß schweigend – harrten Carcassonnes Bürger aus, bis das Holz verbrannt und der Rauch, der längst ihre Gesichter geschwärzt hatte, in alle Gassen der Cité gezogen war. Obwohl Rixende noch immer völlig verstört und dazu übermüdet war, weil sie in der letzten Nacht kaum geschlafen hatte, hatte sie es als ihre Pflicht angesehen, sich an die Seite der Bürger dieser Stadt zu stellen, schon weil Aimeric der Sprecher des Senats war.

Von der Stelle, an der sie stand, Hand in Hand mit Elias Patrice und seiner Frau Raymonde, neben und hinter ihnen Benete, Josette, Aucassinne, Felix und Paco, hatte sie Sicht auf den Turm der Kathedrale. Dort zeichneten sich die Silhouetten zweier unbeweglicher dunkler Gestalten zwischen den Zinnen ab: Abbéville und Saint-Georges, die beiden Inquisitoren. Die junge Frau schauderte. Fallt beide vom Turm, flüsterte sie unablässig in das Knacken des Scheiterhaufens hinein.

Über den Köpfen der Inquisitoren blitzten allmählich die Sterne auf, sie tanzten wie trunken, so als ob sie sich hoch oben am Himmel über das Geschehen in Carcassonne freuten.

Ja, es war eine wundervolle und zugleich schaurige Nacht.

Als der Scheiterhaufen nur noch züngelte, kam Gui Capriere, der Seneschall, persönlich, um die Sache zu beenden. Die Verbrennung der Ketzer sei auf einen unbestimmten Zeitpunkt aufgeschoben, ließ er verkünden, wobei sein Sprecher hörbar keuchte. Jeder, der den Seneschall näher kannte, wußte, daß er kein schlechter Mensch war, obwohl er den Befehl des Königs, der Inquisition in allem behilflich zu sein, nicht mißachten konnte, und diejenigen, die in dieser Nacht in seiner Nähe standen, hatten ihm die Erleichterung angesehen.

Castel Fabri lag bleich und erschöpft im Alkoven. So hütete sich Elias Patrice wohlweislich, ihm von der mysteriösen Verfluchung des Heiligen Vaters zu erzählen, die ihm selbst die größten Sorgen bereitete. Doch er schilderte ihm voller Stolz den Erfolg der Bürger.

»Du mußt unbedingt rasch wieder gesund werden, mein Freund«, sagte er und erhob sich seufzend. »Du wirst gebraucht!«

»Ich weiß, ich weiß«, brummte Fabri, »jedoch versteht dieser Quacksalber, der jeden Tag hier erscheint, sein Handwerk nicht so recht. Ich soll fasten, und dabei werde ich von Tag zu Tag dünner und schwächer!«

Patrice mußte lachen. »Nun, dann iß doch einfach, Fabri. Weshalb läßt du dir Vorschriften machen? Iß, was dir schmeckt und bekommt. So riech doch, deine Benete backt wohl gerade Brot! Ich will gleich zu ihr gehen und welches für dich holen.«

Doch Fabri schüttelte den Kopf und hielt ihn zurück. »Rixende bringt mir zum Abendessen eine Schale mit Haferbrei vorbei, mit Honig und Zimt gewürzt, den vertrage ich besser als frisches Brot.« Fabri setzte sich mühsam auf. »Weißt du, daß sie mich seit Aimerics Abreise drängt, ihr die Sprache der

Muselmanen beizubringen! Und in der Tat, sie kann sich die schwierigsten Wörter merken und spricht schon kurze Sätze mit mir ... Ach, wenn nur Aimeric ... Hast du etwas von den ausgeschickten Leuten gehört, Elias? Das Warten zermürbt mich!«

Der Konsul schüttelte den Kopf. »Noch nichts, aber es kann nicht mehr lange dauern, bis sie wieder hier sind.«

»Und dann?« Castel Fabri sah verzweifelt aus. »Was dann? Was, wenn Aimeric nicht mehr am Leben ist?«

»Aber noch ist nichts ...«, wagte Patrice einzuwenden.

»Reden wir nicht um den heißen Brei herum. Ich muß damit rechnen! Ich bin alt und krank, was wird mit dem Geschäft? Sag mir, Elias, was soll ich tun?«

Patrice rieb sich nachdenklich das Kinn. Er dachte an Abbévilles Drohung. Dann sagte er leise:

»Zwei Dinge sind wichtig, mein Freund. Zum einen: Trag umgehend Sorge, daß ab sofort kein *parfait* mehr dein Haus betritt.«

Als Fabri eine Handbewegung machte, die bedeuten sollte, von derartigen Besuchen nichts zu wissen, meinte der Konsul:

»Ach, Fabri. Wir beide brauchen uns nichts vorzumachen. Keiner hat je darüber geredet, aber wir alle wissen, was mitunter in den Küchen vor sich geht und für wen unsere Mägde das feine Brot backen. Insofern hat Abbéville recht: Unsere Häuser sind verseucht. Vielleicht waren wir in der Vergangenheit zu tolerant.«

»Gut möglich«, warf Fabri ein. »Der Katharismus ist eben wieder die Sache der einfachen Leute, so wie er es wohl von Anbeginn her war. Die Adligen, die ihn lange begünstigt haben, wurden verfolgt, ihr Besitz konfisziert. Nun kritisieren die Katharer einerseits – zu Recht, wie wir wissen –, daß die Kirche sich maßlos bereichert, aber sie predigen andererseits, ganz in unserem Interesse, die Zulässigkeit des Handelsprofits. Weswegen sollten wir sie also ächten?»

»Natürlich, da gebe ich dir völlig recht, mein Freund. Aber nun, nachdem wir das Autodafé verhindert haben, wird uns die Inquisition mehr denn je beschatten. Unser Besitz stellt eine zu große Versuchung dar. Sollte sich dein Zustand gar verschlechtern, Fabri – was der Herr verhüten möge –, so dring darauf, daß Tag und Nacht einige Franziskaner an deiner Seite sind.«

Fabri hob die Brauen, doch Patrice fuhr bereits fort:

»Du verstehst, was ich damit sagen will, nicht wahr? Ich muß nicht deutlicher werden?«

»Hm ... ich verstehe. Sprich weiter ...«

»Nun, wenn ich dir noch einen Rat geben darf: Schreib diesem Muselmanen, dessen Namen ich mir nie merken kann, gleich heute, gleich jetzt«, sagte Patrice mit Nachdruck. »Er kennt den Tuchhandel und ist zuverlässig. Er wird dir einen Rat geben für den Notfall, wenn Aimeric ...«

»Das will ich tun. Und der Zeitpunkt ist günstig, denn er hält sich bereits in Aragon auf. Würdest du für mich den Brief aufsetzen und besorgen lassen, mein Freund?«

Patrice nickte.

»Schreib also Ibrahim Ben Suleyman folgendes ...«

»Herrin«, teilte Paco ganz aufgeregt mit, als er, völlig verschmutzt, mit Benetes Sohn aus dem Labyrinth zurückgekehrt war – sie nahmen inzwischen den kürzeren Weg vom Lager aus –, »es sind schon wieder welche gestorben. Nun sind es nur noch siebzehn, die im Loch sitzen. Einer von ihnen, der kräftigste, hat mich heute am Arm festgehalten. Wir sollen ihm ein Eisen bringen, damit er sich befreien kann. Er wäre jetzt stark genug dazu.«

Rixende erschrak. Délicieux befand sich noch immer außerhalb von Carcassonne. Die Befreiung auch nur eines einzigen Gefangenen war aber ohne ihn nicht möglich.

»Ich will morgen mit dir gehen, Paco«, sagte sie, »und selbst mit dem Mann reden.«

Am nächsten Morgen suchte sich Rixende tatsächlich ein Barett, alte Beinlinge und ein zerschlissenes Wams, das irgendwann Aimeric getragen hatte. Dann schickte sie Felix und die beiden anderen Gesellen mit einem Auftrag auf den Markt.

Rasch schlüpfte sie in die Männerkleidung und kroch hinter Paco in den Geheimgang.

Es war dunkel und feucht. Rixende konnte das erste Stück nur in gebückter Haltung überwinden. Sie mußte husten, und der Schweiß lief ihr den Rücken hinab. Paco, der den Weg bereits in- und auswendig kannte und sie vor jeder Stolperstelle warnte, ging mit der Fackel voraus. Als sie endlich vor der Mauer des Inquisitionsgefängnisses angekommen waren, drückte er Rixende die Fackel in die Hand. Dann löste er mit einem Werkzeug den bewußten Stein aus der Mauer. Rixende kniete nieder und steckte den Kopf durch die Öffnung. Ein scharfer Geruch nach Urin und Kot schlug ihr entgegen, so daß sie zurückwich und sich fast übergeben mußte. Die Dominikaner wollen Christenmenschen sein, dachte sie wütend, dieses Stroh war gewiß seit Wochen nicht mehr gewechselt worden! Abbéville und Saint-Georges waren nichts als elende Heuchler, die angeblich zum höheren Ruhme Gottes die Menschen ins Verderben stürzten!

Auf allen vieren kroch eine Gestalt zu ihr heran. »Hast du das Eisen mitgebracht, Junge?« flüsterte ein wachsbleicher Mann, dessen unheimliche Augen im Schein der Fackel funkelten.

»Hört, Herr«, sagte Rixende. »Der Junge hat mir Euren Wunsch ausgerichtet. Euch wird geholfen. Jedoch ist der Zeitpunkt sehr ungünstig. Wir müssen die Rückkehr des Mannes abwarten, der alles in die Wege leiten kann. Bitte habt Geduld! Diese Vorsichtsmaßnahme dient Eurer eigenen Sicherheit.«

»Geduld, Geduld«, krächzte der Gefangene, und erneut blitzten geradezu unheimlich seine Augen auf. »Wie könnt Ihr uns so etwas raten!«

Blitzschnell griff seine Rechte nach Rixendes Haar, um sie näher zu sich heranzuziehen. Die junge Frau schrie entsetzt auf, und Paco ließ vor Schreck das Werkzeug fallen.

»Ich laß mich nicht länger hinhalten, hast du mich verstanden, du dummes Weib!« sagte der Mann mit eisiger Stimme und zerrte derartig an Rixendes Haar, daß es höllisch schmerzte. »Ich muß hier raus, bevor Saint-Georges einen neuen Scheiterhaufen errichtet.«

»Laßt mich doch los! Wir wissen um die Gefahr, in der Ihr schwebt. Und sobald der entscheidende Mann wieder in Carcassonne ist, holen wir Euch aus dem Loch. Ich verspreche es Euch hoch und heilig. Sind außer Euch selbst noch weitere in der Lage zu fliehen – und wie ist Euer Name?«

»Mein Name ist Henricus« , stieß der Gefangene hervor. »Ich war einst der Cellerar im Kloster zu Albi. Hoch und heilig, ha! Dieser elende Schweinehund Saint-Georges hat mich hochheilig auf dem Gewissen.«

Saint-Georges, schon wieder … Rixende hielt überrascht die Luft an, als sie eine Bewegung an ihrer Seite spürte. Paco hatte sich zu ihr herangeschlichen. Nun zwängte er seinen Kopf an ihrem vorbei durch die Maueröffnung – und schlug seine kleinen Zähne in die Hand des Mannes. Mit einem lauten Aufschrei ließ der Gefangene Rixendes Haar los. Rasch schnappte sie sich den Jungen und zog ihn mit sich, bis sie beide vor dem Arm des Cellerars in Sicherheit waren. Dann bestand sie darauf, daß Henricus sich ans andere Ende des Verlieses zurückzog, bevor sie den Stein wieder in die Maueröffnung schoben.

Als Rixende müde und verschwitzt das Lager verließ, um ins Rote Haus zurückzukehren, hörte sie schon an der Eingangstür Benetes Schreie. Ihr stockte der Atem. Sie ließ ihren Umhang fallen, den großen Schlüsselbund … und rannte in die Küche.

Dort standen diejenigen, die sich auf die Suche nach Aimeric gemacht hatten.

Benetes Verzweiflung nach zu urteilen, hatten sie ihn gefunden.

16

Und röter schien von meines Schattens Grau
die Flamme, die ich drinnen sah, sich regen …
Dante, Die Göttliche Komödie

Die Nachricht von Aimerics schrecklichem Tod verbreitete sich schnell. Obwohl Délicieux seinen Verdacht für sich behielt, weil er eine Beteiligung der Dominikaner an dem Überfall nicht beweisen konnte, schob man die Schuld an dieser Tat Abbéville, Saint-Georges und den Dominikanern in die Schuhe. Denn hatte sich Aimeric nicht ihretwegen auf die gefahrvolle Reise begeben? Es gab etliche unter den jungen Leuten von Carcassonne, die sich zusammenrotteten, in der Nacht in die Vorstadt schlichen, dort die Fenster der Dominikanerkirche zertrümmerten, Bildsäulen umwarfen und diejenigen Mönche, die dem unseligen Treiben Einhalt gebieten wollten, übel mißhandelten.

Im Roten Haus rissen unterdessen die Trauerbesuche nicht ab, wobei Rixende auf sich allein gestellt war, denn Fabri hatte die Nachricht den Todesstoß versetzt. Noch in der gleichen Nacht, in der er erfahren hatte, was mit seinem Sohn geschehen war, fühlte er sein Ende nahen, und er drängte darauf, daß ihm in seiner letzten Stunde sechs Franziskaner zur Seite stehen sollten. Ein Ansinnen, über das sich Rixende und Benete nicht wenig wunderten. Doch waren beide so sehr mit ihrem eigenen Schmerz befaßt, daß man froh war, den alten Mann in guter Obhut zu wissen.

Aber das Sterben ließ auf sich warten. Drei Tage später schien es Fabri sogar ein wenig besser zu gehen, denn er rief plötzlich Rixende zu sich. Die Franziskaner waren noch immer da, sie wechselten sich sogar mit dem Schlafen ab, so daß

Fabri nie allein war. Als Rixende eintrat, sprangen sie auf und wollten höflich den Raum verlassen.

»Nein, bleibt nur hier«, sagte Castel Fabri mühsam. »Was ich meiner Schwiegertochter zu sagen habe, kann jedermann hören. Ich habe keine Heimlichkeiten. Bitte notiert auch das in Euer Buch!«

Rixende kam aus dem Staunen nicht mehr heraus, als einer der Mönche tatsächlich begann, Fabris Rede wortwörtlich aufzuschreiben. Der Franziskaner lächelte angestrengt, während die Feder über das Pergament kratzte.

Was ging hier nur vor sich? War es ein ihr unbekannter städtischer Brauch, sich in der Todesstunde Mönche ins Haus zu holen?

»Es geht zu Ende mit mir, meine Liebe, ich fühle es«, sagte der Alte zu Rixende. »Nie hätte ich mir träumen lassen, daß ich einmal in so großer Sorge würde sterben müssen. Meine Sorge gilt vor allem Euch, Rixende, die ich Euch zurücklassen muß, ohne meinen Schutz und ohne den meines Sohnes.«

Rixende streichelte Fabris Haupt. Sie konnte die Tränen nicht zurückhalten. »Ihr könnt doch nichts für dieses große Unglück, Vater«, sagte sie unter Schluchzen. »Es lag allein in Gottes Hand, was mit Aimeric geschah, und es liegt in Seiner Hand, was mit Euch und mit mir geschieht.«

»Ja, das tut es«, sagte Fabri leise. »Dennoch hat uns der Herr den Verstand gegeben, und ich will ihn nutzen, solange noch Zeit dazu ist. Ich habe meinem Freund Ibrahim Ben Suleyman geschrieben. Bis er kommt und Euch hilft, das Geschäft aufzulösen, solange müßt Ihr es verwalten, Rixende, so gut es eben geht. Das ist der letzte Gefallen, um den ich Euch bitte, meine Liebe. Elias Patrice und seine Frau werden Euch zur Seite stehen. Euer Anteil und der Eures ...« Fabri stockte und sah Rixende an, die den Hinweis auf ihren Bruder sofort verstand und wissend nickte. Offenbar gab es doch Dinge, die nicht für Franziskanerohren bestimmt waren.

»Ibrahim wird Euch auszahlen. Danach könnt Ihr Carcassonne, den Ort, der Euch so viel Kummer bereitet hat, als begüterte Frau verlassen.«

»Nein«, sagte Rixende mit fester Stimme. »Ich will hier nicht weggehen, Vater. Die Stadt hat mir nicht nur Kummer bereitet, sie ist mir inzwischen zur Heimat geworden. Und sorgt Euch nicht um die Geschäfte, ich will bis zum Eintreffen des Muselmanen alles bestens verwalten.«

Fabri lächelte unter Schmerzen. »Ihr seid eine gute Frau, Rixende. Alles hier gehört jetzt Euch! Auch das Geschäft. Doch Ihr seid noch jung, deshalb legt Euch nicht für alle Zeiten fest. Niemand kann in die Zukunft sehen. Des Menschenlebens Tage sind siebzig Jahr, in seiner Stärke achtzig Jahr, und all sein Umfang Müh und Schmerz, schnell fährt's vorüber; und wir sind hinweg.«

Rixende nahm seine Hand in die ihre und zitierte ihrerseits: »Wer kann, ohne zu sterben, dich fliehen, o Leben, unzählbar ist dein Leiden! Dich fliehn und dich erdulden ist schwer! Dennoch blühen uns schöne Freuden, die Erd' und die Sonne geben sie uns, und der Mond und die Gestirne und das Meer …«

»Aisopos«, sagte Fabri leise. »Ihr kennt ihn auswendig. Wie schön, diese Worte auf meinem Sterbebett noch einmal zu hören. Der Herr segne dich, meine Tochter.«

Alle schwiegen. Da bat Fabri mit fester Stimme die Franziskaner um den Empfang der Sakramente, und Rixende entwuchs in diesem Augenblick endgültig ihrer Jugend.

Carcassonne trauerte, das Haus Fabri jedoch erstarrte. Benete, die bereits der Tod ihres »kleinen Aimeric«, wie sie ihn noch immer nannte, zutiefst getroffen hatte, schlich wie ein Geist umher, und Rixende schloß sich nach der Bestattung des alten Mannes für ganze drei Tage in ihre Gemächer ein. Sie fühlte sich unendlich müde und leer.

Es war Paco, der Benete so lange drängte, bis sie ihn endlich zu Rixende vorließ.

»Herrin«, rief er noch an der Tür, »er ist wieder da, der Franziskaner! Wir haben doch versprochen …«

»Still!« fuhr ihn Rixende ärgerlich an. »Willst du, daß die ganze Stadt davon erfährt? Komm herein und schließ die Tür hinter dir.«

Rixende nahm Feder und Tintenhorn zur Hand, schrieb eine Nachricht für Délicieux und schickte den Jungen damit los.

Der Lektor erschien noch am gleichen Abend im Roten Haus. Auch ihr gegenüber verschwieg er, was seine Mönche von dem Bauern über die Todesstunde von Aimeric erfahren hatten. Er war sich nicht sicher, wem er diese Schandtat zuschreiben sollte, Bonifatius oder Abbéville und Saint-Georges.

Dann kam er auf den Befreiungsversuch zu sprechen. Das Kinn in die schmalen Finger seiner rechten Hand gestützt, meinte er in seiner unnachahmlichen ruhigen Art:

»Ich habe bereits auf dem Herweg gründlich nachgedacht. Gleich morgen werden meine beiden Novizen den Zugang zu Eurem Lagerhaus zumauern und vor dem frischen Mauerwerk Schutt und Steine aufhäufen. Das alles ist von großer Wichtigkeit, Frau Rixende, damit man nicht Euch verdächtigt, wenn nach der Befreiung der Gang entdeckt wird. Erst dann wollen wir uns daranmachen, die Männer herauszuholen. Der beste Zeitpunkt dafür wäre die Sonntagsmesse, denn dann befindet sich die halbe Stadt in Saint-Nazaire. Die Gefangenen werden als Mönche verkleidet die Stadt verlassen. Nach Albi können sie natürlich nicht zurück. Dies würde Abbéville sofort erfahren, und sie wären schneller wieder im Loch, als sie Amen sagen könnten. Sie müssen in unseren Ordenshäusern bleiben, zumindest so lange, bis sich der König äußert.«

Bevor Délicieux aufbrach, gab er Rixende noch den Rat, sich hinter ihrer Trauer zu verstecken, wenn sie verhört würde und, für den Fall, daß man den Ausgang im Bérardturm entdeckte, zu erzählen, daß ihr der Schlüssel abhanden gekommen sei.

Als Rixende den Lektor hinausbegleitete, fühlte sie, wie sich nach den trüben Erfahrungen ihrer frühen Kindheit erneut Angst und Einsamkeit in ihr breitmachen wollten. Auf die verläßliche Sicherheit, die ihr Castel Fabri und auch Aimeric vermittelt hatten, konnte sie nach dem Tod der beiden nicht mehr zurückgreifen. Im Schutz der Fabris war es leicht gewesen, mutig zu sein, doch jetzt war sie auf sich gestellt und trug obendrein die Verantwortung für die Menschen, die von ihr abhängig waren. Aber sie würde ihr Leben schon meistern, was angefangen wurde, mußte auch zu Ende gebracht werden!

»Und was geschieht mit denen, die zurückbleiben müssen, Pater Bernhard«, fragte Rixende, als Délicieux schon unter der Tür stand.

»Liebe Frau«, Délicieux drehte sich noch einmal um und seufzte, »wir holen heraus, wem immer wir helfen können. Den anderen kann nur der Herr beistehen.«

Rixende war frei. Das war das erste, was Fulco von Saint-Georges durch den Kopf schoß, als er vom Tod Aimerics hörte. Doch was bedeutete das für ihn? Auch wenn es beim Prediger Salomo hieß: *Genieße das Leben mit dem geliebten Weibe all die Tage des flüchtigen Daseins,* würde er nie um Rixende Fabri werben können. Schließlich war er Mönch und Inquisitor. Weshalb dann dieses Frohlocken in seinem Herzen? Wenn er sie aufrichtig liebte, und das tat er wohl, mußte er dann nicht mit ihr traurig sein? Doch was war, wenn er die Frau nur begehrte?

Kopfschüttelnd zog er die Kukulle über, um die Sonntagsmesse aufzusuchen, in der auch für Fabri und Aimeric gebetet werden sollte. Abbéville war dagegen gewesen. Doch Saint-Georges hatte sich wieder einmal heftig widersetzt und entgegnet: »Man könnte es uns als Feigheit auslegen, wenn wir nicht erscheinen«, worauf Abbéville zähneknirschend nachgegeben hatte.

Als Fulco von Saint-Georges hocherhobenen Hauptes mit dreien seiner Brüder in die Kathedrale einzog, schlug ihm eisiges Schweigen entgegen. Rixende versagte es sich ganz, zu ihm hochzublicken. Sie gab nicht zuletzt ihm die Schuld an Aimerics Tod. Die Trauer und die Wut, die sich seit Tagen wie ein eisernes Band um ihr Herz gelegt hatten, ließen keine Vergebung zu. Sie selbst warf sich vor, Aimeric nicht genug geliebt zu haben in der kurzen Zeit, die sie mit ihm verbracht hatte. Auch dies war unverzeihlich.

Als Fulco einmal neugierig zu ihr hinuntersah, kam ihm ihr schönes Gesicht ernst und klein vor.

Bevor die Gläubigen vom Bischof mit dem apostolischen Segen *Pax Dei, quae exsuperat omnem sensum* – dem Wunsch nach dem Frieden Gottes, der höher ist als alle Vernunft – verabschiedet wurden, stand Elias Patrice auf, um eine Lobrede auf Castel Fabri zu halten. Er trat vor den Altar und sagte mit getragener Stimme:

»Man ist versucht, an dieser Stelle zu klagen: Armer Castel Fabri. Armer Aimeric Fabri. Arme Rixende Fabri. Doch ich rufe hier in unserer schönen Kathedrale aus – zu deren Ausgestaltung das Haus Fabri Wesentliches beigetragen hat: Arme Stadt Carcassonne. Du hast im Kampf um deine Freiheit zwei deiner würdigsten Bürger verloren!«

Man hätte eine Nadel fallen hören, so still war es in der Kathedrale. Einzig die Dominikaner waren unruhig geworden. Doch Fulco hatte seine Brüder mit einem scharfen Blick zurückgehalten und dann mit ihnen das Gotteshaus verlassen.

Rixende sank nach seinem Weggang ein weiteres Mal auf die Knie, betete still und gelobte, Aimeric über den Tod hinaus die Treue zu halten. Nachdem sie sich dieses Versprechen abgerungen hatte, fühlte sie sich besser.

Noch am gleichen Abend – Benete hatte ihr eine kräftige Hühnersuppe gekocht – nahm sie sich vor, sich vom morgigen Tag an wieder um den Tuchhandel zu kümmern und des Abends das Studium der arabischen Sprache fortzusetzen. Das würde sie ablenken von ihrem Kummer und ihr die Begegnung mit dem ihr noch unbekannten Muselmanen erleichtern, vor dem sie sich nicht wenig fürchtete. Denn nie zuvor hatte sie mit einem fremdländischen Menschen zu tun gehabt.

Es dauerte ganze vier Tage, bis Polignac feststellte, daß drei der Gefangenen nicht mehr da waren. Nachdem er höchstselbst mit einer Leiter ins Loch hinabgestiegen und mit einer Fackel in sämtliche Ecken geleuchtet hatte, zog er unter den über Nacht verdächtig stumm gewordenen Zurückgebliebenen denjenigen Gefangen heraus, der ihm zu einem Verhör kräftig genug erschien, und schleppte ihn die Treppe hinauf zu Abbéville.

»Wie, was?« stieß der Inquisitor hervor. Er sprang auf und schlug mit der Faust auf den Tisch. »Es fehlen drei? Sind wir schon soweit, daß die Gefangenen mir nichts, dir nichts an dir vorbeispazieren und das Weite suchen?«

»An mir und meinen Leuten ist keiner vorbeigekommen!« Polignacs Knollennase hatte die Farbe einer überreifen Brombeere angenommen. »Ich schwöre es Euch, Herr Inquisitor. Vielleicht gibt es noch immer diesen unterirdischen Gang, von dem die Alten erzählen. Er soll zu irgendeinem unserer Türme führen. Allerdings konnte ich kein Loch im Mauerwerk entdecken. Wir sollten einmal diesen Gesellen hier befragen!«

Polignac, in seiner Büttelehre gedemütigt, stieß den Gefangenen, dessen Beinkleider ebenso in Fetzen hingen wie sein fleckiger Kittel, vor Abbéville auf die Knie.

Was der Inquisitor daraufhin auf verschieden grobe Art und Weise aus ihm herauslockte, ergab jedoch keinen Sinn. Der Häftling stammelte einzig Unverständliches, kicherte, sabberte, und als Abbéville – am Ende seiner Geduld – ihn äußerst unfein anbrüllte und in den Hintern trat, steckte er sich auch noch beide Zeigefinger in die Ohren und lachte dabei meckernd.

»Was soll ich mit dem Trottel anfangen?« Abbévilles Zorn ergoß sich nun erneut auf Polignac, der jedoch zuckte mit den Schultern.

»Die anderen sind alle zu schwach zum Verhör, Herr.«

»Zu schwach? Schwätzer! Ich gebe dir zwei Stunden Zeit, Kerl. Dann will ich von dir wissen, wie die drei entkommen sind!«

Mit einer kurzen Handbewegung entließ der Inquisitor seinen sichtlich betroffenen Kerkermeister, der den noch immer kichernden Gefangenen unwirsch hinter sich herzog.

Kurz darauf erfuhr auch Saint-Georges von der Geschichte – und daß sich sein ehemaliger Cellerar, Bruder Henricus, unter den Entwichenen befand. Abbéville hatte sich in der Zwischenzeit nicht etwa beruhigt, im Gegenteil, seine Wut war an einem Punkt angelangt, an dem sie sich auf irgendeine Weise entladen mußte. Saint-Georges ließ ihn also eine Zeitlang toben und schreien, was sich schon immer bewährt hatte. Als Abbéville aber plötzlich davon sprach, daß der Kerkermeister den Verdacht hege, es gäbe da einen unterirdischen Gang, der zu einem der städtischen Türme führte, fiel ihm die nächtliche Begegnung mit Rixende Fabri am Bérardturm ein. Doch er hütete sich wohlweislich, Abbéville nachträglich davon zu erzählen. Die Geschichte hätte auch auf ihn kein gutes Licht geworfen und würde ihm überdies einen willkommenen Anlaß geben, mit der Frau unter vier Augen zu sprechen.

»Bevor wir von einem solchen Fluchtweg ausgehen«, sagte Saint-Georges statt dessen nachdenklich, »sollte man zuerst die Wände des Kerkers genauestens untersuchen sowie die Wachen an der Porte Narbonnaise befragen. Auf irgendeine Weise muß man sie ja aus der Stadt gebracht haben.«

»Es waren die Franziskaner!«

»Aber noch ist nichts bewiesen …«

Nikolaus sah Saint-Georges mit derart funkelnden Augen an, daß man hätte glauben können, er vermutete, sein Verweser steckte mit ihnen unter einer Decke. Nicht zum ersten Mal hatte Saint-Georges den Verdacht, daß der Inquisitor unter einer Art Wahn leiden müsse.

»Nichts bewiesen, sagt Ihr? Die Franziskaner sind von den Ketzern gekauft! Wir müssen endlich der Schlange habhaft werden!« fuhr Abbéville fort, wobei sein Ton noch um eine Nuance schriller wurde. »Der Hüter muß her! Verdammt. Irgend jemand muß doch wissen, wo dieser Kerl steckt. Als ich mein Amt übernommen habe, habe ich mir geschworen, daß ich mit allen mir zur Verfügung stehenden Mitteln dafür sorgen werde, daß es keinen zweiten Drachenkopf mehr geben wird auf dieser Erde – und diesen Schwur erneuere ich täglich mit der *hora prima.*«

»Was meint Ihr damit? Einen neuen Drachenkopf?« fragte Saint-Georges verwundert.

»Ich spreche vom heiligen Berg der Ketzer, dem Montségur!« schleuderte der Inquisitor ihm entgegen. »Sagt bloß, Ihr kennt die Geschichte nicht, wie Rom nach langer Belagerung dem Drachen den Kopf abgeschlagen hat, im Jahr des Herrn 1244!«

»Doch, doch, natürlich!« beeilte sich Saint-Georges zu sagen. »Nur, weshalb befürchtet Ihr heute, daß es einen zweiten Drachenkopf geben könnte? Soweit ich weiß, hat man seinerzeit alle katharischen Auserwählten dem Feuer überantwortet.«

Abbéville schob wieder seine häßliche Unterlippe vor. »Alle? Daß ich nicht lache! Was Ihr nicht zu wissen scheint, ist folgendes: In einer der Nächte, kurz vor der Übergabe des Montségur, haben sich vier *parfaits* mit dem wahren Schatz der Katharer an Seilen eine hohe Steilwand hinuntergelassen. Drei von ihnen waren uns namentlich bekannt: Amiel Aicart, ein gewisser Peytavi und einer, der sich Hugon nannte. Sie verschwanden spurlos und sind heute sicherlich längst tot. Der vierte allerdings – das hat man offensichtlich viel zu spät herausgefunden, denn ihn hätten wir seinerzeit fassen können – stammte aus der Burg von Montaillou, einem Nest, das noch heute voller Ketzer steckt, obwohl wir es schon einmal ausgeräuchert haben. Sein Name war Philippe von Planissoles. Ein kleiner Edelmann, unauffällig, aber er hatte es trotzdem faustdick hinter den Ketzerohren! Der Kerl hat uns jahrelang den Harmlosen vorgegaukelt. Noch als wir ihn seinerzeit verhört haben – es sind jetzt gut und gerne elf oder zwölf Jahre her –, hat er es meisterlich verstanden, uns zu täuschen. Sie halten eben zusammen, die ›Herren der Burgen‹. Nun ja, wenn man ihre Zitadellen einmal gesehen hat, so hoch oben auf den Felsen – es kann einem allein vom Hinaufschauen schon schwindlig werden –, so versteht man ihren Stolz ...«

Abbévilles Ton war bei seiner Schilderung ruhiger geworden, und sein Blick hatte einen nachdenklichen Ausdruck angenommen.

»Doch zurück zu diesem Planissoles, dem Hüter. Ich war der einzige, der seinerzeit dagegen war, daß er mit den anderen aus Montaillou den Scheiterhaufen bestieg. Denn mit ihm ist der letzte Eingeweihte in Rauch aufgegangen – und die Geheimnisse der Ketzer sind noch immer unentdeckt. Übrigens genau wie Planissoles' Gold. Er war reich, dieser Ketzer, was ja ein Widerspruch in sich ist. Ha! Alles Lug und Trug. In ihrer Kriegskasse befindet sich ein Vermögen!«

Fulco hatte fasziniert beobachtet, wie sich beim Reden Abbévilles Rechte unentwegt geöffnet und wieder geschlossen hatte und wie eines seiner Augenlider heftig zuckte.

»Aber, Bruder Nikolaus«, wandte er vorsichtig ein, um ihn nicht wieder aufzuregen, »nicht nur dieser Planissoles ist tot, auch die drei anderen braten bestimmt längst in der Hölle, weshalb beunruhigt Euch die Sache noch immer? Dieser Pierre Authié ist derjenige, der uns Sorgen bereiten sollte ...«

Abbéville unterbrach ihn unwirsch. »Nein, nicht Pierre Authié. Jener Planissoles hatte einen Sohn. Das habe ich erst kürzlich erfahren. Er trägt den Spottnamen *de na mengo,* der Finsterblickende, und könnte der neue Hüter sein. Hinter ihm bin ich her ... hinter ihm. Man muß das große Geheimnis der Ketzer endlich vernichten, damit es Ruhe gibt im Land. Damit wäre zugleich Authié der Wind aus den Segeln genommen. Also, wenn Ihr bei Euren Vernehmungen von einem hört, der der ›Hüter‹ genannt wird oder der ›Finsterblickende‹, dann sagt mir auf der Stelle Bescheid! Handelt auf keinen Fall eigenmächtig! Die Sache ist zu wichtig. Zu wichtig! Habt Ihr mich verstanden?«

»Ja, gewiß. Doch was beinhaltet das Geheimnis der Ketzer vom Montségur?« fragte Fulco.

Abbéville blickte ihn durchdringend an. Nach einer Weile sagte er leise:

»*Wer Ohren hat zu hören, der höre*, sagt der Herr. Die Katharer besitzen die Geheimen Worte, die Jesus der Lebendige sprach und die Didymos Thomas aufgeschrieben hat – die Kirchenväter haben sie noch gekannt. Auch Origines hat sie zitiert. Sie sind seit Hunderten von Jahren verschollen, doch es gibt immer wieder Menschen, die Einzelheiten daraus kennen und sie weiterflüstern. Jesus soll darin gesagt haben: *Wer die Deutung dieser Worte findet, wird den Tod nicht schmecken; und wer sucht, soll nicht aufhören zu suchen, bis er findet; und wenn er findet, wird er erschrocken sein; und wenn er erschrocken ist, wird er verwundert sein, und er wird König sein über das All.*«

Gedankenverloren wiederholte Abbéville:

»Ja, König über das All …«

17

Durch solch Gezücht des Grauens sah ich laufen
angstvoll die Nackten, die kein Schlupfloch fanden ...
Dante, Die Göttliche Komödie

Nach dem Eintreffen des schriftlichen Urteils von Bonifatius wurde im Namen des Papstes über die ganze Stadt Carcassonne die Exkommunikation verhängt. Der Kirchenbann untersagte sämtlichen Bürgern die Teilnahme an gottesdienstlichen Handlungen. Schweren Herzens ließ der Bischof den entsprechenden Anschlag am Tor der Kathedrale anbringen und verriegelte sie eigenhändig.

Nikolaus von Abbéville, dem die Überwachung dieser Strafe oblag, triumphierte.

»Jetzt haben wir die ganze Sippschaft in der Hand«, sagte er sichtlich zufrieden zu seinem Verweser. »Schneller, als ich gedacht habe. Das Ketzernest Carcassonne hat endlich bekommen, was es verdient hat.«

Doch die ganze Stadt war sich einig, daß dieses Urteil die größte Ungerechtigkeit seit Menschengedenken darstellte, selbst diejenigen, die es mit den *parfaits* hielten. Denn wie Benete pflegten auch andere Katharer am Sonntag und an hohen Feiertagen, natürlich im besten Gewand, zur Messe zu gehen. Schwierig wurde es für überzeugte Ketzer nur, wenn es um die Heilige Kommunion ging, denn es galt als äußerst verwerflich, bei der Annahme des Sakraments zu heucheln. Das Meßwunder beschäftigte aber auch mitunter die guten Katholiken. So erzählte man sich in jenen Jahren eine Geschichte, wie eine Frau, die nicht daran hatte glauben wollen, eines Besseren belehrt wurde. Diese Frau hatte eine Waffel gebacken, die sodann ein Priester als Hostie geweiht hatte. Da hatte die Frau ungläubig gelacht und gemeint, wie denn aus einer von ihr gebackenen Waffel der Leib Christi werden könne. Der Priester hatte um ein Wunder gebetet, das die ungläubige Frau überzeugen würde. Als er ihr daraufhin das Sakrament reichte, fand sich die geweihte Hostie in die Gestalt eines kindlichen Fingers verwandelt, der Wein im Kelch zeigte sich als geronnenes Blut. Katharer taten diese Geschichte natürlich als Märchen ab.

Elias Patrice, der zwischenzeitlich die Rolle des Sprechers übernommen hatte, berief nach Bekanntwerden des Urteils den Senat ein, und dieses Mal kamen alle. Mit ernsten Gesichtern saßen die Konsuln in ihren Reihen, das sonst übliche Raunen und Tuscheln vor der Eröffnung des Plenums hatte eisigem Schweigen Platz gemacht. Es war düster in der Halle, da – wie die Stimmung – auch der Himmel über Carcassonne seit Tagen verhangen war.

Petrus von Vaisette trat vor und wetterte:

»Früher galt Ehrenhaftigkeit vor Besitz. Die Kirche ist jedoch längst nicht mehr die Gemeinschaft der Gläubigen, sie ist eine Papst-, Macht- und Besitzkirche! Das hat sie nun unter Beweis gestellt. Was, frage ich Euch, ehrenwerte Senatoren, was hat unsere Stadt noch zu verlieren? Sollen wir vor Abbéville zu Kreuze kriechen? Nein, Männer von Carcassonne! Lassen wir die Strafe Strafe sein, beten wir zukünftig zu Hause, im stillen Kämmerlein, wie es die Katharer tun, denn …«

»Hervorragend!« Einer der Jüngeren, ein sonderbarer Kauz, den man hinter seinem Rücken »Samtpfötchen« nannte, weil er ungewöhnliche Sorgfalt an seine Hände wandte, war aufgesprungen. Nun rief er mit hohngetränkter Stimme und indem er seine schönen Hände demonstrativ zum Gebet faltete: »Beten wir zu Hause! Ei, ei, etwas Besseres fällt Euch wohl nicht ein, Petrus, oder? Warum lassen wir uns nicht gleich in aller Öffentlichkeit das Consolamentum der Katharer erteilen und anschließend unseren eigenen Scheiterhaufen errichten! So einfach ist die Sache wohl nicht, meine Herren! Wir sind rechtgläubige Christen, davon gehe ich wenigstens aus, wenn ich in die Runde schaue. Der Papst muß daher gezwungen werden, die Exkommunikation zurückzunehmen, koste es, was es wolle!«

Nachdem man mehrere Stunden gestritten hatte, beschloß man, Bernhard Délicieux zu bitten, Einsicht in die Bulle des Papstes zu nehmen, um die Bedingungen zu erfahren, die erfüllt werden mußten, um die Strafe wieder aufzuheben.

Dieses Mal zeigte sich Abbéville zuvorkommend und überreichte dem Lektor tatsächlich Bonifatius' Urteil.

Als der Franziskaner ihm das Dokument zurückgegeben hatte, meinte Abbéville lauernd:

»Ihr werdet doch nicht ernsthaft in Betracht ziehen, Bruder in Christo, beim Heiligen Vater Einspruch einzulegen und damit den Ketzern den Rücken zu stärken?«

Der Franziskaner schwieg eine Zeitlang. Dann sagte er freundlich: »Nein. Wie könnt Ihr so etwas von mir denken? Die Ketzerei ist mir ebenso ein Greuel wie Euch selbst. Nur darf die Jagd auf die Katharer und Waldenser nicht zur Besessenheit ausarten; es sind Menschen und keine behaarten Teufel, nicht wahr – und ein zweites« – Délicieux sah Abbéville nun tief in die Augen, ja er erzwang geradezu seinen Blick –, »der Heilige Vater schreibt, daß die ganze Bürgerschaft offenkundigen Ketzern Hilfe geleistet habe. Woher, wenn nicht von Euch, Bruder Nikolaus, will er das erfahren haben? Und was habt Ihr mit einer solch umfassenden Anschuldigung bezweckt, wenn doch jedermann weiß, daß Bonifatius' Verärgerung im Grunde mit der Verweigerung einer bestimmten Summe Geldes zusammenhängt, die der junge Fabri zu verantworten hatte?«

Nikolaus wurde unruhig.

»Von wem habt Ihr das erfahren?«

»Nun, drei meiner Brüder waren bei dem Gespräch zugegen und ...«

»Schwätzer!« fuhr Abbéville hoch. »Es hat sich längst herumgesprochen, Eure Brüder sind ebenso tot wie Aimeric

Fabri, der in der Tat so unbedacht war, den Papst zu brüskieren. Also, ich frage Euch noch einmal, Délicieux: Woher wollt Ihr solches erfahren haben?«

»Tja.« Délicieux ließ keine Regung erkennen, was Abbéville noch mehr verunsicherte. »Es ist so, daß wir die Aufzeichnungen eines unserer Toten gefunden haben, des Bruders Balbino, und dort steht es geschrieben.«

»Wie? Was? Er hat das Gespräch …?«

»*›Wir wissen, auf wen sich die Leute verlassen, aber bei Gott: Alle Könige der Christenheit werden das Volk von Carcassonne nicht vor der Verbrennung retten, und besonders Euren Vater nicht! Roma locuta, causa finita!‹*« zitierte Délicieux. »Auf dem Schiff, das ihn nach Marseille führte, hat er jedes Wort aufgeschrieben, das Bonifatius gesagt hat. Sein Erpressungsversuch und …«

Abbéville brauste auf: »Nehmt Euch ja in acht! Ihr sprecht vom Heiligen Vater!«

»Laßt mich bitte ausreden, Bruder!« Délicieux blieb gelassen. »Bonifatius' ›Erpressungsversuch‹ – mir fehlen leider andere Worte – ist fehlgeschlagen. Der junge Fabri hat sich nicht darauf eingelassen. Ich will den Heiligen Vater nicht kritisieren, doch was macht er nun? In seiner Wut exkommuniziert er Carcassonne, beraubt eine ganze Bürgerschaft der Sakramente, treibt sie obendrein in den Ruin. Denn wer wird mit einer Stadt, über der vielleicht auch das Anathem, die ewige Verdammnis, schwebt, zukünftig noch Geschäfte machen? Es interessiert mich, wie Ihr persönlich solch ein Verhalten beurteilt? Es ist unwürdig, nicht wahr? Da gebt Ihr mir doch sicher recht! Was der Mensch sät, das wird er ernten. Vielleicht war das Auftauchen der Aufzeichnungen unseres Bruders bereits ein Fingerzeig Gottes. Und dann ist da noch die ungeklärte Angelegenheit mit – verzeiht, es ist nicht meine Ausdruckweise – mit gewissen ›Hunden des Herrn‹, die, wie uns jemand erzählt hat, vor dem Überfall auf Aimeric Fabri einem bestimmten Mann die Hand geleckt haben sollen.«

Abbéville war bei des Franziskaners Worten immer

unruhiger geworden. Lange sagte er kein Wort, lief nur im Raum auf und ab. Endlich nahm er wieder hinter dem großen Richtertisch Platz und sagte, ohne auf Délicieux' Anspielung einzugehen:

»Der Heilige Vater beruft sich in all seinen Entscheidungen auf die Zweischwerterlehre. Schon Lukas sagt, daß Christus die geistliche und zugleich die weltliche Macht allein der Kirche anvertraut hat. Somit droht den Bürgern von Carcassonne im Falle weiteren Aufbegehrens tatsächlich das Anathem, der endgültige Fluch und Ausschluß. Es ist daher nicht nur für die Unbelehrbaren dieser und anderer Städte absolut und heilsnotwendig, sondern für jeden anderen Menschen auch, ob König oder Bettler: Er muß dem römischen Papst unbedingten Gehorsam erweisen. Hier weht der Geist eben nicht, wo er will! Und jetzt ist es an Euch, mir recht zu geben!«

Délicieux nickte.

»Einverstanden. Wo aber steht der Beweis, daß beide Schwerter dereinst der Kirche überreicht wurden? Man kann Lukas auch so interpretieren, daß es in der Welt zwei Mächte gibt, die der Kirche und die des Königs, nicht wahr?«

Abbéville zog die Mundwinkel nach unten. »*Extra ecclesiam nulla salus*. Außerhalb der Kirche gibt es kein Heil. Punktum.«

Délicieux lächelte. Er zeigte sich noch immer überaus geschmeidig, bewahrte äußerste Ruhe, um Abbéville nicht zu reizen.

»Erneut einverstanden, Bruder Nikolaus. So ist Eure Überzeugung. Ich halte mich allerdings lieber an das Wort *Omnia ad majorem Dei gloriam.* Aber ich anerkenne durchaus, daß unsere Kirche sich als oberste Macht in dieser Welt sieht. Ich anerkenne auch, daß aus diesem Grunde das Schicksal der Bürger Carcassonnes und Albis in Eurer Hand liegt. Ihr tragt damit allerdings eine große Verantwortung, Nikolaus von Abbéville! Daher frage ich Euch heute, in dieser Stunde, als Christenmenschen, nicht als Inquisitor – wenn auch das eine das andere nicht explizit ausschließt, nicht wahr –, wollt Ihr es tatsächlich soweit kommen lassen, daß Rom auch noch das Anathem ausspricht? Ist es nicht vielmehr opportun, gemeinsam mit dem Senat einen Weg zu suchen, wie die Exkommunikation wieder aufgehoben werden kann? Ich stelle mich gerne als Vermittler zur Verfügung.«

Abbéville schwieg weiter.

Nach einiger Zeit stand er auf, geleitete Délicieux höflich zur Tür und sagte:

»Vielleicht habt Ihr recht: *Omnia ad majorem Dei gloriam.* Alles zur größeren Ehre Gottes! Meine Bedingungen zur Rücknahme der Exkommunikation werdet Ihr in Kürze erfahren. Der Herr segne Euch.«

Das Lamm hatte über den Wolf gesiegt. Zumindest in diesem Augenblick. Délicieux' Wortgewandtheit, seine Anpassungsfähigkeit und sein Talent, unbequeme Dinge so auszusprechen, daß sie sein Gegenüber nicht verletzten, hatten Abbéville in die Defensive gedrängt.

Und so kam es, daß Fulco von Saint-Georges den Inquisitor auffällig gedankenverloren antraf, als er kurz darauf die Schreibstube betrat, um ihm das Ergebnis seiner Untersuchungen bezüglich des Verschwindens der drei Gefangenen bekanntzugeben. Erst ganz am Ende seiner Schilderungen hatte Abbéville aufgemerkt und gefragt:

»Wohin soll dieser geheime Gang führen, sagtet Ihr soeben, Bruder Fulco?«

Saint-Georges räusperte sich. »In den Bérardturm, den die Franziskaner in Besitz haben.«

Da fuhr Abbéville wie von einer Tarantel gestochen hoch. »Die Franziskaner? Seid Ihr sicher?«

Saint-Georges nickte. »Ganz sicher, Bruder!«

Abbévilles Augen flackerten, sein Gesicht hatte eine gefährliche Röte angenommen. Leise fluchte er vor sich hin: »Délicieux, deine Nase soll im Arsch eines Hundes stecken!«

»Es befindet sich dort aber nur altes Gerümpel, Bruder Nikolaus. Wir haben uns genau umgesehen. Nichts deutet darauf hin, daß irgend jemand in letzter Zeit den Bérardturm betreten hat. Auch haben die Wachen an der Porte Narbonnaise nichts Auffälliges beobachtet.«

Saint-Georges, der inzwischen zutiefst bereute, die Begegnung mit Rixende Fabri vor dem Bérardturm verschwiegen zu haben, log. Würde er jedoch wahrheitsgemäß berichten, daß mehrere Leute gesehen hatten, daß ein Karren der Fabris vor dem Turm abgeladen worden war, müßte die Witwe zum Verhör vor Abbéville erscheinen. Daß dabei auch das nächtliche Zusammentreffen zur Sprache kam, würde sich dann nicht verhindern lassen.

»Die süßen Spielmänner Gottes«, höhnte Abbéville, ohne auf Saint-Georges' Erklärung näher einzugehen. »Wer weiß, was die Albigenser ihnen angeboten haben für die Befreiung der Gefangenen – und das, obwohl das Herz der Franziskaner für die Frau Armut schlägt. Ha, sage ich da nur! Ha! Allesamt Heuchler, Narren und Toren! *Scientia inflat* – Wissen bläht auf, krähen sie den lieben langen Tag! Nun, das Latein, das jener Franz schrieb, war so einfältig wie sein ganzes Leben! Ein Narr und ein Tor war er, mit seinem redseligen philosophischen Gefasel – wie übrigens auch unser frommer Délicieux! Aber das werden sie mir büßen ... ich schwöre es!«

Abbéville hieb donnernd die Faust auf den Tisch. Dann schrie er nach seinem Schreiber: »Fébus, schickt auf der Stelle einen unserer Leute zu den Franziskanern, am besten als Bettler verkleidet. Er soll sich dort eine Zeitlang umhören. Diesem Honigmaul Délicieux ist nicht über den Weg zu trauen.«

Rixendes Erschrecken hielt sich in Grenzen, als man ihr Fulco von Saint-Georges meldete, denn auf unangenehme Fragen seitens der Inquisition hatte sie Délicieux vorbereitet. Aber sie war froh, daß sie dem Vorschlag des Franziskaners gefolgt war, Paco für einige Zeit ins Kloster zu stecken, damit sich der Junge bei einem Verhör nicht verriet.

Saint-Georges also, fuhr es ihr durch den Kopf, und sie dachte bei sich, besser er als Abbéville. Sie sah an sich herunter und war zufrieden. Das Gewand, das sie trug, grüne und schwarze Seide, war genau richtig, um ihre Trauer über Aimerics Tod zu zeigen, und das aus dem gleichen Stoff genähte Gebende brachte ihr ebenmäßiges Antlitz gewiß aufs beste zur Geltung. Sie war eine untadelige Witwe und ... sie würde ihr Herz im Griff haben. Trotz dieses hehren Vorsatzes befand sich Rixende aber offenbar im Widerstreit mit ihren Gefühlen, denn ihre Hände führten ein Eigenleben: Sie zitterten.

So atmete sie dreimal tief durch und ließ dann den Inquisitor ins Kontor bitten.

Nachdem Saint-Georges die Witwe des Aimeric Fabri förmlich begrüßt hatte, setzte er sich ihr mit locker verschränkten Armen gegenüber, die dunklen Augen erneut nicht unfreundlich auf sie gerichtet. Dann erklärte er ihr den Grund seines Hierseins. Rixende zeigte sich bestürzt und erzählte ihm die mit Délicieux abgesprochene Geschichte.

»Ist der Schlüssel vielleicht gestohlen worden?«

»Nein, gestohlen wohl nicht«, sagte Rixende, beruhigt, daß endlich das Zittern nachgelassen hatte. »Der Junge hat ihn unterwegs verloren. Seit über einer Woche schon können wir nicht mehr in den Turm. Das ist verhängnisvoll, aber ich habe bereits einen Auftrag erteilt, das Schloß auszuwechseln. Seid Ihr um den Schlüssel gekommen?«

»Nein, das ist gewiß nicht nötig, Frau Fabri«, sagte Saint-Georges eitel. »Die Inquisition kennt vielfältige Mittel und Wege, um Türen zu öffnen.«

Rixende hob erstaunt die Brauen. »Wie? Haben Euch vielleicht die Franziskaner hineingelassen? Gibt es noch einen zweiten Schlüssel?«

Der Inquisitor lachte hochmütig auf. »Die Franziskaner? Aber nein, auf die Bettelmönche sind wir bestimmt nicht angewiesen, wir haben unsere eigenen Methoden.«

»Das will ich gerne glauben«, sagte Rixende ungerührt. »Und, habt Ihr etwas entdeckt im Turm?«

»Die Untersuchung ist noch nicht abgeschlossen. Im Augenblick bin ich dabei ...« Fulco von Saint-Georges schmunzelte und setzte dann alles auf eine Karte: »... nun, eine besonders schöne Frau zu befragen.« Seine Zähne blitzten, und seine dunklen Augen verschlangen Rixende geradezu.

Rixende wich ein Stück zurück. Was bildete sich dieser Mann nur ein?

»Ich bitte Euch, Herr Inquisitor, Ihr vergeßt Euren Stand. Für Artigkeiten und dergleichen ist mein Herz ohnehin nicht empfänglich«, sagte sie ernst und mit aller gebotenen Zurückhaltung.

»Das verstehe ich. Natürlich.« Saint-Georges zögerte. Nur unmerklich kam er hier voran, obwohl er wußte, was er wollte.

»Euer Unglück, Frau Fabri, nein, ich verbessere mich: Jedes Unglück kann auch eine Gelegenheit bedeuten, neue Erfahrungen zu machen. Laßt also nicht zu, daß es Euch hart macht. Gestattet mir, Euch eine Bitte zu unterbreiten: Wenn die Zeit Eurer Trauer vorüber ist, erlaubt mir, mit Euch ab und an ein wenig zu plaudern, wie neulich, als Ihr mich besuchtet. Daß ich Euch tags darauf nicht empfangen konnte, lag an ... nun, es ging bedauerlicherweise nicht. Dafür entschuldige ich mich bei Euch.«

Rixende fühlte, wie sie über und über errötete. Das Verhalten des Inquisitors war unglaublich, ja geradezu peinlich. Dennoch sah sie Fulco offen ins Gesicht. Ihre grünen Augen glitzerten auffällig. Dann stieß sie hervor:

»Sagt, Herr Inquisitor, treibt Ihr ein schlechtes Spiel mit mir? Oder wie geht Eure Frage einher mit Eurer Berufung? Ihr seid Inquisitor und ein Mann Gottes, wie könnt Ihr auch nur daran denken, Euch heimlich mit einer Frau zu treffen.«

Fulco von Saint-Georges lachte leise. »Laßt mich Euch eine kleine Geschichte erzählen von Antonius dem Einsiedler, den man heute für heilig hält. Er war allzeit ein fröhlicher Mensch. Das jedoch machte ihm ein frommer Mann zum Vorwurf. Da sagte Antonius zu ihm: ›Nimm einen Pfeil und spanne deinen Bogen.‹ Das tat der Mann. Aber Antonius ließ es ihn ein zweites und ein drittes Mal tun. Da sagte der Schütze zum

Heiligen: ›Wenn ich den Bogen derart spannen soll, wird er zerreißen!‹ – ›Also ist es auch mit dem Dienste Gottes‹, antwortete Antonius, ›wollten wir uns anspannen über unser Maß, so wären wir bald zerbrochen. Darum ist es ziemlich, daß wir manchmal von unserer Strenge ablassen!‹«

Rixende konnte nicht anders. Sie mußte ebenfalls lächeln. »Da gibt es noch eine weitere Geschichte um Euren lustigen Heiligen, Herr Inquisitor«, sagte sie. »Ich habe sie erst kürzlich gelesen. Eines Tages war Antonius im Geist entrückt und sah die Welt mit Schlingen überspannt, die alle auf wundersame Weise miteinander verknüpft waren. Da schrie er entsetzt auf und sprach: ›O Herr, wer mag diesen Schlingen entrinnen?‹, worauf er eine Stimme hörte, die sprach nur ein Wort: ›Demütigkeit.‹«

Fulco von Saint-Georges hatte kein Auge von Rixende gelassen. Als sie geendet hatte, biß er sich auf die Unterlippe. »Habt Ihr den Eindruck, daß es mir daran mangelt?«

»Ein wenig hochmütig kommt Ihr mir schon vor«, sagte Rixende vorsichtig. »Vielleicht tue ich Euch unrecht, aber Ihr erweckt zumindest bei vielen Leuten diesen Eindruck.«

Nein, Rixende Fabri war keine einfache Frau. Doch vielleicht war es gerade das, was Saint-Georges faszinierte. Daran, daß seine Worte Widerhall gefunden hatten, zweifelte sein Stolz nicht.

»Wie ich sehe, habt Ihr das Einhorn in Euer Kontor gehängt«, sagte er nach einer Weile.

»Ja«, antwortete Rixende. »Ich umgebe mich gerne mit schönen Dingen, vor allem, wenn ich arbeite.«

»Das Schönste hier im Raum seid jedoch Ihr selbst, Rixende Fabri«, antwortete ihr Fulco aus einem jähen Impuls heraus, bevor er aufstand, um sich zu verabschieden. »Ihr seid ein Kleinod unter allen Frauen. Dennoch habe ich einmal eine Frau gekannt, die Euch sehr ähnlich sah. Aber das ist eine lange Geschichte. Eines Tages werde ich Sie Euch erzählen.«

Rixende nickte erleichtert, weil Saint-Georges sich endlich anschickte zu gehen. »Ja, eines Tages ... Vielleicht.«

18

Dem Geist verborgen, kann auch keiner sagen,
wo solchen Urbegehrens Trieb begann …

Dante, Die Göttliche Komödie

Als der Inquisitor gegangen war, blieb Rixende gedankenverloren hinter ihrem Arbeitstisch sitzen.

Was sollte sie von diesem Gespräch halten? War sie zu freundlich zu dem Mann gewesen? Die Muhme Mengarde hätte sie jetzt gewiß ausgeschimpft, doch …

Plötzlich schreckte sie lautes Geschrei auf. Auf der im gleißenden Sonnenlicht liegenden Gasse hatte sich Pöbel zusammengerottet. Die Fäuste erhoben, riefen die Menschen Schmähworte hinter Saint-Georges her, der mit wehendem Umhang zum Turm der Justiz eilte.

Einer unter ihnen, ein kleiner drahtiger Bursche mit krummen Beinen, schrie: »Es gibt vier Teufel auf dieser Welt, der Oberteufel sitzt in Rom, der andere ist der Herr König von Frankreich, der dritte der Bischof von Albi und der vierte der Inquisitor von Carcassonne!«

Die Menge grölte. Eine Frau, die Hände in die Hüften gestemmt, geiferte laut: »Macht die Kirchentüren wieder auf, sonst wird man euch eines schönen Tages mit abgeschnittenem Kopf auffinden!«

Endlich war Fulco von Saint-Georges außer Sicht.

Rixende schlug das Rechnungsbuch auf. Doch in ihrem Kopf schwirrten die Gedanken nur so herum. Lange saß sie untätig da, betrachtete zuerst die vor ihr liegenden Zahlen, dann ihre Hände und anschließend das weiße Einhorn, das sie erst tags zuvor aus einem Impuls heraus an die Wand gehängt hatte. Am Ende dachte sie über die Liebe nach, die augenscheinlich kam und ging, wann und wie es ihr gefiel.

Die Ankunft Ibrahim Ben Suleymans verzögerte sich. Eines schönen Morgens – die Schatten wurden schon länger und die Bäume waren bereits herbstlich gefärbt – kam ein Bote, der eine Nachricht von ihm brachte:

Hochverehrte Frau! Mein ehrenwerter Freund Castel Fabri – mögen die Tore des Paradieses für ihn offenstehen – hat mich gebeten, Euch beizustehen, weil Euer Mann verschollen ist und er seinen Tod vor Augen sieht.

Leider kann ich nicht selbst zu Euch eilen, da mich wichtige Geschäfte nach Damaskus rufen. Übers Jahr will ich aber kommen, um alles zu regeln. Ich sende Euch einstweilen einen jungen Mann, dem Ihr ebenso vertrauen könnt, wie ich ihm vertraue. Er ist in alles eingeweiht, und er weiß Euch viele Wege abzunehmen. Der Tuchhandel ist ihm von Kindesbeinen an vertraut. Sein Name ist Abu Ras Anfa.

Als Rixende das Pergament gelesen hatte, das in der Wortwahl etwas ungewöhnlich, aber in ausgezeichnetem Latein verfaßt war, bat sie den Boten zu sich.

»Ihr selbst seid Abu Ras Anfa, nicht wahr?«

Der Muselmane nickte und verbeugte sich vor Rixende. Sah man von seinen leicht stechenden gelbbraunen Augen ab, die von buschigen Brauen umschattet wurden, war er ein wirklich gut aussehender junger Mann.

»Ja, Herrin, ich soll Euch in allen geschäftlichen Belangen zur Seite stehen, so hat es Ibrahim Ben Suleyman, mein Oheim, bestimmt, als ich in Barcelona bei ihm vorsprach. Er sendet Euch dieses Geschenk.«

Mit diesen Worten überreichte er Rixende ein gut verschnürtes Bündel, das sich nach dem Auspacken als ein golddurchwirkter Damast herausstellte, von einer Vortrefflichkeit, wie ihn selbst im Haus Fabri noch nie jemand gesehen hatte.

»Dieser Tomask«, sagte der Sarazene stolz, »wurde mit Goldfäden verarbeitet, die unsere Frauen mitunter auch in ihre Haare flechten.«

Rixende dankte. »Irgendwann werde ich mir aus diesem herrlichen Stoff ein Gewand nähen lassen. Doch nun zu Euch,

Abu Ras Anfa. Heute abend würde ich gerne mit Euch reden, wenn Ihr nicht zu müde seid von der langen Reise.«

Der Muselmane verbeugte sich, und Rixende rief nach Benete, die den bunten Turban des Ausländers belustigt, aber nicht unfreundlich musterte und ihm seine Räume zeigte.

Als Abu Ras Anfa sich am Abend bei Rixende einstellte – sie saß im Innenhof –, zeigte er sich überrascht von der Schönheit des Ortes.

»Hier fühle ich mich beinahe wie zu Hause, Herrin! Der Brunnen, der Wein, der Duft Eures *Hadass*, Ihr sagt dazu … ›Myrten‹, so glaube ich.«

Rixende nickte, überrascht von seinem umfassenden Wortschatz.

»Nur der Mond … er ist zwar voll, aber dennoch …«

»Was meint Ihr damit?«

Die beiden spähten durch die Weinreben nach oben.

»Er erscheint mir hier nur halb so groß wie in Damaskus!«

»Woran das wohl liegen mag?« fragte Rixende.

»Das weiß nur Allah allein …«

»Bevor wir zu den geschäftlichen Dingen übergehen«, sagte Rixende, als sie Platz genommen hatten, »erzählt mir ein wenig von Eurer Heimat, von Damaskus und natürlich auch von Ibrahim Ben Suleyman. Ich bin neugierig.«

Abu Ras lachte und zeigte eine Reihe blendendweißer Zähne.

»Erlaubt Ihr, daß ich dabei rauche?« Er wies auf eine mitgebrachte Wasserpfeife hin und einen Behälter mit glühender Holzkohle.

»Wie? Ihr raucht Rauschkräuter?«

»Fast jedermann raucht bei uns *hashish*. Der eine mehr, der andere weniger, wenn es Euch jedoch stört …«

»Wie kann ich sagen, es störe mich, wenn ich es nicht kenne? Raucht ruhig. Ich will Euch dabei zusehen.«

Rixende lehnte sich entspannt zurück. Voller Erwartung, von dieser fremden Stadt Damaskus zu hören, beobachtete sie, wie der junge Mann einem perlenbesticktem Beutel trockene braungoldene Blätter und Blüten entnahm, sie auflockerte und vorsichtig auseinanderzog. Von einer dunkelbraunen zähen Masse brach er durch Hin- und Herbiegen ein kleines Stückchen ab, um es über der Flamme des Talglichts zu erwärmen. Als es weich genug war, bröselte er das *hashish* über die Blätter und Blüten und vermischte es gründlich. Dann steckte er den reich verzierten kupfernen Pfeifenhals auf den halbgefüllten Wasserbehälter der *shisha* – so nannte Abu Ras die Pfeife – und setzte obenauf den Pfeifenkopf aus Ton mit der Kräutermischung. Mit einer Zange beförderte er glimmende Holzkohlestückchen darüber, damit sie die Kräuter entzünden konnten, und bedeckte das ganze mit einem kleinen Hütchen, um das Herumfliegen der Glut zu verhindern. Zum Schluß schloß er das gekrümmte Mundstückrohr an.

»Dimaschq«, sagte er schließlich, als er den Rauch aus seiner Nase blies, »oder Damaskus, wie Ihr sagt, ist der Sage nach die älteste Stadt der Welt. Sie soll zum Königreich Davids gehört haben, und die Engel des Allbarmherzigen breiten noch immer ihre Flügel über sie aus. Heute ist sie eine der bedeutendsten Handelsstädte. Dort treffen sich die Weihrauchstraße und die Seidenstraße, die aus dem fernen China kommt, was bereits auf zwei der Güter hinweist, die wir mit Vorliebe vertreiben.

Die Stadt ist wie die Eure von großen, mächtigen Mauern umgeben und hat unzählige Türme und Stadttore. Schließt Eure Augen, Herrin, und ihr werdet Dimaschq sehen und riechen …«

Rixende tat, wie der Muselmane sie geheißen, und in der Tat: Der Duft der seltsamen Kräuter, die er rauchte, entführte sie bald in den Souk der Stadt. Sie lauschte seinen Worten, die von Märchenerzählern kündeten und von Schlangenbeschwörern; sie vernahm das süße Lied der Singvögel, die in kunstvoll geflochtenen Käfigen feilgeboten wurden – denn beschwingt nicht Vogelgesang die Seele? Sie ließ ihre Hände in Säcke mit Paradieskorn, Galgant, Zimt und Pfeffer gleiten, roch Düfte von heilender Wirkung; sie hörte Kamele wild aufschreien und Goldschmiede hämmern, erschrak über das laute Feilschen der Sklavenhändler und den seltsamen Ruf des Muezzin der großartigen Omajaden-Moschee, deren Boden mit wertvollen Teppichen und deren Wände mit herrlichen Mosaiken geschmückt waren. Am Ende ihrer Reise nahm Abu Ras sie mit in einen Garten voller Blumen in betörenden Farben und in einen wunderschönen weißen Palast, wo sie im Gefolge lachender Frauen in ein Dampfbad stieg, um danach mit ihnen duftenden Jasmintee zu trinken.

»Ich hatte gerade angefangen, Eure Sprache zu lernen, als Castel Fabri starb. Wie kommt es, daß Ihr so gut die unsere sprecht?« fragte Rixende, als Abu Ras Anfa mit seinen Schilderungen am Ende war und sie bereits Geschäftliches besprachen. Der junge Muselmane lachte.

»Bei uns in Damaskus sagt man: ›Wer vierzig Tage mit fremden Leuten zusammenlebt, der wird einer von ihnen!‹ Tatsächlich habe ich mich einige Monate in Marseille aufgehalten und in dieser Zeit schon einmal für das Haus Fabri gearbeitet.«

Rixende war erleichtert. »Dann wird es Euch nicht schwerfallen, Euch bei uns einzuleben. Eines müßt Ihr jedoch wissen: Die Situation in unserer Stadt ist im Augenblick nicht gerade günstig.«

Und sie erzählte in kurzen Worten, was in Carcassonne und Albi vor sich ging, und bat Abu Ras Anfa um Vorsicht. Bevor er sich zurückzog, meinte er:

»Idha ma qata fiha qaddum yiqta fiha i munshar – Was der Hammer nicht zerbricht, die Säge schneidet es.«

Als Rixende schlafen ging, hörte sie ihn zu Allah beten, und kurz darauf entlockte er einer Flöte eine wundersame Melodie.

So wie Délicieux der »Familiares«, der Zuträger, nicht verborgen blieb, den Abbéville bei ihm eingeschleust hatte, so blieb der Inquisition die Ankunft des jungen Muselmanen im Hause Fabri nicht verborgen.

Abbéville spottete: »Der alte Fabri ließ sich bisweilen den dicken Suleyman zur Unterhaltung kommen, die schöne Witwe jedoch scheint einen besseren Geschmack zu haben! Dieser stramme Bursche, den sie sich da ausgesucht hat, ei, ei, ei!«

Saint-Georges zog ärgerlich die Brauen zusammen. Ein Ungläubiger bei Rixende? Gab es nicht schon genug Ärger in der Stadt? »Woher wißt Ihr von dem Muselmanen?«

»Aber Bruder Fulco, mir entgeht nichts, was in Carcassonne geschieht! Auch Euer Besuch bei dieser Dame kürzlich ist mir längst bekannt.«

Saint-Georges fuhr die Röte ins Gesicht.

»Mein Erscheinen bei der Witwe Fabri hängt einzig mit der Befreiung der Gefangenen zusammen, unter denen sich auch mein ehemaliger Cellerar befindet, wie Ihr wißt«, sagte er und spielte den Beleidigten. »An einer raschen Aufklärung liegt mir also ebensoviel wie Euch. Nun hat mir Olivier Martell berichtet, daß das Haus Fabri offenbar für einige Zeit den Bérardturm nutzte. Es gab also dienstliche Gründe für meinen Besuch bei der Witwe, Bruder Nikolaus. Die Frau weiß jedoch von nichts, der Schlüssel ging verloren. Seitdem …«

»Verstehe, verstehe.« Nikolaus von Abbéville grinste unverschämt. »*Qualis rex – talis grex* – Wie der König so die Herde! Ha, ha, ha! Offenbar habt Ihr unter meinen Fittichen doch etwas gelernt, leider nicht, wie man mit Ketzern umgeht, aber … nun ja, dienstliche Gründe sind immer gut. Der Schlüssel ging verloren, ha, ha. Der alte Abbéville wird Sorge tragen, daß Eure Besuche bei der schönen Witwe im nächsten Frühling einen gewichtigen Grund bekommen.«

»Wie meint Ihr das, Bruder Nikolaus?«

»Laßt Euch überraschen. Es hängt alles mit meiner Romreise zusammen.«

Abbévilles Mundwinkel zuckten noch immer amüsiert, und seine Augen glänzten verdächtig.

Im Mai des darauffolgenden Jahres kam die Bösartigkeit des Inquisitors Abbéville erst richtig zum Vorschein. Er war wohlbehalten und gutgelaunt aus Rom zurückgekehrt, ohne jedoch Fulco von Saint-Georges den Grund seiner Reise erklärt zu haben.

Als Saint-Georges eines schönen Morgens den Turm der Justiz betrat, hörte er, wie der Inquisitor gerade zu seinem Schreiber sagte:

»Fébus, Ihr tragt dafür Sorge, daß dieser Anschlag vervielfältigt und an allen öffentlichen Plätzen ausgehängt wird.«

Der Schreiber strich sich mit der Hand über die Stirn, nickte und nahm das Pergament an sich, das Abbéville mit eigener Hand geschrieben hatte.

Der Inquisitor hatte seinen Verweser bereits vom Fenster aus kommen sehen. Jetzt grinste er erneut geradezu diebisch in sich hinein und rieb sich die Hände.

»Bruder Fulco, ich bin für eine oder zwei Wochen in Toulouse«, sagte er genüßlich. »Dienstliche Gründe, Ihr versteht das, nicht wahr? Ha, ha! Ihr tragt die Verantwortung.«

Mit diesen Worten drehte er sich um und verließ den Turm.

Saint-Georges nickte, trat zum Schreiber und nahm ihm das Pergament aus der Hand.

Als Fulco die Worte las, die dort standen, begriff er sie zunächst nicht. Doch dann fuhr es ihm eiskalt den Rücken hinab. Abbéville war offenbar noch kaltblütiger und gemeiner, als er je angenommen hatte! Wie sollte er sich nun verhalten? Ungehorsam zog die schlimmsten Strafen nach sich, Gehorsam hieß jedoch in diesem Falle, daß dieses ungeheuerliche Pamphlet tatsächlich veröffentlicht wurde.

»Kommt am späten Nachmittag wieder, Fébus«, sagte er leise, »dann entscheide ich, was damit geschieht.«

»Aber …«

»Kein Aber, ich trage die Verantwortung.«

19

Und sieh, auf einen, dicht an unsrem Rand,
fuhr eine Natter los, hat ihn durchstochen …
Dante, Die Göttliche Komödie

Als der Schreiber gegangen war, trat Saint-Georges ans Fenster, öffnete es und ließ die kühle Morgenluft herein. Die Sonne strahlte so heiter vom Himmel, als wollte sie selbst sich seiner Seelenpein annehmen. Er beobachtete angeekelt, wie Abbéville noch einmal den Kopf aus dem Wagen steckte und dem Pferdeknecht etwas zurief. Dann, als die Staubwolke Roß und Wagen endlich verschluckt hatte, atmete er tief die frische Luft ein, setzte sich an sein Pult und las ein weiteres Mal Abbévilles Dekret.

Bekanntmachung
Hiermit wird kundgetan, daß der Verstorbene
Castel Fabri
zu Carcassonne
auf seinem Totenbett häretisiert worden ist.
Jedermann, der dennoch das Andenken
Castel Fabris
zu verteidigen wünscht,
wird aufgefordert,
am Tag des heiligen Ignatius
vor der Inquisition zu erscheinen.
NIKOLAUS VON ABBÉVILLE
Inquisitor von Carcassonne und Albi

Saint-Georges' Hände zitterten, als er das Pergament zur Seite legte. Bonifatius nimmt Rache, dachte er, und Abbéville ist sein Erfüllungsgehilfe. Das Komplott, das beide in Rom geschmiedet hatten, nämlich Castel Fabri nachträglich als

Ketzer hinzustellen, war so genial wie schandbar. Als er aufstand auf, um das Fenster wieder zu schließen, bemerkte er, wie sich sein Gesicht im Butzenglas zugleich teilte und verzerrte, und er wußte, daß der Bogen endgültig überspannt war. Natürlich kannte er längst alle Schattenseiten und Auswüchse seiner allgegenwärtigen Römischen Kirche, er hatte sie schließlich am eigenen Leibe kennengelernt. Die Willkür gegenüber angeblichen oder offensichtlichen Ketzern konnte man noch mit notwendiger Strenge entschuldigen, dieser üble Schurkenstreich aber gegen einen völlig Unschuldigen ging entschieden zu weit.

Sprach man jedoch Castel Fabri tatsächlich am Tag des heiligen Ignatius schuldig, konnten alle, die im Roten Haus wohnten, angeklagt werden, auch Rixende Fabri!

Was sollte er nun tun?

Die Kutte offiziell ablegen? Eine Versetzung in den Laienstand war in seinem Fall nicht möglich.

Bei Nacht und Nebel aus dem Land verschwinden, also ein entlaufener Dominikaner sein? Auch das widerstrebte Saint-Georges, zumal er dann Rixende gar nicht mehr helfen konnte. Doch wie konnte er ihr zur Seite zu stehen, ohne daß sich die Schlinge um seinen eigenen Kopf zog?

Am späten Nachmittag gab er die Order, die Anklageschrift zu vervielfältigen und an alle Kirchentüren und öffentlichen Einrichtungen in der Cité und der Vorstadt zu heften.

Dann schrieb er einen langen Brief nach Paris.

Der Lärm war kaum auszuhalten. In der winzigen, fast kahlen Zelle von Bernhard Délicieux hatte sich um die Mittagsstunde ein frühes Heimchen eingefunden. Er konnte es sehen, dort in der Ecke, neben dem Fensterloch, konnte beinahe beobachten, wie es seine zarten Deckflügel aneinanderrieb, um zu zirpen. Er hätte es leicht einfangen können, um es wieder ins Freie zurückzutragen. Doch das Tier war zu zart für seine Hände.

Castel Fabri – angeklagt als Ketzer! Gerade eben hatte er es erfahren. Diese Dominikaner, dachte er verzweifelt. Warum gaben sie keine Ruhe? Nun war Délicieux nicht der Mann, der alles Böse auf den Teufel zu schieben pflegte. Dieser Irrglaube, dem vornehmlich die Ketzer anhingen, nämlich, daß der Teufel die Welt erschaffen hätte, war ihm zutiefst zuwider. Gott ist zu groß, um sich die Zügel aus der Hand nehmen zu lassen, er weht durch alle Dinge seiner Schöpfung, auch durch jenes übermütige Heimchen dort, doch weshalb – so fragte er sich nicht zum erstenmal –, weshalb nur ließ er es zu, daß seine eigenen Streiter derartig fehlten, daß sie sich in ihrem Wahn, ihrer Machtbesessenheit oft selbst wie Teufel benahmen. Castel Fabri hatte jedenfalls gut daran getan, auf Elias Patrices Rat zu hören und sich im Angesicht des Todes Zeugen zu wünschen.

Bernhard Délicieux – endlich des Heimchens überdrüssig – stand auf, um Rixende Fabri aufzusuchen. Dort hatte sich bereits Elias Patrice eingefunden.

»Welche Beweise hat Abbéville?« fragte Rixende voller Verzweiflung und zutiefst enttäuscht. Denn mußte sie nicht davon ausgehen, daß die Blicke, die ihr Saint-Georges zugeworfen hatte, und die warmherzigen Worte einzig darauf angelegt waren, sie auszuhorchen? Vielleicht hatte er nur einen Vorwand gesucht, um sich hier im Lager gründlich umzusehen, damit er sie irgendwann unter höhnischem Gelächter gemeinsam mit diesem Hund Abbéville ausplündern konnte?

»Wer zuviel beweist, beweist gar nichts«, versuchte Délicieux sie zu beruhigen. »Macht Euch keine allzu großen Sorgen, Frau Fabri, wir übernehmen selbstredend die Verteidigung des alten Herrn. Nicht umsonst waren meine Brüder Tag und Nacht an seiner Seite, als es ans Sterben ging. So einfach, wie es sich Abbéville vorstellt, ist die Sache nicht.«

»Aber sagt, Pater, wie soll es jetzt weitergehen?« fragte

Rixende, der endlich ein Licht aufgegangen war, was die Anwesenheit der Mönche an Fabris Sterbelager betraf. Ihre Augen schimmerten feucht, denn sie ahnte, daß Castel Fabri nicht zuletzt ihretwegen so gehandelt hatte.

»Nun … im Grunde gibt es für uns nur eine Möglichkeit.« Der Lektor setzte sich Patrice gegenüber, der, blaß und die Stirn in Sorgenfalten gelegt, ihn seinerseits ansah, als wäre er einer der vierzehn heiligen Nothelfer.

»Ja?«

»Wir warten in aller Ruhe den Weinmonat ab, den Tag des heiligen Ignatius. Bis dahin gehen noch fünf Monate ins Land. Dann werden wir zur vorgeschriebenen Stunde unsere Zeugen zu Abbéville schicken«, sagte der Franziskaner. »Ich will allerdings noch in dieser Woche nach Marseille reiten, wo in Kürze unser Generalkapitel tagt, um mein Vorgehen absegnen zu lassen und gegebenenfalls weitere Verhaltensmaßregeln einzuholen.« Nachdenklich rieb er sich das Kinn. »Diese Angelegenheit könnte nämlich ausufern und auf einen Streitfall zwischen unseren beiden Orden hinauslaufen.«

»Auf einen Streitfall zwischen … Wie meint Ihr das?« fragte Patrice verwundert, und auch Rixende sah Délicieux aufmerksam an.

»Ich will es Euch erklären. Gesetzt den Fall, Abbéville glaubt unseren Zeugen nicht, er läßt sie gar nicht als Zeugen gelten oder stellt irgendwelche Gegenzeugen auf, so steht plötzlich Aussage gegen Aussage, und somit Franziskaner gegen Dominikaner, nicht wahr?«

Patrice hielt vor Überraschung die Luft an.

»Franziskaner gegen Dominikaner … Jetzt verstehe ich erst«, sagte er und seine Augen blitzten auf. »Dieser Fall könnte sich sogar zu einem verteufelt großen Widerstreit ausweiten!«

Délicieux nickte ernst.

»Das höchste Recht ist oft die höchste Bosheit.«

Als die beiden Männer gegangen waren, suchte Rixende den Muselmanen auf.

»Abu Ras«, platzte sie heraus, »ich muß Euch auf Eurer Reise begleiten, um irgendwo heimlich jemanden aus meiner Familie zu treffen! Könnt Ihr mir einen Rat geben?«

Abu Ras überlegte kurz, dann schlug er ihr vor, gemeinsam zu Schiff nach Narbonne und von dort aus nach Cotllioure zu fahren, zu Fabris Lagerverwalter Martial.

»Hm ... Gibt es in der Nähe vielleicht eine Niederlassung der Tempelritter?« meinte Rixende nachdenklich.

Abu Ras nickte. »Eine Komturei befindet sich im Ort selbst, in einer mächtigen Burg, direkt am Meer. Mit den Rittern habe ich schon manche Geschäfte getätigt, sie haben keine Vorbehalte gegenüber Händlern aus muselmanischen Ländern.«

»Gut. Also, Cotllioure. Das wäre eine Möglichkeit. Was aber geben wir hier in Carcassonne als Grund an? Ist es nicht unschicklich, wenn ich mit Euch reise?«

»*Ash sharta tighzil birijl himar* – Eine schlaue Frau kann auch mit dem Fuß eines Esels spinnen, sagen wir bei uns. Ihr führt die Geschäfte, ich bin nur Euer Berater. Erzählt allen, ob Freund oder Feind, man vermisse seit Wochen eine große Lieferung und müsse Martial aufs schärfste befragen.«

»Ihr habt recht«, sagte Rixende trotzig. »Wer auch will mir verbieten, zu reisen, wohin immer ich will und mit wem ich will!« Sie eilte in ihre Schreibstube und setzte einen Brief an Atons Frau Rosalie auf, um sie nach einer guten Bezugsquelle für Nadeln zu fragen. Noch in der gleichen Stunde schickte sie Aucassinne mit dem Schreiben auf den Weg.

Aus Toulouse zurückgekehrt, bestellte Abbéville seinen Verweser zu sich. Lauernd sah er ihm ins Gesicht.

»Nun, hat Fébus für die Verbreitung meines Dekrets gesorgt?«

»Es ist alles zu Eurer Zufriedenheit geschehen, Bruder

Nikolaus«, sagte Saint-Georges bemüht freundlich, ohne den Vorgang näher zu werten. Doch gerade das machte Abbéville mißtrauisch.

»Und wie ist die Stimmung in der Stadt? Gab es Beschwerden? Aufruhr? Sagt!«

Saint-Georges schüttelte den Kopf. »Mir ist nichts bekannt.«

»Wie? Weiter habt Ihr nichts zu berichten? Laßt Euch doch nicht jedes Wort aus der Nase ziehen! Was sagt Ihr selbst dazu?«

»Das Dekret war Eure Entscheidung, Bruder Nikolaus. Das habe ich hinzunehmen.«

»Schwätzer! Diese Einsilbigkeit ist nicht Eure Art. Redet gefälligst offen mit mir! Ihr seid nicht der Büttel hier im Haus, der alles schlucken muß, was ich ihm hinwerfe. Oder seid Ihr vielleicht beleidigt, weil ich Euch nicht vorher hinzugezogen habe?«

»Nein. Ich bin nicht beleidigt, doch erinnere ich mich an mehrere harsche Dispute mit Euch, als ich bestimmte Leute aus Albi in Schutz genommen hatte.«

»Wollt Ihr damit andeuten, daß man mit mir nicht reden kann?«

Saint-Georges stand wie festgewachsen im Raum und versagte sich jegliche Antwort.

»Euer Schweigen ist beredt, Fulco von Saint-Georges«, stieß Abbéville nach einer kurzen Weile hervor, und seine dicke Unterlippe zitterte leicht, wie Fulco erstaunt wahrnahm. »Es hat zudem einen arroganten Unterton! Doch *ego sum, qui sum* – Ich bin der, der ich bin«, fuhr er gefährlich leise fort. »Mein Verweser will nicht mehr mit mir reden, gut – dann muß er lernen, zu arbeiten wie alle anderen Auskundschafter, die in meinen Diensten stehen. Euer Objekt ist die Schwiegertochter des Angeklagten Fabri, Rixende. Ich erwarte eine lückenlose Überwachung dieser Person und einen ausführlichen Bericht über ihr Vorleben.«

»Ich soll wie ein gemeiner ›Familiares‹ Kundschafterdienste machen und die Witwe Fabri beobachten?« Fulco spürte, wie ihm der Schweiß ausbrach.

»Wieso seid Ihr überrascht? Ich habe Euch diese Aufgabe doch bereits angekündigt. Ihr wollt Euch wohl nicht gerne die Hände schmutzig machen, oder? Würdet Ihr Euer Amt ernst nehmen, so hättet Ihr längst herausgefunden, woher diese Frau stammt. Schließlich kann sie nicht vom Himmel gefallen sein, nur um sich in Fabris gemachtes Nest zu setzen.«

»Sie kommt aus Gavarnie ...«

Abbéville lachte auf. »So, so, aus Gavarnie? Aus den Bergen! Das also hat sie Euch erzählt!? Bruder Fulco, benutzt doch endlich Euren Verstand und nicht nur ... Nun, lassen wir das. Glaubt Ihr ernsthaft weiter an das Märchen, daß sich der steinreiche Castel Fabri ein ihm unbekanntes, armes Ding vom Land als Schwiegertochter in sein Geschäft geholt hat? Also bringt endlich die ganze Wahrheit über diese Frau heraus! Und macht Euch auf die Beine.«

Rixende hatte mit Elias Patrices Unterstützung bald ein passendes Schiff gefunden. Da es zugleich Segel- und Treidelschiff war, verbürgte es, unabhängig vom Wind, in jedem Fall eine schnelle Fahrt. Sie reisten mit leichtem Gepäck, weil sie auf der Rückreise über Land zu reiten gedachten.

Am Ufer, neben der Zoll- und Hafenmeisterei, standen schon die Leinenreiter mit ihren Pferden, einige führten ihre Tiere ein letztes Mal zur Tränke, andere hievten Fässer mit Trinkwasser und Wein an Bord, dazu Säcke oder Bündel mit Korn, Heu und Stroh. Rixende, die ein grünes Reisekleid aus strapazierfähigem Leinen trug, betrat an der Seite von Abu Ras das kleine Frachtschiff, das an diesem Morgen des fehlenden Windes wegen die Segel gerefft hatte. Obwohl gerade erst die Sonne aufging, wiegte sich auf den Querbalken des Mastes bereits ein gutes Dutzend frecher Spatzen, die die Ankömmlinge neugierig beobachteten. Sanft schlugen kleine, fast müde Wellen an die Planken der blauen »Jeanne«, deren

Galionsfigur aus einer kunstvoll geschnitzten und buntbemalten Frau mit langem gelbem Haar bestand. Fischer entluden ihren nächtlichen Fang oder kontrollierten gerade die im Fluß befestigten Stellnetze und Reusen, wieder andere flickten, auf der Uferböschung sitzend, in aller Gemütsruhe ihre Netze, und Scherzworte flogen zwischen ihnen nur so hin und her.

Der Kapitän überwachte persönlich die Unterbringung der Reisenden sowie das Verstauen der Fracht. Er war ein wettergegerbter, kräftiger Geselle mit feuerrotem Haar. Kurz vor dem Ablegen kam er mit ehrerbietigem Lächeln auf Rixende zu, um ihr – weil sie die einzige Frau an Bord war – seinen eigenen Stuhl anzubieten, damit sie die Abfahrt im Sitzen beobachten konnte.

Abu Ras hatte keine Zeit, dem bunten Treiben zuzusehen. Zusammen mit einem von Rixendes Knechten kümmerte er sich um das Gepäck, die Verpflegung und die Pferde, die sie mit an Bord genommen hatten. Es war erstaunlich, was man in diesem schlanken, kleinen Schiffsleib alles unterbringen konnte.

Unter lautem Rufen, Fluchen und heftigem Läuten der Schiffsglocke setzte sich das Schiff in Bewegung. Rixende winkte ein letztes Mal Benete zu, die sie zur Anlegestelle begleitet hatte, und beobachtete dann, wie geschickt die Treidelpferde und -reiter ihre harte Arbeit versahen. Die Rösser liefen – vom Wasser abgewandt – halbschräg in Richtung Böschung, und die Reiter saßen dabei im Damensitz, das Langmesser griffbereit, um bei Gefahr rasch abspringen und die Seile kappen zu können. Trotz der Flaute machten sie schnelle Fahrt. Bald verschwanden Carcassonnes Türme im Frühnebel.

Gerade als Rixende von ihrem Aussichtsplatz aufstehen wollte, um sich den winzigen Aufenthaltsraum im Bug des Schiffes einzurichten, bemerkte sie aus den Augenwinkeln heraus, wie eine dunkle Gestalt an das Ufer heranritt. Sie fuhr herum und hielt die Hand vor Augen, weil die aufgehende Sonne sie blendete. Der Mann sprang vom Pferd, blieb dann unbeweglich auf der Uferböschung stehen, um dem Schiff hinterherzusehen. Als er die Hand zum Gruß hob, erkannte sie ihn: Es war Fulco von Saint-Georges.

20

> Zur graden Bahn den Blick nun wieder wende,
> den Weg zu kürzen, da die Zeit verrinnt …
>
> *Dante,* Die Göttliche Komödie

Délicieux hatte sich gut vorbereitet. Am Ende der Tagung des Generalkapitels in Marseille hatte er sich gemeldet und mit eindringlichen Worten die Situation in Carcassonne und Albi geschildert. Daraufhin mußte er erfahren, daß Nikolaus von Abbéville bereits Beschwerde über ihn wegen Behinderung der Inquisition eingelegt hatte. Er warf ihm Eifersucht auf die erfolgreiche Tätigkeit der Dominikaner, hinsichtlich der Bekämpfung der Häresie vor, was nicht nur Délicieux zum Lachen brachte. Als Délicieux aber vom nachträglich als Ketzer gebranntmarkten Castel Fabri erzählte, flammte der Zorn der Versammelten auf. Man kannte Bernhard gut, wußte um seine Hochherzigkeit und auch, daß er niemals übertrieb; und man schätzte seine Zuverlässigkeit wie seine Gelehrsamkeit.

Um das Jahr 1284 nach der Fleischwerdung des Herrn war Délicieux in den Orden der Franziskaner eingetreten und rasch mit den führenden Geistern seiner Zeit in Beziehung getreten. Er kannte nicht nur den hochgerühmten Doktor mirabilis Roger Bacon persönlich, der eine wertvolle geschliffene Linse sein eigen nannte und obendrein eine sonderbare Weltkarte, die er Délicieux eines Tages gezeigt hatte, sondern auch Raimundus Lullus, diesen herausragenden Dichter und Philosophen, dessen ganzes Bemühen der christlichen Theologie, den Künsten und Naturwissenschaften galt und der – weil er verheiratet war – zum Franziskanertertiar ernannt worden war, eine für Verheiratete mögliche Form des monastischen Lebens.

Mit Lullus war sich Délicieux seit langem einig, daß die

Ausrottung der Ketzerei in den Händen der Dominikaner nur ein Vorwand für Unterdrückung und Erpressung war. Nicht mit Gewalt wie jene, sondern mit *rationes necessariae* – mit zwingender Vernunft – mußte man ihr begegnen, so Délicieux und Lullus, um ein für allemal die Wahrheit des Christentums zu beweisen und der christlichen Religion zum Sieg zu verhelfen.

Raimundus Lullus wohnte ebenfalls dem Generalkapitel in Marseille bei. Als Délicieux geendet hatte, stand der bärtige Mann von imposanter Gestalt auf.

»Meine lieben Brüder, laßt mich Euch die Geschichte des Sultans von Tunis erzählen, den man zum Christentum bekehren wollte. Der Sultan fragte den christlichen Gelehrten, der ihn in den Glauben eingeführt hatte, warum er denn eher an das Christentum als an den Islam glauben solle. Der Christ antwortete ihm, dies sei eine Frage des ›Glaubens‹, darauf der Sultan: ›Warum sollte ich aus Glaubensgründen meinen Glauben für einen anderen aufgeben – *credere pro credere?* Nein, ich will nur das glauben, was meine Vernunft mir sagt: *credere pro vero intelligere.*‹

Nun, Ihr kennt seit langem meinen Standpunkt, liebe Brüder: Ihr wißt, ich lehne jede Form von erzwungener Bekehrung ab. Der menschliche Geist – wenn er vernunftbegabt ist – ist in der Lage, freiwillig die Entscheidung zu treffen, den christlichen Glauben anzunehmen, wenn man ihm die Überlegenheit der christlichen Lehre in einer verständlichen Form darstellt. Die von mir entwickelte *ars magna* erlaubt uns das. Dies sage ich übrigens auch offen den Dominikanern, wenn sie mich – wie sie es ab und an tun – zu ihren Generalkapiteln einladen. Die *ars magna* erlaubt es uns also, aus sinnvollen Begriffen auf formalem Wege *neue* sinnvolle Begriffe zu entwickeln, um so zu besseren Einsichten zu gelangen. Denn eines steht fest: Durch Glauben *und* Einsicht kann Gott mehr gelobt werden als durch Glauben allein. Nur wer verblendet ist und auf den Gebrauch der Vernunft überhaupt verzichtet, bleibt wohl davon unbeeindruckt. Das allerdings scheint mir bei Nikolaus von Abbéville der Fall zu sein. Er hat offenbar nichts von Thomas von Aquin gelernt.«

»Vielleicht kommt dem großen Inquisitor von Carcassonne ebenfalls alles wie Stroh vor, so wie es Thomas von Aquin ergangen ist, bevor man ihn ermordet hat! Das könnte sein ignorantes Verhalten erklären«, rief einer mit hämischem Tonfall aus den hinteren Reihen, worauf andere sich umdrehten und murrten.

»Das mit der Ermordung Aquins ist nur ein Gerücht, Bruder!« warf Lullus beschwichtigend ein. »Thomas war ausgebrannt von seinen vielen Verpflichtungen, mit seiner physischen und seelischen Kraft am Ende, deshalb seine Resignation. Sein Lebenslicht ist vorzeitig erloschen, wie das bei vielen großen Geistern der Fall ist.«

»Ich gebe zu, Thomas von Aquin war für alle Christenmenschen ein Vorbild an Geduld, Sanftmut und Demut – Ihr aber, Bruder Raimundus, Ihr seid zu sehr Rationalist … Ihr …«

Nun aber standen viele auf, um ihren Unwillen gegenüber dem Sprecher lautstark kundzutun. Lullus zeigte sich unbeeindruckt. Als wieder Ruhe eingekehrt war, sagte er – und man konnte ihm ansehen, wie sehr er von seiner Idee überzeugt war –:

»Brüder, hört auf meinen Rat. Ich habe die Kirchenväter gründlich studiert, ich habe mich mit den Philosophen der Muselmanen auseinandergesetzt und mit den Vorstellungen der Katharer. Nur mit der rechten, der ›richtigen‹ Vernunft, können wir den Menschen Gott verständlich machen. Führt also ausgiebige Religionsgespräche mit den Ketzern, disputiert mit ihnen, geht der Sache auf den Grund, und erbringt am Ende den zwingenden Beweis, daß sie sich im Irrtum befinden.«

»Und was ist mit Nikolaus von Abbéville?« Délicieux war noch einmal aufgestanden.

Lullus strich sich den Bart, schmunzelte und antwortete dann beinahe salomonisch:

»Bruder Bernhard, Abbéville hat sicher in einem Punkt recht: Ganz gewiß herrschen bei Euch in Carcassonne Eifersüchteleien. Es wird wohl so sein wie bei Hofe, wo der Beichtvater des Königs Dominikaner ist, der der Königin Johanna unser Bruder Durand, ein Franziskaner. Diese beiden geraten sich regelmäßig in die Haare.«

Die Versammlung lachte.

Dann wurde Lullus wieder ernst.

»Der üble Handstreich Abbévilles gegen die Leute aus Albi jedoch, von dem Ihr berichtet habt, Bernhard, muß ernster bewertet werden, und vor allem die dreiste Verleumdung des Castel Fabri. Der Inquisitor Eurer Stadt scheint in der Tat anmaßend und maßlos zugleich zu sein. Da es sich offenbar um einen der widerlichsten Fälle von Geldgier handelt, von dem man bislang gehört hat, beantrage ich, daß das Generalkapitel am heutigen Tag offiziell unseren Bruder Bernhard Délicieux beauftragt, die Verteidigung des verstorbenen Castel Fabri zu übernehmen.«

Bernhard Délicieux bereitete noch am gleichen Tag im Namen des Franziskaner-Ordens von Okzitanien eine Erklärung vor, dergestalt, daß es allgemeiner Glaube sei, daß die Berichte der Inquisition kein Vertrauen verdienten.

Die Aude glänzte in der Sonne, der rote Klatschmohn leuchtete zu ihr herüber, und die Rispengräser neigten sich im Wind. Welch ein heller, heiterer Sommertag! Rixende stand unbeweglich an der Reling, um das rechte Ufer im Auge zu behalten. Seit zwei Tagen schon ritt jeweils für mehrere Stunden der schwarze Mönch hinter den Treidelpferden her, ganz der Geschwindigkeit des Schiffes angepaßt. Legte die »Jeanne« aber in der Abenddämmerung am Ufer an, war er spurlos verschwunden.

Rixende schloß für eine Weile die Augen und ließ sich zurückfallen in die Vergangenheit.

Das Leben in Gavarnie, in der Fremde, war zu Beginn nicht einfach gewesen. Als sie ihre Stiefschwester Gesine kennenlernte, die im gleichen Alter wie sie war, weigerte sie sich, ihre Freundin zu werden. Warum auch, wenn doch der Vater sie bald wieder abholte. So lag das Mädchen Nacht für Nacht stumm, einzig auf den tosenden Wasserfall und all die anderen fremden Geräusche und Gerüche achtend, neben des Bayles Tochter, wartete und wartete, und ließ seinen Tränen so lange freien Lauf, bis es vom Schlaf überwältigt wurde. Heute mußte sie darüber lachen, doch damals war es am schlimmsten für sie gewesen, daß es im Hause des Bayles keinen Abtritt gab wie daheim. In Gavarnie, wo man fast das ganze Jahr barfuß lief und gewissermaßen gemeinsam mit den Tieren unter dem großen flachen Dach lebte, auf dem im Sommer die Garben getrocknet wurden, suchte jedermann bei Wind und Wetter den kleinen Bach auf, der neben dem Geflügelhof mitten durch einen Gemüsegarten mit lauter Zwiebeln, Kohl, Rüben, Lattich und Lauch führte, und – für Rixende ein Graus – man verwendete nach der Notdurft kratziges Stroh statt der gewohnten weichen Mooszöpfe. Des öfteren war sie bei ihrer Verrichtung in den Bach gefallen oder gerutscht und dann tropfnaß und heulend zu Mengarde in die *Foghana* gelaufen, wie man die Küche im Gebirge nannte, um sich von ihr trösten zu lassen. Als sie merkte, daß die Tage kürzer wurden, der Winter Einzug hielt, ohne daß der Vater gekommen war, nach einem neuen Sommer erneut der Schnee die hohen, beinahe senkrecht abfallenden Felswände bedeckte, die ringsum das verwunschene, ebenfalls eingeschneite Dorf Gavarnie beschützten, packte sie schiere Verzweiflung. Ach, könnte ich die dunkle Zeit nur verschlafen, dachte sie unablässig, und sie glaubte, sie würde niemals mehr fröhlich werden. Niemand konnte sie trösten. Rixende hatte große Achtung vor dem »Schwarzgefiederten«, wie sie den Bayle heimlich nannte, weil seine dunkelglänzenden, dichten Haare sich wie ein Rabenschopf um sein Haupt legten. Er hatte ihren Vater vor Jahren auf einem Kreuzzug kennengelernt und war ihm ein guter Freund geworden. Daß beide heil nach Hause gekommen waren, hatten sie als Geschenk

Gottes angesehen. Der Bürgermeister von Gavarnie war wohlhabend, er besaß als einziger im Dorf fünf fette Maultiere und drei Ochsen. Seine Frau war bei der Geburt von Gesine gestorben. Seitdem stand, von zahlreichem Gesinde unterstützt, seine Mutter Mengarde dem Haushalt vor. Man rief sie »Na Mengarde« – also Domina, Herrin.

Arnaud, der älteste Sohn des Bayle, lebte ebenfalls im Hause seines Vaters. Seine Leidenschaft galt den großen Viehherden der Familie, die er des Sommers zusammen mit Christian und etlichen Knechten hütete, hoch oben auf den umliegenden Hängen, wo im Frühling der rosafarbene Rhododendron blühte. Verheiratet war er mit Grazide, einer dürren, ein wenig tölpelhaften Frau, die zwar unschuldig aussah, aber den Teufel im Leib trug, wie Mengarde oft sagte. Am Fest des Bären, das jedes Jahr zum Winterende gefeiert wurde, hatte man sie einmal erwischt, wie sie sich heimlich mit einem anderen Mann davonschleichen wollte. Zur Rede gestellt, rechtfertigte sie sich damit, daß ihr Mann immer so unfreundlich zu ihr wäre, sie *truiassa* – also »Sau« – schimpfe und schlüge und obendrein von Ostern bis Michaelis auf der Weide sei. Der andere jedoch hatte sie nicht ernsthaft begehrt. Und so war sie reumütig ins Haus zurückgekehrt, wo Mengarde sie mit Nichtbeachtung strafte und ihren Beschwerden über Arnaud lapidar ein altes Sprichwort der Bergbewohner entgegensetzte: »Wer seine Frau mit dem Kissen verhaut, tut ihr nicht weh, weint sie auch laut!«

Nach und nach hatte sich Rixende in ihr Schicksal ergeben und ihren schönen Namen Ava von Planissoles vergessen. Die Eltern mußten tot sein, denn sonst hätten sie sie niemals im Stich gelassen. Aber was war mit ihrem Bruder? Klug und mutig, wie ihn Rixende in Erinnerung hatte, war es sein heißester Wunsch gewesen, sich als Ritter auf die Suche nach dem Heiligen Gral zu begeben, was Mutter als Träumerei abgetan und Vater insgeheim mit Stolz erfüllt hatte. Doch als eines Tages ein maurischer Sterndeuter und Wahrsager nach Montaillou gekommen war und Simon sich von ihm auf dem

Dorfplatz voller Begeisterung die Zeichen des Vogelflugs hatte deuten lassen, hatte auch Vater ein ernstes Wort mit ihm gesprochen. Seitdem war der Bruder ein anderer geworden. Still und in sich gekehrt, hatte er sich den Betstunden der Eltern, Diener und Nachbarn zugesellt, die im Haus einer Familie Rives immer dann stattfanden, wenn ein Prediger im Ort erschien. Rixende hatte von diesen Dingen nichts verstanden. Erst als sie schon zwölf Jahre alt war, hatte man ihr im Hause des Bayle die Wahrheit gesagt über den sonderbaren Glauben, dem die Eltern angehangen hatten, und den schrecklichen Tod auf dem Scheiterhaufen, den sie deswegen erleiden mußten.

Die bittere Wahrheit hatte am Ende aber auch eine schöne Seite gehabt: Simon war endlich nach Gavarnie gekommen, ihr geliebter Bruder, zu dem sie nun unterwegs war.

Abu Ras Anfa, der seinerseits Rixende kaum aus den Augen ließ, weil er sich für sie verantwortlich fühlte, hatte ihr Interesse an dieser geheimnisvollen dunklen Gestalt, die ständig neben dem Schiff einherritt, bald bemerkt, traute sich jedoch nicht nachzufragen, denn Rixende war schweigsam und in sich gekehrt wie nie zuvor. Nur abends, vor dem Schlafengehen, wenn der Mond das Schiff in ein gespenstisches Licht tauchte, war sie etwas gesprächiger. Abu Ras, der jeden Morgen einen andersfarbigen Turban trug, erregte nicht wenig Aufsehen. Doch die Mitreisenden hatten sich rasch an ihn gewöhnt und lauschten hingerissen, wenn er von den prachtvollen Palästen seiner Heimat schwärmte, in denen noch immer die Hofkunst gepflegt werde. Auch im Orient gebe es Troubadoure, erzählte er, jedoch gelte das Lob, das sie auf den Lippen trugen, keiner höhergestellten verheirateten Frau wie im Okzident, sondern zumeist einer schönen Sklavin. Einmal holte er auch seine Flöte hervor, um den Reisenden jene maurischen Weisen vorzuspielen, die christlichen Ohren ungewohnt und faszinierend zugleich erscheinen.

An den Abenden aber erklärte er Rixende die Besonderheiten des Arabischen, wobei er eingangs immer schmunzelnd sagte: »*Al kalam lahu tam mithl at a am* – Sprache schmeckt wie Essen, gebt also acht, Herrin!«

Als der Kapitän den Reisenden endlich ankündigte, daß man bald in Narbonne eintreffen werde, jubelten alle. Doch Rixende schlug das Herz bis zum Hals. Eine tiefe Erregung hatte sich ihrer bemächtigt. Wie würde sich Fulco von Saint-Georges verhalten? Was war überhaupt der Grund für seine seltsame Verfolgung? Hatte er Angst, sie könnte das Vermögen der Fabris außer Landes bringen?

In der Nacht vor der geplanten Ankunft ging ein schweres Gewitter mit stürmischen Winden nieder. Nachdem im Morgengrauen noch immer eine kräftige Brise wehte, beschloß der Kapitän, endlich die Segel zu setzen. Die Treidler begleiteten das Schiff noch eine Weile, ritten dann aber weiter. Um die Mittagszeit schien trotz heftigem Wind wieder die Sonne, und die Wellen glitzerten. Merkwürdigerweise war von Saint-Georges an diesem Tag keine Spur zu sehen, obwohl man einen dunklen Ulmenwald längst hinter sich gelassen hatte.

Nach einer Weile kam der Kapitän auf Rixende zu geschlendert. Wieder hatte er sein lächerliches, viel zu kleines smaragdfarbenes, über und über mit falschen Perlen besticktes Samtbarett auf dem roten Schopf. Es war ebenso von der Sonne verschossen wie sein schwarzes Wams und seine Beinlinge. In der Rechten schwenkte er eine neunschwänzige Katze, die er, nach eigener Aussage, irgendwann in einem Zweikampf einem Mauren abgenommen hatte. Es geschah nicht selten, daß er damit einem seiner Schiffer, wenn dieser zu langsam arbeitete, im Vorübergehen eines überzog. Der Mann fluchte gerne und laut, obendrein spuckte er andauernd in den Fluß. Andererseits war er leutselig und überließ oft das Ruder einem Schiffsmann, um sich ein wenig mit Rixende oder einem der anderen Reisenden zu unterhalten. Da geschah es dann, daß er lautstark über die elenden Müller und Fischer herzog, die ständig mit den Schiffern im Streit lägen; er erzählte von seiner Zeit auf hoher See, von furchtbaren Stürmen und Schiffbrüchen, die er überlebt hätte, von geheimnisvollen flackernden Lichtern am Horizont und von Meeresungeheuern. Manchmal aber schwärmte er auch von seiner Heimat Bigorre, und dabei wurden seine Augen feucht. Daß ihm das Schiff gar nicht gehörte, weil er das Kind armer Eltern war, schien er auf die leichte Schulter zu nehmen.

»Das, Herrin«, meinte er nun schmunzelnd, »ist nicht so tragisch, denn ich bin schon so lange Kapitän auf der ›Jeanne‹, daß jedermann denkt, sie sei mein eigen. Ja, ich liebe mein Schiff, edle Dame«, sagte er zum wiederholten Male und sah hinauf zu den blau-weiß gestreiften dreieckigen Segeln, die sich im Wind blähten. »Ich liebe es vor allem, wenn es freigelassen ist, frei von den Zügeln der Treidler wie heute, unabhängig, einzig den günstigen Winden und den Wellen ausgesetzt. Da zeigt sie, was sie kann, die gute ›Jeanne‹, ja, da ist es eine rechte Lust, ihr zuzusehen! Aber Euch anzusehen, meine Liebe« – mit diesen Worten trat er einen Schritt auf Rixende zu, um plötzlich etwas zu tun, was er zuvor nur manchmal mit den Augen getan hatte, er strich mit der neunschwänzigen Katze sanft über ihren Busen –, »Euch anzusehen ist mir ebensosehr eine Lust ... Ihr seid mir eine rechte Hübschlerin!«

Rixende wich entsetzt zurück. »Wie könnt Ihr es wagen!« rief sie empört und dann laut: »Abu Ras!«

Da gab es plötzlich einen heftigen Ruck und zugleich ein schreckliches Geräusch. Das Schiff ächzte und knirschte, als wollte es auf der Stelle auseinanderbrechen. Der Kapitän riß vor Überraschung Mund und Augen auf und ließ die neunschwänzige Katze fallen. Noch bevor er Anstalten machen konnte, zum Ruder zu eilen, ging ein weiterer Ruck durch das Schiff. Die Schiffsleute und die beiden anderen Reisenden, die sich an der frischen Luft befanden, schrien auf, Taue rissen, ein Kübel rollte scheppernd über das Deck. Rixende, noch immer erbost über die Unverschämtheit des Kapitäns, hörte laut die Pferde wiehern. Da wurde ihr unversehens der Boden unter den Füßen weggezogen. Halb fiel sie auf den Kapitän, der seinerseits heftig mit den Armen ruderte, um sein Gleichgewicht zu behalten, dann schlug sie hart mit dem Kopf auf den Planken auf. Kurz bevor sie ohnmächtig wurde, bemerkte sie zu ihrem Schrecken, daß sich das Schiff zur Seite neigte.

21

Von Mitte wellt's zum Rand, vom Rand zur Mitten,
wenn Wasser Stoß verspürt in runder Schale …
Dante, Die Göttliche Komödie

Jede Flußfahrt birgt Risiken. Durch Geröllgeschiebe und vor allem in heißen Sommern können unvermutet mächtige Sandbänke auftauchen. Das hätte der Kapitän der »Jeanne« wissen müssen, der so große Stücke auf seine Erfahrung hielt und dennoch zugelassen hatte, daß das Schiff überladen und nicht selten nur von seinem »faulen Pack« geführt wurde. Zwar glaubte er, jede Untiefe, jede gefährliche Stelle der Aude zu kennen wie den Inhalt seines Beutels, doch in diesem Jahr waren die Wasserstände ungewöhnlich gefallen. Kurz vor Narbonne drohte die Aude gar, völlig zu versanden, womit der Verbindungsweg zum Meer abgebrochen war.

Auch an diesem Morgen war Saint-Georges neben dem Ufer einhergeritten, doch war der Weg auf dem Damm durch den nächtlichen Gewitterregen derart aufgeweicht, daß er sich einen anderen Pfad gesucht hatte, verborgen vor Rixendes Blicken.

Nun hörte er beängstigende Geräusche vom Fluß und gleich darauf Schreie. Ungeachtet des rutschigen Untergrunds ritt er die Anhöhe hinauf, umging dabei geschickt ein Gestrüpp von Weiden und alten Flechtzäunen und erreichte bald den Kamm der Böschung. Dort zügelte er sein Roß.

Rixendes Schiff lag gestrandet vor seinen Augen, inmitten der noch immer aufgewühlten Aude, die auf den ersten Blick nicht erkennen ließ, daß sie für einen schwerbeladenen Segler nicht mehr genug Wasser führte. Das Schiff war offenbar achtern von der Strömung zur Seite gedrückt worden, und der Wind hatte ein übriges getan. An Saint-Georges' Ohren drangen infernalische Schmerzensschreie, dazu Pferdewiehern,

Schafeblöken – und er sah, wie einzelne Leute sich ungeschickt an dicken Seilen ins Wasser hinabließen. Doch wie er auch seine Augen anstrengte, nirgends konnte er Rixende erblicken. Entschlossen ritt er ans Ufer hinunter und band sein Pferd an einen einzelnen Weidenstumpf. Im Wasser versuchten inzwischen einige Schiffer, eine Art Kette zu bilden, indem sie sich in Abständen an einem dicken Seil festhielten und auf der Stelle schwammen. Der Inquisitor warf seinen Umhang ab und watete bis zur Brust in den Fluß hinein, um diejenigen in Empfang zu nehmen, die sich an diesem Rettungsseil entlanghangelten, weil sie nicht schwimmen konnten. Immer wieder warf er dabei einen Blick zum gestrandeten Schiff hinüber, in der Hoffnung, endlich Rixende zu erblicken oder wenigstens diesen unverschämten Muselmanen, der sich ständig an ihrer Seite aufzuhalten schien. Doch von beiden war keine Spur zu sehen. Wieso hatte man die einzige Frau, die sich an Bord befand, nicht zuerst gerettet? Der Wind heulte, und die Aude schäumte und tobte, als ob sie diesen Fremdkörper wieder ausspucken wollte, der sich auf sie gelegt hatte und nicht mehr fortbewegen wollte. Da hangelte sich plötzlich der Kapitän an Saint-Georges heran.

»He«, rief Saint-Georges ihm zu. »Wo ist die Frau, die bei Euch an Bord war?«

»Was weiß ich? Kümmere dich gefälligst um deinen eigenen Kram, Mönch!« herrschte ihn der Kerl an, bevor er sich daranmachte, ein weiteres Seil, das er sich um den Leib geschlungen hatte, am Ufer zu befestigen, und zwar genau an dem Baumstumpf, an dem Fulco sein Pferd angebunden hatte.

Ungeachtet der Hilferufe derjenigen, die inzwischen prustend und rudernd an den beiden Seilen hingen und kaum vorwärts kamen, weil die Angst sie in den Klauen hielt, schwamm Fulco zur Sandbank hinüber. Als er festen Boden unter den Füßen spürte, kroch er zum Wrack hin. An einem der Knotenstricke kletterte er hoch. Oben angekommen, klammerte er sich an eine offenstehende Kajütentür. Was nicht niet- und nagelfest war an Bord, hatte sich bei dem Unglück in Bewegung gesetzt: Bündel mit aufgerollten Seilen, Strohballen, Holzkübel, Werkzeug, Angelruten und Taue. All das lag kunterbunt durcheinandergewürfelt auf einem Haufen an der Backbordseite.

Fulco wollte sich gerade dort hinunter fallen lassen, um nach Rixende zu suchen, als das Schiff sich erneut bewegte. Es kippte nun vollends zur Seite, krachend brach der Mast unter der Last des mit Wasser vollgesogenen Segels, und die sich noch immer unter Deck befindlichen Tiere schrien und blökten entsetzlich.

Doch was war das? Hatte sich Fulco getäuscht, oder war da eine menschliche Stimme aus dem höllischen Lärm herauszuhören? Er kroch auf allen vieren, dabei immer wieder abrutschend, zur Rampe hin, die einst nach unten, jetzt aber beinahe waagrecht ins Innere des Schiffes führte. Endlich war es geschafft. Beißender Qualm kam ihm entgegen. Aus einem der Verschläge – es handelte sich wohl um die Schiffsküche, in der Tag und Nacht Feuer brannte – schlugen helle Flammen. Ungeachtet der Gefahr schlang sich Fulco sein nasses Hemd um Mund und Nase, um Rixende zu suchen. Doch was sich kurz darauf seinen Augen darbot, war mehr als grauenhaft. Die Pferde waren durch den Rauch vollends in Panik geraten, zwei waren gestürzt und lagen auf dem Rücken, das dritte trampelte in heller Aufregung auf den Schafen und Ziegen herum, die sich losgerissen hatten, und – Fulco stockte der Atem – auch auf Menschen. Einige Männer waren offenbar bei dem Versuch, die Pferde zu retten, zwischen sie gefallen und nicht mehr rechtzeitig hochgekommen. Bereits bis zur Unkenntlichkeit verstümmelt, gaben sie kein Lebenszeichen mehr von sich. Abu Ras Anfa befand sich unter ihnen, einzig erkennbar an seinem Turban. Über allem Durcheinander aus Pferdeleibern, zuckenden Hufen, Blut, Toten und Schwerverletzten herrschte ein unvorstellbarer Lärm.

Hier konnte niemand helfen, ohne sich selbst in Todesgefahr zu begeben.

Fulco von Saint-Georges kämpfte sich wieder nach draußen durch. Der Qualm war noch dicker geworden. Wütend darüber, daß Abu Ras Anfa sich um die Pferde und offenbar nicht um Rixende gesorgt hatte – das hätte ihm vielleicht selbst das Leben gerettet –, riß er jeden Verschlag auf, um hineinzusehen. Doch sie war nirgends zu finden. War sie über Bord gespült worden, als das Schiff gestrandet war? Fulcos Herz klopfte vor Aufregung und Angst, er hustete und spuckte aus und rang, als er endlich wieder an Deck ankam, gierig nach frischer Luft.

Dann klammerte er sich an der Reling fest. Viel Zeit hatte er nicht mehr. Das Feuer begann schon auf einzelne Teile des Decks überzugreifen, auch aus den Strohballen, die sich mit dem alten Kram an der untersten Reling auftürmten, zogen erste Rauchschwaden. Da schoß Fulco ein Gedanke durch den Kopf. Hatte er dort nicht zuallererst suchen wollen? Wenn Rixende nicht unter Deck gewesen und auch nicht von Deck gespült worden war, war sie vielleicht zusammen mit dem Stroh und dem Gerümpel dort hinunter gerutscht?

Kurz entschlossen zog er das Seil, mit dem er an Bord gekommen war, zu sich heran, schlang es sich um den Leib, setzte sich auf die Planken und rutschte hinunter. Wegen der außergewöhnlichen Schräglage des Schiffes prallte er hart mit dem Rücken gegen die Reling. Er schrie auf vor Schmerz, stemmte sich dann aber mit beiden Beinen ab, um das rauchende oder bereits züngelnde Stroh in hohem Bogen über Bord werfen zu können. Es brannte nur deshalb nicht lichterloh, weil es des nächtlichen Gewitterregens wegen noch feucht war. Als er dann die Kübel hinterherwarf, um sich einen Überblick zu verschaffen, entdeckte er sie.

Zusammengekrümmt lag Rixende zwischen einer Seilwinde und mehreren Planken und rührte sich nicht. Ihr herrliches dunkles Haar – das Gebende hatte sich bei dem Sturz gelöst – bedeckte das halbe Gesicht und breitete sich wie ein Schleier aus auf ihrem blauen Übergewand. Die neunschwänzige Katze des Kapitäns, von der Fulco nichts wußte, lag zu ihren Füßen. Der Inquisitor versuchte, ihren linken Fuß mit der schmalen, geflochtenen Ledersandale zu ergreifen, um die junge Frau zu sich heranzuziehen. Als es ihm nach mehreren Versuchen endlich gelang, mußte er sich mit seinem Gewicht beinahe auf Rixende legen, damit sie nicht wieder zurückrutschte. Blind tastete er mit seiner linken Hand nach einem Tau, das er dort irgendwo gesehen hatte, schlang es dann um Rixendes Körper und befestigte es an seinem eigenen. Dann erst hielt er inne, um zu prüfen, ob sie noch atmete. Rixende war ohne Bewußtsein, leichenblaß, und er befürchtete schon das Schlimmste. Doch als er ihren Herzschlag fühlte und kurz darauf einen schwachen Hauch auf seinem Handrücken spürte, atmete er erleichtert auf. Sie lebte. Dem Herrn sei Dank, dachte er. Nun konnte er sich an das schwierige Unterfangen machen, mit seiner ohnmächtigen Last das brennende Wrack zu verlassen, um sie endgültig in Sicherheit zu bringen.

Als Rixende im kalten Wasser zu sich kam, die Augen aufschlug und Saint-Georges neben sich sah, stockte ihr der Atem. Träumte sie noch immer, oder … Nein, irgend etwas mußte geschehen sein – etwas Schlimmes, ein Unglück vielleicht, ja ein schreckliches Unglück … dort … das Schiff – es brannte!

Sie waren die letzten, die sich an dem Seil des Kapitäns entlanghangelten, und als sie beide gerettet waren, fielen sie vor den anderen Reisenden, die erschöpft am Ufer lagen, dankbar auf ihre Knie.

Der Kapitän kam wild gestikulierend auf sie zu, feuerrot im Gesicht, die eisblauen Augen weit aufgerissen, das Hemd in Fetzen, aber die geliebte Samtkappe in der Rechten.

»Dem Himmel sei Dank, Ihr seid gerettet, Herrin. Ich habe Euch überall gesucht! Ich …«

»Schert Euch von dannen«, fuhr ihn Fulco an und ging drohend auf den Mann zu, als ob er sich auf ihn stürzen wollte. »Dein eigenes Leben hast du in Windeseile in Sicherheit gebracht, du Schuft, jedoch keinen einzigen Finger gekrümmt, um sie zu retten!«

»Wie könnt Ihr es wagen, Mönch …«, brüllte der Kapitän, und einige seiner Leute sprangen hinzu, um ihm beizustehen.

»Bitte«, rief da Rixende und hielt sich den schmerzenden Kopf, »streitet doch nicht meinetwegen. Sagt mir lieber, wo sich mein Reisegefährte Abu Ras Anfa befindet? Ich kann ihn nirgends entdecken!«

Der Kapitän machte ein finsteres Gesicht.

»Der Maure war bei den Pferden, als ihn einer meiner Männer zuletzt gesehen hat, und die sind in Panik geraten. Ich glaube nicht … daß er sich in Sicherheit bringen konnte.«

»Abu Ras ist tot?« schrie Rixende auf.

»Ach, Ihr habt zwar Euren Diener und Euer ganzes Gepäck verloren, das ist tragisch, aber ich … ich bin ruiniert, edle Dame, völlig ruiniert bis ans Ende meiner Tage«, lamentierte der Kapitän, als ob er damit Rixende trösten könnte. »Ich bedaure nur eines, nämlich nicht mit meiner ›Jeanne‹ untergegangen zu sein!«

»Redet doch keinen Unsinn! Euer Schiff ist ja gar nicht untergegangen, es ist durch Eure Schuld gestrandet!« schrie Saint-Georges, noch immer erregt.

»Jawohl«, rief einer der Reisenden, »und das Blut derer, die dort drüben jämmerlich zugrunde gegangen sind, wird über Euch kommen, wenn es an der Zeit ist.«

Rixende bedeckte ihre Augen mit den Händen, und die Tränen quollen nur so darunter hervor. Armer Abu Ras, dachte sie, so sinnlos der Tod im Frühling deines Lebens. Trug sie schuld daran, weil sie ihn gebeten hatte, sie mitzunehmen? Hatte er ihretwegen die Pferde retten wollen? Und wie sollte sie jetzt ohne seine Hilfe jemals nach Cotllioure gelangen, wo Simon auf sie wartete? Die Wechselbriefe, die sie dort bei den Tempelrittern eintauschen wollte, sie wenigstens waren nicht verloren. Sie hatte sie noch in Carcassonne heimlich in dünnes Leder eingewickelt und in ihr Hemd genäht.

Als sie ihre Fassung halbwegs wiedergewonnen hatte, sah sie zu Saint-Georges hinüber. Die anderen Reisenden saßen mutlos im Sand, einige flüsterten miteinander, zwei stöhnten vor Schmerzen. Dem einen hing der linke Arm verdreht im Gelenk, und ein anderer hatte sich das Bein gebrochen, als er an Bord gestürzt war.

»Ich danke Euch von Herzen«, sagte Rixende leise, indem sie hinter Saint-Georges trat, »daß Ihr mich gerettet habt, Herr ...« Er drehte sich zu ihr um, legte unauffällig den Finger auf den Mund und nickte. Dann fragte er höflich:

»Wie fühlt Ihr Euch? Seid Ihr verletzt?«

»Der Kopf«, sagte sie leise, »es ist nur der Kopf.«

»Laßt sehen«, meinte er und schob seine Hand in ihr dunkles feuchtes Schattenhaar.

»Au!« Rixende stieß einen Schmerzenslaut aus, und als Fulco seine Hand betrachtete, war sie voller Blut.

»Ihr habt eine klaffende Wunde am Hinterkopf, Frau Fabri«, sagte er ruhig. »Wenn Ihr ein Stück von Eurem Unterkleid abreißen wolltet, so könnte ich sie verbinden – und dann wollen wir überlegen, wohin wir reiten.«

»Wohin Ihr reiten werdet?« sagte da der Kapitän, und seine Stimme war hohngetränkt. »Ihr reitet nirgendwohin, denn Ihr habt kein Pferd mehr, Mönch.«

Seinen Worten folgte eine auffordernde Bewegung in Richtung seiner Leute.

Saint-Georges fuhr herum. »Laßt ja die Finger von meinem Roß«, stieß er hervor. Doch die Männer des Unholdes machten sich bereits an seinem Grauen zu schaffen und durchsuchten die Satteltaschen.

Als Fulco sich auf sie stürzen wollte, zog der Kapitän plötzlich ein Messer.

Rixende schrie auf.

»Ganz ruhig«, zischte der Rothaarige. »Wenn Ihr Euch still verhaltet, Pfaffe, dann geschieht Euch und Eurem Liebchen nichts.«

»Ich bin niemandes Liebchen, merkt Euch das!« rief Rixende aufgebracht, was die anderen Reisenden aus ihrer Lethargie weckte und bewog, den Mönch näher in Augenschein zu nehmen. Niemand kam ihm zu Hilfe.

Die Schiffer führten das Pferd heran. Der Kapitän lachte einmal kurz auf, steckte dann das Messer zurück, schwang sich, bevor Fulco ihn aufhalten konnte, auf das Pferd und verließ mit den Schiffern im Schlepptau den Unglücksort.

Saint-Georges war weiß im Gesicht vor Wut.

»Die wahre Ehre ist verfallen«, klagte einer der Männer, ein eitler Kerl, der sich an Bord wie ein Grieche mit einer Brennschere ständig das Barthaar gekräuselt hatte. Nun stand er hilflos herum, angetan mit grünen tropfnassen Beinlingen aus Samt, und schüttelte unentwegt das Haupt. »Vorbei sind die Zeiten, als die Sänger in zierlicher Tracht von Hof zu Hof wanderten, um die Frauen zu preisen und die Ehre hochzuhalten!«

»Ja, da habt Ihr wohl recht«, pflichtete ihm ein feister Mann zu, der überhaupt keine Haare mehr auf dem Kopf hatte – jedoch wertvolle Ringe an den Fingern. »Doch nützt es nichts, zu klagen, denn heutzutage ist es offenbar eine Ehre, die Leute auszurauben!«

Der Inquisitor fuhr den Dicken an: »Dann redet nicht nur davon, sondern hört zu jammern auf! Schurken hat es zu allen Zeiten gegeben. Laßt uns lieber überlegen, wie wir von hier wegkommen. Nicht alle sind gut zu Fuß, wie Ihr seht.«

»Aber unser Geld!« rief verzweifelt einer der beiden jüngeren Männer, betuchte Kaufleute aus Narbonne, wie Rixende wußte. Der eine von ihnen hatte teure Gewürze nach Carcassonne geliefert, und der andere handelte mit Eichhörnchenfellen und Eibenholz, aus dem die besten Bogen gefertigt wurden, wie er Abu Ras an Bord stolz erzählt hatte. »Es liegt dort drüben! Laßt uns abwarten, bis das Schiff ausgebrannt ist, dann wollen wir hinüberschwimmen und danach suchen!«

Da man den Verdacht hegte, daß der Kapitän über kurz oder lang zurückkommen würde, um sich selbst auf die Suche nach dem Silber zu machen, kam man überein, einen Versuch zu wagen. Doch als der Mond aufging, loderten noch immer die Flammen, so daß man beschloß, den Morgen abzuwarten.

Inzwischen war es dunkel geworden. Rixendes Wunde blutete noch immer. Obendrein mußte sie sich übergeben. Fürsorglich verband Saint-Georges sie erneut und deckte sie mit seiner Kukulle zu, damit sie ein wenig zur Ruhe käme. Hätte er noch sein Pferd gehabt, wäre er auf der Stelle mit ihr davongeritten. Irgendwo in dieser Gegend befand sich die Abtei Fontfroide.

Rixende, die noch immer keine Ahnung hatte, weshalb der Inquisitor eigentlich hier war, ob er sie oder jemand anderen überwachte, lächelte ihm dennoch dankbar zu. Sie sah zum Himmel hinauf, wo unzählige Sterne glitzerten. Die Zikaden hatten ihren nächtlichen Gesang aufgenommen, und die Wasser der Aude flossen nun ruhiger in die Nacht hinein, als ob nichts geschehen wäre. Der Wind hatte sich gedreht, so daß der Qualm endlich in die entgegengesetzte Richtung zog. Obwohl sie nicht froren, kamen die Reisenden nicht zur Ruhe, denn plötzlich begannen sie unzählige Stechmücken zu plagen.

Bei Sonnenaufgang schwammen Saint-Georges und die beiden jungen Männer zum ausgebrannten Wrack hinüber, während die übrigen gebannt zusahen. Rixendes Kopf schmerzte noch immer stark, und es war ihr wieder übel und schwindlig. Lange suchten die Männer den Grund der Sandbank nach dem ab, was das Feuer nicht hatte verzehren können. Und sie wurden tatsächlich fündig. Vier Beutel waren, bevor das Leder hatte Feuer fangen können, ihres Gewichtes wegen über Bord gerutscht und auf den Grund gesunken. Doch man konnte nicht mehr feststellen, wem sie einst gehört hatten. So einigte man sich, die Münzen auf einen Haufen zu legen und sie gerecht unter allen Überlebenden aufzuteilen. Auch Saint-Georges bekam seinen Anteil, weil der Kapitän ihn ausgeraubt hatte und weil ohne ihn das Geld nicht hätte geborgen werden können.

Der Inquisitor schlug vor, im nächsten Dorf einen Karren aufzutreiben und ein Pferd, damit man die Verletzten von hier wegbringen konnte.

»Die Bauern werden uns nicht helfen, sie haben doch selber nicht genug zum Leben!« jammerte der mit dem Kräuselbart, der sich Clément rufen ließ.

»Pah, wer Geld liebt, der bleibt nicht ohne Sünde!« entgegnete ihm der Dicke und klimperte mit seinem Anteil. »Also, wer von uns geht freiwillig? Ich für meinen Teil würde es mir lieber zur Aufgabe machen, den Verletzten zur Seite zu stehen.«

Es waren wieder Fulco von Saint-Georges und die beiden Jüngeren, die loszogen. Nach nur einem halben Tag kamen sie mit einem zweirädrigen Karren, auf dem sich ein kleiner Sack mit Brot, verschrumpelten Äpfeln und Nüssen befand, zurück. Zu ihrem Leidwesen führten sie nur einen einzigen Maulesel mit sich, der obendrein schon ziemlich klapprig war.

»Man hat Euch diese Mähre gewiß nur verkauft, weil sich ein Mönch unter Euch befand!« spottete Clément und grinste dabei vielsagend.

»Die Verletzten werden gefahren, alle anderen müssen laufen!« bestimmte Saint-Georges, was den Dicken, der Rixende in der Zwischenzeit erzählt hatte, daß er in Toulouse ein Geschäft für Delikatessen aller Art besaß und regelmäßig den päpstlichen Nuntius belieferte, laut aufstöhnen ließ.

22

Sah weiter nichts als nur ein Feuerflammen
gleich einem Wölkchen durch die Lüfte ziehn …
Dante, Die Göttliche Komödie

Nach Carcassonne zurückgekehrt, eilte Bernhard Délicieux sogleich zu Elias Patrice, um ihm von dem Beschluß des Generalkapitels zu berichten.

»Die Sache mit Castel Fabri kann sich über Jahre hinziehen«, meinte der Franziskaner. »Wie ich nämlich erfahren habe, hüten die Inquisitoren von Carcassonne in ihren Archiven eine Bulle Innozenz' IV., worin sie ermächtigt wurden, Urteile ins Endlose aufzuschieben, wenn sie der Meinung wären, daß der Aufschub im Interesse des Glaubens läge.«

»Das gibt es doch nicht«, protestierte Patrice. »Irgend jemand muß einen Schlußstrich unter die ganze Angelegenheit ziehen! Nachdem der Seneschall, wie ich es schon vermutet habe, wenig Anzeichen erkennen läßt, in unserem Sinne tätig zu werden, wird der Senat keinesfalls den Tag des Heiligen Ignatius abwarten, sondern am Seneschall vorbei eine Eingabe bei König Philipp machen. Denn es geht schließlich nicht nur um das Ansehen Castel Fabris, es kann jederzeit jeden von uns treffen! Und was die Gefangenen aus Albi anbelangt: Auch hier nichts als Verzögerungen. Die Frau des Salavert schreibt ein Gesuch nach dem anderen, und der Onkel des Isarn, der sein erzwungenes Geständnis wieder zurückgenommen haben soll, ebenso. Alles vergeblich. Doch wenn ihr Franziskaner nun offiziell Fabris Verteidigung übernehmt und der König sich dazu auf unsere Seite schlägt, ist die hiesige Inquisition irgendwann am Ende. Es muß uns also gelingen, Philipp dem Schönen klarzumachen, daß es hier um mehr geht als um blanke Ketzerei. Es geht auch um die

Rechte seiner Stadt Carcassonne, mag das Abbéville sehen, wie er will.«

»Das ist alles schön und gut, Herr Senator«, meinte Délicieux. »Der König ist *eine* Hoffnung für uns, ohne Zweifel, vielleicht die einzige. Doch was mir größte Sorgen bereitet, ist, daß der Heilige Vater in der Angelegenheit Carcassonne auf beiden Ohren taub ist. Wie auf dem Generalkapitel zu hören war, hat er zwar den Dominikanern die Jurisdiktion über die Juden der Provinzen Toulouse und Narbonne entzogen – wegen der beständigen ungesetzlichen Belästigungen, denen sie durch die Inquisitoren ausgesetzt waren – und sie wieder auf die Bischöfe übertragen. Doch was die Ketzer von Albi betrifft, so …«

»… kennt Bonifatius keine Gnade!« vervollständigte Patrice den Satz. »Ich weiß, ich weiß. Daß die Juden ebenfalls unter dem Inquisitionseifer zu leiden haben, ist mir bekannt. Doch mein Freund Castel Fabri war weder Jude noch ein Ketzer, sondern Katholik. Und dennoch ist jetzt ganz Carcassonne exkommuniziert! Eine Stadt kann kein größeres Unglück treffen! Keine Taufe, keine Trauung, kein Gottesdienst mehr! Unsere Altäre und Kanzeln sind ihres Schmucks entkleidet. Und unsere Toten verscharrt man ohne Sang und Klang. Wird das Urteil nicht endlich aufgehoben, so bedeutet das den Untergang unserer Stadt. Erste Auswirkungen zeigen sich schon jetzt – die Geschäfte sind stark rückläufig, der Wochenmarkt ist so gut wie tot, keiner will mehr mit uns zu tun haben. Wir sind verflucht.«

Der Franziskaner nickte. »Wir sollten zumindest in dieser Sache noch einmal mit Abbéville selbst reden«, sagte er, »denn hier hat *er* schließlich das letzte Wort zu sprechen, nicht wahr!«

Patrice war einverstanden.

Abbéville hatte im gleichen Atemzug, in dem er seinem Verweser befohlen hatte, die Witwe Fabri nicht aus den Augen zu lassen, einen Kundschafter auf beide angesetzt. Er mißtraute Saint-Georges nicht erst seit der letzten Auseinandersetzung. Natürlich hätte er jederzeit einen anderen Prior einsetzen können, einen, der ihm als Verweser in jeder Hinsicht willfährig gewesen wäre. Doch meinte er – denn er sah sich selbst mit allen Wassern gewaschen –, daß Saint-Georges durchaus noch brauchbar sein könnte, und zwar als Sündenbock für den Fall, daß Rom aus irgendeinem Grund Abstand nähme von der Politik der unerbittlichen Verfolgung der Ketzer. Das konnte über Nacht geschehen, eine Sache verliert oder gewinnt schließlich mit dem Mann, der ihr vorsteht – in diesem Fall mit dem Heiligen Vater.

Im Grunde seines Herzens hielt der Inquisitor recht wenig von den Päpsten, auf die keinerlei Verlaß war, weil sie sich oft schneller die Klinke in die Hand gaben, als die Bauern das Hemd wechselten. Er war sogar so hochfahrend, sich einzubilden, mit dem jeweiligen Pontifex spielen zu können. Die einzig wirkliche Befriedigung fand Abbévilles Geist darin, sich nächtens vorzustellen, daß er nach seinem Tode selig- und vielleicht später sogar heiliggesprochen würde. »Der heilige Nikolaus von Abbéville«, hieße es dann, zur Unterscheidung vom Bischof von Myra. Das war es, wonach der Inquisitor strebte, und für dieses Ziel gab er alles – und offenbar gereichte auch alles seinem Ehrgeiz zum Nutzen.

Nun setzt eine Seligsprechung oder Beatifikation ein besonders vorbildhaftes Leben oder eine Handlung voraus, die Gott und der Kirche zur höchsten Ehre gereichen. Mit der Entdeckung des katharischen Hüters und seines Geheimnisses gedachte Abbéville diese Hürde zu überspringen. Niemand würde ihn davon abhalten können, die katharische Irrlehre ein für allemal von dieser Erde zu tilgen, damit das reine und erhabene Licht der göttlichen Lehre der Kirche endlich wieder ungetrübt erstrahlen konnte.

Er allein würde diesen Planissoles, den Hüter, fangen und die Geheimen Worte an sich bringen!

Da klopfte Fébus an seine Tür und meldete Délicieux und Patrice.

Überrascht sah Abbéville hoch.

Mit einem gewissen Behagen stellte Délicieux fest, daß es im Turm der Justiz angenehm kühl war. Die dicken Mauern hielten die Hitze ab, die sich seit Wochen wie eine undurchdringliche Glocke über die Stadt gelegt hatte, obendrein hatte Abbéville die Holzläden zugezogen und dafür ein Öllicht angezündet. Er bat die beiden Männer, Platz zu nehmen, und fragte nach ihrem Begehr.

»Wir sind gekommen, Bruder Nikolaus, um endlich die Bedingungen für eine Absolution zu erfahren. Carcassonne leidet. Auch Euch kann nicht daran gelegen sein, die Stadt zu ruinieren, indem Ihr die Exkommunikation noch länger aufrechterhaltet, nicht wahr? Die Menschen haben aufgehört, sich vor der Hölle zu fürchten, sie fürchten sich vor Euch, Abbéville, vor der Inquisition!«

Patrice hatte bei des Franziskaners Worten ununterbrochen genickt, jetzt wischte er sich den Schweiß von der Stirn. Abbéville hatte die Brauen hochgezogen und sich nachdenklich das Kinn gerieben.

»Gut«, sagte er leise und ließ sich seinen Triumph nicht anmerken, »ungeachtet Eurer unverschämten Erklärung, daß unsere Berichte kein Vertrauen verdienen, will ich Euch heute meine Bedingungen sagen.«

Délicieux sah überrascht auf Patrice. Damit, daß der Inquisitor so rasch nachgab, hatte er nicht gerechnet. Doch Abbéville war schon aufgestanden, um aus einer kunstvoll geschnitzten kleinen Truhe ein offenbar längst vorbereitetes Pergament zu ziehen. Er entrollte es und las:

»Diejenigen, welche offenbare Ketzer sind oder als Ketzer verrufen oder durch einen rechtsgültigen Beweis schon überführt sind, erwartet ihr Schicksal; die Helfershelfer aus den Städten Carcassonne und Albi müssen die Strafe annehmen, die die Versammlung der Bischöfe mit Abstimmung des Seneschalls beschließt, jedoch sollen Konfiskationen, körperliche und erniedrigende Bußen ausgeschlossen werden.«

»Das ist vom kirchlichen Standpunkt aus sehr maßvoll«, meinte Délicieux vorsichtig, während Elias Patrice unsicher von einem zum anderen schaute.

»Zwei Auflagen müssen jedoch vor der endgültigen Absolution erfüllt werden«, sagte Abbéville und rollte das Pergament wieder zusammen. Patrice dachte bei sich, daß nun wohl der Pferdefuß folgen würde.

»Sprecht, Bruder Nikolaus«, sagte Délicieux, dem heftig der Kopf schmerzte, der aber durchaus zuversichtlich war, daß wenigstens die Tage der Exkommunikation in der Stadt gezählt waren.

»Zum einen wird die Stadt Carcassonne zum Bau einer Kapelle verpflichtet, und zwar zu Ehren des heiligen Ludwig.«

Patrice zögerte. Er tupfte sich erneut den Schweiß von der Stirn. »Das ... das kostet Geld ... das kann ich nicht allein entscheiden.«

»Natürlich«, meinte der Inquisitor mit einer großzügigen Geste. »Ich erwarte von Euch keine sofortige Zusage, Konsul, besprecht es im Senat und sagt mir dann Eure Antwort.«

»Und was wäre die zweite Bedingung?« fragte der Franziskaner, nun doch mißtrauisch geworden ob der fortdauernden, völlig ungewohnten Freundlichkeit des Inquisitors.

»Ich will Einsicht nehmen in die Geschäftsbücher des Castel Fabri«, sagte Abbéville schnell und ließ dabei kein Auge von Délicieux.

Patrice sprang hoch. »Unmöglich!« rief er aus. »Rixende Fabri befindet sich auf einer Handelsreise. Bevor sie nicht zurück ist, kann Euch kein Einblick gewährt werden, Herr!«

Doch Abbéville beachtete Patrice gar nicht. Er kniff die Augen zusammen, wobei unzählige Fältchen an seinen Schläfen zum Vorschein kamen, und er sah, die Unterlippe vorgeschoben, Délicieux provozierend an.

»Auf welches Recht glaubt Ihr Euch berufen zu können, Nikolaus von Abbéville«, sagte Délicieux leise, »um Einblick in die Geschäftsbücher eines freien Bürgers Carcassonnes nehmen zu können?«

»Ich muß Euch verbessern, Bruder Bernhard: eines Bürgers, der der Ketzerei verdächtigt wird«, sagte Abbéville jetzt eisig.

Nun konnte Patrice nicht mehr an sich halten. Hochrot im Gesicht, hieb er wütend mit der Faust auf den Tisch.

»Den allein Ihr der Ketzerei verdächtigt, Herr Inquisitor!« schrie er. »Ihr, und kein anderer! Jeder, der Castel Fabri kannte, ja die ganze Stadt wird bezeugen, daß er ein guter Katholik war ...«

»Und daß er auch als solcher gestorben ist«, fügte Délicieux beziehungsvoll an, worauf Abbéville mit dem Zeigefinger auf ihn deutete und meinte:

»Das sagt *Ihr*, Kapuziner, doch *Ihr* wart nicht zugegen.«

»Zugegeben«, sagte dieser lächelnd und deutete auf sich. »*Ich* war nicht zugegen.« Dann deutete er auf Abbéville.

»Doch *Ihr*, Jakobiner, Ihr wart ebenfalls nicht zugegen. Daher müßt Ihr erst den Beweis erbringen für Euren ungeheuren Verdacht, nicht wahr?«

»Jawohl, Argwohn ist nämlich noch lange kein Beweis!« Patrice ereiferte sich, die Hände zur Faust geballt.

Abbéville lachte schallend.

»Nein, nein. Ihr irrt beide. Der Beweis ist stets Sache des Beklagten. Ich mache Euch jedoch einen Vorschlag zur Güte, um die Gemüter wieder zu beruhigen. Ihr baut die Kapelle, und ich warte den Tag des heiligen Ignatius ab.«

Délicieux nickte. »Gut. Das heißt also, wir können Eure Bedingungen, die Absolution Carcassonnes betreffend, sofort dem Senat unterbreiten?«

»Hm, das könnt Ihr.« Abbéville schmunzelte noch immer. »Ich erwarte Eure Entscheidung binnen einer Woche. Habe ich Eure Zusage zum Bau der Kapelle, schließen wir einen Friedensvertrag. Danach kann der Bischof die Kathedrale wieder aufschließen.«

»Trau keinem Judaskuß, fremdem Hund und Pferdefuß«, zitierte Patrice, als sie wieder in der sengenden Sonne standen.

»Nein, Abbéville ist tatsächlich nicht zu trauen, da habt Ihr schon recht«, meinte Délicieux und warf einen mißtrauischen Blick zum Turm hinauf. »Dennoch muß der Senat zum Wohle Carcassonnes auf seine Bedingungen eingehen, was bleibt ihm übrig.«

»Nun, der Bau einer Kapelle wird uns nicht ruinieren – ich schätze, sie wird das Stadtsäckel nicht mehr als neunzig Livres Tournois kosten, das können wir uns leisten, wenn die Absolution dadurch gesichert ist. Wenn auch den Ketzern nicht geholfen werden kann, so haben wir wenigstens sein Versprechen, daß den Helfershelfern – hier meint er uns alle, ob es nun stimmt oder nicht – weder die Beschlagnahmung ihrer Güter droht noch das Loch oder die Folter.«

»Ja, damit hätte dieses unbillige Treiben wenigstens für die Mehrheit der Bürger ein Ende«, meinte Délicieux, »wenngleich ich Euch nochmals bitte: Seid vorsichtig, wenn Ihr den Friedensvertrag unterschreibt. Lest zuvor alles gründlich durch, was Abbéville aufgesetzt hat.«

Die Warnung des Franziskaners war berechtigt, denn Abbéville verzieh nie etwas, und er hatte vor allem nicht vergessen, wer seinerzeit das »Schöne Feuer« verhindert hatte, nämlich der Senat. Er ließ Fébus kommen und zwei verschiedene Friedensverträge aufsetzen. Den einen im Wortlaut, wie mit Délicieux und Patrice besprochen – und einen anderen, auf dem er zusätzlich vermerken ließ, daß die gesamte Bürgerschaft Carcassonnes eingestehe, offenkundigen Ketzern Hilfe geleistet zu haben. Die Konsuln, die er dabei namentlich aufführte, hätten im Auftrag aller Bürger abgeschworen; demzufolge seien aber auch alle Bürger unwürdig, zukünftig ein öffentliches Amt zu bekleiden, und würden im Falle weiterer Unruhen ohne Verzug der Strafe des Rückfalls unterliegen – was nichts anderes bedeutete als erneute Exkommunikation und obendrein das Anathem – das Todesurteil für die Stadt.

Mit beiden Dokumenten begab er sich zum Seneschall Gui Capriere, führte ein langes Gespräch mit ihm, schob ihm dann einen Beutel mit tausend Livre Tournois zu und erreichte mit dieser horrenden Summe – die die Kosten für den Bau einer Kapelle um das zehnfache übertraf –, daß jener etwas tat, was ihm im Grunde seines Herzens zutiefst zuwider war: der Seneschall setzte sein Siegel auf beide Verträge.

Nachdem Elias Patrice das kürzere Pergament unterzeichnet und gesiegelt hatte, befahl der Bischof, alle Glocken läuten zu lassen. Weit offen standen jetzt wieder die Pforten von Saint-Nazaire, und alles Volk strömte herbei, um Gott zu danken.

Zur gleichen Stunde schlossen sich Abbéville und Fébus erneut in die Schreibstube ein. Der Schreiber der Inquisition von Carcassonne gab sich die allergrößte Mühe, übte unermüdlich mehrere Stunden lang, wobei der Stapel Pergamentblätter, der vor ihm lag, kleiner und kleiner wurde, die Tinte fast zu Ende ging und seine Finger höllisch brannten. Es dämmerte bereits, als Abbéville endlich zufrieden war und Fébus perfekt die Unterschriften von Elias Patrice und Fulco von Saint-Georges beherrschte.

Noch am gleichen Abend zierten sie den zweiten Friedensvertrag.

Doch nicht genug der Schandbarkeiten …

Am nächsten Morgen ritt der Inquisitor unter höchster Geheimhaltung nach Albi hinüber zum ersten Goldschmied der Stadt, der sich nur deshalb in Freiheit befand, weil er sich eilfertig der Inquisition angedient hatte. Zwei Wochen später prangten die gefälschten Siegel der Stadt Carcassonne und von Fulco von Saint-Georges auf dem Dokument.

Das Schicksal der turmbewehrten Stadt hing mit diesem elenden Betrug erneut an einem seidenen Faden, nur ahnte niemand etwas davon, besonders nicht Fulco von Saint-Georges, denn er zog indessen mit den anderen Schiffbrüchigen bei hochsommerlichen Temperaturen durch eine beinahe arkadische Landschaft, die den Eindruck vermittelte, als hätte sie den Lauf der Zeiten vergessen. Fernab aller großen Wege und Handelsstraßen führte einzig ein schmaler Pfad durch die ockerfarbenen kargen Ausläufer der Corbières-Berge mit ihren schiefergrauen Felsen und schwarzen Schluchten zur Abtei Fontfroide, kaum breit genug für ein störrisches Maultier. Auf den Hügeln und Bergen ringsumher wuchs allerlei karges Stechwerk, vorwiegend Igelginster und Wacholder. Doch hatten dort auch lichte Haselbüsche, Brombeeren und vereinzelte Zwergkiefern Wurzeln gefaßt. Über allem lag der würzige Duft von Lavendel, Rosmarin und Thymian. Die Sonne stach unbarmherzig vom Himmel, und wären nicht die Zikaden gewesen, die mit ihrer eintönigen Weise die Reisenden begleiteten, hätte man vermuten können, völlig allein zu sein auf Gottes Erdenrund.

»He, Mönch«, rief der Dicke nach einiger Zeit. Er hatte sich das Hemd um den Kopf gewickelt und keuchte zum Gotterbarmen. »Können wir nicht eine Rast halten? Meine Beine …«

Doch Fulco von Saint-Georges schüttelte den Kopf. »Ihr seht doch, Herr, der Dame geht es nicht gut, und auch die beiden anderen haben Schmerzen. Wir wollen schauen, daß wir vorwärts kommen. Im Kloster habt Ihr Zeit in Fülle, Euch auszuruhen!«

»Zeit in Fülle, ha!« Der beleibte Mann, dessen weiße Haut nach kurzer Zeit schon eine gefährlich rote Farbe angenommen hatte, lachte unwillig auf, wobei sein schwabbeliger Bauch hüpfte, dann warf er einen vorwurfsvollen Blick auf Rixende, die auf dem Karren kauerte. Das stete Rumpeln des alten Gefährts hatte ihre Übelkeit noch verschärft, die Wunde jedoch blutete nicht mehr. Die anderen Verletzten saßen rechts und links zu ihren Füßen, die gebrochenen oder ausgerenkten Glieder notdürftig geschient. Auch ihnen machte der holprige Weg zu schaffen, und sie stöhnten unablässig.

»Sagt, Bruder« – der Reisende mit dem gekräuselten Bart wich nicht von Saint-Georges' Seite und erwies sich dabei als ausgesprochen neugierig –, »Ihr wart allein unterwegs, obendrein in Beinkleidern. Was war Euer Ziel? Um eine Translationsreise – also um Reliquien an einen anderen heiligen Ort zu überführen – kann es sich nicht handeln, da hätte man Euch sicher in ein festliches Ornat gesteckt, nicht wahr? Oder steht Ihr – bitte nehmt es mir nicht übel – mit der jungen Dame tatsächlich in irgendeiner Verbindung? Daß Ihr mich bitte nicht falsch versteht!«

»Ich verstehe Euch schon richtig, Herr Clément«, sagte der Inquisitor geduldig. »Und ich will Eure Fragen gerne beantworten: Zum ersten reise ich stets in Beinkleidern, das ist uns erlaubt. Und zum zweiten: Ich bin zufällig neben dem Schiff einhergeritten. Wohin mich mein Weg geführt hätte, wenn das Unglück nicht geschehen wäre, darf ich Euch jedoch nicht sagen. Des weiteren, nur um Eure Neugierde zu befriedigen: Ich kenne die Dame seit langem, sie ist eine geachtete Geschäftsfrau aus Carcassonne. Aber ich begleite sie nur aus dem einen Grund, weil sie verletzt und ihr Diener bei dem Unglück ums Leben gekommen ist. Ohne Schutz kann sie nicht weiterreisen.«

»Ja, ja, dieser seltsame Muselmane mit der Flöte …«, ergänzte der Mann. Doch er war noch immer nicht zufrieden. »Und nun vernachlässigt Ihr wegen einer Dame, die mit einem Ungläubigen reist, Eure geheime Mission, Bruder?« fragte er hartnäckig weiter. »Könnt Ihr das verantworten? Müßtet Ihr nicht längst wieder in Eurem Kloster sein?«

»Nein«, antwortete Saint-Georges, jetzt kurz angebunden. Doch das veranlaßte Clément, ihn nur noch aufmerksamer zu beobachten als zuvor. Bald fing er zu spotten an.

»*Ora et labora*«, sagte er und schob bei jeder einzelnen Silbe mit seinem Fuß einen Stein zur Seite, der polternd den Abhang hinunterkollerte, »ich wage die Prophezeiung, daß in einer Woche keiner mehr sehen kann, daß Ihr überhaupt ein Mönch seid. Das Haar auf Eurem Kopf ist schon jetzt kräftig nachgewachsen, und Eure Kukulle ist auch nicht mehr das, was sie einst war.«

»Nicht das Gewand macht den Mönch!« entgegnete der Inquisitor unwirsch. »Macht Euch also keine Sorgen um mich. Aber wenn es Euch beruhigt, die Zisterzienser werden mir aushelfen.«

»Die Zisterzienser sitzen in Fontfroide? Die Grauen Mönche? Habt Ihr gewußt, daß Kaiser Friedrich II. sich in der Kutte der Zisterzienser aufbahren ließ?«

Fulco nickte. »Ja, das ist bekannt.«

»Aber die Zisterzienser tragen im Gegensatz zu Euch eine weiße Tunika, schwarz gegürtet, dazu ein schwarzes Skapulier mit Kapuze und weißer Flocke. Wollt Ihr am Ende konvertieren?« sagte der Mann anzüglich und trat erneut gegen einen Stein.

Nun war es an Saint-Georges, Clément aufmerksam zu betrachten. »Woher habt Ihr diese umfassenden Kenntnisse: Skapulier, Flocke, die Grauen Mönche, Translationsreise?«

»Ach« – der Fremde lachte etwas unsicher –, »ich habe ... einen Bruder, jawohl, einen Bruder, der einige Zisterzienser gut kennt und auch, ja ... auch Dominikaner, und da ...«

Clément fing plötzlich an zu humpeln, bückte sich, rieb sich ausgiebig das Schienbein – und ließ sich nach und nach ans Ende des Zuges zurückfallen.

Saint-Georges war erleichtert. Dennoch sinnierte er noch eine Zeitlang über die seltsamen Fragen dieses Burschen, bis er merkte, daß Rixende ständig die Augen geschlossen hielt. Schlief sie so tief oder war sie erneut ohnmächtig?

»Hü, hü! Schneller!« trieb er das Maultier an, das aber seinen eigenen Kopf besaß und sich nicht um seine Aufforderung scherte, sondern nur eine Abfolge lauter Fürze von sich gab. Der Dicke japste zum Gotterbarmen und warf Fulco einen verzweifelten Blick nach dem anderen zu, so daß sich dieser schließlich doch erbarmte und – als eine einzelne Korkeiche in Sicht war, die ein wenig Schatten versprach – eine Rast anordnete.

Die Wassersäcke wurden herumgereicht und das restliche Essen aufgeteilt. Rixende war endlich aufgewacht. Sie begnügte sich mit einem halben, schon beinahe trockenen Apfel, und selbst den behielt sie nicht bei sich. Obwohl sich Saint-Georges sehr sorgte, vermied er es aber, sich ständig um sie zu kümmern, um nicht noch mehr Aufsehen zu erregen. Clément hielt sich abseits. Statt sich ebenfalls auszuruhen, machte er sich in der glühenden Hitze auf die Suche nach Kräutern, was die anderen veranlaßte, den Kopf zu schütteln über soviel Dummheit.

23

So kamen wir zu hoher Klippen Borde,
wo Felsgetrümmer, rings getürmt im Rund …
Dante, Die Göttliche Komödie

Am nächsten Tag, die Sonne stand schon hoch am Himmel, waren sie am Ziel. Versteckt zwischen üppigem Grün, hohen Pinien und blühenden Sträuchern, lag unter ihnen, in einer Art Bergkessel, wehrhaft und schutzversprechend – die große Abtei Fontfroide.

Arnaud Novel, Abt und zugleich päpstlicher Legat – wie er Saint-Georges mehr als einmal versicherte –, ließ es sich nicht nehmen, den Stellvertretenden Inquisitor von Carcassonne und die unglücklichen Schiffsreisenden persönlich zu begrüßen. Ihm gegenüber hatte Saint-Georges seine Identität gelüftet. Der Abt ordnete an, daß die Verletzten umgehend ärztlich versorgt wurden, und wies den anderen ihre Unterkunft neben dem Refektorium zu.

Am Abend, nach der Messe, führte er den Inquisitor stolz durch die Abtei.

»Fontfroide ist ein Hort der Rechtgläubigkeit und ein vollendetes Beispiel einer klösterlichen Stadt, so wie sie der heilige Benedikt entworfen und der heilige Bernhard präzisiert hat. Unser größter Stolz ist unsere Bibliothek. Von weit her kommen Gelehrte, um unsere kostbaren Codices zu studieren und Kopien davon anzufertigen. Ich will sie Euch später zeigen, nun zum Kloster selbst: Schon immer hat man diesen Ort *Fons frigidus* – kalte Quelle – genannt, und das Vorhandensein des Wassers hat auch die Lage der Gebäude bestimmt. Seht her, Bruder Fulco, diese Quelle fließt sowohl hier im Kreuzgang als auch im Brunnenhaus, sie treibt die Mühle an und speist die Fischteiche. Das Kloster ist nach dem strengen Ordensgesetz der Zisterzienser angelegt und weist jedem Angehörigen unserer Gemeinschaft seinen Platz zu. Die *domus conversi* bewegen sich ausschließlich in dem Teil der Klosteranlage, der auch der Welt geöffnet ist. Damit ist gewährleistet, daß die Mönche in ihrer Kontemplation nicht gestört werden. Schweigen, Beten, Handarbeit und Buße – doch nicht allein das: Ihr befindet Euch – und das wird Euch als Inquisitor besonders interessieren – im Zentrum der Orthodoxie. Fontfroide ist seit der Ermordung Castelnaus gewissermaßen ein geistliches Bollwerk gegen die Ketzer!«

Saint-Georges kannte die dramatische Geschichte des wohl berühmtesten Sohnes von Fontfroide, Pierre de Castelnau. Gleich Novel war jener Abt und päpstlicher Gesandter gewesen. Rom hatte ihn mit allen Vollmachten ausgestattet, um einen Kreuzzug gegen die Katharer aufzustellen. Sehr zum Zorn Castelnaus hatten sich jedoch die Konsuln von Toulouse in Übereinstimmung mit ihrem Grafen Raymond geweigert, etwas gegen die Ketzer und ihre Anhänger zu unternehmen, ja Raymond hatte sogar erklärt, daß er lieber wie ein gewisser verkrüppelter Ketzer in Armut zu Castres leben wollte, als König oder Kaiser zu sein; und daß er bereit wäre, sich der Ketzer wegen töten zu lassen. Als auch noch bekannt wurde, daß der Graf mit dem König von Aragon einen Beistandspakt für den Kriegsfall abgeschlossen hatte, sprach der erzürnte Pierre de Castelnau in Saint-Gilles-du-Gard – wo die beiden sich mit den Bischöfen von Toulouse getroffen hatten – gegen ihn die Exkommunikation aus und verfluchte ihn mit den Worten: »Wer Euch beraubt, hat gut getan, wer Euch tödlich trifft, wird gesegnet sein!« Danach überstürzten sich die Ereignisse. Wütend und verbittert ob seines Mißerfolges war Castelnau abgereist, um Innozenz III. Bericht zu erstatten. Im Morgengrauen des nächsten Tages wurde er erdolcht. Der feige Mörder, den man unter den Anhängern des Grafen von Toulouse vermutete, war spurlos verschwunden, Rom in hellem Aufruhr. Die ruchlose Tat veranlaßte Innozenz, Raymond heftig zu beschuldigen und tatsächlich einen Kreuzzug gegen die Katharer auszurufen. »Was den Grafen von

Toulouse angeht«, so hatte er gewütet, »jagt ihn und seine Komplizen aus den Zelten des Herrn! Nehmt ihm seine Länder weg, damit katholische Einwohner an die Stelle der vernichteten Ketzer treten können.«

Das war der Anfang, dachte Fulco von Saint-Georges, während sie einen Blick in die Bergerie warfen, wo sich die kranken und schwachen Tiere befanden, die nicht mit den anderen auf die Weide konnten. Der Anfang eines blutigen Wettstreits um die rechte Lehre und die reichen Ländereien des Südens. Und ein Ende ist noch immer nicht abzusehen. *Deus lo volt* – Gott will es –, hatten die Anführer des Kreuzzuges geschrien, um die Massen auf ihre Seite zu ziehen, und heute, hundert Jahre nach diesem Geschehen, warf ein Nikolaus von Abbéville im Namen des Herrn und im Auftrag Roms noch immer das Netz aus, um darin Ketzer zappeln zu lassen.

»Nikolaus von Abbéville«, hub Saint-Georges an, als sie durch eine glyzinienumrankte Pforte schritten, die in den Garten führte, »ist auf der Suche nach dem Hüter der katharischen Geheimnisse, den er für gefährlicher erachtet als alle *parfaits* im Land. Ist Euch in letzter Zeit etwas über diesen Mann und seinen möglichen Aufenthaltsort bekannt geworden?«

Der Abt wiegte den Kopf. »Ja und nein«, sagte er leise und sah sich dabei vorsichtig um, doch es war weit und breit niemand zu sehen. »Es gibt Gerüchte, die besagen, daß sich der Hüter auf dem Quéribus aufhalten soll, einer dieser himmelstürmenden Burgen der Corbières. Kennt Ihr den Berg?«

»Natürlich. Die Leute munkeln seit Jahren, er wäre eine Zufluchtsstätte für Ketzer und anderes Gesindel, doch das stimmt nicht. In Wahrheit gilt der Quéribus zusammen mit dem Peyrepertuse, mit Puilaurens, Termes und Aguilar als eine der fünf Grenzfestungen des Königs. ›Die fünf Söhne von Carcassonne‹ nennt man sie, wobei unsere Stadt die Hauptbefestigung ist. Daß sich der Hüter ausgerechnet auf einer der königlichen Burgen aufhalten soll, in der Höhle des

Löwen gewissermaßen, kann ich daher nicht glauben. So dumm ist niemand!«

»Möglicherweise hält er sich dort unerkannt auf. Die Ketzer sind schlau. Ihre *parfaits* tragen längst keine schwarzen Gewänder mehr, sondern oft blaue oder grüne. Sie verkleiden sich als Schäfer, Händler, Hausierer, und sie rasieren sich jetzt auch. Daß man einen Ketzer vor sich hat, merkt man erst, wenn man ihm die Taschen umdreht und die Sammlung *tinhols* zum Vorschein kommt, ihre gesegneten Brotkanten – oder mit ein wenig Glück vielleicht auch eines ihrer Bücher, auf die sie so stolz sind. Die geben sie ungern aus der Hand. Viele können lesen. Ihr wißt selbst, daß die *parfaits* rhetorisch und theologisch bestens geschult sind – vor allem dieser Pierre Authié, dessen Treiben geradezu widerwärtig ist. Er wandert in Begleitung von *passeurs,* einheimischen Führern, von Berg zu Berg, überquert gefährliche Schluchten, kehrt des Abends in den *Cabanen* der Schäfer ein und tut sich an Öl, Wein und Nüssen gütlich. Dabei führt er blumige Reden und macht den naiven Leutchen weis, daß Fleischgenuß schädlich sei. ›Macht, daß ihr von der *feresa* wegkommt‹, predigt er, ›eßt dafür Fische, die vermehren sich im Wasser!‹«

Der Abt war stehengeblieben. Er war ganz erhitzt, lehnte sich gegen eine Sandsteinmauer und sah Saint-Georges kummervoll ins Gesicht.

»Und das ist noch nicht alles. Ungeniert fällt dieser Kerl auch am sonnenhellen Tag mit seinem Bruder und seinem Sohn, oft mit seiner ganzen Gevatternschaft, in die bäuerlichen Ortschaften ein, wo man *sine litteris* ist, also nicht schreiben und lesen kann. Sie lassen sich dort häuslich nieder, schlafen mit dem gemeinen Volk auf Erbsenstroh, segnen das *tinhol*, präsentieren auch den Bauern ihre Bücher, auf daß sie in Hochachtung erstarren, und bekehren ganze Familien. ›Wir lassen uns steinigen, wie die Apostel sich steinigen ließen, ohne ein Wort unseres Glaubens zu verleugnen‹, reden sie, und daß die unersättlichen Priester – damit meinen sie uns, Bruder Fulco – den Leib Christi längst verschlungen hätten, selbst wenn er so groß wie der *nid d'aigle,* der Berg Bugarach, wäre. Eine solche Narretei beeindruckt natürlich die einfachen Seelen.«

Der Abt von Fontfroide zitterte geradezu vor Empörung. »Rigoros lehnen sie nicht nur die Eucharistie, sondern die ganze römisch-katholische Kirche ab, ungeachtet der Worte Cyprians, des Bischofs von Karthago, der wegen der Standhaftigkeit seines Glaubens hingerichtet worden ist.«

»›Niemand kann Gott zum Vater haben, der die Kirche nicht zur Mutter hat‹«, zitierte Saint-Georges.

Novel nickte. »Richtig. Bisweilen drängt sich mir die Frage auf, ob Authié überhaupt noch bei klarem Verstand ist. Seit kurzem scheint er die Leute aufzufordern, sich im Gebet ausschließlich an den Herrn zu wenden, statt Maria anzubeten. Auf der anderen Seite schildert er ihnen das Paradies als einen Ort, in dem sie einander wie Väter und Mütter, Brüder und Schwestern lieben würden – nicht etwa als den Ort, an dem jeder endlich seines Gottes ansichtig würde. Daß sie dann auch noch mit Vehemenz den Eid ablehnen, das soll einer verstehen!«

»Die meisten Ketzer stellen sich weder Gott noch den Teufel als Person vor, Bruder Abt«, erklärte Saint-Georges, »sondern als Prinzip – das Gute und das Böse also –, doch wie das einhergehen soll mit ihrer Vorstellung vom Paradies, ist auch mir nicht klar. Was allerdings den Eid angeht, so sollte es das Ziel *aller* Christen sein, ihn unnötig zu machen. Schließlich hat ihn Jesus ebenfalls ausdrücklich verboten.«

»Gut, gut. Doch in einer Gesellschaft voller Angst und Lüge? Wie kann man da auf die Eidespraxis verzichten? Die Menschheit ist unmündig. Und würde man alles wörtlich nehmen, was Jesus Christus gesagt hat, müßte man sich auch fragen, ob er Priester wollte, oder etwa nicht?« Der Abt zwinkerte ihm zu.

Saint-Georges hob erstaunt die Brauen. Doch Novel hatte recht.

»Authié ist dreist«, meinte er, um dem Gespräch eine andere Wendung zu geben. »Wir haben überall Aushorcher sitzen, doch es scheint, als löste sich dieser Mann jedesmal in Luft auf, wenn wir vor der Tür stehen. Die Leute sagen, er habe den ›Mund eines Engels‹«. Saint-Georges verzog spöttisch das Gesicht. »Nun, wer weiß, vielleicht besitzt er auch Flügel!«

Der Abt lächelte nachsichtig. »Wir hätten ebenfalls genügend Beweise gegen ihn in der Hand. Doch unser Dilemma ist, daß die katharisch Gesinnten in den Dörfern um Fontfroide noch immer wie Pech und Schwefel zusammenhalten. Die *parfaits* haben ihren Mund am Ohr der kleinen Leute – seit sie das Neue Testament ins Okzitanische übersetzt haben, sowieso –, und das Volk – leider nicht nur diejenigen minderer Abkunft – schützt sie, macht sich sogar zu ihren Botengängern. Aus diesem Grund ist der Kerl nicht zu fassen. Dennoch – Nikolaus von Abbéville hat recht. Im Vergleich zu demjenigen, den sie den Hüter nennen, ist Authié harmlos. Der Hüter ist der weitaus Gefährlichere, und man scheint ihn zu verehren wie Sankt Peter persönlich!«

»Er soll etwas in seinem Besitz haben, das die Welt aus den Angeln heben könnte. Bruder Nikolaus erwähnte ... ein verschollenes Evangelium?«

Der Abt schüttelte zweifelnd das Haupt. »Evangelium ist gewiß zuviel gesagt. Er meint damit die Geheimen Worte Jesu, die der Jünger Thomas Didymos, der Zwilling, aufgeschrieben hat. Es soll sich um eine Sammlung von Aussprüchen unseres Herrn handeln. Die Manichäer, diese Erzketzer, haben sie benutzt, und von ihnen scheinen sie auf die Katharer gekommen zu sein. Wir hatten einmal einen von ihnen in unseren Händen, der hat daraus zitiert: *Die Pharisäer und die Schriftgelehrten haben die Schlüssel zur Erkenntnis erhalten, und sie haben sie versteckt. Sie sind auch nicht eingetreten, und die, die eintreten wollten, haben sie nicht eintreten lassen. Aber ihr seid klug wie die Schlangen und rein wie die Tauben.* Nun ja, rein wie die Tauben, so nennen sich die Katharer, ob sie aber so klug sind wie die Schlangen, wage ich zu bezweifeln! Die Schlüssel zur Erkenntnis läßt sich Rom jedenfalls nicht abnehmen. Schreibt also Nikolaus von Abbéville, daß das mit dem Quéribus wohl nur ein Gerücht ist, doch man munkelt ebenfalls von irgendwelchen Höhlen im Sabarthès. Dort sollen die Geheimen Worte verborgen sein, und ihnen soll in der Tat eine große Macht innewohnen.«

»Eine große Macht? Der Schlüssel zur Erkenntnis? Ist das tatsächlich Euer Ernst, Bruder Abt?« Der Inquisitor lachte auf.

»Ich würde mich nicht darüber amüsieren. Vielleicht hängt alles enger zusammen, als wir es uns vorstellen können«, sagte Novel, nachdem er sich ein weiteres Mal vorsichtig umgesehen hatte.

»Sie hüten die Geheimen Worte des Herrn wie einen herrlichen Schatz. Und sie leben danach. Ich will Euch ein weiteres Beispiel erzählen. Die Jünger sollen eines Tages Jesus aufgefordert haben, Maria von Magdala auszuschließen, sie meinten, die Frauen wären des Lebens nicht würdig. Jesus jedoch soll ihnen folgendes geantwortet haben: *Seht, ich werde sie ziehen, um sie männlich zu machen, damit auch sie ein lebendiger Geist wird, vergleichbar mit euch Männern. Denn jede Frau, die sich männlich macht, wird in das Himmelreich gelangen.*

Und nun zu den Katharern. Wie man weiß, können deren Weiber, gleich den Männern, *parfaites* werden, Vollkommene also, Priesterinnen. Ihr habt sicher von Stéphanie de Château-Verdun gehört, die vor fünf Jahren all ihre Habe verkauft hat, sich weihen ließ und nun mit ihnen umherzieht. Allein die Vorstellung, daß auch bei uns die Frauen ... unmöglich!« Der Abt schüttelte angewidert den Kopf. »Was Ihr aber vielleicht nicht wißt, Bruder, ist, daß die Ketzer davon überzeugt sind, daß mit der Geistweihe der angehenden *parfaites* die weibliche Seele zur männlichen wird. Ja, so ist es, so und nicht anders. Das ist für mich der Beweis, daß sie die Geheimen Worte in ihrem Besitz haben. Wie sollten sie sonst auf so etwas verfallen?«

Saint-Georges schwieg betroffen. Der Hüter der Geheimen Worte war also keine Wahnvorstellung Abbévilles. Es gab ihn tatsächlich. Nun, er würde gleich morgen einen Boten nach Carcassonne schicken. Noch durchdrungen von dem Gehörten, formulierte Saint-Georges in seinem Kopf bereits den Wortlaut seines Schreibens an Abbéville, und er hatte dabei kaum die Muße, die herrlichen hängenden Gärten zu bewundern, die ihm der Abt zum Abschluß voller Stolz präsentierte und in denen es in einer Üppigkeit grünte und blühte, daß man hätte denken können, man befände sich bereits mitten im Paradies.

Unter der Pflege der heilkundigen Mönche von Fontfroide ging es Rixende bald besser. Die meisten der Unverletzten hatten das Kloster schon verlassen, und auch Rixende drängte auf eine baldige Abreise.

»Man wird mir zwei Laienbrüder zur Verfügung zu stellen, die mich nach Cotllioure begleiten«, erklärte sie Fulco von Saint-Georges, als er sie am vierten Abend ihres Aufenthaltes in der Abtei, mit Erlaubnis des Abtes, durch die Orangerie führte. Am Nachmittag hatte es geregnet, und nun herrschte völlige Stille, und die Luft war vom süßlich-schweren Geruch von blauen Irisblüten und Kräutern geschwängert.

Zum ersten Mal seit langem waren sie allein.

»Ich freue mich sehr, daß es Euch wieder gut geht, doch meint Ihr nicht, es ist noch zu früh für einen so langen Ritt?«

»Ich bin in beträchtlicher Eile, mein Gewährsmann Martial erwartet mich und …«

»Erlaubt Ihr mir, Euch ebenfalls zu begleiten?« unterbrach sie Saint-Georges. Rixende war augenblicklich in Aufregung versetzt. Daß sie nicht auf der Stelle sein Ansinnen empört ablehnte, wie ihr Mengarde geraten hatte, hing nicht nur damit zusammen, daß er ihr Lebensretter war. Andererseits mußte sie unbedingt vermeiden, daß er etwas vom wahren Zweck ihrer Reise erriet. Ihre Seelenpein war groß. Was sollte sie tun? Hin- und hergerissen von ihren Gefühlen, bückte sie sich, um ein Pfefferminzblatt zu pflücken und daran zu riechen. Als sie sich wieder aufrichtete, bemerkte sie ein Taubenpärchen, das sich auf dem dürren Ast eines alten Apfelbaumes wiegte und schnäbelte. Sie warf einen kurzen Seitenblick auf Saint-Georges. Auch er hatte die Vögel gesehen. Sie lachten verlegen.

»Ich bitte Euch von Herzen, Frau Fabri, Euch begleiten zu dürfen«, drängte Saint-Georges ein weiteres Mal, »zumal ich in jener Gegend ebenfalls zu tun habe.«

Rixende konnte an den Zufall, daß Saint-Georges' Weg auch in die Gegend von Cotllioure führen sollte, nicht so recht glauben. »Meinethalben begleitet mich. Vor Cotllioure jedoch sollten sich unsere Wege trennen. Mir ist nicht daran gelegen, dort mit der Inquisition zu erscheinen.«

Fulco lachte schallend. »Ich bin ein Mönch und kein Teufel, Frau Fabri! Das macht doch hoffentlich einen Unterschied!«

Rixende errötete. »O gewiß, aber auch ein Mönch hat mitunter den Teufel im Leib, habe ich mir sagen lassen«, meinte sie, was Fulco von Saint-Georges erneut zu einem Heiterkeitsausbruch veranlaßte und Rixende noch tiefer erröten ließ.

Zwei Tage später ritten sie los. Unzählige Zitronenfalter waren ihre Begleiter auf der Via Dormitia, der alten Römerstraße. Rixende erlebte mit zunehmendem Erstaunen einen Saint-Georges, der wie verwandelt war. Sie konnte mit ihm Gespräche über Gott und die Welt führen wie bisher mit keinem Mann. Und sie konnte mit ihm streiten, ohne daß er je Amt und Stellung herausgekehrt hätte.

»Wie konnte Euer christliches Gewissen es zulassen, daß Nikolaus von Abbéville Castel Fabri als Ketzer hinstellt?« schleuderte Rixende bei einer solchen Gelegenheit Fulco entgegen, als sie an einem Bächlein rasteten, um die Pferde zu tränken. »Ich kann mir kaum eine schlimmere Sünde vorstellen, als die, diesen guten Mann derart zu verleumden!«

»Ich war darüber genauso wütend, wie Ihr es seid, Rixende. Ich weiß nicht, was der Inquisitor damit bezweckt.«

»Ach, Ihr wißt das nicht? Aber, aber, Euer Hochwohlgeboren! Stellt Ihr Euch nur so ahnungslos, oder seid Ihr es wirklich?« hatte Rixende scharf gesagt und ihm einen eisigen Blick zugeworfen. »Er hat das Goldene Kalb vor Augen, was denn sonst!«

Saint-Georges sah sich um, und als keiner der Laienbrüder hersah oder zuhörte, sagte er leise:

»Ihr müßt mir glauben, daß ich damit nicht einverstanden war. Ganz und gar nicht! Ich habe sogar ...« – jetzt senkte er seine Stimme zu einem Flüstern – »ich habe deswegen an Nogaret, den Berater des Königs, geschrieben, was mich den Kopf kosten kann, wenn Abbéville davon erfährt. Das soll Euch beweisen, daß ich auf Eurer Seite stehe, Rixende. Bitte glaubt es mir! ... Ihr ... nun, ich würde Euch nicht hintergehen.«

Daß Fulco von Saint-Georges ihr gewogen war, hatte Rixende seit Tagen jedem Lächeln, jedem Blick, jedem guten Wort entnehmen können, das er ihr schenkte. Doch daß er hinter Abbévilles Rücken sich für die Sache Fabris – und damit für sie – eingesetzt hatte, ungeachtet der Gefahr, die dieser Verrat für ihn bedeutete, das hatte sie nicht erwartet. Sie hatte ihn nicht für mutig gehalten.

Rixende drehte sich um.

»Bitte seid vorsichtig, Fulco«, sagte sie leise, weil die Dienenden zurückkamen. »Um Euretwillen, aber auch um meinetwillen.«

Saint-Georges' Augen leuchteten auf. Er nickte ihr kurz zu, schwang sich dann auf sein Pferd, preschte in schnellem Ritt ein Stück des schattigen Waldweges voraus, um seinem Drang, die ganze Welt zu umarmen, nachzugeben.

Sie ritten durch weite dunkle Wälder, wo das Sonnenlicht der hohen Bäume wegen einzig wie in Tropfen auf sie fiel; sie umrundeten grüne Bergseen voller Entengrieß, die ihnen so unergründlich vorkamen wie ihre trunkenen Seelen; sie kehrten in kleinen Klöstern ein, wo an den Mauern wilder

Wermut wuchs – und wo Rixende einmal meinte, das Gesicht Cléments unter der Kapuze eines der Mönche erkannt zu haben. Sie sagte Fulco nichts davon, denn es war wohl nur eine Täuschung.

Beim letzten Aufenthalt – kurz bevor sie die rote Küste erreichten, wo sie sich trennen wollten – ließ sich Saint-Georges vom Schreiber des Klosters, in dem sie Unterkunft gefunden hatten, Pergament und Feder geben. Er zeichnete Rixende den Rückweg nach Carcassonne auf, wies auf Klöster und sichere Burgen, in denen sie gefahrlos nächtigen konnte.

Rixende ritt weiter gen Cotllioure, um dort ihren Geschäften nachzugehen, die so beschaffen waren, daß Fulco von Saint-Georges auf keinen Fall dabeisein durfte, auch wenn sie sich näher gekommen waren, als sie für möglich gehalten hatte. Was angefangen wurde, muß auch zu Ende gebracht werden, war Rixendes Wahlspruch seit langem. Irgendwann, so dachte sie bei sich, als sie das Meer unendlich weit und silbrig glänzend vor sich liegen sah, würde sie ihm die ganze Wahrheit erzählen, irgendwann …

24

Nicht hemmt' ein Wort den Schritt, kein Schritt das Wort:
Gleich Schiffen, die mit gutem Winde fahren.

Dante, Die Göttliche Komödie

Fabris Gewährsmann, Pons Martial, hatte Rixende bereits erwartet. Sein bescheidenes Haus, ganz aus Stein, lag direkt neben dem Lagerhaus, das ebenfalls längst nicht so groß war wie die Läger in Carcassonne oder Marseille, aber dennoch gut bestückt. Eine eigene Mole führte zum Meer hinab, wo die Arbeiter die Tuchballen ein- und abluden, wann immer ein Schiff für das Haus Fabri dort einlief.

Die Laienbrüder aus Fontfroide wurden von Martial entlohnt, man setzte ihnen Brot und Fleisch vor, und sie zogen noch am gleichen Tag wieder ihrer Wege.

Das Schönste aber war: Simon war schon da. Der Brief, in dem sie nach Nähnadeln fragte und wie beiläufig das Lager in Cotllioure erwähnte, war angekommen, und Aton hatte Simon verständigt. Lachend fielen sich die Geschwister in die Arme, und Rixende bemerkte zum wiederholten Mal, daß der Bruder dem Vater ähnlich sah, so wie sie ihn in Erinnerung hatte. Er sah wild und ungestüm aus, seine grünen Augen blitzten nur so vor Gescheitheit und Unternehmungslust – und er war zu Rixendes Überraschung vor kurzem zum königlichen Statthalter auf dem Quéribus ernannt worden. Die Freude der beiden, sich endlich wiederzusehen, wurde jedoch von den Geschehnissen in Carcassonne überschattet.

»Der Papst hat doch längst goldene Sohlen an den Schuhen, und noch immer reicht es ihm nicht«, rief Simon aufgebracht, als er von Abbévilles Anklage gegen Fabri hörte. »Es war klug von dir, daß du sofort gehandelt hast. Das Vermögen unserer Eltern darf der Inquisition nicht in die Hände fallen.

Es gibt genügend Arme in diesem Land, die es nötiger brauchen.«

Mit den Wechselbriefen gab es keine Schwierigkeiten. Die Templer waren zwar ziemlich hochmütig gewesen, hatten jedoch nicht nach den näheren Gründen für die Auszahlung einer so hohen Summe gefragt. Als sie den Weg von ihrer mächtigen Burg wieder hinunterritten, das Meer tiefblau zu ihren Füßen, meinte Rixende:

»Möchtest du nicht für das Haus Fabri tätig werden, Bruder, und mit mir kommen?«

Doch Simon schüttelte den Kopf. »Ich will kein Kaufmann sein.«

Sie setzten sich auf eine kleine Mauer im Schatten eines silbrigen Baums mit mimosenartigen Blättern und beobachteten die Fischerboote, die sanft auf den Wellen schaukelten. Es roch nach Fisch und brackigem Wasser. Einer der Fischer entlud gerade seinen Fang. Der muskulöse, braungebrannte Mann, der barfuß lief und kaum Haare auf dem Kopf hatte, obwohl er noch nicht alt war, hielt Rixende lachend eine mächtige Dorade entgegen. Sie schüttelte bedauernd den Kopf. Der Fischer lachte unbeschwert, zuckte mit den Schultern, nahm dann eine kleine Glocke zur Hand und bimmelte, was das Zeug hielt. Im Nu kamen aus den geduckten Häusern, die an den Hängen Cotllioures regelrecht zu kleben schienen, dunkel gekleidete Frauen ans Ufer hinabgelaufen, um sich mit frischer Ware einzudecken. Lautstark begannen sie mit dem Fischer zu feilschen.

»Wenn du dich allerdings entschließen könntest, mit mir zu kommen, liebe Schwester, so würdest du mit eigenen Augen sehen können, was ich mit dem Geld anfangen werde. Was hält dich jetzt noch in Carcassonne? Dein Mann ist tot!«

»Ich habe es dir gestern schon gesagt, Simon. Ich kann nicht mit dir kommen, ich habe Castel Fabri versprochen, mich um das Geschäft zu kümmern, bis dieser Suleyman es auflöst. Außerdem wundert es mich, daß du jetzt auf dem

Quéribus lebst, sogar als königlicher Statthalter. Hattest du seinerzeit nicht den Verdacht, daß die Inquisition hinter dir her ist? Wolltest du dich nicht verstecken?«

»Still!« Simon sprang plötzlich auf, zog sein Roß zu sich heran und machte sich an den Satteltaschen zu schaffen.

»Da ist dieser Kerl schon wieder!« raunte er Rixende zu. »Am Leuchtturm! Er ist auch bereits Martial aufgefallen, weil er sich ständig vor dem Lager herumdrückt.«

Rixende erhob sich nun ebenfalls und drehte sich dabei unauffällig zur Seite, um den Fremden zu begutachten. Doch sie traute kaum ihren Augen: Keine zehn Schritte vom Fischer und den Frauen entfernt stand, an den maurischen Turm gelehnt, jemand, den sie nur zu gut kannte.

»Was macht er hier?« sagte sie leise zu Simon. »Warte auf mich!« Sie gab ihrem Bruder die Zügel ihres Pferdes und lief schnurstracks zum Turm hinüber.

Als der Mann Rixende auf sich zu kommen sah, weiteten sich seine Augen, dann jedoch drehte er sich abrupt um und lief flink wie ein Wiesel die erste krumme Gasse nach Cotllioure hinein.

»Herr Clément! So wartet doch!« rief Rixende hinter ihm her. Doch er ließ sich nicht aufhalten und war nach kurzer Zeit im Gewirr der verwinkelten Gassen verschwunden.

»Das ist mehr als seltsam«, meinte Rixende, als sie zu Simon zurückgekehrt war. »Ich könnte schwören, er war es, auch wenn er sich inzwischen den Bart abgenommen hat.«

Sie setzten sich wieder, und Rixende erzählte dem Bruder von dem neugierigen Mann und – weil Martial nicht in der Nähe war und auch sonst niemand zuhörte – endlich auch von Fulco, dem Inquisitor, der sie bis vor die Tore von Cotllioure gebracht hatte.

Kaum hatte Rixende ihren Bericht beendet, packte sie Simon am Arm und schüttelte sie.

»Wie? Du bringst mir einen von denen hierher? Bist du von Sinnen?« stieß er hervor, leichenblaß im Gesicht. Seine Hände zitterten beträchtlich.

»Aber er würde dir niemals etwas zuleide tun, Simon. Glaub mir, und außerdem weiß er überhaupt nichts von dir, nichts von den Eltern, nichts von deinem Freund Aton. Ich habe ihm kein Wort darüber gesagt!«

»Ach was!« schnauzte er sie an. »Es stimmt schon. Gott hat den Frauen dies gegeben: Das Flennen, Schwätzen und das Weben! Rixende, du bist so einfältig, so töricht wie ein Kind. Wie kommst du bloß darauf, daß ein Dominikaner dir die Wahrheit sagen könnte? Du kennst sie nicht, sie sind mit allen Wassern gewaschen. Gäbe es keine Sünden mehr auf dieser Welt, so würden sie neue erfinden! Dort drüben, hinter der Bucht, sieh nur«, Simon sprang auf und deutete auf eine hohe dunkle Mauer am Fuße des sonnenbeschienenen Berges, die von einem strengen Glockenturm überragt wurde, »dort befindet sich ihr hiesiges Kloster. Bilde dir nur nicht ein, daß jener Fulco dich vor den Toren Cotllioures verlassen hat. Ganz bestimmt ist er dort abgestiegen, um weitere Ränke zu schmieden – und dieser Clément, wie du ihn nennst, ist sein Kundschafter, ihn hat er vorausgeschickt!«

Simons Augen funkelten böse. Rixende fing leise an zu weinen, weil sie spüren konnte, wie die Mauer des Argwohns zwischen ihnen beiden wuchs und wuchs und wie die Angst, durch ihr leichtfertiges Handeln auch noch den Bruder verloren zu haben, all ihre Glieder lähmte.

Aber Simon achtete nicht auf ihre Tränen. Er war noch immer nicht fertig, sie zu schelten.

»Sie hat dich irregeführt, die hochwürdige Geistlichkeit, die selbst mit Teufelsstricken vom Papst gebunden ist. Ja, der Heilige Vater«, Simons Stimme wurde nun geradezu höhnisch, »man sagt, er halte Sankt Peters Schlüssel in seinen Händen, doch weshalb hat er dann seine Lehre aus der Schrift herausgeschabt? Das Zauberbuch, aus dem man den Katholiken schon bei der Taufe einschärfen läßt, nur ja nicht Gottes Gabe zu kaufen oder zu verkaufen – ich meine damit den Kauf geistlicher Ämter –, muß ein Geschenk des Teufels sein, denn der Papst selbst hält sich doch nicht daran. Ist *er* habgierig, sind *alle* habgierig, lügt *er*, lügen *alle*!« Simon hatte sich arg in Rage geredet. Nun holte er tief Luft, bevor er fortfuhr, ein wenig versöhnlicher mit ihr zu sprechen.

»Ach, Rixende, nach dem Tod deines Mannes und dem, was dem Onkel zugestoßen ist, hättest du damit rechnen müssen, daß man dich beschattet. Statt dessen bringst du einen dieser Hunde auch noch hierher! Und ich habe mir eingebildet, du könntest eines Tages zu uns gehören! Ha!«

»Schweig«, fauchte ihn nun Rixende an, die Mengarde vor Augen hatte, und wischte sich entschlossen die Tränen ab. »Halte inne, auf der Stelle. Deine Vorwürfe sind ungerecht. So einfach ist die Sache nicht. Niemals im Leben würde ich diesem Mann, zu dem ich zu Recht Vertrauen gefaßt habe, preisgeben, woher ich komme, wer unsere Eltern waren oder was du tust. Ich schwöre es dir, Simon!«

»Du sprichst hehre Worte, Schwester. Doch was wirst du alles sagen, wenn sie dich foltern, wenn sie dir die Daumenschrauben anlegen oder dich ... Nein, nein du hast keine Ahnung, Mädchen. Wirklich keine Ahnung! Allein der Gedanke daran, was Leute wie dieser Saint-Georges mit dir anstellen werden, brennt wie ein Fieber in mir!«

»Ich habe keine Angst«, sagte Rixende stolz. »Aber du, weshalb bist du nur so selbstgerecht? Warst du schon immer so? Ich spüre, daß wir uns gar nicht kennen, obwohl wir Geschwister sind. Daß du mir nicht traust, tut mir im Herzen weh. Sind alle Katharer so wie du? Glaubt ihr vielleicht, etwas Besseres zu sein?«

Simon war verstummt. Lange sah er hinaus aufs Meer, das im Sonnenglast flimmerte, und er biß sich dabei auf die Lippen, bis sie bluteten. Nach einiger Zeit faßte er nach ihrer Hand und sagte:

»Du hast recht, Rixende. Verzeih! Ich habe vergessen, was du als Kind alles hast durchmachen müssen, ohne zu wissen, wer du eigentlich bist. Daß du dann den erstbesten, der dir vorkommt, als sei er dein Retter in der Not ...«

»Aber er war tatsächlich mein Retter in der Not!« unterbrach sie ihn, wobei ihre Stimme erneut brach. »Wenn es ihn nicht gegeben hätte, läge ich jetzt auf dem Grund der Aude, oder ich wäre mit dem Schiff verbrannt.«

»Schon gut, laß uns nicht weiter streiten. Dieser Clément jedoch, das sage ich dir, hat offensichtlich erst dich und dann auch mich beschattet. Das macht mir Angst. Ich verschwinde noch in der Nacht. Ich weiß Mittel und Möglichkeiten, ihn abzuschütteln. Dir jedoch rate ich, eine Weile hier bei Martial zu bleiben, bis ihr Mißtrauen sich legt, und dabei die Augen offenzuhalten.«

»Noch heute in der Nacht willst du reiten?« Kaum hatte Rixende ihren Bruder wiedergesehen, rannte er davon.

»Ja, ich darf mich nicht leichtfertig in Gefahr bringen, zu viele Leute hängen von dem Schutz ab, den ich ihnen als Statthalter auf dem Quéribus gewähre.«

»Katharer?«

Simon nickte. »Aus den umliegenden Orten. Sie lehren die Kinder der Armen und pflegen die Kranken im ganzen Umland. Was ist daran falsch, frage ich dich?«

»Ich habe ja gar nicht behauptet, daß daran etwas falsch sei. Doch du bist mir noch eine Antwort schuldig. Wie bist du Statthalter auf dieser Burg geworden?«

»Ich war wohl der tüchtigste Soldat. Und ich habe mich mit voller Absicht in das Vertrauen meines Vorgängers geschlichen, natürlich immer unter meinem falschen Namen, Simon von Festanière, als Atons Bruder. Das mögen manche Leute als hinterhältig betrachten, aber nur, solange man meine Beweggründe und vor allem unsere Familiengeschichte nicht kennt.

Daß ich seinerzeit glaubte, die Inquisition wäre mir auf den Fersen, hat sich glücklicherweise als falsch herausgestellt. Man verdächtigte mich nicht – Atons Name hat sich in all den Jahren bestens bewährt.«

»Falsche Namen sind auch mir nichts Unbekanntes, wie du weißt«, meinte Rixende bitter.

»Es ist wohl das Schicksal der Planissoles, in anderer Menschen Haut schlüpfen zu müssen, um die eigene zu retten«, sagte Simon. »Versteh mich bitte nicht falsch. Im Grunde bedeutet mir mein Leben nichts, in Gott allein ruht die Hoffnung. Doch ich werde noch gebraucht. Ich bin ...« Simon hielt mitten im Satz inne und schüttelte dann bedauernd den Kopf.

»Ich hätte mir gewünscht, dich einmal mitzunehmen, dir gewisse Leute vorzustellen, die uns wohlgesonnen sind ... Doch in Anbetracht der Dinge ... Ach, vergiß den üblen Streit. Laß uns wieder zu Martial zurückreiten.« Er schwang sich auf sein Pferd.

»Simon, ich kann wirklich nicht glauben, daß uns von Saint-Georges Gefahr droht ... so kann er sich nicht verstellt haben. Nein, niemals!«

»In erster Linie ist er Inquisitor. Das darfst du nie vergessen, meine Kleine«, sagte Simon jetzt behutsam, als sie wieder nebeneinanderher ritten und die Hufschläge hart die mittägliche Stille durchbrachen. »Er wäre der erste, der ehrlich ist. Weißt du noch, was Vater immer gesagt hat?«

Rixende sah ihn fragend an.

»Für die Freiheit kämpfe ich, für das Entweder-Oder. Auch du wirst dich eines Tages entscheiden müssen, Rixende.«

»Dieser Spruch ist auf schreckliche Weise auf ihn zurückgefallen!«

»Und dennoch war er richtig. Entweder – oder. Wir haben keine Wahl. Das Böse oder das Gute. Das Dunkel oder das Licht. Gott oder ... Wir müssen uns entscheiden. Die Menschheit muß sich entscheiden ...«

Das Schöne entfaltet seine Wirkung oft schon bei der bloßen Betrachtung. Und Cotllioure war in der Tat unbeschreiblich schön. Nach Osten zu öffnete es sich unendlich blau zum Meer hinaus, auf den anderen Seiten wurde es geschützt durch grünbraune Hänge und Berge, Ausläufer der Pyrenäen, wo Rixende lange Jahre gelebt hatte. Nach Simons Abreise kletterte sie mit Martials Sohn, der sie an Paco erinnerte, hinauf zum Fort Saint-Elme, das oberhalb des Dominikaner-Klosters das Land überwachte. Von dort hatte man einen wunderbaren Ausblick aufs Meer und den Ort – jedoch leider keinen Einblick in die Anlage des Klosters.

Auch von Clément war nirgends eine Spur mehr, sosehr sie auch die Augen offenhielt.

Des Morgens führte sie ihr erster Gang ans Ufer, wo sie auf den Fischer wartete. Nicht selten kaufte sie ihm einen Teil seines Fanges ab, um die Krebse und Fische Martial in die Küche zu legen. Der Fischer sprach eine wunderliche Mischung aus *Okzitan* und *Catalan*. Doch er lachte viel und herzlich – eine Sprache, die jedermann versteht. Einmal lud er sie in sein Haus ein, wo er mit seiner Frau und fünf kleinen Kindern lebte. Das schmale alte Fischerhäuschen hatte er von seinem Vater geerbt. Es war einfach, aber sauber, und die scheue Frau des Fischers bestand darauf, daß Rixende mit ihnen zu Mittag aß. Dort, im Kreise all seiner Kinder, fühlte sie sich zum ersten Mal seit Simons Abreise wieder wohl. Sie aß mit großem Appetit die Sardinen, die der Fischer auf offener Flamme briet, nachdem die Frau in die Bäuche wilden Fenchel gesteckt hatte, und sie trank mit Genuß das frische Quellwasser, das man ihr dazu reichte.

Meist schlief sie gut und tief. Doch in einer Nacht träumte sie von Lusitana. Sie sah sie vor sich, als wäre sie wieder lebendig. Die Wahrsagerin trug das gleiche Gewand, das sie in der Schenke angehabt hatte, und versuchte ihr andauernd etwas zu erklären. Als Rixende am Morgen schweißgebadet aufwachte, fiel ihr siedendheiß ein, was Lusitana ihr hatte sagen wollen: Paco, ihr Söhnchen, hatte den Mann beschrieben, der seine Mutter auf dem Gewissen hatte: er hätte einen komischen Bart getragen.

Rixende war entsetzt. Sollte tatsächlich Lusitanas Mörder auf dem Schiff gewesen sein? Ein Kundschafter der Inquisition? Aber dann hätte Fulco ihn doch kennen müssen. Dann hatte er ihn ganz sicher gekannt!

Ein weiterer böser Schatten fiel auf das kleine Pflänzchen

Vertrauen, das sie dem Mann auf dem Weg hierher entgegengebracht hatte. Trieb er tatsächlich ein falsches Spiel mit ihr, wie Simon meinte und Mengarde ihr versichert hatte? Hatte Abbéville sogar zwei Kundschafter auf sie angesetzt, um auf alle Fälle zu verhindern, daß sie Fabris Vermögen verschwinden ließ? … Hatte sie Fulco von Saint-Georges deshalb nach Cotllioure begleitet?

Rixende grübelte und grübelte und wurde von Tag zu Tag stiller.

Nach zwei Wochen entschloß sie sich, einen Teil ihrer bösen Träume und Vorahnungen hierzulassen und nach Carcassonne zurückzukehren. Mit Pons Martial war alles besprochen. Sie würde Suleyman bitten, ihn mit allen Befugnissen auszustatten, die er benötigte, um das Lager in Cotllioure irgendwann selbständig weiterzuführen.

Mit guten Pferden versehen und begleitet von vier schwerbewaffneten Dienern, machte sie sich auf den Rückweg.

Ein Schiff hatte sie nicht wieder besteigen wollen, was Martial, nach allem, was ihr auf der »Jeanne« geschehen war, gut verstehen konnte.

25

Er riet den Pharisäern, besser richte
man einen, eh's um alles Volk getan …
Dante, Die Göttliche Komödie

Guillaume de Nogaret, der einflußreiche Berater des Königs, zog überrascht die Brauen hoch: Drei Petitionen auf einen Schlag und alle aus der Stadt Carcassonne?

Erst gestern war der körperlich kleine, ja fast zierliche Mann, dessen halblanges braunes Haar tagein, tagaus das gleiche schwarze Samtbarett zierte, mit dem Troß des Königs nach Schloß Fontainebleau zurückgekehrt, und Philipp hatte sich drei Tage Ruhe ausbedungen, denn er war erschöpft von der langen Reise. Doch jene Sache schien heikel. Insgeheim triumphierte Nogaret. Möglicherweise konnte man mit dieser Geschichte Bonifatius ein Schnippchen schlagen. Er war schlau, der römische Hund, gewiß, aber vielleicht nicht schlau genug. Nogaret, selbst Theologe, hatte schon mehr als einmal den Versuch unternommen, den Heiligen Vater nicht nur theologisch-exegetisch, sondern auch juristisch zu belangen. Vergebens! Doch dieses Mal schien Bonifatius ein Stück zu weit gegangen zu sein in seiner Willkür und seinem verfluchten Hunger nach Gold. Der König war zwar ebenfalls ständig in verzweifelter Verlegenheit, ließ seit kurzem gar die jüdischen Geldverleiher verfolgen, um seine Kassen zu füllen, gerade deshalb aber würde er es dem Papst nicht gönnen, sich am Vermögen eines Carcassonner Geschäftsmannes zu bereichern, ob er nun ein Ketzer war oder nicht. Philipp, der sich vor drei Jahren vergeblich um die Kaiserkrone beworben hatte, war sonst eher zurückhaltend und spröde; darüber, daß der Strom aus den Konfiskationen der Gebiete des Languedoc nicht versiegte, wachte er jedoch höchstselbst, und zwar mit Argusaugen. Kürzlich, auf einem Ausritt, hatte er sogar eine Andeutung gemacht, daß bei den Tempelrittern sicherlich noch mehr zu holen wäre als bei den Ketzern. Sie würden immer mächtiger, und er, Nogaret, solle doch einmal darüber nachsinnen, wie man die stolzen Mönche, die einzig dem Papst verantwortlich waren, ein wenig zur Räson bringen könnte. Unverkennbar steckte hinter dieser Aufforderung nichts anderes als die Angst Philipps, eines Tages das große Vermögen zurückzahlen zu müssen, das er den Templern schuldete.

Über Bonifatius waren sie einer Meinung, der König und sein Legat. Die Kirche hatte Dienerin des Staates zu sein, wie sie es unter den Nachfolgern Konstantins gewesen war. Doch wie dachte Johanna, die Königin, darüber? Nogaret schüttelte leise den Kopf. Nein, sie war keine Rose ohne Dorn oder keine Taube ohne Galle, wie manche meinten, sondern ebenso geldgierig wie ihr Gatte, rachsüchtig obendrein. Er hatte die eine oder andere Erfahrung mit der Königin bereits hinter sich. Sie war fromm, sehr fromm sogar. In früher Jugend hatte sie aus Navarra fliehen müssen, war dann am Hofe des Königs von Frankreich erzogen worden und im Alter von elf Jahren mit dem jungen Prinzen Philipp vermählt, der zwei Jahre später – siebzehnjährig – zum König gekrönt wurde. Die mit in die Ehe gebrachten Grafschaften Champagne und Navarra hatten die Krone Frankreichs beträchtlich gestärkt. Sie hatte ihm sechs Kinder geboren und war dennoch ständig an seiner Seite, begleitete ihn auf all seinen Reisen. Der König liebte sie über alles, und die beiden stritten kaum, und wenn, dann selten vor Zeugen. Dafür gerieten sich ihre Beichtväter um so häufiger in die Haare. Die Spannung, die zwischen beiden herrschte, war kaum mehr auszuhalten. Und hier, dachte Nogaret, hier liegt der Schwachpunkt meines Planes. Philipps Beichtvater war Dominikaner und ein verschlagener Fuchs obendrein. Blieb das, was der König ihm unter dem Beichtsiegel anvertraute, auch wirklich geheim? Nogaret hatte da so seine Zweifel. Man mußte vorsichtig zu Werke gehen, sehr vorsichtig.

Seufzend legte Nogaret die Bittbriefe in eine Kassette und schloß sie ab. Nein, er würde nicht sofort zu Philipp eilen, sondern einen günstigen Augenblick abwarten, um ihn unter vier Augen zu sprechen. Am besten irgendwo im Freien, denn in Fontainebleau hatten nicht nur die Pfaffen große Ohren, sondern sogar die Wände.

Mit Erstaunen vernahm der König drei Tage später die Kunde von den drei Petitionen. Groß, blond und blauäugig, einen dunklen Samtmantel um die Schultern, sah er auf Nogaret herab und lauschte ihm begierig.

»Die Bittbriefe haben natürlich nicht den gleichen Wortlaut, doch sie meinen dasselbe, Sire. Der eine ist vom Senat Eurer Stadt Carcassonne, der zweite vom dort ansässigen Lektor der Franziskaner, dem berühmten Bernhard Délicieux, und der dritte – ich wage es kaum zu sagen ...« Nogaret hatte Mühe, das freudige Funkeln seiner Augen zu verbergen.

»Nur frisch heraus damit, wer ist der dritte Schreiber?«

»Sire ... der dritte Brief kommt von einem der Inquisitoren höchstpersönlich, Fulco von Saint-Georges.« Der Berater des Königs hatte den letzten Satz beinahe geflüstert.

»Wie? Hören Wir recht? Von einem der Inquisitoren? Lest ihn vor.«

Nogaret zog das Schreiben aus seinem Umhang hervor. Als er geendet hatte, sog der König die Luft ein.

»Dieser Brief ist so heiß wie ein Backstein im Ofen.«

Nogaret nickte. »Eine ausgezeichnete Möglichkeit, in Rom ... äh, einzugreifen. Glaubt Ihr nicht auch, Sire?« wagte der Berater, seinen Plan vorsichtig anzusprechen.

»Mehr als das, Nogaret. Eine gute Gelegenheit für Uns. Wir werden im nächsten Jahr die südlichen Provinzen besuchen und dabei auch in Carcassonne nach dem Rechten sehen. Nicht sofort ... Wir wollen nichts übereilen. Im Sommer, denken Wir, ja, im nächsten Sommer ... Bis dahin sollen sie Frieden geben, dort unten. Schreibt in diesem Sinne an meinen Seneschall. Gui Capriere hat dafür Sorge zu tragen, daß das Vermögen dieses Castel Fabri bis zu Unserem Besuch unangetastet bleibt. Die Inquisition soll die Finger davon lassen und auch die Witwe nicht weiter behelligen, die die Geschäfte führt.«

Der König hatte sich bereits zum Gehen gewandt, als ihm noch etwas einfiel.

»Ach, Nogaret ...«

»Sire?«

»Behandelt den Brief dieses Inquisitors so, als ob Ihr ihn gar nicht erhalten hättet, schließt ihn weg. Wir selbst werden über diese Angelegenheit schweigen gegenüber jedermann und befehlen Unserem Seneschall dies ebenfalls. Wir wünschen vor allem nicht, daß der Angeklagte, Abbéville, davon erfährt, weil er sonst nichts Eiligeres zu tun haben wird, als Bonifatius zu unterrichten. Unsere Zeit wird kommen. Allein der Umstand, daß Wir im kommenden Jahr Carcassonne aufzusuchen gedenken, wird gewisse Irritationen hervorrufen. Sollen sie sich nur Gedanken machen, dort unten, sollen sie nur.«

»Das ist weise, Sire. Doch ... was gedenkt Euer Gnaden im nächsten Jahr in Carcassonne zu tun?«

»Ihr wißt so gut wie Wir, Nogaret, daß Wir den Menschen im Süden noch immer als fremder Despot gelten. Sobald es ihnen vorteilhafter erscheint, tendieren sie dazu, sich nach Aragon oder England zu orientieren. Daher wollen Wir Unseren Untertanen zeigen, daß sie in Uns einen Beschützer haben. Wir werden der Willkür der Inquisitoren Einhalt gebieten. Jedoch ... Unter uns gesagt« – der König beugte sich zu Nogaret hinunter, senkte seine Stimme zu einem Flüstern, und seine Augen verengten sich leicht –, »wir haben keine Skrupel, die Güter jenes Castel Fabri – der ja ein Ketzer sein soll ...«

»Das ist nicht bewiesen, Sire!«

»... der ja ein Ketzer sein soll, Unserer Gemahlin zu übereignen. Eine Schenkung – Ihr versteht? Das wollen wir in Carcassonne veranlassen.«

Nogaret nickte verständnisvoll. »Bonifatius wird schäumen …«

»Soll er nur, soll er … Schickt vorab zwei mit höchsten Vollmachten ausgerüstete Reformatoren nach Carcassonne. Das ist sicherer. Sie sollen bei dieser Gelegenheit auch gleich den aufrührerischen Bischof von Pamiers verhaften, der ständig gegen Uns intrigiert. Er übertreibt – wie offenbar auch dieser Abbéville. Weil er päpstlicher Legat ist und zwei Hospitäler für Aussätzige unterhält, glaubt Bernard Saisset, er könne Uns ständig Vorwürfe machen, Wir würden seine klerikalen Rechte verletzen. Wir denken, er ist von den Juden gekauft.«

»Euer Gnaden haben recht. In Carcassonne jedoch verhält es sich anders. Hier ist es die bischöfliche Autorität, die wiederhergestellt werden muß, denn sie ist durch die Inquisition beinahe vollständig unterdrückt.«

»Das sehen Wir auch so, wenngleich Wir natürlich mit Nachdruck betonen, daß Uns die Ausrottung der Ketzerei ebenso am Herzen liegt wie Bonifatius. Die Mittel sind es, die sich unterscheiden.«

Der König hielt inne und sah nachdenklich auf seinen Berater.

»Wir wissen ebenfalls, daß Ihr selbst aus einem katharischen Elternhaus stammt, Nogaret, daß die Tempelritter Euren Großvater denunziert und der Inquisition überantwortet haben. Ihr sollt dem falschen Glauben jedoch schon in der Jugend abgeschworen haben?«

»So verhält es sich, Sire.«

»Nun erzählt Uns Bruder Alanus eine haarsträubende Geschichte nach der anderen über diese Ketzer, sie leugneten die Menschwerdung Christi, die Kreuzigung und die Auferstehung, rührten weder Frauen an noch Fleisch. Doch er scheint Uns befangen.«

»Sire, ich betone noch einmal mit Nachdruck, ich war zu keiner Zeit Katharer oder Patarener, wie manche dazu sagen, wenngleich mich mein Großvater das *melioramentum* gelehrt hat.«

»Das *melioramentum*? Was ist das?« fragte der König.

Sie befanden sich im Buchsbaum-Labyrinth, das der Vater des Königs vor Jahrzehnten hatte anlegen lassen. Es war ein schöner Morgen, frisch und klar. Zwei Amseln stritten auf dem Sandweg um einen Wurm, die eine zerrte rechts und die andere links, doch die Hunde des Königs, die ihn bei seinen Spaziergängen begleiteten, verjagten die Vögel sogleich.

»Eine Ehrenbezeichnung. Bevor mir der Großvater Nüsse schenkte oder anderes, mußte ich mich hinknien und ihn um seinen Segen bitten. Ich sagte dreimal hintereinander *Benedicite, parcite nobis,* und fügte dann hinzu: ›Bittet Gott für mich Sünder, daß er mich zum guten Christen mache und zu einem guten Ende führe!‹«

»Daran können Wir nichts Verwerfliches entdecken. Redet weiter, aber haltet Euch kurz!«

»Die Katharer sehen sich als die besseren Christen, sie bezeichnen die katholische Kirche als ›Die große Hure der Apokalypse‹, weil sie in Griechen und Römer gespalten ist. Dann ist da der Lebensstil unserer Priester ...«

»Gebt es zu, Nogaret, Ihr denkt in diesem Augenblick an denselben Mann wie Wir. An den Römer ... Doch weiter!«

»Die Katharer meinen, daß den Dingen zwei Prinzipien innewohnen: das Prinzip des Lichts und das Prinzip der Finsternis. Sie beziehen sich dabei auf den heiligen Johannes, der in seinem Ersten Brief sagt: ›Gott ist Licht, und keine Finsternis ist in Ihm‹, folglich auch nicht durch Ihn! Die Finsternis hat deswegen auch nicht teil an dieser Allheit.«

»Meint Ihr damit, daß die Welt geschieden ist, daß es für die Katharer zwei Welten gibt, eine sichtbare und eine unsichtbare?«

»Ja, und jede hat ihren Gott. Die unsichtbare hat einen guten Gott, der die unsichtbaren Seelen rettet, die andere, sichtbare Welt hat den bösen Gott, der die sichtbaren und vergänglichen Dinge schafft.«

»Und den nennen sie Satan.«

»Nicht nur. Sie haben auch noch andere Namen für den

Unaussprechlichen, und zwar: *Rex mundi*, der Fürst der Welt; dann ›der ältere Teufel‹; ›der fremde Gott‹ und ›der ewige Feind‹.«

»Und worin fehlen die Katharer genau?« Die Hände in die Hüften gestützt – der König hatte nach langen Reisen oft Schmerzen im Rücken –, lief Philipp auf den Ausgang des dicht belaubten immergrünen Labyrinths zu. Unablässig strichen die Windhunde um seine Beine und winselten, weil es ihnen nicht schnell genug ging.

»Wir haben von Alanus gehört, daß einer ihrer Troubadoure gesagt haben soll: ›Heute noch herrschen die Spitzbuben über uns, doch es wird die Zeit kommen, da die Knechte zum Turnier gehen und die Frauen predigen‹.«

Nogaret lachte verhalten.

»Die Frauen predigen! Das waren die egalitären Träumereien eines Peire Cardenal. Er ist längst unter der Erde. Nein, der wahre Grund ihres Irrtums oder vielmehr die Subversion des ganzen Glaubens liegt darin, daß sie als Prinzip annehmen – wie in den Bekenntnissen fast aller *parfaits* zu lesen ist –, daß die Seele des Urmenschen ein Teil aus der göttlichen Substanz ist.«

»Das nennen Wir anmaßend.« Der König war stehengeblieben.

»Sie sagen ebenfalls, daß die menschlichen Seelen nichts anderes sind als die Abtrünnigen Geister, die im Ursprung der Welt aus dem Himmel verbannt wurden.«

»Und dieser Geist oder die Seele – so hat mir auch Alanus erzählt – wandert nun von Körper zu Körper, bis er eines Tages in einem Perfekten angelangt ist. Schon Pythagoras sprach ja von der Seelenwanderung: ›Nicht sterben kann die Seele. Verläßt sie den früheren Wohnsitz, nimmt sie ein neues Haus stets auf, wo wohnend sie fortlebt.‹ Ist es nicht so?«

»Ja und nein. Die meisten Ketzer unterscheiden zwischen Geist und Seele. Gott hat den Geist der Seele zugeteilt, um jene zu behüten. Und diesen Geist – der im übrigen kommt und geht und nicht ständig im Menschen ist – nennen die

Katharer heilig, das heißt standhaft, weil sie mit seiner Hilfe beabsichtigen, bis zum Tode standhaft zu bleiben und sich vom Teufel weder mißbrauchen noch verführen zu lassen. Wer standhaft bleibt, braucht auch nicht zu wandern. Er ist erlöst.«

»Sie scheinen Uns nicht ungebildet.«

»Nein, die katharischen Theologen sind sogar äußerst belesen, was man von den Waldensern nicht in jedem Falle behaupten kann.«

»Ihr meint die Anhänger dieses Petrus Waldes zu Lyon, der sein ganzes Hab und Gut verschenkt hat, um barfuß auf den Straßen zu predigen?«

Nogaret lächelte.

»Als Waldes Papst Alexander III. vorgestellt wurde, nahm man einige von seinen Leuten ins Verhör. Sie bestätigten zwar, keine Kirche gegen die Kirche sein zu wollen, zeigten dem Heiligen Vater aber ein in gallischer Sprache geschriebenes Buch, das Texte, Psalter und die meisten Bücher des Alten und Neuen Testaments enthielt, und forderten zugleich, daß man ihnen das Recht zu predigen bestätige. Sie seien genügend erfahren, argumentierten sie, wenngleich sie kaum das Abc gelernt hatten – ähnlich wie Vögel, die der Meinung sind, sie könnten überall frei herumfliegen. Man stellte ihnen daraufhin die leichtesten Fragen, wohl wissend, daß der an Disteln gewöhnte Esel Salat nicht verschmäht: Glaubt ihr an Gott den Vater? Sie antworteten: Wir glauben. Und an den Sohn? Sie antworteten wieder: Wir glauben. Und an den Heiligen Geist? Erneut antworteten sie: Wir glauben. Und an die Mutter Christi? Wiederum sagten sie: Wir glauben. Da lachten die anwesenden Prälaten alle laut, und die Waldenser trollten sich ratlos und beschämt davon.«

»Sie strebten wohl danach, für andere Wagenlenker zu sein, wie Phaeton, der nicht einmal die Namen seiner fliegenden Rosse kannte, nicht wahr?« sagte der König und lächelte milde.

»Ja, ein guter Vergleich, Sire. Man konnte sie einfach nicht ernst nehmen. Die Pilger aus Lyon waren wie Vögel in die Falle gegangen, die ihnen die schlauen Scholastiker gestellt hatten. Katharern wäre diese Peinlichkeit sicherlich nicht widerfahren, ihre Gelehrten hätten den Unterschied gekannt zwischen dem Glauben an die Personen der Göttlichen Dreifaltigkeit – auch wenn sie selbst anders darüber denken – und dem unzulässigen Glauben an irdische Geschöpfe, selbst wenn es sich um die Mutter Jesu handelt. Die Waldenser hatten nie davon gehört, daß man von Maria nicht einfach als ›Mutter Christi‹ sprechen darf, weil das Konzil von Ephesos im Jahr 431 diese irrige Bezeichnung des Nestorius, Bischof von Konstantinopel, seinerzeit verurteilt und statt dessen vorgeschrieben hatte, von der ›Gottesgebärerin‹ zu sprechen.«

»Was hat Euch dazu gebracht, Nogaret, Eurem Großvater das *melioramentum* zu verweigern, will sagen, weshalb habt Ihr Euch für die andere Seite entschieden? Hat Euch der Gute Geist irgendwann verlassen?« Philipps Mund hatte sich bei seinen letzten Worten spöttisch verzogen.

Nogaret lachte wieder leise. »Ich hoffe nicht, Sire, daß mich irgendwann der *spiritus creatus* verlassen wird! Nicht vor meinem Tod.«

»Wir auch nicht, Wir auch nicht, Nogaret.«

26

> Die Taube schwingt, mit Gurren, Drehn und Wenden
> ihr Neigen eine kund der andren tut …
>
> *Dante,* Die Göttliche Komödie

Der Rückweg war mühsam. Niemand ritt neben Rixende, der sie mit kurzweiligen Anekdoten unterhielt, auf die Schönheiten ringsumher aufmerksam machte, Schmetterlingen nachjagte, mit ihr lachte oder stritt. Sie fühlte sich einsam und verunsichert und dachte an einen Spruch von Horaz, den sie irgendwann in einem von Fabris Büchern gelesen hatte: »Wer Meere durcheilt, kann wohl den Himmelsstrich wechseln, doch nicht die Stimmung der Seele.«

Die Zeichnung, die Fulco ihr mit auf den Weg gegeben hatte, war nützlich. Alle Klöster hatten bislang ohne Mühe in einem Tagesritt erreicht werden können. Auf dem ganzen Weg hatte Rixende vergeblich nach Clément Ausschau gehalten. Entweder verbarg er sich äußerst geschickt vor ihr, oder Simon hatte sich getäuscht, und der Mann war völlig harmlos. Es gab noch andere Männer, die gelockte Bärte trugen. Er mußte auch nicht derjenige sein, der Lusitana auf dem Gewissen hatte.

Als sie am Quéribus vorbeiritten, dieser weißen Burg, die sich wie ein stolzer Adler aus der gleichfarbigen Gesteinsnadel in den Himmel erhebt, allem Menschlichen entrückt, dachte sie an den Bruder, der gewiß längst wieder dort oben residierte. Ob er ihr noch böse war? Würde sie ihn irgendwann wiedersehen? Und was war mit Fulco von Saint-Georges? Wie sollte sie ihm in Carcassonne begegnen?

Rixende schüttelte den Kopf. Bevor sie eine Entscheidung für ihre Zukunft traf, mußte sie ihre Pflicht erfüllen und den Besuch des Muselmanen abwarten. Ob Suleyman ihr die Schuld gab an Abu Ras' Tod?

Nichts in ihrem Leben konnte anscheinend zu Ende gebracht werden, weil immer alles seltsam unfertig oder unklar war.

Um die sechste Stunde des Tages zog ein Gewitter auf. Rasch verdüsterte sich der Himmel, und es türmte sich eine gelbviolette Wand auf, zerrissen durch feurige Blitze. Harte, schmetternde Donnerschläge folgten unmittelbar hintereinander, einer übertrumpfte geradezu den anderen. Bereits tropfnaß – denn der Regen stürzte wie ein Gießbach vom Himmel –, ritten sie endlich auf eine frei im Feld stehende Kate zu. Als einer der Diener die Tür aufriß, um Rixende hineinzulassen, erschraken beide. Monotoner Gesang schlug ihnen entgegen: »Nun hebet auf die Hände, daß Gott dies Sterben wende! Nun hebet auf die Arme, daß Gott sich über uns erbarme! Jesus, durch deine Namen drei, mach, Herre uns von Sünden frei! Jesus, durch deine Wunden rot, behüt uns vor dem jähen Tod …«

Pilger, fuhr es Rixende durch den Kopf, als sie sich umsah. Die bunte Schar – bestehend aus Männern, Frauen und Kindern, elf an der Zahl – hatte ihren Gesang unterbrochen und musterte nun ebenfalls neugierig Rixende. Aufgetürmt in einer Ecke lag auf dem Stroh die gesamte Habe der Leute, Becken, Pfannen und obendrein Passionstafeln, Pilgerstäbe und Kreuze.

Ständig unterbrochen durch knallende Donnerschläge, erzählten die Leute, daß sie völlig verzweifelt seien, weil es am Pfingstsonntag in ihrem Dorf Blut geregnet habe. Nachdem daraufhin alles Vieh verendet sei und die Ernte verdorben, habe man sich gen Compostela aufgemacht, zum heiligen Jakobus, den man um Unterstützung bitten wolle. Einer, der schon einmal dort gewesen, trat hervor und zeigte Rixende stolz sein Beglaubigungsschreiben und die Jakobusmuschel, die er sich an die Kappe geheftet hatte.

»Der Heilige«, erklärte der Mann feierlich, »besitzt große Macht. Zu Lebzeiten mag dies anders gewesen sein, denn man hat ihm, wie Johannes dem Täufer, den Kopf abgeschlagen. Nachdem er aber in Santiago de Compostela seine letzte

Ruhestätte unter einer Steinplatte gefunden hatte, schmolz diese – o Wunder über Wunder – wie Wachs und bildete gleich einem Tempelbau die Form seines Leibes nach!«

Das Gewitter wollte einfach kein Ende nehmen. Martials Männer wurden langsam unruhig. Wenn es so weiterginge, ließe sich die nächstgelegene Unterkunft wohl nicht mehr vor der Dunkelheit erreichen. Sie hatten die Pferde längst trockengerieben und auch ausgiebig über Fulcos Zeichnung disputiert, auf der als heutiges Ziel eine Burg inmitten eines ausgedehnten Waldgebietes eingezeichnet war. Rixende teilte mit allen Brot und harten Käse, denn sie hatte genug bei sich. Als die Pilger gegessen hatten, faßten sie sich an den Händen und sangen mit Inbrunst das *Te Deum,* und Rixende fiel in ihr Danklied ein. Zwei Frauen jedoch steigerten sich derartig in ihren Gesang hinein, daß sie sich dabei das Haar rauften und auf die Brust schlugen. Rixende bemerkte auch, daß sich einige bereits Lumpen um die Füße gewickelt hatten, und ein Kerl mit einem stupiden Vogelgesicht schien sich gar geschworen zu haben, den ganzen Weg auf den Knien zu rutschen. Als er kurz aufstand, um vor der Kate sein Wasser abzuschlagen, sah Rixende mit Ekel, daß ihm der blanke Eiter die Schienbeine hinabfloß. Da sie in einem ledernen Sack einige Ellen Leinen mit sich führte, erbarmte sie sich und reichte den Stoff den Leuten, damit sie ihre Wunden und Füße verbinden konnten.

Endlich ließ das Unwetter nach. Rixende trat mit Martials Männern und dem Anführer der Pilger vor die Kate. Sie befanden sich auf einer Hochebene und hätten – bei gutem Wetter – freie Sicht gehabt auf das Tal, das unter ihnen lag. Doch noch immer jagten dunkle Wolken über sie hinweg, und über dem Tal lag ein dichter Nebelschleier. Eine Kette Rebhühner flog jedoch bereits wieder talwärts, im Wind schaukelnd. Als schließlich der Regen spärlicher wurde, zogen die Pilger laut singend weiter, und auch Rixende machte sich mit ihren Männern auf den Weg. Um die Burg zu erreichen, mußten sie jedoch zuerst das Tal und später diesen dunklen Wald dort unten durchqueren, der sich – wie sie jetzt erkennen konnten – bis zu einer hohen, noch weit entfernten Felswand zog.

Zwielicht senkte sich über das Land.

Rixende fröstelte nicht nur der nassen Kleider wegen.

Sie ritten und ritten und mußten bald einen Umweg machen, da das Bächlein, das sie überqueren wollten, zu einem reißenden gelbbraunen Bach angeschwollen war.

Und so gerieten sie tatsächlich in die Dunkelheit. Als man beinahe nur noch die Hand vor Augen sah, hielten sie inne, um zu beratschlagen. Ein spitzer Vogelschrei, der in einen langgezogenen Ruf überging, ließ Rixende erschauern. Am Waldesrand zu übernachten war nicht ratsam, dort flackerten Leuchtkäfer, die Seelen ungetauft verstorbener Kinder. Also ritten sie auf gut Glück in jenen tiefen, unbekannten Wald hinein. Einer der Männer ritt mit einer Fackel voraus. Die Bäume tropften. Ein Käuzchen schrie, und es raschelte ständig irgendwo im Unterholz. Ab und an schien der Mond durch die hohen Wipfel, und die Männer, die Rixende in ihre Mitte genommen hatten, pfiffen tapfer ein Lied.

Nach einiger Zeit sahen sie einen vagen Lichtschein in der Ferne, und sie beschlossen darauf zu zu reiten, in der Hoffnung, daß es sich um die Burg handeln würde.

Rixende betete darum, daß man sie nicht abwies zu dieser späten Stunde. Beim Näherkommen erkannten sie die Umrisse eines kleinen Donjons und mehrer Nebengebäude. Sie ritten auf den Graben zu, der Fackelträger stieg ab – und Rixende erstarrte. Was war das? Für einen kurzen Augenblick war die Fahne des Burgherrn im Mondlicht sichtbar gewesen. Narrte sie ein Zauber, oder hatte sie darauf so etwas Ähnliches wie ein weißes Einhorn gesehen?

Rixende stieg vom Pferd. Ihr Herz klopfte. Sie nahm dem Mann die Fackel aus der Hand und hielt sie hoch. Tatsächlich! Ein Einhorn. Sie hatte sich nicht getäuscht. Lusitanas Prophezeiung. Konnte das ein Zufall sein? Martials Männer sahen sie verwundert an. Weshalb zögerte die Herrin, über den Graben zu reiten, wo man endlich in Sicherheit war?

Doch da wurde bereits das Tor aufgetan. Ein alter Mann, der ebenfalls eine Fackel in der Hand trug, fragte mit lauter Stimme nach ihrem Begehr.

»Fulco von Saint-Georges hat mir Eure Burg empfohlen. Ich bin eine alleinreisende Witwe aus Carcassonne mit ihren Dienern und erbitte Eure Gastfreundschaft für diese Nacht.«

»Dann kommt nur herüber«, rief der Mann nicht unfreundlich. »Die Betten sind warm und trocken, und das Feuer brennt noch immer im Kamin, so daß Ihr Euch vor dem Schlafen mit einem heißen Wein stärken könnt.«

Martials Leute strahlten. Im Burghof kam auch schon ein Junge herangelaufen, um die Pferde in Empfang zu nehmen. Einige Hunde schlugen an, auch hörte man Schafe blöken. Der Alte schlurfte vor Rixende zum Donjon und wies unterwegs den Dienern die Küche. Der Koch würde ihnen gleich etwas zu essen geben und ihnen zeigen, wo sie nächtigen konnten. Rixende bat er nach oben.

Als sie hinter dem Mann die schmale Treppe hinaufstieg, die zu den Wohnräumen des Burgherrn führte, fuhr ihr ein neuer Schrecken durch die Glieder. Oben am Treppenabsatz stand ein Mann, von dem sie im ersten Augenblick annahm, es wäre Fulco. Beim Näherkommen jedoch – und zwar immer, wenn das Licht der Kienspäne aufflackerte, die an den Wänden des Turms in eisernen Haltern steckten – erkannte Rixende, daß es sich nur um eine große Ähnlichkeit handelte. Dennoch waren es Fulcos Augen, seine Brauen und Lippen. Das Herz klopfte ihr bis zum Halse. Wo war sie nur hingeraten? Träumte sie?

»Seid uns herzlich willkommen, Rixende Fabri«, sagte der *châtelain*, der Burgherr, der aus der Nähe um etliches älter schien als Fulco. Auch er zog bei ihrem Anblick überrascht die Brauen hoch – verbeugte sich dann aber höflich. »Mein Bruder hat Euch angekündigt. Fühlt Euch also wie zu Hause.«

»Euer Bruder? Ist er …«

»Fulco von Saint-Georges«, sagte der Mann mit spöttischem Unterton. »Der Mönch. Ich bin der Herr der Burg

Castillou, Eugène von Saint-Georges. Aber alle Welt nennt mich Graf Loup, der Wolf. Was uns unser Mönchlein allerdings nicht gesagt hat, ist, daß Ihr, verehrte Dame – nun ja, seht selbst …«

Der Graf geleitete Rixende zu einer Frau, die in gezierter Haltung auf einer Bank saß und jetzt einen Stickrahmen zur Seite legte. Sie trug kein Gebende. Ihr Kleid, das am Halsausschnitt mit safrangelben und karminroten Stickereien und an den langen, sich vorn verengenden Ärmeln mit einer roten Borte versehen war, betonte ihren schlanken Leib. Als sie aufstand, um den Gast willkommen zu heißen, fuhr Rixende siedendheiß durch den Kopf, daß sie es sein mußte, sie und keine andere, die Schuld trug an Fulcos Eintritt ins Kloster: Groß, schlank, das lange dunkle Haar mit ersten Silberfäden durchzogen, war die Frau noch immer wunderschön und ihr selbst – Rixende – wie aus dem Gesicht geschnitten.

»Herzlich willkommen auf Castillou«, sagte sie, ebenfalls vollkommen überrascht von ihrem Gegenüber. Doch sie faßte sich schnell, lächelte ein wenig geheimnisvoll und wies Rixende einen Platz an ihrer Seite zu. »Mein Schwager hat uns auf Euren Besuch in diesen Tagen vorbereitet und uns aufgetragen, Euch jeden Wunsch zu erfüllen. Also, Rixende, so ist Euer Name, nicht wahr, was kann ich Euch Gutes tun? Ihr habt einen langen Ritt hinter Euch, Eure Kleider und Euer Haar sind feucht, würde Euch ein heißes Bad erfreuen, ein klein wenig Fasan? Wein vielleicht …?«

»Ein Bad? Das wäre himmlisch, doch will ich Euch nicht zu viel Umstände machen!«

»Ihr macht uns keine Arbeit, junge Frau«, sagte die freundliche Burgherrin und klatschte in die Hände. »Im Gegenteil, es ist uns ein Vergnügen, nicht wahr, Loup?«

Der Graf nickte nachdenklich und betrachtete Rixende ein weiteres Mal von Kopf bis Fuß.

»Das reinste Vergnügen!« meinte er spöttisch und verbeugte sich erneut vor Rixende.

27

So wand sich doppelt rings um uns im Rund
der Rosen dort ein Kranz, die nie verblühen …
Dante, Die Göttliche Komödie

Rixende lag entspannt im Zuber, vor sich ein Tablett mit allerlei Köstlichkeiten aus der Küche der gastfreundlichen Burg. Ein junges Mädchen bediente sie. Es hatte ihr Rosenblätter ins bereits duftende warme Wasser gelegt, die Kämme und das Nachtzeug ausgepackt, ein Glas rot funkelnden Wein eingeschenkt, Trauben, Nüsse und Konfekt aufgetischt.

Der Schreck, der ihr in die Glieder gefahren war, als sie über dem Eingang der Burg ein Einhorn auf der Fahne erblickt hatte, war einer wohligen Zufriedenheit gewichen. Natürlich war das Verhalten des Burgherrn und seiner Dame seltsam gewesen. Die Art, wie Fulcos Bruder sie angesehen hatte! Und diese fast übertriebene Fürsorge der *belle-sœur*, Fulcos Schwägerin, die Sibylle hieß, wie sie der Dienerin soeben entlockt hatte. Was nur hatte Fulco den beiden über sie erzählt? Daß sie die Königin von Frankreich sei?

Plötzlich hörte Rixende Pferdegetrappel. Das Burgtor quietschte, und die Hunde schlugen an. Wer war um diese nächtliche Stunde noch unterwegs? Erwarteten die beiden weitere Gäste? Rixende gähnte und zog am Seil der kleinen Glocke, die über dem Zuber befestigt war, um sich abtrocknen zu lassen und endlich zu Bett zu gehen. Morgen hatte sie wieder einen langen Ritt vor sich.

Die junge Magd flocht Rixendes frischgewaschenes Haar in dicke Flechten und hüllte ihren nach Rosenöl duftenden Körper in ein großes Leintuch. Dann geleitete sie sie in eine Kammer, die der Badestube gegenüber lag. Dort flackerte eine honiggelbe Kerze auf einem Tischchen, und ein Himmelbett mit weißen Vorhängen und Volants, die über und über bestickt waren mit winzigen bunten Blüten, versprach eine wahrhaft erholsame Nacht. Rixende begann zu ahnen, weshalb ihr Fulco die elterliche Burg empfohlen hatte. Eine solche Annehmlichkeit hatte kein Kloster auf dem Weg geboten.

»Darf ich Euch noch ein Glas Wein bringen, Herrin?« fragte das Mädchen.

»Nein, danke, ich möchte gleich schlafen, Jacotte!«

Die Magd nickte, zeigte Rixende noch das Nachtgeschirr und verließ dann eilig die Kammer.

Rixende betete, löschte die Kerze und legte sich nieder. Sie war schon fast am Einschlafen, als sie durch erneutes Hundegebell aufschreckte. Sie lauschte. Nein, nichts. Doch ... da war etwas. Plötzlich waren draußen auf dem Gang Schritte zu hören. Jemand flüsterte halblaut. Ein kurzes Auflachen. Dann wieder Stille. Rixende seufzte und drehte sich auf die andere Seite, um endlich zu schlafen. Da klopfte es an ihre Tür.

»Jacotte?« rief Rixende und setzte sich auf. Brachte ihr die Magd nun doch noch Wein?

Knarrend schob sich die Tür auf. Doch es war nicht das Mädchen, das dort mit einem eisernen Leuchter in der Hand im Türrahmen stand, es war weder die Burgherrin noch der Burgherr. Es war Fulco von Saint-Georges, gekleidet wie ein Ritter, in grünem Wams und dunklen Beinkleidern. Ohne ein Wort zu sagen, betrat er Rixendes Kammer, schloß hinter sich die Tür, drehte zweimal den hölzernen Schlüssel herum und trat an das Himmelbett.

»Jeder Mensch braucht einen Ort, wo er ganz bei sich sein kann. Ich freue mich, Euch wohlbehalten bei mir zu Hause zu wissen, Rixende«, sagte er leise und sah mit seinen dunklen Augen auf ihre schmalen, nackten Schultern hinab.

»Ihr ... du hast das geplant, nicht wahr?«

Fulco nickte und schlug für einen Moment die Augen nieder, dann aber sah er sie ernst und zärtlich an, und plötzlich waren alle Bedenken und alles Mißtrauen hinweggefegt.

»Es gibt nicht viele Möglichkeiten für uns beide, ungestört beieinander zu sein. Doch du entscheidest, Rixende. Ein Wort, und ich reite noch in der Nacht nach Carcassonne zurück.«

Rixende schwieg lange. Dann nahm sie Aimerics Rubin vom Finger, legte ihn auf das Tischchen neben dem Bett und sagte: »Bleib.«

Und die Liebe schmeckte wie Himmel und Erde zugleich.

Am nächsten Morgen, als die beiden engumschlungen erwachten, zwitscherten draußen schon die Vögel. Fulco fing erneut an, Rixende überall zu streicheln, und sie ließ es zu, ja sie genoß geradezu die Berührung seiner Hände auf ihrem Körper. Nie zuvor hatte sie dieses wohlige Schauern erlebt, das ihr Fulco bereitete, dieses Gefühl der Ekstase, das auf dem Höhepunkt Duft und Farben ineinanderfließen läßt. Sie liebten sich und konnten nicht aufhören, sich aneinander zu erfreuen.

Als sie endlich ermattet nebeneinander lagen, sagte Fulco: »Bleib bei mir, ein oder zwei Tage!«

»Aber … dein Bruder, deine Schwägerin?«

»Sie sind nicht dumm. Sie wußten spätestens, als sie dich zu Gesicht bekamen, wieso ich dich angekündigt hatte.«

»Sibylle war es, die du einst geliebt hast, nicht wahr?«

Fulco setzte sich auf und sah Rixende in die Augen. »Vor dir – nach dir werde ich niemanden mehr lieben. Du bist herzlicher als sie und um vieles schöner. Deine Seele ist vollkommen und dein Leib so herrlich, daß man ihm freudig dienen muß. Und wenn ich dich so betrachte im hellen Morgenlicht, kommt es mir vor, als ob auf deinen Wangen lauter Lilien und Rosen blühten.«

Rixende errötete, und ihre Augen strahlten. »Deine Worte stammen aus einem der Sprüche Walthers von der Vogelweide aus deutschen Landen, nicht wahr? Ich kenne die Sentenz, der alte Fabri hat eine Übersetzung von des Sängers Schriften in seiner Truhe.«

»Tatsächlich? ›*Und wenn mir dann eine schöne Frau ihre Huld gewährte, der ließ ich Lilien und Rosen auf ihren zarten Wangen erblühen …*‹«

»Seine Sprache ist wunderschön, aber dennoch … ich bin nicht wie Sibylle und werde es nie sein, wenn ich ihr auch ähnlich sehe.« Stolz reckte Rixende das Kinn in die Höhe.

»Natürlich. Vielleicht mußte ich mich aber als grüner Junge in Sibylle verlieben, um als Mann auf dich aufmerksam zu werden«, sagte Fulco leise und strich ihr übers Haar. »Es ist, als wenn der Herr dich mir geschenkt hat.«

»Eine Belohnung dafür, daß du dich ihm vor Jahren geweiht hast?«

»Es war ein Fehler gewesen, ins Kloster zu gehen. Ich hätte den Eltern nicht gehorchen sollen. Wäre ich aber eigene Wege gegangen, hätten diese uns auch zusammengeführt?«

Die beiden blieben eine Woche beieinander, doch nie sah man Tage so verrinnen. Martials Diener hatte man nach Cotllioure zurückgeschickt. Loup, der Burgherr, hatte Rixendes Gold eingeschlossen, damit es vor Dieben sicher war, und ihr versprochen, ihr eigene Diener mit auf den Weg zu geben, wenn sie nach Carcassonne ritt. Doch zuvor bat er selbst sie aufs herzlichste, einige Zeit auf Castillou zu verweilen und einem heimlichen Turnier beizuwohnen, das er und ein gutes Dutzend Ritter aus der Umgebung in einigen Tagen hier abhalten wollten. Auch Sibylle drängte die junge Frau zum Bleiben und öffnete ihre Truhe, um Rixende für das Fest, das nach dem Turnier stattfinden sollte, schön einzukleiden.

Es waren unbeschwerte, heitere Tage, die sie alle miteinander verbrachten. Rixende und Fulco ritten jeden Morgen ausgelassen durch die schon herbstlich gefärbten Wälder; sie verbrachten die Abende zu viert mit Würfelspielen und dem Aufführen kleiner Scharaden. Die Nächte waren erfüllt mit ihrer Liebe.

Am Abend vor dem Turnier trafen die Gäste ein, denn dem Wettkampf sollte eine Hetzjagd vorausgehen, an der auch

Fulco, der die ganze Zeit über weltlich gekleidet war und die kaum noch sichtbare Tonsur unter einem Samtbarett verdeckte, teilnahm. Die fünfzehn Reiter – vom Jagdfieber erfüllt und umringt von etlichen Knappen sowie unzähligen wild kläffenden Hunden – ritten im Morgengrauen vom Burghof. Alle kamen heil und gutgelaunt zurück und zeigten den Frauen stolz ihre Beute: ein stattliches Wildschwein, zwei Rehe und mehrere Bleßhühner.

Eines Freundes Lachen soll ohne Arg sein, sagt der Sänger, *rein wie das Abendrot, das schönes Wetter ankündet.* Das Fest jedoch, das das Turnier krönen sollte und auf das sich vor allem Fulco und Rixende so gefreut hatten, die Walther von der Vogelweide schätzten, fand ausgerechnet einer alten Freundschaft wegen ein jähes Ende.

Einer der Ritter, Gaston von Beillard, ein wilder, hünenhafter Geselle mit rostrotem, bis auf die Schultern wallendem Haar, brachte nach dem Bankett, bei dem nicht nur gut gespeist und getrunken, sondern auch lauthals gelacht und gescherzt wurde, einen Trinkspruch aus. Als Achtjähriger war Fulco zu den Beillards gekommen, wo er eine Ausbildung als Knappe genoß. Gaston und seine Schwester Alamande, die wie ein Junge erzogen worden war, hatten sich mit ihm angefreundet, und bald waren die drei unzertrennlich gewesen. Sie hatten nicht nur gemeinsam Latein, Französisch, Rechnen, Geometrie, Astronomie und Musizieren gelernt, sondern auch zusammen geübt, mit der Lanze die schwingende Strohpuppe aufzuspießen, die als Zielscheibe diente, ein Schwert zu handhaben und zu jagen. Des Abends hatte man sie die ritterliche Heraldik und die Gesetze des Zweikampfs gelehrt, wenn sie nicht gerade Schach miteinander spielten. Und nun, gewissermaßen aus heiterem Himmel, stand dieser Mann auf – Rixende hatte ihm beim Turnierkampf noch ein Seidentuch zugeworfen –, um eine anzügliche Rede zu halten. Fulco vermutete später, daß er beleidigt war, weil man ihn beim Mahl nicht neben Sibylle und Loup plaziert hatte. Möglicherweise aber war der Grund einzig der, daß er voll des starken Weines war, als er sagte:

»Nun, edle Freunde aus nah und fern, laßt uns anstoßen auf zwei schöne Menschenkinder, die sich in unserer Mitte befinden und heute offenbar eine ›heimliche Ehe‹ eingegangen sind: Ihr wißt alle, wen ich meine. Trinken wir also auf meinen alten Freund und Kampfgefährten Fulco von Saint-Georges, der endlich wieder unter uns weilt.«

Der Ritter wies mit einer formvollendeten Geste auf den so Brüskierten und grinste dabei frech. »Laßt Euch aber nicht täuschen, liebe Leute, ich weiß es genau, zieht er sein buntes geschlitztes Wams aus, so kommt noch immer sein Jakobiner-Habit zum Vorschein. Ja, ja, die Dominikaner, die harmlose Turniere wie das unsrige heute als heidnische Zirkusspiele beschimpfen! Es ehrt unseren Saint-Georges, daß er inzwischen anders darüber denkt!«

Die Leute lachten schallend, einige schlugen sich gar auf die Schenkel, doch er war noch immer nicht fertig. Mit hohngetränkter Stimme fuhr er fort:

»Vielleicht liegt es aber an dieser schönen Frau an seiner Seite, der uns allen unbekannten Rixende, die uns ihre brennende Liebe zu ihrem Mönch auch noch mit einem feuerroten Kleid anzeigt. Ach, wie romantisch! Und wie klug! Kein Ehevertrag war nötig zu diesem Bund, und demzufolge muß auch keine Mitgift im Falle eines Scheiterns zurückgezahlt werden. Doch – halt ... was rede ich da? Im Falle eines Scheiterns ... Geheime Ehen können ja gar nicht gebrochen werden, oder?«

Wieder brüllte alles.

Da stand Loup auf und sagte mit lauter Stimme: »Halt dein Maul, Gaston! Das Fest ist zu Ende. Geht! Alle miteinander.«

Zögerlich standen die Gäste auf, die meisten mit betretenen Gesichtern. Doch es gab auch welche, die murrten und zornig waren auf denjenigen, der diese üble Schmährede gehalten hatte.

Durch einen Tränenschleier hindurch sah Rixende, wie

Fulco an sich halten mußte. Seine Hände zitterten, und seine Lippen waren aufeinandergepreßt. Loup stand mit eisiger Miene an der hohen Flügeltür und verabschiedete seine Gäste. Doch wo war Sibylle? Suchend sah sich Rixende um, um sich ihres Mitgefühls zu versichern. Die Burgherrin stand, in schwarzen Samt gekleidet und mit goldener Hörnerhaube auf dem Kopf, unbeweglich am Ende des Saales, mit dem Rücken zum Fenster gelehnt, und Rixende erkannte mit Schrecken, daß ein kleines boshaftes Lächeln ihren Mund umspielte. Als sie Rixendes ungläubigen Blick bemerkte, verleugnete sie rasch, was ihr Mund preisgegeben hatte.

Was ging hier eigentlich vor?

In der Nacht, als die beiden Liebenden wieder allein waren, hatte sich bereits ein fremdes Gefühl zwischen sie gedrängt.

Rixende sagte kühl: »Ich reise morgen ab.«

»Morgen schon?« fragte Fulco verwundert, doch in seiner Stimme lag nur wenig Bedauern.

»Ja. Bei aller Freundlichkeit, mit der man mich hier aufgenommen hat, drängt sich mir der Verdacht auf, daß man mich nicht mag. Das rote Kleid ...« Da platzte es aus ihr heraus: »Deine Schwägerin hat das alles eingefädelt, diese Ränkeschmiedin!«

Fulco nickte. »Sie ist eifersüchtig auf dich, Loup hat es mir gesagt. Es war ein Fehler, hierherzukommen. Daß aber ausgerechnet mein bester Freund Gaston sich von ihr einspannen ließ, mich gewissermaßen verraten hat, hat mich tief getroffen.«

»Sie ist eine böse alte Frau.«

Fulco schwieg. Nach einiger Zeit, als er bemerkte, daß Rixende leise weinte, meinte er:

»Du darfst nicht ungerecht sein, Rixende. Jede Frau ist wohl ärgerlich, wenn sie auf eine trifft, die ihr ähnlich sieht, aber um Jahre jünger und um vieles schöner ist als sie.«

»Du nimmst die Hexe auch noch in Schutz? Liebst du sie noch immer?«

»Ich liebe dich, Rixende.« Fulco nahm Rixende in den Arm.

»Ich lasse dich nur ungern weiterreiten, bitte, glaub es mir, aber in Anbetracht der Umstände ist es tatsächlich besser, wenn du gehst.«

»Und ...« – Rixende sah mit tränennassen Augen zu ihm auf – »wie soll es mit uns weitergehen? In Carcassonne können wir uns nicht lieben. Die Leute würden mich steinigen, wenn sie es erführen. Ich kann sowieso nur hoffen und beten, daß sich der heutige Vorfall nicht in Windeseile im ganzen Lande herumspricht.«

»Sorg dich nicht. Mein Bruder wird den Leuten einschärfen, das Maul zu halten. Das ist er mir schuldig.«

Rixende lachte auf. »Dein Bruder, der dich seinerzeit so gehaßt hat, daß dich die Eltern ins Kloster gegeben haben?«

»Er hat es längst bereut. Ich habe ein langes Gespräch unter vier Augen mit ihm geführt. Wir haben uns versöhnt. Auf ihn kann ich mich verlassen. Er ist von meinem Blut. Was uns angeht, Rixende, unter keinen Umständen will ich die Verbindung zu dir aufgeben. Am liebsten wäre mir, wir gingen irgendwohin, wo uns niemand kennt. Mein Amt bedeutet mir nichts mehr, außerdem werde ich es sowieso verlieren, wenn mein Brief an Nogaret bekannt wird.«

»Nein«, sagte Rixende mit Nachdruck. »Ich habe das Gefühl, es ist noch nicht die Zeit dafür. Ich habe Aimeric hintergangen, noch bevor er ein Jahr unter ...«

»Er ist tot!«

»Er ist tot, jawohl. Und ich bin seine Witwe. Dir bin ich nichts«, sagte Rixende schärfer, als sie beabsichtigt hatte, und schob Fulco von sich. »Das Geschäft läßt sich ebenfalls nicht von heute auf morgen auflösen. Außerdem ist da noch die ungeklärte Sache mit Abbéville, der Tag des heiligen Ignatius. Ich schwöre dir, Fulco«, Rixendes Augen funkelten zornig, als sie ihre Wut auf Sibylle nun an ihm, dem Inquisitor, ausließ, »ich schwöre dir, er wird keinen *toulza* bekommen, keinen einzigen *toulza*!«

»Rixende, steigere dich nicht in etwas hinein, das dir zum Schaden gereichen könnte. Abbéville ist viel mächtiger, als du denkst. Er hat den Seneschall auf seiner Seite und den Papst.«

»Das kann ich mir gut vorstellen«, sagte Rixende tapfer, »aber ich habe keine Angst. Ich fühle mich im Recht, und der Senat ist auf meiner Seite. Übrigens, etwas hätte ich beinahe vergessen, dir zu erzählen: Rate, wer mir in Cotllioure über den Weg gelaufen ist? Der Kräuselbart!«

»Der Kräuselbart? Wen meinst du damit?«

»Na, jener Herr Clément, der sich mit mir auf dem Schiff befand.«

Fulco setzte sich ruckartig auf. »Clément? Das kann nicht sein, ich habe mit eigenen Augen gesehen, wie er von Fontfroide weggeritten ist, in die entgegengesetzte Richtung. Du mußt dich getäuscht haben.«

Rixende erzählte Fulco, daß sie zuvor schon einmal geglaubt hatte, ihn gesehen zu haben.

Fulco kam ein schrecklicher Verdacht. Doch ihm fehlte die Zeit, den Gedanken weiterzuspinnen, weil Rixende noch etwas ansprach, über das zu reden *er* sich aus bestimmten Gründen scheute.

»Wo übrigens hast du dich aufgehalten, während ich in Cotllioure war?«

Fulco überlegte einige Augenblicke zu lange. Dann sagte er leise. »Ich könnte dich jetzt belügen, Liebste. Doch das will ich nicht. Dennoch muß ich dir meinen Aufenthaltsort verschweigen.«

»Weshalb?« fragte Rixende entsetzt.

»Nun, ich bin Inquisitor, noch immer. Was das bedeutet, weißt du nur zu gut. Du mußtest deinen Geschäften nachgehen, ich den meinen. Ketzer gibt es überall in unserem Land.«

»Ach ... das heißt, du warst unterwegs, um Katharer auszuräuchern?«

»Weshalb redest du in diesem Tonfall mit mir?« sagte Fulco verwundert und ein wenig ärgerlich. »Ich bin Fulco von Saint-Georges, nicht Abbéville. Wenn ich dir gewisse Dinge verschweige, so hat das seine Gründe, die außerhalb … unserer Liebe liegen. Meine Zuneigung zu dir ist tief und aufrichtig, Rixende. Ich wünschte mir, für immer mit dir zusammen zu sein. Doch – und da gebe ich dir recht – wir haben beide noch einiges zu erledigen. Ich bitte dich jedoch, mir zu vertrauen, nichts von dem zu glauben, was dir möglicherweise zu Ohren kommt über mich. Ich werde dir im Abstand von einem halben Tag hinterherreiten, ich will sicher sein, daß du gut nach Hause kommst. Und ich werde mein Ziel niemals aus den Augen verlieren, komme, was da wolle, nämlich irgendwann ein gemeinsames Leben mit dir zu führen, irgendwann, irgendwo.«

28

Und weinend kehren sie zu ihrem Singen,
und zu dem Ruf, der jedem Pflicht und Fug.

Dante, Die Göttliche Komödie

Alles unterliegt der Liebe, sagt man. Die Liebe formt sich die Wirklichkeit nach ihren eigenen Vorstellungen; und spricht auch der Tor von ihr, läßt sie sich doch nicht in sein Herz sperren. Mitunter überwindet sie Grenzen. So stieg Orpheus Flöte spielend in den Orkus hinab, um Eurydike zu suchen. Kann man sich aber etwas Schmerzlicheres ausmalen als dumme Mißverständnisse zwischen zwei einander liebenden Menschen?

Einen Tag später ritt Rixende auf Carcassonne zu, bedrückt über das, was vorgefallen war, erleichtert, daß die lange Reise bald ein Ende hatte, und ängstlich, weil sie sich vor dem leeren Haus fürchtete, in das sie zurückkehren mußte. Sie würde Castel Fabri vermissen, und sie hatte Aimerics wegen noch immer ein schlechtes Gewissen.

Nachdem Benete und alle anderen Hausbewohner ihr einen freudigen Empfang bereitet und mit ihr Abu Ras' Tod beklagt hatten, sortierte sie die Briefe, die in der Zwischenzeit eingetroffen waren.

Die meisten waren geschäftlicher Art. Johan Silvius aus Marseille bat in gewählten Worten darum, die dortigen Läger bis zu ihrer eventuellen Wiederverheiratung in Eigenverantwortung führen zu dürfen, und der erste Tuchhändler aus Toulouse, ein gewisser Marcus Perrin, der seinerzeit das herrliche Hochzeitsschiff gesandt hatte, wollte wissen, ob man auch im kommenden Jahr mit einer Fracht Seide aus China würde rechnen können. Mit klopfendem Herzen öffnete sie auch einen Brief von Ibrahim Ben Suleyman, der ihre Nachricht über den Tod seines Neffen offenbar noch nicht erhalten hatte. Sein Besuch müsse erneut aufgeschoben werden, schrieb er bedauernd. Insha' Allah!

Dann lag noch ein Brief von Mengarde vor ihr. Ihn hatte sie aufgehoben bis zuletzt. Sie freute sich, von der Muhme zu hören, wunderte sich aber ein wenig, weil die alte Frau eigentlich gar nicht schreiben konnte. Sie riß den Brief auf und erkannte sogleich Christians Handschrift.

»Liebe Rixende«, war zu lesen. »Ich denke oft an Dich. Du fehlst uns allen sehr. Die Großmutter hat mich ermahnt, Dir buchstabengetreu ihre eigenen Worte aufzuschreiben, was ich jetzt tun will:

Mein armes Täubchen, wie bin ich erschrocken, als ich vom Tod Deines Mannes erfuhr. Auch der alte Fabri ist gestorben. Am liebsten hätte ich hier alles stehen- und liegenlassen, um zu Dir zu eilen. Aber Grazide kränkelt noch immer, und die Arbeit im Haus bleibt an mir hängen. Ich soll Dich von meinem Sohn und von allen anderen grüßen, sie trauern mit Dir um Deinen Mann.

Nun ist etwas geschehen, was ich Dir unbedingt erzählen muß. Du erinnerst Dich sicher an den frechen Mönch, der Dir den Wandbehang mit dem Einhorn geschenkt hat zu Deiner Hochzeit. Er war hier! Ja, Du hörst richtig. Er war hier in Gavarnie.

Du glaubst mir nicht? Ich schwöre Dir, mein Täubchen, daß er es war. Er lief mir am Sonntag beinahe in die Arme. Ich war so erschrocken, daß mir der Mund offenstehen blieb. Doch er hat mich gar nicht wahrgenommen. Ich hab am ganzen Körper gezittert, als ich wieder daheim war. Aber es kommt noch schlimmer! Der Kerl war bei uns im Haus und hat Grazide, die an diesem Sonntag unpäßlich war und nicht in die Kirche konnte, über Dich ausgefragt. Wo Du herkämst, wollte er wissen, wie Dein wirklicher Name ist und so weiter. Grazide hat Dich nie leiden können, das weißt Du ja, und das Weibsstück hat ihm bestimmt alles erzählt, obwohl sie es abstreitet. Mein Vater hat immer gesagt: Wenn man seinen eigenen Verwandten etwas Schlechtes nachsagt, schneidet man sich selbst die Nase ab. Nun, Du bist nicht mit ihr verwandt, und Grazides spitze Nase steht auch noch immer in ihrem Gesicht, aber ich habe sie dennoch angeschrien und durchgeschüttelt, doch sie hat sich – wie sie es immer tut – dumm gestellt. Mein lieber Enkelsohn Christian ist auch beunruhigt wegen dieser Sache. Ach, es wäre gut, wenn Du wieder zu uns nach Gavarnie kommen könntest. Doch mein Sohn sagt, er ist hier noch immer der Bayle, und er kann – nachdem die Katze nun in den Brunnen gefallen ist – es nicht verantworten, daß Du zurückkehrst. Er bittet Dich jedoch um allergrößte Vorsicht und darum, jedermann zu sagen, daß er Dich einzig aus Nächstenliebe aufgezogen hat und darüber hinaus nichts weiß. Bitte, mein liebes Kind, paß gut auf Dich auf! Deine Muhme Mengarde.«

Ein Nachsatz von Christian besagte, daß er, wenn sie ihn brauchte, jederzeit nach Carcassonne reiten würde, auch während der Schafschur und des Käsemachens und trotz väterlichen Verbots.

Bereits beim Lesen hatte Rixende ein Schauer nach dem anderen überfallen. Jetzt war ihr speiübel, und ihr Kopf fing heftig an zu schmerzen. Sie legte das Blatt beiseite und atmete tief ein und aus, um sich wieder zu fassen. Es war kaum zu glauben: Fulco war in Gavarnie gewesen, hatte frech hinter ihr her spioniert. »Ketzer gibt es überall im Land«, hatte er in Castillou gesagt und offenbar sie damit gemeint. Doch Fulco hatte Rixende auch noch etwas anderes ans Herz gelegt: »Vertraue mir, ganz gleich, was dir über mich zu Ohren kommt.«

Sie wollte ihm gerne vertrauen. Doch aus welchem Grunde sollte Mengarde sie belügen. Siedendheiß fiel ihr Simon ein. Konnte sie sicher sein, daß Grazide Fulco gegenüber nicht auch ihren Bruder erwähnt hatte? Sollte sie ihn warnen? Doch was, wenn Clément sie noch immer heimlich beobachtete und am Ende ihren Boten bis zum Quéribus verfolgte? Sie konnte Simon nicht noch einmal in Gefahr bringen. Besser alles so belassen, wie es war, und die Augen und Ohren offenhalten.

Rixende war todmüde, aber sie fand keinen Schlaf in der Nacht.

Der Tag des heiligen Ignatius rückte näher.

Nach ihrer Heimkehr hatte Rixende Fulco nur zweimal zu Gesicht bekommen. Einmal in der Kathedrale Saint-Nazaire und ein weiteres Mal, als eines Morgens laute Stimmen aus der Gasse zu ihr hinaufdrangen und sie – neugierig geworden – ans offene Fenster ihrer Schreibstube trat.

Unten sah sie zu ihrer Überraschung Saint-Georges im lebhaften Gespräch mit Elias Patrice. Wie sie den Wortfetzen der beiden entnehmen konnte, ging es um den Baufortschritt der Kapelle. Patrice stand mit dem Rücken zu ihr, doch Fulco, der wohl schon zuvor das Fenster ihrer Schreibstube heimlich beobachtet hatte, bemerkte Rixende sogleich. Ein kurzes Nicken, ein fast unauffälliges Berühren seiner Lippen mit der rechten Hand galten niemand anderem als ihr. Doch sie rührte sich nicht, starrte nur unentwegt auf die beiden Männer hinunter.

Ihr Verhalten befremdete Fulco, schon in der Kathedrale hatte sie ihn völlig gleichgültig angesehen. Zwar hatten sich die beiden Zurückhaltung auferlegt, doch jetzt, wo niemand weiter Rixende beobachtete, hätte sie doch ein kleines Lächeln für ihn auf ihr Antlitz zaubern können.

Fulco ahnte nichts von dem Kampf, den Rixende in ihrem Inneren ausfocht. Aber nach alldem, was ihr Mengarde geschrieben hatte, konnte sie sich seiner in keiner Weise sicher sein. Auch war sie erstaunt, daß er offenbar noch immer in Amt und Würden war. Das konnte doch nur bedeuten, daß entweder Abbéville nichts über seinen Brief an Nogaret, den Berater des Königs, erfahren hatte, oder – daß Fulco ihn gar nicht geschrieben hatte.

Wie angewachsen blieb Rixende am Fenster stehen, bis sich Patrice endlich von Fulco verabschiedete, umdrehte und auf das Tor des Lagers zuschritt. Fulco zögerte noch einen Moment, warf dann einen weiteren Blick zu ihr empor, doch Rixende stand plötzlich nicht mehr an ihrem Platz. Ziemlich verwirrt ging er seines Weges.

Patrice wunderte sich zwar über Rixendes blasses, beinahe

verhärmtes Aussehen, sprach sie aber aus Höflichkeit nicht darauf an, vielmehr bat er um eine kurze geschäftliche Unterredung, er habe gute Nachrichten.

»Bernhard Délicieux wird selbst die Verteidigung des Ansehens von Castel Fabri übernehmen«, teilte er Rixende freudig erregt mit. »Er und sein Syndikus werden am kommenden Freitag das Zeugnis der sechs Franziskaner, die den Sterbenden bewacht haben, Abbéville vorlegen.«

»Das erleichtert mich sehr«, sagte Rixende und bot ihm einen Platz an. »Wie schätzt Délicieux die Sache ein?«

Patrice wiegte den Kopf. »Schwer zu sagen, es könnte darauf hinauslaufen, daß man, sollte Abbéville das Zeugnis ignorieren, beim Heiligen Vater um Apostoli ersuchen muß. Das allerdings würde die Sache auf unbestimmte Zeit hinauszögern. Im Augenblick stößt Délicieux überall, wo er hinkommt, auf Schwierigkeiten. Entschuldigt die Wortwahl, Frau Rixende, aber die Leute scheißen sich vor Angst in die Hosen. Der Notar Barthélemy Adalbert hat zutiefst bedauert, und sogar Johann von Penne, unser hiesiger Dekretaler, der das Schriftstück der Franziskaner anfertigen sollte, tat dies nur unter der Bedingung, daß sein Name absolut geheim bleiben müsse. Nun versucht Délicieux sein Glück bei Frisco Ricomanni, dem berühmtesten Anwalt weit und breit, doch langsam wird die Zeit knapp. Ihr seht, welch einen Schrecken Abbéville inzwischen im ganzen Land verbreitet! Und dieser Fulco von Saint-Georges, sein Verweser, scheint keinen Deut besser zu sein. In ihm habe ich mich schwer getäuscht, das muß ich schon sagen. Schwer getäuscht.«

Rixende erschrak.

»Wie meint Ihr das?« fragte sie vorsichtig. Sie spürte wie ihre Beine schwach und ihre Hände feucht wurden.

»Nun, ich habe ihn soeben zufällig getroffen, vor Eurem Haus. Wir haben uns schon des öfteren unterhalten, über Angelegenheiten, die den Senat oder die Stadt betreffen, er schien mir wesentlich vernünftiger als Abbéville zu sein. Doch heute hatte ich ganz den Eindruck, als wollte er mir überhaupt nicht zuhören. Unablässig hat er Euer Anwesen gemustert, so als ob er es nicht erwarten könnte, hier alles zu beschlagnahmen. Ich denke, mittlerweile ist er Abbéville nicht nur gehorsam, sondern hörig.«

»Das gibt es doch nicht«, stöhnte Rixende und faßte sich verzweifelt an den Kopf.

»Kann ich selbst noch etwas tun? Braucht Délicieux Geld?« fragte sie schnell, als sie merkte, daß Patrice sich über ihre Reaktion wunderte.

»Ich melde mich bei Euch, wenn es so sein sollte«, sagte der alte Mann und stand schwerfällig auf.

Der heilige Ignatius saß einst auf einem Berg und hörte die Engel Antiphonen singen. Da ordnete er an, daß man auch in den Kirchen die Psalmen in der Art der Wechselgesänge singen solle. An diese schöne Legende dachte Délicieux, als er sich mit seinem Syndikus am heißersehnten Tag des Heiligen, dem 17. Oktober, endlich auf den Weg zum Turm der Justiz machte. Es war drückend schwül zu dieser frühen Morgenstunde, obwohl es längst Herbst war. Ein Gewitter lag in der Luft. Délicieux seufzte. Er wünschte sich sehnlichst, daß Abbéville in der vergangenen Nacht den Gesang der Engel Gottes vernommen hätte und milde gestimmt wäre. Doch es sollte bei seinem frommen Wunsch bleiben.

Der Inquisitor empfing die beiden stehend, ohne sie hereinzubitten. Ja, er weigerte sich strikt, sie anzuhören.

»Aber Bruder Nikolaus, heute ist der Tag des heiligen Ignatius. Ihr selbst habt ihn angesetzt. Wir müssen daher auf einer Beibringung unserer Beweise bestehen!« sagte Délicieux mit Nachdruck und wich nicht von der Stelle. »Der Wahrheit muß endlich Genüge geschehen!«

»Ich bin bereits im Besitz der Wahrheit, die Eure interessiert mich nicht!« entgegnete ihm eisig der Inquisitor. Doch der wortgewandte Délicieux gab so schnell nicht auf.

»Jesus Christus spricht: *Ihr werdet die Wahrheit kennenlernen, und sie wird euch frei machen*«, hielt er ihm unter Aufbietung all seiner Beherrschung vor. »Jesus sagt, Bruder Nikolaus, *wir werden,* nicht, wir *haben* die endgültige Wahrheit schon zu Lebzeiten kennengelernt, nicht wahr?«

»Darüber läßt sich trefflich streiten. Doch ein andermal vielleicht. Heute wollen wir uns auf die Beweise zu diesem *casus* beschränken. Diejenigen, die mir bereits schriftlich vorliegen, genügen, ich sagte es schon«, meinte der Inquisitor arrogant. Nur an seiner heftig zuckenden linken Braue konnte man sehen, daß sein Innerstes ebenfalls in Aufruhr war. »Ich brauche die Euren nicht.«

Unerschütterlich versuchte der Franziskaner, Castel Fabris Ansehen zu rehabilitieren. Er baute Abbéville sogar eine Brücke, um es ihm leichter zu machen, seinen Fehler zuzugeben.

»Ich bitte Euch, Bruder Nikolaus, seht unser Zeugnis wenigstens an. Vielleicht beruht alles nur auf einem Mißverständnis! Ihr solltet ...«

Da trat Abbéville einen Schritt zurück, drehte sich um und schlug ihnen ohne ein weiteres Wort die Tür vor der Nase zu.

Délicieux keuchte vor Überraschung. Er wurde zuerst ganz blaß und dann tiefrot, ja fast violett im Gesicht. Der Syndikus blickte ratlos von Délicieux zur Tür.

»Was geschieht jetzt?« fragte er.

Délicieux gab ihm keine Antwort. Er machte kehrt, rannte die Treppe hinab, zum Tor hinaus, doch als er wieder auf der Gasse stand, hielt er plötzlich inne und schrie, so laut er konnte, zum Fenster des Turmes hinauf: »Wir kommen wieder, Abbéville! Wir verstehen uns darauf, den ›Lämmern zur Welt zu helfen‹! Verlaßt Euch drauf!«

Ein kräftiger Donnerschlag unterstützte seine Worte, und eine Windbö fuhr in seine Kutte und stülpte sie um. Er raffte sie zusammen und eilte, den noch immer verwirrten Syndikus im Schlepptau, zum Kloster zurück. Kopfschüttelnd sahen ihm die Menschen auf der Gasse hinterher. Dann rannten sie in ihre Häuser, weil es heftig zu regnen anfing.

Fulco von Saint-Georges, der sich in der Schreibstube

aufgehalten und alles mit angehört hatte, war über Abbévilles Verhalten baß erstaunt.

»Darf ich fragen, welche Beweise Euch tatsächlich in der Angelegenheit Castel Fabri vorliegen, Bruder Nikolaus?« fragte er in ruhigem Tonfall, obwohl er innerlich aufgewühlt war wie selten zuvor.

Abbéville zögerte mit seiner Antwort. Er trommelte mit den Fingern auf seinem Tisch herum. Soeben hatte er den Kampf gewählt. Doch niemals würde er zugeben, daß er nur halbwegs zufrieden war mit dem Verlauf der ersten Auseinandersetzung. Es war völlig offen, was sich Délicieux jetzt einfallen lassen würde. Da der Franziskaner nie gelernt hatte, was Kämpfen bedeutet, war er ein unberechenbarer Gegner und gefährlich. Dennoch grinste Abbéville Fulco siegesgewiß an.

»Nun, ich habe einen gewichtigen Trumpf in der Hand. Die Aussage eines reumütigen Ketzers, bezeugt von Pierre de Rochefort persönlich, worin alle Einzelheiten der Häretisierung des Castel Fabri auf seinem Totenbett beschrieben sind.«

»Vom Bischof selbst bezeugt?« Jetzt hatte Fulco Mühe, sich seine Erschütterung über diese Offenbarung nicht anmerken zu lassen. Wie konnte der Bischof von Carcassonne so etwas getan haben? Hier stimmte etwas ganz und gar nicht.

Abbéville nickte eitel. »Ja, von Rochefort«, triumphierte er. »Der ist so dumm, daß er gar nicht weiß, was er alles unterschreibt. Aber beruhigt Euch, sein Zeugnis ist ja nur für die Akten bestimmt und soll nicht öffentlich ausgehängt werden.«

»Der Bischof weiß gar nichts davon? Aber ... aber Bruder Nikolaus, Ihr könnt doch nicht ...« Saint-Georges sprang empört auf, und seine Stimme überschlug sich fast. »Das ist Betrug! Fälschung! Nikolaus von Abbéville, Ihr geht zu weit!«

Drohend hatte sich Abbéville erhoben. Er machte einen großen Schritt auf Saint-Georges zu. »Schwätzer, halt dein Maul! Der Zweck heiligt die Mittel. Castel Fabri war ein Ketzer, punktum. Ich weiß es, Ihr wißt es. Das ganze Haus Fabri ist verseucht. Authié geht dort ein und aus.«

Dann wurde seine Stimme gefährlich. »Und was eine Fälschung ist und was nicht, entscheide noch immer ich. Es steht Euch nicht zu, über mich zu richten, noch, mit mir zu schreien!«

In Abbévilles Mundwinkeln stand der Schaum, so sehr war er in Rage geraten. Die ganze Wut, die er auf Délicieux hatte, die einzige Person, die seine ausgefuchsten Pläne durchkreuzen konnte, entlud sich jetzt auf seinen Verweser.

»Wagt das niemals mehr, Saint-Georges, ich warne Euch zum letzten Mal. Und wagt es auch nicht, über diesen Vorgang mit irgend jemandem zu reden, wenn Euch Euer Leben lieb ist. Ihr steht ab sofort unter Arrest und verlaßt den Turm erst, wenn ich es Euch wieder erlaube. Handelt Ihr meinem Befehl zuwider, lernt Ihr den Scheiterhaufen von der anderen Seite kennen. Dann brennt Ihr gemeinsam mit dieser Ketzerin Fabri!«

Abbéville rauschte hinaus und ließ einen totenbleichen, vor Zorn bebenden Fulco von Saint-Georges zurück. Sich auf den König und Nogaret zu verlassen war ein Fehler gewesen. Die Nordfranzosen scherten sich einen Dreck um ihre Untertanen im Süden. Abbéville aber war nicht nur hart und grausam, er war toll geworden. Rixende befand sich in höchster Gefahr. Sie mußte sofort das Land verlassen. Doch wie sollte er sie warnen?

Fulco trat zur Tür der Schreibstube und öffnete sie vorsichtig.

Polignac stand in seiner ganzen Breite davor und schüttelte bei seinem Anblick nur stumm den Kopf.

Nun rächt es sich, keinen einzigen Freund weit und breit zu haben, dachte Saint-Georges verzweifelt.

29

»Ach«, sprach der eine, »die so goldig prangen,
sind Blei, die Kutten, Zentnerlasten schier …«
Dante, Die Göttliche Komödie

Nikolaus von Abbévilles Triumph währte jedoch nur kurz. Als er noch in der gleichen Stunde den Verantwortlichen der Exekutive und den Bischof darüber informierte, daß die Inquisition das Lager, die Grundstücke, Häuser und das Vermögen des Castel Fabri zu konfiszieren gedachte, machte eine höhere Instanz seine Träume unverhofft zunichte.

Gerade hatte er dem Seneschall zu erklären versucht, daß die Beweise für eine Verhaftung der Fabri nebst Gesinde ausreichen würden, als er bemerkte, daß Gui Capriere Bischof Pierre de Rochefort merkwürdig ansah. Der Blick, den dieser zurückwarf, war ebenfalls mehr als seltsam. Was war hier los?

»Gibt es irgendwelche Schwierigkeiten?«

Der einfältige Rochefort, der eigentlich einer anderen Angelegenheit wegen ins Château chomtal gekommen war, verzog den Mund, hob die Brauen und die Hände und seufzte theatralisch, worauf die beiden Bänder seiner dreieckigen Mitra in Bewegung gerieten. Der Seneschall zuckte resignierend mit den Schultern, kramte kurz auf dem Tisch herum und drückte Abbéville, ebenfalls seufzend, ein gesiegeltes Schreiben in die Hand.

»Für Euch, ein Befehl des Königs«, sagte er leise, und er wußte selbst nicht, ob er sich darüber freuen sollte oder nicht.

Geradezu verzweifelt überlegte Fulco von Saint-Georges, wie er es anstellen konnte, Rixende zu warnen. Er war sich sicher, daß Gui Capriere nicht vor dem frühen Abend die Verhaftungen vornehmen würde. Doch bis dahin war nicht mehr viel Zeit, und Rixende ahnte nichts von der Gefahr, in der sie schwebte. Plötzlich sah er Abbéville mit wehender Kukulle die Gasse heraufstürzen. Rasch trat er vom Fenster zurück. Nicht lange, da polterte der Inquisitor herein.

»Nogaret!« zischte er und knallte Saint-Georges ein Dokument auf den Tisch.

»Lest.«

»Auf Befehl des Königs von Frankreich, Philipp IV., verfüge ich, Guillaume de Nogaret, Ritter des Königs und Hüter der königlichen Siegel, auch um größeren Schaden für die Heilige Mutter Kirche zu vermeiden und im Wissen um das Einverständnis des Seneschalls von Carcassonne, Gui Capriere, daß ...«

Die Buchstaben verschwammen vor Saint-Georges' Augen.

Nun hat mein letztes Stündchen geschlagen, dachte er, und er fühlte, wie es ihm gleich war, was mit ihm passierte, wenn Rixende ... Dennoch zwang er sich weiterzulesen. Mit zunehmender Verwunderung vernahm er, daß Nogaret zwei Reformatoren ankündigte, die sich der Sache des Senats und des Volkes von Carcassonne und Albi annehmen würden. Bis zum Eintreffen der Reformatoren – so wurde von höchster Stelle verfügt – dürften die Gefangenen weder gefoltert noch einem Autodafé zugeführt werden. Weiter befahl der König, daß das Handelsgeschäft und die Vermögenswerte des Tuchhändlers Castel Fabri zu Carcassonne unangetastet bleiben müßten. Philipp IV. beabsichtige, bei einer Visite im kommenden Jahr selbst darüber zu urteilen, ob die postume Anklage wegen Ketzerei gegenüber Castel Fabri zu Recht bestehe oder nicht.

Fulco war verblüfft. Kein einziges Mal hatte Nogaret seinen Namen erwähnt. Er schützte ihn offensichtlich. Am Schluß der Verfügung fand sich ein Satz, der Fulco geradezu triumphieren ließ:

»Die Erbin des Hauses Castel Fabri, die ehrenwerte Witwe Rixende Fabri, soll bis dahin unbehelligt bleiben ...«

Saint-Georges fürchtete, daß ihm Abbéville seine Hochstimmung anmerken könnte. Denn der Inquisitor stand geradewegs vor ihm und ließ ihn nicht aus den Augen. Nun sind dir die Hände gebunden, du Hund, fuhr es Fulco durch den Kopf, während er krampfhaft auf das Pergament starrte und dabei unendliche Erleichterung verspürte. Das Schreiben bedeutete Zeit. Wichtige Zeit, um Dinge in die Wege zu leiten, an die er in den letzten Wochen häufiger denn je gedacht hatte. Ein Befehl des Königs konnte selbst von der Inquisition nicht ignoriert werden! Jetzt erst holte er wie befreit tief Luft und gab Abbéville entschlossen, aber wortlos das Schreiben zurück.

»Verrat«, sagte dieser mit eisiger Stimme, und nochmals: »Verrat. Wer hat uns bei Nogaret angeschwärzt, diesem Hund, in dessen Adern Katharerblut fließt? Délicieux, der schon hinter der Befreiung der Gefangenen steckte? Der Senat, der uns andauernd in den Rücken fällt? Oder alle zusammen?«

Fulco, der es besser wußte, zuckte mit den Schultern. »Wer weiß das zu sagen«, meinte er leise.

»Wer weiß das zu sagen? Mehr fällt Euch nicht ein? Das sieht Euch wieder einmal ähnlich! Den Beleidigten spielen, weil ich Euch kurzzeitig arretiert habe, was? Zu Eurem eigenen Schutz habe ich das getan, Bruder. Ihr hättet doch nichts Eiligeres zu tun gehabt, als zu diesem Weib zu rennen und es zu warnen. Übrigens ... Euer Bericht über das freche Stück ist ganz und gar unzulänglich, das hatte ich Euch schon gestern sagen wollen«, meinte Abbéville verächtlich.

»Ich verstehe nicht ...«

»Ach, tut doch nicht so scheinheilig! Sie ist doch Eure Buhlerin, oder? Meint Ihr, ich wäre nicht darüber informiert, daß und wo ihr beiden es miteinander getrieben habt?

Im heimischen Nest! Dafür allein könnte ich Euch belangen!«

Kalter Schweiß brach Fulco von Saint-Georges aus allen Poren. Auf einen solchen Vorwurf war er nicht vorbereitet. Woher konnte Nikolaus von den Tagen auf Castillou wissen?

»Sie stammt aus Gavarnie«, sagte er rasch. »Ich war selbst dort, um alles nachzuprüfen. Sie ist die Tochter des …«

»… des Bayle Pons Ripoll, jawohl! Jetzt sagt einmal, Bruder, seid Ihr wirklich so einfältig, oder versucht Ihr mir ständig einen Bären aufzubinden? Hat Euch dieses Ketzerweib derart den Kopf verdreht?«

»Ich weiß wahrhaftig nicht, worauf Ihr hinauswollt, Bruder Nikolaus!« Saint-Georges hielt noch immer an sich, aber er war fest entschlossen, sich nicht länger derartig behandeln zu lassen. Er stand auf, trat vor Abbéville hin und sagte mit fester Stimme:

»Nikolaus von Abbéville, ich habe Euch wahrheitsgemäß und obendrein schriftlich berichtet, daß sie aus Gavarnie stammt. Ich habe Euch einen Bericht aus Cotllioure geschickt und einen ausführlichen aus Fontfroide mit interessanten Neuigkeiten über den möglichen Aufenthaltsort des Hüters. Mehr gibt es wirklich nicht zu sagen, punktum. Da Ihr mir aber offenbar nicht mehr vertraut, bitte ich um meine Entlassung als Euer Verweser. Ich bin bereit, zukünftig wieder als einfacher Mönch …«

»Punktum, punktum? Einfacher Mönch? Das könnte Euch so gefallen, wenn der *casus belli* eintritt, wenn Schwierigkeiten auftauchen, Fersengeld zu geben? Einfacher Mönch, ha! Nein, ich werde Euch gewiß nicht entlassen und für alles selbst den Kopf hinhalten! Aber ich will Euch sagen, woher die Fabri kommt: aus dem Bergnest Montaillou, Dummkopf! Aus Montaillou. Eure Nachforschungen waren allesamt falsch – oder Ihr macht mir hier etwas vor, nur damit ich Euer Liebchen nicht ins Loch werfe.«

Montaillou? Saint-Georges hatte keine Ahnung, worauf

Abbéville anspielte. Dann jedoch fiel es ihm wie Schuppen von den Augen.

»Meint Ihr …? Die Burg des Hüters?« fragte er völlig ungläubig.

»Nun, ist es Euch wieder eingefallen? Philippe von Planissoles! Derjenige, der den Katharerschatz vom Montségur geschafft hat. Da gibt es nicht nur einen Sohn, sondern auch eine Tochter, die noch lebt. Und diese Tochter ist Eure Hure!«

Abbéville hatte bei seinen Worten die Augen zu schmalen Schlitzen zusammengekniffen, und er schien es geradezu zu genießen, in Saint-Georges' entsetztes Gesicht zu sehen.

»Ja, da schaut Ihr dumm, nicht wahr? Da verschlägt es Euch vollends die Sprache! Ich sehe, Ihr habt es wirklich nicht gewußt. Die Witwe Fabri ist *de facto* die Tochter eines der größten Ketzer, der uns je unter die Finger gekommen ist! Ava war ihr Name, als sie noch in Montaillou lebte. Und ihr Bruder hieß ursprünglich Bernard. Er ist der Finsterblickende, der Hüter der Geheimen Worte.«

Saint-Georges stand bleich vor Abbéville.

»Das glaube ich Euch nicht!« stieß er hervor.

»Ihr werdet es glauben müssen! Hier, lest!«

Mit diesen Worten zog er ein Protokoll aus seinem Umhang hervor, um es seinem Verweser zu überreichen. Abbéville hatte sich offenbar längst auf dieses Gespräch vorbereitet und nur auf die passende Gelegenheit gewartet.

Fulco war so aufgewühlt, daß er Schwierigkeiten hatte, das Dokument ruhig zu halten und auch die Zusammenhänge zu verstehen. Dort stand alles über diesen Oberketzer Bernard von Planissoles und seine das ganze Land überziehende Verschwörung. Doch kein Wort von Rixende … oder Ava, wie ihr richtiger Name sein sollte. Wer gab ihm die Sicherheit, daß Abbéville ihn nicht belog, vielleicht war er auch einem falschen Informanten aufgesessen. Wortlos gab er ihm das Schreiben zurück.

»Nun, wie fühlt Ihr Euch jetzt?« sagte dieser, Fulco von

Kopf bis Fuß musternd. »Wie fühlt man sich, wenn man mit einer elenden Ketzerin die *horas* gelesen hat oder ihr ›gulden Pförtlein‹ bearbeitet, wie das gemeine Volk sagt? Ich nehme Euch gerne selbst die Beichte ab, wenn Ihr das wünscht. Euer Seelenheil liegt mir durchaus am Herzen, denn wenn ich Euch so betrachte – also, wir sind eben allesamt Menschen, keine Götter ...«

Abbévilles hohntriefendes Angebot hatte Fulco rasch wieder in die Wirklichkeit zurückgeholt.

»Woher habt Ihr all diese Erkenntnisse?«

Abbéville grinste.

»Ich habe einen guten Mann auf die Fabri angesetzt und natürlich auf Euch. Als Inquisitor muß man auch wissen, was die eigenen Leute so treiben. Für solche Dinge habe ich eine Nase. Mein Amt ist mir nicht umsonst angetragen worden. Ich bin der Beste. Aber jetzt« – wütend schlug er wieder mit der Faust auf den Tisch –, »kurz vor dem Ziel, bindet man mir die Hände! Über die Fabri hätte ich an ihren Bruder kommen können. Ein einziges Mal die Daumenschrauben an ihren weißen Knöchelchen ... tja ...

Und nun zu Euch, Saint-Georges: Bevor Ihr Euch erneut in ihrem Bett suhlt, habe ich eine Aufgabe für Euch, auch damit Ihr nicht länger davon träumt, ein einfacher Mönch zu sein! Ich gebe es zu, ich habe Euch nicht richtig gefordert, ich war zu gutmütig. Morgen nachmittag schnappt Ihr Euch fünfundzwanzig Mann und marschiert zum Kloster der Franziskaner, um Délicieux und seine angeblichen Zeugen zu einem Verhör vorzuladen.«

»Zu einem Verhör? Und mit fünfundzwanzig Mann?«

»Zu einer offiziellen Vernehmung. Ich drehe jetzt den Spieß herum. Wenn dieser elende Brief aus Fontainebleau mich daran hindert, Fabris Vermögen zu konfiszieren und die Ketzerin zu inhaftieren, so knöpfe ich mir wenigstens Délicieux vor. Ich werde ihn und seine Mönche öffentlich wegen Behinderung der Inquisition anklagen!«

Délicieux, der Syndikus und Patrice beschlossen inzwischen kurzerhand, nicht länger abzuwarten, sondern sofort in Rom Apostoli zu beantragen. Man gedachte allerdings noch einen einzigen Versuch zu machen, das Zeugnis der sechs Mönche Abbéville oder Saint-Georges offiziell zu präsentieren.

Doch als sie am Vormittag des nächsten Tages erneut den Turm der Justiz aufsuchten, ließen sich beide Inquisitoren verleugnen.

Da verlas der Franziskaner das unter größten Schwierigkeiten von Frisco Ricomanni beglaubigte Schreiben mit lauter, aufgebrachter Stimme mitten auf der Gasse, wobei viel Volk herbeiströmte, um sich dieses Schauspiel anzusehen. Anschließend heftete er das Pergament an das Tor des Turmes.

Fulco von Saint-Georges hatte sich für Stunden in seine Schreibstube eingeschlossen. Wie sollte er sich zukünftig verhalten? Abbéville blieb unberechenbar. Und Rixende? In Fontfroide, in Castillou, ja auf der ganzen Reise hatte er sie beobachten können. Sie hatte das Ave Maria gebetet, über das echte Katharer sagten, »das Schaf blökt, weil es nicht reden kann«; sie hatte nach Möglichkeit jede Messe besucht und war einmal beichten gegangen. Und oben, in Gavarnie? Diese dürre, seltsame Frau namens Grazide hatte ihn zwar ein wenig komisch angesehen, aber mit keiner Silbe angedeutet, daß Rixende eine andere sein könnte als die Tochter des Bayle. Er hätte sie in die Zange nehmen müssen, wie es die Pflicht erforderte. Doch als Fulco noch einmal darüber nachdachte, wußte er genau, weswegen er in Gavarnie versagt hatte, und in diesem Punkt gab er Abbéville recht. Er war nicht als Inquisitor dort oben in den Bergen gewesen, sondern als Mann, als Liebhaber, der sich nur danach gesehnt hatte, daß irgend jemand mit ihm über Rixende sprach.

Am Nachmittag machte er sich mit üblen Kopfschmerzen auf ins Kloster, um die Leute zusammenzutrommeln. Auf dem Weg zu den Franziskanern dachte er bei sich, daß es wenigstens einen Trost gab in dieser verfahrenen Geschichte: Bis der König eintraf, hatte Rixende nichts zu befürchten.

Als Fulco dem Türsteher der Franziskaner Abbévilles Vorladung präsentierte, hieß man die Dominikaner, vor dem Tor zu warten. Fulco wunderte sich nicht im entferntesten über diese Unhöflichkeit, war doch Abbéville das beste Beispiel für solch ein Benehmen.

Doch sie warteten und warteten, Stunde um Stunde. Die Mönche und die Dienenden Brüder, die Saint-Georges begleiteten, begannen zu murren, obendrein fing es an, heftig zu regnen und zu stürmen.

Zum wiederholten Male schlug Fulco an das Tor. Aber man ließ sie nicht ein. Da wurde es den Dominikanern zu bunt. Einige begannen, gleich Fulco mit den Fäusten an das Tor zu hämmern, und sie machten dabei allesamt ein Höllenspektakel.

Die Franziskaner zogen ihrerseits im Inneren mit aller Macht an der Glocke, und zugleich flog ein Stein auf die Gruppe herab. Einer der jüngeren Dominikaner, ein Novize namens Hubertus von Ponteux, hielt sich die Hand an die Stirn, und Fulco sah mit Schrecken, daß Blut zwischen den Fingern hervorquoll. Dieser hinterhältige Angriff empörte aber die anderen erst recht. Ohne sich weiter um den Verletzten zu kümmern, traten sie nun mit voller Wucht ans Tor, schrien und tobten. Fulco versuchte, sie wieder zu beruhigen, doch gelang es ihm nicht, so sehr er sich auch lautstark darum bemühte. Plötzlich wurden auf einen Schlag mehrere Fenster des Klostergebäudes aufgerissen, und ein wahrer Steinregen prasselte auf die Dominikaner herab.

»Domini canes, Domini canes«, schrien die aufgebrachten Franziskaner – und sie zielten gut.

Schreiend nahmen die »Hunde des Herrn« Reißaus.

Reformatoren in außerordentliche Brennpunkte innerhalb des Reiches zu entsenden war wegen der zunehmenden Ausdehnung und nötigen Festigung der königlichen Autorität auch im Süden Frankreichs nicht ungewöhnlich. Da Abbéville sie nicht hatte verhindern können, gedachte er nun, durch vorgetäuschte Kooperation einen guten Eindruck vor den Reformatoren zu machen und darüber hinaus einfach abzuwarten, bis sie weiterzogen.

Noch immer saßen die verbliebenen Gefangenen aus Albi im Loch, mehr tot als lebendig, doch noch vor dem Eintreffen der Gesandten veranlaßte Abbéville, sie besser zu verpflegen.

Einer der beiden Reformatoren war der Geistliche Johann von Pequigny. Er war von kleiner, gedrungener Statur, jedoch überaus agil und ein schneller Redner. Als *Vidame* – also Schutzherr – von Amiens stand er im ganzen Land in hohem Ansehen, nicht zuletzt auch wegen seiner Redlichkeit und seines Scharfsinns. Der andere, Richard Neveu, Archidiakon von Lisieux, bleich und spitznasig, war von eher unergründlichem Wesen. Er schwieg meist, aber seinen flinken Äuglein entging kaum etwas, und er hielt nichts von jahrelangen juristischen Haarspaltereien, während Angeklagte hungernd in Ketten lagen.

Abbéville begrüßte die beiden mit ausgesuchter Höflichkeit, als sie im Februar des darauffolgenden Jahres nach Carcassonne kamen, und legte sich fortan für sie in vielfältiger Weise ins Zeug.

»Was die Gefangenen angeht, meine Herren«, erklärte er ihnen mit sanfter Stimme, »so tun wir hier nur unsere Pflicht. Der Bischof von Albi war es, Bernhard von Castaignet, der uns seinerzeit händeringend gebeten hat, diese Leute zu verhaften, bevor sie durch ihre häretischen Umtriebe weiteres Volk gegen die Heilige Mutter Kirche aufwiegeln würden.«

Pequigny und Neveu hatten von Nogaret den Auftrag, um jeden Preis den Inquisitoren von Carcassonne Fesseln anzulegen. Um Abbévilles Aussage zu prüfen, begaben sie sich daher selbst nach Albi.

Als die Albigenser von der bevorstehenden Visite der Reformatoren des Königs erfuhren, zogen sie ihnen mit Kind und Kegel auf halbem Wege entgehen, um sie händeringend zu bitten, die Ihren endlich aus dem Gefängnis zu befreien. Pequigny verwies sie auf ihren Bischof, worüber sie sich über alle Maßen erstaunten, hatte doch Castaignet immer so getan, als stünde er auf ihrer Seite und vermöchte seinerseits nichts gegen die selbstherrliche Inquisition auszurichten.

Wütend ritten Pequigny und Neveu wieder zurück, um Castaignet offiziell zum Verhör zu bitten.

Der Bischof von Albi sah seine Felle davonschwimmen, daher ritt er rasch nach Carcassonne, wo er vor den Reformatoren weitschweifig vom Ruhm und Lob Gottes und der seligsten Jungfrau Maria sowie des heiligen Dominikus sprach, um dann, ohne mit der Wimper zu zucken, alle Schuld auf den seinerzeitigen Prior, Fulco von Saint-Georges, zu schieben; schließlich sei er es gewesen, der die armen Leute mitten in der Nacht verhaftet und nach Carcassonne verbracht hätte. Er selbst wasche seine Hände in Unschuld.

Als Castaignet nach Albi zurückritt, wurde er bereits erwartet. Dicht gedrängt standen die erbosten Bürger vor dem Stadttor, bevölkerten auch die Uferböschung des in der nachmittäglichen Sonne türkisfarben leuchtenden Tarn und die engen Gassen der Stadt, bis hinauf zur mächtigen Kathedrale Sainte-Cécile, um seine Heimkehr nur ja nicht zu versäumen.

»Tod, Tod, Tod dem Verräter!« hallte es ihm von allen Seiten entgegen, und Castaignet hatte allergrößte Mühe, unbeschadet den Donjon seines Palastes zu erreichen.

Rasch bildete sich eine Verschwörung, die zum Ziel hatte,

bei Nacht das bischöfliche Palais, »de la Berbie« genannt, anzuzünden, doch schwand den Verschwörern noch vor Morgengrauen der Mut, und sie gaben ihren Plan auf.

Die Wut der Bürger auf Bischof Castaignet wurde dadurch verstärkt, daß er obendrein in Verdacht geraten war, mit konfiszierten Geldern verurteilter Ketzer seinen Palast und die Kathedrale finanziert zu haben. Die angesehensten Bürger unter ihnen nahmen erneut Rücksprache mit den Reformatoren und verpflichteten sich auf Anraten von Pequigny notariell, den Bischof sowie Nikolaus von Abbéville und Fulco von Saint-Georges vor dem königlichen Gerichtshof zu belasten.

Um diese weitreichende Anklage begründen zu können, mußten sich die Reformatoren natürlich ein umfassendes Bild von der sogenannten »franziskanischen Gegenseite« machen. So lud Pequigny eines Tages auch Bernhard Délicieux vor. Überrascht hob der Reformator die Brauen, als ihm der Franziskaner, ohne zu zögern, reinen Wein über Abbéville einschenkte und am Ende der Erörterung gar meinte:

»Ich kann Euch nur raten, Herr Reformator, äußerst vorsichtig zu sein. Dieser Mann hat mehr als einmal bewiesen, daß er ein übler Fälscher und Tatsachenverdreher ist, der über Leichen geht. Sein Leitspruch ist: Verleumde kühn, etwas bleibt immer hängen!«

Pequigny, der bis dahin eigentlich keinen schlechten Eindruck von Abbéville gewonnen hatte und die Hauptschuld längst bei Fulco von Saint-Georges sah, der, so war ihm von allen Seiten zugetragen worden, unerbittlich und grausam gegenüber den Häretikern gewesen sei, bat den Franziskaner daraufhin, sich der Appellation der Bürger von Albi anzuschließen.

Zwar behielt er seine neuen Erkenntnisse über Abbéville für sich, Abbévilles Spione jedoch saßen überall, so daß jener fast alles erfuhr, was über ihn verbreitet wurde. Zähneknirschend hatte er sich eingestehen müssen, daß man ihm über kurz oder lang den Prozeß machen würde, doch er gedachte, seine Trümpfe bis zum Schluß aufzuheben, und, wenn es ihn dennoch treffen würde, andere mit hineinzuziehen.

Für Fulco von Saint-Georges bedeutete die Anklage vor dem königlichen Gerichtshof auch, daß an eine gemeinsame Flucht mit Rixende vorerst nicht zu denken war. Nicht nur der König, sondern auch Abbéville würde alle Bluthunde auf ihn hetzen, die es im Lande gab, und ihm Dinge anhängen, die er nie getan hatte. Wider besseres Wissen hielt er sich selbst aber mit offenen Schuldzuweisungen zurück, denn er fühlte sich auf der sicheren Seite. Die Gespräche, die er mit Pequigny geführt hatte, waren allesamt sachlich und höflich verlaufen. Ein einziges Mal nur hatten die Reformatoren sich irritiert gezeigt. Eines Morgens wollten sie – ohne erkennbaren Zusammenhang – Einsicht in Abbévilles Brief nehmen, in dem er Fulco beauftragt hatte, die Männer aus Albi zu verhaften. Bereitwillig zog Fulco das entsprechende Buch aus der Truhe – doch das Pergament war spurlos verschwunden. Auch Fébus hatte sich keinen Reim darauf machen können. Fulco war der Schweiß auf der Stirn gestanden, er hatte vor- und zurückgeblättert, er selbst hatte es doch dort hineingeheftet nach seinem Amtsantritt in Carcassonne. Nachdem er auch noch sämtliche Säcke mit den Prozeßunterlagen durchwühlt hatte, meinte Pequigny, daß es nicht so wichtig wäre.

Fulco blieb beunruhigt und nahm Fébus ins Verhör. Weshalb verschwand plötzlich ein derart wichtiges Dokument, das die Verhaftung so vieler Menschen beurkundete? Doch der Schreiber hatte sich dumm gestellt und sich weder an den genauen Wortlaut erinnern noch ihm offen in die Augen sehen können.

Das ließ nur einen Schluß zu: Abbéville hatte seine Hand im Spiel!

Dennoch sah sich Fulco nicht ernstlich in Gefahr, schließlich hatte er und kein anderer mit seinem Brief an Nogaret das Rädchen angetrieben, das sich nun in Carcassonne drehte.

Seit dem Eintreffen der Reformatoren waren Fulco von Saint-Georges' Tage restlos ausgefüllt, aber in den Nächten sehnte er sich nach Rixende. Sollten die herrlichen Stunden auf Castillou die einzigen gewesen sein, die er mit ihr je verbringen durfte? Jedesmal, wenn er sich zur Ruhe begab und unkeusche Gedanken sich in seinem Kopf breitmachten, dachte er sich Möglichkeiten aus, mit ihr zu fliehen. Doch wohin? Wo war der Ort, an dem sie die Inquisition nicht fand? Er liebte Rixende aufrichtig und überlegte oft, wann für ihn aus dem Spiel Ernst geworden war. War es, als er sie an Bord gefunden hatte und sie ohnmächtig in seinen Armen lag? Oder geschah es in jener ersten Nacht in Castillou, als ihre herrlichen Brüste, vom Mond beleuchtet, wie Silber schimmerten?

Und was erwartete Rixende von ihm? Wenn er doch wenigstens einmal mit ihr reden könnte?

Noch immer würdigte sie ihn in Saint-Nazaire kaum eines Blickes.

Unruhig wälzte er sich halbe Nächte lang auf seiner Pritsche hin und her und betete abwechselnd zur Heiligen Jungfrau und zum heiligen Hieronymus, der mutig gegen die sündhafte Begierde angekämpft hatte. Denn das Bild des geilen Mönches, der einem Weiberrock hinterherlief, gefiel ihm längst nicht mehr.

Im Mai wollte Abbéville nach Toulouse fahren – das erste Mal übrigens, seit die Reformatoren im Lande waren –, nachdem sich Pequigny und Neveu gen Béziers aufgemacht hatten, um dort für einige Wochen nach dem Rechten zu sehen.

Jetzt oder nie, dachte Fulco und klopfte an einem regnerischen Morgen am Roten Haus an. Doch Benete schlug ihm nach kurzer Nachfrage frech die Tür vor der Nase zu.

»Die Herrin ist unpäßlich!«

Fulcos Miene verhärtete sich. Ärgerlich und zutiefst enttäuscht, zog er sich die Kapuze über den Kopf, um ins Kloster zurückzulaufen. Das naßkalte Wetter paßte wohl zu Rixendes Abweisung. Wollte sie ihn wirklich nicht mehr sehen? Oder hing es damit zusammen, daß sie tatsächlich eine von denen war, von den Katharern?

Abbévilles Drachensaat war aufgegangen.

30

Zur Stunde, da des Mondes kaltem Strahl
die linde Wärme muß des Tages weichen ...
Dante, Die Göttliche Komödie

Ganz Carcassonne war auf den Beinen, um Ibrahim Ben Suleyman zu begrüßen, den viele von seinen früheren Besuchen her kannten. Der dicke, schwarzbärtige Mann, in leuchtendblaues Tuch gekleidet und mit einem gleichfarbigen Turban, strahlte über das ganze Gesicht und verteilte hoch zu Roß Leckereien an die aufgeregten Kinder, die den seltsamen Zug von der Porte Narbonnaise aus bis zum Roten Haus der Fabris begleitet hatten und ihn Effendi riefen.

Auch Rixende war nicht wenig aufgeregt. Doch Ibrahim ließ sich von seinen Dienern vom Pferd helfen und verbeugte sich noch auf der Straße tief vor ihr, was bei vielen Erstaunen hervorrief, wußte man doch seit den Kreuzzügen, daß die Sarazenen Frauen nicht hoch achteten, ja sie in vergitterte Häuser einsperrten.

»*Salaam aleikum!*« Im Haus drückte der Muselmane mit aller Herzlichkeit Benete an seine Brust und wies sogleich einen seiner Diener an, die Geschenke auszupacken. Für Rixende hatte er eine seltene Kostbarkeit ausersehen, die er in einem Samtbeutel aufbewahrte: eine große schwarze, tropfenförmige Perle.

Am Abend erzählte sie ihm in allen Einzelheiten die tragische Geschichte, die zum Tode seines Neffen Abu Ras geführt hatte. Statt ihr Vorwürfe zu machen, wie sie noch immer insgeheim befürchtet hatte, tröstete er sie:

»Ihr habt Schreckliches durchgemacht, Frau Rixende. Niemand hätte dieses Unglück aufhalten können. Allahu akhbar! Er allein weiß, wann es Zeit ist, zu gehen, die einen früher, die anderen später. Was jedoch das Geschäft meines Freudes Castel Fabri angeht ...«

»Ach«, seufzte Rixende und unterbrach den Muselmanen. »Wenn es nur das Geschäft allein wäre! Tag und Nacht würde ich mich bemühen, um es in Gang zu halten, schon des Schwiegervaters wegen. Es war sein ganzer Stolz. Doch hat die Inquisition ihre Finger danach ausgestreckt, sie hat Fabri nach seinem Tod kurzerhand zum Ketzer erklärt. Nun gab es wohl mehrere Appellanten aus der Stadt, allen voran Elias Patrice, die deswegen Beschwerde beim König eingelegt haben, und dieser hat tatsächlich verfügt, daß bis zu seinem Besuch im Sommer keiner die Hand auf das Geschäft legen darf. Das ist ein Aufschub, gewiß. Dennoch weiß niemand, wie Philipp letztendlich urteilen wird und welche Beweise ihm die Inquisition präsentiert. Ich muß wohl auf alles gefaßt sein, habe nur noch die kurze Frist, um meine persönlichen Angelegenheiten zu regeln.«

»Da hilft nur eines!« stieß Ibrahim nach einer Weile erschüttert hervor. »Wenn Ihr auf mich hören wollt, liebe Frau, so wartet nicht, bis sie über Euren Kopf hinweg entscheiden. Macht den ersten Schritt! Werft ihnen einen glänzenden Köder in den Rachen und verlaßt dann dieses Land.«

»Es gibt nicht genug Gold auf dieser Welt, um manchen Menschen den Rachen zu stopfen«, erwiderte Rixende. »Aber es geht ja nicht nur darum. Ich will auch, daß der Verdacht von Castel Fabri, ja von unserem gesamten Haus genommen wird. Der alte Mann war kein Ketzer, Aimeric nicht und ich ebenfalls nicht.«

»Nun, dann müssen wir uns etwas anderes überlegen. Laßt mich nachdenken.« Ibrahim strich sich über seinen Bart, bis er meinte:

»Was Eure Ländereien und Häuser betrifft, so sehe ich wenig Möglichkeiten, sie zu retten, wenn man gegen Euch entscheidet. Sie gehen Euch unwiederbringlich verloren. Doch hat man Euch sicher nicht verboten, das Geschäft weiterzuführen bis zum Eintreffen des Königs, oder?«

Rixende schüttelte den Kopf.

»Nein, der Seneschall hat mir nur mitteilen lassen, daß das

Urteil der Inquisition bis zum Besuch Philipps aufgehoben ist. Nichts weiter.«

»Gut. Dann mache ich Euch einen Vorschlag. Schließt mit mir einen heimlichen Vertrag. Verkauft mir all Eure beweglichen Güter. Wertlose Stoffe und Ausstattungsgegenstände belassen wir in den Lägern, alles andere nehme ich mit und bezahle Euch gut. Wenn wir es geschickt anfangen und – sagen wir ...« – Suleyman strich sich wieder nachdenklich über seinen Bart – »... alle drei Tage einen Wagen beladen, den meine Männer sogleich aus der Stadt schaffen, wird es nicht weiter auffallen. So war es auch, als ich Geschäfte mit meinem Freund Fabri abgewickelt habe. Natürlich müssen wir die gesamte Ware in Kisten und Zeltplanen verpacken und alles gut festzurren, so daß niemand nachsehen kann, was wir aus der Stadt schaffen. Die Wachen an der Porte Narbonnaise kennen mich gut, ich habe mich ihnen stets erkenntlich gezeigt!« Ibrahims feuchtschwarze Augen glänzten bedeutungsvoll. »Die sollen uns nicht bekümmern. Wenn alles abgewickelt ist, will ich Carcassonne verlassen, und auch Ihr macht Euch besser rechtzeitig auf den Weg, um Euch eine andere Bleibe zu suchen. In diesem Land würde ich an Eurer Stelle keinen Tag länger bleiben.«

Rixende überlegte. Nach solch schlauem Handel wäre sie frei für immer. Sie könnte gehen, wohin sie wollte – auf den Quéribus vielleicht, zu Simon, oder hinüber nach Aragon. Abbéville jedenfalls würde das Nachsehen haben. Doch was wurde aus Benete, Paco, den Dienern und den Gesellen, wenn sie hier alles aufgab? Was mit den Lägern in Marseille, Agde und Cotllioure? Sie trug auch dafür die Verantwortung.

Und Fulco? Ginge sie fort, so würde sie ihn gänzlich aus den Augen verlieren. Allein schon der Gedanke daran tat ihr trotz aller Zweifel zu weh.

Ibrahim, der ihre Zweifel und Unentschlossenheit spürte, meinte:

»Schlaft darüber. Ihr müßt Euch nicht sofort entscheiden.

Doch eines noch: Niemals würde ich Euch übervorteilen, bei meiner Ehre!«

Rixende war es nicht gewohnt, solch weitreichende Beschlüsse zu fassen, ohne sich zuvor mit jemandem beraten zu haben. Dann sah sie plötzlich Castel Fabris Augen vor sich. »Legt Euch nicht für immer fest«, hatte er gesagt, bevor er starb.

»Ich denke, Euer Vorschlag ist gut«, meinte sie am nächsten Morgen zu Ibrahim. »Ich möchte jedoch noch ein Gespräch mit Elias Patrice führen. Beginnt dennoch damit, die Bestände zu sichten, damit wir keine Zeit verlieren.« Rixende seufzte. »Wißt, Herr Ibrahim, allein könnte ich das Geschäft auf Dauer sowieso nicht führen!«

Suleyman zeigte sich verständnisvoll.

»Verzeiht meine Neugierde, Frau Rixende«, sagte er dann leise. »Ich kenne Elias Patrice gut. Ihr könnt ihm sicherlich vertrauen, wie es auch Castel Fabri getan hat, doch ... nun, kurz gesagt: Gibt es vielleicht jemanden, von dem Ihr Euch vorstellen könntet ... nun, daß er der Eure würde, um Euch künftig zur Seite zu stehen? Ein jüngerer Mann vielleicht, gebildet und aus gutem Hause? Der Euer Geschäft zu führen verstünde? Dann sähe die Sache ganz anders aus.«

Rixende wurde über und über rot. Sie dachte an Jean Poux, den Weinhändler, der ihr vor ein paar Tagen einen Antrag gemacht hatte. Doch sie drehte rasch den Kopf zur Seite und sagte hastig und mit hoher, sich fast überschlagender Stimme:

»Nein, es gibt keinen. Nicht heute und nicht in naher Zukunft.«

Der Muselmane brachte Leben ins Haus. Ibrahim genoß die Freuden des Gaumens, und Benete lief ständig zum Markt, um ihm ausgesuchte Leckereien in großer Menge zu kaufen. Rixendes Tage waren ausgefüllt mit Arbeit und die Abende mit überaus spannenden Geschichten, die der Muselmane wortgewaltig zu erzählen wußte, wobei er es sich in Fabris Lehnstuhl gemütlich machte, die Augen halb geschlossen, die häufig angeschwollenen Füße hochgelegt und die Spitze des Schlauches seiner Wasserpfeife im Mundwinkel.

Er erzählte von seiner großen Familie, seinen prachtvollen Stadthäusern inmitten eines Parks von Dattelpalmen. Bald schwärmte er von seinen schönen Töchtern, Raysha und Fulja, die schon verheiratet waren und selbst Kinder hatten, dann berichtete er von weiten Reisen zur See oder auf lehmstaubigen Straßen, die er noch immer freudig antrat, auch wenn sie ihm zunehmend Mühe machten. Nachdrücklich versicherte er Rixende – was jene gar nicht glauben wollte –, daß die Erde rund sei und man wie eine Fliege um einen Apfel um sie herumlaufen könne.

»Und wenn ein Stein von einem Stern herunterfällt, so braucht er hundert Jahre, um auf der Erde anzukommen«, sagte er wichtigtuerisch. Das habe er von einem Weisen seines Landes erfahren.

An einem anderen Abend schilderte er ihr fremde Sitten, die ihm begegnet waren. Er wollte Zwergenmenschen kennengelernt haben, die in sieben Jahren erwachsen waren, und Frauen von Brahmanen, die sich nach dem Tod ihrer Ehemänner selbst verbrannten. Rixende schmunzelte oft in sich hinein, denn sie war sich nicht immer sicher, ob er ihr in jedem Falle die Wahrheit erzählte oder ob er nur eine ausgelassene Freude am Fabulieren hatte. Da gab es nämlich die schier unglaubliche Geschichte von einem Mann namens Abdul Alhazred, der, nach Ibrahims Worten, vor Hunderten von Jahren in Damaskus gelebt hatte und von allen »der Verrückte« genannt wurde. Dieser Mann sei zehn Jahre lang durch die Wüste von Arabien gereist, wo er nicht nur die Ruinen von Babylon und Memphis besucht habe, sondern auch im sagenumwobenen Irem gewesen sei, der Stadt der Säulen. In den Überresten einer namenlosen Wüstenstadt habe Alhazred ein großes Geheimnis erfahren, das er nach seiner Rückkehr gewissenhaft aufgeschrieben habe. Seine Aufzeichnungen seien aber seit langem verschollen. Sie sollten von mächtigen Wesen gehandelt haben, älter als die Menschheit, die von den dunklen Sternen zur jungen Erde herabgestiegen wären. Er, Ibrahim, sei seit Jahrzehnten auf der Suche nach einer Abschrift des »Al Azif«, wie man die Schriften des Verrückten nenne, für die er sein halbes Vermögen hergeben würde.

Dafür, daß er überall geheimnisvolle Gegenstände aufkaufte, um sie zusammenzutragen, damit sie nicht verlorengingen, gab es jedoch einen Beweis. Ein solcher Gegenstand sollte nämlich bald ganz Carcassonne auf den Kopf stellen.

Rixende hatte sich schon gewundert, weshalb Ibrahim auch tagsüber die Läden geschlossen hielt, wenn er die Bücher der Firma Fabri prüfte. Eines Morgens überraschte sie ihn dabei, wie er bei Kerzenschein, über eine flache runde Glasscheibe gebeugt, Aimerics kleine Handschrift zu entziffern suchte.

»Was macht Ihr da, Herr Ibrahim?« hatte sie ihn neugierig gefragt.

Er hatte aufgesehen und sie angelacht. »Ich lese, wie Ihr seht, obwohl meine Augen ziemlich schlecht sind. Mein Helfer ist ein Lesestein. Seht einmal hindurch!«

Rixende erschrak geradezu, als genau unter diesem runden, durchsichtigen Stein Aimerics Zahlen fast dreimal so groß auftauchten, wie diejenigen die weiter oben standen.

»Guter Gott! Wie kommt so etwas zustande, Herr? Ist das Magie?« fragte sie verwundert.

»Nein, keine Magie, liebe Frau! Es ist ein besonderer Stein namens Beryll, der von einem *opticus* aus Damaskus in geschickter Weise zum Kristall geschliffen wird. Um aber seine ganze Wirkung zu entfalten, benötigt er mildes Kerzenlicht.«

»Wenn das Elias Patrice erfährt, wird er begeistert sein«, entfuhr es Rixende. »Sein größter Verdruß ist nämlich, nicht mehr richtig lesen zu können!«

Da stand Ibrahim auf, öffnete eine mit rotem Samt ausgelegte Schatulle und zeigte Rixende seine Schätze: Ein gutes Dutzend solcher Lesesteine lag dort, fein säuberlich nebeneinandergereiht – Steine, die für schwache Augen wohl mehr wert waren als reines Gold!

»Sagt Elias Patrice Bescheid, er kann einen von mir bekommen!«

Die Sache sprach sich so schnell herum wie seinerzeit die Inhaftierung der Leute aus Albi. Patrice selbst ging mit stolzgeschwellter Brust mit seinem Stein von Haus zu Haus. Und am Ende gab es mehr als zwei Dutzend Anfragen aus dem Senat, aus beiden Klöstern und selbst von Rochefort, dem Bischof.

Großzügig versprach Ibrahim, im nächsten Jahr jemanden mit einer Kiste voller Lesesteine vorbeizuschicken, schmunzelte anschließend in sich hinein und meinte, daß dies wohl das erste Mal sei, daß ein Muselmane Christen erfolgreich die Augen geöffnet habe.

Der Besuch des Königs hatte sich verschoben. Die Nachricht, daß der Regent erst im Sommer des darauffolgenden Jahres kommen würde, hatte Abbéville jedoch hochgestimmt. In einem Jahr konnte viel geschehen, hatte er gutgelaunt gemeint und erneut nichts Eiligeres zu tun gehabt, als wieder einmal den Bischof von Toulouse aufzusuchen.

»Endlich habe ich heiße Informationen über Planissoles, den Hüter«, hatte er vor seiner Abreise geheimnisvoll angedeutet, wobei seine Augen aufgeregt glänzten. »Ich will mit dem Tolosaner das weitere Vorgehen absprechen. Und Ihr, Bruder Fulco, hütet Eure Zunge, redet mir zu niemandem ein Wort darüber, habt Ihr mich verstanden! Zu keiner Menschenseele … Ach, übrigens, habt Ihr es schon gehört? Euer Liebchen will wieder heiraten, den Stotterer Jean Poux. Die ganze Stadt spricht schon davon. Nun, über Geschmack läßt sich nicht streiten.«

Mit diesen Worten war Abbéville hinausgerauscht.

Fulco konnte nicht glauben, was er soeben gehört hatte. Der Sprecher der Weinhändler war zugleich Senator. Obwohl er schon fünfunddreißig Jahre zählte, war er noch ledig. Gut möglich also, daß er ein Auge auf Rixende geworfen hatte. Was auch hatte Rixende davon, auf ihn, auf einen Mönch, zu warten? Das Geschäft mußte schließlich weitergeführt werden, wenn der König sie freigab. Da war der junge Poux genau der richtige. Und schließlich stotterte er auch nur, wenn er aufgeregt war.

Dennoch wurde Fulco den Verdacht nicht los, daß Abbéville ihm diese nur auf den ersten Blick haarsträubende Geschichte absichtlich erzählt hatte. Er sollte in seiner Wut zu Rixende eilen, sie zur Rede stellen. Er sollte ihr Vorwürfe machen, daß sie zu den Katharern gehörte, ihm ihre Abkunft dreist verheimlicht hatte, und sie sollte von ihm erfahren, daß Abbéville hinter ihrem Bruder und diesen ominösen Geheimen Worten her war.

Ja, je länger Fulco darüber nachdachte, desto mehr fühlte er sich in seinem Verdacht bestätigt. Handelte es sich um eine neue Intrige des Inquisitors, so konnte an der Geschichte mit Poux auch kein wahres Wort sein, und Rixende war noch immer die Seine. Abbéville wollte nur erreichen, daß sie bei Nacht und Nebel losritt, um ihren Bruder zu warnen!

Zwei Tage überlegte er hin und her. Dann machte er sich auf den Weg zu Pequigny, um mit ihm endlich in aller Ruhe über die Gefährlichkeit desjenigen zu reden, den Abbéville den »Hüter« nannte. Zwar glaubte er noch immer, daß die Geheimen Worte nur in der Phantasie Abbévilles existierten, dennoch hatte auch der Abt von Fontfroide davon gewußt.

Doch Fulco mußte von Fébus erfahren, daß die Reformatoren beim ersten Glockenschlag nach Pamiers abgereist waren, um Bernard Saisset zu verhaften, den aufrührerischen Bischof.

Diesmal hatte Fulco von Saint-Georges mehr Glück. Nachdem er am Haus des Tuchhändlers angeklopft hatte, geleitete ihn Aucassinne bereitwillig in Fabris Lager. Rixende saß in ihrer Schreibstube, eine reichbestickte Haube auf dem Kopf, und neben ihr hockte jener dicke Sarazene, der sich in Carcassonne offenbar so wohl fühlte wie die Henne im Nest, vor sich ein halbes Dutzend aufgeschlagener Saldenbücher.

»Ich grüße Euch, Rixende Fabri«, sagte Fulco förmlich und verbeugte sich tief. »Schon einmal habe ich bei Euch vorgesprochen, doch Ihr wart nicht wohlauf. Geht es Euch heute besser?«

»Danke der Nachfrage, Herr Inquisitor«, sagte Rixende auffällig kühl und stellte ihm dann den Muselmanen vor. Ibrahim, mit einem blau und rot gestreiften Turban auf dem Kopf und einem brandroten Umhang aus schwerer Seide um die Schultern, musterte beim Aufstehen Fulco aufmerksam. Die Begrüßung war zurückhaltend. Als der Sarazene wieder Platz nahm, bemerkte er, daß Rixendes Hände heftig zitterten. Hatte sie solch schreckliche Angst vor dem Inquisitor? Wurde von ihm erwartet, daß er die beiden allein ließ? Doch vielleicht brauchte Rixende einen Zeugen. Also blätterte er weiter in den Akten herum und bemühte sich dabei redlich, einen geschäftsmäßigen Eindruck zu machen. Doch er beobachtete die beiden aus den Augenwinkeln heraus. Sie schienen sich recht gut zu kennen, denn sie redeten bald über gemeinsame Bekannte und dann über das Schiffsunglück und seine Folgen. Mehr und mehr gewann Suleyman den Eindruck, daß der Inquisitor ein bestimmtes Interesse an Rixende zu haben schien, und daß die junge Frau nicht aus Angst vor ihrem Gegenüber so zitterte.

Suleyman ließ sich nichts anmerken, doch er schmunzelte in sich hinein: Die Liebe also, dachte er, die übliche Geschichte zwischen einem Mann und einer Frau. Nun, für einen Christen sah dieser Bursche tatsächlich ausnehmend gut aus, um Längen besser als Fabris Sohn, er hatte zupackende Hände und ein gutgeschnittenes, ehrliches Gesicht. Seine Augen? Tja – Suleyman blickte kurz hoch –, die verschlangen Rixende geradezu.

»Wie lange gedenkt Ihr noch in Carcassonne zu bleiben?« fragte Fulco, der Ibrahims Blick bemerkt hatte. Der Muselmane zuckte mit den Schultern.

»Das ist noch unbestimmt, Herr Inquisitor. Solange mich die Schwiegertochter meines Freundes braucht …«

»Natürlich …«, meinte Fulco, der gar nicht richtig zugehört hatte. »Würdet … würdet Ihr vielleicht die Freundlichkeit haben, mich mit Frau Fabri einige Zeit allein zu lassen?«

»Wenn sie selbst es wünscht, gerne, mein Herr!« antwortete Suleyman beinahe erleichtert und sah fragend zu Rixende, die leichenblaß geworden war und ununterbrochen ein Tüchlein knetete, das sie in ihren Händen hielt.

»Ja, bitte«, sagte sie leise. »Laßt mich für eine Weile allein. Benete soll Euch einen erfrischenden Trunk zubereiten, ruht Euch ein wenig aus. Ihr braucht Euch keine Sorgen zu machen. Es wird mir nichts geschehen.«

Das will ich gern glauben, dachte Ibrahim amüsiert und raffte seine Sachen zusammen. Der Schrecken, den dir dieser Mann versetzt, ist von ganz besonderer Art. Daß es sich um einen der Inquisitoren handelte, die hinter Fabris Gold her waren, machte die Sache noch pikanter. Auf was hatte sich Rixende da nur eingelassen? Sie müßte den Kerl doch eigentlich hassen! Aber die Liebe überspringt die Vernunft und mißachtet alle Forderungen der Moral. Das wußte Ibrahim seit langem.

Als der Muselmane endlich gegangen war, sahen sich Fulco und Rixende tief in die Augen.

»Ist es wahr, daß du wieder heiratest?« fragte Fulco nach einer Weile.

Rixende schüttelte den Kopf. »Jean Poux hat um meine Hand angehalten, das stimmt. Doch ich habe ihn zurückgewiesen.«

»Er wird wiederkommen. Eine Zurückweisung heißt nicht endgültig nein.«

Rixende zuckte mit den Schultern. Tränen standen in ihren Augen, ihre Lippen zitterten. Sollte er sie nur weinen sehen, ihr war es gleich.

Doch als Fulco auf sie zutrat, um sie in seine Arme zu nehmen, wich sie vor ihm zurück.

»Du hast hinter mir her spioniert, als ich in Cotllioure

war«, brach es aus ihr heraus. »Du warst in Gavarnie und hast es mir verheimlicht. Wie konntest du nur so etwas tun?«

»Rixende, bitte laß dir erklären, wie es dazu kam, doch zuvor schließ das Fenster, ich möchte nicht, daß man uns draußen auf der Gasse hört.«

Als Rixende ans Fenster trat, erschrak sie. Sie wich sofort einen Schritt zurück, um im Halbdunkel des Zimmers von draußen nicht gesehen werden zu können.

»Guter Gott, Fulco! Er ist hier!« Mit entsetzten Augen sah sie auf den Inquisitor.

»Wer? Meinst du den Sarazenen?« fragte Fulco verwundert.

»Nein, nein«, sagte sie fast atemlos und hochrot im Gesicht, »jener Clément vom Schiff, der mich schon in Cotllioure beschattet hat. Dort unten steht er, hinter dem Stamm der alten Platane versteckt. Er trägt keinen Bart mehr, aber er ist es gewiß.«

»Du mußt dich täuschen!« meinte Fulco, stellte sich aber dennoch auf die Zehenspitzen, um auf die Gasse hinunterzuspähen.

»Nein«, beharrte Rixende, »ich täusche mich nicht. Er ist es.«

»Laß uns unser Gespräch verschieben«, sagte Fulco entschlossen, nachdem er sich überzeugt hatte. »Wenn es dir recht ist, komme ich morgen wieder, zur gleichen Stunde. Gibt es hier einen Hinterausgang?«

Rixende nickte und trat nun vollends vom Fenster zurück. »Komm, ich zeige dir den Weg.«

Doch Fulco blieb noch einmal stehen, bevor er mit ihr die Stube verließ.

»Ich liebe dich, Rixende ... erst jetzt, wo ich dir nach so langer Zeit wieder nahe bin, ahne ich, daß jeder Tag ohne dich ein verlorener Tag war. Aber du ... was ist mit dir? Sag! Du warst so kühl in Saint-Nazaire, so fremd und unnahbar ...«

Rixende streichelte zaghaft seine Wange: »Ja, ja, ich liebe dich auch mit jeder Faser meines Herzens – wenngleich ... wenngleich ich etliche Fragen habe, die du mir beantworten mußt.«

Fulco zog die Brauen hoch.

»Wenngleich ...? Gewiß. Solche Fragen habe ich auch an dich«, sagte er ernst. »Wir müssen ausgiebig miteinander reden. Über verschiedene Angelegenheiten.«

Dann nahm er ihr Gesicht in seine Hände und küßte sie zart auf die Lippen.

»Aber nun rasch ... Ich will mir den Kerl schnappen!«

Als sich Fulco eine Gasse weiter aus dem Lager der Fabris schlich, um sich von der anderen Seite an Clément heranzupirschen, war er trotz der unvorhergesehenen Unterbrechung guter Stimmung. Sie liebte ihn. Das genügte. Er hatte es im gleichen Augenblick gewußt, als sie vor ihm stand. Alles würde gut werden, irgendwann, auch wenn sie zu den Ketzern gehörte. Er würde sie schon wieder auf die rechte Bahn führen.

Clément, mit dunklem Umhang und Kappe angetan, erschrak nicht schlecht, als sich plötzlich eine schwere Hand auf seine Schulter legte und er beim Herumreißen seines Kopfes Fulco von Saint-Georges erkannte.

»Nanu, Bursche«, sagte der Inquisitor, »wir kennen uns doch! Ihr wart auf dem Schiff seinerzeit, das auf der Sandbank strandete. Was treibt Ihr hier in Carcassonne?«

»Ich? Nichts, gar nichts, ich bin nur zufällig in dieser Stadt. Geschäfte, wißt Ihr!« Clément hatte sich schnell wieder in der Gewalt.

»Geschäfte! Das glaube, wer will«, sagte Fulco. »Ihr kommt jetzt mit mir.«

»Weshalb? Mit welchem Recht ...« Clément versuchte Fulcos Hand zu entkommen, indem er sich unter ihr wegduckte, doch Fulco war schneller. Er packte ihn am Arm und zog ihn mit sich. Der Mann protestierte heftig. Eine junge Frau in einem blauen Gewand lief an ihnen vorüber und sah neugierig auf das Gerangel der beiden. Sie schleppte einen schweren Korb auf dem Rücken und hatte obendrein zwei kleine Kinder am Rock hängen, die sich weigerten weiterzulaufen und laut zu heulen anfingen, als die Mutter sie schalt. Fenster wurden ringsum aufgerissen, doch als die Leute den Inquisitor Saint-Georges erkannten, zogen sie die Läden vor.

»Seid nicht töricht, Clément! Macht kein unnötiges Aufsehen«, sagte Fulco. »Ich will Euch nur einige Fragen stellen!«

»Welche Fragen? Ihr habt kein Recht dazu!« stieß der Mann trotzig hervor und versuchte erneut, Fulco zu entkommen, der ihm jedoch körperlich überlegen war.

»Ich bin Inquisitor. Ich habe jedes Recht«, sagte Fulco mit eisiger Stimme.

Im Turm der Inquisition präsentierte ihm Fulco zuerst das Loch.

»Nun, gefällt Euch unsere *casa sancta*?« fragte er ihn leise. Beim Anblick der Gefangenen hielt sich Clément erschrocken die Hand vor die Nase. Der Gestank, der nach oben drang, war ekelerregend, obwohl jetzt wöchentlich das Stroh gewechselt wurde. Einer der Elenden fluchte zum Gotterbarmen und drohte mit der Faust, andere stöhnten oder schepperten unruhig mit ihren Ketten, die ihnen Abbéville nach dem Ausbruch der drei Albigenser hatte anlegen lassen. Als Fulco meinte, Clément genügend beeindruckt zu haben, befahl er einem der Wachsoldaten, ihn nach oben zu schaffen. Ihr Weg führte durch das düstere Gewölbe, an der großen Folterkammer und den beiden Amtsstuben vorbei, vier steile Treppen hoch. Direkt unter dem Dachgebälk befand sich eine zweite, kleinere Folterkammer, die nur selten benutzt wurde. Hier oben würden sie völlig ungestört sein, und Fulco konnte Clément Respekt einflößen, sollte der Bursche es wagen, das Blaue vom Himmel herunter zu lügen. Respekt und Angst!

Die Folter anzuwenden, hatte er, schon der Reformatoren wegen, gar nicht im Sinn.

Es war dunkel in der Kammer, und es zog durch alle Ritzen. An den Dachsparren steckten in eisernen Haltern Pechfackeln, die Fulco anzünden ließ. Dann schickte er den Soldaten vor die Tür. Die Fackeln knisterten und qualmten erbärmlich, der brenzlige Gestank des Pechs zog Clément in die Nase. Er hustete, und seine Augen tränten. Doch das flackernde Licht zeitigte Wirkung. Nach und nach erkannte er die vielfältigen Zangen, die an der Wand hingen, die Peitschen, Schraubstiefel und Halseisen.

Fürsorglich nahm Fulco den Mann beim Arm und führte ihn am Richtertisch vorbei zur Streckbank. Dort strich er mehrere Male zärtlich über das Holz und sagte dann:

»Ihr seid ein kluger Mensch. Das habe ich den Gesprächen entnommen, die wir auf dem Weg nach Fontfroide geführt haben. Ich muß Euch diese Geräte also nicht im einzelnen erklären. Daher sagt mir jetzt, wer Euer Auftraggeber ist und wer das Opfer Eurer Überwachung.«

»Von mir erfahrt Ihr nichts, Herr«, meinte Clément mit beleidigter Stimme und zog die Nase hoch. »Denn Ihr habt weder das Recht, mich zu verhaften, noch, mich auf solche Weise zu befragen. Ich bin ein unschuldiger Bürger, den Ihr widerrechtlich auf der Straße aufgelesen habt, als er die Gegend betrachtet hat.«

»Widerrechtlich? Unschuldig? Die Gegend betrachtet?« Fulco grinste. »Daß ich nicht lache! Ihr befindet Euch im Irrtum, mein Herr. Ich habe es Euch bereits gesagt: Als Inquisitor habe ich jedes Recht. Also redet endlich! Wer ist Euer Auftraggeber?«

Doch Clément zog es vor, weiter zu schweigen.

Fulco setzte sich hinter den Richtertisch. Er konnte warten.

Eine Stunde verging, zwei Stunden. Es wurde unangenehm kalt.

»Wollt Ihr immer noch nicht reden?« fragte Fulco nach dieser Zeit leise und setzte sich gerade auf. Clément, der stocksteif neben der Streckbank stand, nickte.

»Nun gut«, meinte Fulco, trat zur Tür und ließ den Kerkermeister holen. Jetzt war es an der Zeit, die Drohung zu verschärfen.

Es dauerte eine Weile, bis Polignac die Treppen heraufgekeucht kam.

»Ja, Herr Inquisitor?« fragte er und schnappte nach Luft. Er trat ein und sah dann erstaunt auf den Gefangenen. Diesen Mann hatte er doch schon einmal gesehen! Woher nur kannte er das listige Mausgesicht?

»Auf die Streckbank mit ihm!« sagte Fulco leise.

Polignac zögerte einen Augenblick, denn er überlegte noch immer. Dann zuckte er ratlos mit den Schultern und setzte seinen massigen Körper in Bewegung. Cléments Augen weiteten sich vor Schreck. Er stieß einen heiseren Schrei aus, wich geschickt vor Polignac zurück, machte einen Satz zum Fenster, drückte die hölzernen Läden auf, schwang sich hinaus – und sprang …

Polignac, der schon seiner Schwerfälligkeit wegen nicht die geringste Aussicht gehabt hätte, Clément zurückzuhalten, sah verblüfft auf den Inquisitor, dem ebenfalls der Mund offenstand vor Überraschung.

Fast gleichzeitig rannten die beiden zum Fenster.

Dort unten auf der Gasse lag er, in einer Blutlache, seltsam verrenkt, und rührte sich nicht mehr.

In diesem Augenblick jedoch fiel es dem Kerkermeister wieder ein. Er kannte seinen Namen nicht, aber er wußte dennoch, wer der Mann war. Vormals hatte er einen sonderbaren griechischen Bart getragen.

31

Im Herzen leugnet, wer samt ihren Gaben
mißachtet die Natur in frevlem Mut …

Dante, Die Göttliche Komödie

Die Nachricht, daß sich jemand aus dem Turm der Inquisition zu Tode gestürzt hatte, machte noch am selben Tag die Runde in Carcassonne. Auch Rixende erfuhr davon, und sogleich kam ihr Clément in den Sinn. Doch sie verwarf diesen Gedanken wieder und schob ihn ihrer ausschweifenden Phantasie zu.

Als aber am nächsten Morgen Saint-Georges vor ihr stand, sah sich Rixende in ihrer Ahnung bestätigt. Fulco hatte dunkle Ringe unter den Augen, seine Bewegungen waren fahrig, und er war ernst wie nie zuvor.

»Was ist mit dir, Liebster?« fragte sie besorgt, als sie sich in die Schreibstube eingeschlossen hatten.

Nachdem ihr Fulco alles erzählt hatte, meinte sie mit Tränen in den Augen:

»Das hab ich nicht gewollt. Hätte ich nur geschwiegen! Habt ihr ihn bereits bestattet?«

»Ich habe ihn dorthin bringen lassen, wo die Ketzer verscharrt werden.«

»Verscharrt?« Rixende war erschüttert. »Aber er war doch ganz sicher kein Katharer!«

»Natürlich nicht, doch er hat selbst Hand an sich gelegt. Solche Leute kommen wie die elenden Ketzer für gewöhnlich auf den Schindanger.«

»Was wird Abbéville dazu sagen?«

»Laß mich nur machen! Ich befördere seinen Kundschafter kurzerhand zu einem Katharerparfait aus den Bergen. Punktum. Abbéville wird den Leichnam nicht ausgraben und ansehen wollen. Irgendwann wird er seinen Spitzel natürlich vermissen, dann werde ich ihm sagen, daß er gut beraten ist, ihn in der Hölle zu suchen, dort, wo er hingehört.«

Rixende hielt die Luft an. »Ich bin überrascht, wie kalt du daherreden kannst. Du scheinst deinem Amt nicht immer entfliehen zu können.«

»Wie meinst du das?«

»Nun, aus deinen Worten sprach soeben der Inquisitor von Carcassonne. Was … was würdest du denn tun, wenn ich zugäbe, eine Ketzerin zu sein?« fragte Rixende leise.

Fulco sah sie überrascht an.

»Nun, bist du eine Katharerin, Rixende?«

»Nein«, sagte sie nach langer Überlegung. »Ich bin keine Katharerin, ich bin im rechten Glauben aufgewachsen und noch heute eine gute Katholikin, wenn auch höchstwahrscheinlich nicht getauft. Doch ist es an der Zeit, daß du erfährst, daß meine Eltern auf dem Scheiterhaufen ihr Leben lassen mußten. Das ist lange her.«

Fulco senkte seinen Blick. »Ich weiß es längst …«

»Seit du in Gavarnie warst, nicht wahr?«

»Nein. Diese Grazide war zwar nicht besonders gut auf dich zu sprechen, doch sie hat dich nicht verraten. Abbéville hat es mir erzählt. Er weiß alles über dich und deinen Bruder.«

»Über meinen Bruder?« Rixende fuhr erschrocken hoch.

Fulco nahm Rixendes Hände in die seinen, doch sie entzog sie ihm rasch.

»Hab doch keine Angst, Liebste. Mir kannst du vertrauen! Ich würde nicht wollen, daß dir etwas geschieht.«

»Vertrauen?!« Nicht Enttäuschung, sondern tiefe Traurigkeit lag in Rixendes Stimme. »Du reitest hinter meinem Rücken nach Gavarnie und fragst die Leute über mich aus! Du sprichst ohne mein Wissen mit Abbéville über meine Eltern und meinen Bruder. Um ein Haar hätte mich dieser Mann verhaften lassen. Der Bischof hat es mir erzählt. Und du hast mich nicht einmal gewarnt. Wie soll ich dir noch vertrauen?«

»Ich mußte so handeln, Rixende. Nicht zuletzt in deinem

Interesse. Abbéville wäre mißtrauisch geworden, wenn ich mich seinem Befehl widersetzt hätte. Für kurze Zeit stand ich sogar unter Arrest. Aber wie du gemerkt hast, hat mein Brief an Nogaret Wirkung gezeigt. Liebste, dir wird ganz sicher nichts geschehen. Der König ist auf deiner Seite.«

»Und wie hat Abbéville deinen Verrat aufgenommen?«

»Nogaret hat den Namen des Verräters für sich behalten. Dennoch muß ich dir an dieser Stelle sagen, daß ich mich niemals auf die Seite der Ketzer schlagen werde. Ich gehöre dem rechten Glauben an und verurteile nicht nur, weil ich Inquisitor bin, jegliche Häresie. Mein Brief an Nogaret wurde aus einem einzigen Grund geschrieben: Ich fand es infam, den ehrenwerten Castel Fabri der Ketzerei zu bezichtigen, ein Vorwurf, für den es keinerlei Beweise gab.«

Erneut hatte Fulco den Müller Calveries vor Augen.

»Gut, ich glaube dir«, sagte Rixende nach einer Weile, und ihre Stimme klang nun hell und entschlossen. »Und nun bitte ich dich, mir Glauben zu schenken. Ich bin eine gute Katholikin, gleich, was andere sagen oder vermuten. Doch eines werde *ich* nie tun, nämlich dir oder jemand anderem verraten, wo sich mein Bruder aufhält. Ich habe ihm mein Wort gegeben. Er tut nichts Unrechtes, laßt ihn also in Ruhe!«

»Dein Bruder wiegt sich in falscher Sicherheit, Rixende! Ich will dir die Wahrheit sagen, und daran magst du erkennen, daß ich es gut mit dir meine: Abbéville ist ihm längst auf den Fersen. Er ist nach Toulouse geritten, um dort einen Plan auszuarbeiten, deinen Bruder zu fangen. Wenn dir etwas an ihm liegt, solltest du ihn warnen. Die Gelegenheit dazu ist günstig, Clément war ganz sicher derjenige, der dich bewachen sollte. Schick deinem Bruder also umgehend eine Nachricht! Er soll das Land verlassen, so schnell er kann. Das ist das einzige, was ich für ihn in dieser Situation tun kann. Das einzige.«

Rixende sah ihn nachdenklich an. »Danke«, sagte sie leise.

Sie trat einen Schritt auf ihn zu, damit er sie endlich in seine Arme nehmen konnte. Sie küßten sich zuerst zärtlich, dann immer leidenschaftlicher – und Fulco dachte dabei vage, daß er wirklich nicht länger das tun wollte, was sie verabscheute.

In der Nacht nach Fulcos Besuch erschien ihr Simon im Traum. Der Bruder hatte ihr zugewinkt, dann gerufen, aber Rixende hatte nichts verstehen können. Sie hatte gestöhnt und sich herumgewälzt, doch Simon hatte sich plötzlich in einen Vogel verwandelt und war davongeflogen. Am nächsten Morgen, als sie verwirrt und völlig zerschlagen aus ihrem Bett kroch, stand ihr Entschluß fest. Sie würde Simon warnen. Doch sie wollte keinen Fremden zu ihm schicken, auch nicht Aton, sondern ihn selbst aufsuchen, ganz gleich, ob der Winter vor der Tür stand. Der Verkauf war schon soweit vorbereitet, daß sie mit Suleyman handelseinig wurde. Das Geschäft würde, ganz wie er es vorgeschlagen hatte, nach ihrer Rückkehr endgültig aufgelöst werden.

Kopfschüttelnd packte Benete warme Sachen zusammen und erteilte ihr tausend gute Ratschläge, und Suleyman überließ ihr großzügig seine Diener – vier schwerbewaffnete Muselmanen, die ihr Leben für Rixende lassen würden, so es denn sein müßte.

Das Wetter war günstig. Sie ritten schnell und erreichten am dritten Tag bereits den Quéribus, der sich in schwindelnder Höhe falkengleich an die geschlossene Faust des Felsens zu klammern schien. Die Muselmanen konnten sich gar nicht genug wundern über dieses kühne Bauwerk.

Entschlossen machten sie sich an den Aufstieg. Auf dem Col du Grau de Maury und anderen benachbarten Gipfeln lag bereits erster Schnee. Die Pferde am Zügel führend, stiegen sie auf einem breiten Weg den steilen Nordhang hinauf, bis sie zu einer Plattform kamen. Von dort führte eine zum Teil in den Fels gehauene, zum Teil aus Steinblöcken errichtete Treppe zum ersten Vorwerk. Je höher sie kamen, desto stärker pfiff der Wind und zerrte bald so an Mensch und Tier, daß man nur mühsam in geduckter Haltung vorwärtskam. Rixende hatte es einzig der Wachsamkeit der Muselmanen zu verdanken, daß sie nicht von der kalten Tramontane wieder ins Tal hinuntergeblasen wurde.

Vor dem ersten Vorwerk wurden sie bereits erwartet. Drei schwerbewaffnete königliche Soldaten in schwarz-gelber Uniform und mit Lanzen in den Händen verwehrten ihnen den Eintritt. Mißtrauisch beäugten sie die Frau und ihre seltsamen Begleiter.

»Was sucht Ihr hier?«

Mutig trat Rixende einen Schritt vor. »Ich wünsche den königlichen Statthalter Simon von Festanière zu sprechen. Er erwartet mich.«

Die Soldaten sahen sich bedeutungsvoll an.

»Er ist nicht hier, Frau«, sagte der Älteste.

»Nicht hier ...? Wie soll ich das verstehen? Er erwartet mich, ich sagte es schon.«

»Er ... er ist seit zehn Tagen spurlos verschwunden.«

»Spurlos verschwunden? Das verstehe ich nicht! Mein Bruder bestellt mich hierher und dann ...«

»Mehr können wir Euch auch nicht sagen, Frau«, unterbrach sie einer der beiden jüngeren Soldaten schulterzuckend, doch Rixende meinte, so etwas wie Anteilnahme aus seiner Stimme herausgehört zu haben. Sie drehte sich zu den Muselmanen um, um ihnen in ihrer Sprache den Sachverhalt zu erklären. Dann wandte sie sich wieder an die Soldaten.

»Es gibt doch sicher einen Verweser. Vielleicht weiß dieser Mann näheres? Wie ist sein Name?«

»Arlad von Marly, aber ob er Euch empfängt ...?« Der Soldat zweifelte.

»Bringt mich zu ihm. Er wird mir ein Nachtlager nicht abschlagen.«

Rixendes energisches Auftreten verfehlte seine Wirkung nicht. Der jüngste Wachhabende geleitete Rixende hinauf. Die Muselmanen jedoch mußten, obwohl sie den Schutzbrief vorzeigten, im ersten Vorwerk zurückbleiben.

Als sie nach einem mühsamen Aufstieg endlich die zweite Vorburg erreicht hatten, die von immensen Mauern umschlossen war, zog der Soldat den Wasserkübel aus der großen Zisterne, die im Innenhof stand, und reichte Rixende, die schwer atmend neben ihm stand, die Kelle.

»Herrin«, sagte er leise zu ihr, als sie getrunken hatte, »mein Name ist Stephane. Euer Bruder wird nicht mehr auf den Quéribus zurückkehren. Er ist bei seinen Leuten, um ihnen beizustehen. Ihr wißt, wen ich meine?«

Rixende sah überrascht auf. »Wo kann ich ihn finden?«

»In der Höhle von Lombrives«, raunte er ihr zu, »dorthin haben sie sich zurückgezogen. Auch ich habe Angehörige unter ihnen, deshalb weiß ich so gut Bescheid. Euer Bruder hat mir vertraut.« Vorsichtig schaute Stephane sich nach allen Richtungen um. Dann fuhr er fort:

»Marly, der neue Statthalter, ist ein scharfer Hund. Er hat kein Verständnis für die guten Christen. Überlegt Euch Eure Worte genau, diesen Rat will ich Euch geben.«

»Danke. Könnt Ihr mir den Weg nach Lombrives erklären?«

»Ich zeichne ihn Euch auf. Morgen früh, wenn ich Euch wieder hinuntergeleite, stecke ich Euch das Pergament zu.«

Weiter ging es steil nach oben. Rixende zitterten bald die Beine vor Anstrengung. Als sie schließlich keuchend den imposanten Wohnturm erreicht hatten, der ganz aus Kalkstein gebaut war und im letzten Sonnenschein des Tages aussah wie ein dicker weißer Daumen aus Fels, bedeutete Stephane Rixende zu warten. Da aber noch immer der Wind tobte und heulte, schob er sie in einen Mauervorsprung hinein. Fest mit dem Rücken an die Wand des Donjons gestemmt, spähte Rixende ins Tal hinunter. Die Aussicht war atemberaubend, in der Ferne vermeinte sie sogar das Meer zu sehen. Sie begann zu frösteln und zog ihren Pelz enger um den Hals. Wenn Simon zu seinen Leuten geflüchtet war, bedeutete das, die Inquisition – Abbéville – war tatsächlich hinter ihm her. Und Fulco hatte ein weiteres Mal seinen Vorgesetzten verraten. Rixende zog es das Herz zusammen: Nicht nur der Bruder, auch der Geliebte war in Gefahr!

Da öffnete sich die Tür, Stephane bedeutete Rixende, daß

Marly sie empfangen würde. Erleichtert betrat sie hinter dem Soldaten eine lange, wenig wohnliche Halle, einzig erhellt durch eine schmale Schießscharte an der Südseite. Eine Treppe führte zum zweiten Stockwerk hinauf. Dieses wurde jedoch, zu Rixendes Überraschung, durch ein beinahe kühn zu nennendes Rippengewölbe überspannt. Ein großes Rundbogenfenster ließ genügend Licht herein, um den Statthalter Marly näher in Augenschein nehmen zu können, der sie dort erwartete. Als der Mann Rixende erblickte, leuchteten seine Augen auf.

»Ihr seid …«

»Ava von Festanière«, log Rixende und erschrak dennoch, weil sie unbewußt ihren richtigen Vornamen benutzt hatte. »Ich bin auf der Suche nach meinem Bruder … und einem Nachtlager.«

Marly lächelte honigsüß. Die Schwester des elenden Abtrünnigen war ein verteufelt schönes Weib. Vielleicht … nun, man würde sehen, wie sich der Abend entwickelte, oder die Nacht.

»Euer Bruder ist … Aber tretet erst einmal näher, schöne Frau«, sagte er galant und verbeugte sich formvollendet. Der Statthalter war groß gewachsen, von kräftiger Statur – und einsam wie die meisten Männer, die sich jahrein, jahraus in den Grenzfestungen des Königs von Frankreich aufhielten, wenn sie sich nicht eine Hure mitgebracht hatten.

»Leider können wir Euch nur wenig Komfort bieten, der Quéribus ist ganz und gar nicht auf Damenbesuch eingerichtet. Doch will ich sehen, was sich machen läßt«, sagte er und klatschte in die Hände.

Ein weiterer Soldat sprang diensteifrig herbei. Nachdem ihm Marly etliche Anweisungen erteilt hatte, bat er Rixende inständig, mit seinem eigenen Schlafraum vorliebzunehmen, dem einzigen beheizbaren Raum in der Burg. Nachts sei es bereits verteufelt kalt hier heroben!

Doch Rixende – die von Stephane ja längst wußte, was sie wissen wollte – zeigte sich dem Statthalter gegenüber kühl.

»Ich will Euch keine Umstände machen, Herr. Wenn Ihr

mir jedoch die Kammer meines Bruders zur Verfügung stellen könntet ... Wo, habt Ihr übrigens gesagt, hält er sich auf?«

Marlys Augen verengten sich. Ich habe noch gar nichts über deinen Bruder gesagt, dachte er ärgerlich. Das würde nicht leicht werden, heute nacht. »Euer Bruder, verehrte Dame, befindet sich auf einer anderen Grenzfestung des Königs. Auf welcher, darf ich Euch jedoch nicht sagen. Wenn Ihr ihn sprechen müßt, so hinterlaßt eine Nachricht. Ich werde veranlassen, daß sie ihm zugeleitet wird«, sagte er nun ebenfalls in bestimmendem Ton. Sichtlich widerwillig geleitete der Statthalter die junge Frau nun zu den Räumen ihres Bruders. Als sie sah, daß auch in Simons Kammer ein Kaminschacht von der unteren Halle heraufführte, der in kalten Nächten dafür sorgte, daß man nicht im eigenen Bett erfror, wußte sie, daß Marly sie in jeder Hinsicht dreist belog. Stephane hatte recht. Sie mußte aufpassen.

»Gut«, sagte Rixende, als sie sich in Simons Kammer umsah, die für einen königlichen Beamten äußerst karg eingerichtet war. »Ich bin nun fast drei Tage ununterbrochen geritten und sehr müde, Herr Statthalter, ich möchte mich gleich niederlegen. Vielleicht habt Ihr die Freundlichkeit, mir ein wenig Brot und frisches Wasser aufs Zimmer bringen zu lassen. Damit werde ich Eure Gastfreundschaft nicht über Gebühr beanspruchen.«

Marly, der sich auf dem Weg hierher bereits alles in den glühendsten Farben ausgemalt hatte, unternahm einen letzten Versuch.

»Brot und Wasser! Euer Bruder würde mich steinigen, wenn er davon erführe. Ach bitte, liebe Dame« – er himmelte sie geradezu an –, »gebt mir die Ehre, mit mir zu speisen. Ich habe bereits alles in die Wege geleitet, Ihr werdet es nicht bereuen!«

Nun wollte Rixende durchaus nicht unhöflich sein, und so sagte sie ihm zu. Sie würde sich schon zu wehren wissen, dachte sie bei sich.

Als Rixende am Abend erneut den Saal mit dem schönen Kreuzrippengewölbe betrat, war sie überrascht. Marly hatte veranlaßt, daß alle Wandhalterungen mit Fackeln bestückt waren, und auf dem großen Eichentisch standen nicht wenige flackernde Kerzen, was dem ganzen Raum ein gespenstisches, aber nicht ungemütliches Aussehen gab. Der Statthalter hatte seine Uniform abgelegt und stand nun in schwarzen Beinlingen aus Samt und einem ebensolchen Wams vor ihr. Seine braunen Locken reichten ihm bis auf die Schultern. Eitelkeit und Verlangen sprachen aus seinen dunklen Augen.

Er bat sie, ihm gegenüber Platz zu nehmen, und klatschte in die Hände. Stephane und Marcel, so war der Name des anderen Soldaten, trugen auf. Es gab Rehbraten mit gedünsteten Birnen, frisches Brot, in Wein gesottene Forellen und zum Nachtisch in Mandelmilch gekochte Hirse, mit ganzen Mandelkernen besteckt, dazu schweren roten Wein von wirklich ausgezeichneter Qualität, von dem Rixende jedoch nur nippte. Marly dagegen, der kaum von Simon, doch viel von seinen guten Beziehungen zum König und zu Nogaret redete und dabei wild gestikulierte, trank sich Mut an, um seine Absicht alsbald in die Tat umzusetzen.

Währenddessen stocherten die beiden Soldaten mit der Feuerzange im Kamin herum, bis das Feuer aufloderte, legten Holz nach und schenkten Marly ein, wann immer sein Becher sich halb geleert hatte.

Als Rixende nach einer angemessenen Zeit bat, sich zurückziehen zu dürfen, spürte Marly bereits das heftige Rauschen seines Blutes und setzte alles auf eine Karte.

»Ihr seid Witwe, habt Ihr mir erzählt, liebe Frau Ava«, sagte er und zeigte dabei lächelnd seine Zähne, »eine einsame Frau also … Was macht eine einsame Frau des Nachts? Sagt es mir? Wer wärmt sie, wer küßt sie?« Er versuchte ihren Arm zu streicheln.

»Niemand!« sagte Rixende eisig und stand auf. Doch da hielt er sie am Arm zurück.

»Ihr vergeßt Euch, Herr!« stieß Rixende hervor.

»Bitte, Ava, Ihr seid so schön – wir … wir beide sind doch sehr einsam. Wir könnten uns gegenseitig trösten …« Und dann brach es geradezu aus ihm heraus, wobei Rixende sich, trotz der unschönen Situation, in der sie sich befand, beinahe das Lachen nicht verkneifen konnte: »Laßt uns gemeinsam auf der goldenen Leiter in den Himmel steigen!« Mit diesen Worten fiel der Mann vor ihr auf die Knie.

Kleine Schweißtröpfchen standen auf Rixendes Stirn, die nichts mit dem knisternden Kaminfeuer in ihrem Rücken zu tun hatten. Was sollte sie jetzt tun? Da stürzte plötzlich Stephane herein. Unwillig herrschte der Statthalter seinen Soldaten an.

»Was willst du noch, Bursche?«

»Der Hypocras, Herr …«

»Ach ja, sehr gut, Bursche! Der Hypocras! – So laßt uns vor dem Schlafengehen noch einmal anstoßen, edle Dame«, sagte er und stand wieder auf. »Danach will ich Euch zu Euren Gemächern begleiten.«

Marcel hatte sich inzwischen an den Bechern zu schaffen gemacht.

Rixende mochte eigentlich diesen Würzwein nicht besonders, bemerkte jedoch, wie Stephane ihr beim Einschenken kurz zuzwinkerte. Konnte sie dem Burschen trauen? Sie gab sich einen Ruck und stieß mit Marly an. Beide tranken – wie es Brauch ist – ihren Becher auf einen Zug leer.

Rixende wollte nun endlich aufstehen, doch Marly drängte sie, einen allerletzten Hypocras mit ihm zu trinken. Langsam bekam es Rixende tatsächlich mit der Angst zu tun. Doch dann hielt er plötzlich mitten in der Bewegung inne, stieß einen komischen Laut hervor, ließ den Becher fallen, so daß er davonkollerte und zerbrach, verdrehte seltsam die Augen und sank dann mit einem Röcheln in sich zusammen.

Rixende erschrak. »Was ist mit Euch, Herr Statthalter? Geht es Euch nicht gut?«

»Doch«, sagte Marcel an seiner Statt. Die beiden Soldaten waren im selben Augenblick hereingekommen, packten nun den Statthalter entschlossen an Armen und Beinen und machten sich daran, ihn aus dem Saal zu schleppen.

»Es geht ihm wirklich gut, er schläft nur, Herrin«, beruhigte sie Stephane. »Und er wird gewiß vor morgen früh nicht aufwachen, dann jedoch seid Ihr längst im Tal und in Sicherheit vor ihm.«

»Ihr habt ihm etwas in den Hypocras getan?«

Der junge Mann lachte verschmitzt. »Eine gehörige Portion Mönchspfeffer, jawohl, dazu der viele Wein, den er getrunken hat, das gibt ein hölzernes Maul morgen früh, o weh, o weh!«

Als Stephane im Morgengrauen Rixende zur ersten Vorburg hinuntergeleitete, erklärte er ihr den Weg zu der Höhle von Lombrives. Sie läge im Sabarthès, in der Nähe von Tarusco. Er gab ihr auch eine Nachricht für seine Angehörigen mit. Wie sie im Höhlenlabyrinth allerdings ihren Bruder und die anderen Katharer finden könnte, wußte er nicht zu sagen. Rixende steckte ihm zwei Silberstücke zu und bedankte sich noch einmal herzlich für alle Hilfe in der Nacht.

Der Kerkermeister Polignac hatte es kaum erwarten können, Abbéville nach seiner Rückkehr brühwarm von dem tödlichen Fenstersturz zu berichten. Abbéville ahnte, um wen es sich bei dem Mann handelte, der auf so ungewöhnliche Weise Hand an sich gelegt hatte.

»Bist du absolut sicher, Polignac?« hatte er gefragt, und seine Mundwinkel hatten verräterisch zu zucken begonnen.

»Es gibt keinen Zweifel, Herr Inquisitor. Es war derjenige, der Euch manchmal besuchte, der mit einem griechischen Bart.«

Der Inquisitor zog seinen Beutel hervor und belohnte den Mann fürstlich.

Dann verlangte er auf der Stelle Bruder Fulco zu sprechen.

Als Saint-Georges vor Abbéville stand, merkte er sofort, daß es um seine Sache nicht gut bestellt war.

»Ich habe soeben erfahren, was in meiner Abwesenheit hier vorgefallen ist. Einer meiner besten Leute ist tot. Ihr hattet die Verantwortung. Begebt Euch unverzüglich ins Kloster, und wartet dort auf einen noch festzusetzenden Termin für Eure Verhandlung.«

Als Saint-Georges sich rechtfertigen und die zurechtgelegte Geschichte auftischen wollte, lehnte Abbéville einen Disput über das Vorgefallene rigoros ab.

Saint-Georges packte rasch die wenigen Habseligkeiten, die er im Turm der Justiz verwahrte, sowie einige Aufzeichnungen, die ihm wichtig erschienen, und machte sich auf den Weg zum Kloster. Wie hatte Abbéville nur so schnell herausgefunden, wer da aus dem Turm gesprungen war?

War es Feigheit oder Vernunft, daß er die Gelegenheit nicht nutzte, sich heimlich davonzustehlen und den Dominikanerorden für immer zu verlassen? Er wußte es nicht zu sagen, als er im Kloster angekommen war. Erneut hatte er sich für den Gehorsam entschieden. Die klösterliche Disziplin war ihm inzwischen so sehr in Fleisch und Blut übergegangen, daß er gar nicht mehr anders handeln konnte. Doch Fulco fühlte sich zerrissen wie nie zuvor. Er hatte nie zu den Starken, Mutigen gehört, das hatte sich bei seinem unfreiwilligen Eintritt ins Kloster bereits abgezeichnet, und nun beschlich ihn der Verdacht, daß es die Angst vor sich selbst war, die ihn lähmte und hinderte, endlich die Freiheit zu suchen.

Als er drei Wochen später vor das Tribunal zitiert wurde, das den Todesfall Cléments verhandeln sollte, stellte er zu seinem Schrecken fest, daß sich dort außer Abbéville und den beiden Reformatoren auch noch der Seneschall, der Bischof und Elias Patrice in seiner Eigenschaft als Sprecher des Senats befanden.

Fulco von Saint-Georges wurde nicht nur angeklagt, Personen zum Zwecke der Erpressung ungesetzlich gefoltert, sondern – allerdings ohne Nennung von Namen – auch seiner Sinnenlust gefrönt zu haben. Ja, selbst solcher Verbrechen sei er schuldig, die allgemein Abscheu erregten. Der erste Inquisitor von Carcassonne legte zur Bekräftigung seiner Anklage zahlreiche Beweise vor, die belegen sollten, daß Fulco Zeugen bestochen hätte und seine Prozeßverfahren mit unerhörten und unglaublichen Foltern zu beginnen pflegte, um dadurch den Unglücklichen, gegen die er Verdacht hegte, ein Geständnis zu entlocken.

»Obendrein ist es seiner Unzuverlässigkeit zu verdanken, daß drei Inhaftierte geflohen sind, darunter ein möglicherweise unschuldiges Opfer, wie wir jetzt erst erfahren haben, Bruder Henricus, aus seinem Kloster zu Albi. Der Angeklagte hat seinen ehemaligen Cellerar auf eigenes Betreiben und ohne jeglichen Beweis wegen Ketzerei inhaftieren lassen. All seine abscheulichen Vergehen«, so Abbéville wörtlich, »haben mit der Zeit einen so allgemeinen Schrecken verbreitet, daß bereits ein Aufstand des Volkes erfolgt ist, und ich befürchte weitere, wenn nicht sofort Maßnahmen getroffen werden.«

Fulco von Saint-Georges machte sich nichts vor: Abbéville gedachte ihn zu opfern, um sich selbst vor den Reformatoren reinzuwaschen. Ein böses Spiel. Zu seinem Entsetzen ließ sein Vorgesetzter frech Zeugen auftreten, die teilweise von weit her gekommen waren und alles bestätigten, was er vorgebracht hatte.

Da Saint-Georges nichts mehr zu verlieren hatte, schob er – als man ihn endlich zu Wort kommen ließ – nun seinerseits Abbéville alle Schuld zu, erzählte von seinem Befehl, die Albigenser zu verhaften, verwies auf den unschuldig inhaftierten und inzwischen verstorbenen Calveries und versuchte, Bruder Henricus als den hinzustellen, der er gewesen war. Doch Abbéville hatte nichts Eiligeres zu tun, als weitere Zeugnisse gegen ihn herbeizuschaffen.

Die Reformatoren ließen nicht erkennen, auf welcher Seite sie standen. Sie besahen sich gründlich alle Unterlagen, gaben sie auch dem Seneschall zum Studieren und anschließend Elias Patrice. Gewissenhaft überprüfte der alte Senator mit Hilfe seines Lesesteines die Pergamente, beim letzten jedoch sprang er auf.

»Ehrenwerte Herren«, stieß er aufgeregt hervor, wobei auf seinen runzligen Wangen zahlreiche rote Flecken erschienen. »Ich gebe zu, seinerzeit einen Friedensvertrag solcher Art unterzeichnet zu haben. Es war ein ähnlicher Vertrag wie dieser« – er wedelte mit dem Blatt, damit es auch jeder sehen konnte –, »doch ich lege meine Hand dafür ins Feuer, daß dies hier eine Fälschung ist, wenngleich sich meine Unterschrift und mein Siegel darauf befinden. Niemals hätte ich eingestanden, daß die gesamte Bürgerschaft Carcassonnes offenkundigen Ketzern Hilfe geleistet habe. Das ist eine dreiste, ja eine dreckige Lüge.« Patrice schnappte nach Luft.

»Die Konsuln, die hier allesamt namentlich aufgeführt sind«, fuhr er fort, »sollen im Auftrag aller Bürger der Stadt abgeschworen haben, und demzufolge wären alle Bürger unfähig, zukünftig ein öffentliches Amt zu bekleiden und würden im Falle weiterer Unruhen ohne Verzug der Strafe des Rückfalls unterliegen. Abgesehen davon, daß es sich nicht so verhalten hat, bedeutet dies nichts anderes als erneute Exkommunikation und obendrein das Anathem – das Todesurteil für die Stadt. So etwas hätte ich niemals unterschrieben, auch nicht mit einem Messer an der Kehle.«

Patrices Stimme war vor Aufregung gebrochen, und ihm standen die Tränen in den Augen.

Auf die Nachfrage, wer denn diesen Vertrag gegengezeichnet hätte, deutete Elias Patrice auf Fulco von Saint-Georges.

»Er« – dann drehte er sich um – »und der Seneschall natürlich.«

Gui Capriere trat vor und warf einen vorsichtigen Blick auf das Dokument. Er bestätigte die Echtheit des Siegels, und meinte, daß es nach seiner Erinnerung Saint-Georges war, der ihm das Dokument vorgelegt hatte. Daß er dabei rote Ohren bekam, fiel kaum jemandem auf.

Es verwunderte auch niemanden mehr – am wenigsten Saint-Georges selbst –, daß sich anschließend unter den Beweisstücken ebenfalls der auf mysteriöse Weise wieder aufgefundene Befehl zur Verhaftung der Albigenser befand, den Fulco als Alleinverantwortlicher unterzeichnet hatte, obwohl er damals noch Prior in Albi war.

Gut angelegtes Geld, dachte Abbéville zufrieden. Sehr gut angelegt. *Do ut des* – Ich gebe, daß du gibst!

32

Stolz war der Grund, daß jene dort gefallen …
Dante, Die Göttliche Komödie

Der Ritt in das Sabarthès war hart. Ein unbarmherziger eisiger Ostwind pfiff Rixende und den Muselmanen um die Ohren, der dem, der auf dem Quéribus geweht hatte, in nichts nachstand. Sie mußten ihr Nachtlager überwiegend in schlechten Herbergen aufschlagen, denn nach der Abtei Joucou – vor deren Tor die Muselmanen sogar im Zelt schlafen mußten – gab es kaum Klöster in dieser wilden Gegend. In allen Weilern, durch die sie kamen, erregten sie die Aufmerksamkeit der Leute. Eine schöne Frau mit vier Muselmanen in ihrem Gefolge, da blieb den Gaffern der Mund offenstehen. Ibrahims schwerbewaffnete Männer jedoch, die die Hand nicht vom Schwert ließen, flößten Respekt ein, so daß die Menschen gebührenden Abstand zu ihnen hielten.

Am vierten Tag hatte Rixende ein Erlebnis, das sie tief berührte. Sie waren am Col des Sept Frères vorbei durch das Pays d'Aillon geritten – eine schöne, von weiten Buchen- und Eichenwäldern sowie ausgedehntem Weideland umgebene Hochebene –, als sie plötzlich Montaillou erblickte. Hoch oben, eingerahmt von schwarzen Tannen, beherrschte noch immer die elterliche Burg das Land. An den Abhang schmiegten sich, terrassenförmig angelegt, die schindelgedeckten Häuser der Dörfler, eins über dem anderen klammerten sie sich geradezu schutzsuchend an den Berg. Der Ort selbst war nicht befestigt, doch stand die unterste Reihe Häuser so eng beieinander, daß man erst beim genauen Hinsehen erkannte, daß es sich um einzelne Gebäude handelte und nicht um eine durchgehende Mauer. Rixende wischte sich verstohlen die

Tränen aus den Augen. Sie besaß nur wenige Erinnerungen an Montaillou, doch die Burg hatte sie oft vom Tal aus gesehen, als man ihr das Reiten auf einem gescheckten Zigeunerpony beibrachte, das der Vater ihr geschenkt hatte.

Auf einem Feldrain kam ihnen ein Reisender entgegen, das Bündel auf dem Kopf und etliche Katzenfelle über der Schulter. Als er der Muselmanen ansichtig wurde, stieß er einen Schreckenslaut hervor und rannte rasch den Abhang zum Hers hinunter, wo er sich bekreuzigte. Die Muselmanen lachten, doch Rixende stieg vom Pferd und schritt auf ihn zu.

»Könnt Ihr mir sagen, guter Mann, ob wir uns auf dem rechten Weg nach Tarusco befinden?«

Der Mann blickte sie verschüchtert an.

»Ihr müßt zuerst die Spitzkehren hinunter nach Ax reiten, Herrin, dann am Col de Marmare durch den Wald, das Tal von Caussou hinunter und geradewegs über den Col du Chioula zur Ariège. Dort an der Brücke, wo sich die Mühle derer zu Foix befindet, zweigt der Weg nach Tarusco ab. Es ist nicht mehr allzu weit.«

Mit diesen Worten streckte er zögerlich die rechte Hand aus, um sich für seine Auskunft belohnen zu lassen. Die Muselmanen ließ er dabei nicht aus den Augen.

Die Ariège – in der Hälfte ihres Laufes ein reißender Gebirgsstrom – entspringt in den Pyrenäen. Nachdem sie die Grafschaft Foix durchquert hat, wendet sie sich nach Norden, um sich schließlich oberhalb von Toulouse in die Garonne zu ergießen.

Ab Ax ritten die Reisenden am rechten Ufer des Flusses entlang, wie ihnen der Reisende empfohlen hatte; und sie kamen auf diesem Wege zuerst durch Ornolac und Ussat, bis sie endlich auf die großen Wiesen vor Tarusco stießen.

Das ehemalige römische *municipium* Tarusco, das von jeher unabhängig war und wie Carcassonne von Konsuln regiert wurde, war von hohen Mauern umgeben. Mitsamt dem majestätischen Bergfried auf einem felsigen Vorgebirge erbaut, beherrschte es fünf Täler, wie sie an der Pforte erfuhren.

Auf dem Markt, wo es nur so wimmelte von Schafen, Ziegen, Hühnern und Enten, die zum Verkauf standen, deckten sie sich mit hartem Käse und Brot ein. Mehr als einmal vernahm Rixende hinter ihrem Rücken Schimpfworte, die sich auf ihre vier Begleiter bezogen, und etliche Leute bekreuzigten sich bei ihrem Anblick erschrocken und riefen lauthals die Schwarze Jungfrau an.

In einer Herberge am Rande der Stadt fanden sie ein Nachtlager.

Am nächsten Morgen machten sie sich mit etlichen Pechfackeln und Stephanes Beschreibung auf den Weg zu den Höhlen.

Nebel lag über der Ariège, und erster Rauhreif hatte in der Nacht die Sträucher und Bäume überzogen, die den Fluß säumten, so daß alles wie verzaubert aussah.

Als sie das Kreuz hinter sich gelassen hatten, das unterhalb der Stadt Tarusco an der Straße nach Ax stand, sah sich Rixende aufmerksam um. Auch wenn sie nicht damit rechnete, daß der Wirt die hiesige Inquisition von der seltsamen Reisegruppe verständigte, denn sie hatte ihn gut bezahlt, war es besser, vorsichtig zu sein. Doch alles blieb ruhig, soweit man das in dieser Landschaft erkennen konnte. Wohin das Auge blickte: schroffe Felsen, die aussahen, als hätte der Teufel selbst sie hierher gestellt und tiefe Löcher hineingebohrt, um sich darin zu verstecken, dazwischen allerlei Strauchwerk und Geröll. Das Bergland machte einen geradezu gottverlassenen Eindruck. Selbst die Orrys, die mit Gras bewachsenen Schutzhütten der Schäfer, schienen nicht bewohnt zu sein. Außer einem Totenkarren, der um den grobgezimmerten Sarg herum mit Brennholz beladen war, begegnete ihnen niemand.

Nach einem halben Tagesritt, stetig die Ariègeschlucht entlang, abseits aller eingefahrenen Wege, kamen sie zu einem kleinen See, umstellt von hohen Felsen. Sah man genauer hin, konnte man Dutzende kleine, schmale Felsspalten, mannshohe Eingänge oder fast kreisrunde Öffnungen ausmachen, oft halb versteckt hinter Dornenhecken und dichtem Buschwerk. Im Sommer, wenn alles grünte und blühte, hätte man etliche allerdings schwerlich erkennen können.

Langsam ritten sie weiter, immer aufmerksam die Gegend beobachtend. Es ging jetzt steil bergauf. Oft mußten sie einen Umweg einschlagen, da sie von Felsbrocken aufgehalten wurden, die irgendwann von den Bergen herabgerollt waren. Plötzlich machte Ali, einer der Muselmanen, Rixende auf einen schmalen Weg aufmerksam, der sich, rechter Hand und kaum wahrnehmbar, den Berg hinaufschlängelte. Genauso hatte ihr Stéphane den Weg zur Großen Höhle beschrieben. Sie ließ Hasrabal und Nasir als Bewachung der Pferde am Flußufer zurück und stieg mit den beiden anderen Muselmanen zu Fuß hinauf in die Berge. Überall breiteten sich vertrocknetes Dornengewirr, Disteln, Farne und Stechpalmen aus. Je steiler der Weg den Berg emporführte, desto langsamer kamen sie voran. Eine Krümmung folgte der nächsten. Ständig mußten sie allerlei Geröll und moosbewachsene Felsbrocken umgehen, die auf dem schmalen gewundenen Trampelpfad herumlagen.

Der lichte Baumbestand wich bald kahlen Felsen. Die Muselmanen begannen zu keuchen, Rixende jedoch war das Klettern im Gebirge von Kindesbeinen an gewohnt. Vor jeder neuen Biegung hofften die Männer, sie müßten nun angekommen sein. Sie irrten sich. Der Weg ging weiter und weiter und wollte einfach kein Ende nehmen, so daß sich Rixende bald fragte, ob er wohl der richtige wäre.

Wie konnte eine große Höhle so hoch oben am Berg liegen?

Die Sonne kam heraus, und als ein kleiner Vogel zu zwitschern begann, überfiel Rixende eine eigenartige Stimmung. Plötzlich raschelte es im Gebüsch neben ihr. Die junge Frau hielt erschrocken inne und lauschte. Das Rascheln kam näher, dann verstummte es wieder. Gerade als Rixende weitergehen wollte, richtete sich vor ihr der Kopf einer Schlange auf. Es war eine Aspisviper, lehmgelb mit schöner schwarzer Zeichnung auf dem Rücken. Auch in den Bergen um Gavarnie hatte es sie gegeben. Sie griff nur selten Menschen an, ging ihnen lieber aus dem Weg, hatte ihr Christian erzählt. Während sie, wie festgewachsen, gebannt in die schwarzen Katzenaugen der Viper sah und sich insgeheim wunderte, weshalb sie keinen Winterschlaf hielt, hatte sich bereits Mustafa herangeschlichen. Noch bevor Rixende ihn daran hindern konnte, schlug er mit einem Schwertstreich der Schlange den Kopf ab.

Er hatte es gut gemeint und konnte gar nicht verstehen, daß Rixende darüber verärgert war.

Um die Herrin zu beruhigen, versicherte er ihr wortreich, daß es in seinem Land Schlangen gäbe, die hundertmal größer seien als diese hier. Auch jene würde er töten, wenn er auf sie träfe – dabei fuchtelte er wieder mit dem Schwert herum –, schon weil sie anstelle der Augen wertvolle Edelsteine besäßen. Ali nickte zustimmend und behauptete dann felsenfest, es gäbe in der Nähe von Damaskus Schlangen, die Tränen von Silber weinten, und weitere, die die Musik so sehr liebten, daß sie aus Vorsicht mit ihrem Schwanz ihr Ohr verstopften.

Rixende, die nur die Hälfte verstanden hatte, schüttelte ungläubig den Kopf über diese Märchen. Hatten die geheimnisvollen Schlangen der Sarazenen nur ein Ohr, oder gar zwei Schwänze?

Als sie schon gar nicht mehr damit gerechnet hatten, standen sie plötzlich vor einem riesigen gähnenden Kavernenschlund, der gut und gerne hundert Fuß breit und zweihundert Fuß hoch war. Endlich! Dies mußte die Große Höhle von Lombrives sein!

Vorsichtig traten sie näher. Der Höhleneingang war ebenfalls mit Steinen und Geröll angefüllt, und dahinter ging es sofort in die Tiefe. Zahlreiche Fledermäuse hielten Winterschlaf und hingen wie tot an den Felswänden. Entgegen Rixendes Befürchtung war es in der Höhle längst nicht so kalt wie draußen. Sich die Hand reichend, kletterten sie hintereinander hinunter, wo sie auf eine breite Galerie stießen, die weit in das Bergesinnere hineinzuführen schien.

Eine unheimliche Stille umgab sie.

Die Muselmanen leuchteten, so gut es ging, mit den Fackeln den Weg aus und tuschelten leise miteinander. Rixende hatte unterwegs versucht, ihnen mit einfachen Worten von den Katharern zu erzählen, aber sie war sich nicht sicher, ob sie alles verstanden hatten.

Bald darauf gabelte sich die Höhle. Nach kurzer Überlegung entschieden sie sich, nach rechts zu gehen, und sie kamen in einen engen, vielfach gewundenen Gang, der sich zu ihrer aller Verwunderung urplötzlich zu einer weiteren dunklen Halle öffnete.

Oh, Wunder über Wunder, dachte Rixende bei sich, als die Männer die Fackeln hoben, wir sind in eine unterirdische Welt geraten! Stumm und geduldig besah sie Hunderte Steinsäulen, von denen sich manche bis zu zwölf Fuß hoch auftürmten. Auch die Muselmanen, die mit ihren Pechfackeln nur jeweils den Teil auszuleuchten vermochten, der ihnen am nächsten war, stießen Laute des Erstaunens hervor.

»*Rhaba hagar*«, sagte Ali feierlich.

»Was hast du eben gesagt, Ali?« flüsterte sie.

»*Rhaba hagar* – ein steinerner Wald, Herrin! Seht doch selbst!« sagte er beeindruckt und deutete auf die Säulen.

Da fiel es Rixende wie Schuppen von den Augen, und eine eigentümliche Stimmung ergriff sie. Lusitanas Prophezeiung – wieder war ein Teil davon wahr geworden. Hütet die Geheimen Worte, wenn Ihr auf sie trefft, dort im Steinernen Walde!

Die Fackeln der Muselmanen suchten sich wie Irrlichter ihren Weg durch diese unterirdische Zauberwelt.

Plötzlich nahm Rixende aus den Augenwinkeln heraus eine Bewegung wahr. Als sie ihren Kopf zur Seite drehte, bemerkte sie eine schemenhafte Gestalt, die sich gerade hinter einer großen Steinsäule duckte. Rixende hielt die Muselmanen zurück.

»Holá!« schrie sie dann laut und mutig. »Ist hier jemand?«

Rixendes Stimme löste ein dumpfes vielfaches Echo aus, vor dem sie selbst erschrak. Nach einer Weile atemlosen Wartens spitzte hinter dem Tropfstein, den Rixende beobachtete, ein Gesicht hervor, das halb unter einer Kapuze verborgen war.

»Was wollt ihr hier?« fragte eine zaghafte Frauenstimme.

»Wir ... wir suchen jemanden«, antwortete Rixende. »Wer seid Ihr?«

»Rührt euch nicht von der Stelle«, sagte die Frau nach kurzem Zögern und verschwand so schnell, daß man nicht festzustellen vermochte, wohin. Rixende hörte ein seltsames Geräusch, auch bildete sie sich für einen kurzen Moment ein, daß sich eine der Säulen bewegt hätte, was jedoch nicht sein konnte.

Es dauerte eine Ewigkeit, niemand kam. Ali und Mustafa untersuchten die verdächtige Steinsäule. Ein Stück davon entfernt, entdeckten sie plötzlich, eingeritzt in die Felswand, seltsame Zeichen. Auch Rixende war ratlos. Waren dies die Geheimen Worte?

Sie warteten und warteten. Als Rixende schon beinahe alle Hoffnung aufgegeben hatte, jemals zu ihrem Bruder zu gelangen, legte sich urplötzlich eine Hand auf ihre Schulter. Sie schrie laut auf vor Schreck, denn sie hatte keine Schritte gehört, und fuhr herum. Die Muselmanen kamen mit gezückten Schwertern angestürzt. Doch es war tatsächlich Simon, der wie ein Geist hinter ihr aufgetaucht war, und die Geschwister fielen sich lachend in die Arme.

»Rixende, meine kleine Schwester!« sagte Simon zufrieden, ohne ihre furchterregenden Begleiter aus den Augen zu lassen. »Du hast mich also endlich gefunden.«

Er sah schmal und blaß aus, doch er strahlte vor Freude. Auch er war mit einem dunklen Kapuzenmantel angetan, an den Füßen trug er Hanfsandalen.

Rixende stellte ihm die Muselmanen vor und deutete den Grund ihres Kommens an.

Simon wurde ernst. »Daß mir die Inquisition auf den Fersen ist, habe ich bereits erfahren. Deshalb mußte ich auch den Quéribus Hals über Kopf verlassen. Zwar sind wir hier sicher, deine Beschützer müssen dich jedoch jetzt verlassen, Rixende. Ich will dir nämlich etwas zeigen«, flüsterte ihr Simon ins Ohr, »das kein Andersgläubiger jemals zu Gesicht bekommen wird, kein Katholik, kein Jude und kein Muselmane.«

»Aber ich bin Katholikin«, wagte Rixende zögerlich einzuwenden.

Simon sah sie erstaunt an. »Hat man dich inzwischen getauft?« fragte er barsch.

Sie schüttelte den Kopf.

»Gut, gib den Männern Geld und schick sie in die Herberge zurück. Sie sollen auch dein Pferd mitnehmen.«

Nur zögerlich kamen Ibrahims Männer der Aufforderung nach.

»Folge mir«, sagte Simon, als die Muselmanen nicht mehr zu sehen waren, und lief rasch auf die Stelle zu, an der zuvor die Frau verschwunden war. Beim Tropfstein angekommen, drehte er sich noch einmal zu Rixende um und meinte spöttisch:

»Selbst wenn dieser Abbéville dir höchstpersönlich bis hierher gefolgt wäre, liebste Schwester, ja gar in diesem Augenblick noch einen deiner Rockzipfel vor Augen hätte, würde er dich nun verlieren. Gib acht!«

Er legte beide Hände auf den Tropfstein, der sich urplötzlich auf wundersame Weise bewegte, mit einem leisen Ächzen zur Seite schwang und eine aus Tuffsteinen gehauene Treppe freigab. Staunend blickte Rixende in einen weiteren, zum Teil hell erleuchteten großen Saal hinab, in dem sich jedoch kein steinerner Wald, wohl aber einige hundert Menschen befanden: die Katharer.

Sie stiegen hinab. Auf halber Treppenhöhe bemerkte Rixende, daß ein langer eiserner Stab in dem Tropfstein steckte. Auf der ihm gegenüberliegenden Seite hing, an einer Kette befestigt, ein schwerer Felsbrocken, offenbar eine Art Ge-

gengewicht. Als sie unten angekommen waren, sprangen rasch zwei Männer herbei, zogen an der Kette, und Rixende beobachtete, wie sich die Steinsäule, wie von Geisterhand bewegt, wieder über den geheimen Eingang schob.

Simon verbeugte sich vor einem bärtigen Greis, dessen kluge Augen die Besucherin aufmerksam musterten.

»Othon von Beleize« stellte der Bruder ihr den Alten vor und neigte sein Haupt, »ein guter Freund unseres Vaters und der geniale Baumeister unserer mystischen Pforte, die es uns erlaubt, für die Dominikaner, die Schwarzkittel, unsichtbar zu werden!«

»Gebt mir einen Hebel, und ich bewege die Welt« zitierte der Mann im blauen Kittel schmunzelnd, noch bevor er Rixende begrüßte. Dann verbeugte er sich seinerseits vor Simon. Doch der zog die Schwester bereits weiter, hin zur Familie des Soldaten Stephane, die sich über die Nachricht vom Quéribus freute.

Wohin sie auch kamen, Rixende wurde mit einem freundlichen Lachen begrüßt. Die meisten Männer, dunkel gewandet, saßen auf Felsblöcken herum oder waren mit dem Kardätschen und Weben von Wolle beschäftigt, andere standen in Gruppen in einem Kreis, um miteinander zu disputieren. In fast allen Nischen und auf den niedrigen Tischen flackerten Talglichter oder Nußöllampen. Eine Anzahl Katharer kauerte in sogenannten »Werkstätten« – wie ihr Simon erklärte –, um dort Kleider zu fertigen, Werkzeuge oder Töpferwaren herzustellen. Sogar ein großer Brennofen war vorhanden. Berge von Wolle, Flachs und Hanf türmten sich neben Getreidesäcken und Körben voller Rüben, Kohl, Äpfel und Nüsse. Die kleineren Kinder tobten im Spiel durch die Gänge der Höhle; unermüdlich versteckten sie sich vor den anderen, lachten hellauf, wenn man sie entdeckte; die älteren wurden offenbar unterrichtet. Um mehrere Feuerstellen herum hantierten geschäftige Frauen, sie kneteten Teig, buken Brot in kleinen Backöfen, die in die Felswände eingelassen waren, kämmten Hanf, mahlten Körner oder rührten in eisernen Töpfen. Es roch geradezu verführerisch nach Gemüsesuppe, so daß Rixende der Magen zu knurren begann. Simon jedoch führte sie zielstrebig in eine dunkle Ecke der Höhle, zum Anführer der Gruppe, einem noch ziemlich jungen Mann mit langem schwarzem Haar und hagerem, bleichem Gesicht. Auch er trug ein dunkles kittelartiges Gewand, das vorne geöffnet war. Darunter konnte Rixende ein weißes Leinenhemd erkennen, mit einer im Brustbereich eingenähten Tasche. Von Simon wußte sie, daß sich dort das Evangelium des Johannes befand. Um den mageren Leib hatte der Mann einen Gürtel aus geflochtenen weißen Wollfäden geschlungen. Simon fiel auf die Knie, und Rixende tat es ihm nach. Der Katharerbischof – die Höhle von Lombrives war seine Kathedrale – segnete Rixende. Nachdem sie sich wieder erhoben hatten, sprach er leise mit ihr über gewisse Regeln, die für das Zusammenleben in der Höhle zu beachten waren. Diese einzuhalten sei unabdingbar, weil sich mittlerweile über fünfhundert Leute im gesamten Höhlenbereich aufhielten. Die Versorgung in den Spoulgas – wie man diese wehrhaften unterirdischen Burgen nannte – sei jedoch gut; niemand müsse hungern, man besitze fließendes Wasser von ausgezeichneter Qualität, und in den Nebenkavernen befinde sich genügend Vorrat. Ununterbrochen, seit Wochen schon, habe man die Verpflegung herangeschafft.

»Woher wußtet Ihr, daß so viele Menschen kommen würden?« fragte Rixende verwundert.

»Auch wir haben unsere Kundschafter und erfahren es meist rechtzeitig, wenn die Inquisition etwas plant. Dann handeln wir«, gab ihr der Bischof zur Antwort, und seine Augen glühten auf, als er die Nußöllampe, die vor ihm auf einem Steinaltar stand, hochnahm, sich umdrehte, um eine Wandzeichnung auszuleuchten, die Rixende an diejenige erinnerte, die sie im Steinernen Wald gesehen hatte.

»Was hat das zu bedeuten?« fragte Rixende ihren Bruder leise. »Ein großes Dreieck, eine Schale und diese seltsame Bogenlinie mit den kleinen Dreiecken, die alles zu überspannen scheint?«

»Es ist das Symbol der Akaziengrotte«, erklärte Simon, »der Bogen stellt den Weg der Sterne dar, den Weg der Umwandlung durch die sieben Planetensphären. Auf diesem Pfad wird das physische Wesen des Menschen – erkennbar an dem kleinen Dreieck rechts – ständig kleiner, es wird immer feiner, zarter, während andererseits der Geist des Menschen zunimmt an Übersinnlichkeit, an göttlicher Kraft.«

»Du sprichst von der Wiedergeburt, nicht wahr?« Simon hatte bereits in Cotllioure davon erzählt.

»Ihr habt recht, Frau.« Der Bischof deutete nun selbst auf die einzelnen Zeichen, um sie ihr näher zu erklären. »Es ist dies die Darstellung des Alpha und des Omega, des Mysteriums der unaufhörlichen Wandlung, des Freiwerdens vom Einfluß des Stoffes, der Rückkehr zum reinen Geistmenschen, der dem Vater gleicht. Eine Wahrheit, die zu verteidigen uns kostbarer ist als unser Leben.«

Seine Augen ruhten nun auf Rixende. »Ich muß Euch an dieser Stelle eine Frage stellen. Gedenkt Ihr, als Schwester unseres Hüters, für immer bei uns zu bleiben?«

Rixende zögerte und sah auf Simon, dessen Antlitz jedoch keine Regung erkennen ließ.

Nach einer Weile schüttelte sie energisch den Kopf.

»Ich muß zurück, spätestens zum Ende der Woche. Hier kann ich nichts für Euch tun, in Carcassonne jedoch ...«

»Schlagt Euch das aus dem Kopf«, sagte der Bischof mit entschiedener Stimme. »Glauben ist eine Sache des Daseins, nicht der Machtausübung. Helfen könnt Ihr uns nicht, an keinem Ort, nicht mit Geld und nicht mit guten Worten. Die Stunde, da der Lorbeer wieder erblüht, ist noch fern. Möge der Herr Euch jedoch segnen in Eurem Leben draußen und es dereinst zu einem guten Ende führen.«

Erneut verbeugte sich der Bischof fast ehrfurchtsvoll vor Simon und verschwand kurz darauf im Dunkel der Akaziengrotte.

»Was hütest du eigentlich, Simon« fragte Rixende vorsichtig, »daß dich sogar der Bischof so hoch achtet?«

»Hab Geduld, Rixende«, meinte ihr Bruder. »Du wirst es bald erfahren. Nun wollen wir gemeinsam essen, dann will ich dir dein Nachtlager zuweisen.«

Auf dem Weg zu einem der kleineren Familienverbände, die noch Platz für Neuankömmlinge hatten, wie Simon meinte, sprach ihn Rixende auf die Schwarze Jungfrau an, die die Leute von Tarusco im Angesicht der Muselmanen angerufen hatten. Simon blieb stehen und lachte.

»Wie konntest du auch ausgerechnet Muselmanen nach Tarusco mitnehmen?« sagte er spöttisch. »Die Furcht der Leute vor deinen Männern hängt mit den Mauren zusammen, die vor Hunderten von Jahren die Pyrenäen überschritten und sich lange Zeit hier niedergelassen haben. Obwohl es lange her ist, erinnert man sich noch immer an die schreckliche Besatzung. Erst das Heer Karls des Großen hat die Menschen wieder von diesem Joch befreit. Hast du bei deiner Ankunft das alte Schloß gesehen, das auf einem Hügel kurz vor Tarusco steht?«

Rixende bejahte.

»Heute gehört es dem Grafen von Foix, aber es wurde von den Sarazenen gebaut, nebst dem Turm Mont Nègre. Am Abend der denkwürdigen Schlacht erschien Karls Soldaten plötzlich eine ›Schwarze Jungfrau‹, fortan ›die Jungfrau von Sabart‹ genannt. Sie wird noch heute von allen Leuten hier verehrt.«

»Auch von Menschen katharischen Glaubens?«

»Nein, natürlich nicht«, sagte Simon ernst und blieb stehen. »Wenn du betest, so bete nicht vor Abbildern, gebärde dich auch nicht wie die Heuchler, die sich gerne von anderen sehen lassen und große Worte machen. Schließe dich lieber ein im verborgenen. Gott allein wird dich hören, niemand sonst.«

33

Je mehr ihr Schauen in die Tiefe dringet
der Wahrheit, drin zum Frieden kommt der Geist.
Dante, Die Göttliche Komödie

In der Nacht, als Rixende, auf Zweigen und Laub gebettet, sich in der Dunkelheit der geheimnisvollen Höhle verloren glaubte, überwältigte sie die Sehnsucht nach Fulco. Sie begann inbrünstig für ihre Liebe zu beten und dachte dabei trotzig, daß es ihr gleich wäre, ob der Beistand nun Gott, Christus, Allah oder die Schwarze Jungfrau genannt wurde. Tief in ihrem Inneren begann sie aber zu ahnen, daß das, was wirklich heilig war, sich nicht unbedingt im Besitz Roms befinden mußte.

Lange fand sie keinen Schlaf, und sie glaubte, gerade eben erst eingenickt zu sein, als Simon sie wieder wachrüttelte.

»Komm«, sagte er und drückte ihr ein Bündel Kleider in die Hand. »Es ist an der Zeit. Ich will dir etwas zeigen.«

Schlaftrunken und fröstelnd zog sich Rixende an, es waren Männerkleider, und stolperte hinter ihrem Bruder her. In den Sälen und Galerien, durch die sie kamen, herrschte absolute Stille. Nur ab und an hörte man es irgendwo tropfen. Rixende hatte Durst, wagte aber nicht, Simon darauf anzusprechen.

Große und kleine Tropfsteinsäulen säumten ihren Weg, die sich im Schein der Fackel aus Tannenharz zu den schrecklichsten Ungetümen, Bäumen, Blumen, Eulen oder Pilzen entwickelten. Nicht selten flossen steinerne Bäche in den Hauptgang, den sie beschritten, und einmal kamen sie an einem ebenfalls versteinerten Wasserfall vorüber, wobei Rixende gar meinte, ihn rauschen zu hören, obwohl er sicher schon seit ungezählten Jahren verstummt war.

Ein riesiger Auftropfstein erregte ihre Aufmerksamkeit.

»Das Grab der Pyrène«, sagte Simon lächelnd. »Weißt du, wer Pyrène war?«

Rixende schüttelte den Kopf.

»Herkules, auf dem Weg nach Gallien, verliebte sich in Pyrène, die Tochter eines Königs namens Bebrix. Ihr Vater war ihm durchaus wohlgesonnen, doch Herkules zog es weiter, um noch mehr herrliche Taten zu vollbringen. Pyrène sehnte sich unsagbar nach dem Geliebten, und weil es ihr langweilig war im Palast der Eltern, begab sie sich in ein angrenzendes Tal. Dort wurde sie von wilden Tieren zerrissen, ohne daß Herkules ihr zu Hilfe eilen konnte. Als er von dem Unglück erfuhr, beschloß er, das Gebirge, in dem sie zu Tode kam, Pyrenäen zu nennen. Und er ließ diesen herrlichen Stein zu ihrem Gedenken wachsen.«

Rixende dachte an die wilden Bären, die es in den Wäldern um Gavarnie gab. Im Winter hatten die Wölfe manches Mal so laut geheult, daß an Schlaf nicht zu denken gewesen war.

Der Gang wurde nach einiger Zeit enger und enger, so daß die beiden bald nur noch hintereinander laufen konnten, die Felsendecke aber war verschwunden.

Simon drehte sich zu Rixende um. »Nur Geduld! Es ist nicht mehr weit, Schwester.«

Rixende erschrak einmal mehr über sein vergeistigtes Gesicht. Im Schein der Lampe schien er leichenblaß, Schweißperlen standen auf seiner Stirn, seine Augen glühten seltsam. War er krank oder nur vom Fasten so blaß und mager?

Das Wasserrauschen, von dem Rixende angenommen hatte, daß es nur in ihrer Einbildung existierte, steigerte sich allmählich. Plötzlich hielt Simon inne. Er zog Rixende in eine kleine Galerie, die sich rechter Hand auftat. Dort wurde das Rauschen zu einem wahrhaft lauten Getöse, und als Simon mit ihr an den Rand der Galerie trat und mit der Fackel in die Tiefe leuchtete, entdeckte Rixende zu ihrem Erstaunen einen See, der von einem Wasserfall gespeist wurde, der rechts von ihnen hinabdonnerte. Unwillkürlich war Rixende zurückgeschreckt. Simon beruhigte sie und entzündete eine weitere Fackel, doch alles Licht reichte nicht aus, um das jenseitige Ufer zu erhellen – so groß war die Wasserfläche.

»Noch nie habe ich etwas derartig Schönes gesehen!« stieß Rixende hervor, nachdem sie sich gefaßt hatte.

Simon lachte. Dann drückte er Rixende die Fackeln in die Hand, benutzte seine Hände als Trichter und schrie gegen den Lärm an: »Bist du mutig, kleine Schwester?«

»Was hast du vor?« rief die junge Frau zurück.

Er deutete auf eine andere Felsspalte, zog den Kopf ein und schlüpfte hinein. Als Rixende ihm folgte, bemerkte sie ringsum Tausende winziger Kristalle, die im Fackellicht glitzerten. Hier war das Rauschen und Tosen des Wasserfalls kaum noch zu hören. Simon war stehengeblieben, um auf Rixende zu warten. »Ich werde dich nun zu unserem Heiligtum führen«, sagte er jetzt wieder völlig ernst. »Zu dem Gegenstand, mit dem man unseren Vater vom Montségur abgeseilt und zum Hüter gemacht hat. Ich habe Vater vor seinem Tod versprochen, ihn dir, wenn die Zeit gekommen ist, zu zeigen.«

»Ist die Zeit denn gekommen?«

Simon nickte. »Ja.«

Rixende sah ihren Bruder fragend an.

»Du wirst es bald verstehen, Schwester«, sagte er lächelnd und lief weiter. Der Boden unter ihren Füßen knackte bei jedem Schritt, wie Glas sprangen kleine Felsstückchen in alle Richtungen.

»Handelt ... handelt es sich um ... um irgendwelche geheimen Worte?« fragte Rixende vorsichtig.

Simon fuhr herum. »Wer hat dir davon erzählt?«

Rixende berichtete ihm von der Prophezeiung. Als sie geendet hatte, sah Simon seine Schwester an, als hätte er einen Geist vor sich.

»Damit hatte ich nicht gerechnet«, stieß er hervor und schüttelte das Haupt. »Das Einhorn, der Steinerne Wald ... und die Geheimen Worte? All das hat dir eine Wahrsagerin prophezeit? Man sagt den Frauen aus den Schwarzen Bergen zwar nach, sie hätten das Zweite Gesicht, aber ...«

Unruhig flackerten seine Augen im Schein der Fackel.

»Ich verstehe das auch nicht, Bruder! Was soll ich hier?«

klagte Rixende. »Ich will keine von euch sein, und ich liebe obendrein einen Mann, der euer erklärter Feind ist – und dennoch führst du mich jetzt zu eurem Heiligtum«, sagte sie in sein Schweigen hinein. »Warum? Habt ihr keine Angst mehr, daß ich euch verraten könnte, unter der Folter beispielsweise?«

Simon schüttelte den Kopf. »Hart und steinig ist der Weg, der zum Himmel führt. Und niemand kann uns aufhalten, weder Freund noch Feind. Aber nun komm, wir müssen weiter.«

Der niedrige Gang bog nach links ab. Simon führte sie in eine weitere Galerie, beugte sich dort in die Tiefe und zog an einem Seil etwas herauf, das sich bei näherem Hinsehen als eine Strickleiter entpuppte. Er band das Ende der Leiter an eine der Steinsäulen. Dann forderte er seine Schwester auf, daran hinunterzuklettern. Rixende klopfte das Herz bis zum Hals. Doch niemals war sie feige gewesen. Zu allem entschlossen, kletterte sie über den Rand des Abgrunds und tastete sich dann von Seiltritt zu Seiltritt hinunter, bis sie mit den Füßen das Ufer des Sees berührte. Noch schwindlig aber unendlich erleichtert, wieder sicheren Boden unter den Füßen zu haben, beobachtete sie Simon, wie er die beiden Fackeln in einen Felsspalt steckte und ihr nachfolgte. Unten angekommen, machte er sich in einer kleinen Nische zu schaffen, wo die Katharer, gut in Werg und Leinen gewickelt, einen Vorrat an Fackeln und Talglichtern versteckt hatten.

Unruhig spiegelte sich der Lichtschein der Fackeln auf dem Wasser, als sie schweigend am teils sandigen, teils steinigen Ufer des Sees entlang liefen. Ein kühler Hauch strömte über ihre Gesichter. Simon, der immer wieder einen verstohlenen Blick auf seine Schwester warf, machte Rixende auf versteinerte Fußspuren im Felsboden aufmerksam, die Menschen, die lange vor ihrer Zeit hier waren, hinterlassen hatten.

Plötzlich stießen sie auf einen kleineren Wasserfall, der aber ebenfalls in Kaskaden in den See stürzte. Rixende schöpfte sich Wasser mit der hohlen Hand und trank gierig.

»Folge mir, es ist die sprudelnde Quelle des Paradiesstromes«, sagte Simon feierlich, als sie ihren Durst gelöscht hatte. »Die Quelle unseres Glaubens.«

Er zog seine zerschlissenen Sandalen aus, klemmte die Fackeln zwischen Steine und entzündete eines der Talglichter. Schützend hielt er die Hand über die kleine Lampe und schritt mit ihr ungerührt mitten in den Wasserfall hinein. Rixende faßte sich ein Herz, holte tief Luft und lief ihm hinterher. Im Nu war sie klitschnaß. Hinter dem Wasservorhang befand sich eine kleine Plattform, die in einen schmalen Stollen mündete, der allerdings nur kriechend überwunden werden konnte. Da Simon mit dem Licht vorauskroch, war es fast stockfinster um sie herum. Der Boden war glitschig, bestand aber zum Teil auch aus scharfkantigem Fels, so daß trotz der Beinlinge bald Rixendes Knie aufrissen und ihre Hände zu bluten begannen. Zum ersten Mal wurde sie ein wenig ärgerlich auf ihren Bruder. Ihre Kleidung war schmutzig, sie selbst naß, eiskalt, müde, blutete gar! Wo führte er sie nur hin?

Endlich hatte der Gang ein Ende. Simon richtete sich auf. Auch Rixende erhob sich mühsam. Doch dann riß sie die Augen auf vor Überraschung: Sie befanden sich in einer kleinen, fast kreisrunden Grotte, in die von oben durch einen engen Schacht erstes Tageslicht einfiel, und vor ihnen, auf einem steinernen Altar, stand in einem goldenen Ring eine große, ebenfalls goldglänzende Kapsel.

»Die Geheimen Worte«, flüsterte sie ergriffen.

Simon stellte die Lampe nieder. Rixende wußte nicht, wie sie sich verhalten sollte. Sie wußte überhaupt nichts mehr. Doch sie schob all die verwirrenden Gedanken und Fragen beiseite und versuchte, sich ganz dem geheimnisvollen Licht, das der goldene Behälter ausstrahlte, hinzugeben. Ein feiner Nebel schien die Kapsel zu umhüllen, er wallte auf und ab, obwohl kein Luftzug in der Grotte zu spüren war.

Nicht ohne Stolz erzählte ihr der Bruder, daß er, als derzeitiger Hüter der Geheimen Worte, direkt dem katharischen Bischof unterstellt sei und als *filii mayor* weit über einem gewöhnlichen *parfait* stehe. »Ein Vollkommener ist in erster

Linie Meister seines Schicksals, aber er sollte auch Arzt sein, der sowohl die Krankheiten des Körpers als auch die der Seele heilt. Bei Gefechten erscheinen die Vollkommenen daher nur, um Blutvergießen zu verhüten und um die Verwundeten zu pflegen. Den Sterbenden erteilen sie als höchsten Trost das *Consolamentum*, denn der Tod ist der Kuß Gottes. Wie die alten Magier kennen sie sowohl den Weg der Sterne und ihre Bedeutung als auch die Heilpflanzen auf dieser Erde. Doch nur der jeweilige Hüter und der Bischof wissen um das Versteck der Geheimen Worte, die den Menschen den Weg, die Wahrheit und das ewige Leben weisen.«

»Die Worte, die sich in dieser Hülse befinden, versprechen das ewige Leben?!«

Rixende zitterte vor Kälte und vor Aufregung und konnte ihren Blick nicht vom Altar losreißen. Wenn Fulco diese Kapsel nur einmal sehen könnte, dachte sie aufgewühlt, wenn er die Kraft der Worte spüren würde, die durch das Gold hindurch beinahe fühlbar war, niemals mehr würde er einen Katharer verfolgen!

»Schlag dir den Mann, der dir das Weiße Einhorn geschenkt hat, aus dem Kopf, liebe Schwester, solange du hier bei uns bist«, flüsterte da Simon und nahm Rixende zärtlich in den Arm. »Versuche vielmehr, deine Gedanken vollkommen rein zu halten.«

»Woher weißt du, daß ich gerade an ihn dachte?«

»Du befindest dich an einem Ort der schöpferischen Essenz, einer Weihungsstätte für unsere Priester. Wenn man im Geist und in der Wahrheit rein geworden ist und lange gebetet hat, erwirbt man an solchen Orten die Fähigkeit, Gedanken, die sich im Kopf anderer Menschen befinden, zu sehen. Aber es ist mir erst heute klargeworden, daß es dir vorherbestimmt war, diesen Inquisitor kennenzulernen. Er ist ein Werkzeug auf deinem Weg. Die Wahrsagerin hat alle Dinge deines Lebens in den richtigen Zusammenhang gebracht. Das gelingt nicht jedem, der das Zweite Gesicht hat.«

»Nur wußte ich nichts damit anzufangen. Und ich weiß

auch jetzt noch nicht, welche Rolle ich eigentlich in dieser Geschichte spiele. Lusitana ...«

»Lusitana ist tot, nicht wahr?«

»Hast du das auch in meinem Kopf gesehen?« fragte Rixende bestürzt.

»Ängstige dich nicht, diese Gabe ist nur hier und nur im Angesicht der Kapsel möglich«, beruhigte sie Simon.

»Aber das alles macht mir sogar schreckliche Angst, Simon. Du bist doch der Hüter! Wie sollte ich jemals in der Lage sein, auf die Geheimen Worte ...«

»Still.« Simon trat zum Altar. Ganz vorsichtig hob er den Ring hoch und nahm die Hülse in seine Hände. Der geheimnisvolle Nebel fiel in sich zusammen.

Simon öffnete die Goldkapsel. Vergilbte, brüchige Pergamente kamen zum Vorschein, die er vorsichtig entrollte.

Als er dann endlich zu lesen begann, hielt Rixende den Atem an.

»*Dies sind die geheimen Worte, die Jesus, der Lebendige, einst sprach*«, sagte er feierlich. »*Wer die Bedeutung dieser Worte findet, wird den Tod nicht schmecken. Jesus sprach zu seinen Jüngern: Vergleicht mich, sagt mir, wem ich gleiche. Simon Petrus sprach zu ihm: Du gleichst einem Engel. Matthäus sprach zu ihm: Du gleichst einem weisen Philosophen. Thomas sprach zu ihm: Meister, mein Mund wird es nicht zulassen, daß ich sage, wem du gleichst. Jesus sprach: Ich bin nicht dein Meister, denn du hast dich berauscht an der sprudelnden Quelle, die ich hervorströmen ließ. Und er nahm ihn und zog sich zurück und sagte ihm drei Worte. Als Thomas aber zu seinen Gefährten zurückgekehrt war, fragten sie ihn: Was hat dir Jesus gesagt? Thomas sprach zu ihnen: Wenn ich euch eines der Worte sage, die er mir gesagt hat, werdet ihr Steine nehmen und sie gegen mich werfen, und ein Feuer wird aus den Steinen hervorkommen und euch verbrennen.* »

Rixende war aufgewühlt wie nie zuvor in ihrem Leben.

»Ihr Katharer kennt die drei Worte, die Jesus gesagt hat?« fragte sie atemlos.

Simon schüttelte bedauernd den Kopf. »Wir kennen die Aufklärung nicht. Wir wissen nur, daß die drei Worte drei uralte Schriften aus verschiedenen Ländern versinnbildlichen, die *scripta secreta*, wie wir sie nennen. Bei dem hier vor uns liegenden Pergament handelt es sich um den persischen Teil.«

»Es gibt außer dieser noch weitere Schriften?«

Simon nickte.

Rixende hob die Augenbrauen. »Was haben solche fremden Länder mit Jesus Christus zu tun?«

»Nun, Jesus ist erst vor tausenddreihundert Jahren in unsere Welt gekommen. Unser Glaube ist jedoch bedeutend älter. Ein Mann namens Zoroaster aus dem Lande Pârs, dessen Name ›heller Stern‹ bedeutet, hat ihn bereits tausend Jahre zuvor begründet.«

»Tausend Jahre vor Jesus Christus?« Rixende kam aus dem Staunen nicht mehr heraus.

»Ja. Zoroaster war gewissermaßen der Wegbereiter für den Glauben an den Allerhöchsten. Von einem Stern erleuchtet und auf den rechten Weg gebracht, hat er die damals gebräuchlichen Tieropfer abgeschafft und unsere Lehre des brennenden Lichts verbreitet.«

»Und auf welche Weise hat Jesus von dem alten Perserglauben Zoroasters erfahren?«

»Wir wissen, daß es eine lange Zeitspanne gab, in der Jesus auf der Suche nach der Wahrheit war. In diesen Jahren hat er sich nicht nur ausgiebig mit dem Judentum, sondern auch mit dem Glauben anderer Völker beschäftigt. Er hat deren Sprachen gelernt und die Schriften über Zoroaster, Osiris und Siddharta mit den jüdischen Überlieferungen verglichen und – als er endlich den Weg und die Wahrheit entdeckt hatte – drei Libri angefertigt, auf denen jeweils ein Teil seines Wissens zu finden ist. Die ganze Wahrheit, also die Essenz seiner jahrelangen Studien und Vergleiche, kann demzufolge nur von dem gedeutet werden, der alle drei Schriften in seinem Besitz hat. Das hat Thomas mit den drei Worten gemeint. Was Jesus ihm gesagt und später übergeben hat, muß aber für den armen Mann so furchtbar gewesen sein, daß er es mit der Angst zu tun bekam und nach Jesu Tod die drei Schriften vor der Menschheit verbarg, jede in einem anderen Land. Er hatte erkannt, daß die Zeit noch nicht reif dafür war.«

»Ist der Apostel Thomas denn so weit gereist?«

»O ja. Schon Origines, der bedeutendste Gelehrte des christlichen Altertums, berichtet, daß Thomas bei den Persern war, um ihnen von Jesus zu erzählen, und dann weiter nach Indien gezogen ist. Dort in der Nähe einer Stadt mit dem Namen Madras liegt er begraben, nachdem er auf Befehl des Königs Mesdeus getötet wurde.«

»Und wie kam die Goldene Kapsel aus dem Lande Pârs in euren Besitz?«

»Es war Niketas, der Bischof der Bogomilen, der die Perserschrift in unser Land brachte. Dies geschah zu der Zeit, als die Katharer nach der Ordo von Dragowitza erneut konsoliert wurden und eine eigene Kirche gründeten. Später befand sich der Schatz dann auf dem Montségur, in der Obhut Guilhaberts de Castres, unseres großen, unvergessenen Bischofs.«

»Auf dem Montségur – wo sich der Vater aufhielt?«

»Einige Jahre vor Vaters Zeit. Damals haben sich die Ereignisse geradezu überschlagen, denn durch eine glückliche Fügung hatte Castres plötzlich alle drei Schriften in seinem Besitz.«

»Alle drei Geheimen Worte?«

Simon nickte stolz. »Ja. Ein alter Tempelritter hat den ägyptischen Liber gefunden und in unser Land gebracht, ohne von seiner Bedeutung zu wissen. Eines Tages hörte er zufällig Castres predigen. Er war so beeindruckt, daß er ihm im Anschluß daran die Schrift überreicht hat. Du mußt wissen, daß die Ägypter, bevor sie den Glauben der Muselmanen annahmen, davon überzeugt waren, daß die vollkommene Seele eine Umwandlung durchläuft, daß sie in einer neuen Hülle wiedergeboren wird, um ihr die Möglichkeit zu geben, sich auf der Erde weiterzuentwickeln. Sie achteten wie wir die Reinheit und verehrten ebenfalls das Licht, das die Finsternis vertreibt. Hast du von Pythagoras von Samos gehört, dem griechischen Mathematiker und Philosophen, der im sechsten Jahrhundert vor Christus lebte?«

Rixende schüttelte den Kopf.

»Pythagoras hielt sich zwanzig Jahre in Ägypten auf, und man sagt, daß er dort unter dem Siegel der Verschwiegenheit unaussprechliche Dinge über die Unsterblichkeit der Seele erfahren hat. Doch die Griechen hielten das Geheimnis des ägyptischen Glaubens verborgen.«

»Und die dritte Schrift?«

»Ein Gewürzhändler fand sie in Indien unter einem uralten Pipalbaum vergraben, von dessen Blätterspitzen an bestimmten Tagen Wassertropfen herunterfallen. Dort muß sie Thomas eigenhändig versteckt haben. Der Pipal gilt den Indern als heilig, sie nennen ihn den Baum der Erkenntnis. Auch der indische Glaube erzählt von der Seelenwanderung. Siddharta, der große Glaubenslehrer dieses Landes – sein Name bedeutet, ›einer, der das Ziel erreicht‹ –, hat den Weg ins Nirwana gewiesen, ins Paradies. Denn mit dem Eingang ins Paradies, so glauben auch wir, endet die Kette der Wiedergeburten. Der Mensch ist zur höchsten Freiheit erwacht.«

»Und was geschah dann mit den drei geheimnisvollen Schriften?«

»Nichts«, sagte Simon und zuckte mit den Schultern.

»Das verstehe ich nicht ...«

»Nichts geschah«, wiederholte er noch einmal. »Die Indien-Schrift verschwand.«

»Verschwand?«

»Einige vermuten, daß sie heute der Vatikan unter Verschluß hält.«

»Wie? Sie soll nach Rom gekommen sein? Wie konnte das geschehen?«

»Castres' Bestreben war es, gemeinsam mit einem indischen und einem ägyptischen Gelehrten und hundertfünfzig auserwählten *parfaits*, die vor ihm und mit ihm gekommen waren – die Geheimen Worte zusammenzufügen. Dies sollte auf dem Montségur geschehen, unserem Heiligtum, anläßlich des Bema-Festes zur Frühlings-Tagundnachtgleiche im Jahr 1233. Der indische Kanon war nicht wie dieser hier auf Pergament, sondern auf dünne Rindenblätter geschrieben, geschützt durch zwei hölzerne Deckel. Plötzlich war die Schrift nicht mehr da. Natürlich fiel der Verdacht sogleich auf die beiden Fremden, die Castres mitgebracht hatte, doch der Bischof nahm sie in Schutz. Fieberhaft wurde überall danach gesucht. Vergeblich. Wie mir Vater erzählte, gab es seinerzeit Gerüchte, die Indien-Schrift wäre dem Erzbischof von Narbonne zugespielt worden, Pierre Amiel. Doch ... ich kann daran nicht recht glauben.«

Nachdenklich sah Simon zum Schacht der Grotte hinauf, dorthin, wo das Licht hereinfiel.

»Hast du einen anderen Verdacht?«

»Nun, möglicherweise befand sie sich noch auf dem Montségur«, sagte er nach einiger Zeit. »Ich könnte mir vorstellen, daß sie der Inder versteckt hat, nachdem er gelesen hatte, was darauf stand.«

»Aber warum hätte er das tun sollen?«

»Vielleicht hat er Angst bekommen. Selbst Thomas war ja über Jesu Worte zu Tode erschrocken. Du weißt, was ich meine: *... und ein Feuer wird aus den Steinen hervorkommen und euch verbrennen.*«

»Du glaubst also, diese indische Schrift könnte noch immer dort oben sein?«

Wieder zuckte Simon mit den Schultern.

»Heute wohl nicht mehr. Der Papst hat den Abriß der Burg verlangt. Sie haben alles gründlich durchsucht. Spätestens zu diesem Zeitpunkt ist sie tatsächlich Rom in die Hände gefallen.«

»Und was geschah mit den beiden anderen Pergamenten?«

»Laß dir sagen, Schwester, daß unsere Familie seit Jahrzehnten mit dem Schutz katharischer Schriften betraut ist. Schon der Großvater hat sie gehütet und dann unser Oheim Guillaume. Wenige Tage vor der Kapitulation des Montségur hat man unserem Vater die persischen Worte anvertraut, er hat die Hülse hierher in diese Höhle gebracht, und vor seinem Tod hat er mich zum Hüter bestimmt.«

»Und das andere Schriftstück, das ägyptische?«

»Ein weiterer *parfait*, der mit Vater vom Montségur abgeseilt worden war, hat es nach Damaskus in Sicherheit gebracht. Die Inquisition war dem Mann auf der Spur, und er hatte Hals über Kopf das Land verlassen müssen. Dort liegt es in einer ähnlichen Goldhülse neben einem Brunnen vergraben.«

In Damaskus! Sofort hatte Rixende Ibrahim vor Augen, den Sammler seltener Kostbarkeiten.

Simon seufzte. »Nun ja, mit der Zeit reift das Korn. Solange sich die Indien-Schrift in Rom befindet, ist es besser, wenn auch die beiden anderen Dokumente an unterschiedlichen Orten aufbewahrt werden.«

»Aber warum? Wenn die Möglichkeit besteht, durch die Zusammenführung der drei geheimnisvollen Worte die Wahrheit herauszufinden, die den Menschen den Weg zum ewigen Leben weist, warum fügt man sie dann nicht zusammen? So schrecklich können Jesu Worte doch nicht gewesen sein!«

»Das kann ich dir erklären. Rom ist an der Aufdeckung der Geheimen Worte nicht interessiert. Diese Kirche hat sich der Wahrheit schon zu lange verschlossen. Sie will die Lehre, die vom Großen Meister zu uns gekommen ist, nicht hören. Rom beharrt noch immer darauf, daß Jesus zur Sühne auf die Erde kam. Doch er war nicht Opfer, sondern Lehrer. Er ist nicht gekommen, um am Kreuz für uns zu sterben, sondern um die Wahrheit zu verkünden.«

»Weshalb sträubt man sich so, die Wahrheit zu erfahren?«

»Wohl aus Angst, die seit Jahrhunderten erklärten Dogmen könnten sich als falsch herausstellen. Wenn Rom weiß, daß wir Katharer im Besitz zweier Pergamente des Herrn sind, ist das der wirkliche Grund, weshalb man uns noch immer so gnadenlos verfolgt. Die Geheimen Worte an sich zu bringen, sie dann für alle Zeiten in den tiefsten Kellern des Vatikans zu verbergen ist das Ziel der katholischen Kirche.«

»Aber … ist es letzten Endes nicht gleich, wer die Pergamente zusammenbringt, ob ihr Katharer oder Rom, wenn dadurch nur endlich die Wahrheit erkannt wird?«

»Nein, das ist es nicht. Rom kann die Bedingungen zur Zusammenführung gar nicht erfüllen, weil ihm wie der Geist auch die Reinheit abhanden gekommen ist. Die Heuchelei, die von Rom ausgeht, all der Prunk, die schreckliche Gier, das Blutvergießen …

Wer die Bedeutung dieser Worte findet, wird den Tod nicht schmecken«, zitierte Simon ein weiteres Mal. »Das ist ein Versprechen, Schwester. Sie jedoch werden ihren Tod schmecken, denn sie haben Jesus gründlich mißverstanden, und sie weigern sich noch immer, ihn zu verstehen. Denk nur an das Abendmahl, die Eucharistie, die Wandlung …«

»Was meinst du damit?«

»Nun, Jesus war ein Jude. Die Vorstellung, das Fleisch eines Menschen zu essen und sein Blut zu trinken, hätte ihn schaudern lassen. Das Passahmahl war ein Festessen, das die Juden an den Auszug aus Ägypten erinnern sollte, nichts weiter. Das meine ich, wenn ich von der verlorenen Reinheit spreche. Jesus hat keine sogenannten Sakramente eingesetzt, wie Rom behauptet.«

Simons Augen funkelten jetzt wütend.

»Für die Geheimen Worte also mußten die Eltern ihr Leben lassen.«

»Nein, Schwester, nicht für die Worte, für die Wahrheit«, sagte Simon. »Für das, was unser Herr uns aufgetragen, gelehrt und mit auf den Weg gegeben hat. Jesus, die Säule der Herrlichkeit, durch welche die Seelen in den Himmel wandern, gibt uns mit seiner Hinterlassenschaft einen kleinen Einblick in sein umfassendes Wissen. Er öffnet einen winzigen Spalt hin zum blauen Himmel und sagt: *Wer Ohren hat zu hören, der höre …*«

Simon suchte eine bestimmte Stelle, um sie Rixende vorzulesen:

»*Jesus sprach: Ich werde euch geben, was kein Auge gesehen und was kein Ohr gehört und was keine Hand berührt hat und was noch nie aus dem menschlichen Geist hervorgegangen ist.«*

»Aber … aber was habe ich damit zu tun?« fragte Rixende verzweifelt. Sie hatte plötzlich Angst. Angst vor der Grotte, der Goldkapsel, den Pergamenten mit ihrer fremden Schrift, ja sie fürchtete sich vor dem eigenen Bruder, der ihr nun wie ein völlig Fremder tief in die Augen sah und flüsterte:

»Jesus sprach: Ich werde euch auswählen, einen unter tausend und zwei unter zehntausend, und sie werden dastehen, als wären sie ein einziger.«

»Du meinst, er hat mich …?« Rixende war entsetzt.

Sorgfältig steckte Simon die Pergamente wieder in die Kapsel. Dann drückte er diese Rixende in die Hand.

»Leg deine Hände darum, Ava von Planissoles, liebe Schwester, und schließ die Augen.«

Die junge Frau zögerte. Doch Simon nickte ihr aufmunternd zu.

Sie tat, wie ihr geheißen. Die goldene Hülse fühlte sich kühl an. Dennoch löste sie ihre Starre und festigte zugleich ihr Herz. Nach einer Weile war Rixende, als ob die Geheimen Worte mit ihrer wundervollen Kraft ihr erlaubten, über das soeben Gehörte Klarheit zu bekommen. Bilder streiften ihr durch den Kopf. Sie sah sich selbst, sah Fulco, Paco, Benete, Mengarde und alle anderen, die ihr nahestanden.

Sie sah Simon und die Katharer …

Sie sah in die Zukunft.

Lange Zeit stand sie regungslos vor dem Altar. Als sie die Kapsel zurückstellte, war sie ruhig und erregt zugleich. Sie wußte, daß sie ihr Leben weiterführen durfte wie bisher. Niemand, auch nicht die Geheimen Worte, verlangte von ihr den Verzicht.

Sie allein hatte die Freiheit, über ihr Leben zu bestimmen.

Aber sie hatte auch etwas gesehen, das sie zutiefst erschütterte.

34

Soll denn am Ziel sich sehn mein Sehnen heiß
im Engelstempel hier, dem wunderreichen …
Dante, Die Göttliche Komödie

Am Tag darauf machte sich Rixende in Begleitung zweier junger Katharer auf den Rückweg nach Tarusco. In der Herberge angekommen, mußte sie erfahren, daß Mustafa ernsthaft erkrankt war. Er hustete sich beinahe die Seele aus dem Leib und war so heiß wie ein Brot im Backofen. Von Fieberträumen und Erstickungsanfällen umgetrieben, lag er schweißüberströmt und dennoch erbärmlich frierend auf seinem Lager. Ali und Hasrabal benetzten unermüdlich seine Lippen, abwechselnd mit Wasser und harzigem Wein. Der Bader, den man hinzugezogen habe, so Ali aufgeregt zu Rixende, habe den Kranken gezwungen, aus einem Eimer zu trinken, aus dem zuvor ein Pferd getrunken hatte. So seien von altersher die Fieberkranken zu heilen. Über diesen schlechten Rat waren die Muselmanen mit dem Bader und dem Wirt, der ihn ins Haus geholt hatte, derart in Streit geraten, daß in der Herberge nun dicke Luft herrschte.

Rixende, selbst müde und zerschlagen, schickte die Katharer zurück und ritt sogleich mit Ali nach Tarusco hinein. Dort suchte sie nach dem Schild eines Arztes. Der Preis allerdings, den jener dafür verlangte, den Kranken auch nur anzusehen, war stolz. Doch Rixende zahlte ohne Widerspruch die geforderte Summe im voraus. Wie hätte sie Ibrahim unter die Augen treten können, wenn sie nach Abu Ras einen weiteren seiner Männer verlor, ohne nicht zuvor alles Menschenmögliche für ihn getan zu haben.

Der Arzt, eine dürre Gestalt mit einem edlen Pelz um die Schultern und langen gepflegten Fingern, musterte den Kranken mit zusammengekniffenen Augen. Dann untersuchte er ihn unter Vermeidung jeglicher Berührung mit einem dünnen Weidenstecken, so als wäre er aussätzig, und schüttelte danach den Kopf. Als er auch noch aus übergroßer Dankbarkeit für das viele Geld, das er bekommen hatte, verächtlich hinter Hasrabal ausspuckte, der ihn zur Tür geleitete, riß bei Rixende der Geduldsfaden. Sie dachte daran, wie es Lusitana ergangen war, und lief dem Mann hinterher.

»Herr, Ihr bleibt augenblicklich stehen und hört mich an!«

Der Arzt drehte sich um und sah völlig verblüfft auf Rixende.

»Was wollt Ihr noch, Frau. Da ist nichts mehr zu machen!«

»Hat man Euch nicht gelehrt, daß das, was angefangen wurde, auch zu Ende gebracht werden muß«, rief Rixende empört. »Ich habe Euch wahrlich nicht so fürstlich entlohnt, daß der arme Mann ohne jegliche Behandlung aufgegeben wird. Wenn Ihr nicht in der Lage seid, ihn zu heilen, so sagt mir wenigstens, wer ihm in Tarusco helfen kann. Der Muselmane muß gerettet werden!«

»Was kann Euch an einem Heiden liegen, Frau!« zischte der Arzt und wollte sich wieder auf den Weg machen.

Da baute sich Rixende unerschrocken vor ihm auf und stemmte die Hände in die Hüften.

»Schämt Euch, Herr! Ob Heide oder Christ, jede Verrichtung ist ihres Lohnes wert. Ihr aber habt nur den Lohn eingestrichen. Ihr seid mir also etwas schuldig!« schrie sie so laut, daß ringsum die Fenster aufgerissen wurden.

Der Arzt war fassungslos. Seine kleinen spitzen Ohren glühten.

»Weibsstück, elendes«, entfuhr es ihm. Dann aber zog er ein Beutelchen hervor und warf es Rixende zu.

»Löst das Pulver in Wasser auf, aus dem zuvor ein Gaul gesoffen hat, und gebt es ihm zu trinken«, sagte er unwirsch, bevor er verschwand.

Von all diesen Bemühungen hatte Mustafa nichts mitbekommen, denn er war in diesen Stunden dem Tod näher als dem

Leben. Rixende tat unwillig, wie ihr der Arzt geheißen, aber der Kranke spie bereits den ersten Schluck wieder aus. Nach einer Weile versuchten sie es erneut. Die Männer hielten Mustafa fest, und Rixende träufelte ihm Tropfen für Tropfen in den Mund. Man hatte wenig Hoffnung, doch in der darauffolgenden Nacht trat tatsächlich eine Besserung ein.

Am Morgen, als Mustafa verwundert die Augen aufschlug und beinahe frei von Fieber war, fielen sich die Muselmanen glücklich in die Arme, und Rixende war stolz auf sich. Den Mut, dem Arzt so entschieden zu widersprechen, hätte sie vor kurzem noch nicht aufgebracht. An eine sofortige Heimreise war zwar nicht zu denken, Nasir und Hasrabal aber trafen bereits Vorbereitungen und ritten mehrmals zum Markt, um sich mit dem Nötigsten einzudecken.

Dort vernahmen sie dann dieses seltsame Gerücht.

Die beiden waren sich zuerst nicht sicher, ob sie die aufgeregt disputierenden Taruscer richtig verstanden hatten, doch der entsetzte Ausdruck auf den Gesichtern vieler und das bei den Leuten am häufigsten vorkommende Wort »Katharer« hatten Bände gesprochen. Heimlich zogen sie Ali und Mustafa zu Rate, und alle vier beschlossen, Rixende nichts davon zu erzählen, um sie zu schützen und die Rückkehr nach Carcassonne nicht zu gefährden. Doch als der Herbergswirt noch am gleichen Abend völlig außer sich in ihre Unterkunft platzte, war das Schicksal nicht mehr aufzuhalten.

»Herrin, habt Ihr schon gehört«, stieß er hervor, mit stinkendem Weinatem, »die Inquisition räuchert die Ketzer aus, die sich in der Höhle von Lombrives verstecken!«

Als er sah, daß Rixende blaß wurde wie ein Leichentuch, setzte er scheinheilig nach: »Habt Ihr am Ende dort Angehörige?«

Atemlose Stille. Die Muselmanen starrten betreten zu Boden. Der Wirt schnaufte laut und ließ Rixende nicht aus den Augen, die wie erstarrt in der Mitte des Zimmers stand.

Konnte es sein? Traf das schier Unglaubliche – das Grauenhafte, das sie im Angesicht der Goldenen Kapsel gesehen hatte – bereits jetzt ein?

»Laßt mich für eine Weile allein«, sagte sie mit rauher Stimme. »Alle miteinander! Ich muß nachdenken.«

Am Abend weihte sie die Muselmanen in ihren kühnen Plan ein und sorgte für beträchtliche Verwirrung, weil sie hartnäckig darauf bestand, daß sie ihr einige ihrer Kleidungsstücke überließen – ein weites warmes Hemd mit Bauschärmeln, eine dicke Fellweste, enge lederne Beinkleider, dazu ein möglichst unauffälliger Turban, um ihre langen Haare zu verstecken – und einen Gesichtsschleier.

Derart gewandet, zog sie am nächsten Morgen mit ihren Männern los.

Diesmal kamen sie nur langsam voran, denn sie wurden ständig überprüft. Das große rote Siegel des Königs von Aragon und das etwas bescheidenere des Grafen von Foix ließ die Soldaten jedoch vor Ehrfurcht erstarren. Rixende zitterte allerdings beträchtlich, wenn die fünf Muselmanen allzu neugierig beäugt wurden, denn sie war viel zu zierlich für die Männerkleidung, die sie trug, und der Turban rutschte ihr nur deshalb nicht bis auf die Nase hinab, weil die Fülle ihres dunklen Haares ihn daran hinderte.

Ihre Angst wuchs, je näher sie ihrem Ziel kamen. Wer hatte Simon und die Seinen verraten? In der Nacht zuvor, als das Mondlicht kalt in ihre Kammer gefallen war, wo sie sich schlaflos hin und her gewälzt hatte, war ihr siedendheiß durch den Kopf geschossen, daß sie vielleicht selbst die Schuld an dieser Belagerung trug. Schließlich war es nicht von der Hand zu weisen, daß Abbéville einen weiteren Spitzel auf sie angesetzt hatte, von dem Fulco nichts wußte. Er hatte ja auch Clément nicht bemerkt. Oder dieser schreckliche Marly vom Quéribus? Was, wenn er Verdacht gegen eine gewisse Ava geschöpft hatte, die ihm nicht nur nicht zu Willen gewesen war, sondern sich obendrein heimlich im Morgengrauen davongeschlichen hatte?

In der Nähe des Sees suchten die Muselmanen sich ein Versteck für die Pferde. Mustafa, der sich noch zu schwach fühlte, um den Berg zu besteigen, sollte auf sie achtgeben. Rixende und die anderen schlichen sich unter großen Mühen jenseits des Saumpfades den steilen Hang hinauf, bis sie zu einer undurchdringlichen Schlehdornhecke rechts oberhalb der Höhle kamen. Dort ließen sie sich keuchend auf die Knie, um hinunterzuschauen.

Was ging dort vor sich? Die Angst schnürte Rixende die Kehle zu, als sie vielleicht zwanzig schwerbewaffnete Soldaten zählte, die rechts und links des Saumpfades postiert waren, wachsam die Gegend beobachtend und die Bogen schußbereit. In der Nähe, wo sie die Begegnung mit der Schlange gehabt hatte, standen zwei Maultiere. Sie schrien, was das Zeug hielt, weil man ihnen die Beine zusammengebunden hatte. Direkt vor dem Höhleneingang lagen hoch aufgetürmt Bruchsteine herum, daneben schwere Quader und etliche Körbe voller Lehm. Plötzlich hörte Rixende leises Glöckchengebimmel, Rufe und Peitschenknallen. Sie spähte auf den Weg hinunter. Zwei Dominikaner kamen den Berg herauf und in ihrem Gefolge weitere, offenbar schwer mit Steinen beladene Maultiere – eines hinter dem anderen. Ungeachtet der Dornen, die sich in ihrer Fellweste und ihrem Turban verhakten, kroch Rixende zum äußersten Ende des Gestrüpps. Als sie die Zweige vorsichtig auseinanderbog, um eine noch bessere Sicht auf den Höhleneingang zu haben, stellte sie entsetzt fest, daß das Schreckliche bereits in vollem Gange war. Die Inquisition von Tarusco war nicht dabei, die Ketzer auszuräuchern, wie der Wirt gemeint hatte, nein, sie hatte vielmehr den Auftrag erteilt, die große Höhle von Lombrives zuzumauern, mit allem, was sich darinnen befand!

Die Dominikaner gesellten sich zu den Bauleuten am

Höhleneingang und gaben ihnen irgendwelche Anweisungen. Währenddessen wurden die Packtaschen der ankommenden Maultiere entladen, wobei die Männer die Bruchsteine entweder auf den Haufen warfen oder sie gleich zu den Bauleuten am Höhleneingang schleppten. Handelte es sich um schwere Steine, kamen Adlerzangen zum Einsatz.

Erneut kroch die Angst in Rixende hoch. Stein auf Stein. In der Höhle war ihr dieser Höllenspuk geoffenbart worden, aber sie hatte es nicht glauben wollen.

Sie atmete zu schnell, und ihr Herz schlug zu heftig, so daß ihr übel wurde und sie befürchtete, sich gleich übergeben zu müssen. Was soll ich nur tun, dachte sie verzweifelt und preßte die Hand auf den Mund. Simon, Simon, wach auf! rief sie im Geiste dem Bruder zu. Wehrt euch doch endlich! Noch seid ihr in der Überzahl. Fünfhundert Katharer gegen – Rixende überschlug rasch die Zahl – vielleicht hundert Soldaten!

Nein, sie verbesserte sich enttäuscht, nicht fünfhundert Katharer! Es befanden sich ja Frauen und Kinder unter ihnen.

Ach, sie werden alle sterben, dachte sie resigniert. Irgendwann gehen ihre Vorräte zu Ende.

Doch was hatte der Bruder zu ihr gesagt? »Hart und steinig ist der Weg, der zum Himmel führt?« Hart und ... Mein Gott! Steinig!

Stein auf Stein ... Unbeirrt und nichts von den verzweifelten Gedanken und der Verlassenheit einer jungen Frau in ihrer Nähe ahnend, setzten die Soldaten und Bauleute ihr schreckliches Werk fort.

Die Mauer wuchs und wuchs. Zusehends.

Derbes Gelächter drang zu ihr herauf, als einer der Männer auf einer Lehmspur ausrutschte.

Ibrahims Leute kauerten derweilen dicht zusammengedrängt hinter der undurchdringlichen Hecke und disputierten die fatale Lage. In Anbetracht der vielen Soldaten kamen sie überein, die Herrin inständig zu bitten, kein Wagnis einzugehen und sofort nach Hause zu reiten. Im Westen zögen bereits Schneewolken auf, sagten sie nach einer Weile zu ihr, ein kalter Wind hätte ihnen doch schon auf dem Weg hierher um die Nase geblasen. Am Ende würde die Herrin so krank werden wie zuvor Mustafa.

Doch Rixende zögerte, denn sie hatte bemerkt, daß plötzlich etliches Volk den Berg erklomm, Bauern, soweit sie es sehen konnte. Eine leise Hoffnung regte sich in ihr, es könnte sich um besorgte Angehörige handeln, die dem unseligen Treiben ein baldiges Ende machen würden. Tatsächlich drangen bald darauf empörte Stimmen an ihr Ohr.

»So eine Schweinerei!« schrie einer der Bauern und fuchtelte mit seiner Mistgabel herum. »Hierher also bringt ihr die Steine, ihr elenden Hunde! Ihr Scheißkerle! Ist das zu glauben! Erst habt ihr uns die Kreuzfahrer auf den Hals gehetzt, die die Hütten unserer Väter geplündert haben und die Weiber geschändet, und jetzt reißt uns die Inquisition die Häuser unterm Arsch ein, um an Steine zu kommen! Was sind wir Dörfler euch eigentlich noch wert?«

»Weniger als unser Vieh!« schrie ein anderer, die Faust geballt. »Weniger als ...«

»Diebe! Leute eures Schlages bringen es soweit, daß sogar die Anständigen schamlos werden«, fiel ihm eine Frau mit gellender Stimme ins Wort, die sich das Haar raufte. »Mit unserem letzten Ochsen habt ihr unser Haus eingerissen und alle Steine fortgeschleppt. Wo sollen wir heute nacht schlafen? Auf unseren dampfenden Misthaufen vielleicht? He, Soldatenarsch! Antworte gefälligst!«

Der derart Angesprochene warf einen kurzen Blick auf die beiden Dominikaner, die wie festgewachsen die ganze Szene beobachteten. Dann trat er auf die Frau zu und schlug ihr ungerührt aufs Maul, daß das Blut nur so spritzte und schubste die laut aufheulende Frau den Abhang hinunter.

»Verschwindet, ihr Hungerleider«, rief ein anderer Soldat den wütenden Bauern zu und bedrohte sie mit seiner Lanzenspitze, »allesamt, haut ab, wenn euch euer Leben lieb ist!«

Doch einer der Dörfler, ein kräftiger Bursche, hatte sich inzwischen an die Dominikaner herangeschlichen. Er packte nun einen, riß ihm das goldene Kreuz ab, warf es in einen Korb mit Lehm und prügelte auf ihn ein. Der Dominikaner schrie wie ein Schwein, das gerade abgestochen wird, während der andere stocksteif danebenstand und keinen Finger rührte. Die Soldaten ließen von den Bauern ab, und rannten herbei, um dem Gottesmann zu helfen. Die Dörfler hinterher, um dies zu verhindern. Im Nu war ein fürchterliches Gerangel im Gange. Weiteres Blut floß. Ausgerenkte Arme, zerrissene Kleider, wütende Schmerzensschreie. Am Ende hatten die Soldaten die Oberhand. In gewohnter Einmütigkeit richteten sie ihre Lanzen auf die Herzen der Bauern und schoben sie rückwärts den Berg hinab. Die beiden Mönche wischten sich das Blut ab, schlugen das Kreuz und begannen das *Te Deum* zu singen.

Die Bauleute mauerten weiter.

Über dem ganzen Geschehen hatte Rixende nicht bemerkt, daß Ali sich für einen Augenblick aufgerichtet hatte, um das Schauspiel zu beobachten. Da – ein plötzliches Sirren, ein gurgelnder Aufschrei! Der Muselmane stürzte wie ein Baum zu Boden. Rixende hielt sich die Hand vor den Mund vor Schreck. Nasir und Hasrabal sahen sich betroffen an, dann krochen sie rasch zu Ali hin und zogen ihn hinter die Schlehdornhecke zurück. Er röchelte, rostfarbener Schaum sickerte aus seinem Mund, dann verdrehte er die Augen und starb. Der Pfeil hatte ihn mitten in den Hals getroffen. Doch ihnen blieb keine Zeit zum Nachdenken oder gar zum Trauern. Nasir und Hasrabal handelten. Sie zogen Rixende mit sich. Nur schnell weg von der Schlehdornhecke, bevor der Schütze sich auf die Suche nach seinem Opfer machte. Blind vor Tränen und leise schluchzend schlitterte Rixende in gebückter Haltung mehr den Berg hinab, als sie lief. Sich ständig umsehend, hasteten sie in beträchtlicher Eile über Geröllbrocken, rutschten einen grasbewachsenen Hang auf dem Hosenboden hinunter, als es gar nicht anders ging. Haken schlagend wie die Hasen – und dabei vorsichtig die überall herumlungernden Soldaten umgehend – flüchteten sie sich zum zerklüfteten Tal der Ariège, wo der treue Mustafa mit den Pferden auf sie wartete.

Neben ihm saß auf einem Stein ein junger Mann, ein Katharer.

»Ihr hier?« stieß Rixende hervor, als sie den Schwager des Soldaten Stephane erkannte.

»Wie habt Ihr fliehen können?«

»Ich komme nicht aus der Höhle, denn ich hatte den Auftrag, über Euch zu wachen, Herrin«, sagte er und entbot ihr das *melioramentum,* als wenn sie eine katharische *parfaite* wäre. »Euer Bruder trug mir auf, Euch nach Hause zu geleiten, denn ich bin ein *passeur* und kenne alle ungefährlichen Wege von hier bis Carcassonne. Doch hat mich Eure Verkleidung verwirrt, mit der Ihr heute morgen losgeritten seid, aus diesem Grund kam ich zu spät. Nun folgt mir schnell und stellt keine weiteren Fragen.«

Ohne Worte ritten sie, so schnell es ihnen möglich war, entlang des tosenden, weißschäumenden Flüßchens in Richtung Heimat.

Das Land wirkte jetzt verlassen. Der Himmel war verhangen, und wie von den Muselmanen vorhergesagt, segelten erste Schneeflocken auf sie herab, nachdem sie ein Wäldchen mit verkrüppelten Kiefern durchquert hatten. Doch dann beruhigte sich das Wetter wieder, es klarte sogar auf, als sie nach einer Weile in ein kleines Dorf kamen, das, an schroffe Felswände geschmiegt, wie ausgestorben in der kalten Nachmittagssonne vor ihnen lag. Weit und breit war kein Mensch zu sehen, auch keine Soldaten, die Häuser einrissen, um mit den Steinen Höhlen zuzumauern, nur eine halb verhungerte, rostrot gefleckte Ziege, die an ein Gatter gebunden war. Sie meckerte erbärmlich, als sie der Reiter ansichtig wurde. Der Katharer hielt inne und bedeutete Rixende, die noch immer auf Sarazenenart gekleidet war, vom Pferd zu steigen. Dankbar für die Rast nahm sie für einen Augenblick ihren Turban mitsamt dem Gesichtsschleier ab, um am Brunnen Wasser zu trinken und ihre brennenden Augen zu kühlen. Da öffnete sich zögerlich die Tür der Hütte, vor der die Ziege angebunden war. Eine Frau trat heraus. Die Augen ein wenig zusammengekniffen, schaute sie sich vorsichtig nach allen Seiten um. Plötzlich lief sie schnurstracks auf Rixende zu.

»Seid Ihr die Herrin des Weißen Einhorns?« raunte sie.

Überrascht sah Rixende vom Brunnen hoch. »Habt Ihr soeben nach einem Weißen Einhorn gefragt?«

Die Frau nickte.

»Ja, ich bin seine Herrin«, sagte Rixende nach kurzem Zögern, noch immer völlig verblüfft.

»So wartet!« flüsterte ihr die Frau zu und lief wieder ins Haus hinein.

Rixende wußte nicht so recht, was sie von dieser seltsamen Begegnung halten sollte. Das Weiße Einhorn, schon wieder. Doch Simon wußte davon. War er vielleicht hier im Haus dieser Frau? Hatte er sich und die goldene Kapsel in Sicherheit bringen können?

Noch während sie alle Möglichkeiten in ihrem Kopf durchspielte, kam die Frau wieder zurück und übergab Rixende ein festverschnürtes Bündel.

»Haltet ihnen die Treue«, sagte sie mit rauher Stimme, drehte sich um und verschwand in der schäbigen, mit Stroh gedeckten Hütte, die schon bessere Zeiten gesehen hatte. Die Ziege meckerte empört.

Die Muselmanen sahen erstaunt auf das Bündel in Rixendes Händen. Doch Rixende dachte nicht daran, es vor aller Augen zu öffnen. Sie warf einen Blick auf den Katharer, der unmerklich nickte. Dann packte sie es zuunterst in ihre Satteltasche, setzte sich entschlossen wieder den Turban auf den Kopf und forderte die Männer auf, unverzüglich mit ihr weiterzureiten.

Sie ritten die Nächte hindurch und verbargen sich tagsüber in verlassenen Ställen und Scheunen, denn es war äußerste Vorsicht geboten. Völlig erschöpft und durchgefroren kamen sie in der vierten Nacht in Carcassonne an, wo sich der Katharer verabschiedete.

Ibrahim selbst nahm sich der Reisenden an, weil Benete wie ein aufgeschrecktes Huhn hin und her lief.

Einen ganzen Tag und eine Nacht lag Rixende in tiefer Erschöpfung auf ihrem Bett. Als Benete einmal gemeinsam mit Josette in ihre Kammer sah, waren sie verwundert, daß die Herrin im Schlaf eine ihrer Satteltaschen umschlungen hielt.

Am zweiten Tag schreckte Rixende, in kalten Schweiß gebadet, endlich aus ihren wilden Träumen hoch, hungrig und durstig, doch sie versagte es sich, sogleich in die Küche zu eilen. Sie schloß vielmehr sorgfältig ihr Zimmer ab, entzündete ein Öllicht und zog die Läden zu. Dann packte sie die Satteltasche aus und löste das feste Hanfseil, mit dem das schwarze Stoffbündel verknotet war. Das Tuch fiel auseinander, eine kleine Holzkiste kam zum Vorschein. Rixende öffnete sie – und da lag sie vor ihr, die Goldene Kapsel mit den Geheimen Worten.

Voller Ehrfurcht berührte sie die Hülse. Doch im Hause des Castel Fabri fühlte sie sich nicht viel anders an als jeder andere goldene Gegenstand, den sie bislang in ihren Händen gehabt hatte.

Rixende seufzte. Wie sollte sie jemals der hohen Wahl gerecht werden? Als sie die Hülse in die Kiste zurücklegen wollte, entdeckte sie seitlich ein kleines zusammengerolltes Pergament.

Aufgeregt zog sie das Blatt auf und begann zu lesen.

DIE AUFGABEN UND PFLICHTEN
EINES PARFAIT

Ich verspreche, mich Gott und dem Evangelium zu weihen;
niemals zu lügen, noch zu schwören;
keine Frau anzurühren;
kein einziges Tier zu töten;
niemals Fleisch zu essen;

mich nur von pflanzlicher Kost zu ernähren;
nichts zu tun, ohne das Vaterunser zu sprechen;
nicht zu reisen, noch die Nacht irgendwo zu verbringen;
auch nicht zu essen, ohne Gefährten.
Wenn ich in die Hände meiner Feinde falle
und von meinem Bruder getrennt werde,
mich mindestens drei Tage lang jeglicher Nahrung zu enthalten;
niemals anders als bekleidet zu schlafen;
schließlich, niemals unseren Glauben zu verraten
angesichts irgendeiner Todesdrohung.«

Rixende drehte den Zettel um, doch nirgends fand sich eine persönliche Nachricht von ihrem Bruder, nur eine kleine komische Zeichnung, links unten im Eck: zwei Hände, die Finger auf seltsame Weise gespreizt. Ratlos wendete Rixende das Blatt hin und her.

Dann las sie die Aufgaben und Pflichten ein weiteres Mal. Und da fiel es ihr plötzlich ein. Sie wußte noch immer nicht, was die Zeichnung besagte, aber was die beiden letzten Zeilen bedeuteten, das wußte sie genau: »*Schließlich, niemals unseren Glauben zu verraten angesichts irgendeiner Todesdrohung …*«

Rixende spürte, wie ihr die Kehle eng wurde. Die Botschaft war eindeutig. Ihr Bruder und die Seinen würden sich nicht wehren, sie würden auch die Vorräte nicht anrühren, sondern vielmehr freiwillig in den Tod gehen. Endura.

Ob Fulco das Unglück würde aufhalten können?

35

Und sprach Vergil: »Mein Sohn, zur Pein mag's gehen,
doch nimmermehr zum Tode geht es da …«

Dante, Die Göttliche Komödie

Doch Fulco hatte andere Sorgen. Nikolaus von Abbéville hatte ihm mit dem gefälschten Friedensvertrag und weiterem raffiniertem Lügengespinst einen teuflischen Streich gespielt.

Abbéville und sein Schreiber bestritten vehement, daß es sich bei dem vorliegenden Vertrag um eine Fälschung handelte. Er, Fulco von Saint-Georges, und kein anderer, habe jeden einzelnen Buchstaben Fébus in die Feder diktiert. Geschickt vermengte Abbéville die Anklagepunkte gegen seinen Verweser. Er warf ihm vor, goldgierig zu sein, und brachte zum Schluß ein weiteres Mal Vorfälle zur Sprache, die – ohne direkte Nennung ihres Namens – eng mit Rixende zusammenhängen mußten.

Fulco von Saint-Georges erstarrte ob all dieser Ungeheuerlichkeiten. Da er seine Liebe weder offenbar werden lassen noch leugnen wollte, verweigerte er schließlich die Aussage.

Trotzdem lehnte der für diesen Fall zuständige Dominikanerprovinzial es ab, Fulco von Saint-Georges zu verurteilen. Er kannte Abbévilles Intrigen wohl seit langem. Saint-Georges wurde lediglich nach Avignon beordert, um das dortige Priorat zu übernehmen.

Erneut glaubte er, daß ihm keine Wahl bliebe.

Bereits am Tag des heiligen Eligius, als Rixende sich noch auf dem Rückweg vom Reich der Höhlen befand, trat er sein neues Amt an, für Abbéville ein weiterer Grund zur Häme, galt der Heilige doch als Schutzpatron der Goldschmiede.

Im ersten Zorn hatte Elias Patrice dafür gesorgt, daß die Stadt Carcassonne Einzelheiten über den gefälschten Friedensvertrag mit der Inquisition erfuhr. Bernhard Délicieux selbst teilte sie in einer feurigen Rede dem Volk mit. Welch ein Betrug! Was hatte diesen Höllenschwanz, Fulco von Saint-Georges, nur dazu getrieben, zu behaupten, die ganze Bürgerschaft hätte gestanden, offenkundigen Ketzern Hilfe geleistet zu haben?

Die Wut der Leute war so groß, daß sie sich zusammenrotteten, die Dominikanerkirche zu Carcassonne belagerten und schließlich zerstörten.

Einzig Pequigny hätte die Leute aufhalten können. Doch der Reformator Philipps des Schönen schritt nicht ein, er kämpfte gewissermaßen an zwei königlichen Fronten. Einerseits duldete Philipp nicht, daß Leben und Tod seiner Untertanen der Willkür eines einzelnen preisgegeben wurden, andererseits war der König penibel darauf bedacht, öffentlich kundzutun, daß ihm die Unterdrückung der Ketzerei sehr wohl am Herzen liege.

Im geheimen Einverständnis mit Délicieux, den er in jeder Hinsicht für vernünftig hielt, griff der Reformator Pequigny – nachdem der *casus* »Saint-Georges« endlich abgeschlossen war – zu einer List, um das Volk zufriedenzustellen. Man trommelte achtzig Leute zusammen, die das Inquisitionsgefängnis stürmen sollten, worauf Abbéville nichts anderes übrigblieb, als ihm den Schlüssel auszuhändigen.

Mit Polignacs Hilfe verschafften sich die Reformatoren Zugang zu den Gefangenen im Loch, ließen sich genauestens von ihren Folterqualen erzählen, dokumentierten alles gewissenhaft, erstellten Listen, denen sie einzelne Geständnisse, die noch auffindbar waren, anfügten. Dann führten sie die Gefangenen endlich weg, wobei die Freude der Zuschauer auf der Gasse in Entsetzen umschlug, weil die meisten Albigenser vor Schwäche nicht mehr laufen konnten und viele am ganzen Körper von Schwären gezeichnet waren.

Zum Schrecken Abbévilles sorgten die Reformatoren

dafür, daß ein anderer Dominikaner, der Prior Bernard Guidonis, die Oberaufsicht über die Inquisition in Carcassonne und Albi bekam.

Das jedoch sollte sich als ein großer Fehler herausstellen.

»Seit einer Woche beraten wir und haben auch Rücksprache mit den Bürgern gehalten. Ich frage Euch heute, was hat sich wirklich verbessert, seit dieser Saint-Georges in unserer Stadt kein Unheil mehr anrichten kann?« rief der Konsul Petrus von Vaisette vor dem Gremium aus. »An seine Stelle ist ein weitaus gefährlicherer Mann getreten – Guidonis!«

»Und i... ich fra... frage mich, o... ob Saint-Georges ni... nicht nur der Sü... Sündenbock war!«

Jean Poux, der Weinhändler, war sicherlich nicht der einzige, der sich in diesen Tagen den Kopf zerbrach. Als es bekannt wurde, daß er um die Witwe Fabri freite, hatte es einige Leute gegeben, die glaubten, ihm über diese Frau und ihre Beziehung zu einem Mönch die Augen öffnen zu müssen. Doch er hatte dem Gerücht keinen Glauben geschenkt, selbst nicht, als sein erster Besuch im Roten Haus nicht von Erfolg gekrönt war.

Plötzlich wurde die Tür aufgerissen. Elias Patrice steuerte geradewegs auf das Rednerpult zu, warf seinen schwarzen Amtsmantel und die dazugehörige Samtkappe so achtlos auf eine Bank, daß die Kappe zu Boden fiel.

»Entschuldigt mein Zuspätkommen, aber ich wurde vom Seneschall aufgehalten. Es gibt Neuigkeiten, Senatoren. Das Unheil braut sich schon wieder über unserer Stadt zusammen.«

Man hätte eine Nadel fallen hören, so still war es auf einmal im Saal geworden.

Patrice räusperte sich energisch und fuhr fort:

»Hört, ihr Senatoren! Die Reformatoren des Königs haben aus für uns unerfindlichen Gründen ausgerechnet Bernard Guidonis nach Carcassonne geholt. Doch sie haben sich offenbar einen Kuckuck ins Nest gesetzt.«

»Einen Kuckuck? Wie meint Ihr das, Elias? Was ist geschehen?« Martin Picardé war aufgesprungen.

»Guidonis und Abbéville haben sich verbündet. Die Reformatoren wurden heute morgen kurzerhand exkommuniziert und wegen Behinderung der Inquisition angeklagt. Délicieux ist ebenfalls angeklagt.«

»Wie das?« Das blanke Entsetzen stand in den Gesichtern der Männer geschrieben, Unruhe kam auf.

»Man will die Reformatoren aus dem Weg haben! Da steckt Rom dahinter!« schrie jemand mit erhobener Faust.

»Ruhe, Männer, Ruhe«, sagte Elias Patrice und erhob beschwichtigend die Hände, »fest steht, daß sich dieser Guidonis offenbar von Abbéville hat einwickeln lassen. Ich hätte ihm zugetraut, daß er eigene Wege geht. Aber er ist ehrgeizig, und Abbéville hat, obwohl er nun unter Guidonis steht, noch immer die besten Beziehungen nach Rom.«

Vaisette untermalte Patrices Worte mit einer eindeutigen Handbewegung.

»Der König sorgt dafür, daß die Gefangenen endlich eine ordentliche Behandlung bekommen, und Rom nennt das ›Behinderung der Inquisition‹! So eine Unverschämtheit!« schrie Amand Roca.

»Was heißt hier ordentliche Behandlung? Lieber Freund, Ihr wißt nicht, wovon Ihr redet!« Petrus von Vaisette war mehr als wütend. »Was hat sich denn für die Gefangenen verändert? Euer heißgeliebter König in Ehren, doch seine Reformatoren haben die Albigenser nicht befreit, sondern nur in ein *anderes* Gefängnis gesteckt, in das des Seneschalls. Loch bleibt Loch!«

»Ich verbitte mir die Unterstellung, ich würde Philipp den Schönen lieben!« warf Roca, das Samtpfötchen, an dieser Stelle empört ein. Etliche lachten.

»Ruhe«, donnerte Patrice ein weiteres Mal. »Bernhard Délicieux denkt übrigens genau wie du, Petrus. Ich habe gestern mit ihm gesprochen. Er ist sehr enttäuscht, daß die Reformatoren die Gefangenen erneut inhaftiert haben. Von der Anklage gegen ihn wußte er allerdings noch nichts. Daß beide Reformatoren dem allseits gefürchteten Guidonis zur Macht verholfen haben, das …«

»Wer sagt denn so etwas?« fiel ihm Olivier Martell auf unverschämte Art ins Wort. Die schwarze Robe kleidete den Mann ausgezeichnet, wie fast alles, was er trug, und er wußte um seine elegante Wirkung.

»Was meint Ihr, Olivier?«

»Na, Guidonis ist kein Inquisitor, daher sind Eure Worte ›allseits gefürchtet‹ eine maßlose Übertreibung!«

»Nein, nein, es ist tatsächlich so, Martell, die Leute fürchten sich vor Guidonis mehr als vor Saint-Georges und Abbéville zusammen. Der Prior ist zwar noch jung, hat aber bereits eine vorzügliche Reputation und ist, wie man hört, auf dem besten Weg einmal Generalinquisitor zur Bekämpfung der Albigenser zu werden. Sein Wahlspruch ist eindeutig: ›Im Zweifel *gegen* den Angeklagten‹, denn er sagt, daß es sein Gewissen nicht erlaubt, mögliche Ketzer wieder freizulassen.«

Patrice hielt inne. Nachdenklich schaute er in die Runde und zupfte sich am Ohr.

»Etwas an diesem Mann erschreckt mich über alle Maßen«, fuhr er fort. »Ja, es jagt mir geradezu höllische Furcht ein. Dieser Mann …«, er senkte seine Stimme und warf einen Blick zur Tür, ob auch wirklich niemand hereinsah, worauf alle den Kopf vorreckten, um sich ja nichts entgehen zu lassen, »dieser Mann liebt es, weiße Handschuhe zu tragen.«

»Wei… weiße Handsch… schuhe? Da … da muß ich Elias Pa… Patrice re… recht geben! Der i… i… ist verrückt.«

»Danke, Jean Poux! Nun, vielleicht ist Guidonis nicht wirklich verrückt, aber ohne Zweifel überspannt, ehrgeizig und schrecklich eitel; er kennt keine Dankbarkeit, das sieht man daran, daß er, kaum im Amt, denen in den Hintern tritt, die ihn dorthin gebracht haben. Und daß man Délicieux mit anklagt, ist regelrecht ein Skandal.«

»Das sehe ich genauso«, warf Petrus von Vaisette ein. »Guidonis ist jedoch – dem Herrn sei Dank – nicht ständig hier in Carcassonne, er hat auch in Limoges und Castres zu tun, und der Alte, ich meine Abbéville, kann jetzt wenigstens nicht mehr willkürlich Menschen verhaften. Was die Gefangenen in den königlichen Verliesen angeht, so ist es auch meine Meinung, daß sie dort besser aufgehoben sind als im Turm der Inquisition. Überlegen müssen wir jetzt und heute, was wir tun können, um Délicieux, Pequigny und Neveu zu helfen. Denn die Inquisition macht wieder, was sie will, es wird weitere Anklagen im Stile des Castel Fabri geben, das kann ich euch heute schon prophezeien. Und es wird auch um Aimerics Witwe schlecht bestellt sein.«

Nach langer Beratung richteten die Konsuln an die Königin Johanna ein Gesuch, mit der Bitte, den König dazu zu bewegen, sie nicht im Stich zu lassen durch die Abberufung der Reformatoren, die schon so viel Gutes gestiftet und auf die sie ihre letzten Hoffnungen gesetzt hätten. Sie luden beide, König und Königin, herzlich ein, nach Carcassonne zu kommen und endlich persönlich für Ordnung und Recht zu sorgen.

Als Rixende nach ihrer Rückkehr von Elias Patrice erfuhr, daß und warum Saint-Georges seit kurzem in Avignon weilte, erschrak sie heftig. Das ist das Ende, dachte sie verzweifelt. Das Ende für unsere Liebe, aber auch das Ende für die Katharer von Lombrives. Wer, wenn nicht Fulco, hätte Simon und den Eingeschlossenen helfen können? Doch nun war der Geliebte ohne jeden Einfluß. Mutig wappnete sie ihr Herz, um vor Patrice stark zu sein.

Was sie dann aber von ihm zu hören bekam, war schlimmer, als sie es sich je hätte vorstellen können.

»Man hat ihn abgesetzt, den elenden Fälscher«, schimpfte der alte Mann, »diesen eitlen Hahn mit seinem überlegenen Getue. Einzig Jean Poux nimmt ihn in Schutz, er meint, Saint-Georges sei nur der Sündenbock Abbévilles gewesen.

Poux hat ein zu gutes Herz für diese Welt. Ein feiner Mann, zuverlässig, ordentlich. Ihr kennt ihn?«

Rixende nickte kurz.

»Nun ja, der kleine Sprachfehler ... Niemand ist vollkommen, oder?«

Patrice hatte es sich nicht verkneifen können, bei seiner Lobeshymne auf Jean Poux einen fragenden Blick auf Rixende zu werfen. Sie stand stocksteif vor ihm und tat, als ob sie das alles nichts anginge.

»Wie man hört«, fuhr Patrice fort, »scheint sich Saint-Georges an eine reiche Dame aus Carcassonne herangemacht zu haben, so wie er offenbar zuvor zahllose andere Frauen verführt hat. Ich möchte nur wissen, wer das ist.«

Noch immer schwieg Rixende.

»Ich wage gar nicht, es Euch zu sagen, Frau Rixende«, Elias Patrice sah nun verschämt zu Boden, »doch es geht das Gerücht, *Ihr* wäret diejenige ... Als ob es nicht reichte, daß man Euch ohne Grund der Häresie bezichtigte.«

Rixende glaubte im ersten Augenblick, sie müsse vor Scham im Erdboden versinken. Doch dann sagte sie sich, daß sie keinen Grund hätte, sich zu schämen. Offen blickte sie dem alten Elias in die Augen und entgegnete scharf:

»Wollt Ihr jetzt eine Rechtfertigung von mir hören, lieber Freund, oder was beabsichtigt Ihr mit Eurer Frage?«

Patrice sah Rixende an. Diesen scharfen Ton kannte er nicht an ihr. Hätte er schweigen sollen? Aber er hatte doch zu keiner Zeit sie selbst in Verdacht ...

»Bitte entschuldigt, ich dachte natürlich nie ...«

»Ach, Herr Patrice, glaubt doch nicht sämtlichen Anschuldigungen dieses elenden Abbéville!«

Patrice riß in einer ohnmächtigen Geste die Arme nach oben. Er war überrascht, konnte sich aber noch immer keinen Reim auf ihr Verhalten machen.

Nach einer Weile meinte er: »Vielleicht habt Ihr recht. Man weiß heutzutage wirklich nicht mehr, wem man noch Glauben schenken darf und wem nicht! Was die von mir angesprochene Dame aus bestem Stand angeht, so habe ich allerdings einen ganz bestimmten Verdacht. Die Frau des …«

»Ich will es nicht wissen, Herr Patrice«, unterbrach ihn Rixende mit fester Stimme.

Als er sich endlich erhob, um nach Hause zu gehen, war Rixende zum ersten Mal in ihrem Leben dafür dankbar.

Ibrahim, der den Wortwechsel der beiden im Nebenzimmer mitgehört hatte, begleitete Patrice hinaus und schloß hinter ihm die Tür. Als er zurückkam, wandte er sich an Rixende.

»Liebe Frau, erlaubt mir ein offenes Wort. Ich bemerke wohl, daß Ihr Eure Gefühle gut vor den Leuten zu verstecken wißt. Mir blieb jedoch nicht verborgen, daß Euch dieser Inquisitor, von dem gerade die Rede war … nun ja, daß er Euch viel bedeutet. Laßt mich Euch einen guten Rat geben: Folgt einzig Eurem Herzen und hört auf niemanden sonst, nicht auf Freund oder Feind. Im übrigen sind die Geschäfte, so wie wir es vor Eurer Reise besprochen haben, abgewickelt. Das Lager hier in Carcassonne ist weitgehend leer. Nur Wertloses befindet sich noch in den Warengestellen. Johan Silvius aus Marseille wird Eure Gesellen übernehmen, wenn Ihr hier aufbrecht, und danach selbständig seine Geschäfte leiten, ebenso wie Eure Teilhaber aus Agde und Cotllioure. Es wird also Zeit für mich, nach Damaskus zurückzukehren.«

Rixende erschrak. »Ihr wollt übers Meer, Herr Ibrahim? Jetzt, mitten im Winter?«

»Ich muß nach Hause. Zuvor will ich jedoch die Stadt Narbonne und danach Barcelona aufsuchen. Ich habe nur Eure Rückkehr abgewartet. Es gibt aber noch etwas, das mir am Herzen liegt. Versteht meine Anfrage bitte nicht so, als wenn ich für Abu Ras oder Ali einen Ersatz von Euch erbitte.«

Erstaunt sah ihn Rixende an. »Wie meint Ihr das, Herr Ibrahim?«

»Nun, ich hätte Interesse an dem Jungen, an Paco. Das Kerlchen ist klug und aufmerksam – und ist noch biegsam in seinem Alter. Das Kloster ist nichts für ihn, er leidet. Während Eurer Abwesenheit ist er dreimal davongelaufen. Jedesmal hat er sich hierher geflüchtet. Ich könnte ihn in Damaskus gut gebrauchen. Mein Handel blüht, aber meine Töchter haben allesamt auch nur Töchter zur Welt gebracht.«

Rixende zögerte. Sie hatte sich an den lustigen Jungen mit dem Lockenhaar gewöhnt und wollte ihn selbst wieder zu sich nehmen. Die Gefahr, daß ihn die Inquisition verhören würde, war wohl vorüber. Doch wie hätte sie Ibrahim diesen Wunsch abschlagen können?

»Gut, wenn Paco damit einverstanden ist, kann er mit Euch ziehen, Herr Ibrahim. Er wird kein schlechtes Leben an Eurer Seite führen.«

»Bei meiner Ehre!« Ibrahim verbeugte sich vor Rixende. »Doch sagt, liebe Frau, was hält Euch hier noch zurück? Der Mann Eures Herzens ist nicht mehr da. Allah allein weiß, ob Ihr ihn noch einmal zu Gesicht bekommt. Mein Haus steht Euch offen. *Salaam!* Kommt mit uns nach Damaskus!«

Rixende dachte an die Geheimen Worte, an das ägyptische Pergament, das irgendwo in dieser fremden Stadt neben einem Brunnen verborgen war. Dennoch …

»Ich brauche Zeit …«, sagte sie nach einer Weile mit fast tonloser Stimme.

»Ja, das verstehe ich gut«, erwiderte der Sarazene väterlich. »Regeln wir nun das Finanzielle …«

Nach Ibrahims Abreise fühlte sich Rixende erneut sehr einsam. Keine Nachricht von Aton, den sie sofort nach ihrer Rückkehr über das Geschehen in Lombrives informiert hatte, und natürlich keine von Fulco, der – so dachte sie in diesen Tagen oft zornig – nicht unwesentlich dazu beigetragen hatte, daß Simon und die Seinen in der Höhle eingemauert worden waren. Ja, sie gab sich selbst sogar weiter die Schuld, vermutete, daß sie es war, die die Inquisition nach Tarusco gelockt hatte. All das belastete Rixendes Gewissen schwer, aber gerade diese Selbstvorwürfe konnte sie keinem Beichtvater anvertrauen. Die Kirche war längst nicht mehr der Ort, an dem man frei über seine Nöte sprechen konnte. Statt Vertrauen herrschte nur noch Angst.

Völlig gewiß war sich Rixende, den Geliebten nie mehr zu Gesicht zu bekommen. Er hatte sie aufgegeben und vergessen, anders konnte sie sich sein Verhalten nicht erklären. Es war wohl ihr eigener innigster Wunsch gewesen, der ihr in der Grotte vorgegaukelt hatte, daß es für sie eine Zukunft mit diesem Mann geben könnte.

Da sich Rixende niemandem anvertrauen konnte, mußte sie den Schmerz, die Trauer, die Selbstvorwürfe allein tragen. Die goldene Kapsel hatte sie heimlich neben ihrem kleinen Brunnen vergraben. Die Geheimen Worte schienen ihr in der Nähe des Wassers am besten aufgehoben, auch wenn es sich nicht um den Paradiesstrom handelte.

So war ihr in dieser Zeit einzig die dicke Köchin ein Trost. Benete begann die junge Frau nach Strich und Faden zu verwöhnen, tischte ihr mitten im Winter allerlei Köstlichkeiten auf, erzählte ihr täglich die Neuigkeiten aus der Stadt, bis Rixende wieder ein wenig aufblühte und gesprächiger wurde. Nur wenn die Köchin anfing, auf Fulco von Saint-Georges und seinen gotteslästerlichen Lebenswandel zu schimpfen, pflegte ihr Rixende das Wort abzuschneiden. Benete hatte sich schon mehrmals darüber verwundert. Doch nach der seltsamen Bitte, die Rixende einige Zeit später äußerte, wußte die Köchin überhaupt nicht mehr, was sie von ihrer Herrin halten sollte.

»Benete, ich muß mit diesem Authié reden«, hatte sie an einem Abend wie beiläufig erwähnt, und die Schüssel mit dem herrlich duftenden Mandelpudding von sich geschoben. »Du weißt schon, wen ich meine …«

Benete erschrak. Was wollte Rixende plötzlich von einem *parfait*, von Authié obendrein, der als Anführer der ganzen Katharer im Land galt? Handelte es sich um eine Falle, in die die Herrin im Begriff war hineinzutappen? Doch diesen Verdacht getraute sie sich nicht auszusprechen.

»Habt Ihr vor überzutreten, Herrin?« fragte sie statt dessen.

»Nein, ich muß nur mit ihm reden. Ich habe in Tarusco jemanden getroffen, der mich bat, Authié etwas auszurichten. Doch geh noch vorsichtiger zu Werke als sonst, Köchin. Wir können alles gebrauchen, nur nicht die Spitzel der Inquisition oder die der Reformatoren.«

»Es kann eine Zeitlang dauern, Herrin.«

»Es eilt nicht, Benete, Hauptsache, ich kann ihn treffen, bevor sich der König ansagt.«

Hatte Fulco von Saint-Georges schon im Kloster von Carcassonne wenig mit seinen Brüdern gesprochen – was ihm von einigen als Hochmut ausgelegt wurde, aber eher mit seinem Amt als Inquisitor zusammenhing, das viele Männer sonderbar machte –, so brütete er als Prior in Avignon in jeder freien Minute düster vor sich hin. Die Mönche sahen mit einer Mischung aus Respekt und Furcht, aber auch mit einer gewissen Ratlosigkeit ihren neuen Prior stundenlang mit finsterem Blick im Kreuzgang auf und ab schreiten. Insgeheim waren die wildesten Gerüchte über ihn im Umlauf. Angeblich hatte man ihm ein großes Unrecht zugefügt, wobei sich einige hämisch zuraunten, er sehne sich nun wohl nach einem Martyrium. Nicht wenige hatten auch in Erfahrung gebracht, daß ein Weib hinter seinem Verhalten steckte. Dies jedoch bestritten wiederum jene heftig, die sich von niemandem davon abbringen ließen, daß dem neuen Prior gewiß das *Humanum* nicht fremd sei, ihn das abscheuliche Amt als Inquisitor jedoch schwermütig gemacht habe. Man müsse eben mit dem Ehrwürdigen Vater Geduld haben, das erfordere schon die Christenpflicht.

Obgleich es sich – wie bei jedem Kloster – um eine abgeschottete Gemeinschaft handelte, waren die Dominikaner von Saint-Nicolas in Avignon bekannt für ihre Aufgeschlossenheit und Menschlichkeit. Dies lag nicht zuletzt an der Person des letzten Abtes. Petrus von Pirenne war ein frommer, aber leutseliger und trinkfester Mann gewesen, der auch mal fünfe gerade sein lassen konnte. Seine Lieblingsgeschichte, die er den Mönchen mindestens einmal im Monat erzählte, lautete so:

»Auf seinem Krankenbett rief der heilige Dominikus zwölf der mit höherem Augenmaß begabten Brüder zu sich, und er begann, sie zur Begeisterung, zur Förderung des Ordens und zur Standhaftigkeit zu ermahnen, wobei er ihnen ans Herz legte, vor allem den Verdacht erregenden Umgang mit jungen Frauen zu vermeiden, weil diese überaus verführerisch und imstande seien, Seelen zu verstricken, die noch nicht zur Reinheit gefunden hatten. Der Heilige – meine lieben Brüder, merkt gut auf« – so Pirenne –, »soll wörtlich gesagt haben: ›Gottes Barmherzigkeit hat mir bis zu dieser Stunde die Unversehrtheit meines Fleisches bewahrt. Jedoch bekenne ich euch, daß es mir nicht gelungen ist, dieser einzigen Unvollkommenheit zu entgehen: Gespräche mit jungen Mädchen rührten mein Herz mehr an, als wenn mich alte Weiber ansprachen!‹«

Petrus hatte sich am Ende der Geschichte jedes Mal vor Lachen den Bauch gehalten, während die Mönche sich längst mehr über den Alten amüsierten als über die besondere Schwäche des Dominikus.

Nachdem einige Wochen ins Land gegangen waren – der Winter hatte in diesem Jahr schon zweimal sein weißes Kleid auch über das Kloster von Avignon geworfen, was nicht oft vorkam –, konnte Fulcos Stellvertreter dessen offensichtliche Not nicht mehr mit ansehen. Seines weißen Lockenkranzes wegen von allen Bruder Angelo genannt – er hieß eigentlich Bruno von Couserans –, hatte er seine Enttäuschung, nicht Pirennes Nachfolger geworden zu sein, längst überwunden. Daher faßte er sich ein Herz und bat nach der Matutin, als sich die anderen ins Dormitorium zurückgezogen hatten, um eine Unterredung unter vier Augen.

Fulco sah verwundert auf seinen Verweser, den er zwar aufgrund seines Fleißes und seiner absoluten Redlichkeit und Loyalität über alle Maßen schätzte, als Mensch jedoch nie richtig wahrgenommen hatte.

»Gut, Bruder Angelo, kommt mit mir in meine Schreibstube.«

»Ehrwürdiger Vater«, fing der Mönch an zu reden. Er war von mittelgroßer Statur, und seine dicken Wangen waren an diesem Abend vor Aufregung leicht gerötet. »Jedermann in unserem Kloster ist weit davon entfernt, von prophetischem Geist erfüllt zu sein, doch ...« er stockte und schien verzweifelt nach den richtigen Worten zu suchen, »doch alle Brüder erfüllt eine einzige große Sorge!«

»Und die wäre? Sprecht frei heraus, Bruder Angelo!«

»Bitte werft mir nicht Anmaßung vor, wenn ich Euch sage ... wenn ich sage, daß unsere Sorge ... Euch gilt, Vater Prior!«

Fulco zog die Brauen hoch.

»Mir? Ihr sorgt Euch um mich? Das verstehe ich nicht. Führe ich unsere Gemeinschaft etwa nicht nach den Regeln?«

»Nein, nein«, wiegelte Angelo ab, und er begann beträchtlich zu schwitzen, obwohl es in der Schreibstube wie in allen anderen Räumen in dieser Jahreszeit kalt und zugig war, »es ist Eure Traurigkeit, Euer Unglück, das Euch so sehr ins Gesicht geschrieben steht, daß es uns vollkommen ratlos macht. Uns ist zu Ohren gekommen, daß man Euch Unrecht zugefügt hat. Da Euch Euer Beichtvater offenbar keine große Hilfe war, möchten wir Euch gern helfen, Vater Prior. Wobei wir nicht an eine öffentliche Verfehlungsbeichte denken, wie sie in den Orden allgemein üblich ist. Niemand hier will Euch beschuldigen, und es wird demzufolge auch kein *esgard* – kein Urteil – gesprochen werden.«

Es war lange her, seit sich jemand um Fulco gesorgt hatte. Wie ernst durfte er Angelos Worte nehmen, der, wie auch der angespochene Beichtvater, ein Dominikanermönch alter

Schule war, wenn auch fern aller inquisitorischen Spitzfindigkeiten.

»Darauf war ich nicht vorbereitet«, sagte er vorsichtig. »Es tut mir leid, daß ich mich nicht besser in der Gewalt hatte. Doch ... helfen? Nein, ich denke nicht, daß Ihr mir in irgendeiner Form helfen könnt.«

»Ist es Stolz, der Euch diese Worte sprechen läßt, ehrwürdiger Vater? *Homines sumus non dei* – Wir sind alle Menschen, keine Götter!«

»Da habt Ihr allerdings recht, Bruder«, sagte Fulco nach einiger Zeit, und es wurde ihm eigentümlich warm ums Herz. Wie anders hatten diese Worte aus dem Mund von Abbéville geklungen. »Verzeiht! Ich will gerne mit Euch reden, aber nicht als Euer Prior.«

Entschlossen streifte er seinen Ring vom Finger, nahm sein goldenes Kruzifix ab und legte beides zur Seite, um mit Bruder Angelo gleich zu sein, und erzählte ihm von den Geschehnissen in Carcassonne. Er war so ehrlich, seine eigenen Verfehlungen als Inquisitor und seine innere Zerrissenheit im Umgang mit Menschen katharischen Glaubens nicht zu verschweigen, ließ aber keinen Zweifel aufkommen, auf welcher Seite er stand.

Über seine Liebe zu Rixende sprach er nicht, doch er schämte sich seiner Feigheit.

Aber auch Angelo gab in dieser Nacht, in der ein heftiger Sturmwind heulte, der unablässig an den hölzernen Läden des Klosters zog und zerrte, als ob er mitten hineinfahren wollte, sein Innerstes preis. Und was da ans Licht kam, erschütterte nicht nur Fulco von Saint-Georges, sondern Angelo selbst, der es erstmals aussprach.

»Man kann sich des Eindrucks nicht erwehren, Bruder Fulco«, sagte der Mönch bedächtig, als der Morgen bereits graute, »daß unsere Obrigkeit, die hinter allerlei Geld und Gut her ist, obendrein auch eine unnatürliche Freude an der Qual anderer hat. Doch was kann ein einzelner Mensch ausrichten gegen Rom? Die meisten von uns sind – verzeiht –

brave Schafe, zu einfältig oder zu unerfahren. Auch Ihr selbst habt erst am eigenen Leib erfahren müssen, wie sehr die Demut vom Hochmut abgelöst wurde. Es beschämt mich zutiefst, daß es sich ausgerechnet um unseren Orden handelt, der sich für die Inquisition die Finger schmutzig macht und auch noch stolz darauf ist. Ich befürchte, es wird eines Tages soweit kommen, daß es heißt: Rettet die Welt vor den Dominikanern! Ich bin beileibe kein Anhänger des Heiligen Franziskus, versteht mich bitte nicht falsch, aber seht Euch einmal aufmerksam um in Gottes Welt. Kein Grashalm, kein Baum und kein Kraut entspricht dem neben ihm. Das gleiche gilt für Mensch und Tier. Vielfalt ist ganz sicher gottgewollt. Wie kann Vielfalt jedoch einhergehen mit dem einzigen von Rom geduldeten Glauben? Religionen sind wie Heilkräuter, aber nicht für jede Krankheit ist das gleiche Kräutlein geeignet. Mit dieser Meinung stehe ich allerdings ziemlich allein da.«

»Nicht für jede Krankheit ist das gleiche Kräutlein geeignet ...«, wiederholte Fulco nachdenklich. »Darüber habe ich noch nie nachgedacht. Dennoch, ich bin überzeugt, daß der Mensch mit dem, was die alten Griechen Chaos nannten, nicht umzugehen weiß. Nein, ich revidiere: auch Chaos ist nicht das richtige Wort. Die Griechen benutzten es für den leeren Raum vor der Erschaffung der Welt. Nehmen wir lieber Wirrwarr. Vielfalt, Durcheinander und Wirrwar ist den Menschen zutiefst zuwider, denn sie sind auf Ordnung bedacht. Ordnung wiederum ist die Voraussetzung, um andere Menschen zu überwachen. Macht und Ordnung bedingen einander. Ordnung und Macht ... Wirklich interessant, Eure These. Vielleicht habt Ihr recht, es ist ganz sicher eine Vermessenheit, der gesamten Menschheit einen einzigen Glauben überstülpen zu wollen.«

»Tja, wenn es sich nur um reines Überstülpen handelte, lieber Bruder Fulco«, meinte Angelo kopfschüttelnd. »Ihr wißt es am besten: Wir, die wir daran beteiligt sind, wir machen uns mitschuldig, weil wir nicht aufstehen und Rom

Einhalt gebieten – bei der Ausrottung der Ketzer beispielsweise.«

»Ihr geht mit uns und unserer Kirche hart ins Gericht, Bruder! Das hat sie nicht verdient. Die Ketzer sind ...«

»Ich wage sogar, noch einen Schritt weiter zu gehen, und sage: Um den einzigen, den rechten Glauben unserer heiligen Mutter Kirche kann es nicht wohlbestellt sein!«

»Wie meint Ihr das?« fragte Fulco barsch. »Seid Ihr am Ende ein Zweifler?«

»Nein, doch überlegt mit mir, Bruder: Glaubten der Papst und seine Gefolgsleute tatsächlich selbst an das Fegefeuer, die Höllenqualen, die ewige Verdammnis, mit denen sie die Menschen beständig einschüchtern, so müßten viele von ihnen sich derart vor ihren eigenen Sünden fürchten, daß sie den Rest ihres Lebens auf den Knien im Gebet herumrutschen müßten, um der Verdammnis zu entgehen. Oder bilden sie sich ein, daß sie mit dem Überstreifen der Kutte zugleich einen besonderen Ablaß mit dem Herrn ausgehandelt haben?«

Fulco, der solch offene Worte nie zuvor von einem Mönch vernommen hatte, zog erstaunt die Brauen hoch.

»Es ist ganz bestimmt Gotteslästerung, was ich jetzt sage, und es kann mich gewiß den Kopf kosten«, Angelo, der im Verlauf des Disputes immer mutiger geworden war, begann nun zu flüstern, »doch vielleicht war es ein Fehler, daß unser Herr Jesus Christus all unsere Sünden auf sich genommen hat, so daß manche glauben, sie hätten alleine der Gnadenmittel wegen einen Freibrief für alle Bosheiten und Grausamkeiten in dieser Welt!«

Fulco dachte an Abbéville und lachte zynisch auf. »Etwas hat mir allerdings schon während meines Studiums zu denken gegeben. Unser Bruder Rainier Sacconi hat in seiner Zeit als Inquisitor die *Summa de Catharis et Pauperibus de Lugduno* verfaßt. Darin ist die katharische Auffassung über unseren Herrn festgehalten. ›Christus, so glauben die Katharer, war ein Engel, den Menschen als Führer zur Erkenntnis des

Guten gesandt, der niemals wirklich aß, trank, litt, starb, begraben ward; seine Auferstehung geschah nicht wirklich.‹ All das war nur vorgestellt, sagen sie. Daß diese seltsame gnostische Denkweise falsch ist, darüber sind wir uns gewiß einig. *Wir* stehen auf der richtigen Seite und nicht die Ketzer.«

Angelo pflichtete ihm bei.

»Doch nur einmal angenommen«, fuhr Fulco fort, »die Katharer hätten recht und nicht wir, so wären wir wohl nur erlöst, wenn wir sündlos lebten wie er. Wer aber bewußt sündigt, dem war Christus kein Vorbild, der hat nichts gelernt; demzufolge ist ihm auch nicht zu helfen.«

»Deshalb verachten wohl die Ketzer auch die Sakramente als Lug und Trug?«

Fulco nickte. »So ist es. Doch über die weiteren Glaubensvorstellungen der Katharer – es finden sich wirklich haarsträubende Dinge darunter, man hat uns im *studium generale* nicht im unklaren gelassen – sollten wir uns vielleicht in einer anderen Nacht einmal ausgiebig unterhalten. Wobei der Inhalt solcher Gespräche natürlich streng unter uns bleiben muß.«

Nachdenklich stand Fulco auf, streifte sich wieder den Ring über den rechten Mittelfinger und hängte sich das Kruzifix um den Hals.

»Es ist Zeit zur Laudes. Kommt, Bruder Angelo.«

36

So siehst du wohl, auf Könige muß es gehen:
So viele gibt's, und gute sind so rar!
Dante, Die Göttliche Komödie

Pierre Authiés Wege führten ihn erst im Frühling 1303 nach Carcassonne. Ohne jemanden aus dem Kreise ihrer Glaubensbrüder und -schwestern über den Besuch des berühmten *parfait* zu unterrichten, sorgte Benete nach seinem Eintreffen im Roten Haus dafür, daß er mit Rixende unter vier Augen sprechen konnte. Die Köchin führte den Mann in Rixendes Schreibstube, und hielt, nachdem die beiden sich eingeschlossen hatten – wie Cerberus vor dem Eingang des Hades –, mit hochrotem Kopf am Fuß der Treppe Wache, damit nicht etwa einer der Gesellen hinaufstieg und das Gespräch der beiden belauschte.

Als ihm am zweiten Weihnachtstag, dem Tag des Erzmärtyrers Stephanus, in einer katharischen *hospicia* Benetes Nachricht mitsamt einem Fäßchen Wein überreicht wurde, hatte sich der *parfait* nicht vorstellen können, was die Schwiegertochter des weit über Carcassonne hinaus bekannten Castel Fabri von ihm wollte. Pierre Authié hatte in seiner Jugend kein reines Leben geführt, und auch später war es manches Mal notwendig gewesen, sich selbst die *trapassar* aufzuerlegen, die strengen Bußleistungen der Katharer, unter denen einhundertzwanzig Tage Fasten noch harmlos war. Er dachte schmunzelnd an Stephanus, der – natürlich stets getrieben vom Heiligen Geist – auch als Witwentröster bekannt war. Dann jedoch überlegte er ernsthaft, ob die Witwe Rixende Fabri vielleicht daran dachte, ihren Glauben zu wechseln.

Der Perfekte war von großer Statur, hatte haselnußbraune, leicht schräggestellte und äußerst wache Augen, vom vielen Fasten eingefallene Wangen, eine gerade, gutgeschnittene Nase und einen gleichermaßen gefälligen wie entschlossenen Mund. Zur Sicherheit war er wie seinerzeit Aton als Kaufmann gekleidet. Er trug eine schwarze Kappe auf seinem langen Haar und unter einem feinen Umhang aus Tuch Beinlinge aus grauem Samt, ein weißes Leinenhemd mit weiten Ärmeln und ein dunkelbraunes geschnürtes Lederwams.

»Seid gegrüßt«, sagte er, und seine Augen blickten wohlwollend auf Rixende. Er nahm das Barett ab und verbeugte sich, wobei ihm silberdurchzogene dunkle Locken ins Gesicht fielen. Wie sein Bruder Guillaume und sein Sohn Jacques hatte er vor seiner Flucht in die Lombardei den ehrwürdigen Beruf des Notars ausgeübt. Nach seiner heimlichen Rückkehr vor fünf Jahren waren sie alle drei zu Wanderern geworden, ohne Haus und Hof und arm an Gütern, denn das Familienvermögen war in der Zwischenzeit konfisziert worden.

»Ich danke Euch, daß Ihr gekommen seid, Herr Authié«, sagte Rixende höflich und bat ihn, Platz zu nehmen.

Rixende wußte nicht so recht, wie sie das Gespräch fortsetzen sollte, obwohl sie sich in Gedanken seit langem darauf vorbereitet hatte.

»Mein Bruder war der Hüter ...«, sagte sie nach kurzem Zögern.

Authié riß überrascht das Kinn hoch.

»Wie bitte? Was sagtet Ihr soeben? Euer Bruder sei der ... der Hüter gewesen?«

Jetzt war es an Authié, zu zögern. Sein Gesicht hatte sich gerötet, Schweißperlen standen ihm auf der Stirn.

»Wenn das stimmt, dann könnt Ihr nur eine Planissoles aus Montaillou sein!« flüsterte er nach einiger Zeit erregt. »Wie gewisse Orte ihren *genius loci* haben, so haben auch gewisse Familien ihre Geheimnisse. Die Verbundenheit Eurer Familie mit der *entendensa del be*, unserem Verständnis vom göttlichen Guten, reicht weit in die Vergangenheit zurück.«

»Ich bin Ava, die jüngste Tochter von Philippe von Planissoles. Kurz vor dem Tod meiner Eltern wurde ich von einer braven Frau in Sicherheit gebracht. Erst seit meiner Heirat lebe ich hier in diesem Haus.«

Authié wischte sich umständlich mit einem Tuch den Schweiß von der Stirn. Dann sah er Rixende offen in die Augen.

»Ich kannte Euren Vater. Sein Verwalter hat ihn verraten, sagen die Leute. Dieser Judas soll sich heimlich unter das Bett Eurer Tante Béatrice gelegt haben, um alles auszuspionieren. Mein Bruder Guillaume war seinerzeit auf der Hochzeit Eurer Tante ... Eine Planissoles seid Ihr also, dennoch ... Ihr seid keine von uns, nicht wahr? Das wüßte ich. Man hat Euch nie häretisiert?«

»Nein.«

»Verzeiht, aber woher wißt Ihr dann, daß Euer Bruder der Hüter war?«

»Von ihm selbst. Unser Vater hatte vor seinem Tod verfügt, daß ich alles erfahre. Als ich zu Beginn des Winters hörte, daß ihm die Inquisition auf den Fersen ist, ritt ich unverzüglich nach Tarusco, um ihn zu warnen. Dort hat er mich eingeweiht.«

»Ihr habt bereits gehört, was geschehen ist?« Authié senkte den Blick.

Rixendes Lippen zitterten. »Ich habe mit eigenen Augen gesehen, wie sie die Höhle zugemauert haben, doch bin ich mir nicht sicher, ob ... Herr Authié, hier liegt der eigentliche Grund, weshalb ich Euch hergebeten habe. Ich wollte von Euch hören, ob Ihr Näheres darüber erfahren habt. Ich werde die Furcht nicht los, daß ich die Inquisition dorthin gelockt habe.«

Authié schüttelte heftig den Kopf.

»Aber nein, nein, nicht Ihr seid daran schuld, liebe Frau Fabri, sondern gewissermaßen ich, das heißt, meine beiden Neffen, Arnaud und Hugues de Rodes, die in meiner Heimatstadt Tarusco leben. Die beiden haben aus Eifersucht auf meine Erfolge den sicheren Hafen des Katharertums verraten, den Euer Bruder, gewissermaßen als Leuchtturm, bewachte.«

Er seufzte. »Es tut mir leid. Sie sind alle tot, die sich in der Höhle von Lombrives befanden.« Nun hob er beschwörend die Hände zur Decke. »Heimgekehrt sozusagen. Auch Euer Bruder. Fatum, Schicksal.«

»Fatum sagt Ihr, wenn Eure eigenen Neffen ...« stieß Rixende hervor, wobei sie lauter wurde, als sie beabsichtigt hatte. »Woher nehmt Ihr die Gewißheit? Sie hatten große Vorräte dort unten, ich habe sie selbst gesehen! Vielleicht gab es einen zweiten Ausgang? Der unterirdische See ...«

»Gebt Euch keinen falschen Hoffnungen hin, Frau Fabri«, sagte Authié mit warmer Stimme. »Vor einer Woche erst, so wurde mir aus zuverlässiger Quelle berichtet, hat die Inquisition die Mauer aufgebrochen. Man hat sie alle tot aufgefunden. Sie haben Endura begangen. Ihr wißt, was das bedeutet?«

»Ja, daß sie nichts mehr aßen und tranken bis zum Eintritt des Todes. Aber warum nur, warum? All die unschuldigen Kinder!« Tränen rannen Rixende die Wangen hinab. »Weshalb ergebt Ihr Katharer Euch so freudig in Euer Schicksal? Warum wehrt Ihr Euch nicht? Ach, Euer Glaube ist so schrecklich«, stieß sie hervor, und ihre Stimme überschlug sich fast, »daß ich nichts damit zu tun haben will!«

»Nein«, sagte da Authié bestimmt und stand auf. »Nein, unser Glaube ist nicht schrecklich, nur konsequent. Die Seele des Menschen ist Brot, und man muß backen, was man geknetet hat. Es ist uns um unser Seelenheil zu tun, nicht etwa um die Erkenntnis der Welt. Die Welt kennen wir zur Genüge. Doch nun zu Euch, Frau. Auch wenn Ihr nichts mit uns zu schaffen haben möchtet, so seid Ihr doch offenbar eine der letzten, mit denen Euer Bruder gesprochen hat. Hat er ... nun, hat er Euch vielleicht etwas anvertraut?«

Rixende preßte den Mund zusammen und blickte auf ihre Hände, währenddessen Authié sie aufmerksam beobachtete. Sie hatte nicht vorgehabt, ihm von den Geheimen Worten zu erzählen, auch wenn Simon mit allergrößter Achtung von Authié gesprochen hatte. Doch sie brachte es nicht über sich, den *parfait* zu belügen.

Aber Authié verstand auch so. Als ihm bewußt wurde, was Rixendes Schweigen bedeutete, sprang er auf, trat vor Rixende und verbeugte sich tief vor ihr.

»Der folgende Tag ist immer der Schüler des vorhergehenden. Ich muß Euch danken, Ava von Planissoles, auch im Namen aller noch unter uns lebenden *parfaits*. Ihr habt uns soeben aus der Ungewißheit befreit. Die Inquisition hat die Höhle umsonst auf den Kopf gestellt – sie haben unseren Schatz nicht gefunden«, meinte er zufrieden.

»Das ist auch mein einziger Trost!«

»Hütet die Schätze der *ecclesia Dei*, der Kirche Gottes, gut«, meinte er abschließend leise. »Trachtet danach, sie wieder an einen sicheren Ort zu bringen. Solltet Ihr dabei Hilfe benötigen, so schickt Benete zu jener Frau, die unsere heutige Zusammenkunft arrangiert hat. Übrigens – ich kam geradewegs aus Eurem Dorf Montaillou hierher, wo ich in den letzten Jahren fast alle Einwohner für unseren Glauben gewinnen konnte, wie es seinerzeit Eurem verehrten Vater gelang. Doch Euch will ich nicht drängen, Ava von Planissoles. Euer Glaube wird auch ohne mein Zutun ...« Der *parfait* stockte. Sein Blick war auf den Wandteppich gefallen.

»... wachsen«, vervollständigte er seinen Satz. »Daß Ihr ein Einhorn in Eurer Schreibstube hängen habt, liebe Frau Fabri, ist eines dieser Anzeichen dafür. Nicht nur die Inder, auch wir Katharer verehren es. Für die *boni christiani* ist das Weiße Einhorn ein Symbol für die Reinheit, für Güte und Friedensliebe, für die Weltabgewandtheit. Man erzählt, daß sich unter dem Horn, auf der Stirn des Pferdes, ein blutroter Karfunkelstein befinden soll, der wundersame Kräfte besitzt. Das mag nur eine schöne Legende sein, dennoch ... Jetzt bin ich mir völlig sicher, daß Ihr eines Tages den Weg der Sterne finden werdet. Die Synagoge Satans, die *maligna*, die Kirche der Übelwollenden, war die längste Zeit in Eurem Herzen zu Hause. Der Herr, der die drei Könige geleitet hat, leite zukünftig auch Euch.«

Rixende geleitete Authié hinunter, wo eine aufgeregte Köchin noch immer eisern den Treppenaufgang bewachte.

Ob die Bürger von Albi, deren Verhaftung im Jahr des Herrn 1299 zu so vielen Zusammenstößen Anlaß gab, tatsächlich Ketzer waren, hatten vor ihrer eigenen Anklage auch die beiden Reformatoren nicht mehr in jedem Fall beweisen können.

Inzwischen hatten sich in Albi und Carcassonne erneut *parfaits* niedergelassen, so daß die Ketzerei mit ihnen einen Aufschwung erfuhr. Viele Bürger meinten, daß jeder Kessel irgendwann sein Maß habe, und schlugen sich auf die vermeintlich ehrlichere, die Seite der Katharer.

Der Senat setzte daher im Frühjahr 1303 alle Hoffnung auf Philipp den Schönen und Johanna; die Inquisition jedoch schrieb eine Petition nach der anderen an Bonifatius und drängte auf ein schnelles Urteil gegen die Reformatoren und Délicieux. Abbéville hoffte inständig, daß es gefällt würde, bevor der König eintraf.

Allerdings gab es nicht wenige Bürger und Konsuln, die zu erheblichen Zweifeln neigten, was den Besuch Philipps anging. Man hatte so manches über den »Franzosen«, diesen »Falschmünzerkönig«, wie ihn viele Okzitanier abschätzig nannten, gehört und meinte, daß sein Besuch so unnütz und aussichtslos sei, wie mit Füchsen zu pflügen und Ziegenböcke zu melken.

In der Tat waren während Philipps Regierungszeit mehrere Münzverschlechterungen erfolgt, vor allem wegen der Kriegskosten, die die Eroberung Flanderns verursacht hatte und noch verursachen würde. Philipp war vor sechs Jahren dort einmarschiert, hatte das Land okkupiert und drei Jahre besetzt gehalten. Doch die aufständischen Flamen hatten die französischen Besatzer erschlagen. Das daraufhin entsandte Ritterheer hatte im letzten Juli bei Courtrai eine vernichtende Niederlage erlitten. Die Wiedereroberung würde also viel Geld kosten. Philipps stets risikobereiter Legist Nogaret und auch seine beiden Finanzberater hatten ihm schon mehr als einmal nahegelegt, die Immunitätsrechte anderer auszuschalten, damit sich die königlichen Kassen wieder füllten. Daß Nogaret mit den »anderen« vor allem Bonifatius meinte, wußte der König. Der zwar fromme, aber nichtsdestotrotz machtbesessene Regent war selbst noch immer wütend auf den Papst, weil er sich erdreistet hatte, die sofortige Freilassung des inzwischen wegen Hochverrats und Majestätsbeleidigung verurteilten Bischofs von Pamiers, Bernard Saisset, zu verlangen. Saisset hatte über Philipp geäußert: »Das ist weder ein Mensch noch eine Bestie, das ist eine Statue.« Wenig später hatte er sogar den gesamten Hof als falsch, treulos und korrupt bezeichnet.

Philipp war in seinem Herrscherstolz verletzt. Daß dieser Pfeil zugleich auf Nogaret abgeschossen war, Philipps Sprachrohr, der sich ja schon öfter als Kirchenhasser hervorgetan hatte und – ganz Frankreich sprach darüber – den Katharern nahestehen sollte, war nicht zu übersehen.

Als nun aber, nach der Rückkehr von einem längeren Jagdausflug, eine weitere Bulle aus Rom namens *Ausculta fili* eintraf, die nicht nur die Rechte des Heiligen Stuhles gegenüber den weltlichen Regierungen definierte, sondern die sofortige Freisetzung des Bischofs vom Pamiers forderte und obendrein den König zur persönlichen Verantwortung vor ein römisches Konzil zitierte, schien der schwelende Streit der beiden Kontrahenten eine neue Dimension erreicht zu haben.

»Schickt ihm folgende Antwort, Nogaret«, herrschte Philipp seinen höchsten Ratgeber an.

»Philipp an Bonifatius, keinen Gruß! Deine Dummheit möge wissen, daß Wir in weltlichen Dingen niemandem unterstehen … Die anderes glauben, sind Narren!«

Nogaret nickte zustimmend. Dann sagte er leise lächelnd zum König: »Sire, habt Ihr über meinen Vorschlag nachgedacht, den ich Euch auf der Jagd unterbreitet habe?«

Philipps Augen verengten sich. Er spitzte den Mund. Sein

schönes, ebenmäßiges Gesicht glich jetzt dem eines Raubvogels.

»Ihr meint ... die Absetzung?«

»Ich denke, es ist an der Zeit, in Rom einzugreifen.«

»Gut. Die Königin wird es gewiß nicht billigen, doch Wir sind Eurer Ansicht. Wir berufen als ersten Schritt eine Ständeversammlung ein, am besten in den Louvre. Wir schlagen den Brachmonat vor. Dort wollen wir Unsere Beschuldigungen gegen den Heiligen Vater offiziell vortragen. Besprecht Euch mit den anderen Rechtsgelehrten, und dann nehmt, sagen Wir ... spätestens im Herbst den Hund gefangen. Und noch etwas: Wir denken, Wir sollten Unsere Reise in den Süden Unseres Landes ein weiteres Mal verschieben. Wir müssen Uns um Flandern kümmern, alles andere wäre höfische Torheit.«

»Der französische König ist Kaiser in seinem Reich«, sagte Nogaret gelassen.

Als die Nachricht in Carcassonne eintraf, daß auf den Besuch des Königs ein weiteres Jahr gewartet werden müsse, daß aber – um das Volk ruhig zu halten – der Seneschall im Sommer ein großes Fest ausrichten werde, zu dem jedermann, ob arm oder reich, geladen sei, war der Jubel im Volk groß. Ein Tanz- und Reiterfest mitten in Carcassonne, das hatte es bislang nur unter den Grafen Trencavel gegeben, und die waren schon lange tot. Daß dieses Fest aber ausgerechnet am Tag des heiligen Benedikt von Nursia stattfinden sollte, dessen Wahlspruch *ora et labora* lautete, fanden manche bezeichnend.

»Habt Ihr gehört, Herrin«, rief auch die junge Josette aufgeregt, als Rixende die Küche des Roten Hauses betrat. »Der Seneschall gibt ein Fest für alle, bald ist es soweit.«

»Ja, welch eine Freude in diesen dunklen Zeiten! Ganz Carcassonne steht Kopf!« meinte auch die Köchin.

»Aber Benete! Höre ich recht? Ich denke, ihr Katharer habt mit Festen nichts im Sinn?« spottete Rixende, so daß die Köchin über und über rot wurde.

»Nun ja«, sagte sie verschämt. »Wir feiern selten, das ist wahr. Doch würden wir uns von allem Geschehen in der Stadt ausschließen, käme man uns recht schnell auf die Spur!«

»Schon gut, ihr beiden, freut euch nur! Auch ich will das Fest besuchen«, sagte Rixende und lachte. Dann schlug sie ihr Brevier auf, das sie oft am Morgen zu lesen pflegte.

»Herrin«, unterbrach sie Benete, nachdem sie Josette mit einer Besorgung aus dem Haus geschickt hatte, »ich ... ich wollte es Euch schon gestern abend sagen, doch ich dachte, Ihr solltet lieber eine ungestörte Nacht verbringen.«

Rixende sah erstaunt von ihrem Büchlein hoch. »Ja, was ist?«

»Also, es steht mir zwar nicht zu, Euch irgendwelche Ratschläge zu erteilen – mein kleiner Aimeric hat mir das auch immer ans Herz gelegt –, aber ich denke mir, Ihr ... Ihr ... nun, Ihr solltet Euch vielleicht bald nach einem guten Gatten umsehen, damit ... damit die Leute aufhören, über Euch zu reden.«

»Wie bitte? Was erzählst du da? Die Leute reden über mich?«

Benete sah betreten zu Boden. »Ja, und ich getraue mich gar nicht, es Euch weiterzuerzählen.«

»Steckt wieder Martell dahinter? Heraus mit der Sprache!« Rixendes Stimme wurde scharf.

»Es ... es handelt sich um diesen Inquisitor Saint-Georges, der angeblich Euretwegen seinen Hut nehmen mußte.«

»Meinetwegen? Was sagen die Leute, Benete, sprich endlich!«

Benete blies die Backen auf. »Ich weiß ja, daß es nicht stimmt. Aber die anderen sagen, er würde Euch jede Nacht in Eurer Kammer besuchen! Nur deshalb würdet Ihr Euch nicht wieder verheiraten.«

»Das ist doch wirklich zu dumm! Wie sollte das möglich sein, schließlich befindet sich der Mann in Avignon, zwei Tagesritte von hier entfernt!«

»Das sage ich den Leuten auch, doch sie lachen auf meinen

Einwand nur. Nach Avignon würde der Kerl passen, sagen sie, schließlich wäre diese Stadt bekannt für ihre hemmungslosen Prälaten, die auf schnellen schneeweißen Pferden ritten, mit güldenen Satteldecken und Hufeisen versehen. Dort würde die Geistlichkeit Tag um Tag in rot und grün karierten, spitzenbesetzten Mänteln herumlaufen, mit Hüten und Stolen von erstaunlicher Länge, mit spitzen und geflochtenen Schuhen und juwelenbesetzten Gürteln mit güldenen Taschen. Sie würden sogar die Tonsur mißachten und Bärte tragen. Ja, stellt Euch nur vor« – Benete hatte sich ganz in Eifer geredet –, »etliche sollen sich sogar Narren halten wie die Könige! Und Euch, Herrin, nennen sie …« Erschrocken schwieg die Köchin.

»Wie nennen sie mich, Benete?«

»Nun, sie nennen Euch Pfaffenliebchen und Mönchsbraut … und das tut mir im Herzen weh«, platzte es aus ihr heraus, und dabei schossen ihr die Tränen aus den Augen, so daß Rixende aufstand, um sie in die Arme zu nehmen.

»Hör mir gut zu, Benete«, sagte sie, als sich die Köchin wieder etwas beruhigt hatte. »Ich will dich nicht belügen. Es stimmt, daß jener Mann und ich uns liebten. Doch wir haben uns vor langer Zeit das letzte Mal gesehen. Das beste wird sein, man gibt nichts auf das Gerede der Leute. Das nimmt ihnen am schnellsten den Wind aus den Segeln.«

»Also stimmt es doch, was die Leute …« Als sich Benete ein wenig beruhigt hatte, meinte sie: »Herrin, es steht mir nicht zu, Euch zu tadeln oder Euch gute Ratschläge zu geben. Doch es würde den Lästerzungen ganz schnell das Maul stopfen, wenn Ihr Euch wieder verheiratet. Der Weinhändler Jean Poux wartet nur auf ein Zeichen. Ich habe bemerkt, daß er Euch in der Kathedrale noch immer ständig beobachtet. Er ist jung und dennoch ein angesehener Herr mit einer großen Domus und Ländereien. Und daß er stottert, ist doch nicht so schlimm.«

»Ich will darüber nachdenken«, sagte Rixende, um das Gespräch zu beenden.

Eine Woche darauf schien es, als ob weitere dunkle Wolken über Rixende aufgezogen wären. Nach dem Besuch der Sonntagsmesse trat plötzlich Elias Patrice auf sie zu.

»Frau Rixende, auf ein Wort!« sagte er, und sein ernstes, angespanntes Gesicht ließ nichts Gutes hoffen.

»Ja?« Rixende blieb vor dem Eingang der Kathedrale stehen. Die Sonne blendete sie, so daß sie ihre rechte Hand über ihre Augen hielt. Bereits während des Gottesdienstes, als sie sich einmal neugierig nach dem Weinhändler Poux umgewandt hatte, hatte sie abschätzige Blicke bemerkt, die ihr gegolten hatten – und jetzt dieser ungewohnt ernste Elias! Rixende dachte an Benetes Worte. Da stieß ihr plötzlich jemand heftig den Ellbogen in den Rücken, und als sie sich empört umdrehen wollte, um zu sehen, wer sich so rüpelhaft verhielt, zischte eine ihr unbekannte Frau zu ihrer Linken: »Pfaffenhure!«

Rixende wurde über und über rot. Auch Elias Patrice war erschrocken. Zuerst machte er Anstalten, der Fremden nachzueilen, doch dann besann er sich eines Besseren.

»Laßt uns ins Rote Haus gehen, um dort miteinander zu reden, Frau Fabri!« sagte er leise und faßte sie am Ellbogen. Doch als sie sich gerade auf den Weg machen wollten, gab es einen weiteren Zwischenfall. Ein junger Mann drehte sich nach ihnen herum und spuckte vor Rixende aus. Die Umstehenden lachten. Rixende wurde jetzt leichenblaß und fing zu zittern an. Dann riß sie sich von Patrice los und begann zu laufen, immer das hämische Gelächter in ihrem Rücken.

Als Elias Patrice schließlich im Roten Haus ankam, schlossen sich die beiden ein. Das Gespräch, das danach folgte, verlief – Rixende hatte es schon geahnt – ähnlich wie das mit Benete. Doch Rixende weigerte sich, die Liste möglicher Ehekandidaten auch nur anzusehen, die Elias Patrice bereits bei sich hatte, und Fabris Freund war nicht wenig entsetzt, als sie, von ihm in die Enge gedrängt, gestand, daß sie tatsächlich ihr Herz an den ehemaligen Inquisitor verloren habe.

»Ich mache Euch doch keine Vorwürfe, Frau Rixende, wenn ich es bis vor kurzem auch nicht für möglich gehalten hätte, daß an dem Gerede der Leute auch nur ein Quentchen Wahrheit ist. Warum habt Ihr mich nicht ins Vertrauen gezogen? Weshalb habt Ihr mich selbst über diesen Mann Worte ausstoßen lassen, die Euch in der Seele weh getan haben mußten? Ich habe Euch immer und überall vor den Leuten in Schutz genommen – das Gerede hat ja nicht erst seit gestern begonnen –, habe bestimmten Leuten sogar gedroht, sie ins Loch werfen zu lassen, wenn sie Euch weiterhin verleumden würden! Ach, wie stehe ich jetzt nur da?«

Rixende war seltsam ruhig, jetzt, nachdem Patrice alles wußte, Fabris ältester Freund. Ja, er hatte recht. Sie hätte es ihm schon viel früher sagen müssen, gleich, ob er sich von ihr abgewandt hätte oder nicht. Diese ganze Lügerei, dieses Versteckspielen war erbärmlich.

»Elias«, begann sie mutig, »grämt Euch nicht. Verzeiht mir lieber. Ich habe große Fehler gemacht. Doch Fulco von Saint-Georges ist für mich verloren. Nun muß ich mein Leben selbst in die Hand nehmen. Das bedeutet aber nicht, daß ich auf der Stelle einen derjenigen heirate, die auf Eurer Liste stehen.«

»Verzeihliche Fehler, liebe Rixende«, murmelte er, denn er war im Grunde seines Herzens ein liebenswerter Mann. »Ihr wart jung und unerfahren, als es Euch nach Carcassonne verschlug.«

»Ich würde Euch wirklich nur ungern als Freund verlieren, Herr Patrice, denn wir alle hier in diesem Haus haben Euch viel zu verdanken, doch wenn es Euer guter Ruf nicht erlaubt, so kommt nicht mehr hierher. Es genügt mir, zu wissen, daß es in Eurem Herzen anders aussieht.«

»Ich glaube, Ihr kennt mich noch immer nicht, Rixende«, sagte Patrice stolz. »Meine Freunde bleiben für immer meine Freunde.«

»Aber eines anderen Menschen Freund zu sein ist nicht immer leicht, nicht wahr?« meinte Rixende lächelnd.

»Nein, da habt Ihr gewiß recht. Sagt mir offen und ehrlich, Frau Rixende: Wollt Ihr zukünftig allein die Geschäfte Eures Mannes weiterführen? Dieser Ibrahim hat vor seiner Abreise ein wenig geheimnisvoll getan, als ich ihn darauf angesprochen habe.«

»Kommt einmal mit mir, Elias«, sagte Rixende, nicht minder geheimnisvoll. Sie führte den Mann hinüber ins Lager.

»Ich bleibe so lange hier in Carcassonne, bis des Königs Urteil feststeht. Das bin ich dem Hause Castel Fabri schuldig.«

37

Mach deiner Kraft Gefäß aus mir, Apoll,
daß ich den Lorbeer, dir so lieb, gewinne!
Dante, Die Göttliche Komödie

»Authié! Man hätte ihn beinahe verhaftet!« So schnell wie nie zuvor war die Köchin vom Markt nach Hause gelaufen, um ihrer Herrin die Neuigkeit zu erzählen.

Rixende sprang auf. »Was ist geschehen, Benete?« fragte sie. War sie auch keine von ihnen, so mußte sie schon um ihres Erbes und ihrer Verantwortung willen alles über die Katharer wissen.

»Um ein Haar hätte man ihn geschnappt. Ein Spitzel« – Benete keuchte wie ein altes Maultier und war kaum zu beruhigen –, »ein gewisser Dejean, hat den Dominikanern von Pamiers angeboten, ihnen den Schlupfwinkel Authiés zu verraten.«

Stöhnend ließ sich die Köchin mit ihrem dicken Hinterteil auf der Küchenbank nieder und trocknete sich unablässig die Hände an ihrer Schürze, obwohl sie gar nicht naß sein konnten. »Die Inquisition ist so reich, Herrin! Ihre Schatzkammern sind prall gefüllt, aber sie haben noch immer nicht genug. Was könnte ich Euch alles darüber erzählen! Außer dem Geld der Verurteilten stehlen sie auch deren Kissen, Bettzeug, sämtliche Küchengeräte, das Eingemachte, Korn, ja selbst den kleinsten Flitterkram der Frauen, alles wird aufgezählt, nichts vergessen. Jeder Fetzen Stoff, den die Leute in ihren Truhen haben, wird gemessen und in den riesigen Schlund der Inquisition geworfen. Damit bezahlen sie ihre Günstlinge und diejenigen Verräter, die sich tagein, tagaus bei ihren Nachbarn zur Linken und zur Rechten umsehen, ob nicht jemand kein Fleisch mehr ißt. Ihr habt es ja selbst erlebt. Ach, ich befürchte Schreckliches für unser Haus, Herrin, wenn der

König anders entscheidet, als Ihr es Euch erhofft. Dann werden Abbéville und dieser Neue ihre Klauen auch nach uns ausstrecken, wo man schon den seligen Fabri als Ketzer ausgemacht hat. Sie werden uns unsere Betten unter dem Hintern wegziehen, jawohl – und zuvörderst werden sie uns ins Loch werfen!«

»Jetzt beruhige dich Benete, mach dir keine unnötigen Sorgen vor der Zeit«, sagte Rixende ruhig. »Ich habe auch für diesen Fall Vorsorge getroffen. Wenn es so weit kommt, bringe ich uns alle in Sicherheit. Ich verspreche es dir. Doch zurück zu Authié. Was ist geschehen?«

»Nun, dem Herrn sei gedankt, dieser elende Verrat ist unter Authiés Getreuen ruchbar geworden. Zwei seiner Gefolgsleute haben daraufhin den Verräter auf die Brücke bei Alliat gelockt, ihn ergriffen, gebunden und hinaufgeschleppt in die Berge. Dort haben sie ihn zu einem Geständnis gezwungen. Dann …«, Benete seufzte tief, »dann haben sie ihn kopfüber in einen Abgrund gestürzt.«

Rixende bekreuzigte sich. »O mein Gott! Dies mag weitere Gewalt nach sich ziehen. Jetzt müssen die Authiés noch vorsichtiger zu Werke gehen!«

»Habt Ihr gedacht, Herrin! Ein Authié gibt sich nicht so leicht geschlagen, auch wenn er sich in Taubenschlägen und Dachböden verstecken muß.« Voller Stolz schlug sich Benete in die Brust. »Meine Nichte hat mir nämlich noch etwas erzählt.«

Die Köchin hielt sich die Hand vor den Mund und begann zu flüstern. »Jacques Authié – er ist übrigens seinem Vater wie aus dem Gesicht geschnitten – besaß kurz nach dem Vorfall die Kühnheit, mitten in Toulouse zu predigen!«

»Wie? In Toulouse? Unter den Augen von …«

»Unter den Augen der Inquisition, jawohl, stellt Euch das nur vor, Herrin!«

Benetes breites, gutmütiges Gesicht strahlte. In ihrem Herzen lagen Lachen und Weinen nahe beieinander. »Es geschah in der Kirche zum Heiligen Kreuz in Toulouse. Dort hielt er zu mitternächtlicher Stunde vor einer Versammlung katharischer Frauen eine lange Predigt, ohne daß ihn jemand daran gehindert hätte. Angeblich hat er absichtlich diesen Ort gewählt, um wieder einmal ungestört reden zu können. ›Mit den Reichtümern, die Satan zu vergeben hat, werdet Ihr nie Zufriedenheit erlangen, wieviel Ihr auch davon hättet‹, soll er gesagt haben, und ›wer davon haben wird, wird immer mehr davon haben wollen.‹ Ach, die Leute erzählen, er redete, als spräche ein Engel!« Benete seufzte tief.

»Das ist ja wirklich unglaublich!« Rixende schüttelte den Kopf. »Und mutig – oder leichtsinnig, wie man es betrachtet. Nun, danken wir dem Herrn, daß beiden Authiés nichts geschehen ist!«

Ungefähr zwei Wochen vor dem großen Fest pochte jemand am späten Abend an die Tür des Roten Hauses. Benetes Sohn Aucassinne, der einzige, der noch wach war – er pflegte am späten Abend in der Küche noch einen Krug Most zu trinken –, öffnete. Ein großer, dunkelgekleideter Mann stand vor ihm im Regen. Wortlos reichte er Aucassinne einen Brief, um sogleich wieder in der finsteren Nacht zu verschwinden. Aucassinne drehte und wendete die Nachricht, er roch daran und überlegte lange, was er um diese nächtliche Stunde damit tun sollte. Benetes Sohn konnte nämlich nicht lesen. Was hätte ein Pferdeknecht auch jemals in einer Schulstube zu suchen gehabt. Sich jedoch einfach auf den Sack zu legen und den Brief zu vergessen konnte böse Folgen haben. So stieg er hinauf zu Rixendes Gemach. Kein Geräusch, kein Lichtschein drang zur Türritze heraus. Die Herrin schlief wohl schon. Er horchte. Dann klopfte er einmal, ganz leise, dann ein zweites Mal, etwas lauter. Endlich eine Antwort:

»Wer ist da?«

»Ich bin's, Aucassinne, Herrin! Ein Fremder stand draußen vor dem Haus und hat mir einen Brief gegeben. Vielleicht ist es wichtig!«

Es dauerte nur wenige Augenblicke, bis Rixende die Tür

aufstieß und ihm geradezu das Schriftstück aus den Händen riß.

»Gib mir deine Lampe und warte«, herrschte sie den Pferdeknecht an und warf die Tür zu. Aucassinne stand im dunklen Flur und trat von einem Bein auf das andere. Nun ja, wenn es der Herrin so gefiel, würde er die ganze Nacht im Finstern vor ihrem Zimmer ausharren, dachte er, ein wenig verärgert über ihre barsche Art.

Rixendes Herz jedoch klopfte zum Zerspringen. Sie stellte die Lampe auf den Tisch und setzte sich. Ein Fremder vor dem Roten Haus? Mitten in der Nacht? Was hatte das zu bedeuten? War Gefahr im Verzug? Eine Warnung von Authié vielleicht, eine Nachricht von Délicieux oder von …

Sie riß den Brief auf.

»Liebste!« stand dort geschrieben. Die schwermütige Gleichgültigkeit, die Rixende seit ihrer Rückkehr von der Höhle in ihren Klauen hielt, war im Nu verflogen, eine längst vergessene Wärme durchflutete sie. *»Ich habe es nicht länger ausgehalten ohne Dich. Wenn Du noch etwas für mich empfindest, so komm zum Hintereingang eures Lagers. Ich will mich dort so verbergen, daß mich niemand sieht.«*

Statt einer Unterschrift hatte Fulco ein lustiges Einhorn unter seine Zeilen gemalt.

Rixende überlegte nicht lange. Wie hatte sie nur zweifeln können? Er liebte sie noch immer. Sie kämmte sich mit zehn, zwölf Strichen das Haar, warf sich rasch einen warmen Umhang über ihr Nachtgewand und verließ eilends ihre Kammer.

»Aucassinne, ich muß noch einmal ausgehen. Geh schlafen, es ist alles in Ordnung!«

»Ja, Herrin«, brummte der Mann. Seinem schlichten Verstand mangelte es an Phantasie, denn er hatte leider nicht das flinke Denken seiner Mutter geerbt. So trollte er sich in seine Kammer, wo er auf seinen Strohsack sank und sogleich in tiefen Schlaf fiel.

Rixende nahm den großen Lagerschlüssel vom Brett, löschte vorsichtig das Licht und verließ so leise wie möglich das Rote Haus. Auf der Gasse war alles ruhig. Es war stockdunkel, und es regnete in Strömen. Nun, den Hintereingang des Lagers konnte sie auch gut ohne Laterne finden. Rixende zog die Kapuze weit ins Gesicht, tastete sich an den Häusern entlang und bog um die Ecke. Dort hielt sie inne, denn sie glaubte Schritte gehört zu haben. Sie lauschte. Ja, da waren sie wieder. Unregelmäßige stolpernde Schritte, die einmal stehenblieben, dann wieder weiterliefen. Rasch drückte sie sich in einen Mauervorsprung. Die Schritte kamen näher. Eine Schattengestalt bewegte sich schemengleich auf sie zu. Erleichtert merkte Rixende, daß es sich offensichtlich um einen Betrunkenen handelte. Doch leider begann der Mann nun auch noch zu grölen. Dieser Dummkopf! Er torkelte so nahe an ihr vorüber, daß sie seinen Atem riechen konnte. Doch er bemerkte sie nicht, weil er inzwischen aus voller Kehle sang. Allerdings wurden nun etliche Fenster aufgerissen und weiße Nachthauben – die Gesichter waren in der Dunkelheit nicht zu erkennen – riefen Schimpfworte auf die Gasse hinunter. Bald jedoch kehrte wieder Ruhe ein. Der Mann verschwand und mit ihm die Hauben. Rixende tastete sich weiter das kurze Stück bis zum Tor die Mauer entlang. Gerade als sie den Schlüssel hervorziehen wollte, packte sie plötzlich jemand bei der Hand. Rixende dachte, das Herz müsse ihr stehen bleiben.

»Ich bin's«, raunte da eine vertraute Stimme an ihrem Ohr, und als sie sich umdrehte, nahm vor ihren Augen langsam Fulcos dunkle Gestalt Konturen an. Ja, sie sah für einen kurzen Augenblick sogar sein anziehendes Lächeln, als ein Schimmer Mondlicht auf sein Gesicht fiel. Wie hatte sie sich nach diesem Lächeln, diesem Mann gesehnt! Statt sich zu beruhigen, begann ihr Herz nun noch lauter zu schlagen, so daß sie schon befürchtete, ganz Carcassonne könnte es für die Glocken von Saint-Nazaire halten. Vergeblich versuchte sie mehrere Male, den Schlüssel in das Schloß zu stecken. Fulco lachte leise, nahm ihr den Schlüssel aus der Hand und öffnete selbst das Tor. Hand in Hand, denn sie konnten schon jetzt nicht mehr voneinander lassen, tappten sie im

Dunkeln durch das große Lager, wobei Rixende verzweifelt in den leeren Gestellen nach irgendeiner dort zurückgebliebenen Lampe tastete. Doch Fulco hatte vorgesorgt. In dem Beutel, den er bei sich trug, war alles, was sie brauchten.

»Komm mit mir in den kleinen Lagerraum hinauf, er hat keine Fenster, dort können wir unbesorgt Licht machen«, meinte sie mit rauher Stimme.

Sie küßten sich so leidenschaftlich und hungrig, wie sie es seit den Tagen in der Burg des Einhorns nicht mehr getan hatten, und breiteten dann auf den Dielen etliche härene Decken aus, die in einer Ecke herumgelegen hatten.

Ja, es ist die Liebe, die in Gang hält Sonne und Sterne.

»Ich komme mir vor wie Protesilaos«, sagte Fulco, als sie völlig erschöpft, aber noch immer Arm in Arm beinanderlagen.

»Wer ist Protesilaos?« fragte Rixende und stützte sich auf, um Fulco ins Gesicht zu sehen.

»*Bella gerant alii, Protesilaus amet*, sagte einst Ovid. *Mögen andere Krieg führen, Protesilaos möge lieben!* Die Geschichte geht so, ich will sie dir erzählen: Als die Griechen vor Troja zogen, sprang Protesilaos den anderen voraus an die feindlichen Gestade. Und er wurde zum ersten Opfer dieses neunjährigen Krieges. Laodamia, seine Gattin, raufte sich die Haare und war untröstlich. Doch die Götter erwiesen sich als gnädig. Sie ließen den Gefallenen aus der Unterwelt zurückkehren an den heimischen Herd – aber nur für drei Stunden. Protesilaos genoß diese kurze Frist zu einer letzten, hingebenden Liebesnacht mit seiner Frau.«

Fulco lachte in sich hinein. »Und siehe da: Die Götter erwiesen sich auch mir als gnädig!«

»Das heißt für mich, du mußt bald wieder gehen. Auch deine Frist hat ein Ende, nicht wahr?«

»Ja, bevor die Stadttore aufgemacht werden, muß ich wieder in der kleinen Herberge in der Nähe der Mandelpforte sein, wo mein Pferd untergestellt ist. Die Leute dort haben mich nicht erkannt, denn ich trage die Papiere eines Bruders bei mir. Er wird Angelo genannt – und er ist mein Freund. Ein guter Freund, der mir klargemacht hat, daß niemand auf Dauer eine Maske tragen kann, daß man nicht nur altern, sondern sich auch verändern darf. Ich hoffe inständig, daß mir nicht nur die Götter Ovids, sondern ein weiteres Mal auch die Wachen an der Porte Narbonnaise gnädig sind und mir nicht allzu genau ins Gesicht sehen. Denn ich kann es nicht leugnen: eine Ähnlichkeit mit diesem Hund Fulco von Saint-Georges, den man mit Schimpf und Schande aus der Stadt gejagt hat, ist durchaus vorhanden, meinst du nicht auch, Liebste?«

Rixende lachte verhalten, dann wurde sie ernst. »Werde ich dich wiedersehen, oder ist dies ein Abschied für immer?«

»Wenn alles gut geht, werde ich dich von jetzt an öfter besuchen. Irgendwann dann, eines nicht zu …«

»Eines nicht zu fernen Tages?«

»Ja, ganz bestimmt. Gib mir noch ein wenig Zeit, Liebste. Ich werde einen Weg finden, damit wir für immer zusammenbleiben können. Doch sag, wo sind all die schönen Stoffe, die sich früher in den Warengestellen befanden?«

Rixende erzählte ihm in knappen Worten von Ibrahims List.

»Dieser ausgefuchste Sarazene!« sagte Fulco schmunzelnd. »Ich hoffe nur, er hat dich nicht übers Ohr gehauen?«

»Nein, nein, ganz bestimmt nicht«, beruhigte ihn Rixende. »Auf Ibrahim kann ich mich verlassen. Der Erlös liegt in Narbonne bei den Templern. Nur auf die Ländereien und Häuser hier in Carcassonne werde ich verzichten müssen. Um sie zu veräußern, bedarf es der Zustimmung des Seneschalls.«

Nachdenklich sah Fulco Rixende ins Gesicht.

»Bedeutet das heimliche Aufgeben des Tuchhandels, daß du … daß du Carcassonne über kurz oder lang verläßt?«

»Eines nicht zu fernen Tages«, wiederholte sie, »werde ich ganz gewiß Carcassonne verlassen. Und ich weiß auch schon, wohin ich gehen will. Ob du jedoch …?« Rixende brach mitten im Satz ab. Es war nicht der Stolz der Frau, die zur

Hüterin des großen katharischen Schatzes geworden war, nein es war der Stolz der Liebenden, der ihr verbot, das auszusprechen, was sie mit allen Fasern ersehnte.

»Aber noch ist es nicht soweit. Ich muß, ob es mir gefällt oder nicht, des Königs Entscheid abwarten«, sagte sie statt dessen. »Hoffentlich kommt er im nächsten Jahr. Elias Patrice hat erzählt, daß er seine Reise hierher wegen des Friedensvertrages mit dem englischen König Eduard I. aufgeschoben hat.«

»Und wenn sich Philipp gegen Fabri und somit gegen dich entscheidet?«

»Dann fällt das leere Lager Abbéville in den Rachen.«

»Aber dann bist du augenblicklich in Gefahr, Liebste!« Fulco sprang auf. »Ich kenne ihn. Er wird wütend sein über deinen Streich. Und vergiß Guidonis nicht. Du darfst nicht so lange warten!«

»Ich habe keine Angst. Sollte der König gegen mich entscheiden, was ich nicht glauben will, so wird er mir eine Frist einräumen, damit ich in Ruhe meinen Hausstand auflösen kann. Schließlich war nicht ich, sondern der alte Castel Fabri der Ketzerei angeklagt, nicht wahr? Ich werde also weit weg sein, wenn Abbéville das erste Mal über unsere Schwelle tritt.«

Fulco hatte stärkste Zweifel. Er wußte, wie Abbéville über Rixende dachte, doch er wollte sie nicht ängstigen in der ersten Nacht, die sie seit langem zusammen verbrachten. Er mußte vielmehr rasch einen Unterschlupf für sie beide finden, eine fremde Stadt, ein Land, wo sie unerkannt noch vor des Königs Besuch ihr gemeinsames Leben beginnen konnten. Er durfte nicht länger warten.

»Wie steht es mit deinem Bruder?«

»Er ist tot. Endura«, sagte Rixende ernst. »Wußtest du nicht, daß sie fünfhundert Katharer lebendig eingemauert haben, in die Höhle von Lombrives?«

Nach einer Weile meinte Fulco:

»Ich wußte es, und ich hatte befürchtet, daß dein Bruder unter ihnen war.«

Er dachte an Angelo und rang nach Worten, nicht um diejenigen in seinem Orden zu entschuldigen, die dieses Massaker angerichtet hatten, sondern um Rixende zu trösten.

»Irgendwann wird die Grausamkeit ein Ende nehmen«, sagte er, wissend, daß es nicht die richtigen Worte waren.

»Irgendwann? Ich kann dir sagen, wann«, schleuderte ihm Rixende entgegen. »Es wird erst dann zu Ende sein, wenn Rom das bekommen hat, was es haben will.«

Fulco sah sie von der Seite an. Er bemerkte, wie ihre Lippen vor unterdrückter Wut bebten.

»Dein Bruder war der Hüter des katharischen Schatzes, nicht wahr?«

Rixende sah ihm in die Augen. »Aber nun ist er tot. Was er gehütet hat, ist gut verborgen.«

»Wie kannst du das wissen?«

»Ich weiß es«, sagte sie mit Bestimmtheit, und ein Plan, der zuvor nur in Umrissen vorhanden war, nahm plötzlich Gestalt an.

38

Als nach der Hast, die allzeit ins Gedränge
die Würde bringt, sein Fuß dann kam zur Ruh …
Dante, Die Göttliche Komödie

»›*Si vis amari, ama!*‹ hat schon Hekaton gesagt.« Bruder Angelo hatte nicht lockergelassen, bis er auch Fulcos letztes Geheimnis erfuhr. Dann strahlte er Saint-Georges an. »Liebe, wenn du geliebt werden willst! Die Liebe ist die Erfüllung des Gesetzes. Das sagt übrigens auch Paulus. Kämpft also nicht an gegen die Liebe, die Ihr für diese Frau empfindet, Vater Prior. Bekennt Euch vielmehr vor Euch selbst zur Aufrichtigkeit Eurer Gefühle.«

»Nun, Paulus hatte eine andere Art von Liebe im Sinn …« Fulco lächelte nachsichtig. Angelo hatte keine so umfassende theologische Ausbildung genossen wie er selbst.

Doch Angelo beharrte auf seiner Auslegung. »Gleichwohl ist die Liebe, die Mann und Frau miteinander verbindet, die stärkste Liebe auf Erden. Ihr sucht Gott, Bruder Fulco? In der Liebe findet Ihr ihn. Nur dort, nicht hier in unseren kalten Klöstern.«

Erneut hatten sie eine ganze Nacht hindurch miteinander disputiert, und als der Hahn krähte, fühlte Fulco sich leicht und beschwingt, so wie es einem geht, wenn man endlich einen guten Beichtvater oder Freund gefunden hat, dem man alles anvertrauen kann.

Angelo war es auch, der ihm geraten hatte, nach Carcassonne zu reiten, um Rixende wiederzusehen.

Jetzt, auf dem Rückritt – an der Porte Narbonnaise war alles gut gegangen –, fühlte er, wie eine tiefe Ruhe sich in seinem Inneren ausbreitete. Hatte er zuvor gezweifelt, ob Rixende ihn überhaupt noch sehen wollte, so wußte er nun, daß sie ihn wirklich liebte, daß sie keinen anderen jemals lieben würde. Was sie noch immer trennte, der Ort, die Umstände, das alles konnte überwunden werden.

Doch es kam anders.

In Avignon angekommen, herrschte helle Aufregung unter den Mönchen. Einer von ihnen, ein noch junger Mann, der erst vor Jahresfrist die Tonsur erhalten hatte, war schwer erkrankt. Ein Fieber, wie der herbeigezogene heilkundige Bruder Urban meinte, im frühen Sommer zwar ungewöhnlich, aber es sei schon öfter aufgetreten. Er hoffte nur, daß es sich nicht schon wieder um das Antoniusfeuer handelte, das erst vor drei Jahren etlichen Mönchen das Leben gekostet hatte. Am vierten Tag jedoch verschlechterte sich der Zustand des Mönchs rapide. Schüttelfrost und starke Gliederschmerzen hatten sich zum Fieber gesellt, und der Mann fiel von einer Stunde auf die andere ins Koma. Urban ließ ihn sofort in eine abgelegene Kammer verlegen, fern von den anderen Kranken. Zwar hatte er noch immer das Mehl in Verdacht, das als Auslöser des Antoniusfiebers galt, aber es war sicherer so. Als am Tag darauf weitere Krankheitsfälle auftraten, beschlossen Fulco und Angelo, am nächsten Morgen nicht etwa den Stadtphysicus, sondern – wenn er denn käme – gleich den Bischof Johann von Göttingen zu Rate zu ziehen, der als berühmtester Arzt der Welt galt, seit er schon in jungen Jahren Medizinprofessor an der Universität Montpellier gewesen war. Seit kurzem weilte er in Avignon, das in jener Zeit sechzehn Spitäler und Siechenhäuser besaß.

Johann von Göttingen, der sich nach seiner deutschen Heimatstadt nannte, besah sich die Kranken gründlich. Mit leiser Stimme forderte er die pflegenden Mönche auf, die Fiebernden, die benommen schienen und deren Gesichter stark aufgedunsen waren, zu entkleiden. Als er ihnen unter die Achselhöhle blickte, erschrak er sichtlich.

»Herr Prior«, wandte er sich an Fulco, der mit Bruder Angelo unter der Tür des Krankenzimmers stehengeblieben war, um der Untersuchung beizuwohnen, »bitte verlaßt augenblicklich dieses Gebäude. Ich will später mit Euch reden.«

Die pflegenden Mönche begannen sich Blicke zuzuwerfen.

»Herr, handelt es sich etwa um Fleckfieber?« wagte Bruder Urban leise zu fragen.

Johann von Göttingen nickte. »Kein Zweifel«, sagte er. »Seht her, dies ist der typische, feinfleckige Hautausschlag, den das Fleckfieber hervorruft, hellrot, linsengroß. Die Ursache sind Miasmen, schlechte Ausdünstungen. Der Ausschlag wird sich in wenigen Tagen auf den ganzen Körper ausdehnen, mit Ausnahme des Gesichts, der Handflächen und Fußsohlen. Räuchert noch heute das Krankenzimmer aus, auch die Zellen, in denen diese Mönche gearbeitet haben, und natürlich das gesamte Dormitorium. Versprüht zusätzlich Essig in allen anderen Räumen. Die Kranken, die noch bei Bewußtsein sind, sollen sich einen Essigschwamm vor den Mund halten. Dann stoßt alle Läden und Türen auf und laßt sie mindestens acht Tage offenstehen. Die Luft, darin du wohnst, sei licht, rein von Gift und stinke nicht!«

Der Bischof öffnete seinen Schnappsack und entnahm für jeden der Erkrankten eine blaue Wachsscheibe mit dem Agnus Dei darauf. Diese Scheiben legte er den Mönchen auf das Herz. Dann sprach er ein kurzes Gebet.

»Was können nach Eurer Erfahrung die Gesunden tun, damit sie nicht auch erkranken?« fragte Urban, als sich Johann von Göttingen zum Gehen anschickte.

»Sie sollen noch heute Bäder nehmen, Schwitzbäder. Gießt auch dort reichlich verdünnten Essig auf die heißen Steine, damit sie ihn mit dem Wasserdampf einatmen. Und dann betet. Mehr könnt Ihr nicht tun, Bruder!«

Mit diesen Worten verließ er das Hospital. Im Kreuzgang warteten bereits ungeduldig Fulco und Angelo.

»Fleckfieber«, sagte der berühmte Arzt nun auch zu ihnen. »Um Christi Willen, laßt nach mir niemanden mehr aus dem Kloster, bis die Krankheit abgeklungen ist! Später, wenn alles vorüber ist, holt Euch einen tüchtigen Rattenfänger aus der Stadt. Diese Biester dünsten Krankheiten aus. Ja, schaut nicht so verwundert, Euer Kloster ist alt, und Ratten, Mäuse und anderes Ungeziefer sind ein elendes Geschmeiß! Doch nun zu Euch, Prior. Ihr müßt sofort Euren Körper von den schlechten Säften reinigen. Badet, kaut wohlriechende Pfefferminzblätter und Gewürznelken, macht Spülungen mit heißem Wein, den ihr zuvor mit Zimtrinde und Kümmel aufgekocht habt, und vergeßt vor allem für eine Zeitlang nicht, morgens und abends die Zähne mit einem Pulver einzureiben, dessen Hauptbestandteile ich Euch nun rasch aufschreiben will, denn ich bin in beträchtlicher Eile.«

Als der Göttinger zur Klosterpforte hinausgehastet war, waren sich Fulco von Saint-Georges und Angelo einig. Die Lage war ernst und erforderte strenge Maßnahmen. Dennoch bat Angelo Fulco eindringlich, sich in Sicherheit zu bringen und das Kloster noch in der gleichen Stunde zu verlassen. Doch Saint-Georges lehnte rundweg ab. Es wäre nicht seine Art, die Brüder in der Not im Stich zu lassen.

Groß und klein, jung und alt strömte am Tag des heiligen Benedikt auf den Marktplatz von Carcassonne, den ein blauer, beinahe wolkenloser Festhimmel überspannte. Bereits in den frühen Morgenstunden, als noch ein angenehm kühles Lüftchen wehte, waren allerlei Spaßmacher, Narren und Musiker eingetroffen, die nun, um die Mittagszeit, zum letzten Mal ihre Instrumente stimmten. Dabei wurden sie umringt von schnatternden, neugierigen Kindern, die etwas älteren Mädchen unter ihnen schon im Festgewand und blumenbekränzt. Zwei Akrobaten führten Kunststücke vor, sie schlugen Rad und liefen wieselflink auf ihren Händen herum. Ein Stück weiter, ausgerechnet vor dem Karren des ersten Karbonadenverkäufers der Stadt, versuchte ein verschlagener, schmuddelig wirkender Gaukler mit unanständigen Gebärden, ja gar mit dem Entblößen seines Hinterteils, die Umstehenden zu belustigen. Dies stieß allerdings bei zwei älteren Frauen und vor allem beim Fleischverkäufer selbst auf wenig Gegenliebe. Sie jagten ihn kurzerhand davon.

Vor dem Turm Saint-Paul ließ ein Tierbändiger einen gewaltigen Braunbären tanzen. Der Bär stellte sich zwar noch ein wenig dumm an und riß ständig an seiner Kette, so daß die Peitsche zum Einsatz kam, aber die Umstehenden waren beeindruckt von der Größe und Kraft des Tieres, und man war sich einig, daß Carcassonne einen solch mächtigen Bären niemals zuvor gesehen hatte.

Der Seneschall, der das Fest im Namen des Königs ausrichtete, hatte verfügt, daß am späten Nachmittag in den Lices – dem Gelände zwischen dem inneren und äußeren Mauerring – ein großes Scharlachrennen stattfinden sollte. Den »Französischen Kampf«, wie man die ernsthaften Lanzenturniere nannte, hatte Philipp der Schöne verboten. Der Sieger dieses Reiterstechens *à plaisance* – also mit harmlosen Waffen – sollte, nach italienischem Vorbild, neben dem Ruhm ein wertvolles Scharlachtuch zur Belohnung erhalten und obendrein eine Goldmünze. Der zweite Preis war eine Armbrust und der dritte ein Schwert. Der letzte würde – man befand sich schließlich in Carcassonne – ein Schwein bekommen. So zogen den ganzen Tag über Ritter in die Stadt, die sich selbst, ihre Knappen und auch ihre Pferde auf das prächtigste herausgeputzt hatten.

Rixende hatte sich ein Herz gefaßt und war allen Lästermäulern zum Trotz zum Festplatz aufgebrochen. Als sie bei den »Liebesbäumen«, den stattlichen Platanen angekommen war, die den sonst so sommerlich verträumten Schloßplatz säumten, sah sie sich plötzlich umringt von wehenden Helmbüschen, flatternden Bändern, kunterbunten Fahnen und Standarten, und sie konnte sich nicht genug wundern über die Kleidung, die die Ritter trugen. Geschlitzte und zweifarbige Beinlinge, Samtwämse in allen Farben, prunkvolle Gürtel und Umhänge, bestickte Barette, silberne und güldene Ketten.

Man hätte meinen können, daß manche an diesem Tag ihr halbes Vermögen mit sich herumtrugen.

Weil die Sonne heiß vom Himmel stach, gesellte sich Rixende zu Elias Patrice und seiner Frau, die sich auf den Ehrenbänken des Senats unter den schattigen Arkaden niedergelassen hatten, um von dort dem bunten Treiben zuzusehen. Elias freute sich, Rixende zu sehen, und auch die anderen Senatoren grüßten sie freundlich, wenngleich mit Zurückhaltung. Von der Porte Narbonnaise herauf schallte ordinäres Gelächter. Eine Anzahl von Dirnen – erkennbar an den grellgelben Tüchern, die sie trugen – strömte auf den Festplatz. Die älteren Konsulsgattinnen verzogen unwillig das Gesicht und warfen sich vielsagende Blicke zu, aber sie schwiegen, denn schließlich handelte es sich um die Ärmsten der Armen, die sich auf solche Weise ihren Unterhalt verdienten.

Am Schöpfbrunnen sah Rixende Benete und ihren Sohn stehen, verwickelt in ein Gespräch mit einer fremden Frau mit schneeweißer Haube. Die Köchin, ebenfalls im festlichen Gewand und mit neuer Haube, hatte eine riesige bemehlte Brezel in beiden Händen, in die sie mit gutem Appetit hineinbiß.

Da, ein Aufschrei! Ein hellbraunes Ferkel raste laut quiekend über den Marktplatz.

»Ein Antonius-Schwein«, rief eine Stimme, und alle Leute lachten, weil es in Carcassonne gar keine Antoniter gab. Das Ferkel schrie erbärmlich, und weil ein paar Bürschlein es zu hetzen begannen, lief es in seiner Not auf die fremde Frau zu, die neben Benete stand, und brachte sie zu Fall. Alles lachte und amüsierte sich köstlich über das Mißgeschick. Mit Aucassinnes Hilfe und unter Gezeter und Geschimpfe rappelte sich die Frau wieder hoch und säuberte sich, so gut es ging. Die Kinder jagten derweilen das aufgeregte Schwein zum Turm Major hinauf.

Elias Patrice hatte ein rotes Gesicht bekommen, als er die Festtagshaube der Frau im Dreck liegen sah. Auf seine Veranlassung hin, so erzählte er den Umstehenden, sei die Stadt und vornehmlich der Festplatz erst tagszuvor gründlich von allem Unrat gereinigt worden, und nun läge schon wieder allerlei Mist auf dem Pflaster herum, Pferdeäpfel, Abfälle, Kot und Erbrochenes. Offenbar hätten einige schon seit den frühen Morgenstunden eifrig dem Met und dem Wein zugesprochen und sich danach einfach an Ort und Stelle entleert.

»Wofür eigentlich haben wir im Vade-Turm Latrinen einbauen lassen!« schimpfte er lautstark und wollte sich gar nicht mehr beruhigen.

Inzwischen hatten sich in der Nähe der Arkaden vier Spielleute niedergelassen, unter ihnen ein Flötenspieler, ein schmaler Bursche mit hellem, kurzem Haar unter einer grünen Samtkappe, dann einer, der die Laute zu zupfen verstand, und ein dicker, gemütlich aussehender Trommler im rotweißen Wams, der unternehmungslustig mit den Augen zwinkerte. Der vierte Mann, offenbar der Anführer der Gruppe, mit dunkelglänzenden langen Haaren, die er zu einem Pferdeschwanz gebunden trug, war großgewachsen und gutaussehend. Mit lauter Stimme und unter trefflichen Gebärden begann er Spottgeschichten aus dem Stadtgeschehen vorzutragen oder sie in gereimter Form zu singen. Im Nu war die Gruppe von einer Schar Bürger umringt, die mit Gelächter, zustimmenden Hoho-Rufen und ausgelassenem Schenkelklopfen die Vorstellung quittierten. Auch Elias Patrice war neugierig geworden. Nebst anderen Konsuln schlenderte er zu den Musikern hinüber, im Abstand gefolgt von einigen Damen, unter ihnen auch Rixende. Die Frauen mußten sich jedoch auf die Zehenspitzen stellen, wenn sie den Spielleuten ins Antlitz sehen wollten, denn es herrschte bereits Gedränge. Gerade begann der Barde mit einem neuen Lied, das nach jedem Vers durch einen wilden Trommelwirbel unterbrochen wurde. *Tanderadei!*

Zuerst dachte sich Rixende nichts Arges, im Gegenteil, sie bewunderte die volltönende, ein wenig spöttische Stimme des

Mannes, die Ähnlichkeit mit Fulcos Stimme hatte, doch dann, beim vierten Reim stieg ihr von einem Atemzug auf den nächsten die Schamröte ins Gesicht.

»In Carcassonne lebt eine Frau, Tanderadei,
ihr alle kennt sie ganz genau, Tanderadei,
Geistvoll ihr Mund – von Gestalt eine Zier,
… damit erregt sie jedes Klostermanns Gier.«

Einzelne Leute lachten. Mit höfisch-eleganter Geste zog der Sänger das Band aus seinen Haaren, die daraufhin weit über seine Schultern fielen. Er schüttelte eitel das Haupt und begann auf anzügliche Weise abwechselnd über seine rechte und seine linke Brust zu streicheln.

»Sie ist so schööön …«, fügte er hinzu, um dann theatralisch zu seufzen: *»O jaaa! …*

Und sie ist so reich! Ja, ja, ihr habt recht gehört, ihr edlen Männer und Frauen von Carcassonne … *Sooo reich!«*

Zur Unterstützung seiner Worte zog er einen dicken Beutel hervor und klimperte damit in die Runde. Dann begann er blasiert seine Lippen zu einem auffälligen Kußmund zu spitzen, bevor er die Strophe hart und schnell mit folgenden Worten sowie einer obszönen Handbewegung beendete:

»… und wer nachts sie beglückt, das ist ihr ganz gleich, Tanderadei!«

Alles grölte jetzt. Der Flötist wiederholte die Melodie, der Lautenspieler zupfte eine kurze Sequenz, während der Trommler grimassierend mit den Schlegeln wirbelte, was das Zeug hielt: *Tanderadei!*

Rixende stand wie festgewachsen schräg hinter Patrice, zog den Kopf ein und wartete darauf, daß sich auf der Stelle der Erdboden für sie auftat, um sie gnädig zu verschlucken. Eine ähnliche Szene hatte sie schon einmal erlebt, auf der Burg des Einhorns. Schon streifte sich der Sänger für seine nächste Bosheit eine Dominikanerkutte über.

»Ach liebe, schöne, reiche Frau, Tanderadei,

Ihr kennt das Mönchlein ganz genau, Tanderadei … nicht wahr?« sang er jetzt aus voller Brust.

»Die Kutte fein sauber und määächtig fromm …«

Viele nickten zustimmend und lachten, als der Sänger begann, sich in seiner Verkleidung eitel im Kreis zu drehen.

»der Prior wohl in den Himmel komm! Tanderadei!«

»In der Hölle soll er braten, der Hund!« schrie einer der Umstehenden und reckte drohend die Faust. Der Sänger lachte. »Still Leute, ich bin noch nicht am Ende!« Er nahm ein Tamburin in die Hand und ließ kurz die Schellen rasseln. Ein Trommelwirbel ertönte. Dann fuhr er fort:

»Wie süßer Liebesreime Kranz sich windet,
ist er verliebt in die eig'ne Heiligkeit – stimmt's, Leute?«

Wieder nickten die Zuschauer eifrig.

»Doch Rittermäre, Minnelieder schwindet,
wenn er liiiebt zugleich … Tanderadei … Ja, was wohl, ihr hochwohlgeborenen Damen und Herren von Carcassonne? Ja, was wohl? Was liebt er zugleich! Sagt es mir! Wie? Jetzt seid ihr plötzlich stumm? Ihr wollt es mir nicht erzählen? Na, so was!«

Einige Leute wollten sich ausschütten vor Lachen, andere sahen so gespannt auf den Sänger, als erwarteten sie auf der Stelle irgendwelche Wundertaten.

»wenn er liebt zugleich«, wiederholte er, *»der Dame selig Pförtlein – das Himmelreich! Tandera…«*

»Schluß mit diesem faulen Possenspiel! Ich bin Konsul dieser Stadt, packt Eure Siebensachen und verschwindet, sonst lasse ich euch wegen übler Nachrede in den Turm werfen!«

Noch bevor der Troubadour den letzten Satz rasch zu Ende hatte singen können, war es aus Elias Patrice herausgeplatzt.

Die Musiker ließen ihre Instrumente sinken und sahen sich betroffen an. Der Sänger war plötzlich sprachlos. Vor Schreck war ihm der Umhang von den Schultern gefallen. Doch unter den Zuschauern machte sich Unmut breit.

»Darf man in unserer Stadt nicht mehr die Wahrheit sagen?« schrie einer aus der Menge.

»Ja, die Reichen feiern die Feste, wie sie fallen, aber uns verderben sie die Freude, wann immer sie Lust dazu haben!« keifte eine alte Frau und streckte Elias die Zunge heraus.

»Du kennst wohl auch ihr Himmelreich, Senator!« rief plötzlich eine freche weibliche Stimme, worauf einige sich nach ihr umdrehten und dann verlegen lachten, weil die Dame ein gelbes Tuch am Ausschnitt trug. Patrice jedoch fühlte sich erneut herausgefordert. Er stieß einen heiseren Schrei aus, kämpfte sich mit den Ellbogen durch die Menge, um die Hure persönlich Mores zu lehren. Als er vor ihr stand und ihr süßliches Parfüm roch, das gewisse Erinnerungen in ihm weckte, ergriff er sie an den Armen und zerrte sie wütend hin und her. Dabei schrie er:

»Halt zukünftig dein Schandmaul, Sandrine, sonst lasse ich dir den Rücken peitschen! Wir sind nicht hier, um unsere Sünden aufzurechnen.«

Inzwischen war aber auch Leben in die anderen Konsuln gekommen, die bis zu diesem Zeitpunkt eher hilflos im Publikum gestanden hatten. Um von Patrice und der Hure abzulenken, forderte vor allem Martin Picardé, der sich zu seinen engen Freunden zählte, ebenfalls lautstark den Abzug der Musiker. Doch zu allem Unheil wurde nun eine andere Hure auf Rixende aufmerksam. Das Weib hatte die Tuchhändlerin erkannt und zeigte nun mit den Fingern auf sie. Dabei geiferte es mit lauter Stimme: »Seht mal her, Leute! Da steht es ja, das saubere reiche Mönchspförtlein! Wo steckt denn dein frommer Stecher?«

Patrice ließ von der Hure Sandrine ab, kämpfte sich mit wutfunkelnden Augen zu Rixende durch und zischte sie an:

»Genug der Peinlichkeiten! Verlaßt endlich das Fest und begebt Euch in Eure vier Wände!«

Rixende war speiübel. Sie zitterte am ganzen Körper und hatte größte Angst, vor aller Augen die Fassung zu verlieren. Mit zusammengepreßten Lippen, aber dennoch stolz erhobenem Haupt warf sie dem Spielmann ein paar Münzen vor die Füße und drehte sich zum Gehen um. Die Leute traten zurück. Aus Angst vor Patrice wagte niemand, weiter ausfällig zu werden. Trotzig und ohne nach links oder rechts zu schauen, schritt Rixende in ihrem herrlichen honigfarbenen Gewand aus bester Seide durch die schmale Gasse von Menschen, die sich im Nu gebildet hatte, um den unrühmlichen Abgang der von allen beneideten reichen Frau zu beobachten. Rixendes Entschluß stand fest. Sie würde gehen, ganz gewiß, nicht nur wie jetzt in ihre eigenen vier Wände. Sobald sie Genugtuung erlangt hatte für Castel Fabri und Aimeric, würde sie Carcassonne für immer verlassen.

Doch zuvor hatte sie noch etwas zu erledigen.

Patrices Frau Raymonde, die wie alle anderen die beschämenden Vorgänge mitbekommen hatte, schüttelte über ihren Mann den Kopf. Mondine, wie man sie rief, lief entschlossen Rixende nach. Sie redete eindringlich auf sie ein, faßte sie am Arm und führte sie zur Überraschung aller an der noch immer gaffenden Menge vorbei zu ihrem Sitzplatz unter den Arkaden zurück.

Patrice, der seine Frau beobachtet hatte, brummte verärgert etwas über ihre Eigenmächtigkeit und die der Frauen ganz allgemein, und Picardé pflichtete ihm heftig nickend bei.

»Mein lieber Elias«, sagte Mondine resolut, »du trinkst jetzt auf der Stelle einen großen Schluck Wein und beruhigst dich wieder. Nichts wird so heiß gegessen, wie es gekocht wird. Du hast in deinem Leben viel zu viel auf das Gerede der Leute gegeben. Rixende Fabri ist eine freie Frau, und sie ist die Witwe eines Konsuls, vergiß das bitte nicht. Niemand kann ihr Vorschriften ihres Umganges wegen machen. Einfach weglaufen wäre gerade verkehrt gewesen! Sie muß den Leuten offen ins Gesicht sehen, dann wird man sie bald wieder mit Respekt behandeln! Das waren übrigens genau deine Worte, als man dich vor Jahren mit Spott überzogen hat, damals in der Sache mit dieser Sandrine, die dich soeben blamiert hat. Du weißt, was ich meine, oder hast du es etwa vergessen?«

Elias Patrices Miene zeigte deutlich, daß er keine Lust

hatte, zu seiner längst abgebrochenen Beziehung zu einer Hure Stellung zu nehmen. Er setzte sich wortlos, doch mit grimmigem Gesicht neben seine Frau und tat so, als gäbe es im Augenblick nichts Wichtigeres, als den Aufbruch der frechen Spielleute zu beobachten.

Die rundliche Gattin des Senators, der man schon immer nachgesagt hatte, daß sie die Hosen anhätte im Hause Patrice, gluckste ein wenig in sich hinein, beugte sich dann mit ihren glitzernden rehbraunen Augen zu Rixende hinüber, die noch immer zitterte, und flüsterte ihr ins Ohr: »Ohne die Liebe verliert das Leben seine Seele. Er weiß es, ich weiß es, und Ihr wißt es auch. Laßt Euch also nicht beirren, zeigt den Leuten die Zähne!«

Inzwischen hatten sich vor dem Château chomtal die wackeren Recken für den Wettbewerb um das Scharlachtuch aufgestellt. Das Rennen und die nachfolgenden Tänze am Abend würden der Höhepunkt des Festes sein, und Rixende machte sich einige Zeit später, Arm in Arm mit Patrices Frau, auf den Weg zu den Lices, um dort – auf der Ehrentribüne – einen guten Platz zu ergattern.

Der Herold, eskortiert von zwei Soldaten des Seneschalls, verlas gerade mit lauter Stimme die Turnierregeln. Nach und nach zogen die reich geschmückten und mit glänzenden Rüstungen versehenen Ritter hoch zu Roß auf ihren Streitsätteln ein. Vor den Schranken ordneten sie sich in einer doppelten Reihe, bis sie einander gegenüberstanden. Die Zuschauer applaudierten. Einige Pferde stampften ungeduldig mit den Hufen.

»Laissez aller«, rief endlich der Herold, und die Trompeten erschallten. Aufgeregt hielten die Leute den Atem an. Die Hölzer senkten sich. Die zuvorderst stehenden Ritter drückten die Sporen in die Flanken ihrer Rösser, und in gestrecktem Galopp ritten sie los.

Rixende beobachtete gespannt das Geschehen, als plötzlich Benete vor der Tribüne auftauchte. »Herrin, Herrin«, die

Köchin winkte aufgeregt, und jedes Pfund Fett schwabbelte um ihre Mitte. Empört schüttelten die Umstehenden den Kopf über die Unruhestifterin. Doch Benete ließ sich nicht aufhalten.

»Gut, daß ich Euch gefunden habe!« schrie sie laut und schob sich erleichtert die Haube aus der schweißbedeckten Stirn. »Kommt schnell mit, ich muß Euch etwas sagen! Es ist von größter Wichtigkeit!«

Nicht wenig verwundert, entschuldigte sich Rixende bei Raymonde und den anderen und folgte ihrer Bediensteten, die sie zielstrebig aus der Menge heraus in eine der engen, menschenleeren Gassen zog.

Das donnernde Scheppern, das immer dann ertönte, wenn die Ritter in der Mitte der Schranken aufeinandertrafen, und der darauffolgende Aufschrei der Zuschauer untermalten das Entsetzliche, das die Köchin zu berichten hatte.

39

Den tiefen Schlag im Haupt mir brach mit Krachen
ein Donnerschlag, daß ich zusammenfuhr …
Dante, Die Göttliche Komödie

»Hast du dich auch nicht verhört?«

Während Rixende Benete schüttelte, dachte sie, daß sie offenbar erst am Rande des Höllenschlundes angelangt und der Auftritt des Spielmanns nicht das Schlimmste gewesen war, was ihr heute widerfahren sollte. Voll wilder Auflehnung gegen das Schicksal begann sie nachzurechnen. Wie lange war es her, daß Fulco bei ihr gewesen war? Zwei Wochen? Beinahe drei! Aber er schien doch völlig gesund!

»Sie sterben wie die Fliegen, sagen die Leute«, berichtete Benete nun zum zweiten Mal und wischte sich unablässig mit einem Tuch den Schweiß von der Stirn. »Und auch der Vater Prior soll krank geworden sein. Der Prior des Dominikanerordens von Avignon!« wiederholte sie und zog dabei bedeutungsvoll die kräftigen Brauen hoch.

»Heilige Jungfrau, steh uns bei«, seufzte Rixende, nur um überhaupt etwas zu sagen. Sie war blaß wie ein Leichentuch. »Was soll ich nur tun?«

»Ihr könnt gar nichts tun, Herrin! Seid froh, daß Ihr keine Begegnung mit dem Mönch hattet. Am Ende hätte er die Krankheit auch noch hierher in unsere Stadt geschleppt!«

Benete hatte sich einen vorwurfsvollen Ton nicht verkneifen können.

Nun wagte es Rixende schon gar nicht mehr, die Köchin in das Geheimnis der Regennacht einzuweihen. Offenbar hatte aber auch Aucassinne seiner Mutter nichts über den geheimnisvollen Besucher erzählt.

Rasch drückte die junge Frau Benete einige Münzen in die Hand, schickte sie zum Festplatz zurück mit dem Rat, sich keine unnötigen Sorgen zu machen. Dann eilte sie nach Hause. Als sie das Rote Haus betrat, herrschte Totenstille. Rixendes Mut sank so schnell, wie er gekommen war. Würde diese Stille ihr zukünftiger Begleiter sein, wenn Fulco starb? Was war, wenn das in der Höhle Geschaute sich als Trugbild herausstellte, wenn zukünftig keine Hoffnung mehr auf ein Wiedersehen mit dem Geliebten bestand?

Mit Macht verdrängte Rixende die üblen Gedanken. Statt dessen begann sie zu handeln. Sie holte aus der Sattelkammer eine Hacke und lief damit in den Hof zum Brunnen. Dort grub sie die steinharte Erde auf.

Zwei Stunden später drang noch immer schrille und aufreizende Flötenmusik an ihre Ohren, obwohl es schon dämmerte. Rixende saß in Fabris Studierzimmer. Sie hatte die Tür hinter sich abgeschlossen und ein Talglicht angezündet. Es war an der Zeit. Ihr Körper straffte sich. Sie beugte sich über die goldene Kapsel und vertraute ihr ihre Angst um Fulco an. Sie weinte, flehte, betete. Auf eine eigenartige Weise spürte sie die verborgene Kraft der Geheimen Worte, doch würde es ihr ein zweites Mal erlaubt sein, in die Zukunft zu sehen?

Von weitem hörte Rixende es donnern. Auch der Wind schien heftiger geworden zu sein, denn es zog plötzlich zum Fenster herein. Das Talglicht begann aufgeregt zu flackern, die Goldkapsel funkelte.

Rixendes Gedanken wanderten, ohne daß sie aufgehalten werden konnten, zurück in die Vergangenheit, und sie sah plötzlich in übergroßer Deutlichkeit ihre Mutter vor sich, wie sie laut schluchzend in den Armen der alten Na Roqua gelegen hatte, weil sie nach Brune nun auch noch Montane verloren hatte, ihre beiden Zwillingsmädchen, die wenige Jahre älter als Rixende gewesen waren. Sie waren an einer bösen Krankheit, die den Hals verengte, gestorben. Die Mutter so weinen zu sehen, diese sprühende, lebendige, wunderschöne Frau, die jedermann liebte und verehrte auf der Burg, war für ein kleines Kind wie Rixende verwirrend gewesen. Jetzt endlich verstand sie solchen Schmerz. Nun konnte sie auch nachvollziehen, was die Mutter gefühlt haben mußte, als sie ein halbes Jahr darauf auch noch Simon und sie hatte hergeben müssen, wenige Tage vor ihrem bitteren Weg zum Scheiterhaufen. Und dennoch war sie unendlich tapfer gewesen, hatte sie beim Abschied nicht geweint, um ihre kleine Tochter nicht zu ängstigen.

Ein sonderbarer Schauer bemächtigte sich Rixendes, als das Bild ihrer Mutter wieder verblaßte. Hatte sie gerade eine Botschaft empfangen? War nun sie an der Reihe, das Liebste herzugeben, das sie noch auf Erden hatte, den einzigen Menschen, an dem ihr Herz mit aller Leidenschaft hing? Aimeric war dieser Mensch nicht gewesen, obwohl sie unendlich traurig war, als sie von seinem Tod erfuhr. Auch um den alten Fabri hatte sie aufrichtig geweint – und natürlich vermißte sie ihren Bruder Simon.

Doch Fulco? Ihn weit weg in Avignon, in einer fremden Stadt, zu wissen tat weh, den Geliebten jedoch für immer zu verlieren, das bräche ihr gewiß das Herz.

Mühsam unterdrückte sie ein Gähnen. Sie riß sich zusammen und begann erneut, für Fulcos Gesundheit zu beten. Dabei starrte sie unentwegt mit tränenfeuchten und zugleich brennenden Augen auf den Behälter mit den Geheimen Worten. Noch gab es Hoffnung, daß Fulco lebte. Noch konnte sie etwas für ihn tun.

Für eine Weile schloß Rixende die Augen. Doch dann schreckte sie wieder hoch. Was war das gewesen? Gerade hatte sie sich selbst gesehen! Das Feuer! Die Nacht, als der Scheiterhaufen in Carcassonne loderte, jene schrecklich schöne Nacht, in der sie voller Haß gewünscht hatte, Fulco von Saint-Georges und Abbéville möchten auf der Stelle tot vom Turm der Kathedrale fallen.

Wenn ihr vom Baume der Erkenntnis esset, werdet ihr wie Gott sein, wissend das Gute und das Böse, hatte ihr irgendwann der Lehrer, Bruder Paule, gesagt.

Wissend das Gute und das Böse?

Hatte sie sich in dieser unheimlichen Nacht für das Böse entschieden?

Noch einmal donnerte es leise. Das Gewitter schien weit weg zu sein. Rixende warf einen skeptischen Blick auf das Fenster. Je schwärzer draußen die Nacht wurde, desto düsterer wurde offenbar ihr Herz. Das ist wohl die Tragik der Menschen, dachte sie bei sich, die Angst gebiert den Haß und die Liebe den Schmerz.

Rixende bettete den schweren Kopf auf ihre Arme, wobei sie die Kapsel fest umfangen hielt. Nur für einen kurzen Augenblick schloß sie die müden Lider.

Ein heftiger Donnerschlag schreckte sie auf. Rixende wußte erst gar nicht, wo sie war, doch dann konnte sie sich eines Lächelns nicht erwehren. Es war wohl ihr sehnlichster Wunsch gewesen, der ihr gerade diesen Traum beschert hatte, in dem Fulco lachend auf sie zugegangen war und sie umarmte. Wie sollte ich jemals zu den Katharern gehören, dachte sie resigniert, wenn ich es nicht einmal fertigbringe, eine einzige Nacht lang wach zu bleiben und im Angesicht ihres höchsten Heiligtums zu Gott zu beten?

Sie schüttelte den Kopf über ihre absonderlichen Gedanken, stützte ihn dann in ihre Hände, weinte lange.

Und es hörte sich weniger an wie ein Trauergesang denn wie eine Klage über ihre Schwäche.

Tagelang befragte sie alle möglichen Leute über die große Seuche von Avignon. Elias Patrice, der sie merklich kühl behandelte, Martin Picardé, aber vor allem Petrus von Vaisette, von dem sie wußte, daß er dort einen Bruder hatte. Doch was ihr auch immer zu Ohren kam, es handelte sich stets nur um Gerüchte, um Neuigkeiten, die die anderen ebenfalls nur vom Hörensagen erfahren hatten.

Als Rixende eine Woche später noch immer keine Nachricht von Fulco hatte und ihre Unruhe größer und größer wurde, faßte sie sich ein Herz und machte sich auf den Weg zum Kloster der Franziskaner. Wenn einer die Wahrheit über das Fleckfieber wußte, so Bernhard Délicieux, denn die Franziskaner unterhielten in Avignon ebenfalls eine große Abtei.

Natürlich war auch Délicieux das Gerücht über ihre angebliche Verbindung mit Fulco von Saint-Georges zu Ohren gekommen. Doch er hatte sich nur zum wiederholten Male gefragt, weshalb sich die Leute solche Dinge zusammenreimten.

»Was führt Euch zu mir, Frau Fabri?« fragte er freundlich und verbarg geschickt sein Erschrecken über ihr völlig verhärmtes Aussehen.

Rixende, die nach dem Vorfall auf dem Marktplatz ihre Ehre sowieso als verloren ansah, zögerte keinen Augenblick, ihm reinen Wein einzuschenken. Zutiefst betroffen erkannte der Franziskaner, daß Abbéville nicht in allem gelogen hatte. Doch Délicieux fehlte es schließlich nicht an Ritterlichkeit und Herzensgüte, und er wußte auch, daß die Liebe mitunter sonderbare Wege zu gehen pflegte.

»Ich kann Euer Verhalten nicht für gut heißen, liebe Frau, doch ich will noch heute einen Boten nach Avignon senden, der sich nach Fulco von Saint-Georges erkundigt«, sagte er väterlich besorgt. Dann öffnete er eine kleine Truhe. »Hier habt Ihr ein Pergament, Federkiel und Tinte, schreibt dem Prior einige Zeilen. Wenn er wohlauf ist, wird es ihn beruhigen, daß es Euch selbst gut geht, im anderen Fall, nun …«

Welch eine wundersame laue samtschwarze Nacht, dachte Fulco von Saint-Georges, als er endlich aus seinen Fieberträumen aufgewacht war und durch das offene Fenster seiner Zelle hinauf zu den funkelnden Sternen sah. Silbriges Mondlicht fiel auf sein Lager. Er hatte Durst, wagte aber nicht, sich zu bewegen. Obwohl er sehr krank gewesen war, fühlte er sich im Augenblick so wohl wie selten zuvor in seinem Leben. Lange sinnierte Fulco über einen sonderbaren Traum nach, der ihn noch immer umfangen hielt, und wieder warf er einen Blick hinauf zum bleichen Mond und zu den Sternen, die von alters her in den Mythen der Menschen eine Rolle spielten: das Haar der Berenike, die Kentauren, die sieben Dreschochsen, der Wagen, den Bootes lenkt.

Der Wagen, den Bootes lenkt? Wieso fiel ihm gerade diese Geschichte ein? Sein Sternbild war doch nur im Winter zu sehen. Fulco lächelte in sich hinein. Er jedenfalls würde nicht länger der Ochsentreiber sein. Er würde dieses leere Leben beenden. Die Geschicke des Klosters sollte zukünftig ein anderer lenken. Daß er wieder gesund geworden war, schien ihm ein Wink des Schicksals.

Endlich setzte er sich auf und rief nach Angelo. Der brave Mönch, dem das Fieber bislang nichts hatte anhaben können, hatte es sich nicht nehmen lassen, selbst den Prior zu pflegen. Trotz aller Vorbeugungsmaßnahmen durch Johann von Göttingen waren viele gestorben, und man rechnete eigentlich seit Tagen auch mit Fulcos Ableben, denn sein Zustand galt als besonders ernst.

Als Angelo eintrat, stieß er einen Schrei aus. Er konnte es einfach nicht glauben, daß Fulco auf dem Lager saß und ihn anlächelte. Jedermann, den das Fleckfieber derart in den Klauen gehabt hatte, war der Krankheit über kurz oder lang erlegen.

»Dem Herrn sei gedankt«, sagte Angelo überglücklich und fiel vor Erleichterung auf die Knie. Dann machte er sich daran, Fulco näher zu betrachten. Gewiß, da waren noch immer zahlreiche kleine rote Flecken auf seiner Haut, aber er war fieberfrei und guter Dinge. Nachdem er mit Angelos Hilfe gierig Wasser getrunken hatte und zum ersten Mal aufstand, zitterten ihm zwar noch die Beine, doch nach einigen Gehversuchen kehrten die alten Kräfte in seinen Körper zurück.

Ihre Briefe kreuzten sich. Denn auch Fulco hatte nichts Eiligeres zu tun gehabt, als der Geliebten von seiner Krankheit und der wundersamen Heilung zu schreiben. Als Rixende seine Nachricht in Händen hielt, brach sie vor Freude zusammen. Eine tiefe Dankbarkeit erfüllte sie, dennoch wollten die Tränen nicht aufhören zu fließen.

Benete, die hilflos daneben stand und schon befürchtete, die Herrin habe vom Tod des Priors erfahren, starrte bleichen Antlitzes auf das Pergament, das sie nicht zu lesen imstande war, bis Rixende ihr endlich alles erzählte. Dann jedoch freute sie sich mit ihr, obwohl sie noch immer nicht verstand, wie man sich in diesen Zeiten ausgerechnet in einen Inquisitor verlieben konnte.

Bevor Rixende zu Bett ging, suchte sie Fabris Stube auf. Wie bereits an den Abenden zuvor, lagen seine Schätze – die Bücher – vor ihr ausgebreitet. Sie las zum wiederholten Mal Platons Gedanken über die Pflege der Seele, denn sie hatte entdeckt, daß sie denen der Katharer ähnlich waren. Dann aber beschäftigte sie sich lange mit dem kleinen Pergamentröllchen des Bruders, das sie ständig am Körper trug.

Als die Morgenröte zwischen den Türmen Carcassonnes auftauchte, kam ihr die Erleuchtung, was es mit der geheimnisvollen Zeichnung – den beiden Händen – auf sich hatte.

Noch in der gleichen Woche ritt sie los, im Licht der Sterne, geradewegs in einen kühlen Morgen hinein, Aucassinne an ihrer Seite. Als sie Tage später endlich Tarusco erreichten, fiel dem Herbergswirt nachgerade eines der Scheite aus der Hand, die er gerade spaltete. Er kratzte sich den Kopf und wies Rixende dann wortlos die gleiche Kammer an, die sie beim letzten Mal bewohnt hatte. Erst als sie den Mann reichlich entlohnte, weil sie noch vor dem ersten Hahnenschrei aufbrechen wollte, fand er offenbar seine Sprache wieder.

»Ihr gedenkt doch nicht, wieder zur Höhle zu reiten, Herrin? Wißt Ihr denn nicht, was dort geschehen ist?«

»Die Höhle interessiert mich nicht. Meine Wege sind geschäftlicher Art.«

Erstaunt musterte der Wirt die junge Frau. Dann kratzte er sich wieder ausgiebig.

»So, so«, sagte er leise, »trotzdem erschreckt nicht, gute Frau, wenn Ihr die Höhle betretet, diesen Rat will ich Euch geben.«

»Warum sollte ich erschrecken?«

Der Alte senkte den Blick. »Nun«, jetzt flüsterte er, »man hat sie nicht bestattet. Sie liegen noch immer herum, die Leichen der Ketzer! Die Schwiegertochter meines Bruders liegt auch dort unten …«

Mit diesen Worten bekreuzigte er sich und und schlurfte in seine Stube zurück.

Rixende war betroffen. Daran hatte sie nicht gedacht. Aucassinne, der nichts verstanden hatte, sah sie verwundert an. Doch seine Herrin dachte nicht daran, ihn einzuweihen. Die Aufgabe, die vor ihr lag, mußte sie ganz alleine bewältigen.

Die Ariège glitzerte dieses Mal geradezu prachtvoll in der sommerlichen Morgensonne, und die Vögel zwitscherten aufgeregt in den Dornenhecken. Die ganze Luft schien obendrein vom Duft des Geißblatts geschwängert. Obwohl Rixende noch aufmerksamer als beim letzten Mal die Gegend beobachtete, konnte sie nur ein altes Weiblein ausmachen, das Kräuter suchte, und einen Schäfer mit seiner Herde, der sie von weitem freundlich grüßte. Noch lange trug der Wind die Töne seiner Flöte zu ihr heran. In Gavarnie hatte es ebenfalls Schäfer gegeben, die auf der Sommerweide die Flöte nicht aus der Hand gelegt hatten, die meisten von ihnen waren Lohnarbeiter und Wanderschäfer gewesen, die sich Jahr um Jahr bei einem anderen Grundherrn verdingten. Es gab aber auch gute Musiker und Sänger im Ort selbst, wobei der Bayle, der Schwarzgefiederte, ihr Anführer war. Wenn sich das ganze Dorf oft unter freiem Himmel zum Festmahl traf – wobei es gebratene Ziegenleber, Schweine- und Hammelfleisch gab, dazu frisch gebackenes Brot, Eier, Fische, Käse und Milch –, war bis in die Nacht hinein gefiedelt und gesungen worden. Natürlich hatte man auch kräftig gestritten in Gavarnie, vor allem wenn es um gewisse Schuldüberschreibungen ging oder wenn man sich bei einem Tauschgeschäft übervorteilt sah, aber daran wollte Rixende heute nicht denken. Sie erinnerte sich lieber des überströmenden Gefühls der Freundschaft und Brüderlichkeit, die sie in ihren letzten Jahren dort erfahren hatte, und ließ dann ihre Gedanken weiterziehen – wie die Töne der Flöten –, bis sie ein wenig wehmütig bei Abu Ras hängenblieben, der ein wahrer Meister seines Instrumentes gewesen war.

Ein letztes Mal sah sie sich gründlich nach allen Seiten um und wähnte sich schon in Sicherheit, als sie kurz vor dem Weg, der zur Höhle führte, auf einen Mann im braunen Kittel traf, der eine Axt über der Schulter hängen hatte und ein großes Reisigbündel im Nacken.

»Habt acht«, sagte er und rollte mit den Augen. Noch bevor Rixende fragen konnte, was er damit meinte, preschten Reiter heran. Königliche Soldaten! Fünf an der Zahl.

Wie groß war aber erst ihr Schrecken, als sie sah, daß sich unter ihnen ein Priester befand, ein Dominikaner. Die Inquisition.

Die Soldaten sprangen vom Pferd und versperrten Rixende und Aucassinne den Weg, den Holzfäller ließen sie laufen.

»Was habt Ihr hier zu suchen«, fragte der Anführer, ein langer Kerl mit stechendem Blick.

Rixendes Angst stand ihr ins Gesicht geschrieben. Plötzlich waren die Geheimen Worte, die sich in ihrer Satteltasche befanden, in Gefahr, Rom in die Hände zu fallen. An sich selbst wagte sie in diesem Augenblick gar nicht zu denken. Bevor jedoch Aucassinne irgend etwas Unbedachtes sagen oder unternehmen konnte, beschloß Rixende, eine der Geschichten zum besten zu geben, die sie sich auf dem Herweg für einen solchen Fall ausgedacht hatte.

Sie beruhigte ihr Roß, das nervös tänzelte, und schaute dann auf den Dominikaner.

»Ich bin die Schwester der Herren Arnaud und Hugues de Rodes aus Tarusco – kennt Ihr die beiden vielleicht?«

Die Soldaten sahen von Rixende zum Priester. Der hob erstaunt die Brauen und nickte.

»Ja, wir kennen die Brüder de Rodes. Doch Ihr habt die Frage nicht beantwortet. Was treibt Ihr in dieser einsamen Gegend?«

»Nun, das ist schnell erklärt«, sagte sie leise. »Die Mutter meines Dieners«, sie deutete auf Aucassinne …

»Lauter, Frau, redet deutlich! Ich kann Euch nicht verstehen!«

Rixende nickte und tätschelte erneut den Hals ihres Pferdes.

»Die Mutter meines Dieners ist gestern gestorben«, rief sie nun mutig und deutete noch einmal auf Aucassinne, »und jener … ach, ich weiß nicht, Herr Prälat, ob ich es Euch überhaupt sagen soll …«

»Was ist mit ihm, Frau?« herrschte sie der Priester ungeduldig an. »Heraus mit der Sprache!«

»Er hat jetzt auch so ein Geschwür … wollt Ihr es sehen, Herr?«

Der Dominikaner erbleichte. Er wich zurück und rutschte dabei fast vom Pferd.

Aucassinne, der sonst immer etwas schwer von Begriff war, hatte offenbar den Ernst der Lage voll erfaßt. Die Herrin war in Gefahr, und er mußte ihr jetzt beistehen. Er fing zu klagen und zu jammern an und zugleich umständlich an seinem Hemd zu nesteln.

»Untersteht Euch, mir Euer Geschwür zu zeigen«, schrie ihn der Priester an und zu den Soldaten gewandt: »Wir reiten sofort weiter, an Tarusco vorbei, nach Foix. Das ist weit genug weg.«

Sie preschten los, wobei der Dominikaner im Vorüberreiten Rixende einen Blick zuwarf, der seinen Ekel und sein Entsetzen über das Gehörte nicht verbarg.

Rixende war erleichtert. Daß sie ausgerechnet die Namen der Verräter benutzt hatte, die ihren Bruder und all die anderen auf dem Gewissen hatten, gab ihr obendrein ein Gefühl der Genugtuung. Authié würde stolz sein über ihre List, wenn er es jemals erführe.

Als sie endlich in der Nähe der Höhle waren, hieß Rixende Aucassinne, sich mit den Pferden zu verstecken. Sie entnahm der Satteltasche die Fackeln, Männerkleidung, ein wenig Proviant, einen Lederbeutel, der auf dem Rücken getragen werden konnte, sowie die hölzerne Kiste. Entschlossen machte sie sich an den Aufstieg. Der Höhleneingang war noch immer teilweise zugemauert, doch weit und breit traf sie auf keine Wache. Entweder hatte sich der Trupp, auf den sie gestoßen war, auf dem Rückzug befunden, oder die Inquisition hatte längst das Interesse an der Höhle verloren. Ein Haufen herausgebrochener Steine lag vor dem Eingang, obenauf eine zerbrochene Adlerzange. Vorsichtig kletterte Rixende darüber hinweg. Sie betrat die Höhle, zog die Röcke aus und die Beinlinge an und sah sich beklommen um, soweit sie in der Dunkelheit überhaupt etwas sehen konnte. Doch ihre Angst, den Weg, den sie seinerzeit mit Ibrahims Männern gegangen war, nicht mehr zu finden, war unbegründet. Es war im Gegenteil ganz leicht, nachdem sie erst die Fackel angezündet hatte. Bald drang allerdings ein ekelerregender Geruch in ihre Nase, so daß sie sich ihr Tuch vorband. Deswegen versagte sie es sich auch, mehr als einen Blick auf die Leichen zu werfen, die die Soldaten überall auf Haufen geworfen hatten, vielleicht um sie zu zählen oder später zu verbrennen. Sie hatte auch sofort bemerkt, daß einige von wilden Tieren angefressen waren. Daß sich Simon darunter befinden mußte, wollte sie nicht wahrhaben.

Im Steinernen Wald lagen weitere Leichen verstreut. Es war, als ob man sie einfach dort liegengelassen hatte, wo sie vor Schwäche umgefallen waren. Mehr als einmal verscheuchte sie mit ihrer Fackel allerlei Getier, das auf der Suche nach Nahrung war. Nach einigem Umherirren fand sie endlich den hohen Stein. Sie holte Simons Pergament hervor und studierte ein weiteres Mal die seltsame Zeichnung. Dann versuchte sie, die Skizze auf dem Pergament mit ihren Händen umzusetzen, wie es dort aufgezeichnet war. Ein triumphierendes Gefühl bemächtigte sich Rixendes, als der Stein tatsächlich mit einem seltsamen Ächzen zur Seite schwenkte und den Eingang freigab. Doch schon beim

Hinuntersteigen löste ein neuerliches Entsetzen jegliche Euphorie ab. Auch dort unten lagen Leichen. Die gleichmäßige Temperatur in der Tiefe hatte sie aber so gut erhalten, daß man zum Teil noch ihre Gesichtszüge erkennen konnte. Hier stank es sonderbarerweise nicht, im Gegenteil, ein seltsamer Wohlgeruch lag über all dem Grauen, was Rixende nicht wenig verwunderte. Sah man einmal von den Toten ab, so hatte sich kaum etwas verändert. Die Getreidesäcke jedoch und alle anderen wertvollen Güter, die Öfen, Webstühle und Gerätschaften, die die Katharer in die Höhle geschafft hatten, waren samt und sonders verschwunden. Daß die Soldaten auch diesen gut versteckten Teil der Höhle entdeckt hatten, ließ nur einen Schluß zu: Es hatte einen Verräter gegeben. Denn wie sich der Stein bewegen ließ, war sicherlich nur wenigen bekannt gewesen.

Als Rixende nach weiterem Herumirren in den verschiedenen Gängen der unteren Höhle endlich den Ort wiederfand, an dem die Strickleiter verborgen war, war sie erleichtert, obwohl ihr der schwerste Teil dieser Mission noch bevorstand. Sie hätte etwas darum gegeben, Aucassinne an ihrer Seite zu haben. Doch leider war er kein *parfait*, sondern nur ein einfacher *croyant* und daher nicht in die Geheimnisse der katharischen Kirche eingeweiht. Rixende war weder das eine noch das andere, aber sie war die Hüterin. Also würde sie allein zu Ende bringen, was zu Ende gebracht werden mußte.

Die junge Frau nahm all ihren Mut zusammen und kletterte, den Lederbeutel mit dem Katharerschatz auf dem Rücken, zum unterirdischen See hinunter. Die Strickleiter, die dieses Mal von niemandem gehalten wurde, schaukelte beträchtlich. Unbeschadet, jedoch unter heftigem Herzklopfen kam sie unten an, wo sie sich ohne Zögern am sandigen Ufer des Sees entlang auf den Weg zum verborgenen Ort machte. Unerschrocken schritt sie durch den Wasserfall, und dann lag sie vor ihr, die runde Grotte, die selbst jetzt noch Erhabenheit ausstrahlte. Vorsichtig nahm Rixende das Kästchen aus dem Beutel, öffnete es und blickte auf die Goldkapsel mit den Geheimen Worten. Feierlich nahm sie die Kapsel in ihre Hände und schritt mit ihr zum Altar, jenem Platz, den ihr Vater nach seiner Flucht vom Montségur ausgewählt hatte. Sie stellte die Kapsel in den Goldenen Reifen, fiel auf die Knie und betete.

Als sie nach einer Weile wieder die Augen öffnete, bemerkte sie, wie sich erneut dieser seltsame Nebel auf den Behälter gesenkt hatte, und sie dachte bei sich, daß es eine kluge Entscheidung war, den Katharerschatz wieder hierher zurückzubringen.

Irgendwann in der Zukunft würden die Geheimen Worte Jesu die Wahrheit verkünden. Bis es soweit war, durften sie nicht als Druckmittel mißbraucht werden, mit dem Päpste, Könige oder auch nur Menschen wie Abbéville Macht über Schwächere ausübten.

40

Und bald verrät die Ernte, wie verheeret
die Aussaat war, wenn heulen mußt' die Spreu ...
Dante, Die Göttliche Komödie

»Verdient unverschuldeter Unglaube Verdammnis?«

Nogaret und des Königs Beichtvater, der Großinquisitor von Paris, Wilhelm Imbert, waren in Streit geraten. Im Beisein Philipps des Schönen, der höchstselbst seine Jagdhunde ausführte, ergingen sie sich vor der Abendmesse im Labyrinth, wobei sie heftig disputierten. Die Sonne war gerade im Begriff unterzugehen, und endlich streifte nach des Tages Glut ein kühler Hauch über ihre Gesichter.

»Stirbt einer ungläubig, das heißt, nicht als Christ«, sagte Nogaret zu dem Dominikaner, »so hat auch der Herr nicht das Recht, über ihn den Stab zu brechen, denn wo ist seine Schuld, wenn es auf Erden niemanden gab, ihn das Christentum zu lehren.«

Imbert räusperte sich nervös und warf zum wiederholten Male einen verstohlenen Blick auf Philipp, der noch kein einziges Wort zu dieser Streitfrage von sich gegeben hatte.

»In Gottes Reich geht niemand ein, der nicht zuvor geglaubt an Jesus Christus. Das steht geschrieben«, meinte er überheblich und strich sich über seine Tonsur.

»Ach«, hielt ihm Nogaret verächtlich entgegen »es steht viel geschrieben, Bruder Imbert. Auch gibt es etliche, die am Jüngsten Tag rufen werden ›Christe, Christe‹ und werden doch im Gericht ihm ferner stehen als der ungläubige Mohr, der nie etwas von ihm gehört hat.«

»Nun, Wir wollen jetzt diesen wenig fruchtbaren Disput beenden mit einem Spruch, dem niemand etwas entgegenzuhalten weiß, der jedoch alle Welt und hoffentlich auch Euch beide Streithähne versöhnt: Gottes Gerechtigkeit ist groß!«

Mit diesen Worten hob der König in einer edlen Geste sein schönes Gesicht zum Himmel, wobei es im Abendrot aufleuchtete.

Die beiden Kontrahenten stimmten zu – was hätte es daran auch auszusetzen gegeben.

Als des Königs Beichtvater sich verabschiedet hatte, um sich auf die Abendmesse vorzubereiten, atmete Nogaret erleichtert auf.

»Sire, es gibt noch einiges zu klären, wegen der Sache mit Anagni. Kann ich Euch nach der Messe unter vier Augen sprechen?«

Der König nickte wohlwollend. »Ihr findet Uns am gleichen Ort wie jetzt.«

»Im Dunkeln wollt Ihr mit mir reden, Sire? Hier, in Eurem Labyrinth?«

»Wir sind inzwischen mißtrauisch gegenüber jedermann«, sagte der König leise.

Zwei Stunden später schlenderte Nogaret zum zweiten Mal an diesem Tag – dieses Mal im Mondschein – unauffällig in das Labyrinth. Er erschrak nicht schlecht, als ihn plötzlich völlig lautlos des Königs Hunde ansprangen. Nur mit Mühe konnte Philipp sie zurückhalten. Dann jedoch, als sie Nogaret erkannt hatten, legten sie sich ruhig zu des Königs Füßen nieder. Nur an der ständigen Bewegung ihrer Ohren konnte man ihre Wachsamkeit erkennen. Jeder, der sich in die Nähe ihres Herrn schlich, sei es nun ein Spion oder nur ein Speichellecker, würde von ihnen gestellt werden.

»Bonifatius will also mit einer apostolischen Konstitution eine Entscheidung erzwingen«, begann Philipp.

»Nun, nach den schweren Beschuldigungen – Ketzerei, Simonie und Ursurpation –, die unsere Legisten gegen ihn vorgebracht haben, war damit zu rechnen. Die Bulle, die er gegen Euch, Sire, vorbereitet, bedeutet jedoch ein Interdikt gegen ganz Frankreich. Am achten September, dem Fest Mariae Geburt, sollen Eure Hoheit durch einen Anschlag an die Türen der Kathedrale in Anagni rechtsgültig gebannt und Eure Untertanen von allen eidlichen Treupflichten entbunden werden.«

»Faktisch heißt das, Bonifatius will Uns absetzen.«

»Ja, das bedeutet es wohl. Die Zeiten, wo er sich ›gallicus‹ – Franzosenfreund – nannte, sind endgültig vorbei.« Nogaret räusperte sich verhalten und warf einen kurzen Blick auf Philipp. Der König zeigte keine Regung. Er sah unentwegt auf seine Hunde hinab, die noch immer brav wie Lämmer zu seinen Füßen lagen.

»So, am Fest Mariae Geburt also … Wißt Ihr, mein lieber Nogaret, daß der Name Maria, welcher der Gottesmutter erteilt wurde, weder auf Erden erfunden ward, noch von Menschen gegeben oder erwählt?«

»Nein, das wußte ich nicht.« Aufmerksam sah jetzt Nogaret auf den König. Diese frömmlerischen Anwandlungen schienen ihn in letzter Zeit immer häufiger zu überkommen.

»Er kam direkt vom Himmel herab. Die Königin will erfahren haben, daß der Name vom Herrn selbst ausgesucht wurde. Sie sagt, sie habe gelesen, daß die Teufel eine so große Furcht vor diesem Namen haben sollen, daß sie, wenn sie nur jemanden ›Maria‹ flüstern hören, fliehen wie vor einem verzehrenden Feuer.«

»Verzeiht, Sire, aber das kann ich mir nicht so recht vorstellen«, sagte Nogaret vorsichtig. »Zum einen fühlen sich die Teufel bekanntlich im Feuer wohl, zum anderen leitet sich, wie ich erfahren habe, der Name Maria vom hebräischen Mirjam ab. Ob die Teufel das nicht wissen?«

»Ach«, der König lächelte und seine Zähne blitzten, »Uns ist es gleich, Maria oder Mirjam, doch der Königin … Nun, lassen wir das, es führt zu nichts. Zurück zu Bonifatius. Ihr seid also zu einem Handstreich fest entschlossen, wenn Wir Euch die Genehmigung dazu erteilen?«

»So ist es, Sire. Wir präsentieren dem Heiligen Vater noch vor dem 8. September die Einberufung des Konzils. Die Verhandlungen mit den Kardinälen und den italienischen

Potentaten sind endlich abgeschlossen. Lange genug hat es Bonifatius mit allerlei taktischen Finessen geschafft, dieses Konzil zu verzögern.«

»Verständlich. Wir denken, er ahnt längst, was Wir vorhaben. Doch braucht er sich darüber nicht aufzuregen, der Hund hat sich ja ebenfalls Verbündete gesucht, um das gleiche gegen Uns in die Tat umzusetzen.«

»Ja, er hat kürzlich in einem öffentlichen Konsistorium lang und breit erklärt, weshalb dem Römischen Reich auch Frankreich von Rechts wegen unterworfen sei.«

»Was Bonifatius' Reden an Tiefe fehlt, ersetzt er stets durch Länge. Mit solchen Deklarationen ist noch nichts entschieden.«

Nogaret lachte leise in sich hinein.

»Doch nun scheint er Ernst zu machen, Sire, und wir müssen ihm einfach zuvorkommen. Ich frage mich nur, wie die Menschen auf eine Absetzung reagieren werden«, sagte er nachdenklich, wobei ein leiser Zweifel in seiner Stimme lag.

»Wie sie reagieren werden? Meint Ihr Unsere Absetzung oder die des Hundes von Anagni?« Philipps Ton klang jetzt gereizt. »Erspart Euch eine Antwort, Nogaret. Ich bin des quälenden Wartens müde.«

»Nun, nachdem der 8. September festzustehen scheint, bleibt uns ohnehin keine Wahl, als zuzuschlagen.«

»So macht Euch also auf den Weg, Nogaret, mit einer bewaffneten Begleitung, wie Ihr es Uns vorgeschlagen habt. Unseren Segen habt Ihr zu diesem Unterfangen. Und Unser Vertrauen.«

Glücklicherweise oder auch leider, weil Rachegelüste stets schlechte Ratgeber sind, langte gleichzeitig mit Nogaret und seinen bis an die Zähne bewaffneten Männern eine Armee von dreihundert Mann in Anagni an, die unter dem Befehl eines Mannes namens Sciarra Colonna stand, eines Verwandten der beiden Kardinäle Giacomo und Pietro Colonna, die Bonifatius seit dem Jahr der Fleischwerdung des Herrn 1297 mit Feuer und Schwert verfolgt, ihrer Ämter enthoben, ihrer Benefizien und Besitztümer entsetzt hatte, um diese in bewährter Manier der eigenen Familie Caetani zu übertragen.

Nogaret zögerte nicht und verbündete sich mit Colonna.

In der Nacht vom 6. zum 7. September – man befürchtete schon, man würde den Zeitpunkt nicht einhalten können – wurde das Heer von einem bestochenen Bürger heimlich in die Stadt eingelassen. Sofort belagerte man den päpstlichen Palast und das Haus der Caetani in der Nähe des Doms. Am Abend des 7. September erbrachen Nogarets und Colonnas Männer die Tore, verwüsteten den Palast und plünderten ihn. Bonifatius nahm das Treiben schweigend hin. Er wußte spätestens dann, daß er verspielt hatte, als ihm Nogaret persönlich die Ladung zum Konzil überreichte und ihn mit seiner Absetzung konfrontierte. Dennoch schleuderte er Nogaret, von dessen katharischer Abstammung er wußte, entgegen: »Ich kann es geduldig ertragen, von einem Patarener abgesetzt zu werden!«

Den ganzen 8. September über waren sich die Angreifer jedoch nicht einig, was sie mit dem Festgesetzten machen sollten. Nogaret, der ihn nach Frankreich überführen und dort aburteilen wollte, stritt heftig mit Colonna, weil dieser ihn an Ort und Stelle zu richten und abzustrafen gedachte. Da entschlossen sich die Bürger von Anagni und etliche Bauern aus dem Umland einzugreifen. Nach einigen Stunden des Kampfes wendete sich plötzlich das Blatt. Nun befanden sich die Eindringlinge auf der Flucht, und der ganze Spuk war schneller vorüber, als er geplant war.

Das »Attentat von Anagni« war gescheitert. Dennoch war Bonifatius ein gebrochener Mann. Nach Rom zurückgekehrt, starb er unter ungeklärten Umständen im gleichen Winter. Der übersteigerte Geltungsdrang des Papstes – der sich noch ein halbes Jahr zuvor in der von ihm großspurig verkündeten Bulle *Unam sanctam* offenbart hatte, in der er festgelegt hatte, daß die geistliche Gewalt jedwede irdische sowohl an Würde als auch an Adel überragte –, war beim Anblick eines

Häufleins marodierender Soldaten schnell zerstoben. Die Kirche war erniedrigt.

Philipp der Schöne machte sich endlich auf den Weg, um begangenes Unrecht in seinen südlichen Provinzen wiedergutzumachen.

Am Weihnachtstag 1303 erreichte er Toulouse. Noch vor seiner Abreise hatte er allerdings bereits ernste Unterhandlungen mit Bonifatius' Nachfolger Benedikt geführt, der am 21. Oktober gewählt worden war. Sie betrafen die Exkommunikationen und Zensuren, die Bonifatius vor seinem Tod gegen Philipp selbst, alle seine Untertanen und seinen Bevollmächtigten Nogaret geschleudert hatte. Der König erwartete nun vom neuen Papst eine baldige Zurücknahme der Verurteilungen und hatte daher alles andere im Sinn, als unnötigerweise Benedikts Unwillen zu erregen.

Schlechte Voraussetzungen also, um in Okzitanien der Wahrheit ans Licht zu verhelfen, denn der neue Papst war Dominikaner, und das bedeutete nichts anderes, als daß er auf seiten der Inquisition stand.

Der Seneschall des Königs, Meister Jean de Mantes, und die Konsuln der Stadt Toulouse hatten alle Hände voll zu tun. Aus Straßen und Gassen strömten die Menschen auf den Platz vor der Kathedrale Notre-Dame-du-Taur, um in der Nähe des Grabes des Saturninus Philipp und Johanna um Hilfe und Schutz anzuflehen. Der noch immer hoch verehrte Heilige war der Apostel des Landes gewesen und zugleich der erste Bischof von Toulouse. Im Jahr 250 war er von einem Stier zu Tode geschleift worden.

Das Gotteshaus, das obendrein die Gebeine von sechs Aposteln beherbergte, darunter diejenigen des heiligen Jakobus, war von Bischof Reginald de Montbason aufgrund der Exkommunikation verriegelt worden. Der beiden Jakobi wegen – eine weitere Reliquie wurde ja in Santiago de Compostela verehrt – war es in der Vergangenheit immer wieder zu Streitereien gekommen, denn die Pilger hatten sich zu Recht gefragt, welcher denn nun eigentlich der »wahre Jakob« wäre.

Am nächsten Morgen hielt Bernhard Délicieux, der Lektor der Franziskaner, dessen ernste Natur ihn drängte, sich demjenigen Zweig seines Ordens anzuschließen, den die Leute *Spiritualen* nannten, in Gegenwart des Königs und fünfhundert weiterer Personen aus dem höheren Hof des Herrschers sowie im Angesicht der Inquisitoren eine vielbeachtete Rede.

Er bekräftigte zunächst die Einschätzung des Provinzial-Priors der Dominikaner, Guilhelmus Petri, der offen zugegeben hatte, daß es im ganzen okzitanischen Sprachkreis keine Häretiker gäbe außer in den Städten Carcassonne, Albi und Cordes und daß jene keine vierzig wären, und wenn es vierzig wären, so wären es keine fünfzig.

»Die Heimat«, betonte Délicieux, »ist also beileibe kein Schandfleck der genannten Irrlehre und nur aufgrund des Zeugnisses der anwesenden Inquisitoren so verschrien!«

Nach einem ersten unwilligen Murren der anwesenden Prälaten wurde der Lektor noch deutlicher.

»Wenn heute der heilige Petrus und der heilige Paulus lebten und gegen sie vorgebracht würde, daß sie Häretiker verehrt hätten«, rief er in die erlauchte Versammlung, »– wie durch gewisse Inquisitoren einst gegen viele ein Prozeß angestrengt worden ist –, und den Heiligen kein Weg der Verteidigung offenstünde, so würden sie, über ihren Glauben befragt, antworten wie Lehrer und Doktoren. Legte man ihnen aber einzelne Namen genannter Häretiker vor, wie es den Leuten geschehen ist, so würden jene Heiligen sagen: ›Wir haben diese niemals gekannt.‹ Wollte gar jemand Petrus und Paulus verteidigen, so würde dieser Mensch sogleich als Begünstiger der Häretiker hingestellt.«

»Nestbeschmutzer«, schrie da einer der Prälaten und erhielt von vielen Seiten Beifall.

Doch Délicieux ging nicht auf den Zwischenrufer ein. Ohne sich beirren zu lassen, hob er die Hand, wartete, bis wieder Ruhe einkehrte, dann rief er laut: »Somit wären auch der heilige Petrus und der heilige Paulus, wenn man sie nach der Methode der Inquisition verhört hätte, der Ketzerei überführt worden!«

Jetzt sprangen etliche Zuhörer hoch, um ihrer Empörung Luft zu machen, einige warfen Délicieux Blasphemie und andere noch Schlimmeres vor, und sie beruhigten sich erst wieder, als der Bischof von Auxerre aufstand und sich mit aller Schärfe Délicieux' Interpretation verbat. Er redete und redete, bis ihn Bernhard Guidonis unterbrach und selbst das Wort ergriff. Mit weiß behandschuhter Hand deutete er auf Délicieux und warf dem Lektor auf boshafteste Weise vor, daß die Unruhen in Carcassonne dazu beigetragen hätten, daß die Ketzerei von neuem aufgelebt wäre und daß an diesen Unruhen er und seine Franziskaner beteiligt gewesen wären.

Doch Délicieux hatte nichts zurückzunehmen.

Philipp hatte sich beide Parteien äußerst geduldig angehört. Dann gab er seine Entscheidung in einem Edikt bekannt. Ungewohnt wortreich erklärte er, daß er nach Okzitanien gekommen wäre, um das Land, das durch das Wirken der Inquisition in Aufregung versetzt sei, wieder zu beruhigen. Er ging auch auf die Albigenser ein, die sich nun in königlichen Gefängnissen befänden, in guter Obhut also, wie er betonte. Alle Prozesse, in denen ein Urteil noch ausstünde, sollten gemeinsam von der Inquisition und Abgesandten des Königs geprüft und geführt werden.

»Wir befehlen unseren Beamten, auf Verlangen den Inquisitoren und bischöflichen Ordinatorien in jeder Weise beizustehen und die Dominikaner, ihre Kirchen und Häuser vor Unrecht und Gewalt zu schützen«, sagte er am Ende seiner Ausführungen.

Die Enttäuschung war groß, vor allem, als bekannt wurde, daß es der Bischof von Albi, Bernhard von Castaignet, offenbar verstanden hatte, sich vor dem König ins rechte Licht zu setzen. Zwar hatte man dem Zisterzienserabt von Fontfroide die Bischofswürde von Albi angetragen, Castaignets Temporalien mit Beschlag belegt und ihn mit zwanzigtausend Livre Tournois eines großen Teils seines schnöden Gewinnes beraubt, doch durfte er unbeschadet nach Albi zurückkehren. Délicieux warf deshalb dem König vor, das Geld der Gerechtigkeit vorzuziehen.

»Wenn die Dominikaner richtig gehandelt hätten, so müßten sie jetzt nicht beleidigt werden, indem man ihnen zukünftig Bischöfe als Aufpasser zur Seite stellt, wenn sie aber unrecht getan haben«, sagte er aufgebracht zu Elias Patrice und Pequigny, als sie von Toulouse nach Carcassonne zurückritten, »so müssen sie durch andere ersetzt oder abgelöst werden!«

Daß Philipp der Schöne tatsächlich Gerechtigkeit ausüben könnte in Okzitanien, glaubte nach diesem unbefriedigenden Kompromiß bald keiner mehr. Dennoch wollte man in Carcassonne alles daransetzen, ihn gnädig zu stimmen. Elias Patrice berief nach seiner Rückkehr sofort eine außerordentliche Versammlung des Senats ein, um Bericht zu erstatten. Danach legte man gemeinsam mit dem Seneschall die Vorverhandlungen für des Königs Besuch fest, damit man auch wirklich bestens vorbereitet wäre.

41

Ein Häuflein Seelen birgt sich rechts im Grund;
dahin will ich dich führen, steht dir's an ...
Dante, Die Göttliche Komödie

Erneut war der Winter in Carcassonne eingefallen. Rixende hatte geahnt, daß er hart würde – denn die Winter der letzten Jahre waren allesamt streng gewesen –, aber auch, daß es der letzte sein würde, den sie in dieser Stadt verbrachte. Auch Fulco, der nach der überstandenen schweren Krankheit die Verbindung zu der Frau seines Lebens nicht mehr hatte abreißen lassen, traf erste Vorbereitungen, das Kloster zu Avignon zu verlassen. Den Liebenden standen zwei treue Seelen zur Seite: Bruder Angelo und Benete, die nichts voneinander wußten, doch beide mit feinem Gespür ahnten, daß die Liebe, die Fulco und Rixende verband, etwas Besonderes war. Ohne Angelo wäre es Fulco nicht möglich gewesen, sein neues Leben zu planen, und ohne Benetes Schwester Rosalie, die die Frau des Bayle von Auriac war, hätten sie keine Möglichkeit gehabt, miteinander allein zu sein. In Auriac kannte sie keiner. Sich wie zuvor in Carcassonne zu treffen war nach dem Vorfall mit dem Spielmann vollends unmöglich geworden. Man hätte die beiden wohl gesteinigt, wenn man sie zusammen erwischt hätte.

Rixende hatte die Zeit bis zum Eintreffen des Königs fleißig genutzt, ihren tüchtigen Verwaltern in Marseille, Agde und Cotllioure die Läger endgültig überschrieben und ihnen alle Rechte daran überlassen. Johan Silvius aus Marseille würde ihre Gesellen aufnehmen, wie versprochen. Von all diesen Veränderungen hatte bislang niemand in Carcassonne etwas mitbekommen. Allerdings hatte Rixende zur Beurkundung der Überschreibungen Maître Peyre-Barthe aufsuchen müssen, den ersten Notar der Stadt Carcassonne.

Der jedoch hatte sie angesehen, als wäre sie völlig verrückt geworden.

»Verehrte Frau Fabri, auf ein Wort«, hatte er altväterlich gemeint, nachdem er ihre Verfügungen studiert hatte.

»Ja?« Rixende sah ihn aufmerksam an. »Stimmt etwas nicht?«

»Ich muß Euch darauf aufmerksam machen ... Also, soweit ich unterrichtet bin, äh ... hat der König bestimmt ... daß, äh ... Eure Geschäfte nicht aufgelöst werden dürften, bis er über den Fall Castel Fabri Recht gesprochen hat. Dies ist noch nicht geschehen, wie Ihr wißt.«

»Das stimmt, Maître«, sagte Rixende selbstbewußt. »Ich habe das seinerzeitige Schreiben des Seneschalls, die Angelegenheit betreffend, mitgebracht. Dort steht allerdings, daß das Geschäft Castel Fabris, die Häuser und die Ländereien zu Carcassonne bis zu des Königs Urteil nicht angerührt werden dürften. Zu Carcassonne!« betonte sie noch einmal. »Lest selbst!« Sie reichte ihm das Dokument.

»Von den Niederlassungen ist keine Rede. Und das Geschäft zu Carcassonne besteht natürlich noch immer, wenngleich der Lagerbestand ... nun ja, er ist um etliches zurückgegangen.« Rixende seufzte theatralisch und strich sich mehrmals ihr grün-schwarz gestreiftes Gewand glatt. »Die Warengestelle sind inzwischen fast leer, die Gesellen haben mich im Stich gelassen. Ich bin eben nur die Schwiegertochter, verstehe nicht allzuviel vom Tuchhandel. Ach«, klagte sie, und sie war selbst überrascht, wie leicht ihr diese Lügen über die Lippen kamen, »man hat meine Unwissenheit ausgenutzt nach dem Tod meines Mannes. Wer will mir einen Vorwurf machen? Der König? Die Inquisition? Der Bischof?«

Der Notar hüstelte und bekam einen roten Kopf vor unterdrücktem Lachen.

»Verstehe, verstehe! Niemand kann Euch einen Strick daraus drehen, daß die Geschäfte rückläufig sind, verehrte Frau Fabri. Und diesem Schreiben zufolge könnt Ihr tatsächlich mit Euren Niederlassungen machen, was Ihr wollt. Sie sind nirgends erwähnt. Gut, ich werde also Eure Verfügungen noch heute unterzeichnen. Doch ...«

Der hagere Mann, der ebenfalls mit Elias Patrice befreundet war, war nun wieder ernst geworden. Er strich sich nachdenklich über seinen glatten Schädel.

»Habt Ihr es Euch wirklich genau überlegt, Frau Fabri? Ihr verschenkt mit diesen Übereignungen gewissermaßen Euer Erbe. Weshalb verkauft Ihr die Läger nicht zu einem angemessenen Preis an diese Männer?«

»Ich will die drei nicht ruinieren, sondern verpflichten, Castel Fabris Handel in seinem Sinne weiterzuführen. Sie waren meinem Schwiegervater und meinem Gatten treu ergeben und haben mir ebenso treu zugearbeitet. Daher sollen auch sie Fabris Erben sein, nicht nur ich.«

Am Abend, nach der Unterredung beim Notar, suchte Rixende das Gespräch mit Benete. Lange hatte sie hinausgezögert, ihr das zu erklären, was unaufhaltsam näherrückte.

»Liebe Benete«, begann sie das gewiß nicht einfache Unterfangen, »des Königs Urteil steht noch aus, und niemand weiß, wie die Angelegenheit enden wird. Doch gleich, wie Philipp der Schöne entscheidet, ich werde Carcassonne auf immer verlassen!«

Benete blies die Backen auf.

»Verlassen? Aber Ihr könnt doch nicht einfach von hier weggehen, Herrin! Hier ist doch Euer Zuhause! Das Geschäft und unser ganzes Hab und Gut! Die Truhen, Kästen, das Lager, des alten Herrn wertvolle Bücher! Euer schöner Brunnen und ...«

»Benete, bitte beruhige dich. Ich ... ich muß dir noch etwas sagen. Zuvor versprichst du mir aber, daß du mit niemandem darüber redest, mit niemandem.«

Die Köchin nickte. »Ihr wißt, daß Ihr Euch auf mich verlassen könnt, Herrin!«

»Ich habe unser Geschäft in aller Heimlichkeit aufgelöst. Es existiert nicht mehr.«

»Wie …? Aufgelöst? Aber … Das verstehe ich nicht!«

Die Tränen kullerten Benete über ihre dicken Wangen hinab, und sie konnte sich kaum fassen.

»Hast du nie bemerkt, daß es seit Ibrahims Abreise keine Tuchlieferungen mehr gab? Es kamen keine Wagen hier an, und es fuhren keine mehr aus der Stadt hinaus.«

»Der Herr Ibrahim? Ja … nein …«, stammelte sie, »ich habe … Natürlich ist alles viel ruhiger geworden, seit die Fabris tot sind. Das ist auch Aucassinne aufgefallen, aber ich hoffte ja immer, Ihr fändet einen angemessenen Gatten, der alles in seine Hände nehmen würde.«

Rixende lächelte.

»Ja, ja, ich weiß, Jean Poux. Ich habe über diesen Vorschlag ernsthaft nachgedacht. Aber es geht nicht. Du kennst den Mann meines Herzens, Benete. Und du weißt, daß ich ihn niemals aufgeben werde, nicht wahr?«

Benete seufzte tief und stieß dann unter Tränen hervor: »Der Inquisitor!«

Jetzt konnte Rixende nicht anders als hell auflachen.

»Inquisitor ist er längst nicht mehr. Aber er kann natürlich nicht derjenige sein, der hier Fabris Geschäfte übernimmt, das verstehst du gewiß. Gibt der König uns recht, so will ich das Rote Haus, das Lager und die Ländereien an den Notar Peyre-Barthe verkaufen. Ach bitte, schick ihm zwei Kapaune und drei Gänse vorbei!

Wie du siehst, Benete, ist alles bereits besprochen. Ich selbst will nur das mitnehmen, was mir am Herzen liegt. Und das wird sicherlich auf einen einzigen Wagen passen. Entscheidet der König allerdings gegen uns, so ist sowieso alles verloren, dann zieht hier unweigerlich die Inquisition ein.«

»Aber wohin wollt Ihr, Herrin? Beabsichtigt Ihr, fortan in aller Heimlichkeit mit diesem … diesem … Prior von Avignon zusammenzuleben, und was geschieht dann mit uns?«

»Langsam, langsam. Deshalb wollte ich ja mit dir reden, liebe Benete. Ich würde dich nur ungern verlieren, dich, Josette und deinen Sohn, der mir in den letzten Monaten eine echte Hilfe war. Kommt einfach mit mir!«

»Aus Carcassonne wegziehen … ach nein, ich weiß nicht recht.« Benetes Verzweiflung war nicht gespielt.

»Du sollst das nicht heute entscheiden müssen, meine Gute«, meinte Rixende. »Sprich in aller Ruhe mit Aucassinne und Josette darüber. Entscheidet ihr euch, hierzubleiben, so wird es euch an nichts fehlen. Das verspreche ich. Ich will euch gut auszahlen, so daß ihr niemals mehr werdet arbeiten müssen. Doch wenn ihr mich begleitet – wobei ihr mir allerdings blind vertrauen müßtet, denn den Ort, an den es mich zieht, kann ich euch heute noch nicht verraten –, würde das ein völlig neues, vielleicht aufregendes Leben für euch bedeuten.«

Benete erhob sich. Das Lächeln, das sie versuchte, verunglückte jedoch gewaltig, und noch immer kullerten ihr die Tränen über die dicken Wangen.

»Gut, wir wollen es uns überlegen.«

»Und noch etwas, Benete«, sagte Rixende, bevor sie die Tür hinter sich schloß, »bitte hol mir ein letztes Mal Authié ins Haus.«

Nun riß die Köchin erschrocken die Augen auf.

»Das geht nicht, Herrin!« flüsterte sie. »Es ist zu gefährlich! Wir sind zu äußerster Vorsicht ermahnt worden, keiner traut sich mehr, einen heimlichen Gottesdienst abzuhalten oder gar einen *parfait* ins Haus zu holen, denn dieser neue Inquisitor soll noch hundertmal schlimmer sein als Abbéville und Saint …«

»Und Fulco von Saint-Georges«, vervollständigte Rixende lächelnd Benetes Einwand. »Findet er niemals Gnade vor deinen Augen?«

Benete wurde über und über rot.

»Entschuldigt, Herrin! Es ist mir nur so rausgerutscht.«

»Schon gut. Zurück zu Authié. Wenn es tatsächlich zu

gefährlich ist, daß er hierherkommt, so muß unbedingt ein Treffen mit ihm in Narbonne arrangiert werden. Dorthin will ich mich nach dem Urteilsspruch des Königs als erstes begeben, um meine weiteren Angelegenheiten zu regeln. Ich schlage den Tag der heiligen Gertrud von Nivelle vor. Laß Authié ausrichten, daß ich an diesem und an den vier folgenden Vormittagen in der Nähe der Basilika auf ihn warten werde. Er soll sich als Bettler verkleiden und einen Knotenstock mit sich führen. Ich werde ihn schon zu finden wissen.«

Um das Volk zu beschwichtigen, bevor der König kam, hatte man einen weiteren Inquisitor bestellt: Geoffroy d'Ablis. D'Ablis, der in seiner Jugend eine Zeitlang Blut gespuckt hatte, aber wieder gesund geworden war, sah sich seitdem unter dem besonderen Schutz des Herrn. Sein Wahlspruch lautete: »Warum über den Glauben Worte machen, wenn man ihn hat.«

Er und Guidonis kamen jedoch überein, daß sich Abbéville vorerst weiter in Carcassonne nützlich machte, sie brauchten ihn wohl auch. So saß Abbéville, zutiefst gedemütigt, Tag um Tag im Turm der Justiz und feilte mit klammen Fingern an den Prozeßakten herum, die dem König vorgelegt werden sollten. Dafür war er der richtige Mann.

In den Abendstunden jedoch, bei Kerzenlicht, arbeitete er verbissen – doch mit der Geduld Christi, wie er meinte – an einem neuen Plan, um an die Geheimnisse des Hüters zu kommen. Abbéville sträubten sich regelrecht die Nackenhaare, wenn er nur an diesen Mann dachte, der ganz bestimmt noch vor dem Zumauern der Höhle die Schätze in Sicherheit gebracht hatte. Inzwischen gab es neue Hinweise, wie man ihn ausfindig machen konnte, interessante Hinweise. Der Konsul Olivier Martell wollte erfahren haben, daß sich Fulco von Saint-Georges und die Witwe des Aimeric Fabri erneut ab und an zu einem Liebesstündchen trafen, und zwar in Auriac. Hatte er, Abbéville, nicht schon immer gewußt, daß die Fabri oder Planissoles, die Schwester des Hüters, janusköpfig war? Geoffroy d'Ablis, den man sich erdreistet hatte, ihm ungeachtet seiner Verdienste vor die Nase zu setzen, hatte er bereits von der Gefährlichkeit dieser Frau überzeugt. Nun mußte noch der König erfahren, daß sie und die ganze Familie Fabri der Ketzerei schuldig war. Nicht er, Abbéville, durfte bestraft werden, sondern diese Erzketzerin Ava von Planissoles und ihr Bruder sowie ihre Helfershelfer Délicieux, Pequigny und Neveu! All sein Denken kannte nur ein Ziel: Er mußte das durchtriebene Weib in seine Finger bekommen, sie war die einzige, die ihn zum Hüter führen konnte.

Es zog in der Turmstube. Das Kerzenlicht flackerte. Abbéville merkte auf ... Spätestens nach der Festnahme des Hüters würde sein Ansehen wiederhergestellt sein. Er hatte auch schon einen Plan, wie dies zu bewerkstelligen war. Er würde auf einen Schlag sämtliche Einwohner des Ketzerdorfes Montaillou verhaften, zuallererst jedoch die elende Clergues-Sippe, die seit Jahren ein doppeltes Spiel trieb, sich der Inquisition als Spitzel andiente und zugleich horrende Schutzgelder von den Ketzern einstrich. Ja, er würde ihre und alle anderen Häuser vom Keller bis zum Dachboden durchsuchen. Bekam er dabei die Geheimen Worte des Herrn in seine Hände, oder gar den Gral, so würde er seinen Fund eigenhändig nach Rom bringen. Bei der Vorstellung, wie er seine Beute feierlich dem Heiligen Vater überreichte und daraufhin den roten Kardinalshut bekam, wurde Abbéville ganz warm ums Herz.

Er legte die Feder beiseite und blies die Flamme der Kerze aus. Für eine kurze Zeit beobachtete er den noch schwelenden Docht. Er schnupperte und lächelte dann im Dunkeln vor sich hin wie ein kleines Kind.

Geoffroy d'Ablis war zwar ebenso tatkräftig und rücksichtslos wie sein Vorgänger Abbéville – trug also gewissermaßen das gleiche Inquisitorherz in einem anderen Körper –, aber er war schlauer. Im Gegensatz zu Bruder Nikolaus zeigte er nicht jedermann seine wahre Gesinnung. Über den Wahn Abbévilles, diese Rixende Fabri zu inhaftieren, weil sie die katharischen Schätze zu finden wüßte, spottete er insgeheim. Katharische Schätze? Kinderkram! Mit wie wenig Verstand wurde doch diese Welt regiert! D'Ablis' Ziel war es, Guidonis damit zu beeindrucken, daß er die Gefangenen wieder in seine Hände bekam, die Pequigny der Inquisition entrissen hatte. Um dies zu erreichen, hatte er sich bereits in Toulouse geschickt um Philipps Gunst beworben, indem er dessen Versöhnung mit Benedikt zu fördern suchte. Sein anderes großes Ziel war es, den Schlupfwinkel von Pierre, Guillaume und Jacques Authié ausfindig zu machen.

Diese Oberketzer gedachte er so lange zu jagen, bis er sie in Händen hatte. Und dann: *Vae victis*! Wehe den Besiegten!

Hatte man zuvor jahrelang auf den Besuch des Königs gewartet, so verrann nun die Zeit bis zu seinem Eintreffen in Carcassonne im Fluge. Die Konsuln disputierten nicht nur aufgeregt über das Festmahl und die rechte Auswahl der Geschenke, mit denen man den Herrscher gnädig stimmen wollte, sondern sie redeten sich auch die Köpfe heiß, ob man die Bürger zwingen könne, den Inhalt ihres Nachtgeschirrs und sonstigen Unrat nicht nur während der Anwesenheit Philipps nicht länger auf die Gassen zu kippen, sondern auch darüber hinaus. Die Rinnen, die zur Aude führten, konnten nämlich die ständig anwachsende Menge an Fäkalien nicht mehr aufnehmen; und Elias Patrice war sich mit seinen Freunden einig, daß dieser Mißstand der wahre Grund für die kürzlich festgestellte Verseuchung zweier Brunnen wäre, und nicht etwa die Ketzer oder die Juden daran die Schuld trugen, wie einige beharrlich meinten. Petrus von Vaisette konnte es sich nicht versagen, in einer längeren Rede darauf hinzuweisen, daß manche Abtritte und Fäkalgruben der reicheren Bürger viel zu nahe bei den öffentlichen Brunnen lägen. Solches hätten ihm auch Brunnenbauer aus Toulouse bestätigt. Patrice stimmte ihm beflissen zu, und die ehrenwerten Senatoren überdachten daraufhin stundenlang vielerlei Möglichkeiten, wie man diese unguten Zustände ändern könnte.

Es wäre besser gewesen, sie hätten angefangen zu beten.

42

> Dahin die Schatten unter ihrer Last,
> wie der sie spürt, den nachts der Alp geritten …
>
> *Dante,* Die Göttliche Komödie

Helle Fanfarenstöße erklangen, und alle Glocken läuteten ihm entgegen, als Philipp der Schöne in Begleitung von Johanna in Carcassonne einritt. Die Speerspitzen seiner Ritter funkelten in der Sonne, die ganze Stadt war herausgeputzt, Blumen waren gestreut, und alles Volk war auf den Beinen, drängelte und reckte die Hälse, um den »Fremden Despoten«, diesen eigenwilligen schönen Franzosen mit dem in der Mitte gescheitelten blonden Haar, zu betrachten.

Pequigny, der Reformator, fiel vor aller Augen vor dem König und der Königin auf die Knie. Doch Philipp sah hochmütig über ihn hinweg.

Im Château chomtal war bereits alles für das Festmahl vorbereitet. Gleich nach den formellen Begrüßungsreden hatte Elias Patrice Johanna die wertvollen Gastgeschenke überreicht, denn die letzte drängende Petition des Senats war ja an die Königin gerichtet gewesen. Huldvoll, doch äußerst kühl nahm sie die silbernen und güldenen Gegenstände entgegen. Dennoch wollte während des Mahls, bei dem sich regelrecht die Tische bogen unter den Hunderten von Schüsseln, keine rechte Stimmung aufkommen. Auch die von weit her angereisten berühmten Troubadoure konnten Philipp kein einziges Lächeln entlocken. Finster und hochmütig saß er neben Johanna auf seinem geschnitzten Eichenstuhl. Ein Thronhimmel überspannte die gesamte *büne* des Festsaals. Beide aßen nur, was ihnen vom Vorkoster vorgelegt wurde, und selbst davon verschmähten sie das meiste. Johannas dunkles Haar war zu einem langen, dicken Zopf geflochten, der ihr bis zur Hüfte reichte. Auf dem Kopf trug sie eine Krone aus Samt. Sie fühlte sich augenscheinlich nicht wohl, denn sie zupfte unablässig an den prächtigen, perlenbesetzten Schmuckärmeln ihres smaragdfarbenen Kleides herum und vermied es sichtlich, ihren Gatten, den König, auch nur ein einziges Mal anzusehen. Die Stunden waren angefüllt mit Essen, Trinken, Singen, Lobhudeleien und Vorstellungen, und dennoch zogen sie sich für alle unendlich in die Länge.

Elias Patrice und Petrus von Vaisette fingen an, sich bedeutsame Blicke zuzuwerfen. Schon bald hatte Patrice ein ungutes Gefühl beschlichen, und als er mit seiner Gattin Raymonde am späten Abend nach Hause ging, meinte er zu ihr:

»Mondine, du wirst sehen, die Königin steht nicht auf unserer Seite! Philipp schon gar nicht. Das habe ich bereits in Toulouse bemerkt. Und daß dieser Nogaret nicht mitgekommen ist nach Carcassonne, ist ebenfalls ein schlechtes Zeichen, Frau. Ich mache mir allergrößte Sorgen um Rixende Fabri!«

»Ach du alter Schwarzseher«, antwortete seine Gattin und schritt munter, aber etwas unsicher voraus, denn sie hatte tüchtig dem Wein zugesprochen. »Die Franzosen sind steif, das sagt jeder. Immer mußt du den Teufel an die Wand malen!«

Zwei Tage später, als endlich die ernsthaften Gespräche und Verhandlungen begonnen hatten, wußten Guidonis und d'Ablis dem König derart beredt und einseitig die Sachverhalte in Carcassonne und Albi zu schildern, daß sie den heftigen Widerspruch aller acht anwesenden Senatoren herausforderten. Der neunte Konsul, Olivier Martell, hatte sich im Morgengrauen wortreich entschuldigt. Er sei über Nacht unpäßlich geworden, hatte er geklagt, was endlich auch Patrice hatte mißtrauisch werden lassen, der ihn als einziger in der Stadt noch immer nicht für einen Verräter hielt.

Die Konsuln baten, ja sie verlangten, daß der König sich persönlich die Gefangenen ansehen sollte, die zwar nicht mehr im Loch der Inquisition säßen, aber dennoch seit Jahr und Tag das Sonnenlicht nicht mehr gesehen hätten. Doch Philipp lehnte das Ansinnen mit einer wegwerfenden Handbewegung und dem Hinweis ab, daß die Inhaftierten sich längst in guter Obhut bei milder Behandlung befänden. Über ihre Schuld sei noch zu urteilen. Der Ton nahm auf allen Seiten stetig an Schärfe zu, aus anfänglichen Animositäten wurde schnell Abneigung, und am Ende tobte gar ein lautstarker Disput unter den Parteien, vor allem was die Vergehen der Inquisition betraf. Zur Überraschung aller stellte sich der Seneschall plötzlich offen auf die Seite der Inquisitoren.

Als Délicieux eingriff und erneut mit den altbekannten Vorwürfen aufwartete, schlug Bernhard Guidonis zu. Von asketischer Gestalt, schmal und blaß, aber enorm scharfsinnig, war er als einziger der Redegewandtheit Délicieux' gewachsen.

»Der Heilige Vater hat vollkommen recht«, schleuderte er dem Franziskaner an den Kopf. »Ihr seid selbst der Häresie verfallen, wenn Ihr solche Behauptungen aufstellt! *Ecclesia vivit lege romana*, die Kirche lebt nach römischem Recht. Gratian hat das im Jahr 1140 niedergelegt und es ist auch für Euch verbindlich, Franziskaner!«

Délicieux würdigte den Prior mit den weißen Handschuhen keines einzigen Blickes, sondern wandte sich einzig an den König. Wie schon während des Gastmahls hatte Philipp auch an diesem Vormittag kaum ein Wort gesprochen. Auch er vermißte Nogaret, der jedoch aus diplomatischen Gründen ferngeblieben war, um wegen der Anagni-Angelegenheit nicht selbst ins Kreuzfeuer zu geraten. Der König hatte aber aufmerksam den Streitenden zugehört.

»Eure Hoheit, ich kann beweisen, daß die Dominikaner ein falsches Spiel treiben.«

Mit diesen Worten zog Délicieux ruhig und, wie es schien, völlig ungerührt ein Pergament aus seiner Kutte. Nur wer nahe bei ihm stand, hätte seinen grauen Augen eine Veränderung anmerken können, ihr sonst so gütiger Ausdruck war einer gewissen Härte gewichen.

Im Nu war Ruhe eingekehrt im Saal.

»Hier ist der Beweis, Euer Gnaden«, sagte Délicieux, »daß Euer eigener Beichtvater einen ungebührlichen Einfluß zugunsten der Inquisition ausgeübt und obendrein die Geheimnisse des königlichen Kronrates den Vlamändern verraten hat.«

Man hätte ein Blatt hinunterfallen hören können, so totenstill war es plötzlich. Alle sahen gebannt auf Philipp.

Der König war kalkweiß geworden. Er preßte die Lippen aufeinander, bis sie ebenfalls blutleer wurden, streckte dann entschlossen das Kinn nach vorne, um Délicieux das Pergament aus der Hand zu reißen. Dann begann er es zu lesen. Seine Hände zitterten beträchtlich.

Die Anwesenden, gleich, welcher Seite sie angehörten, waren sprachlos und entsetzt zugleich. Viele wußten nicht, wohin sie ihre Augen wenden sollten.

Ei, ei, dieser schlaue Franziskaner, dachte Elias Patrice aufgeregt und wischte sich den Schweiß von der Oberlippe, woher hatte er nur immer seine Informationen?

Er war nicht der einzige im Saal, der in diesem Augenblick den Beichtvater der Königin vor Augen hatte, der ebenfalls Franziskaner war.

Philipp der Schöne machte, zumindest nach außen hin, rasch wieder einen gefaßten Eindruck. Er übergab das Schreiben, ohne näher darauf einzugehen, dem Bischof von Auxerre und suchte dann Délicieux' Blick.

»Fürwahr, Ihr seid sehr mutig, Franziskaner«, sagte er mit fester Stimme.

»Es ist der Mut, der der Hoffnungslosigkeit vorausgeht, Sire!« meinte Délicieux leise und schilderte dann noch einmal nachdrücklich die schlimme Situation der unglücklich Inhaftierten sowie den noch immer ungeklärten Fall des ehrenwerten Bürgers Castel Fabri.

»Die Schwiegertochter des Mannes, Rixende Fabri, bittet Eure Hoheit um eine Unterredung«, sagte er zum Schluß.

Der König nickte.

»Die Frau möge morgen zu Uns kommen, um diese Zeit!« sagte er leise.

Dann wiederholte er die Worte, die er bereits in Toulouse gesprochen hatte, stand auf und verließ mit seinen Legaten den Saal.

Alle fielen auf die Knie, als er in seinem pelzverbrämten blauen Mantel und arroganter Pose an ihnen vorüberschritt.

Die Weigerung des Königs, auf irgendeinen anderen Reformplan einzugehen als den von ihm genannten – wodurch die Inquisition scheinbar der Oberaufsicht der Bischöfe unterstellt wurde –, verursachte aber selbst in den Reihen der Dominikaner, vor allem bei d'Ablis, Abbéville und Guidonis eine schwere Enttäuschung, denn das bedeutete, daß ihnen zukünftig in vielerlei Hinsicht die Hände gebunden waren.

Was jedoch wenige Stunden später, am Nachmittag des ersten Beratungstages, geschah, setzte allem die Krone auf und machte Freund und Feind in ungewohnter Eintracht sprachlos:

Der König zwang Johanna, sämtliche Ehrengaben an die Stadt Carcassonne zurückzugeben. All die herrlichen Gefäße, die die Goldschmiede wochenlang gehämmert hatten, wurden kommentarlos zurückgeschickt.

Dies konnte man nur als einen unfreundlichen Akt ansehen, darüber war man sich in Carcassonne schnell einig, denn die huldvolle Annahme solcher Geschenke war für jeden Herrscher eine Selbstverständlichkeit. Die Konsuln forderten daraufhin ihren Sprecher Elias Patrice auf, ein letztes Gespräch beim König zu erwirken.

Mit einer höchst aufgeregten Rixende Fabri an seiner Seite betrat der nicht minder erregte erste Konsul der Stadt am nächsten Morgen das Château, denn er war zur gleichen Stunde vorgeladen worden wie die Frau.

Rixende war zum ersten Mal im Grafenschloß. Man führte sie durch den Palasthof an der alten Gerichtsulme vorbei, in einen rechteckigen Saal, der, ungeachtet seiner Form, wegen eines mächtigen Tonnengewölbes der »Runde Saal« genannt wurde, wie ihr Patrice flüsternd erklärte. Der Prunksaal war mit herrlichen farbigen Fresken ausgestattet. Rixende sah aufeinander zu galoppierende Pferde, braune, weiße, rostfarbene, und lanzentragende Ritter aus dem Hause Trencavel in stolzer herrischer Haltung. Castel Fabri hatte ihr irgendwann vom guten Grafen Raymond-Roger erzählt, der gesagt hatte: Ich biete allen Verfolgten Wohnung, Nahrung, Schutz und Schwert! Würde dieser fremde König, zu dem sie nun auf dem Weg war, eine ebenso edle Gesinnung an den Tag legen?

Mit voller Absicht hatte Rixende ihr herrliches Hochzeitskleid angezogen, jenes saphirblaue Gewand, das durch seine Farbe das Haus Fabri repräsentierte. Das Haar trug sie offen, ohne jeglichen Schmuck und ohne Bedeckung, obwohl sie auch als Witwe ein Anrecht auf eine Haube gehabt hätte. Sie wußte um ihr gutes Aussehen und blickte stolz dem König in die Augen, bevor sie wie Patrice die Knie beugte.

Philipp der Schöne, der Rixende zwar von oben herab, aber dennoch mit einem gewissen Wohlgefallen betrachtete, forderte die beiden Bittsteller auf, sich zu erheben.

»Ihr seid also Rixende, die Frau des Aimeric Fabri, die Schwiegertochter des Castel Fabri?«

»Die Witwe des Aimeric Fabri, Euer Gnaden«, berichtigte ihn Rixende freundlich, »mein Gatte ist unter die Räuber gefallen, und ich stehe heute vor Euch, Sire, weil auch meinem verstorbenen Schwiegervater, Castel Fabri, großes Unrecht zugestoßen ist.«

»Ja«, der König nickte. »Ich habe davon gehört. Um Euren Schwiegervater Castel Fabri gab es Aufregungen. Er soll ein

Ketzer gewesen sein, sagen die Dominikaner. Er war keiner, sagen die Franziskaner. Was sagt Ihr?«

Mit zusammengekniffenen Augen beobachtete der König jede Reaktion der Frau.

»Er war kein Ketzer, Hoheit, sondern ein guter rechtgläubiger Katholik. Ich lege für ihn meine Hand ins Feuer.«

»Laßt in Angelegenheiten der Häresie das Feuer lieber aus dem Spiel, Frau«, sagte der König und verzog ein wenig spöttisch die Mundwinkel. »Auch Euch verdächtigt man inzwischen der Ketzerei ...«

»Ebenfalls zu Unrecht, Euer Gnaden. Die Wahrheit ist, daß die Heilige Inquisition die Güter unseres Hauses als ein wohlfeiles Lämmchen ansieht.«

»Hütet Euch vor dem Hochmut. Nur Gott selbst kennt die Wahrheit, Frau«, entgegnete ihr der König ungehalten.

»Darf ich ebenfalls ein Wort einlegen für Castel Fabri«, wagte Elias Patrice einzuwerfen.

»Nein«, herrschte ihn Philipp an. »Der Worte sind bereits genug gewechselt. Wir haben Uns eine Meinung gebildet. Schreiber, notiert meinen Richtspruch.«

Der König räusperte sich ungeduldig, bis der junge Mann endlich den Federkiel in der Rechten hielt. Dann stand er auf und verkündete mit lauter Stimme:

»In der Sache des Castel Fabri, Tuchhändler hier zu Carcassonne, stellen Wir fest, daß inzwischen nicht mehr endgültig geklärt werden kann, ob jener ein Ketzer war oder nicht. Die Anklage der Ketzerei, Rixende Fabri betreffend, wird fallengelassen. Wir verfügen jedoch, nicht zuletzt, um allen Disputen um das Erbe des Tuchhändlers ein Ende zu bereiten, daß dieser unrühmliche Streit, der sich seit Jahren hinzieht, heute ein für allemal beigelegt wird. Die Güter des Castel Fabri und seiner Erbin übertragen Wir hiermit Johanna, Königin von Frankreich und Navarra. Nach Ablauf einer Woche setzen Wir einen sachkundigen Verweser ein, der den renommierten Tuchhandel des Castel Fabri zum Wohle der Krone Frankreichs weiterführen wird.«

Zuerst dachte Rixende, sie hätte sich verhört. Als sie jedoch vernahm, wie Patrice mehrere Male scharf die Luft einzog, wurde ihr klar, was des Königs Urteil bedeutete. Nicht die Inquisition, nicht Abbéville, d'Ablis oder gar der schreckliche Guidonis bekam Fabris Geschäft in die Hand, seine Häuser und Güter, nein, Johanna, die Königin!

Sie hatte offenbar die falschen Worte gewählt!

Nun zeigte es sich, daß sie gut daran getan hatte, auf Ibrahims Rat zu hören und alles so vorzubereiten, daß sie nur noch die Stadt zu verlassen brauchte.

Doch würde der König dem zustimmen?

Sorgfältig überlegte sie sich ihre nächsten Worte. Nicht der kleinste Fehler durfte ihr jetzt noch unterlaufen. Zum Zeichen des Einverständnisses mit des Königs Richtspruch sank sie auf die Knie. Ihr dunkles Haar fiel über ihre Wangen. Ganz ruhig bleiben, dachte sie unablässig, aber dennoch klopfte ihr das Herz zum Zerspringen.

»Darf ich noch eine persönliche Bitte aussprechen, Hoheit?« fragte sie leise, nachdem sie sich wieder aufgerichtet hatte.

»Was habt Ihr auf dem Herzen, Frau?«

Jetzt, nachdem die Katze aus dem Sack war, sah Philipp ein wenig gütiger auf Rixende hinab.

»Ich bitte Eure Hoheit um Erlaubnis, nach der Übergabe meiner Güter Carcassonne mit wenigen Dienern auf immer verlassen zu dürfen.«

»Wo wollt Ihr hin?« Verwundert hatte der König die Brauen hochgezogen.

»Nach Barcelona, Hoheit. Eine Tante lebt dort, hochbetagt.«

»Nach Aragon also ...« Philipp zögerte. Bei allen unvorhergesehenen Entscheidungen, die er zu fällen hatte, fehlte ihm Nogaret. »Unserethalben, so geht«, sagte er nach kurzem Nachdenken. Obwohl er dieser Frau gerade alles geraubt hatte, was sie besaß, entließ er sie nun mit einer huldvollen Handbewegung. Doch Rixende sah ihm erneut mutig ins Antlitz.

»Herr König, auf ein Wort noch. Was ist mir erlaubt, mitzunehmen?« fragte sie mit aller Bescheidenheit, die sie aufzubringen imstande war.

Philipp musterte sie von Kopf bis Fuß. Er überlegte.

»Wir erlauben Euch«, sagte er nach einer Weile, »Eure Gewänder, Wäsche und ... drei Stücke Eures Schmuckes mitzunehmen, dazu eine Livre Tournois als Abfindung.«

Einer seiner Berater, die dieser Unterredung beiwohnten, trat auf ihn zu und flüsterte ihm etwas ins Ohr. Der König lauschte, nickte. Dann fuhr er fort:

»Sobald Ihr Unserem Verweser die Geschäftsbücher, Besitzurkunden und den Lagerbestand übergeben habt und der Notar alles für recht befunden hat, wird er im Gegenzug Euren Kasten prüfen, bevor Ihr die Stadt verlaßt«, sagte er edelmütig, so als ob er ihr soeben einen großen Gefallen getan hätte.

Dennoch war Rixende erleichtert. Ein weiteres Mal fiel sie vor ihm auf die Knie.

Beim Aufstehen wagte sie nicht, Patrice anzusehen, sie hörte nur, wie dieser noch immer sonderbar schnaufte, und sie sorgte sich um ihn.

Doch Elias Patrice atmete nicht nur hörbar, er bebte gewissermaßen vor Zorn. Sein schlohweißes Haar stand ihm zu Berge, und er konnte kaum seine wütende Stimme im Zaum halten.

»Mein Herr und König! In Eurer Hand liegen Macht und Reichtum, Ihr könnt beides, strafen und belohnen. Ehrerbietig haben wir auf Euer Kommen gewartet. Und nun weigert Ihr Euch, Castel Fabri zu rehabilitieren«, rief er, »ja, Ihr beschlagnahmt obendrein die Güter dieser braven Frau! Eure Hoheit weigert sich ebenfalls, die unschuldig Inhaftierten freizulassen, sie auch nur ein einziges Mal anzusehen!« Verzweifelt rang Elias nach Luft. »Ihr verschmäht unsere Geschenke, Sire, und räumt im Gegenzug der hiesigen Inquisition großzügig weitere Rechte ein – das alles betrachten wir als eine große Schande! Eine Schande, die Euch als König zur Schande gereicht!«

Dann machte er Philipp klar, daß er mit seinem Verhalten die Bürger der Stadt Carcassonne zwingen würde, sich nach einem anderen Herrn umzusehen, einem, der die Dominikaner endlich aus der Stadt jagte und Gerechtigkeit übte.

»Gott bestimmt zum König, wen er will. Carcassonne wird sich an den König von Mallorka wenden, dem auch Katalonien gehört! Schließlich haben nicht wir das Land empören wollen, sondern das unheilvolle Tun und Treiben der Inquisitoren, dieser Höllenteufel, hat uns dahin gebracht.«

Philipp erhob sich. Als er in seiner ganzen Größe vor Patrice stand, sagte er gefährlich leise:

»Wer Uns flucht, sei mit dem schlimmsten Fluche verflucht. Geht!«

Patrice war kreidebleich geworden. Seine Unterlippe zitterte. Er warf einen letzten Blick auf Philipp, dessen Augen gefährlich glitzerten. Dann drehte er sich um und verließ mit wackligen Knien den Saal.

Draußen warteten die anderen Konsuln. Als sie ihren Sprecher aschfahl und mit entsetztem Gesicht die Treppe herunterkommen sahen, schwante ihnen nichts Gutes.

»Aus! Vorbei! Der König ist von den Dominikanern gewonnen!« stieß Patrice zwischen zusammengepreßten Zähnen hervor. »Das Recht welkt vor dem Richterstuhl dahin. Die Gefangenen bleiben im Loch, und Philipp hat soeben Johanna alle Güter des Hauses Fabri vermacht. Unsere jahrelangen Mühen waren vergeblich, Aimeric ist umsonst gestorben. Wir einfältigen Narren! Es stimmt eben nicht, daß man erst im Jenseits erkennt, wer auf Erden gelogen hat. Das ist das Ende für unsere Stadt! Und diese gute Frau, die bezeichnenderweise unter dem Baum der Gerechtigkeit steht«, er deutete auf Rixende, die unter der Gerichtsulme auf ihn wartete, »ha«, er lachte verbittert auf, »sie hat alles verloren.«

Ein Raunen ging durch die Anwesenden. Da verschaffte Petrus von Vaisette seiner allzulang aufgestauten Empörung Luft. Er formte mit seinen beiden Händen einen Trichter und schrie mit schriller Stimme zum königlichen Saal hinauf:

»Lärmend wird das Recht gelehrt,
Christi Stimme endet.
Rechtsgelehrte Prahlerei, sich vom Kreuz abwendet.
Zwischen Unkraut und Gestrüpp Weizen ist verkommen.
Gottes fleischgeword'nes Wort wird nicht mehr vernommen!«

Patrice sah völlig erschöpft aus. Die Tränen liefen ihm die Wangen hinab. Die Konsuln klopften ihm beruhigend auf die Schulter, warfen sich dabei aber betroffene Blicke zu. Petrus lief zu Rixende hinüber, um ihr seine Unterstützung zuzusagen. Nach kurzem Wortwechsel führte er sie in den Kreis der Konsuln.

»Wir alle wissen, auf welcher Seite Castel Fabri und Euer Gatte standen, Frau Rixende«, sagte er dann vor aller Ohren zu ihr und warf sich in die Brust, »es ist die unsere.« Eleazar Bernard meinte, daß es tatsächlich nur noch Lug und Trug auf dieser Welt gäbe und der armen Frau Fabri soeben großes Unrecht geschehen wäre. Man könne dieses Vorgehen nur königlichen Diebstahl nennen.

»Amen, amen, amen«, stieß er theatralisch hervor, »dreimal amen – was gegen Unglück und Teufelssaat gut ist – die Gauner sind bei Hofe angesehener als die anständigen Leute!«

»Ich werde so rasch wie möglich Carcassonne verlassen«, antwortete ihm Rixende mit unbewegter Stimme. »Hier ist meines Bleibens nicht mehr.«

»Ha... habt ihr es ge... ge... gehört, Leute!« rief Jean Poux aufgebracht. »Unbe... be... bescholtene Leute raubt man aus und jagt sie davon! Wir sind vom Regen in die Tr... Traufe gekommen, indem wir den französischen Despoten herge... ge... geholt haben, ja vom Re... Re...gen in die Tr...aufe!«

»Aber daß uns Johanna auch nicht wohlgesinnt ist, hätte ich niemals gedacht. Das ist unser aller Unglück!« meinte Martin Picardé.

»Pah, die Kö... Kö... Königin. Zwei Zu... Zungen passen nicht in einen Mu... Mund. Sie ist ihrem Mann hö... hörig, das weiß die ganze Welt«, stieß Poux hervor, ohne Rixende aus den Augen zu lassen.

»Die Petition war ein Fehler, wir hätten uns gleich an Ferrand, den Sohn des Königs von Mallorka wenden sollen und Philipp erst gar nicht in die Stadt lassen!« sagte Petrus von Vaisette. »Wollt Ihr es Euch nicht noch einmal überlegen, Frau Fabri? Vielleicht wendet sich mit einem neuen Herrscher das Blatt?«

»Ja, überle...le...legt es Euch noch einmal! Bitte!«

Rixende schüttelte jedoch den Kopf. »Mein Entschluß steht fest. Ich verlasse diese Stadt. Ich wünsche Euch allen Gottes Segen!«

Sie gab den Senatoren die Hand, bedankte sich auch im Namen des Hauses Fabri noch einmal herzlich für ihren langjährigen Beistand und eilte davon.

Zum wiederholten Male zogen sich die Konsuln zur Beratung zurück. Keiner kritisierte Patrice, weil er die Beherrschung verloren und vor Philipp IV. den König von Mallorka ins Gespräch gebracht hatte, im Gegenteil, man war sich wie selten zuvor einig, daß man nun wirklich nichts mehr zu verlieren hatte. Man beschloß, noch am gleichen Tage ernsthafte Verhandlungen mit Mallorka aufzunehmen, doch zuvor die Bürger der Stadt aufzufordern, umgehend allen Schmuck aus den Straßen zu entfernen, die Läden zu schließen und Philipp nicht mehr zu beachten.

Und tatsächlich leisteten die Bürger ohne jegliches Murren der Aufforderung Folge, es hatte sich ja bereits herumgesprochen, daß der König von Frankreich nicht auf ihrer Seite stand, daß er die Geschenke zurückgewiesen hatte und im Begriff war, ihnen seinen Schutz vollständig zu entziehen. Das bedeutete, daß sie zukünftig wieder – obendrein ohne die Fürsprache eines vernünftigen Reformators – auf Gedeih und Verderb der Inquisition ausgeliefert waren. Viele waren darüber derart aufgebracht, daß sogar Stimmen laut wurden, man würde die Stadt in Brand setzen und sich einen anderen Zufluchtsort suchen, wenn man nicht endlich einen Herrn fände, der sie beschützen wolle.

Einige Konsuln von Albi allerdings, die man in die Beratungen mit einbezogen hatte, weil sie sich noch in der Stadt befanden, lehnten kurzerhand ab, sich an dem Plan zu beteiligen, Ferrand, dem Königssohn aus Mallorka, ein Anerbieten zu machen. Und so ging man völlig uneins auseinander.

Doch es sollte noch schlimmer kommen.

Drei Tage später – der König war weitergeritten, um in Limoux Recht zu sprechen – gab der Seneschall Gui Capriere des Königs endgültiges Urteil bekannt. Rasch sprach es sich herum, und die Bürger von Carcassonne und Albi standen bald allesamt mit entsetzten Gesichtern vor den Anschlägen.

Die Stadt Albi wurde mit einer hohen Geldstrafe belegt. Alle Gefangenen mußten bis zum Ende ihrer Verhandlungen in Haft bleiben. Das Franziskanerkloster von Carcassonne bekam eine sehr harte Buße auferlegt. Dann – ein Aufstöhnen unter denjenigen, die selbst des Lesens nicht kundig waren und von anderen hören mußten, daß der aufmüpfigen Stadt Carcassonne alle Stadtrechte entzogen wurden – und damit auch die Selbstverwaltung durch Konsuln.

Elias Patrice jedoch, Petrus von Vaisette, Jean Poux, Eleazar Bernard, Martin Picardé, Amand Roca, den sie »das Samtpfötchen« nannten, und zwei weitere Konsuln von Carcassonne sollten wegen Verrates hängen!

43

Schon blieb der Engel hinter uns, der lichte,
der uns hinan zum sechsten Kreise wies …

Dante, Die Göttliche Komödie

In der gleichen Nacht noch flüchtete sich Raymonde Patrice ins Rote Haus.

»Man hat sie alle verhaftet, bis auf Martell, diesen Verräter«, schluchzte sie. »Schon in drei Tagen will man sie aufknüpfen! Und uns Frauen ins Armenhaus stecken! Nun, wo sollen wir auch hin«, jammerte sie, »alles Vermögen fällt an die Krone wie auch das Eure, liebe Rixende. Ach, mein armer Elias! Hätte er nur zur rechten Zeit seinen Mund gehalten! Was hat er nicht alles für diese Stadt getan. Jahrelang hat er sich um jedermann gekümmert, um die Inquisition, den Bischof, die Katharer, die Juden, um die Goldgrübler und die Brunnen, die Färber und Gerber, Müller und Fischer – und nun soll er sein Leben am Galgen beschließen?«

Rixende nahm die arme Frau in ihre Arme, während Benete, die alles mitangehört hatte, ein ums andere Mal die Hände über dem Kopf zusammenschlug.

»Wenn Ihr Eurem Mann nicht mehr helfen könnt, Mondine, so verlaßt mit mir die Stadt«, schlug Rixende Raymonde vor, als sie sich ein wenig beruhigt hatte. »Verkleidet Euch als Dienerin. Benete, Josette und Aucassinne haben sich ebenfalls zum Fortgehen entschlossen, dem königlichen Verweser, der hier in Kürze einzieht, wollen sie nicht untertan sein.«

Und so geschah es.

Raymonde Patrice, diese arme, bedauernswerte Frau, habe sich noch am gleichen Abend, nachdem sie von der Verhaftung ihres Mannes gehört hatte, in die Aude gestürzt, verkündete Aucassinne am nächsten Morgen lauthals in der Stadt. Er habe es mit eigenen Augen gesehen, als er die Pferde tränkte, sie aber nicht mehr aus dem Wasser ziehen können. Sie wäre untergegangen wie ein Stein, meldete er dem Schreiber des Seneschalls, und er zeigte sich völlig aufgelöst ob dieses »schrecklichen Ereignisses«.

Rixende hatte schon gewußt, welch guter Schauspieler Benetes Sohn war.

Die Übergabe des Geschäftes und der Ländereien verlief beileibe nicht so glatt, wie es sich Rixende erhofft hatte. Zwar hatte sie schnell gemerkt, daß des Königs Verweser beschämend wenig vom Tuchgeschäft verstand, dennoch war er nicht so dumm, als daß ihm nicht augenblicklich die leeren Lagerräume aufgefallen wären.

»Man hat mir gesagt, Frau Fabri, Euer Schwiegervater besäße den bestgehenden Tuchhandel weit und breit. Ich muß mich schon sehr wundern über die leeren Warengestelle. Wo sind Eure Tuche hingekommen?« hatte er ihr vorgeworfen, und Rixende hatte all ihren Liebreiz aufbieten müssen, um ihn zu beruhigen.

»Ach, Herr«, hatte sie ihn beschwichtigt und munter drauflos gelogen, »so wie es heute hier aussieht, sah es Jahr um Jahr in diesen Monaten aus. Die meisten Tuchballen, Pelze und sonstigen Utensilien befinden sich auf dem Weg in die Handelsniederlassungen oder sind bereits verschifft, und die neue Ware aus China, Italien und England ist noch nicht eingetroffen. Flämisches Tuch zum Beispiel wird für gewöhnlich in Italien gegen orientalische Ware getauscht. Während Seide und Samt aus Lucca zu uns kommen oder Seidenmusseline aus Perugia, wird Wolle aus Aragon, rotes Tuch aus Arras oder solches aus Gent gut angenommen auf den Märkten von Paris und anderen nördlichen Städten, woher wir wiederum unsere Pelze beziehen. Goldfäden kaufen wir üblicherweise in Byzanz, aus dem Lauraguais beziehen wir Färberwaid und aus Brügge Scharlachfarbe für unsere Niederlassung in Marseille. Denn wir sind nicht nur Händler, sondern auch Färber, Weber und Walker.«

Der Verweser wollte sie unterbrechen, um eine Frage zu stellen, aber der Wortschwall dieser Frau war nicht aufzuhalten.

»Der Wahlspruch meines seligen Mannes lautete: Alles ist gut zu kaufen, sobald alles gut verkauft ist!« sagte Rixende während sie vor der Nase des Mannes herumgestikulierte. »Es wird also fünf bis sechs Wochen dauern, bis unser Hauptlager wieder ordentlich bestückt ist. Dann werden Euch die Augen aufgehen, Herr Verweser! Ihr müßt Euch wirklich nicht sorgen, es geht alles seinen Gang!«

Da der Verwalter noch immer leise Zweifel hegte, zeigte Rixende ihm die von ihr in langen Nächten gefälschten Geschäftsbücher, dabei erklärte sie erneut wortreich alle Vorgänge dreimal und übergab ihm im Anschluß daran freiwillig die am Vormittag von Maître Peyre-Barthe gesiegelten Urkunden über den Übertrag der Ländereien und Häuser an Johanna, Königin von Frankreich und Navarra, wobei sie – ähnlich Aucassinne – ein so trauriges und entsetztes Gesicht machte, weil sie all ihr Hab und Gut hergeben sollte, daß der Mann sich endlich beruhigte und meinte: »Ich kann Eure Tränen gut verstehen, Frau Fabri. Doch der König hat es nun einmal so bestimmt.«

»Ich mache doch Euch keinen Vorwurf, Herr Verweser«, hatte Rixende daraufhin ganz sanft gesagt, ihn angelächelt und sich die Tränen abgetupft. »Was geschehen ist, ist nicht mehr zu ändern. So ist das Leben. Wollt Ihr mir jetzt zum Wagen folgen, um das wenige zu überprüfen, das mir der König erlaubt hat, mit nach Barcelona zu nehmen?«

Der Verweser, der im Grunde seines Herzens froh war, daß er nicht mit Schimpf- und Schmähworten überzogen wurde bei der Übergabe von Fabris Geschäft – solcherart Behandlung hatte er schon mehr als einmal erlebt –, prüfte daraufhin nur oberflächlich. Er bemerkte den doppelten Boden nicht, den Aucassinne angebracht hatte und in dem sich etliches mehr befand als die schäbige Livre Tournois, die

Wäsche und die drei Schmuckstücke, die Rixende bereitwillig vorlegte.

Am nächsten Morgen war es soweit.

Ein Planwagen, gezogen von zwei Rössern, holperte im Morgengrauen über das Kopfsteinpflaster der Stadt, in Richtung Porte Narbonnaise. Erneut heulte und tobte der Marin noir, als wollte er Rixende zum Abschied beweisen, daß seine Macht größer war als die aller Könige auf Erden. Schwarze Wolken, die nur so vorbeiflogen, waren seine Spielgefährten. Carcassonne jedoch schien wie ausgestorben. Fast alle hatten ihre Läden vorgelegt, an denen der Wind wie verrückt rüttelte.

Ihr Weg führte am Hinrichtungsplatz vorbei. Die Flüchtenden, des schlechten Wetters wegen in schützende Tücher gehüllt, hatten schon aus der Ferne einen kurzen ängstlichen Blick auf die acht hohen Galgen geworfen, die die Soldaten dort aufgerichtet hatten. Der gräßliche Anblick jedoch, der sich ihnen beim Näherkommen bot, ließ ihnen fast das Blut in den Adern gefrieren.

In stiller Eintracht baumelten sie nebeneinander im Wind – in ihren ehrwürdigen schwarzen Amtskleidern –, die acht tapferen Konsuln von Carcassonne.

Elias Patrice am Anfang der Reihe und Jean Poux, der jüngste, am Schluß.

Ihr Anblick war um so abstoßender, als ihre toten, aufgedunsenen Gesichter starr auf die Frauen hinabsahen und die Zungen ihnen seitlich zum Mund heraushingen. Die ersten Rabenvögel waren schon eingetroffen und zerrten an den Gliedern der Senatoren.

Ein Schrei des Entsetzens würgte Raymonde Patrice in der Kehle, aber sie hielt sich nur zutiefst erschüttert die Hände vors Gesicht. Rixende, selbst den Tränen nahe, schauderte ein ums andere Mal und versuchte dennoch, die Freundin zu trösten.

»Arme Stadt Carcassonne«, wiederholte sie beim Vorüberfahren leise Elias Patrices Worte, die er nach dem Tod der beiden Fabris in der Kathedrale gesprochen hatte, »du hast im Kampf um deine Freiheit deine besten Männer verloren …«

Benete und Josette schluchzten laut auf. An der Porte Narbonnaise angelangt, rissen sich jedoch alle zusammen, um die Ausreise nicht zu gefährden. Gewissenhaft überprüften die Wachsoldaten den königlichen Erlaß, den ihnen Aucassinne wortlos vorlegte, und keiner sah Rixendes Dienerinnen näher in die verheulten Augen.

Abbéville hatte nach einem langen, unerfreulichen Disput mit d'Ablis endlich die Genehmigung erwirkt, Rixende Fabri unauffällig zu folgen, um herauszufinden, ob ihr Weg sie tatsächlich nach Barcelona führte oder ob sie sich unterwegs mit ihrem Bruder oder anderen Ketzern traf.

»Ihr werdet diese Frau keinesfalls verhaften, Bruder Nikolaus, ohne vorher mit mir Rücksprache zu nehmen, denn ich möchte keinen Ärger mit Philipp – und Ihr werdet auch nicht auf eigene Faust das Land verlassen, um ihr bis nach Aragon zu folgen«, hatte ihm d'Ablis eingeschärft. Insgeheim war er froh, den unbequemen Mann, für den er eine Mischung aus Widerwillen und Respekt empfand, für eine Weile los zu sein. Abbéville war gewiß ein schlauer Fuchs, aber auf seine Wutausbrüche konnte er gut verzichten.

Erneut ritt also ein Kundschafter hinter Rixende her, diesmal in Beinkleidern, Wams und brauner Gugel, heimlich und unerkannt. Er hatte nach wochenlanger Schreibarbeit bei Kerzenschein verquollene rotgeränderte Augen und eine wilde Entschlossenheit im Herzen, die nichts Gutes verhieß. Der Gipfel der Unerträglichkeit war für ihn erreicht. Nichts konnte Abbéville mehr erzürnen als Besserwisserei. Sollte zukünftig ein anderer die Drecksarbeit für d'Ablis erledigen, hatte er aufgebracht vor sich hingebrummt, als er seine Satteltaschen packte.

Daß Abbéville nun freiwillig niedrige Kundschafterdienste verrichtete, lag nicht zuletzt daran, daß aus seinem flammenden Pflichteifer Besessenheit geworden war. Die nagende Unruhe, die ihn ergriffen hatte, nachdem niemand mit letzter Sicherheit sagen konnte, ob der Hüter in der Höhle von Lombrives mit den anderen umgekommen war oder nicht, brachte ihn schier um den Verstand.

Josette war es, die drei Tage später auf den einsamen Reiter aufmerksam wurde. Sie saß hinten auf dem Planwagen, ließ die nackten Füße baumeln, sich die Sonne ins Gesicht scheinen und winkte den Frauen zu, die auf den Feldern arbeiteten. Endlich schien es richtig Frühling zu werden, die dunklen Wolken der letzten Tage hatten sich verzogen. Die Vögel zwitscherten, junge Hasen sprangen umher, Wildblumen blühten am Feldrain, und die Luft roch erwartungsvoll nach frischer Erde. Josette war langweilig. An ein Schläfchen war nicht zu denken, denn der Wagen schaukelte heftig hin und her auf dem Feldweg. Eine Unterhaltung mit den anderen Frauen war ebenfalls nicht möglich, denn drinnen im Wagen hatten sich die dunklen Wolken nicht verdrängen lassen. Alle waren sie noch immer in düstere Gedanken versunken, und die arme Frau Patrice weinte sich Stunde um Stunde die Seele aus dem Leib. Wie sollte das nur weitergehen?

Plötzlich nahm das Mädchen eine Bewegung wahr, oben auf dem Kamm des kleinen Hügels, den sie gerade erst hinter sich gelassen hatten. Josette kniff ein wenig die Augen zusammen, weil die Sonne sie blendete. Ja, es war derselbe Reiter, den sie schon am frühen Morgen zweimal beobachtet hatte. Was trieb der dort? Er hatte offenbar sein Pferd gezügelt und war … Ja, er war im Begriff, sich hinter einem trockenen Gestrüpp zu verstecken! Doch er stieg nicht etwa ab, um seine Notdurft zu verrichten, wie Josette zuerst angenommen hatte. Nein, er blieb auf dem Pferd sitzen und sah dem Planwagen hinterher. Es mußte sich um einen sehr großen Mann handeln, dachte Josette, denn sein Kopf ragte halb über das Strauchwerk hinaus.

»Herrin«, rief die junge Magd nach vorne in den Wagen.

»Irgendwer folgt uns. Schon seit heute morgen! Jetzt versteckt er sich gerade.«

Rixende erschrak. Wollte es denn nie ein Ende nehmen! Über allerlei Gepäck kroch sie nach hinten, kniete sich neben Josette, um selbst Ausschau zu halten. Plötzlich fuhr der Planwagen in eine Bodensenke hinein, und der Mann war wie vom Erdboden verschluckt.

»Vielleicht war ja alles ganz harmlos«, sagte Rixende nach einer Weile kopfschüttelnd, womit sie aber eher Josette beruhigte als sich selbst.

Dennoch begann sie auf der Stelle, ihre Pläne abzuändern – für den Fall der Fälle.

Ohne weitere Behelligungen und ohne daß der Reiter sich noch einmal zeigte – Josette hatte die Weisung, jede verdächtige Person zu melden –, erreichten sie Narbonne. Der Tag der heiligen Gertrud von Nivelle war nicht mehr weit, und Rixende hatte vorher noch viel zu erledigen. Was sie vorhatte, war jedoch gewagt.

Die Herberge, die ihr Ibrahim empfohlen hatte, war hell und sauber und der Herbergswirt über alle Maßen hilfsbereit. Zudem lag die Unterkunft ganz in der Nähe der Basilika Saint-Paul-Sergius. Sofort nach ihrer Ankunft schickte sie Aucassinne mit einem Beutel Geld zum Hafen, um die Überfahrt einer weiteren Dame nach Barcelona zu sichern.

Dann ließ sie sich die beste Schneiderin der Stadt kommen und schloß sich mit ihr und den anderen Frauen für Stunden in ihr Zimmer ein.

Am nächsten Morgen begab sie sich zur Templerniederlassung. Sie hieß Aucassinne beim Türwächter des befestigten, zweigeschossigen Ordenshauses warten und gut die Augen offenzuhalten, wies sich aus und trat ein. Der Schatzmeister öffnete nach Vorlage der Wechselbriefe, die sie von Ibrahim erhalten hatte, eigenhändig ihren Kasten und behandelte Rixende im übrigen mit großer Zuvorkommenheit. Erneut hegte sie den Verdacht, daß Suleyman auch in dieser Stadt ein bedeutender Mann sein mußte, denn man schien ihn in Templerkreisen zu kennen und zu schätzen.

»Gedenkt Ihr eine Wallfahrt zu machen, Frau Fabri?« fragte der Mönch freundlich, nachdem er ins Kassenbuch gewissenhaft das Datum, ihren Namen und den hohen Betrag geschrieben hatte, den er ihr gerade ausgehändigt hatte.

Sie schüttelte den Kopf. »Ich will nach Barcelona reisen. Dort lebt eine Tante, die meiner Hilfe bedarf. Kann ich mit diesem Brief in Eurer dortigen Niederlassung weiteres Geld abheben, sofern ich es benötige?«

»Selbstverständlich.«

Bevor sie die dunklen, bis zur Decke mit Holz getäfelten Kassenräume des Templerhauses wieder verließ, veranlaßte Rixende noch, daß man Bernhard Délicieux eine bestimmte Summe zukommen ließ, der sich mit all seiner Kraft für die Sache Castel Fabris eingesetzt und nur Unbill geerntet hatte. Franziskaner durften zwar keine Geldspenden annehmen, doch mit dieser Zuwendung konnte der Lektor wenigstens die Buße zahlen, die der König dem Kloster auferlegt hatte, und die Armen von Carcassonne würden deswegen nicht leiden müssen. Als sich Rixende endgültig zum Gehen anschickte, drehte sie sich noch einmal um und bat die Mönche um Stillschweigen über die soeben getätigten Geschäfte und ihr Reiseziel, gegenüber jedermann.

»Ach, ich bin Witwe und in großer Sorge«, sagte sie, und ihre Hilflosigkeit war nur zum Teil gespielt. »Ein Mann, der ganz bestimmt unlautere Absichten hegt, verfolgt mich schon seit Carcassonne. Ich habe bereits daran gedacht, verkleidet und unter falschem Namen das Schiff nach Barcelona zu besteigen, damit er mir nicht auch noch dorthin folgt. Doch wo soll ich so rasch entsprechende Dokumente herbekommen«, seufzte sie. »Das Schiff fährt bereits in drei Tagen!«

Die beiden jungen Templer, die dem Schatzmeister zuarbeiteten, konnten kaum ihre Blicke zügeln, ob der Schönheit dieser Frau in ihrem geschnürten schwarzgoldenen

Kleid. Der Schatzmeister nickte verständnisvoll und meinte, daß sie sich selbstredend auf ihre Verschwiegenheit verlassen könne. Dann schickte er die Mönche mit einem Auftrag hinaus.

»Was das gewünschte Schriftstück angeht«, sagte er leise, als sie unter sich waren, und er wiegte bedächtig den Kopf, »nun, ich glaube, auch da können wir Euch behilflich sein. Nehmt Platz auf jener Bank dort in der Fensternische und habt eine Weile Geduld.«

Als er zurückkam, hatte er ein Pergament in Händen, auf das ein Name und eine Anschrift geschrieben waren.

Als Rixende ihn voller Dankbarkeit entlohnen wollte, lehnte der Schatzmeister ab.

»Dieser Mann ist nicht billig, Frau, aber gut. Setzt Euch noch heute mit ihm in Verbindung. Möge Eure Reise unter dem Segen des Herrn stehen«, sagte er ernst, bevor er sie bat, das Haus durch den Hinterausgang zu verlassen. Bruder Lucien würde ihren Diener verständigen.

44

Nun aber seh ich neues Netz, darin
von Schritt zu Schritte dich verstrickt das Denken …

Dante, Die Göttliche Komödie

Dann endlich war er da, der Tag der heiligen Gertrud.

Aus der Basilika Saint-Paul-Sergius erklangen bereits die Meßgesänge der Mönche, als Rixende mit Aucassinne und Josette an ihrer Seite den Kirchplatz betrat. Raymonde Patrice und Benete hatten sie in der Herberge zurückgelassen, um auf das Gepäck aufzupassen. Auf dem völlig verdreckten Platz, der jedoch von herrlichen Lindenbäumen umgeben war, deren erstes Grün vom tiefblauen Himmel abstach, herrschte ein so übler Geruch, daß sich Rixende kaum getraute, tief einzuatmen. Das hätte es in Carcassonne nicht gegeben, dachte sie empört, der Platz vor der Kathedrale Saint-Nazaire war an Sonn- und Feiertagen stets sauber gewesen, weil die braven Konsuln mehrere Straßenkehrer verpflichtet hatten. Wieder kam ihr das schreckliche Bild in den Sinn, das sie auch in ihren Träumen verfolgte, wie der gute Elias Patrice neben den anderen am Galgen gebaumelt hatte.

Suchend sah sie sich um. Bettler gab es viele, auch solche mit Knotenstöcken. Weshalb war ihr nichts Besseres eingefallen? Langsam, die zahlreichen Kothaufen, Schlammlöcher und streunenden Hunde vorsichtig umgehend, lief sie kreuz und quer über den Platz, fast jedem dreckige Fußlappen tragenden Buckligen, vom Aussatz Genesenden oder sonstwie mit Gebresten Behafteten ein Münzlein reichend oder auch zwei.

»Aber Herrin, es ist doch nicht Allerheiligen! Ihr verschenkt ja Euer ganzes Vermögen, wollt Ihr nicht endlich die Messe besuchen?« Josette schüttelte den Kopf über die Großzügigkeit ihrer Herrschaft. Doch Rixende achtete nicht auf ihren Einwurf. Sie blieb stehen, um sich erneut umzusehen. Plötzlich zupfte jemand von hinten an ihrem Ärmel. Erschrocken drehte sie sich um. Ein verwachsener Zwerg hüpfte an ihre Seite, blaugrün gekleidet und mit einer Schellenkappe auf dem Kopf wie ein Possenreißer. Bettelnd hielt er ihr seine Rechte entgegen. Über seine Linke hatte er eine lustige Handpuppe gestreift, die ein Kleid trug wie die Königin von Frankreich, Johanna, und auch so gekämmt war. Als Rixende sich lachend zu der hölzernen Docke hinunterbeugte, um den hübschen blauen Stoff zu bewundern, auf den winzige Sterne geheftet waren, fing die Puppe plötzlich mit hoher Fistelstimme zu sprechen an.

»Ihr werdet beobachtet. Geht in die Basilika und betet.«

»Oh«, Rixende wich zurück. »Die Docke spricht!« Mit vor Aufregung rotem Kopf kramte sie nach einer Münze, entlohnte den kleinen Mann, streichelte der Puppe rasch über den Kopf und eilte dann mit Josette zum Südportal des Gotteshauses, wo Aucassinne auf sie wartete.

Josette war nicht dumm. Doch seit ihrer Ankunft in Narbonne kam sie aus dem Staunen nicht mehr heraus. Nicht allein, daß sich die Herrin in dieser fremden Stadt ein herrliches Kleid nähen und zugleich dieser Frau Patrice ein elegantes Witwenkleid aus schwarzem Seidentuch mit Spitzenbesatz anpassen ließ und daß sie bereits zweimal in der Dunkelheit einen ihr gänzlich fremden Mann empfangen hatte, der ihr am gestrigen Abend dann irgendein wichtiges Schriftstück ausgehändigt hatte, oder daß sie – wie soeben – ihr ganzes Geld an die elenden Bettler verschenkte, nein, sie ließ sich obendrein von einem Zwerg und einer sprechenden Docke in die Flucht schlagen!

Rixende war weniger verwundert als aufgeregt. Der Verdacht, den Josette unterwegs gehabt hatte, schien sich zu bestätigen. Jemand verfolgte sie. Sicherlich stammte die Warnung von Authié.

Ihr Blick fiel auf einen hochgewachsenen Bettler, der direkt neben Aucassinne stand. Dieser Mann kam ihr irgendwie bekannt vor. Und er verhielt sich mehr als eigentümlich. Zwar trug er einen vielfach geflickten Kapuzenmantel und streckte die rechte Hand zum Betteln aus, aber er hatte ordentliche lederne Stiefel an den Füßen, die nicht billig gewesen sein mochten, und er stand aufrecht, ja fast stolz, an das Mauerwerk gelehnt. Leider konnte sie sein Gesicht nicht sehen, weil es durch die Kapuze fast vollständig bedeckt war. Authié jedenfalls konnte dies nicht sein. Dieser Kerl war viel zu kräftig. Ungewöhnlich stark und gutgebaut für einen Bettler, dachte Rixende noch einmal, bevor sie die Basilika betrat. Doch sicherlich sah sie bereits überall Gespenster.

Weihrauchschwaden, Gemurmel und Geraune drangen an ihr Ohr. Als ihre Augen sich an die Dunkelheit gewöhnt hatten, suchte sie für sich und Josette einen Platz. Aucassinne schlug sich auf die Männerseite. In Narbonne beteten die Geschlechter getrennt.

Rixende kniete nieder. »Ave Maria«, begann sie und bewegte fleißig ihre Lippen. Doch sie war noch immer so verwirrt, daß ihr keine vernünftigen Worte in den Sinn kommen wollten. Niemand außer Authié, Raymonde und den Dienstboten hatte davon Kenntnis, daß sie heute die Basilika aufsuchen wollte. Sie durfte jetzt keine Dummheit begehen, noch war sie nicht in Aragon unter dem Schutz Jakobs, den die Leute den Gerechten nannten.

Krampfhaft überlegte sie, wie sie es anstellen sollte, Authié wenigstens eine kurze Nachricht zukommen zu lassen, bevor das Schiff nach Barcelona ablegte. Daß der *parfait* kein Wagnis einging, nur um sie zu treffen, konnte sie gut verstehen. Schließlich wäre er schon einmal um ein Haar verhaftet worden.

Die Predigt begann. »Gott gab der Liebe des Mannes Gestalt, und so ist die Frau die Liebe des Mannes«, sagte der Priester, der eine wunderschöne tragende Stimme besaß, doch Rixende hatte keine Zeit, an ihre große Liebe zu denken, dies mußte noch warten. Noch während sie verzweifelt hin und her überlegte, schob sich eine alte Frau, angetan mit einem grauen Tasselmantel aus gutem Stoff und einer grauschwarz gestreiften Haube neben ihr in die Bank. Rixende warf einen kurzen Blick auf sie und hing dann wieder ihren Gedanken nach. Erst am Schluß der Predigt fiel ihr auf, daß die Frau beim Niederknien leise stöhnte. Rixende wollte ihr behilflich sein und faßte sie beim Arm. Da drehte sich die Frau dankbar zu ihr um und lächelte sie an. Rixende stockte der Atem. Erneut warf sie einen Blick auf die Frau, die jetzt spöttisch vor sich hin grinste. Rixende sank ebenfalls auf die Knie. Sie konnte es nicht fassen. Es war tatsächlich Authié.

»Abbéville ist hier«, flüsterte »die Alte« und bekreuzigte sich.

»Mein Gott!« Rixende bekreuzigte sich ebenfalls.

»Sorgt Euch nicht, die Unseren lassen ihn nicht aus den Augen. Weswegen wolltet Ihr mich sprechen?«

Rixende warf zögernd einen kurzen Blick auf Josette, die ebenfalls ein Kreuz schlug und dann so tat, als ob sie ins Gebet vertieft sei, während sie sich krampfhaft bemühte, das Flüstern ihrer Herrin zu verstehen.

»Ich bin nicht alleine …«

»Hm …Verstehe«, sagte Authié und warf ihr einen fragenden Blick zu.

»Sie sind in Sicherheit. Ich habe sie an ihren angestammten Platz gebracht«, sagte Rixende.

Die »Frau« seufzte erleichtert auf und bekreuzigte sich wieder. »Das haben wir gehofft.«

»Ihr solltet dies erfahren, weil ich in drei Tagen das Land verlasse.«

»Für immer?«

»Nein, nicht für immer. Irgendwann … habe ich meine Pflicht zu erfüllen.«

»Gut. Ich entbinde Euch bis dahin von Eurer Verantwortung.«

Rixende warf ihm einen überraschten Blick zu. »Ihr könnt das?«

Authié sah kurz nach rechts, wobei Rixende den Eindruck hatte, als suchte er den Blick eines bestimmten Mannes. Dann flüsterte er: »Nein, natürlich nicht. Ihr habt recht. Vor meiner Zeit wurde die hohe Wahl getroffen.«

Rixende hüstelte. »Wartet«, sagte sie, wobei sie unauffällig an ihrer Kleidung herumnestelte. Unter ihrem Umhang trug sie, an einem Gürtel befestigt, einen ledernen Beutel. Sie hakte ihn los, legte ihn neben sich auf die Bank und schob ihn Authié hinüber. Er war schwer.

»Für unsere Leute«, sagte sie leise.

Authié ließ den Tasselmantel darüber gleiten und nahm den Beutel unauffällig an sich.

»Und Ihr? Braucht Ihr Hilfe bei der Ausreise?«

»Gut möglich. Abbéville!« flüsterte Rixende.

»Morgen abend nach Einbruch der Dunkelheit! Ich weiß, wo Ihr abgestiegen seid. Das Kennwort ist Lorbeer.«

»Lorbeer?«

»In siebenhundert Jahren wird der Lorbeer wieder ergrünen«, flüsterte der Mann. »Dann werden die Geheimen Worte die Welt verändern!«

Sie knieten noch eine Zeitlang stumm nebeneinander, bis der Priester die Hostie emporhob, um sie der Gemeinde zu zeigen, dann stand Authié auf, bekreuzigte sich abermals – obwohl die Katharer dieses Zeichen entschieden ablehnten – und verließ unauffällig durch einen der seitlichen Ausgänge die Basilika.

Als Rixende in der darauffolgenden Nacht, lange nach dem Besuch eines Fremden in dunklem Reisemantel, im Bett lag und kein Auge zutun konnte, obwohl sie schrecklich müde war, kam ihr wieder Bruder Paule in den Sinn, der Franziskaner von Gavarnie, ihr Lehrer. Eines Tages hatte er über die

Gier der Menschen nach Gold geklagt und dabei Cicero zitiert: »Alle Burgen könnten erobert werden, wenn man nur ein Eselchen mit Gold beladen hinaufbrächte.«

Nun – Rixende lächelte in sich hinein –, sie hatte gerade mit Authiés Hilfe ihr Goldeselchen in Narbonne auf den Weg geschickt, die Festung Abbéville zu erobern, so er tatsächlich hinter ihr her war.

Gebe es Gott, daß ihr Vorhaben gelinge.

Abbéville wartete wie allmorgendlich fiebrig auf seine Stunde. Das Meer glitzerte im ersten Sonnenlicht türkisfarben. Eine schwarze Galeere schaukelte friedlich auf den Wellen. Die Takelage knarrte. Ein Bootsmann war dabei, einige Planken mit Teer abzudichten, ein anderer brachte auf einem benachbarten Segler silberne Beschläge an. Die Männer beschimpften sich spaßeshalber gegenseitig und übertrumpften sich mit ihren Liebesabenteuern. Ein angenehmer Schauer durchfloß Abbévilles Körper. Er dachte an die drei jungen Frauen, die gestern mit ihm die Badestube aufgesucht hatten. Das dampfende wohlige Wasser im Bottich, ihre weichen Brüste, das Lachen, die hungrigen roten Lippen, die flinken Finger … Er seufzte. Seit seiner Absetzung war er nicht mehr in Toulouse gewesen, bei Fabrisse. Er vermißte ihre wollüstige Zärtlichkeit, ihr Lachen, er müßte endlich einen Weg finden, um sie wieder regelmäßig besuchen zu können. Doch da war jetzt dieser d'Ablis … und da war noch immer der Hüter, dieser niederträchtige Hund, der ihn ständig an der Nase herumführte. Der seinen Leuten befahl, sich der Endura hinzugeben und zu sterben, und sich selbst aus dem Staub machte.

Etliche Lastenträger eilten geschäftig an Abbéville vorüber, ohne ihn zu beachten.

Für eine Weile lauschte er wieder den Prahlereien der beiden Bootsleute und den derben Trinkliedern, die sie zu grölen begannen. Die große Glocke, die die ein- und auslaufenden Schiffe ankündigte, unterbrach seine Tagträumerei.

Es wurde ernst. Abbéville stellte sich in Positur. Er wartete, beobachtete …

Doch der Segler nach Barcelona fuhr erneut ohne die Ketzerin ab.

Unauffällig verließ er sein Versteck unter den blühenden Mandelbäumen neben dem Zollhaus und der Hafenmeisterei, erfüllt von dem sicheren Gefühl, daß es ganz gewiß morgen soweit wäre. Alle Anzeichen sprachen dafür. Der Mann, den er auf die Fabri angesetzt hatte, war zuverlässig. Nun, sein Entschluß stand fest: Sobald sie morgen im Hafen ankam, würde er sie sich unter dem Vorwand schnappen, sie beabsichtige, heimlich das Erbe Castel Fabris außer Landes zu schaffen. Ein königlicher Bevollmächtigter, dem er seinen Verdacht bereits mitgeteilt hatte, wartete im Zollhaus auf sein Zeichen. Das würde ihm die Gelegenheit geben, das Gepäck der Fabri zu durchwühlen, um dort vielleicht einen Hinweis auf den Hüter zu finden.

Ein Fetzen Pergament, eine Anschrift, wenn er Glück hatte. Ein Hinweis auf eine Stadt, ein Dorf, eine Burg … Oder wenigstens ein winziges Beweisstück für häretische Umtriebe, dachte er voller Hoffnung, dann könnte er sie festhalten wegen hartnäckiger Ketzerei. Abbéville war zwar von d'Ablis angewiesen worden, nichts ohne sein Wissen zu unternehmen, doch er würde die *extrema ratio* ihrer Verhaftung diesem Dummkopf schon zu erklären wissen.

In erwartungsfroher Stimmung lief er an den großen Kornspeichern vorbei, bis er zu einem gemauerten Rinnsal kam, das die Abwässer aus der Stadt ins Meer leitete. Er machte einen Satz über die stinkende braune Brühe, um den Weg zum »Roten Geier« abzukürzen, einer Herberge, die im schäbigsten Teil Narbonnes lag, dort, wo jedermann aus seiner ärmlichen Behausung seine Pisse in die Gasse kippte. Dieses Viertel lag weit genug entfernt vom Erzbischöflichen Palast und der im Bau befindlichen Kathedrale Saint-Just. Abbéville hatte kein Bedürfnis, jemandem über den Weg zu laufen, der ihn kannte. Seit seiner Absetzung fühlte er sich unter seinen Brüdern wie ein Aussätziger, obwohl ihm großes Unrecht widerfahren war, wie er meinte. Nun, ein Mönch muß keine Heimat haben, dachte er selbstgerecht, als er an das Tor der elenden Spelunke klopfte, schließlich hatte er als Lohn für seine Rechtgläubigkeit irgendwann den Himmel.

45

Urewig kreisend Rad, führt' ihre Bahn
die Liebe, die in Gang hält Sonn und Sterne.

Dante, Die Göttliche Komödie

Es regnete leicht. Über dem Hafen lag ein feiner Nebel. Schäumende gelbbraune Wellen schlugen an die Ufermauer. Wie an jedem Morgen herrschte bereits die laute Geschäftigkeit großer Häfen: flatternde Segel, Kornsäcke schleppende Männer, rasselnde Ankerketten, Geschrei, klapprige Handkarren, das Kräh-Kräh der Möwen, Fässerrollen, gackernde Hühner, deftiges Fluchen über rauchende Pechpfannen, das ständige Vertreiben herumlungernder Bettler und zwielichtiger Gestalten. Mit Hilfe hölzerner Kräne oder auch nur des eigenen Rückens beluden und entluden unzählige Bootsleute die vor Anker liegenden Schiffe.

Der Segler nach Barcelona befand sich erneut direkt vor Abbévilles Augen. Auf seiner Takelage hockten aufgeplustert etliche Tölpel. Noch waren keine Reisenden an Deck.

Plötzlich nahm er über all dem Lärm Hufgetrappel wahr.

Zwei Wagen ratterten heran, gezogen von jeweils zwei Pferden. Abbévilles Körper spannte sich. Die Rösser kamen genau vor dem Segler zum stehen. Um bessere Sicht zu haben, trat der Inquisitor ein Stück aus seinem Versteck hervor. Er war erregt, aber er fühlte sich gut, und es war der erste Tag seit seiner Abreise aus Carcassonne, an dem er wieder offen seine Dominikanerkutte und sein Kreuz trug. Dazu hatte er sich noch in der Nacht entschlossen.

Der Verschlag des ersten Wagens wurde geöffnet. Ein Mann sprang herunter. Der Diener der Ketzerin, dachte Abbéville. Und tatsächlich, Aucassinne half seiner Herrschaft gerade aus dem Wagen. Nun erschien das runde Gesicht der Köchin, die sich nicht nur wegen ihrer Körperfülle ächzend und stöhnend aus dem Gefährt hievte, sondern weil ihr der Rücken schmerzte. Gleich nach ihr hüpfte die junge Magd heraus, über das ganze Gesicht lachend.

Doch wo war das dritte Weib, das die Ketzerin begleitet hatte? An der Porte Narbonnaise hatte es geheißen, es wären vier Frauen und ein Mann, die …

Rixende stand aufrecht neben dem Wagen, um das Ausladen des Gepäcks zu beaufsichtigen. Sie trug zum Abschied wieder stolz das blaue Tuch der Fabris. Dennoch wagte sie es nicht, ihre Augen umherschweifen zu lassen, aus Angst, doch noch den Inquisitor von Carcassonne zu entdecken. Wieder und wieder sagte sie zur Beruhigung den Satz vor sich hin, der ihr im Angesicht der Geheimen Worte in den Sinn gekommen war: *Heb dein Haupt und fasse Mut zum Wagen, Ava von Planissoles.*

Der Anblick der schönen Frau schürte indessen Abbévilles Glut. »Nun, Ketzerin, dir wird deine hochmütige Miene bald vergehen«, flüsterte er leise vor sich hin. »Ei, deine schönen weißen Fingerchen. Wirst du mir das Versteck deines Bruders sagen, wenn ich dir ein paar dieser dünnen Eisenplättchen unter die Nägel schiebe, die Polignac wie einen persönlichen Schatz verwahrt?« Abbéville weidete sich in Gedanken bereits an ihren Schreien, einzig gedämpft von dem dreckigen Fetzen Leinen, den er ihr eigenhändig in den süßen Mund stopfen würde.

Dann trat er entschlossen auf sie zu.

»Im Auftrag der Inquisition sowie im Namen des Königs von Frankreich: Rixende Fabri, Ihr seid verhaftet.«

Rixende schrie erschrocken auf, obwohl sie auf einen solchen Auftritt vorbereitet war. Auch die anderen waren vor lauter Entsetzen zurückgewichen. Eines der Pferde wieherte.

»Herr Inquisitor«, hauchte Rixende und faßte sich ans Herz. Sie bemühte sich erst gar nicht, ihr Erschrecken im Angesicht Abbévilles zu verbergen, der – wie sie sofort feststellte – die Stiefel des großgewachsenen Bettlers vor der Kathedrale trug. Doch dann fuhr sie mutig fort:

»Was werft Ihr mir jetzt schon wieder vor? Ihr habt keine Handhabe gegen mich. Der König selbst hat mich vom Vorwurf der Ketzerei freigesprochen und mir erlaubt, nach Aragon auszureisen. Das diesbezügliche Schreiben des Seneschalls kann ich Euch gerne zeigen.«

»Man beschuldigt Euch, daß Ihr Euch unrechtmäßig das Erbe des Castel Fabri angeeignet habt und es gerade eben außer Landes zu schaffen gedenkt.«

»Wie? Ich soll … Wie kommt Ihr auf einen solch absurden Gedanken, Herr Inquisitor?«

Inzwischen war auch der Mann aus dem Zollhaus hinzugetreten. Abbéville forderte ihn auf, das Gepäck dieser Frau genauestens zu untersuchen.

»Aber bitte sehr, mein Herr, ich habe nichts zu verbergen«, sagte Rixende bereitwillig zu dem jungen königlichen Beamten und wies Aucassinne an, die zwei Körbe und drei Bündel zu öffnen.

»Wo ist Euer anderes Gepäck?« herrschte Abbéville sie an.

»Welches andere Gepäck?« fragte Rixende verwundert. »Ich habe keine Reichtümer mehr, das wißt Ihr doch. Nicht zuletzt Euretwegen bin ich in Armut gefallen. Drei Stücke Schmuck – hier seht, ein Rubinring, den mir mein verstorbener Gatte geschenkt hat, eine schwarze Perle und ein güldenes Kettchen mit dem Bild der Heiligen Jungfrau –, dann die Kleider, Wäsche, das ist alles – und natürlich das, was meinen Dienstboten gehört. Der Herr Verweser hat vor meiner Abreise unseren Wagen gründlich untersucht! Ich weiß gar nicht, was Ihr nun von mir wollt.«

»Für Eure frechen Worte könnte ich Euch die Zunge herausreißen lassen, Frau!« stieß Abbéville ungehalten hervor, was ihm jedoch einen vorwurfsvollen Seitenblick des Bevollmächtigten eintrug.

Rixende überreichte dem Beamten das Schreiben des Seneschalls. Der junge Mann runzelte die Stirn beim Lesen. Er ließ sich Zeit. Dann gab er es ihr zurück und begann unter Abbévilles Bewachung äußerst sorgfältig die Körbe zu untersuchen, fand dort aber nichts anderes vor als das, was sie dem Seneschall von Carcassonne zufolge hatte mitnehmen dürfen. Danach untersuchte er ebenso gründlich die Bündel der Dienstboten.

»Ihr habt Euch wohl getäuscht, Herr Inquisitor!« sagte er, als er fertig war, beinahe vorwurfsvoll zu Abbéville. »Lassen wir's dabei bewenden.«

»Getäuscht? Ha, daß ich nicht lache«, zischte dieser wütend. »So leicht kann mich eine Ketzerin nicht übers Ohr hauen! Die Frau ist mit zwei Wägen gekommen.« Er deutete auf den anderen. »Geht, und untersucht auch den zweiten Karren dort drüben.«

Der Beamte zuckte mit den Schultern. Er lief hinüber und sprach mit einer tief verschleierten Frau in Witwenkleidung, die ihre beiden Diener beim Gepäckentladen beaufsichtigte. Die Pferde scharrten unruhig mit den Hufen und zogen andauernd ruckartig am Wagen. Der Kutscher fluchte und ließ die Peitsche in der Luft knallen. Um die Frau türmten sich bereits unzählige Kisten, Kästen, Körbe und Bündel. Der Beamte nickte der Witwe zu und winkte dann Abbéville zu sich.

»Eure angebliche Ketzerin kann mit dieser Dame hier nichts zu tun haben.« Er schüttelte bedauernd den Kopf.

»Wie? Nichts zu tun haben? Sie ist eine von ihnen, ganz bestimmt! Eine gemeine Dienstmagd, die jene nur verkleidet hat, um mich zu täuschen!« Abbévilles Stimme kippte. Er wies mit ausgestrecktem Zeigefinger auf Rixende. Dann wurde er schrill: »Sie waren zu fünft, als sie von Carcassonne abfuhren. Zu fünft! Zählt nach, Dummkopf, dann werdet Ihr rasch merken, welches Theater sie uns hier vorspielen!«

Der junge Mann bekam einen roten Kopf. »Wie redet Ihr eigentlich mit mir, Herr Inquisitor!«

»Gewiß waren wir zu fünft«, bestätigte Rixende, die mit den Ihren herangetreten war und alles angehört hatte. Da trat Benete vor.

»Es ist unsere Rosine, die fehlt«, sagte sie mit hochrotem Gesicht zu Abbéville. Sie machte einen tiefen Knicks und hatte Mühe, sich wieder aufzurichten. Dabei rann ihr das Wasser die Schläfen hinab, so sehr schwitzte sie aus Angst. »Sie war die tüchtigste Küchenmagd, die wir jemals hatten in Carcassonne, doch aus Furcht vor dem großen Meer ist sie lieber zu ihrer Schwester gezogen, die dumme Gans.« Aucassinne und Josette bestätigten ihre Aussage.

»Herr Inquisitor«, ergänzte Rixende mit einem Blick auf die Witwe, »jene Dame, die Ihr ebenfalls verdächtigt, obwohl sie sicherlich unschuldig ist wie ich, ist mir nur bekannt, weil sie in derselben Herberge ›Zur Goldenen Traube‹ nächtigte wie wir. Ich weiß nicht einmal ihren Namen, weil sie sich ihrer Trauer wegen sehr zurückgezogen verhielt.«

Da wandte sich Abbéville selbst der Witwe zu und befahl ihr barschen Tones, ihm augenblicklich ihre Reisedokumente vorzulegen. Er sei der Inquisitor von Carcassonne, stellte er sich ihr vor, und er tat, als wenn ihm aus diesem Grund die halbe Welt gehörte. Damit gedachte er nicht nur die Frau zu beeindrucken, sondern auch die zahlreichen Gaffer, die sich inzwischen eingefunden hatten.

Raymonde Patrice, deren Gesicht fast vollständig vom Spitzenschleier verdeckt war, fischte wortlos die für sündhaft teures Geld erworbene Beurkundung aus ihrem Umhang und überreichte sie nicht Abbéville, sondern dem Bevollmächtigten des Königs.

»Célestine Duclos, Witwe des Augustin Duclos, dereinst ehrenwerter Notar zu Béziers, Rue Saint-Jacques ...«, las dieser laut.

»Notar zu Béziers?« fiel ihm Abbéville ins Wort und stampfte mit dem Fuß auf. »Schwätzerei! Das kann jeder von sich behaupten. Sicherlich ist dieses Dokument gefälscht. Nehmt sie fest, alle miteinander!«

»Oh, nein, Herr Inquisitor.« Der junge Mann baute sich nun vor ihm auf. »Das werde ich nicht tun. Die Siegel sind echt. Und es kann sich gewiß nicht jede als die Witwe des ehrenwerten und allseits beliebten Augustin Duclos ausgeben! Unser Herr Notar – wir nannten ihn nur den Haberkorn, denn ich bin ebenfalls ein Bitterois, stamme also aus der gleichen Stadt wie …«

»Was redet Ihr da?« unterbrach ihn die Witwe mit empörter Stimme. »Wenn Ihr aus Béziers wärt, dann wüßtet Ihr, daß man ihn ›Habbakuk‹ nannte und nicht ›Haberkorn‹, mein Herr!«

Da lachte der königliche Beamte erleichtert auf und gab ihr das Schriftstück zurück.

»Verzeiht, Frau Duclos, doch das war es, was ich von Euch hören wollte. Natürlich nannten wir ihn Habbakuk wegen der Visionen, die er gelegentlich hatte. Das weiß ganz Béziers!«

Triumphierend blieb sein Blick auf Abbéville hängen. »Hab ich es Euch nicht gleich gesagt, Herr Inquisitor, diese Damen sind über jeden Verdacht erhaben!«

»Wollt Ihr mich nun mein Schiff betreten lassen, Herr Prälat«, herrschte Raymonde den völlig verblüfften Inquisitor an und befahl sogleich ihren Dienern, endlich das Gepäck an Bord zu tragen, damit der Kutscher in die Stadt zurückfahren könne. Auch Rixende machte Anstalten, das Schiff zu betreten.

Abbéville sah seine Felle davonschwimmen. In einem letzten verzweifelten Schritt versuchte er Rixende am Arm festzuhalten. Da trat ihm wie aus dem Nichts Authié in den Weg, der sich als Kutscher verkleidet hatte, und herrschte ihn – die Peitsche in der Rechten – in scharfem Ton an:

»Mönch, laßt diese Frau gehen! Ihr seid ihrer nicht würdig.«

Erschrocken wich Abbéville zurück. Doch inzwischen hatte sich auch der königliche Beamte schützend vor die beiden Frauen gestellt.

Rixende lief mit Raymonde Patrice zur Ablegestelle. Doch bevor sie den Steg betrat, drehte sie sich noch einmal um und blickte Abbéville durchdringend in die Augen.

Im gleichen Moment wurde sich der Inquisitor von Carcassonne der Kraft dieser Frau bewußt. Er hatte verloren. Der Hüter ist tot, fuhr es ihm durch den Sinn. Und sie ist es, die den Schatz der Katharer in ihrem Besitz hat.

Sie ist die Hüterin der Geheimen Worte!

Bebend vor Zorn und dennoch unfähig, sich zu bewegen, beobachtete er, wie diese Verschwörer unbehelligt das Schiff betraten. Seine Erstarrung wich erst, als die Glocke ertönte, das Schiff Segel setzte und langsam ablegte.

An Deck hatte Rixende zufrieden beobachtet, wie Authié den Wagen bestiegen und mit den »Dienern der Witwe« davongefahren war. Nun stand sie unbeweglich an der Reling und sah auf den Inquisitor hinab. Ihr blaues Kleid bauschte sich im Wind.

Da streckte er drohend die Faust nach oben und schrie ihr nach: »Ich werde Euch zu finden wissen, in Barcelona oder wo immer Ihr Euch hinwendet!«

Dann endlich drehte er sich um und lief weg.

Rixende sah ihm nachdenklich hinterher. »Ja, vielleicht … Vielleicht aber auch nicht«, sagte sie mehr zu sich selbst und wies Aucassinne an, die restlichen Bündel unter Deck zu bringen.

Der Kapitän, ein freundlicher Mann mit eisgrauem Bart, begrüßte die Reisenden und überreichte Rixende sogleich einen Brief. Erleichtert drückte sie das Pergament an ihre Brust, dann ließ sie sich ihre Kajüte zeigen. Dort riß sie den Brief auf und begann zu lesen.

»O süßer Name Freiheit«, hatte Fulco geschrieben. *»Endlich ist es soweit. Ich befinde mich in Barcelona in einer ordentlichen Herberge mit Blick auf das ruhelose Meer und kann nur ein ums andere Mal sagen: Ich freue mich unendlich. Wirklich glücklich bin ich aber erst, wenn ich Dich wieder in meinen Armen halte. Seit unserer letzten Liebesnacht sind nun vier Monde vergangen, seit meiner Flucht zwei. Und ohne Bruder Angelo, der mir erklärt hat, daß alles auf Erden Kreislauf, Wandlung*

und Wiederkehr ist, weswegen man sich nicht im Übermaß zu quälen brauchte, wäre sie mir wohl kaum gelungen. Er hat den anderen bedeutet, daß ich wieder krank geworden wäre, eine Folge des überstandenen Fleckfiebers. Im Wagen eines allseits bekannten Arztes hat er mich dann in eines der Hospitäler Avignons bringen lassen. Von dort aus bin ich noch in der gleichen Nacht gen Marseille geritten, wo Dein Gewährsmann Johan Silvius und Dein Geselle Felix schon mit neuen Dokumenten auf mich gewartet haben. Wenige Tage später bestieg ich den Segler nach Barcelona.

Und nun warte ich schon so lange auf Dich, meine Liebste. Ich kenne keine größere Angst, als die, daß man Dich vielleicht nicht hat fortgehen lassen. Zum ersten Mal seit langem bete ich wieder. Wenn unser gemeinsames Schiff, das bereits im Hafen liegt – ich habe es mir heute angesehen –, erst Zypern erreicht hat und Kurs auf Damaskus nimmt, sind wir endgültig frei. Daß Ibrahim Ben Suleyman uns eines seiner Häuser zur Verfügung stellt, in einem herrlichen Garten voller weißer Rosen und duftendem Jasmin, wie Du mir bei unserem letzten Zusammensein erzählt hast, beschämt mich zutiefst. Kein mir bekannter Christ würde Muselmanen gegenüber solche Großmut zeigen. Ich muß noch viel lernen, vor allem wieder mit meinem eigenen Kopf zu denken und zugleich mein Herz sprechen zu lassen, und ich will all das ablegen, was mich in der Vergangenheit zu einem harten, zynischen Mann gemacht hat, wenn ich damit auch nicht wiedergutmachen kann, was ich gefehlt habe.

Vor ein paar Tagen habe ich mir einen Lehrer kommen lassen, damit ich Suleyman in seiner Sprache begrüßen und ihm danken kann. Nun zähle ich die Stunden bis zu Deinem Eintreffen hier in Barcelona, und ich flehe zum Herrn, daß Dir unterwegs nichts geschieht!«

Rixende ließ das Blatt sinken. Sie stand auf und sah nachdenklich zum winzigen Fenster ihrer Kajüte hinaus. Der Segler hatte den Hafen längst hinter sich gelassen. Leise schaukelte das Schiff hin und her, und das Meer lag grau und unergründlich unter ihr. Nach und nach verschwand die Stadt Narbonne im Dunst des regnerischen Morgens.

In zwei Tagen würde sie bei ihm sein.

Als sie sich wieder umdrehte und ihr Hochzeitskleid aus Tomask mit den eingewebten goldenen Fäden betrachtete, das Josette säuberlich auf ihr Bett gebreitet hatte, damit die Falten ausliegen konnten, dachte Rixende nicht nur an das baldige Wiedersehen mit dem Geliebten, sondern auch an ihre neue Heimat. Fulco und sie würden auf der schönen Insel Zypern heiraten, wo sie für einige Tage haltmachten – und später mit einer Karawane gen Damaskus ziehen. In dieser geheimnisvollen Stadt würde ihr Sohn – sie trug ihn bereits unter ihrem Herzen – zur Welt kommen und aufwachsen.

Rixende lächelte. Ja, ihr Sohn Simon würde der nächste Hüter sein und die ägyptischen Pergamente der Geheimen Worte, die irgendwo in Damaskus neben einem Brunnen vergraben waren, zu finden wissen. Sein Auftrag war es, sie in den Steinernen Wald zu bringen.

Dann fehlten nur noch die Pergamente, die in Rom lagen.

Doch das würde eine andere Geschichte sein, ein anderes Leben. Damit eilte es nicht. Wie hatte Authié zu ihr gesagt: »In siebenhundert Jahren wird der Lorbeer wieder erblühen!«

Dankeschön …

Ich möchte an dieser Stelle verschiedenen Menschen danken. Zuerst meinem Mann Bernd und meinem Sohn Stefan, die mich nicht nur auf meinen Recherchen vor Ort, sondern auch von der ersten bis zur letzten Zeile begleitet und motiviert haben.

Die Übersetzung schwieriger lateinischer Textstellen aus dem Mittelalter hätte ich ohne die Unterstützung meiner Freunde Kathi und Ernst Petersen aus Schweinfurt nicht bewerkstelligen können.

Ein herzliches Dankeschön geht auch an meine geduldige Lektorin Angela Drescher in Berlin und an meinen Freund Hannes Stuber in Wien für seine wertvollen Hinweise.

Alle Stellen in Frankreich, an die ich mich um Auskünfte gewandt hatte, haben mir freundlich geantwortet und weitergeholfen, ganz besonders aber danke ich dem Centre d'Ètudes Cathares/René Nelli, Carcassonne, und dem Kloster Fontfroide.

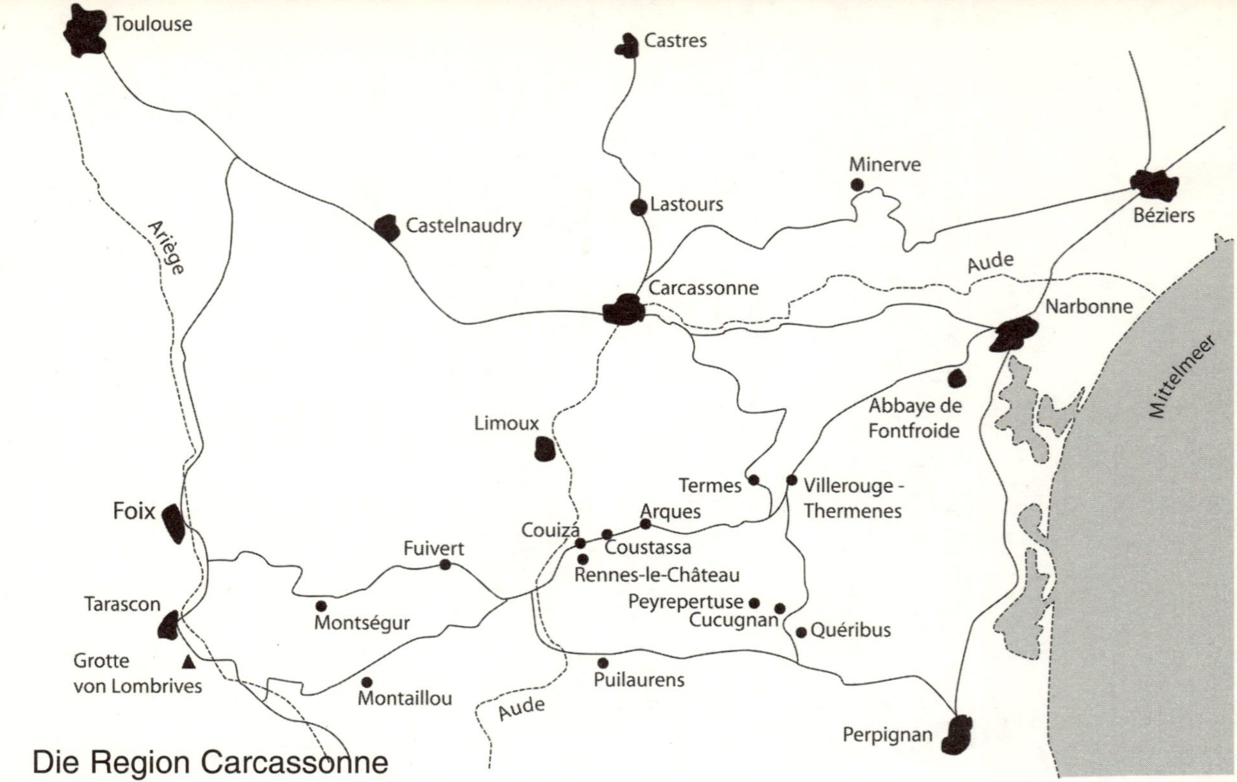

Die Region Carcassonne

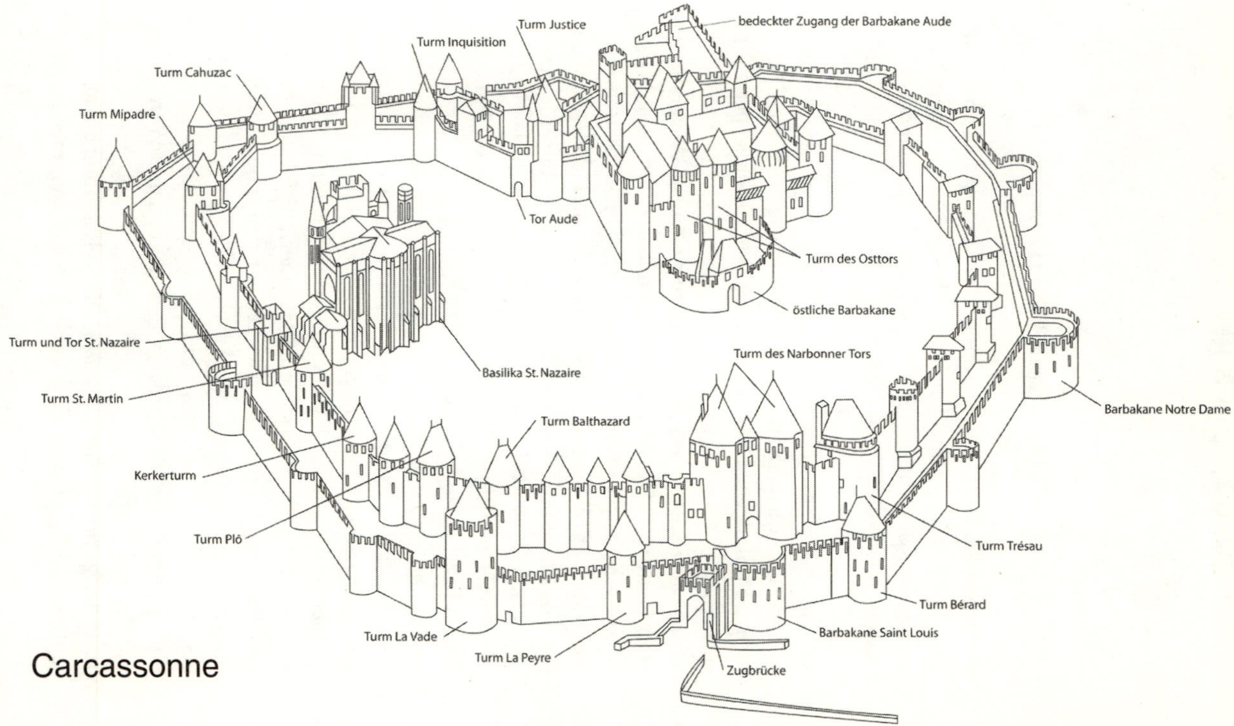

Carcassonne

Das Haus Castel Fabri (Faure)

Eine reiche Familie aus Carcassonne um 1300. Ob die Fabris mit Tuchen handelten, ist nicht bekannt. Tuche spielten jedoch in Carcassonne vom Mittelalter bis noch ins 18. Jahrhundert eine herausragende Rolle.

Castel Fabri – hatte vorsorglich sein Totenbett von sechs Franziskanern bewachen lassen und ordnungsgemäß die Sakramente empfangen. Dennoch erfolgte Jahre nach seinem Tod eine Anklage wegen Ketzerei.

Rixende Fabri – 1329 ordnete die Inquisition die Ausgrabung ihrer Gebeine an, was darauf schließen läßt, daß man sie ebenfalls der Ketzerei bezichtigt hatte. Ihre Herkunft ist unbekannt, belegt ist lediglich, daß sie zu Lebzeiten die Ausgaben für eine Reise von Bernhard Délicieux nach Marseille übernahm, wo jener Verhaltensmaßregeln bezüglich der Verteidigung Castel Fabris einholte. Unklar ist, ob sie die Frau des Castel Fabri war oder die des Aimeric.

Aimeric Fabri – galt als einer der Vertreter (Konsuln) von Carcassonne. Belegt ist die Romreise mit einigen Franziskanern (um 1300) sowie die Verweigerung der Zahlung von 10000 Gulden an Bonifatius VIII. und dessen Drohung, den Vater verbrennen zu lassen. 1308 mußte Aimeric Fabri eine besondere Bulle von Clemens V. erwirken, die den Inquisitoren verbot, bis zur Beendigung der Anschuldigung wegen Ketzerei gegen ihn vorzugehen. 1318 wurde die Immunität aufgehoben, und die Inquisitoren wurden angewiesen, seine Verfolgung mit Eifer zu betreiben.

Weitere Belege für die Familie Fabri: Nach Rechnungen aus den Jahren 1322–1323 bezog die königliche Schatzkammer aus dem konfiszierten Vermögen Castel Fabris noch immer ein Einkommen.

1338 war das konfiszierte Haus Castel Fabris zu Carcassonne Gegenstand einer Reklamation durch Peter von Manse, der behauptete, Philipp der Schöne habe es seiner Gemahlin geschenkt und durch die Königin sei es auf ihn, Manse, gekommen. Die königlichen Beamten dagegen behaupteten, die Schenkung hätte nur für ihre Lebzeiten gegolten, und beschlagnahmten es aufs neue. Philipp von Valois (1293–1350) überließ es jedoch dem Reklamanten.

Die Verantwortlichen der Stadt Carcassonne

Eine erste Verschwörung der Konsuln von Carcassonne und mehrerer führender Geistlicher 1285 hatte die Vernichtung der Inquisitionsprotokolle zum Ziel. Die Verschwörung wurde entdeckt, die Urheber bestraft (jeweils 30 Jahre Gefängnis).

Elias Patrice – um 1300, Konsul zu Carcassonne, galt als »kleiner König von Carcassonne«, stand an der Spitze der Aufrührer, eröffnete Verhandlungen mit Ferrand, dem Sohn des Königs von Mallorca, und bot an, ihm die Region zu übergeben, wenn er die Dominikaner verjagte. Ferrand galt als Freund der Franziskaner. Als der König allerdings von dem Anerbieten hörte, gab er Ferrand ein paar derbe Ohrfeigen, riß ihn an den Haaren und schmeichelte sich bei Philipp dem Schönen ein, dem er den Plan mitteilte. 1304 wurde Patrice mit sieben weiteren Senatoren von Philipp dem Schönen wegen Verrates zum Tod am Galgen verurteilt. Andere Quellen sprechen von fünf Konsuln, die hängen mußten.

Gui Capriere – Königlicher Seneschall (entspricht dem deutschen Truchseß) von Carcassonne, wurde 1305 aufgrund seines Eingeständnisses, widerrechtlich sein Siegel unter ein von Abbéville vorgelegtes Dokument gesetzt zu haben, aus seinem Amt entlassen. Außerdem gab er zu, tausend Pfund Tournois Bestechungsgeld entgegengenommen zu haben.

Jacques de Polignac – Gefängnisaufseher von Carcassonne, war bei einer Reihe von Verhören zugegen, die in den Protokollen des Inquisitors d'Ablis dokumentiert sind. Angeklagt, sich den konfiszierten Besitz verurteilter Häretiker angeeignet zu haben.

Barthélemy Adalbert und Guillaume Peyre-Barthe – beide um 1300, Notare in Carcassonne, für die königliche Gerichtsbarkeit, die Inquisition und den Bischof tätig.

Frisco Ricomanni – berühmtester Anwalt des Languedoc, erhielt im Steuerjahr 1302/1303 als *patronus causarum regis* ein Jahressalär von 90 Livre Tournois, das entspricht der Summe, die Carcassonne für den Bau der Kapelle aufbringen mußte.

Die im Roman beschriebene Verhinderung des Autodafés durch die Bürger Carcassonnes ist frei erfunden.

Die Franziskaner (in Frankreich auch Kapuziner genannt)

Die Franziskaner (Gründer des Ordens Franz von Assisi, um 1181–1226), erbitterte Parteikämpfe zwischen gemäßigten Konventualen und radikalen Spiritualen, u.a. über die Ordenstracht. Meist grobes Gewand mit Kapuze, ein Strick und nur im Ausnahmefall Schuhe.

Ordensregeln: Beachtung des Evangeliums, Preisgabe jeglichen Besitzes, Verbot der Geldannahme – im Notfall war Betteln erlaubt –, Selbstheilung und Arbeit am Seelenheil des Nächsten.

Bernhard Délicieux – 1260 in Montpellier–1320, Lektor der Franziskaner in Narbonne und Carcassonne, später Franziskanerspiritualer, 1284 Eintritt in den Orden, stand mit den führenden Geistern seiner Zeit, z.B. Raimundus Lullus und Arnold von Villanova, in Kontakt. Bekämpfte offen die Inquisition und übernahm die Verteidigung des Castel Fabri. Der »Volksaufstand«, den er mit seinem Eintreten für Gerechtigkeit hervorrief, wird noch heute »rage carcassonnaise« (die Wut der Carcassonner Bürger) genannt. 1300 offizielle Erklärung (im Namen des Franziskaner-Ordens von Languedoc), daß die Berichte der Inquisition kein Vertrauen verdienten. 1304 Rede vor Philipp dem Schönen in Toulouse. Anklage wegen Behinderung der Inquisition, Begünstigung der Ketzer und mutmaßlicher Ketzerei. Weigerung, nach Rom zu fahren und sich der Anklage zu stellen. 1307 Amnestie durch Philipp den Schönen. 1319 erneute Anklage wegen Behinderung der Inquisition, Teilnahme an dem »verräterischen Unternehmen von Carcassonne« sowie aufgrund des Vorwurfs, durch Zauberkünste den Tod Benedikts XI. herbeigeführt zu haben. Zweimalige Folter, Verlust der priesterlichen Weihen, lebenslänglicher schwerer Kerker in Ketten bei Wasser und Brot im sog. »Loch«, dem Inquisitionsgefängnis zu Carcassonne, obwohl er von der Anklage, einen Anschlag auf das Leben Benedikts XI. unternommen zu haben, freigesprochen wurde.

Der amtliche Bericht über diesen Prozeß ist erhalten geblieben.

Raimundus Lullus – 1233 in Palma de Mallorca–1316 an den Folgen einer Steinigung in Nordafrika, katalanischer Dichter, Philosoph, scholastischer Theologe und Enzyklopädist, später Franziskanertertiar. Auch *Doctor illuminatus* genannt. Nahm an verschiedenen Generalkapiteln der Franziskaner und Dominikaner teil und besuchte weltliche Herrscher. Die Bekehrung der Ungläubigen (vor allem der Muslime) war für ihn nicht nur eine intellektuelle, sondern auch eine existentielle Herausforderung. Unter seinen Werken nimmt die 1308 verfaßte *Ars brevis* eine besondere Position ein.

Die Dominikaner als Inquisitoren (in Frankreich auch Jakobiner genannt)

Den Dominikanern (Gründung 1216) war 1232 von Papst Gregor XI. die Inquisition übertragen worden, wodurch sie auch zum einflußreichsten Orden des Mittelalters wurden. Bereits damals war der Name Jakobiner (nach ihrer ersten Kirche in Paris benannt) gebräuchlich. Ihre Ordensregel fordert kein strenges Armutsgelübde.

Der Vorsteher eines Dominikanerklosters ist meist der Prior, sein Vertreter der Vikar. Der Provinzial, dem das Recht der Ernennung zum Inquisitor zusteht, kann jedes Mitglied seines Ordens hierfür auswählen.

Die Verhöre wurden gewöhnlich von einem einzigen Inquisitor geführt, obwohl bisweilen zwei zusammenwirkten. Diese »Assistenten« vertraten den Inquisitor während seiner Abwesenheit.

Fulco von Saint-Georges – gest. vor 1319, Vize-Inquisitor von Carcassonne und Albi, zuvor Prior von Albi, 1301 angeklagt »wegen solcher Verbrechen, die allgemein Abscheu erregten«. Man warf ihm u.a. Beziehungen zu einer oder mehreren reichen Frauen in Carcassonne vor. Nach 1301 Prior in Avignon, starb in Armut zu Lyon, galt in seinem Orden als Märtyrer. Die Stadt Albi wurde 1319 dazu verurteilt, ihm sowie Nikolaus von Abbéville ein Marmorgrabmal zu errichten.

Nikolaus von Abbéville – gest. vor 1319, bis 1303 Inquisitor von Carcassonne und Albi, ein Mann von unbeugsamer Härte. Während einer Predigt in Carcassonne jagte ihn das Volk von der Kanzel und bewarf ihn mit Steinen. Der Predigttext stammt von Bernhard Guidonis.

Geoffroy d'Ablis – 1303–1309 Inquisitor von Carcassonne, Nachfolger von Abbéville, verstand es, durch geschickte Unterhandlungen die Gunst von Philipp dem Schönen zu gewinnen und 1308 die gesamte Bevölkerung von Montaillou zu verhaften – die Kinder ausgenommen. 650 »Gläubige« wurden vor Gericht gestellt, und fast alle verloren mindestens ihren Besitz.

Bernhard Guidonis – (latinisiert für Gui) um 1261–1331, beigesetzt in der Dominikanerkirche in Limoges, Studium in verschiedenen Ordensschulen in der Provence, 1291–1305 teils als Lektor, teils als Prior in Limoges, Albi, Castres und

Carcassonne, ab 1307 Inquisitor von Toulouse, Historiker, zweimaliger päpstlicher Legat, 1316 Generalprokurator seines Ordens, Autor eines Hand- und Formelbuches für die Beamten der Inquisition mit Schilderung eines »vollkommenen Inquisitors« *(Practica inquisitionis hereticae pravitatis)*; mehrere Arbeiten zur Geschichte des Dominikanerordens, Sammlung der Akten der Generalkapitel des Dominikanerordens. Erhob Einspruch gegen die Festlegung des Mindestalters von Inquisitoren durch Clemens V. (vierzig Jahre) und gegen die Beschränkung der Zahl der sog. »Familiares«, der Zuträger, erklärte die Ergreifung Pierre Authiés zur wichtigsten Aufgabe der katholischen Kirche im Languedoc. Bissiger Kommentar nach der Verurteilung der Konsuln von Carcassonne, 1304 (Anspielung auf die Beschimpfungen »Coac, Coac«, welche die Dominikaner in Carcassonne hatten erleiden müssen): »Diejenigen, die wie die Raben gegen die Dominikaner gekrächzt haben, sind jetzt den Raben preisgegeben worden.«
Guidonis soll ein Faible für weiße Handschuhe gehabt haben.

Die Bischöfe, Äbte

Das Prozeßverfahren der bischöflichen Gerichtshöfe beruhte – im Gegensatz zu dem der Inquisition, bei dem Ankläger und Richter identisch waren – auf den Grundsätzen des römischen Rechts, welche Mißbräuche auch immer in der Praxis auftraten.

Bernhard von Castaignet – gest. 1317, Bischof von Albi, gleichermaßen von Fanatismus wie von Habgier getrieben, Anklage wegen zahlreicher Verbrechen, nach 1308 Le Puy; 1316 Ernennung zum Kardinal von Porto.

Jean de Chevry – 1299–1300 Bischof von Carcassonne, einer der Nachfolger Walter von Montbruns, dem die Inquisition 1280 nachsagte, er wäre auf dem Totenbett häretisiert worden und hätte Ketzer verehrt.

Pierre de Rochefort – 1300–1321 Bischof von Carcassonne.

Reginald de Montbason – 1291–1312 Bischof von Toulouse.

Bernard Saisset – 1297–1308 Bischof von Pamiers, Mas-Saint-Antonin, machte dem König 1301 als päpstlicher Legat schwere Vorwürfe wegen der Verletzung klerikaler Rechte. Anklage wegen Hochverrats und Majestätsbeleidigung, Schuldspruch.

Arnaud Novel – 1297–1310 Abt von Fontfroide, später Kardinal und päpstlicher Legat. Onkel mütterlicherseits von Jacques Fournier, dem späteren Papst Benedikt XII.

Die Katharer

Philippe de Planissoles, Montaillou – (Herr von Caussou, Familienlehnsgut) andere Schreibweise »Planisolles«, lebte um 1266, Zeuge der Verleihung der Stadtrechte an Tarascon-sur-Ariège, kleiner Edelmann mit Neigung zur Ketzerei. Drei Töchter, Béatrice, Ava, Gentille, und zwei Söhne, Guillaume und Bernard, der Finsterblickende. Die Planissoles waren um 1300 bereits seit drei Generationen mit der Häresie verbunden. Philippe wurde von der Inquisition zum Tragen des gelben Kreuzes *(de filtro crocei coloris;* im Volksmund *las debanadoras)* verurteilt. Sein Vater war möglicherweise der Katharer *Arnaud de Planissoles*, sein Onkel *Guillaume de Planissoles*, der im April 1241 den Katharerbischof Bertrand Marty auf dem Montségur aufsuchte. Bereits sein Großvater *Raymond de Planissoles* versteckte *parfaits.*

Die Brüder Authié – Katharische Missionare aus Ax-les-Thermes, die 1299 aus der Lombardei zurückkehrten, wohin sie 1296 geflüchtet waren. Die Authiés gehörten zu den *ric borzes,* den wohlhabendsten und mächtigsten Familien im Ariège. Ihr Ziel war es, ihre okzitanischen Landsleute von neuem zur katharischen Religion zu bekehren. Ganze Dörfer, darunter auch Montaillou, wurden daraufhin katharisch. Ihnen zur Seite standen weitere Missionare: Amiel de Perles, Pierre

Sanche, Sanche Mercadier, Arnaud Marty, Prades Tavernier, die Adeligen Philippe d'Aylarac und Stéphanie de Château-Verdun.

Der Verräter *Dejean* wurde 1300 in die Schlucht Ravin du Correc geworfen.

Pierre Authié – Notar, einstiger Vertrauter Bernards III. von Foix und Oberhaupt der Familie Authié, wurde am Johannistag (24. Juni) 1309 in der Nähe von Castelnaudary verhaftet und gefoltert, um an die Namen seiner Mitbrüder zu kommen. Bei einem Autodafé am 9. April 1310 wurde er im Beisein von d'Ablis vor der Kathedrale Saint-Étienne in Toulouse verbrannt. Manchmal auch als Frau verkleidet, hatte er sich in Häuser geschlichen, um Sterbende zu trösten. Angesichts des Scheiterhaufens soll er gesagt haben, daß er alle Menschen zu seinem Glauben bekehren würde, so es ihm erlaubt wäre, mit ihnen zu reden.

Sein jüngerer Bruder *Guillaume*, ebenfalls Notar, besaß ein Buch mit dem Titel »Vom Glauben der Katharer«, wurde Ende 1309 verhaftet und als Ketzer verbrannt.

Pierres Sohn *Jacques*, bedeutender Prediger, bekehrte vor allem Schäfer. Verbürgt ist die Predigt in Toulouse. 1305 von der Inquisition verhaftet und als Ketzer verbrannt.

Die Neffen von Pierre Authié namens *De Rodes* aus Tarascon zeigten Ketzer bei der Inquisition an.

Der weltliche Herrscher in dieser Zeit

Philipp IV. – 1268–1314, Enkel Ludwig des Heiligen, letzter bedeutender Kapetinger auf dem Thron Frankreichs, wurde »der Schöne« genannt, weil sein Aussehen ganz dem adligen Ritterideal entsprach. Verheiratet mit Johanna II., Königin von Navarra. Die durch zahlreiche Kriege verursachte Geldnot führte u.a. dazu, daß auch dem Klerus Steuern auferlegt wurden. 1300–1302 Krieg um Flandern, Schlacht bei Courtrai. Schwerer Konflikt mit Papst Bonifatius VIII.; 1307 Zerschlagung des Templerordens.

Guillaume de Nogaret – um 1260–1313, wohl aus einer Katharerfamilie aus Saint-Félix-de-Caraman stammend, Legist, seit 1295 Berater und Großsiegelbewahrer Philipp des Schönen. Ab 1287 Doktor der Rechte und Mitglied der Juristenfakultät in Montpellier, möglicherweise Theologe. 1303 Festnahme Bonifatius' VIII. in Anagni, mit Unterstützung Sciarra Colonnas. Wurde als ein Hauptverantwortlicher des Attentats 1304 von Benedikt XI. exkommuniziert. Plante die Vertreibung der Juden mit Konfiskation ihrer Güter (1306) und die Verhaftung der Templer (1307).

Die Reformatoren des Königs

Johann von Pequigny – Vidame von Amiens, ab 1301 königlicher Reformator in Carcassonne, 1303 Exkommunikation wegen Behinderung der Inquisition. Die Ersten Bürger von Albi, die ihn zu unterstützen versuchten, wurden in die päpstliche Verurteilung mit eingeschlossen. Legte Berufung in Rom ein und bat von Paris aus brieflich die Städte Carcassonne, Albi und Cordes um Hilfe bei der Verfolgung, die er sich um ihrer Sache willen zugezogen hätte.

Starb am 29. September 1304, dem Jahrestag seiner Exkommunikation, d. h. von Rechts wegen als Ketzer. Daß man ihn dennoch in geweihter Erde bestattete, hing mit dem Tod Benedikts kurz vorher zusammen. Geoffroy d'Ablis verlangte, daß Pequignys Gebeine ausgegraben und verbrannt würden. Pequignys Söhne führten die Berufung weiter, um das Andenken ihres Vaters wieder zu Ehren zu bringen.

Richard Neveu – gest. 1309, Archidiakon von Lisieux und königlicher Reformator in Carcassonne, später Bischof von Béziers. Der Inquisitor Bernhard Guidonis berichtet, daß ihn 1309 Gott zur Strafe für seine Feindseligkeit gegen die Inquisition am Aussatz hätte sterben lassen.

Die Päpste

Bonifatius VIII. – (eigentlich Benedetto Caetani) 1235 in Anagni–1303 in Rom, 1281 Kardinal, 1294 Berater von Papst Coelestin V., dem er zur Abdankung riet. Bis zu dessen Tod ließ er ihn gefangenhalten. 1294–1303 Papst. Versuchte die Überordnung der geistlichen über die weltliche Herrschaft durchzusetzen. 1300 wurde auf seine Veranlassung hin erstmals ein Heiliges Jahr (s. Jubeljahr) durchgeführt. 1296 *Bulle Clericis laicos:* Weltlichen Fürsten wird die Besteuerung der Kirche untersagt. 1302 *Bulle Unam sanctam:* Alle weltliche Macht hat sich dem päpstlichen Primat unterzuordnen.

Benedikt XI. – (eigentlich Nicolaus Boccasini, Sohn eines Notars) 1240 in Treviso–1304 in Perugia, trat 1254 in den Dominikanerorden ein, 1298 Kardinalpriester, 1300 Kardinalbischof von Ostia und Velletri, 1302 päpstlicher Legat in Ungarn. 1303 Nachfolger von Bonifatius VIII., bemüht, durch Milde und Versöhnung die durch seinen Vorgänger hervorgerufenen Spannungen zu beseitigen. Den Angehörigen der Familie Colonna erteilte er Absolution und gab ihnen ihre Besitztümer zurück. Im März 1304 löste er Philipp den Schönen vom Bann, nahm die meisten gegen Frankreich gerichteten Dekrete zurück, außer dem gegen Nogaret. Bei der Vorbereitung des Prozesses gegen die beim Attentat zu Anagni Beteiligten starb Benedikt überraschend, so daß das Gerücht aufkam, er sei vergiftet worden. 1736 seliggesprochen.

Orte, Flüsse

Anagni – nahe Rom, im Mittelalter Sitz vieler Päpste – auch »Stadt der Päpste« genannt. Palast von Papst Bonifaz VIII.

Aude – Fluß in Südfrankreich, entspringt in den Ostpyrenäen, mündet nordöstlich von Narbonne in das Mittelmeer. Im Mittelalter noch schiffbar, später wegen der Versandung vor Narbonne nur noch mit kleinen Schiffen befahrbar.

Carcassonne – oppidum gallicum, größte mittelalterliche Festungsstadt Europas, 24 Kilometer nördlich von Limoux, an der Straße vom Mittelmeer zum Atlantik gelegen. Wohlhabende mittelalterliche Stadt, Katharersitz, Zentrum der Textilproduktion während des Ancien régime, heute Hauptstadt der Region und touristischer Anziehungspunkt.

Die Altstadt, auch la Cité genannt, liegt innerhalb einer abgeschlossenen Festung hoch auf dem Felsen, vom Fluß Aude umspült, der die Cité von der »Neustadt«, dem modernen Carcassonne, trennt. Noch im 12. Jahrhundert hatte Carcassonne zwei Vororte, Saint-Michel und Saint-Vincent, die sich eng an die Cité anschlossen, diese wurden im 13. Jahrhundert dem Erdboden gleichgemacht, weil sie bei der aktiven Verteidigung der Stadt störten.

Die im Roman beschriebenen Gebäude Porte Narbonnaise, Château chomtal, Kathedrale Saint-Nazaire, Turm der Justiz, Turm der Inquisition und viele andere Türme können besichtigt werden.

Cotllioure – heute Collioure, kleine Küstenstadt im Roussillon, an der Côte Vermeille. Bedeutendster Hafen des Roussillon. Ältestes Bauwerk ist das Château Royal des Templiers, Sommerresidenz der Könige von Mallorca, zuvor Niederlassung der Tempelritter.

Fontfroide – Abtei, 14 km westlich von Narbonne, gegründet im 11. Jahrhundert, zuerst von Benediktinern, dann von Zisterziensern geleitet, Bollwerk im Kampf gegen die Katharer, 1791 säkularisiert, 1858 Rückkehr der Zisterzienser, heute in Privatbesitz.

Gavarnie – Malerischer Gebirgsort in den Hochpyrenäen, ringsum eine Reihe von über 3000 m hohen Pyrenäengipfeln. »La Grande Cascade«: 440 m tiefer Wasserfall, im Winter pures Eis.

Große Höhle von Lombrives – bei Tarascon-sur-Ariège (früher Tarusco), ein Labyrinth von kathedralshohen Sälen, 50 m breit, 80 m lang und beinahe 100 m hoch; großer Stalagmit, genannt »das Grab der Pyrène«.

Montaillou – das westgotische *Agilo*, heute nur noch wenige Ruinen, 1362 m über dem Meeresspiegel, am östlichen Ufer des Hers, nördlich der kleinen Stadt Ax-les-Thermes. In der Nähe liegt heute ein Dorf gleichen Namens. Die Kirche Notre-Dame-de-Carnesses existiert noch. In Montaillou war die Inquisition Dauergast, zuletzt 1324, vertreten durch Bischof Jacques Fournier, dem späteren Papst Benedikt XII. Dazwischen gab es Jahre, in denen die Katharer ungestört wirken konnten. Sie standen unter dem Schutz der dort ansässigen mächtigen Familie Clergue, die das Vertrauen der Inquisition von Carcassonne besaß.

Montségur – trutzige Pyrenäenburg, etwa 30 km von Foix entfernt, auf 1216 m Höhe. Nach langer Belagerung wurde die Burg 1244 übergeben. Die Burgruine kann besichtigt werden.

Tarascon – im Mittelalter auch Tarusco genannt. Damals verlief die Hauptstraße von Ax nach Tarascon rechts der Ariège durch Ornolac und Ussat. Kurz vor Tarascon lagen die großen Wiesen »le Pré Lombard« genannt.

Nach der Überlieferung sollen hier zu Beginn des 14. Jahrhunderts fünfhundert Katharer ihre letzte Zufluchtsstätte gefunden haben, die nach ihrer Entdeckung lebend eingemauert wurden.

Einige Historiker vertreten jedoch die Ansicht, daß die aufgefundenen Gebeine von Galliern stammen.

Weitere Erklärungen

Währung – um das Jahr 1300 in Okzitanien: *gros tournois,* auch *tournois d'argent*, ersetzten nach 1266 die ältere Währung in der Region, die *sous toulzas* und *deniers toulzas,* die aber weiterhin zu einem höheren Wert als die französischen Münzen gehandelt wurden. Der Geldwert des *gros tournois* entsprach einem Schilling *(solidus)*, 20 Schillinge waren ein Pfund *(livre)*. Schilling und Pfund waren Rechnungswerte, im Unterschied zum Silber-Tournois.

Die Okzitanische Sprache – im Mittelalter *roman* genannt, um sie vom Lateinischen und der Sprache der Nordfranzosen *frances* zu unterscheiden, wurde durch die Troubadoure des 12. und 13. Jahrhunderts verbreitet. Dante bezeichnete sie als *Lingua d'oco.* Sie ist mehr mit dem Katalanischen und Italienischen verwandt als mit dem Französischen. Katalanisch und das mittelalterliche Okzitan sind fast identisch.

Das Jubeljahr 1300 – nach dem Vorbild des alttestamentarischen »Jobeljahres« rief Bonifatius VIII. das Jahr 1300 zum Jubeljahr aus (das neue Jahr begann damals am Weihnachtstag, nicht am 1. Januar). Vollkommener Ablaß aller Sünden (Bedingung: Beichte, Kommunion und Besuch der beiden Apostelgräber, und zwar Einheimische dreißigmal an 30 verschiedenen Tagen, Fremde fünfzehnmal an 15 verschiedenen Tagen); gewaltige Pilgerströme aus aller Welt. Rom besaß damals jedoch keine 50000 Einwohner, daher ist es unmöglich, die genaue Zahl der Pilger zu schätzen.

Katharer – bedeutende dualistische Ketzerbewegung im 12. und 13. Jahrhundert, hauptsächlich im Süden Frankreichs; aber auch in der Lombardei, in Flandern und in Deutschland (Köln). Nach neuesten Schätzungen zählte eine halbe Million Gläubige zu ihren Anhängern. Enge Übereinstimmung in der Lehre mit den bogomilischen Kirchen in Bulgarien. Dreiteilung der Katharischen Kirche in Gemeinde – parfait – Bischof. Trotz blutiger Verfolgung konnten sie sich bis ins 14. Jahrhundert halten.

Patarener oder Albigenser – andere Bezeichnung der Katharer. Bis 1167 befand sich in Albi der einzige katharische Bischofssitz in Südfrankreich; daher nahm man fälschlicherweise an, daß hier auch die Zentralgewalt der Katharischen Kirche ihren Sitz hatte. Den Albigensern schlossen sich große Teile des südfranzösischen Adels an. Seine Macht wurde nach dem Kreuzzugsaufruf von Innozenz III. durch die Albigenserkriege (1209–1229) gebrochen und damit die Beherrschung Okzitaniens durch die Krone eingeleitet.

Waldenser – christliche Laienprediger-Bewegung aus dem Süden, gegründet von Petrus Waldes (gest. um 1217), einem reichen

Kaufmann aus Lyon, der all sein Hab und Gut verschenkte. Das Glaubensbekenntnis der Waldenser wich nicht annähernd so wesentlich vom katholischen ab wie das katharische.

Averroisten – Der Averroismus entwickelte sich in Paris um 1250. Seine führenden Vertreter Siger von Brabant und Johannes von Jandun übernahmen Averroës' Lehren von der Ewigkeit der Welt und der einen, allen gemeinsamen Vernunft, was u.a. bedeutet, daß die Vorstellungen der Religion nur allegorische Verhüllungen der reinen philosophischen Wahrheit sind.

Manichäer – Der Perser Mani (215–273) stiftete – orientiert an den alten persischen Vorstellungen Zoroasters – eine gnostisch verstandene Religion (ausgeprägter Dualismus), die von der christlichen Kirche hart bekämpft wurde. Manichäische Gemeinden hielten sich jedoch bis ins Mittelalter.

Das Thomas-Evangelium – 1945 von ägyptischen Bauern in einem Tonkrug bei Nag Hammadi wiederentdeckt, ist kein Evangelium der bekannten Art, d.h. berichtet nicht über Jesu Leben und Wirken, sondern ist eine Sammlung von 114 Aussprüchen Jesu, die auf schriftliche und mündliche Quellen kurz nach der Kreuzigung zurückgehen sollen. Erste Erwähnung durch Origines 233. Die in Ägypten gefundene Handschrift in koptischer Sprache wird auf das Jahr 400 datiert. Der ursprüngliche griechische Text ist verschollen. Ob der Jünger Thomas der Autor ist, ist nicht gesichert.

Die Öffentlichkeit erhielt erst 1975 Zugang zur gesamten Textsammlung. Inzwischen ist es in mehrere Sprachen übersetzt. Es gibt deutliche Hinweise auf den Gebrauch des Thomas-Evangeliums bei den Katharern, z.B. heißt es im berühmten katharischen Gebet »… Ihr treulosen Pharisäer, die ihr an den Toren des Königreiches steht und verhindert, daß diejenigen, die eintreten möchten, es tun …« Dazu der 39. Logus des Thomas-Evangeliums: »Die Pharisäer und Schriftgelehrten haben die Schlüssel zur Erkenntnis erhalten, und sie haben sie versteckt. Sie sind auch nicht eingetreten, und die, die eintreten wollten, haben sie nicht eintreten lassen.«

Dante Alighieri – 1265 in Florenz–1321 in Ravenna, Autor der »Divina Commedia«, einer Art Vision, die das Leben der Seelen nach dem Tod in drei Reichen des Jenseits schildert. Hat die Feierlichkeiten anläßlich des Jubeljahres 1300 in Rom miterlebt (Die Hölle, 18. Gesang, 28–33). Wie die Katharer erbitterter Feind von Papst Bonifatius VIII.

Guido Dieckmann: Spannende Geschichten vor historischem Hintergrund

Die Poetin
Mit Frau und Tochter reist der Tuchhändler Joseph Schildesheim im Spätsommer 1819 nach Heidelberg. Seine Tochter Nanetta träumt davon, ihre Gefühle in Versen auszudrücken, statt als Jüdin ein zurückgezogenes Leben zu führen. Die Stadt jedoch ist in Aufruhr. Nach dem Mordanschlag auf den Dichter Kotzebue sehen die Studenten in nahezu jedem Fremden einen Spion – und plötzlich gerät Nanetta in den Verdacht, eine Verschwörerin zu sein.
Roman. 304 Seiten. AtV 1661

Die Gewölbe des Doktor Hahnemann
Der erste Roman über den legendären Begründer der Homöopathie: Auf der Albrechtsburg träumt der junge Samuel Hahnemann davon, ein berühmter Arzt zu werden. Schon früh ist er von den dunklen Seiten der Medizin fasziniert und unternimmt alles, um an eine verschollen geglaubte Schrift des Paracelsus zu gelangen. Doch damit ruft er einen geheimen Orden auf den Plan, ihn aus dem Weg zu räumen.
»Sehr spannende Geschichte, eingekleidet in ein Zeitporträt; schlichtweg gut erzählt mit einem sinnvoll und schlüssig aufgebauten Plot, der mit mehr als einer Überraschung aufwarten kann.«
Die Rheinpfalz
Roman. 473 Seiten. AtV 2011

Die Magistra
Von ihrem Hof vertrieben, flieht die junge Philippa von Bora 1597 zu ihrem berühmten Onkel Martin Luther. Sogleich erhält sie einen Auftrag von ihm: Sie soll an der Wittenberger Mädchenschule unterrichten. Eine wunderbare Aufgabe, so scheint es, bis ihre Gehilfin ermordet wird und die Magistra einem Unbekannten auf die Spur kommt, der nur ein Ziel hat: die Reformation niederzuschlagen, indem er Martin Luther tötet.
Roman. 400 Seiten. AtV 2095

Luther
Zweifler, Ketzer, Reformator – Martin Luther war ein faszinierender, willensstarker Mensch, der die Welt aus den Angeln hob. Als er im Jahre 1517 seine Thesen verkündet und sich weigert, sie zu widerrufen, macht er sich mächtige und gefährliche Feinde. Nicht allein der Papst, auch der Kaiser versucht ihn mundtot zu machen, doch Luther widersteht und wird zum Volkshelden und Revolutionär wider Willen.
Roman. Mit 16 Filmfotos. 340 Seiten. AtV 2096

Mehr unter www.aufbau-verlagsgruppe.de oder bei Ihrem Buchhändler

Frederik Berger: Farbenprächtige Geschichten aus der Geschichte

Die Geliebte des Papstes
Italien im ausgehenden 15. Jahrhundert. Der römische Adlige Alessandro Farnese befreit die junge Silvia Ruffini aus der Hand von Wegelagerern. Doch die Liebe, die zwischen beiden aufkeimt, wird jäh unterbrochen. Alessandro wird vom Papst in den Kerker geworfen. Erst drei Jahre später trifft er Silvia wieder. Sie liebt ihn noch immer, muß aber zusehen, wie Alessandro sich auf ein Ränkespiel einläßt, um Kardinal zu werden, das nicht nur sein, sondern auch ihr Leben in Gefahr bringt.
»Beste Spannungslektüre voller Abenteuer, Leidenschaft und Sinnlichkeit und – das alles beruht dennoch auf Tatsachen!« WILHELMSHAVENER ZEITUNG
Roman. 568 Seiten. AtV 1690

Canossa
Aus den geheimen Annalen des Lampert von Hersfeld
Deutschland im 11. Jahrhundert. Nach dem Tod des Kaisers droht das Reich zu zerfallen. Heinrich, sein minderjähriger Sohn, gerät unter den unheilvollen Einfluß des Erzbischofs von Köln. Nur die Liebe zu Mathilde, seiner Cousine, läßt ihn Jahre der Bedrohung und des Verrats überstehen. Bis sich ihm ein noch größerer Widersacher entgegenstellt: Papst Gregor VII. strebt die Weltherrschaft der Kirche an. Ein schicksalhafter Kampf um die Macht beginnt.
»Ein sorgfältig recherchierter, packend geschriebener Roman, der uns auf angenehme Weise die Lebensumstände des Mittelalters näher bringt.« HAMBURGER ABENDBLATT
Roman. 607 Seiten. Gebunden.
Rütten & Loening
ISBN 3-352-00713-6

La Tigressa
Italien gegen Ende des 15. Jahrhunderts. Als Caterina Sforza, die Tochter des mächtigen Herzogs von Mailand, sich in einen verarmten Adligen verliebt, löst sie ungewollt eine Reihe blutiger Ereignisse aus, die sie bis an ihr Lebensende wie ein Fluch verfolgen. In Rom wird sie mit dem skrupellosen Neffen des Papstes verheiratet – und sprengt schon bald ihren goldenen Käfig, indem sie sich tatkräftig in die Politik des Vatikans einmischt.
Roman. 569 Seiten. AtV 2030

Mehr unter
www.aufbau-verlagsgruppe.de
oder bei Ihrem Buchhändler

aufbau taschenbuch
AUFBAU VERLAGSGRUPPE